STELLA CAMERON

Verbotenes Paradies

Buch

Als die junge Journalistin Angelica Dean auf Sinjun Breakers Privatinsel landet, hat sie nur eines im Sinn: Rache. Der rätselhafte, zurückgezogen lebende Tycoon soll bezahlen für das Unrecht, das er ihr selbst und anderen Menschen in der Vergangenheit angetan hat. Doch zuerst will sie sein Vertrauen erschleichen, um ihre Revanche später noch inbrünstiger genießen zu können. Aber der anziehende, mächtige Fremde, der Angelica erwartet, ist nicht der gewissenlose Geschäftsmann, den sie sich vorgestellt hat. Und außerdem ist sie nicht die einzige Feindin, die es auf Sin abgesehen hat – und nicht die einzige Frau, die von ihm hingerissen ist. Fasziniert gerät Angelica in einen Strudel aus teuflischen Intrigen, der nicht nur ihr Leben, sondern vor allem auch ihr Herz bedroht...

Autorin

Stella Camerons Geschichten sind stilistische und inhaltliche Meisterwerke unter den Liebesromanen. Sie ist eine ausgezeichnete Beobachterin, die wie selbstverständlich zum Schreiben gefunden hat.

Stella Cameron lebt mit ihrem Mann und den drei Kindern im amerikanischen Bundesstaat Washington.

Von Stella Cameron ist bereits erschienen

Im Fieber (35035)
Flammende Berührung (35071)

STELLA
CAMERON

Verbotenes Paradies

Roman

Aus dem Amerikanischen
von Sabine Ivanovas

BLANVALET

Die Originalausgabe erschien
unter dem Titel »Breathless«
bei Avon Books, The Hearst Corp., New York

Umwelthinweis:
Alle bedruckten Materialien dieses Taschenbuches
sind chlorfrei und umweltschonend.
Das Papier enthält Recycling-Anteile.

Blanvalet Taschenbücher erscheinen im Goldmann Verlag,
einem Unternehmen der Verlagsgruppe Bertelsmann GmbH.

Deutsche Erstveröffentlichung August 1999

Umschlaggestaltung: Design Team München
Umschlagillustration: Schlück/Daeni
Satz: Uhl + Massopust, Aalen
Druck: Elsnerdruck, Berlin
Verlagsnummer: 35086
Lektorat: Maria Dürig
Redaktion: Petra Zimmermann
Herstellung: Heidrun Nawrot
Made in Germany
ISBN 3-442-35086-7

1 3 5 7 9 10 8 6 4 2

1

»Du warst immer schon ein elender Wilder, Sinjun.« Sinjun Breaker knöpfte sein Hemd auf und streifte es ab. »Weil ich es nicht leiden kann, wenn irgendwer unangemeldet in meinem Schlafzimmer herumlungert? Ich bin zutiefst getroffen, Lorraine. Und ich dachte, ich wäre ein wahrer Gentleman ... unter den gegebenen Umständen.« Er wartete schließlich auf seinen Killer. Keine typische Beschäftigung für einen zivilisierten Mann. »Was tust du hier?«

»Auf dich warten.« Ein einzelner, langer Fingernagel wanderte über seine Wirbelsäule. »Das ist das erste Mal, daß wir allein sind – richtig allein –, seit wir auf der Insel angekommen sind. Ich bin verrückt nach dir, Sin. Ein vollendeter Gentleman weiß, was eine Dame will, und sieht zu, daß sie es auch bekommt«, flüsterte Lorraine Hart dicht an seiner Schulter.

Draußen, vor den offenen französischen Fenstern lag ein kleiner Innenhof, ins letzte zarte Indigograu eines noch jungen und trügerisch stillen pazifischen Abends getaucht, mit einem Hauch von rotem Sonnenuntergang dazu. Palmen neigten die zerzausten Köpfe, filigrane schwarze Silhouetten vor dem zinnfarbenen Himmel. Weniger als zwei Flugstunden östlich von Sinjuns privater Inselfestung machte sich Hawaii bereit zur nächsten Nacht als Touristenparadies. »Hmm«, sagte Sinjun und horchte konzentriert nach dem Geräusch von Hubschrauberflügeln. Was zum Teufel hielt Chuck so lange auf? Er hätte schon seit Stunden von Kauai zurück sein sollen.

»Hmm *was*?« Lorraine schlang ihm die Arme um die Taille.

»Soll das bedeuten, du entschuldigst dich dafür, daß du mich vernachlässigt hast?« Sie drückte ihre Brüste an seinen Rükken, und er spürte, wie sie tief Atem holte.

»Hmm, du hast recht. Ein vollendeter Gentleman weiß wahrscheinlich, was eine Dame will, und sieht zu, daß sie es auch bekommt.«

»Also?« Ihre erfahrenen Hände breiteten sich aus, strichen nachdrücklich über seinen Bauch, und sie schob ihre Finger unter den Bund seiner Jeans. »*Also?*« wiederholte sie.

»Ich denke darüber nach.« Er brauchte die Frau nicht anzusehen, die so versessen darauf war, ihn ins Bett zu kriegen – oder sonstwohin, wo sie ihre legendären sexuellen Gelüste kurzfristig befriedigen konnte. Lorraine Hart hatte ein unvergeßliches Gesicht und einen Körper, der den gesunden Menschenverstand von mehr als einem normalen, erfolgreichen Mann auf dem Gewissen hatte.

Man sagte Sinjun Breaker eine Menge Dinge nach – manche waren alles andere als schmeichelhaft –, doch es war ihm noch nie vorgeworfen worden, mehr als nur ein gesunder Mann mit gesunden männlichen Instinkten zu sein.

»Denkst du immer noch nach?« Kurz zog Lorraine ihre Hände zurück – gerade lange genug, um ihr Bikinioberteil aufzuhaken und auszuziehen. »Komm schon, Sin, bevor Chuck zurückkommt und alles verdirbt.« Ihre erregten Brustwarzen flirteten mit seiner angespannten Haut. Sie rieb sich an ihm hin und her und schob ihre Fingerspitzen noch tiefer in seine Jeans.

»Da hast du deine Antwort«, sagte er. Während sein Gehirn konstant wachsam war, machte sich die unvermeidliche körperliche Reaktion schnell bemerkbar. Er biß die Zähne zusammen und fügte hinzu: »Eine Dame nutzt nicht die Abwesenheit ihres Liebhabers aus, um zu versuchen, seinen Boß zu verführen.«

»Diese Dame schon. Aber nur mit dir, Sin. Du weißt, daß

du der einzige Mann bist, den ich will. *Acht* Monate! Seit acht Monaten ertrage ich jetzt Chuck – und bin zusätzlich noch auf dieser gottverdammten Insel eingesperrt –, weil ich dich so begehre. Und keinmal haben wir Gelegenheit gehabt, allein zu sein. Bis jetzt.« Sie drückte mit offenem Mund heiße Küsse auf seinen Rücken.

»Chuck muß jeden Augenblick kommen«, erklärte er knapp. »Er hat sich sowieso schon verspätet.«

»Du hast reichlich lange gebraucht, bis du mich entdeckt hast. Mach dir keine Sorgen wegen Chuck. Du bist der Boß. Sag ihm, daß ich dir gehöre, dann zieht er den Schwanz ein. Nur sehr ungern natürlich, aber er wird nicht riskieren, dich zu verärgern. Bitte, Sin. Tu das, was wir beide so sehr wollen. *Nimm* mich, Liebster.«

Sie griff zu, schloß die Hand um den Teil von ihm, der unleugbar für sie bereit war und lachte atemlos. »O Mann, ich bin ja so froh, daß ich gerade heute abend hergekommen bin. Mein armer Darling, so bedürftig!«

»*Genug* jetzt!« Sinjun griff sich ihre Handgelenke und riß sie aus seiner Hose. Er zog sie im Bogen um sich herum nach vorn. »Geh zurück in Chucks Haus«, befahl er, verärgert, daß sein Körper verriet, wie sehr es ihr gelungen war, ihn in Fahrt zu bringen. »Und versuch das nicht noch mal.«

Lorraine lachte laut. Ein warmer Wind vom Meer blies die leichten, weißen Vorhänge ins Zimmer und ihr schwarzes Haar nach vorn. Es war dunkel, doch der gerade aufgehende Mond sorgte dafür, daß Sinjun das Glitzern in ihren violetten Augen sah – und die vollen Rundungen ihrer Brüste, die dort heller waren, wo ihr Badeanzug sie vor der Sonne geschützt hatte.

»Geh, Lorraine.« Er ließ sie los, hob ihr Bikinioberteil vom Boden auf und drückte es ihr in die Hände.

Sie hielt geschickt seine Hände über ihren Brüsten fest. »Du willst doch gar nicht, daß ich gehe.« Zum ersten Mal, seit er sie in seinem Bett gefunden hatte, klang ihre Stimme unsicher.

»Gute Nacht, Lorraine.« Er machte sich aus ihrem Griff los, nicht ohne noch einmal einen Schauer der Erregung zu spüren.

»Das sage ich Chuck«, erklärte sie.

Jetzt lachte Sinjun. »Ja klar. Damit riskierst du nur, daß er dich mit deinem hübschen Hintern von der Insel wirft, Baby. Mir ist sowieso nicht ganz klar, was du eigentlich von Chuck Gill willst, aber ich glaube nicht, daß du es schon gekriegt hast.« Er wünschte wie jeden Tag, er könnte seinen alten Freund und langjährigen Angestellten dazu überreden, diese gierige Nymphomanin fallenzulassen.

»Blöder Typ!« kreischte sie plötzlich und holte aus, um ihn zu ohrfeigen. Sinjun wich ihr erfolgreich aus. »Du weißt doch, daß ich Chuck gar nicht will. Ich bleibe bei ihm, damit ich in deiner Nähe sein kann. Du weißt, daß ich deinetwegen schon eine Beziehung abgebrochen habe, die mich zu einer reichen Frau hätte machen können!«

»Weil du dir, als wir uns trafen, überlegt hast, daß ich mehr Geld habe als Garth Lieber – und in dem Punkt hast du recht«, sagte Sinjun humorlos. »Viel mehr.«

»Das ist eine Lüge. Es ist nicht das Geld. Wir haben uns zum erstenmal gesehen – du und ich, meine ich – und wußten beide sofort, was wir wollten. Das brauchst du gar nicht abzustreiten. Ich weiß nicht, warum du ewig hinauszögerst, was doch irgendwann geschehen wird. Ich weiß, daß du mich begehrst.«

Ungeduld und Abscheu erfüllten ihn. Garth Lieber und die *Lieber Enterprises* waren ein Thema, das er heute abend lieber vergessen würde. Und Lorraine Hart war das andere. »Hör mir gut zu –« Aus der Ferne ertönte das wohlbekannte Schopp-schopp des Hubschraubers. »Das wird Chuck sein.«

»Es ist immer noch genug Zeit.« Ich kann aus dem Fenster entwischen, und er wird nie erfahren, daß wir zusammen waren.«

Sinjun hielt sie sich vom Leib und griff nach dem Hemd, das er zur Seite geworfen hatte. »Reiß dich zusammen. Und geh mir aus dem Weg.« Er gab ihr einen leichten Schubs, drängte sie zur Seite und ging zur Tür.

»Fuck you!« Ihre Stimme durchdrang scharf die süß nach Mango duftende Abendluft. »Fuck you, Sinjun Breaker.«

Er ging die Stufen zum Swimmingpool hinunter. »Das hättest du wohl gerne, meine *Dame.*«

Auf halbem Weg zum Hubschrauber-Landeplatz hatte Sinjun seine Meinung geändert und war zum Haus zurückgegangen. Chuck blieb gern nach einem Flug ein paar Minuten mit seinem geliebten Hubschrauber allein, und Sinjun versuchte normalerweise, Chucks Art zu respektieren. Aber jetzt waren schon fünfundvierzig Minuten vergangen, und Sinjun wurde es langsam langweilig, mit auf die Schreibtischkante gelegten Füßen in seinem Arbeitszimmer zu warten und so zu tun, als studiere er konzentriert irgendeinen Bericht.

Schließlich flog die Tür auf mit dem üblichen Schwung, mit dem Chuck Gill alles tat, was er anfing. »Scheiße«, sagte er statt einer Begrüßung. »Wie oft soll ich dir noch sagen, daß du aufhören sollst, deine eigene Armee darstellen zu wollen? Ich hoffe, dieses Weib ist wirklich so harmlos, wie du denkst. Denn wenn nicht, gehst du da ein mächtiges Risiko ein.«

Sinjun warf den geöffneten Ordner auf den Tisch. »Hatte der Herr heute einen schlechten Tag?« Er schwang die Füße auf den Boden und streifte dabei seinen riesigen, hauptsächlich irischen Wolfshund. »Beweg dein haariges Fell mal'n bißchen zur Seite, Swifty.«

»Verschwende bloß nicht deine verdammten schlauen Redekünste an mich.« Blond, blauäugig und gebräunt kam Chuck näher, das khakifarbene Hemd aufgeknöpft, so daß seine muskulöse, haarige Brust bis zum Bauchnabel sichtbar war. Seine Fäuste – Fäuste so groß wie Kamelhufe – waren in seine schmalen Hüften gestemmt. »Das ist nur anstrengend für uns beide.«

Da gab es noch mehr anstrengende Dinge. »Bevor wir weiter von deinem schweren Arbeitstag reden«, sagte Sinjun und bereitete sich innerlich auf eine Auseinandersetzung vor, »hätte ich gern eine andere Sache kurz erwähnt.«

»Muß das jetzt sein, Himmel noch mal?« Chuck wirkte frustriert.

Sinjun hatte ein Gefühl von jetzt oder nie. »Lorraine ist nicht gut für dich«, sagte er schnell. »Ich glaube, daß es eine schlechte Idee ist, wenn sie hier auf Hell bleibt.«

Chuck ließ seine Hände sinken. »Lorraine geht dich gar nichts an, verdammt.«

»Doch, solange sie hier ist.«

»Weil dir alles *gehört*, was hier ist? Glaubst du, ich gehöre dir auch? Glaubst du, du kannst mich behandeln wie einen Welpen und entscheiden, welche Leckerbissen ich kriege und welche nicht?«

»Nein, es ist nur –«

»Gar nichts ist«, knurrte Chuck. »Wir sind keine Kinder mehr. Hier ist nicht Montana, und du versuchst nicht, dafür zu sorgen, daß ich mit meinem Vater zurechtkomme – oder sonstwem.«

»Ich weiß –«

»Ich brauche dich nicht mehr, um Entscheidungen für mich zu treffen.« Ein großer, stumpfer Finger deutete anklagend auf Sinjun. »Ich weiß, daß du Lorraine nicht ausstehen kannst. Du verstehst sie einfach nicht. Wenn es so wäre, dann könntest du nachvollziehen, warum ich zum ersten Mal in meinem Leben wirklich verliebt bin. Laß es sein, Kumpel. Und wenn du Wert legst auf unsere Freundschaft, dann versuche nicht noch einmal, dich bei Lorraine und mir einzumischen.«

Sinjun wußte, wann es bei Chuck an der Zeit war, aufzugeben. »Also gut, wie du willst.« Schade, daß ausgerechnet Lorraine die Frau ist, bei der Chuck den Kopf verloren hatte. »Entschuldige, die Sache geht mich sowieso nichts an. Aber ich mag dich eben.«

»Danke.« Chuck klang absolut nicht dankbar. »Ich bleibe nur auf Hell, wenn Lorraine ebenfalls bleibt.«

Das hatte Sinjun erwartet. »Soll das heißen, du willst nur bei mir bleiben, wenn ich mich entschließe, Lorraine zu lieben?«

Chuck sagte nur: »Lassen wir die Sache einfach, wie sie ist, o. k.?«

»Okay.«

»Wir haben schon so genügend Probleme, ohne daß wir zwei uns auch noch angiften.«

Sinjun grinste halb. »Allerdings.«

»Du packst das hier einfach nicht richtig an«, sagte Chuck. Er erwiderte Sinjuns Lächeln nicht. »Vielleicht wird es sich irgendwann als dein größter Fehler erweisen, daß du diese Journalistin hereinläßt. Wenn du das nächste Mal deinen dummen Hals in die Schlinge stecken willst, der du an diesem Platz angeblich aus dem Weg gehst, dann tu das allein. Schick mich nicht, den Henker abzuholen.«

Sinjun unterdrückte ein Lächeln. »Wir hatten doch festgestellt, daß Miss Dean wahrscheinlich genau das ist, was sie zu sein vorgibt – eine gelangweilte Journalistin, die mal was Neues machen will. Hast du sie gefunden?«

»Habe ich.« Chuck schlenderte über den mit Halamatten belegten Koaholzboden und angelte den Stöpsel aus einer Kristallkaraffe, die auf einem Silbertablett auf Sinjuns schwarzlackierter Anrichte stand. Er goß ein hohes Glas voll bis zum Rand mit Whisky, ließ einen einzigen Eiswürfel hineinfallen und fluchte, als das Glas überlief.

Sinjun wartete.

»Ich hatte Schwierigkeiten mit der Maschine, verdammt.« Chuck beugte sich vor, saugte Scotch aus dem Glas, bis das Eisstück kein Problem mehr war, und schlackerte mit den nassen Fingern. »Ich hab' drei Stunden gebraucht, bis ich starten konnte.«

»Und jetzt?«

»Ich werde wohl ein paar weitere Stunden dransetzen, um alles noch mal zu überprüfen.«

»Ah so, Miss Dean ist also derart interessant?«

»Ha, ha. Ich hatte 'n vollen Tag heute, Sin. Für solche Witze hab' ich kein Verständnis mehr.« Chuck Gill war ein großer Mann – nicht ganz so groß wie Sinjun, aber beinahe. Er warf seinem alten Freund und Boss einen scharfen Blick zu und ließ seine lange Gestalt in einen alten Stuhl aus Rohr und Mahagoni fallen. Sein Glas stützte er auf die geschnitzte Armlehne.

»Paß auf den Stuhl auf«, warnte Sinjun. »Das verdammte Ding ist aus England, siebzehntes Jahrhundert, hat soviel gekostet, wie du in einem Jahr verdienst.«

»Darüber wollte ich sowieso mit dir reden«, sagte Chuck, stützte aber das Glas auf ein Knie. »Ich habe dir schon gesagt, daß ich glaube, es ist ein Fehler, wenn die Dean hier auf der Insel ist. Jemand hat versucht, dich fertigzumachen, Sin. Wir sind hergekommen, um irgendwie Licht in die Sache zu bringen, wenn's geht. Bisher sind wir kein Risiko eingegangen. Und jetzt ist diese Tussi da.«

»Ja, richtig.« Sinjun stupste seinen Hund mit einem Zeh. »Ganz genau. Und wenn sie unser Mann ist – besser gesagt unsere Frau –, dann wollen wir sie schließlich bei uns haben.«

Chuck lehnte seinen Kopf nach hinten und wandte sein wettergegerbtes, gutaussehendes Gesicht den wirbelnden Holzrotorblättern des Ventilators an der Decke zu. »Drei Versuche in drei Monaten. Dreimal hat in Seattle jemand versucht, dich umzubringen, und wenn sie es hingekriegt hätten, wäre keinem vernünftigen Polizisten was anderes eingefallen als ›Unfall‹ zu rufen. Wenn diese Tussi … und ich sage nur, *wenn* sie dich verfolgt und nach der nächsten passenden Gelegenheit sucht, dich fertigzumachen, dann würden wir ein paar Augen mehr brauchen, um sie unter Kontrolle zu behalten.«

»Hell ist mein Revier«, sagte Sinjun ruhig. Er war nicht leicht zu beunruhigen, doch inzwischen war selbst er wachsam geworden. »Hell ist *meine* Insel. Keiner kommt hierher, ohne daß ich davon weiß, und keiner geht von hier weg, ohne daß ich davon weiß. Wer auch immer mich umbringen will, wird herkommen müssen, um es zu tun, und das habe ich voll unter Kontrolle. Wenn Miss Angelica Dean es darauf abgesehen hat, mir zu schaden, dann wird sie sich einen Weg überlegen müssen, mich von Hell herunterzukriegen, zum Beispiel nach Hawaii, um das zu bewerkstelligen.«

»Warum?«

»Das haben wir doch schon durchgekaut. Wenn sie – oder wer auch immer – die Absicht hat, nur mich, also nicht auch dich, Lorraine und das restliche Personal umzulegen und dann zu verschwinden, kann es einfach nicht klappen.«

»Davon mußt du mich erst überzeugen.«

Sinjun betete um Geduld. »Man kann hier mit nichts anderem als einem Hubschrauber landen. Wenn man die entsprechende Reichweite berücksichtigt, muß jemand, der schnell herkommen und schnell verschwinden will, von Kauai aus einen Hubschrauber benutzen und darf nicht über's Meer kommen – das würde selbst dann zu lange dauern, wenn das Riff nicht wäre.

Bill Braden kontrolliert alle Hubschrauberflüge von den Inseln aus. Unser eigener Radar ist ebenfalls sehr gut. Das heißt, man kann eigentlich nicht durchkommen, ohne daß wir es wissen.«

»Was willst du damit sagen?« fragte Chuck. »Meinst du etwa, wir haben den ganzen Scheißaufwand umsonst getrieben und alles, was du bei KB am Laufen hattest, aus Spaß zurückgelassen? Du glaubst tatsächlich, diese Mörderbande ist uninteressiert an dir?«

»O nein, ich glaube, sie werden kommen. Sie werden sicher einen Weg finden. Aber dann kriegen wir sie.« Er schob seine Hände in die Taschen seiner Jeans. »Diese Dean ist ganz bestimmt kein gedungener Killer.« Sinjun redete sich eigentlich eher selbst als Chuck gut zu.

»Biographie«, murmelte Chuck und kippte noch einen Schluck Scotch hinunter.

Sinjun stand auf. »Kaum zu glauben, daß jemand auf die Idee kommen könnte, eine Biographie über den Partner deiner jugendlichen Sünden zu schreiben, nicht wahr. Aber die Dame besteht darauf, daß es genau das ist, worüber sie mit mir reden will.«

»Ich glaube, das ist es, was mich so unruhig macht. Es erscheint einfach hirnrissig.«

»Ich bin ein faszinierender Mann.« Sinjun grinste zynisch und ging zum Tablett mit den Getränken. »Das sagen alle. Sieh es ein. Es gibt nicht eine Klatschtante im ganzen Land, verdammt, auf der ganzen *Welt*, die nicht darauf besteht, daß ich der Alberto Tomba der Hochfinanz bin. Sinjun Breaker, der böse Bube, der ganze Staaten manipuliert. Ein blutrünstiger Geier, der das schwache Glied in vorher soliden Firmen findet und sie aufbricht, um die Reste danach billig einzukaufen. Und dann ist da noch das Heer von schönen Frauen, das ich angeblich ausgenutzt habe und weinend hinter mir zurücklasse. Mein berüchtigtes Liebesleben ist bestimmt auch ein paar Seiten wert.«

»Ja klar, logisch.«

Was für ein Liebesleben? Sinjun goß sich ein Glas Soda auf Eis und warf ein Scheibchen Limette dazu. »Ich gebe zu, daß auch ich skeptisch bin, aber ihre Papiere scheinen einwandfrei zu sein. Drei Jahre lang Auslandskorrespondentin bei *Verity.* Aufträge rund um die Welt. Und nicht eine einzige Verbindung zu irgendwem, der mich vielleicht gern aus dem Weg räumen würde.«

»Soweit du weißt.«

»Richtig. Soweit ich weiß. Aber genau deswegen will ich sie hier haben. Nicht weil ich unbedingt meine Lebensgeschichte für irgendeine Biographie erzählen will – sondern weil ich mir nicht leisten kann, sie nicht zu überprüfen. Wie hat sie auf die Verzögerung reagiert?«

»Ziemlich cool.«

»Wie ist sie so?«

Chuck stemmte die Hände auf die Schenkel und zog die Schultern hoch. »Ganz in Ordnung, schätze ich. Wenn man zierliche, blonde Frauen mit großer Klappe mag.«

Sinjun schnaubte. »Klingt ansprechend. Ich denke, Journalisten müssen Drängeltypen sein.«

»Dann ist diese womöglich eine besonders gute Journalistin. Sie hat schon angefangen, mich über dich auszuquetschen, als mein Finger noch auf der Klingel lag.«

»Wann gehst du morgen wieder hin?«

»Hä?«

»Morgen. Wann fliegst du morgen nach Kauai, um sie abzuholen? Oder hat sie sich über das Platzen des heutigen Termins so geärgert, daß sie beschlossen hat, lieber gar nicht zu kommen?«

»Wovon redest du, Sin?«

»Noch mal zum Mitschreiben.« Sinjun schwenkte sein Glas. »Da es heute für unsere Verabredung zu spät war, müssen wir wohl neue Termine machen. Ich bin davon ausgegangen, daß du das selbständig erledigt hättest.«

»Scheiße. Ich hab' was Besseres zu tun, als irgend so 'ne oberschlaue Journalistin jeden Tag von Kauai hierher und wieder zurück zu fliegen. Ich hab' sie mitgebracht. Sie ist in einem von den Häusern am Strand.«

Sinjun verschluckte sich heftig an seinem Soda.

»Mann, ich hatte nicht erwartet, daß du sauer sein könntest. Ich habe ihr gesagt, sie soll was zum Übernachten mitnehmen, es sich heute abend in dem Haus gemütlich machen und davon ausgehen, daß du sie morgen anrufst. Mir spart es Zeit, und dir tut es nicht weh. Mrs. Midgely war erst eingeschnappt, hat dann aber versprochen, sie würde schon irgendwas Eßbares für sie auftreiben, das Campbell ihr dann runterbringt. Keine große Sache.«

Sinjun spreizte seine freie Hand und stellte mit der anderen das Glas scheppernd auf den Tisch. »Du hast sie nicht mehr alle.« Er richtete den Blick auf seine nackten Füße und verwarf sofort den Gedanken, in sein Zimmer zu gehen, um Schuhe anzuziehen. »Ich bin ziemlich sicher, daß sie harmlos ist. Aber vielleicht ist sie es auch nicht. Immerhin besteht die Möglichkeit – eine winzige Möglichkeit –, daß die Dame ein Stilett an ihren Oberschenkel geschnallt trägt oder vielleicht Giftpfeile im Höschen versteckt hat. Eventuell war es doch eine verdammt blöde Idee, sie abends herzubringen und sich einfach selbst zu überlassen?«

Chuck beugte sich vor und schoß dann aus seinem Sitz hoch. »Ach Scheiße«, knurrte er mit finsterer Miene. »Ich weiß auch nicht, was ich mir dabei gedacht habe. Du bleibst hier, und ich gehe und sehe nach, ob sie wirklich mit einem Buch im Bett liegt.«

»Nein, das tust du nicht.« Sinjun preßte seinem Freund eine Hand an die Brust und drückte ihn zurück auf den Stuhl. Er nahm seine Beretta aus einer Schublade im Schreibtisch und überprüfte die Sicherung. »In welchem Haus ist sie?«

»In dem an der Lagune unten.«

Sinjun schüttelte den Kopf. »Klar. Das ist am weitesten weg und das einzige, an das man nicht herankommt, ohne gesehen zu werden.«

»Ich habe einfach nicht darüber nachgedacht, Sin. Ich hab' mich zu sehr über den Ärger mit der Maschine aufgeregt. Laß mich –«

»Nein.« Sinjun unterbrach Chuck. »*Ich* kümmere mich um

unseren Gast. Trink du in Ruhe deinen Scotch. Und dann geh zu dieser… Geh zu Lorraine. Sie wartet wahrscheinlich sehnsüchtig darauf, daß du sie wärmst.« Wenn Chuck Glück hatte, würde Lorraine immer noch mehr als warm sein – und nur allzu bereit, mit ihm eine heiße Nacht zu verbringen. Eines wenigstens hatte Sinjun heute abend gelernt: Er würde nicht so schnell wieder versuchen, seinem Freund die Augen über seine Liebste zu öffnen.

Der Mond war sein Gegner.

Sinjun glitt aus der Deckung eines dichten Hibiskusstrauches und hielt sich, so gut er konnte, an den schmalen Streifen Schatten am Rand des grasbewachsenen Hangs, der sanft zum Lagunenbungalow hinunter abfiel. Eine Gruppe von uralten Halabäumen, schief auf die Zelte ihrer Luftwurzeln gestützt, gab ihm die nächste Deckung. Er schoß mit einem Sprung durch einen Lichtstreifen und landete an einem harten Stamm.

Dann stand er da und kam sich blöd vor. Vermutlich könnte er in aller Ruhe hinübergehen und an der Tür klopfen, um dann einer kurzsichtigen Frau im Flanellnachthemd gegenüberzustehen, die das eine Ende einer Waffe nicht vom anderen unterscheiden konnte.

Andererseits…

Etwas Kaltes, Nasses berührte sein Handgelenk. »Was zum –« Er ballte die Fäuste und wirbelte herum.

Im selben Augenblick schob sich eine geduckte haarige Gestalt aus der Dunkelheit. Sinjun stellte sich breitbeinig hin und flüsterte eindringlich: »Sitz, Swifty.« *Zu spät.* Achtzig Pfund unmanierlicher Hund legten die Vorderpfoten selig auf Sinjuns Brust und drückten ihn an den Baum.

»*Runter*, verdammt.« Mit beiden Händen wehrte er den Hund ab. »Bleib unten. *Platz*. Elender, nutzloser Köter. Runter mit dir. Geh nach Hause!«

Swifty winselte und schlich dann tief enttäuscht davon.

Sinjun drehte sich wieder um und musterte im Schutz des Baumes die Umgebung. Das kleine Haus stand auf einem niedrigen, aber senkrecht abfallenden Vorsprung oberhalb der kleinen Lagune. Aus Sinjuns Perspektive stand das Haus zwischen ihm und dem Meer. Glas mit hölzernen Läden dahinter bildete den größten Teil der ihm zugewandten Seite.

Die Läden waren offen ... alle. Helle Lichter im Wohnzimmer, das diesen ganzen Teil des Hauses einnahm, ließen jede Einzelheit genau erkennen.

Jede Einzelheit einschließlich der Rattanmöbel, Tapa-Wandbehänge und des weißen Tonkamins mit den Holzscheiten darin, den Büchern auf einem Glastisch, holzgeschnitzten mythischen Götterfiguren – einfach alles.

Außer einer Frau. Kurzsichtig oder nicht.

Sinjun wartete ... und spielte an der Beretta herum, die er in den Bund seiner Jeans gesteckt hatte.

Diese Sache war wirklich ein Witz.

Aber nichts bewegte sich.

Gar nichts.

Die Muskeln in seinem Bauch spannten sich an. Er zog sich vorsichtig zurück. Sie war erst seit einer halben Stunde hier – höchstens fünfundvierzig Minuten. Da legte man sich doch nicht gleich gemütlich ins Bett. Selbst wenn, dann würde sie bestimmt nicht die Festbeleuchtung im Wohnzimmer angelassen haben.

Sie erwartete vielleicht, daß er kam.

Sie hockte womöglich irgendwo hier in der Finsternis und wartete darauf, ihn zu Gesicht zu bekommen.

Die Logik legte ihm nahe, einfach zur Tür zu gehen und sich vorzustellen. Die Vorsicht verdrängte den Gedanken.

Bänder von zinnfarbenen Wolken schoben sich über den Mond und tauchten Hell in absolute Dunkelheit.

Sinjun verließ die Deckung der Bäume und tastete sich mit gesenktem Kopf behutsam voran.

Die Wolke verzog sich. Die Gegend war wieder in Silber getaucht.

Es gelang Sinjun, in den schmalen Schatten des Gebüsches zu huschen und die Ecke des Hauses zu erreichen. Dort blieb er stehen und wartete, bis seine Atmung sich beruhigt hatte.

Es war überhaupt die dümmste aller Ideen gewesen, allein hierhergekommen zu sein. Egal wie sicher er sich fühlte – er hätte Chuck als Rückendeckung mitnehmen sollen. Oder noch besser Sinjuns stets einen kühlen Kopf bewahrenden Kumpel und persönlichen Diener, Enders Lloyd-Worthy, ein Engländer, der Chucks »vulgäre Ausbrüche« verachtete. Er wäre der ideale Begleiter für diese Gelegenheit gewesen.

Dann gab es noch Willis, den täuschend friedlichen Samoaner, der sich liebevoll um die Gärten kümmerte. Willis war Sinjun zutiefst dankbar, denn der hatte ihm einmal das Leben gerettet. Und jeder, der Willis' Wohltäter bedrohte, würde sich als nächstes wünschen, er hätte länger darüber nachgedacht, statt die Aufmerksamkeit dieses körperlich kräftigsten Mannes zu erregen, den Sinjun je gesehen hatte.

Unglücklicherweise war jedoch die Gelegenheit zur sorgfältigen Vorgehensplanung vorbei. Nach Chucks Aussage hatte er sowieso mit nicht mehr als einer einzigen, klug daherredenden Frau zu tun. Sinjun stand gerade so weit auf, daß er auf der Höhe des Fensterbrettes durch die Jalousien sehen konnte.

Die ganze Anstrengung würde sich bestimmt als unnötig erweisen.

Wenn Chuck ihm nicht gesagt hätte, daß er die Frau hier abgesetzt hatte, hätte Sinjun angenommen, jemand vom Personal hätte die Lichter angelassen.

Er runzelte die Stirn und ließ seinen Blick erneut durchs Zimmer schweifen. Schließlich entdeckte er, was er gesucht hatte: ein Ding, das nicht hierhergehörte. Gleich neben der Eingangstür stand ein kleiner, dunkelgrauer Koffer.

Und er war noch zu.

Er stand an einer Stelle, wo ihn sich jemand greifen konnte, wenn er hastig verschwinden wollte.

Sinjun rannte gebückt unterhalb der Höhe der Fensterbretter an der Eingangstür vorbei und weiter, bis er um eine Ecke kam und zu der Außentür, die in die Küche führte.

Gespannt drückte er sein Ohr ans Holz. Von innen war kein Geräusch zu hören. Er drehte langsam den Türknopf nach links. Die Tür öffnete sich geräuschlos, und er betrat den dunklen Raum.

Mondlicht fiel in dünnen Streifen durch Oberlichter und Rückfenster und malte weiße Vierecke auf die bleichen Fliesen und die Edelstahlspüle. Sinjun lächelte grimmig, schloß die Tür sachte hinter sich und zog die Waffe aus dem Hosenbund. Auf Zehenspitzen schlich er durch den kleinen Flur in Richtung Wohnzimmer. Welchen Grund sie auch haben mochte, die zierliche Blonde mit der schnellen Schnauze hockte hier irgendwo und glaubte, sie könnte ihn kriegen.

Er lugte in das einzige Schlafzimmer des Hauses, das jedoch leer war, genauso wie die Besenkammer, das kleine Badezimmer, eine Sauna, eine Rumpelkammer und die Dusche.

Sinjun sah aus dem Fenster der Rumpelkammer zu der schmalen Fläche zwischen Haus und dem Vorsprung über der Lagune. Das Haus – das ein Mann gebaut hatte, der Sinjun die Insel vererbt hatte – stand nur wenige Meter entfernt von der Steilkante über der seltsamen, tiefen kleinen Lagune.

Er begann zu glauben, daß die Frau nicht hier war. Vorsichtig trat er aus dem Hinterausgang und stand horchend da. Ein Chor von Ochsenfröschen erklang in der Nähe, und das harte Rascheln der Palmblätter über ihm, das leise Rauschen der Brandung, die über das Riff in die Lagune schäumte, waren die einzigen Geräusche, die er hörte. Der Nachtwind trug vom Meer schweren Salzduft herüber, gemischt mit dem süßen Aroma von Frangipani.

Sinjun atmete langsam aus, nachdem er eine Weile den Atem angehalten hatte, und ging hinüber zu der Kante, wo der Rasen abrupt endete. Die Spannung ließ etwas nach, aber seine Muskeln blieben einsatzbereit. Zum Teufel mit Chuck. Er hatte Angelica Dean hier blöderweise allein gelassen, und sie war schon zur Jagd aufgebrochen. Wenn er Glück hatte, wollte sie nur ein paar unbekannte Informationen über sein Privatleben. Wenn er nicht so viel Glück hatte, hoffte sie, ihn persönlich zu finden – und diesen sowieso schon beknackten Tag endgültig dadurch zu ruinieren, daß sie sich als Agentin für genau die Person herausstellte, die seinen Tod wollte.

Wer war das, der seinen Tod wollte?

Diese Frage hatte er sich in den sechs Wochen seit seinem ersten ›Unfall‹ schon unzählige Male gestellt. Damals wäre er beinahe das Opfer von Schüssen aus einem vorbeifahrenden Auto geworden. Wie immer begann er, seine Geschäftsverhältnisse zu durchleuchten, samt den Leuten, die mit diesen Geschäften zu tun hatten und die vielleicht einen Grund haben könnten, ihm nicht gerade Wohlwollen entgegenzubringen. Unglücklicherweise waren das nicht wenige. Investmentmagnaten waren nicht dafür bekannt, sich bei ihren Geschäften Freunde zu machen, selbst wenn sie dabei so bemüht moralbewußt vorgingen wie Sinjun.

Er trat einen Schritt zurück und erstarrte. Eine Bewegung am Rand der Kante war ihm aufgefallen. Er sah, wie lange Finger auftauchten und herumtasteten, bis sie einen Halt an der Erdkante fanden.

Der Herr der Wolken hatte einen schlechten Sinn für Humor. Plötzlich war wieder alles in Finsternis getaucht.

Die Augen scharf auf die Stelle gerichtet, wo die Finger sich festgekrallt hatten, wartete Sinjun.

Ein mühsames Ächzen ging dem Auftauchen eines Kopfes voran. Dann folgten verkrampfte Schultern, die mit langem, nassem Haar bedeckt waren, und schließlich den Rest eines

Körpers, der in einem durchsichtigen, weißen Badeanzug steckte. Offensichtlich hatte Angelica Dean vorgezogen, sich erst einmal – allein – kopfüber zum Schwimmen ins nächtliche Meer zu stürzen, anstatt sich auf die Lauer zu legen, um auf Sinjun zu warten.

Sie schaffte es, sich hochzuziehen und hockte dann da wie ein übergroßer, bleicher, tropfender Frosch.

»Miss Dean, nehme ich an?«

Die Gestalt zu seinen Füßen rührte sich nicht.

»Haben Sie Probleme mit dem Aufstehen?«

»Nein.« Ihre Stimme klang gedämpft.

»Gut. Hat Ihnen nie jemand gesagt, daß es gefährlich ist, allein in fremden Gewässern zu schwimmen, besonders nachts?«

»Doch.«

»Dann sind Sie ein Dummkopf.«

Sie murmelte etwas Unverständliches.

Sinjun begann die Geduld zu verlieren. »Ich bin sicher, Sie wollen Hell genauso gern verlassen wie ich möchte, daß Sie verschwinden. Ich hatte nicht erwartet, daß man Sie zu dieser Tageszeit hierherbringen würde – vielleicht sollte ich besser Nachtzeit sagen. Aber wir haben nun Gelegenheit, sofort über dieses Projekt zu sprechen, mit dem Sie mich verfolgt haben. Dann können Sie morgen früh gleich wieder aufbrechen.«

Ihre nächsten Worte waren klar verständlich. »Arroganter Mistkerl« war keine Bezeichnung, die er besonders schätzte, besonders nicht von jemandem, der ihn seit Wochen zu dieser Begegnung gedrängt hatte.

Die Frau hockte immer noch am Boden.

Sinjun bückte sich und berührte ihre Schulter mit der linken Hand.

Sie fuhr zusammen.

»Das ist doch lächerlich. Geben Sie mir die Hand.«

Ohne aufzusehen folgte sie seiner Anweisung, und er zog

sie hoch. Auch als sie aufrecht stand, reichte ihr Scheitel nicht bis zu seinem Kinn.

Etwas platzte in Sinjun. »Lady«, sagte er, und es war ihm egal, wie hart das klingen mochte. »Ich habe einen üblen Tag gehabt und bin wirklich sehr, sehr reizbar. In Ihrem eigenen Interesse würde ich Ihnen empfehlen, mit den Spielchen aufzuhören.«

»Ich spiele keine Spielchen.« Aus dem unsicheren Klang schloß er, daß sie mit den Zähnen klapperte.

Er konnte es sich nicht leisten, Sympathie mit einem potentiellen Feind oder einer Agentin zu entwickeln.

»Sie haben keine Zeit mehr«, machte er ihr klar. »Wir gehen hier nach meinen Regeln vor... offen. Ich erwarte, daß Sie Ihre Karten auf den Tisch legen... jetzt. Nur keine Zurückhaltung, Miss Dean. Lassen Sie mich sehen, was Sie in der Hand haben. Dann entscheiden wir, wie wir weitermachen.«

Er bildete es sich nicht ein, sie stieß wirklich einen gequälten Laut aus.

Langsam, ganz langsam hob sie das Gesicht, und Sinjun schluckte schwer. Chuck hatte sie nicht ganz richtig beschrieben. Zierlich ja. Blond auch. Große Klappe? Momentan weniger. Aber Sinjun konnte in der mondhellen Nacht sehen, daß die Dame volle, rote, weiche Lippen hatte. Und er stellte auch fest, daß ihr Gesicht oval war, mit einem spitzen Kinn, einer frechen Stupsnase, der Haaransatz herzförmig über feinen, gebogenen Brauen, und darunter lag das größte Paar Augen, das er je gesehen hatte. Blau? Grau? Grün? Das würde er bei Licht herausfinden müssen, denn der Mond verriet es ihm nicht.

Er mahnte mit dem Unterkiefer. »Ich habe Ihnen gesagt, was ich will.«

»Die Hände«, murmelte sie und hob langsam die Arme, bis sie über ihrem Kopf waren. Weiße Zähne gruben sich in ihre Unterlippe, dann flüsterte sie: »Werden Sie mich erschießen?«

Sinjun runzelte die Stirn, sah hinunter... und erstarrte. Der

Lauf der Waffe, von der er ganz vergessen hatte, daß sie noch in seiner Hand war, drückte sich in eine volle, weiße Brust.

Er zuckte zurück. Anspannung konnte einen ganz schön unaufmerksam machen. Sein erster Eindruck war *fast* richtig gewesen.

Miss Angelica Dean war nackt.

2

Der Lauf der abscheulichen schwarzen Waffe drückte sich kalt an ihre Brust. Die Augen des Mannes, die im Mondlicht glitzerten, waren unbeweglich auf seine Waffe gerichtet... nein, nur in dieselbe Richtung. Und diese glitzernden Augen waren alles andere als kalt.

Angelica reckte sich etwas höher und wünschte im selben Moment, sie hätte es nicht getan. Es war kaum zu übersehen, wie sich seine schmalen Lippen leicht aufwärts bogen und seine Nasenflügel sich blähten. Eine Sache war es, ihm zu zeigen, daß sie keine Angst hatte. Die andere, daß sie dabei ihre bloßen Brüste darbot... und alles andere, was an ihr nackt war... und zwar einem Fremden mit einer Waffe in der Hand.

Das war Irrsinn.

Doch es kam nicht in Frage, jetzt so etwas wie Schwäche zu zeigen. »Wollen Sie mich erschießen?« wiederholte sie ihre Frage.

»Wohl kaum.«

Sie hatte von Anfang an recht gehabt. Er war wirklich arrogant. »Sind Sie –«, da ihre Zähne darauf bestanden zu klappern, biß sie sie kurz zusammen und versuchte es dann wieder. »Sind Sie Sinjun Breaker?«

»Ich bin Breaker.« Seine Augen kehrten zu ihrem Gesicht

zurück. »Sie verbringen wohl nicht sehr viel Zeit in der Sonne, wie?«

Angelica preßte die Lippen aufeinander und schüttelte knapp den Kopf. Bei keiner der vielen Übungssituationen für diese Gelegenheit hatte sie eine solche Katastrophe vorausgesehen.

»Dachte ich mir. Sie sind so weiß, daß Sie im Dunkeln leuchten.«

Es ärgerte sie, daß ihr sofort das Blut ins Gesicht stieg. Wenn sie wirklich die Absicht hatte, die Rolle durchzuziehen, die sie sich vorgenommen hatte, dann würde sie irgendwie das Erröten in den Griff kriegen müssen. Eiserne Intellektuelle wurden wahrscheinlich nie rot – außer wenn sie zuviel in der Sonne lagen.

»Nehmen Sie die Hände runter.«

»Was?«

»Ihre Hände. Nehmen Sie sie runter.«

»Sie haben mir gesagt, ich sollte sie hochnehmen.«

»Nein, ich... vergessen Sie's. Sind Sie so hier hergekommen...« Er wedelte mit der Waffe vor ihrer Brust. »Oder wie?« Wenigstens schaute er nicht noch mal nach unten.

»Natürlich nicht! Was denken Sie, was ich... Also, ich hatte genaugenommen einen Bademantel mitgebracht. Nur falls es mir kalt werden sollte. Er ist da drüben. Ich hole ihn eben.« Sie trat zur Seite und ging – mit erzwungener Lässigkeit – auf den Busch zu, unter dem der Bademantel lag, den sie im Badezimmer gefunden hatte. Was würde ihre Freundin Brenda ihr jetzt raten? Die gute Brenda war die erfahrenste Frau, der Angelica je begegnet war, die coolste. *Cool.* »Ich ziehe ihn nur schnell über, und dann können wir... na ja, dann können wir uns unterhalten.« Sie fummelte herum, versuchte, ihre Nervosität nicht zu zeigen – was ihr total mißlang –, und zog endlich den dunkelblauen Bademantel über, der bis zu ihren Füßen reichte.

Er war Sinjun Breaker. *Sinjun Breaker!* Ein paar Meter von ihr entfernt stand der Mann, der ihr ganzes Leben verändert hatte, ohne überhaupt zu wissen, daß sie existierte.

Angelica wickelte sich den Bademantel fester um und band den Gürtel stramm. Gerade hier, dicht hinter ihr, lebte und atmete der Mann, den sie zu hassen gelernt hatte – und der sie *nackt* hatte herumlaufen sehen.

»Gehen wir.« Sie drehte sich um und blinzelte.

Er war fort.

Angelica schaute sich um – und sah gerade noch, wie die Tür zur Abstellkammer hinter ihm zufiel.

»Arroganter Schuft!« Arrogant und – nach dem, was sie gesehen hatte – genauso körperlich anziehend wie reich. Sie hob den zu langen Bademantel hoch und hastete hinter ihm her. »Ich schätze, Sie sind daran gewöhnt, daß Frauen die Kleider für Sie ausziehen. Einen Blick auf zirka zwei Meter stramme, männliche Muskeln, und sie können es vermutlich kaum *erwarten*, Ihnen die Kleider vom Leib zu reißen. Ich kann die Damen fast hören: ›Ach, der ist wirklich zum Umfallen. Und dazu noch das schöne Geld.‹ Warte nur, bis ich mit dir fertig bin, du *Macker*.«

Sie öffnete schwungvoll die Tür… und rannte direkt gegen seine Brust.

»Haben Sie was gesagt?«

Angelica blieb wie festgemauert stehen, obwohl das bedeutete, daß sie den Kopf in den Nacken legen mußte, um sein Gesicht zu sehen. »Ich sagte, daß ich es kaum erwarten kann, fertigzuwerden mit… Auspacken.«

»Ah, ich verstehe. Ich nehme an, Sie möchten sich anziehen, bevor wir uns unterhalten?«

»Ja.« Was hatte Brenda ihr erklärt? *»Fühle dich wohl in deinem Körper. Schöne Frauen, die es gewöhnt sind, daß jeder Mann der Umgebung strammsteht wie ein sabbernder Köter, bewegen sich, als hätten sie keine Füße, sondern Räder. Mir persönlich könnt's dabei ja übelwerden, aber wenn du vorhast,* *daß dieser Breaker dir zu Füßen fällt, dann mußt du die Sache mitspielen, kapiert?«* Brenda war Engländerin, aus Yorkshire, und sie sprach mit einem wunderbaren, seltsamen Akzent – wenn man erst einmal sorgfältig zuzuhören gelernt hatte, daß man sie verstand.

»Habe ich Ei im Gesicht, Miss Dean?«

Sie fuhr zusammen. »Wie bitte?«

»Sie starren mich so an.«

»Sei herablassend. Zier dich ein bißchen. Sieh ihn mit sanftem Augenaufschlag an.« Brenda, die groß war und auf kräftige, aber weibliche Art attraktiv, hatte bei diesen Worten geschaudert. Angelica fragte sich, was Brenda sagen würde, wenn sie wüßte, daß sie nicht etwa vorhatte, sich in das Vertrauen des Mannes einzuschleichen, um dann irgendeine voraussehbar alltägliche Biographie zu schreiben, sondern daß sie eine absolut schmutzige Enthüllung aus Sinjun Breakers Leben plante, die sie dem Meistbietenden verkaufen wollte?

Sie berührte flüchtig Breakers Arm mit einem Handrücken und glitt an ihm vorüber. An der Tür zwischen Abstellkammer und Flur blieb sie einen Augenblick stehen und sah über ihre Schulter zurück zu dem Mann, den sie im Dunkeln kaum erkennen konnte. »Nein, ich fühle mich ganz wohl so, Mr. Breaker.«

»Gut.«

»Und Sie?«

»Ich mich auch.«

»Gut«, sagte Angelica, und ihr verdrehter Hals tat ihr weh. »Dann unterhalten wir uns.« Das war doch wirklich lächerlich. Bei einem solchen Stil konnte sie unmöglich bleiben.

Im hellerleuchteten Wohnzimmer zog Angelica die Aufschläge des Bademantels zusammen und versuchte, klar zu denken. »Ein Drink?« fragte sie, als sie mehrere Flaschen auf einem Wägelchen aus Glas und Rohr entdeckte. »Was möchten Sie?«

»Nichts, danke.«

Seine Stimme war tief und trotzdem sehr klar – und seltsam ruhig. Der Moment war gekommen, sich ihm entgegenzustellen, richtig, im Licht. Sie wandte sich um und stellte fest, daß er beunruhigend nah bei ihr stand. Die Waffe war nicht zu sehen. Nachdem sie das geklärt hatte, betrachtete sie prüfend sein Gesicht.

Mein Gott, die Fotos aus den Archiven hatten in keiner Weise rüberbringen können, wie umwerfend gut er aussah.

Er legte den Kopf schief, hob die Augenbrauen und starrte zurück.

Er sah, wie sich ihre Lippen öffneten.

Sinjun Breakers Lippen öffneten sich ebenfalls, so daß seine geraden, kantigen, sehr weißen Zähne sichtbar wurden. Sein Mund war breit, die Oberlippe schmal, die untere voll. Seine Mundwinkel hatten von Natur aus einen leichten Schwung nach oben – aber nur minimal.

Seine Nase war schmal und gerade. Die Brauen wölbten sich nach oben und waren schwarz, genauso schwarz wie das etwas gelockte Haar, das bis zum Kragen seines losen, weißen Baumwollhemds reichte.

Dann wanderte Angelicas Blick weiter zu seinen Augen – und unwillkürlich atmete sie tief aus.

Sinjun Breaker musterte sie kühl aus grünen Augen mit gelbgoldenen Pünktchen. Schwarze, geschwungene Wimpern umschatteten sie so auffällig, als wären sie feucht. Und er schien geradewegs bis ins Innere ihrer Gedanken zu schauen.

Angelica fuhr sich mit der Zunge über die Lippen – was Sinjun Breaker nicht entging. Die braune Haut über den schmalen, kräftigen Knochen seiner Wangen und seinem markanten Unterkiefer spannte sich.

Ihr Herz begann so heftig zu schlagen, daß es in ihren Ohren dröhnte.

Der Teufel. Passend, daß diese Insel ›Hell‹, also Hölle hieß.

Was sagten sie über ihn? Daß er der schönste aller Teufel sei? Vor ihr stand der eleganteste, satanisch gutaussehendste, männlich attraktivste Mann, dem sie je begegnet war.

Angelica schauderte.

»Sie frieren ja.«

Sie bekam nicht mit, was er sagte, und als er sich bewegte, fuhr sie zusammen.

»Ihre Haare«, sagte er sachlich. »Sie weichen den Bademantel durch.«

Noch bevor sie reagieren konnte, schob Breaker seine Hand in ihren Nacken, zog ihre nassen Haare hervor und ließ sie über ihren Rücken fallen. »Besser?« Seine Finger ruhten leicht auf ihrer Schulter.

Die Berührung war warm und fest... Und er war verabscheuenswert. Daran mußte sie stets denken.

»Reiche Männer sind es gewohnt, daß sie immer kriegen, was sie wollen«, hatte sie Brenda auf dem SeaTac Flughafen gewarnt, als sie sie zu ihrem Flug nach Hawaii begleitete. *»Sie benutzen Frauen wie so 'ne Art Mantel. Vergiß nie, was ich dir sagte! Sie nehmen den, der ihnen gefällt oder auch nur zufällt. Ziehen ihn an und probieren ihn ein bißchen aus – verstehst du? Dann werfen sie ihn weg, wenn ein neuer oder in der Farbe ansprechenderer ihnen ins Auge sticht. O ja, ich weiß, wie reiche Männer sind – und gutaussehende. Und wenn beides zusammenkommt, tja, dann kannste nur noch beten, Mädchen.«*

Angelica hörte Breaker lachen und sah verwirrt zu ihm auf. »Was ist denn so komisch?«

»Nichts«, sagte er, lachte aber weiter amüsiert. »Vielleicht sollten wir diese Unterhaltung auf morgen früh verschieben, wenn Sie nicht so abgelenkt sind – falls ich mich entschließe, überhaupt ein Gespräch für sinnvoll zu erachten.«

Diese Worte trafen sie wie eine Ohrfeige. »*Falls*, Mr. Breaker? Sie hatten mich doch eingeladen hierherzukommen.

Warum sollten Sie das tun, wenn Sie gar nicht vorhaben, auf meinen Vorschlag einzugehen?«

Er überlegte einen Moment. »Weil ich ein neugieriger Mensch bin«, sagte er dann. »Ich wollte mir die Frau ansehen, die mich schon seit Wochen mit Briefen und Anrufen traktiert. Und mir zusätzlich nach Hawaii und schließlich auf meine Insel gefolgt ist.«

Ein neugieriger Mann. Was würde er sagen, wenn sie ihm gleich jetzt erklärte, daß sie die Absicht hatte, den ›neugierigen Mann‹ als genau das zerstörerische, skrupellose Ungeheuer darzustellen, das er war? »Neugier kann eine nützliche Eigenschaft sein«, erklärte sie ihm, sorgfältig bemüht, einen neutralen Ton zu bewahren. »Ich bin auch neugierig. Das sind die meisten Journalisten.«

»Sind Sie eine gute Journalistin?«

Sie merkte es, wenn jemand versuchte, sie zu ködern. »Die beste.« Nicht die härteste, nicht die, die ungerührt blieb durch die Grausamkeit der Welt, aber eine Journalistin, die gelobt worden war als möglicherweise die empfindsamste und ehrlichste Reporterin des Landes.

Breaker beobachtete sie genau. »Die beste, Miss Dean? Auch die bescheidenste?«

Diese Stichelei konnte sie gar nicht aufregen. »Manchmal ist Bescheidenheit nur geheuchelt, Mr. Breaker. Ich bin davon ausgegangen, daß Sie eine Frage gestellt haben, auf die Sie eine ehrliche Antwort wollten. Die haben Sie gekriegt.«

Er verbeugte sich. »Also gut. Kommen wir zum Geschäft. Warum will die *beste* Journalistin meine Biographie schreiben?«

Das hatte sie erwartet. Sie bemühte sich um ein souveränes Lächeln und setzte sich an das eine Ende einer Rattancouch mit weichen Kissen in verschiedenen Blau- und Grüntönen. »Selbst jemand, der in seinem Bereich der Beste ist, kann durch neue Erfahrungen seine Fähigkeiten erweitern. Ich habe mich in meiner Arbeit immer auf das menschliche Element konzentriert. Mich bringen Leute in Fahrt. Leute kann ich am besten darstellen. Aber ich möchte es gern einmal versuchen, die menschliche Natur aus einer anderen Perspektive zu betrachten. Und Sie, Mr. Breaker, geben das perfekte Subjekt für das ab, was ich gern tun möchte.«

Er ging zu den Fenstern, kam wieder zurück und ließ sich in einen tiefen Sessel fallen, dessen Kissen zu denen der Couch paßten. »Ich verstehe immer noch nicht recht, was genau Sie eigentlich tun wollen.«

Angelica lächelte zurückhaltend. »Na ja, ich möchte Sie studieren. Ihr Leben. Ein Niemandskind aus Nirgendwo kommt hoch – sehr hoch – und macht ein größeres Vermögen, als es sich der optimistischste Träumer vorstellen könnte.

Ich möchte mit dem Jungen anfangen, der arm wie eine Kirchenmaus in Montana aufgewachsen ist. Der Sohn eines Trinkers, der nie einen Job hatte. Der Junge, der seinem Vater ein Vater war und ihm so gut wie möglich die Schwierigkeiten vom Leib gehalten hat, bis man den alten Herrn schließlich abführte, weil er einen Mann getötet hatte. Wie hat es sich angefühlt –«

»Woher haben Sie das?« unterbrach er sie. Er saß unverändert in dem Sessel, an die Kissen gelehnt, seinen einen Fuß auf das Knie des anderen Beines gestützt.

Bis zu diesem Augenblick war Angelica nicht aufgefallen, daß er barfuß war – er hatte lange, schmale Füße mit ein paar Härchen darauf, die über seinen Knöcheln dichter wurden.

Er veränderte seine Haltung keine Spur – bis auf seine Hände. Seine Hände umspannten die Sessellehnen, und die Fingerknöchel schimmerten weiß.

»Es war doch sicher nicht leicht, als die Polizei kam und Ihnen sagte, daß Ihr Vater eine Whiskyflasche auf jemandes Kopf zerschlagen und ihn damit umgebracht hatte.«

»Ich hatte Sie gefragt, woher Sie das wissen.«

Sie zuckte mit den Schultern, aber ihr Magen zog sich zusammen. »Journalisten sind es gewohnt, Dinge herauszufinden, die sie wissen wollen.« Und manchmal fanden sie auch Dinge heraus, die sie lieber nicht wissen wollten. »Sie sind eine unglaubliche Erfolgsgeschichte, Mr. Breaker. Vom Abschaum zum Milliardär. Ich denke, damit gehören Sie zu einer echten Minderheit.«

Er betrachtete sie, und seine außergewöhnlichen Augen sahen aus wie grünes Glas – zerbrochenes grünes Glas. »Das war unnötig, Miss Dean. Und das brauche ich mir von Ihnen nicht gefallen zu lassen.«

»Sie brauchen sich die Wahrheit nicht gefallen zu lassen?« Was sie vorhatte, war sorgfältig geplant, aber es gefiel ihr trotzdem nicht besonders. Sie hatte ihr Leben damit verbracht, die Wahrheit herauszufinden und das Beste draus zu machen. Manchmal war das nicht möglich – wie jetzt. »Mr. Breaker, es mag schon sein, daß Ihnen nicht gefällt, was ich gerade gesagt habe, aber es ist die Wahrheit, und das wissen wir beide.«

Seine Hände lockerten sich – etwas.

Angelica warf ihm ihr strahlendstes, vertrauenerweckendstes Lächeln zu, bevor sie zum nächsten Hieb ansetzte. »Haben Sie je versucht, Ihre Mutter zu finden?«

Er starrte sie unbeweglich an.

»Heißt das ja oder nein?« Als er nicht antwortete, schüttelte sie ihr feuchtes Haar und fuhr fort: »Sie war erst ein Teenager, als sie mit Ihnen schwanger wurde. Sechzehn. Ihr Vater war dreißig. Ich schätze, damit könnte man ihm auch noch ein anderes, ziemlich unschönes Verbrechen zur Last legen.«

Breaker schwieg immer noch. Die Aufmerksamkeit, die so charakteristisch für ihn zu sein schien, nahm zu. Angelicas Magen zog sich erneut zusammen, während ihr Herz heftig hämmerte. »Also, sobald Belle Ford – Ihre Mutter – Sie auf die Welt entlassen hatte, verschwand sie, und niemand scheint zu wissen, was aus ihr geworden ist.« Mit einem verständnislosen

Stirnrunzeln und weit geöffneten Augen gab sie ihm zu verstehen, daß dies noch ein Geheimnis im Leben des Milliardärs Sinjun Breaker war. »Wenn man davon ausgeht, wie Ihr Vater mit dem Mann umging, von dem er glaubte, er hätte ihn beim Kartenspiel betrogen – ihm eins mit einer Flasche über den Kopf zu –«

»– ziehen«, vollendete Breaker für sie. »Der Typ wollte es nicht anders. Er hat meinen Vater mit Schimpfwörtern bedacht, die ich Ihren hübschen Ohren nicht zumuten möchte, und dann ein Messer gezogen. Haben Sie das bei Ihrer Schnüffelei nicht herausgefunden?«

»In meinem Beruf nennen wir das Nachforschungen. Nein, habe ich nicht.«

»Dann ist es wohl auch nicht so gewesen, oder? Denken Sie, was Sie denken wollen, Miss Dean. Ich kenne die Wahrheit. Und mein Vater hat meine sechzehnjährige Mutter nicht nach meiner Geburt umgebracht, falls Sie das andeuten wollen.«

Sie schüttelte den Kopf. »Ich deute gar nichts an. Ich stelle nur fest, was mir gerade in den Sinn kommt. So bin ich nun mal. Sie werden immer wissen, was ich denke, weil ich es direkt ausspreche.« Der Charme, mit dem sie jedes Wort befrachtete, erdrückte sie fast. »Aber Ihre Mutter –«

»Meine Mutter starb vor vier Jahren. Sie lag nach einem Autounfall noch fast einen Monat im Koma.«

Das traf sie unvorbereitet. »Aha, ich verstehe.«

»Das wußten Sie nicht, oder? Da haben Sie Ihre Informanten wohl hängenlassen. Geben Sie ihnen vierzig Stockschläge, wenn Sie zurück sind.«

Angelica Dean galt nicht als die Beste, weil sie so lange brauchte, um sich von einem Schlag zu erholen... »Was hat sie Ihnen darüber erzählt, warum sie Sie als Baby abgeschoben hat?« setzte sie unvermittelt nach.

Er lächelte etwas schief, ein Lächeln, das sie widerstrebend anziehend fand. »Nichts. Ich hatte sie seit Jahren gesucht. Ich fand sie erst nach ihrem Unfall im Krankenhaus. Sie hatte sich alleine ein Leben aufgebaut, ein anständiges Leben. Ich habe keine Notwendigkeit gesehen, mich in die Trauer ihrer Familie einzumischen, ohne ihrer Erinnerung an sie zu schaden. Also bin ich eine Weile im Hintergrund geblieben bis sie starb, dann verschwand ich. Versuchen Sie nicht, irgend etwas über sie auszugraben. Damit vergeuden Sie ihre Zeit.«

Seine Stimme klang jetzt fern und noch ruhiger als vorher. Das Lächeln schwankte. Angelica beugte sich zu ihm vor. Es lag etwas Verletzliches in diesem Lächeln, etwas … verdammt! Der Mann war wirklich ein Profi darin, Leute hereinzulegen, doch sie hatte nicht vor, eines seiner Opfer zu werden.

Sie stand auf und wandte ihm den Rücken. »Der Mann, der mich hergeflogen hat, heißt Chuck Gill?«

»Ja.«

»Sie kennen einander schon sehr lange?«

Er atmete hörbar aus. »So ziemlich unser ganzes Leben lang. Er ist der beste Freund, den ich je hatte. Ehrlich gesagt ist er der beste Freund, den ich je zu haben hoffte. Beantwortet das vielleicht noch ein paar andere Fragen?«

Sie zog den Gürtel um den Bademantel enger. »Zusammen für immer. Für ewig vereint. Etwas in der Art?«

»Wir haben eine Menge zusammen durchgemacht, wenn Sie das meinen.«

»Aber Sie haben dabei stets besser abgeschnitten als Chuck, oder?«

Er zögerte und sagte dann: »Chuck hat nicht immer Glück gehabt. Und wie wir alle hat auch er Fehler gemacht. Aber jetzt ist es anders.«

»Weil Sie in der Nähe waren, um ihn wieder aufzusammeln?«

»Ich glaube, es ist Zeit, in die Zukunft zu sehen, Miss Dean.«

»Chucks Vater hat Sie gerettet.«

Nach kurzem Schweigen sagte Breaker: »Ja, könnte man so sagen.«

Sie ging zum Fenster und sah ihre Spiegelung vor den Silhouetten der mondbeleuchteten Pflanzen draußen. »Chucks Vater – Len – hat Ihnen auf seiner Ranch in Montana Arbeit gegeben. Und er hat Ihnen beigebracht, Hubschrauber zu fliegen – genauso wie seinem Sohn.«

»Stimmt. Was hat das –«

»Es zeigt, wie Sie so weit kommen konnten«, unterbrach ihn Angelica. »Als Sie zweiundzwanzig waren, hat ein Mann namens Bruno Kertz Sie als persönlichen Piloten und Bodyguard eingestellt.«

»Ich glaube, daß es gar nicht nötig ist, daß Sie mich interviewen, Miss Dean. Sie wissen sowieso fast so viel wie ich. Was ist mit meiner Unterhosengröße, kennen Sie die auch?«

Angelica runzelte die Stirn. Etwas hatte sich draußen durch den dichten Schatten auf dem Rasen bewegt. Sie starrte hinaus auf der Suche nach einer Gestalt, aber es war nichts zu sehen. Wahrscheinlich war sie nur überempfindlich wegen der Anspannung.

»Miss Dean, habe ich Sie so schockiert, daß Ihnen nichts mehr einfällt?«

Sie wandte ihre Aufmerksamkeit erneut ihrem Spiegelbild zu und spürte, wie ihr schon wieder die Hitze ins Gesicht stieg. Dieser Mann wirkte auf sie geradezu lästig. »Ich weiß nicht mehr als die trockenen Fakten über Sie«, entgegnete sie ausdruckslos. Aber er würde vermutlich pikiert bis zu den Fußspitzen sein, wenn er herausfand, worin diese Fakten zum Teil bestanden. »Bruno Kertz war eine Art Einsiedler, ein sehr reicher Einsiedler. Diese Insel hat ihm gehört.«

»Bruno war ein wunderbarer Mann. Der beste.«

«Ich würde ihn wahrscheinlich auch für den besten halten, wenn er mich zu seinem Schützling und dann zum Alleinerben machen würde.«

»Sie sind eine Zynikerin, Miss Dean.«

»Ich bin Realistin, Mr. Breaker. Erzählen Sie mir von der Rubinpäonie.«

Er atmete sachte aus. »Wenden Sie sich an Ihren Informanten.«

»Ich würde sie mir viel lieber von Ihnen beschreiben lassen.«

»Eine Baumpäonie, aus Rubinen gemacht. Hat mehr Karat, als ich öffentlich bekanntgeben möchte. Die Blütenmitte besteht aus gesponnenen Goldfäden mit makellosen Diamanten an der Spitze. Sie ist sehr schön und sehr alt, und ich schätze sie mehr als alles andere, was ich besitze.«

Sie versuchte, sich das Stück vorzustellen. »Mr. Kertz hatte einen Namen dafür, oder?«

»Er nannte sie seinen Trumpf im Ärmel. Das bedeutete, er empfand sie als Sicherheit, falls er je ganz übles Pech haben sollte.«

»Ich würde sie schrecklich gern sehen«, erklärte sie spontan.

»Sie und eine Menge andere Leute.«

Er war genauso kurz angebunden, wie sie erwartet hatte. »Stimmt es, daß Sie die Päonie mitnehmen, wo auch immer Sie hingehen?« fragte sie.

»Absolut. Mein Motto ist: Ficke nie, ohne ein Auge auf die Rubinpäonie zu haben. Nächste Frage?«

Angelica erlaubte sich nicht wegzuschauen. »Sie haben offensichtlich den Ruf der Direktheit verdient.«

»Danke«, sagte er. »Warum sind Sie hier?«

Sie fühlte sich plötzlich elend. »Ich dachte, meine Briefe und Anrufe hätten das klargemacht.«

»Ach ja? Denke ich nicht.«

Das war es. Sie hatte gewußt, daß sie auf dieser Insel, bei diesem Mann, ein Minenfeld erwartete. »Sie sind eine international bedeutsame Institution. Und Sie sind eine lebende Märchenfigur.«

Er lachte kurz. »Wie bitte?«

»Aschenputtel, Mr. Breaker. Die Geschichte kennen Sie doch bestimmt. Das arme kleine Mädchen wird aus der Küche –«

»Ich kenne die Geschichte.« Seine Stimme troff vor Sarkasmus. »Ich sehe nur nicht, was sie mit mir zu tun hat.«

»Nein?« Im Fenster sah sie, wie er aufstand, und verspannte sich unwillkürlich. »Der einzige Unterschied ist, daß in Ihrem Fall das hilflose Opfer heruntergekommener Eltern ein Junge war und sein Retter nicht ein potentieller Geliebter... oder doch?«

»Teufel noch mal!« zischte Breaker. »Sie wollen mich provozieren, oder?«

»Vielleicht.« Sie versuchte, ihren Magen zu beruhigen. »Manchmal hilft es, wenn ein Informant ärgerlich wird. Dabei kann derjenige gelegentlich unvorsichtig werden. Jeder weiß, daß Reporter ihre Informanten gern ganz harmlos fragen oder verärgern, um sie zu Indiskretionen zu bewegen.«

»Stellen Sie sich darauf ein, morgen früh abzureisen.«

Angelica zog die Revers ihres Bademantels am Hals zusammen. »Ich würde lieber hierbleiben.«

»Mein Gott, Sie sind unglaublich.«

Wenn er wüßte, wie sie sich fühlte, würde er lachen und weggehen. »Ich bin unglaublich, und Sie auch. Wir geben doch ein gutes Paar ab, finden Sie nicht?«

»Morgen früh.«

»Ich werde das nicht akzeptieren. Falls ich nämlich wirklich gehen würde, würden Sie später bedauern, nicht mehr über mich erfahren zu haben. Warum heißt diese Insel ›Hell‹, wie Hölle?«

»Würde Sie nicht interessieren.«

»Interessiert mich aber. Alles an Ihnen interessiert mich.« *Absolut alles.*

Er zögerte und bewegte sich langsam in ihre Richtung. »Mein Name ist Sinjun. Fragen Sie mich nicht, wie mein alter

Herr auf einen solchen Namen gekommen ist. Meistens war er zu betrunken, als daß ich ihn hätte fragen können. Und wenn er nüchtern war, war er zu sauer. Meine Freunde haben mich Sin genannt, Sin wie Sünde. Manche sagten, das passe zu mir.«

Es gab nach wie vor welche, die fanden, es würde zu ihm passen. Angelica holte tief Luft. Er durchquerte das Zimmer und kam näher.

»Dann wurde ich erwachsen, und es gab immer noch Leute, die fanden, man hätte mich Sünde taufen müssen.«

Seine Gegenwart, nur ein paar Zentimeter hinter ihrer Schulter, hätte sie sogar gespürt, wenn sie ihn nicht gesehen hätte.

»Irgendwann hatte ich Glück – oder was man für Glück hielt«, fuhr Breaker fort. »Bruno Kertz begriff, daß ich ihm mehr zu bieten hatte als nur ein Paar stählerner Fäuste und ein Talent, so ziemlich alles zu fliegen, was Flügel oder Rotorblätter hatte. Er beschloß, ich hätte auch Hirn und machte es sich zur Aufgabe, daß ich es auch benutzte. Bruno hat mir viel gegeben. Aber ich habe ihm genausoviel gegeben. Er war ein großer Mann, und er fehlt mir.«

»Hell«, gab sie ihm noch einmal das Stichwort.

»Einfach.« Er nahm eine Strähne von ihrem trocknenden Haar und hob sie zu seinem Gesicht. »Nett. Frühlingsrosen – und etwas Salz. Sehr nett.«

Muskeln in ihren Schenkeln zogen sich zusammen. Dieser Mann hatte die Macht, ihre Erregung zu wecken. Angelica Dean hatte bisher wenige Gelegenheiten für Sex gehabt. Sehr wenige Gelegenheiten – und keine davon bemerkenswert genug, um sie an mehr zu interessieren. Aber sie kannte sexuelle Anziehung, wenn sie sie spürte. Breaker spürte diese Anziehung sicher auch und würde sie zu nutzen wissen. »Hell«, wiederholte sie.

»Ach ja, Hell.« Behutsam nahm er ihre Haare an ihrem

Nacken in einer Hand zusammen. »Honigblond. Das muß höllisch sexy aussehen, wenn die Sonne darauf scheint.«

Sie konnte sich nicht bewegen. Und sie sollte, *durfte* nicht auf ihn reagieren, egal wie anziehend er war.

»Hm, wovon hatten wir gerade gesprochen?« sagte er.

»Hell.«

Die rauhe Kuppe eines langen Zeigefingers folgte der Kante ihres Unterkiefers von der empfindlichen kleinen Mulde unter ihrem Ohrläppchen bis zur Spitze ihres Kinns. »Ja. Hell. Meine Insel. Offensichtlich, natürlich. Teuflisches Glück habe ich nun mal. Und man nennt mich Sin. Also: Hell. Sehen Sie mich an.«

Die Nacht war wohl drückend geworden. Sie konnte nicht mehr richtig durchatmen. Ein Daumen hatte den Zeigefinger abgelöst und lag an ihrem Mundwinkel.

»Kommen Sie schon, Miss Dean, sehen Sie mich an. Bitte.«

Sie wandte ihm mit einem Ruck den Kopf zu.

»Ja, natürlich.« Sein Daumen strich am Rand ihrer Unterlippe hin und her. »Sie sind braun. Ein weiches, warmes Braun. Mein Gott, ich wette, Ihre Augen sind im Sonnenlicht ebenso schön wie Ihre Haare.«

»Ich –« Sein Blick folgte jeder Bewegung ihres Mundes. »Sie sind wirklich gut, Mr. Breaker.«

»Gut?« Seine Augen weiteten sich unschuldig. »Was meinen Sie denn damit?«

»Sind Sie je einer Frau begegnet, die nicht Wachs in Ihren Händen war?«

Mit diesen magischen, lächelnden, unglaublich hypnotischen Augen hatte er die Macht, alles und jeden zu bewegen. Fast alles und jeden. Unglücklicherweise – für ihn – hatte sie gar nicht vor, seinen Körper zu besiegen, sondern seinen Geist. »Vielleicht würden Sie es … anregend finden, wenn Sie feststellen könnten, daß es eine Frau gibt, die Sie nicht verführen können, meinen Sie nicht?«

»Mag sein.« Sanft, aber nachdrücklich drehte er sie zu sich herum. »Ich dachte, Sie sind hier, um meine Biographie zu schreiben.«

»Bin ich auch.« Sie holte noch einmal mit viel Mühe tief Atem – und sein Blick wanderte weiter nach unten. »Nehmen Sie sich manche meiner Fragen nicht so sehr zu Herzen, Mr. Breaker. Ich bin manchmal etwas abschweifend.«

»Ach, wirklich?« Er strich mit der Außenseite seiner Finger seitlich über ihren Hals. »Irgendwie bezweifle ich, daß Sie je wirklich abschweifen – nicht ohne dabei ganz genau zu wissen, wohin Sie abschweifen.«

»Sie sind erstaunlich«, sagte sie. »Sie scheinen meine Gedanken lesen zu können.«

»Ach ja?« Sein Gesicht neigte sich eine Spur weiter herunter. »Sie versuchen nicht zufällig gerade, mich durch Schmeichelei für sich zu gewinnen, oder, Miss Dean?«

Er hatte doch wohl nicht vor... »Ich – nein, Mr. Breaker.«

»Gut. Mein Name ist Sinjun. Ich glaube, ich würde es gern hören, wie Sie meinen Namen aussprechen.«

Er würde sie tatsächlich küssen. »Sinjun.« Das war ein Teil ihres Plans, an das zu kommen, was sie wollte. Erst würde sie ihn einwickeln, bis er ihr vertraute, und dann würde sie ihn Stück für Stück auseinandernehmen. Aber sie hatte nicht so recht darüber nachgedacht, wie es sich *anfühlen* würde, wenn er sie berührte.

»Meinen Sie das mit der Biographie wirklich ernst?«

»Ich habe noch nie etwas so ernst gemeint.« Konzentrier dich, los, *konzentrieren!*

»Glauben Sie, Sie könnten mir – in wenigen Worten – sagen, warum? Ehrlich?«

Nein, das konnte sie wirklich nicht. »Sie sind ein Mann von heute. Möglicherweise einer der letzten einer Art, die wir nie wieder erleben werden.«

»Warum nicht?«

»Weil die Welt sich ändert. Die Menschen vergessen die Märchen. Wenn es dann passiert ist – ich meine, wenn sie die Märchen ganz vergessen haben –, dann werden auch keine Aschenputtel-Geschichten mehr vorkommen.«

»Ich glaube, diese Aschenputtel-Sache gefällt mir nicht.«

»Ich überlege mir ein anderes Märchen.«

»Bestimmt?«

Sie wollte tatsächlich *wissen,* wie es sich anfühlte, ihn zu küssen. »Ja. Ja, das tue ich.« Angelica senkte den Blick.

Seine Lippen streiften ihre. »Wie werden Sie von Ihren Freunden genannt?«

»Angelica«, murmelte sie. »Oder Angel.«

Er lachte leise. »Angel wie Engel. Sin und der Engel. Das klingt wirklich gut. Öffnen Sie Ihren Mund für mich.«

Aus einem unerfindlichen Grund spielte er mit ihr. »Ich denke nicht«, sagte Angelica.

»Ich schon. Ich weiß sogar, daß es absolut unumgänglich ist. Wir werden einander so gut kennenlernen, daß Sie meine Biographie schreiben können, wie man sie schreiben sollte: aus Erfahrung.« Er neigte den Kopf weiter, um ihren Hals zu küssen.

»Ich habe es mir zur Regel gemacht, niemals durcheinanderzubringen, was Arbeit und was ...«

»Vergnügen ist? Erklären Sie es sich als Nachforschung.«

Als er sie an sich zog, fühlten sich ihre Beine an, als ob sie keine Knochen hätten. »Bedeutet das, Sie wollen mich Ihre Geschichte schreiben lassen?«

»Es bedeutet, daß ich darüber nachdenke.«

Seine Hände waren unter dem Bademantel und rieben ihre Schultern. Sie spannte sich an, gab aber nicht dem Impuls nach, ihn wegzuschieben. »Gut«, sagte sie mit gelungen lässiger Stimme. Warum mußte er so schön sein? Und warum mußte sie auf ihn so reagieren, wie vermutlich alle Frauen vor ihr, seit er alt genug war, Hände und Lippen ... und seinen

Körper zu gebrauchen wie ein Mann? »Können wir uns dann morgen weiter unterhalten?«

»Unbedingt.« Er sah unverwandt herunter in ihre Augen.

Angelica versuchte, den Blick abzuwenden, was ihr aber nicht gelang. »Ich glaube, dies wäre genau der richtige Augenblick zum Gute-Nacht-Sagen.«

Er griente. »Ich glaube, da könnten Sie recht haben. Keine Sorge, Angel. Ich verschlinge Frauen nicht im ersten Moment. Nicht einmal ganz kleine.«

»Gute Nacht.« Ihre Stimme kippte.

»Nicht einmal ganz kleine, sexy Frauen mit schönen Brüsten.«

Ein ärgerlicher Schwall von Röte überflutete ihr Gesicht. »Das ist sehr anständig von Ihnen.«

»Ich weiß. Ein Kuß – *Angel* –, dann gehe ich. Ich gehe und denke an die nächste Gelegenheit, bei der wir uns ... unterhalten werden.« Seine weißen Zähne drückten sich in seine Unterlippe.

»Richtig.« Angelica legte ihre Hände auf seine Schultern.

Wie vorauszusehen war, zog er sie noch fester an sich. »Ein Kuß?«

Sie versuchte wieder, seinen Blick zu vermeiden.

»Öffne den Mund für mich.«

Angelica schloß fest die Augen. Er nahm ihre Lippen, zuerst sanft, dann mit der subtilen Macht der Erfahrung. Seine Zunge drängte sich zwischen ihre Lippen, zog sich zurück, drang zwischen ihre Zähne. Hitze explodierte in Angelicas Innerem. Er lieferte ihr ein offensichtliches Beispiel davon, wie es sein würde, wenn sie beide nackt waren und er sich in ihren Körper drängen würde – mit all der Macht, die sie im Beben seiner Muskeln unter ihren Fingern spürte.

»O ja«, raunte er an ihrer Wange. »Ich glaube, es wäre doch keine gute Idee, wenn Sie morgen früh schon abreisen würden.«

»Nein?« Eine Art Vorahnung ließ ihr eine Gänsehaut über den Rücken laufen. Sie hatte nicht den Eindruck gemacht, als würde sie körperlich auf ihn reagieren, und doch schien ihm das egal zu sein. Womöglich war er sogar der Typ Mann, der Widerstand erregend fand.

Sie sagte: »Ich bin froh, daß Sie mit meinem Hierbleiben einverstanden sind. Ich verspreche, daß ich bei dem Projekt wirklich gründlich vorgehen werde.« O ja, sehr gründlich. Doch genaugenommen empfand sie Angst dabei. Sie mußte sehr, sehr vorsichtig mit diesem Mann umgehen. Er war einer von denen, die Brenda gemeint hatte: so einer, der Frauen erst benutzte und dann fallenließ.

Er hob den Kopf und faßte den Kragen des Bademantels mit beiden Händen. »Hmm. Ich habe beschlossen, Ihnen die Chance zu geben, zu beweisen, wie gründlich Sie sein können.«

Angst. Das war es eindeutig, was er in ihr bewirkte. »Vielen Dank.« Diese seltsame kleine Szene war alles in allem eine Darstellung von Beherrschung gewesen. Er hatte ihr bewiesen, daß er haben konnte, was er wollte und wann immer er es wollte ... *falls* er wollte.

»Danken Sie mir nicht«, sagte er. »Ich gebe nie etwas einfach ab.«

Chuck war ein Dummkopf. Er glaubte wirklich, sie würde ihn lieben. Während er ihr davon erzählte, daß er irgendeine Tussi in Kauai aufgelesen und hergebracht hatte, hatte er Lorraine angesehen, als hätte er noch nie daran gedacht, daß sie womöglich nicht verrückt auf ihn sein könnte.

Und jetzt küßte Sin die Tante als wäre er ein Mann, der lange irgendwo einsam eingesperrt gewesen war.

Lorraine stand auf dem Rasen vor dem Lagunenhaus, die Arme unter den Brüsten verschränkt. Sie konnten sie nicht sehen, selbst wenn sie in ihre Richtung geschaut hätten, weil sie im Schatten eines riesigen australischen Farns stand. Aber Sin und die kleine Hure hatten andere Sachen im Kopf als einen Gedanken an jemanden zu verschwenden, der vielleicht draußen stand und ihre ekelhafte Knutscherei beobachtete.

Sin würde heute nacht mit diesem farblosen Nichts ins Bett gehen. Jetzt schon waren seine Hände in dem Ding, das sie trug, und er hatte sie an sich geklebt wie weiche Butter auf warmes Brot.

Er hätte Lorraine haben können. Er hätte sie jetzt gleich und so oft er wollte haben können.

Sie war feucht und bereit. Außer einem scharlachroten Bikinihöschen war Lorraine nackt unter dem roten Seidensarong den sie trug. Sie schaute an sich hinab und schob eine der Stoffbahnen zur Seite, die sich über ihren Brüsten kreuzten. Sie strich über ihre eine Brust, legte die Hand darunter und hob sie an, spürte eine heiße Welle der Erregung, als ihre Finger die harte Brustwarze streiften.

Sie schauderte.

Verdammter Typ. Sie war wirklich bereit für ihn.

Warum hörte er nicht endlich auf, so zu tun, als begehrte er sie nicht? Was sollte sie sonst noch opfern, um zu beweisen, wie sehr sie *ihn* begehrte? Er wußte doch, was sie alles für ihn geopfert hatte. Es konnte gar nicht anders sein. Er *mußte* einfach wissen, was sie aufgegeben hatte, um in seiner Nähe zu sein. Wegen Sinjun lebte sie in der Angst, Garth Lieber würde womöglich irgendwann herausfinden, was sie der alten Schreckschraube, die früher seine Freundin gewesen war, für kleine Schwindeleien erzählt hatte. Denn wenn Garth davon erfuhr, würde er sich womöglich revanchieren. Warum machte Sinjun nur weiterhin Geschäfte mit Garth, obwohl sie ihn gewarnt hatte, dem Kerl wäre nicht zu trauen?

Chuck war langweilig. Immer willig, aber langweilig – und schnell. Zack, zack, das war's. Nichts Neues. Keine Spielchen. Und er konnte es nicht leiden, wenn sie von ihm verlangte, ihr wehzutun. Dummkopf. Armer, unschuldiger Dummkopf. Dauernd erklärte er ihr, er liebe sie. Ewig erwartete er, daß sie sagte, sie liebe ihn auch. Sin würde anders sein, das wußte sie. Seit Monaten – seit sie damals Garth davongelaufen war – hatte sie sich Sinjun immer wieder angeboten.

Garth hatte ihr schon fast einen Heiratsantrag gemacht. Es stimmte zwar, daß er die eigentlichen Worte nie wirklich über die Lippen gebracht hatte – selbst als sie versuchte, ihn dazu zu drängen. Er hatte sie auch gewarnt, er würde sie sofort fallenlassen, wenn sich herumsprechen sollte, daß es eine Verlobung geben könnte. Aber er begehrte sie, und Garth mußte immer besitzen, was er begehrte. Irgendwann hätte er sie sicher angefleht, ihn zu heiraten. Als Ehefrau von Garth Lieber wäre sie eine reiche Frau gewesen. All dem hatte sie wegen Sinjun den Rücken zugekehrt – wegen der Aufforderung, die sie in seinem Blick gelesen hatte, wann immer sie sich in Garths luxuriöser Villa in Seattle begegnet waren. Lorraine schloß halb die Augen und erlaubte sich, kurz zu bereuen, was sie für Sinjun Breaker aufgegeben hatte.

Lieber war unanständig reich, allerdings nicht ganz so unanständig reich wie Sin. Sie hatte eine Art Wette mit sich selbst abgeschlossen, bevor sie versuchte, Lieber zu gewinnen – und sie hatte gewonnen. Garth Lieber, der Mächtige, den keine Frau lange hatte halten können, war Lorraine zu Füßen gefallen, und zwar der Länge nach. Sie hatte ihr Blatt hervorragend gespielt, ihm immer wieder gezeigt, was er bekommen konnte, ihm aber nie alles gegeben. Nach nur wenigen Wochen geschickter Verlockung hatte er ihr einen Diamanten geschenkt, der Ähnlichkeit mit einem geschmackvoll geformten Eiswürfel hatte.

Dieses bemerkenswerte Ereignis hatte sich in seinem Büro hoch oben in einem Wolkenkratzer von Seattle abgespielt. Garth hatte die Tür abgeschlossen, den glitzernden Anhänger an ihrem Hals befestigt und dann begonnen, sie ohne jedes

Wort auszuziehen. Sie brauchten keine Worte. Garth hatte es gern gehabt, voll bekleidet dazusitzen und zuzusehen, wie sie nackt vor ihm herumlief. Er hatte sie so nah an sich herangewinkt, daß er sie berühren konnte. Mein Gott, mit Berührungen kannte er sich aus. Dann hatte er sie gebeten, erneut vor ihm zu paradieren. Das war es, was er an jenem Tag gewollt – und bekommen – hatte, bevor sie den Reißverschluß seiner Hose aufmachte, auf seinen Schoß geklettert war und ihm gegeben hatte, worauf er wartete.

Garth mochte vielleicht sechzig sein, aber er war stark, und Dinge von Qualität erkannte er sofort. Natürlich hatte er in all den Jahren seines Lebens eine Menge gelernt, so viel, daß es fast die Mängel seines gut gepflegten, aber alternden Körpers wettmachte. In den folgenden Wochen, nachdem sie es zum erstenmal mit ihm in seinem Büro getrieben hatte, hatte er ihr nie etwas abgeschlagen. Aber sie hatte ihn verlassen und war verschwunden, weil sie Chuck getroffen hatte, der so dumm gewesen war, zu glauben, sie hätte ihn gewollt und nicht Sin. Er hatte damals gesagt, daß, *solange* Sin mit *Lieber Enterprises* Geschäfte machte, er es nicht richtig fand, wenn Garth von Lorraines und Chucks Beziehung erfuhr.

Chuck, mein Gott. Er hätte ihr eigentlich nur helfen sollen, zu kriegen, was sie haben wollte, und dann verschwinden – zügig. Indem sie seine Geliebte wurde, hatte sie ihn zur Fahrkarte gemacht, mit der sie Sin folgen konnte – überallhin, bis nach Hell. Sie konnte den Gedanken nicht ertragen, noch länger warten zu müssen.

Sie ballte die Hände zu Fäusten und starrte durch die Fenster des Bungalows auf Sinjuns gesenkten Kopf. Er küßte die unauffällige Blonde, als wäre es seine letzte Nacht in diesem Leben.

Fuck, Sinjun.

Sie wußte, wo sie finden konnte, was sie brauchte.

Sie wandte sich ab und machte sich durch den dichten Dschungel auf den Weg zur Lagune.

»Nein«, wiederholte Sinjun, »ich gebe nie etwas einfach ab, wenn ich nicht erwarte, nachher froh zu sein, daß ich es getan habe. Sie wissen eine Menge über mich, Angel. Aber Sie können noch eine Menge mehr erfahren.«

Er trat zurück, und sie verschränkte die Arme fest vor der Brust. »Ich freue mich auf das... das Abenteuer. Vielleicht werden Sie sich noch über mich wundern.«

Das Lächeln erlosch in Sinjun Breakers attraktivem Gesicht. »Ja«, sagte er. »Das wollen wir hoffen. O ja, das hoffe ich wirklich sehr.«

Mit diesen Worten ging er hinaus.

Angelica starrte durch die dunklen Fenster in die Nachtwelt davor, die sie nicht sehen konnte, und stellte sich vor, wie ein großer, breitschultriger, schwarzhaariger Mann davonging, ohne zurückzuschauen. Er ging mit dem sicheren Gefühl, daß die Frau, die er zurückgelassen hatte, sich bald in die Reihe seiner Eroberungen eingliedern würde, was er völlig selbstverständlich fand – als hätte er ein Recht darauf.

Sie hatte diesen Mann gerade geküßt und war ebenfalls von ihm geküßt worden.

Sie war gerade von ihm gestreichelt worden und hatte sein Verlangen gespürt, mit ihr ins Bett zu gehen, genauer gesagt, Sex zu haben – nicht etwa Liebe.

Ihr verräterischer Körper hatte reagiert, noch während sie versuchte, Triumph über den ersten Erfolg auf dem Weg zu ihrem Ziel zu empfinden. Es würde noch mehr intime Begegnungen zwischen ihnen geben, doch beim nächsten Mal würde sie besser vorbereitet sein. Beim nächsten Mal würde sie ihn benutzen, wie er Gott weiß wie viele andere benutzt hatte.

Achtlos in seinem Hunger nach noch mehr Macht, noch mehr Reichtum, hatte Sinjun Breaker viele Menschen zerstört. Und er war der Grund für den Tod einer harmlosen, sanften Frau gewesen.

Dafür würde er bezahlen.

Angelica würde dafür sorgen, daß Sinjun Breaker büßte für den Tod von Marlene Golden – ihrer Mutter.

3

Der Wind war warm und drückte den scharlachroten Sarong wie gemalt an Lorraines erhitzte Haut.

Sie brauchte nicht gelangweilt und allein zu sein. Nein, heute abend würde sie eine Idee realisieren, die in ihr gewachsen war, seit sie diese stinkende Insel betreten hatte. Warum nicht? Chuck war mit penetrant schlechter Laune nach Hause gekommen, hatte sie mit seinem üblichen »Ran-rauf-rein-raus-runter« gefickt und dann angefangen, sich zu besaufen.

Das einzige, was sie wollte, war ein wenig spielen, ein Spaß, der zwei Leuten ein kleines, harmloses Vergnügen bereitete. Sie konnte diese Art Übung sozusagen als Probe auffassen. Mit Sinjun – und sie würde irgendwann mit Sinjun zusammensein – wäre es dann phantastische Wirklichkeit.

Sie reckte voller Vorfreude das Kinn, zwängte sich durch ein Rankengewirr und trat auf einen grasbewachsenen Uferstreifen hinaus, oberhalb eines langen, schmalen, weißen Strandes.

Sie sah sofort, wonach sie suchte – genau an der Stelle, an der sie gehofft hatte, daß sie ihn finden würde.

Fast wäre sie ausgerutscht, als sie auf die weite Sandfläche hinablief und sich dem Mann näherte, der dort saß und aufs Meer hinausschaute, eine Angel neben sich in den Sand gesteckt. Es war nicht das erste Mal, daß sie ihm nachts zu diesem unberührten Stück Strand folgte. Beim letzten Mal hatte sie ihn nur versteckt beobachtet.

Heute nacht nicht. Heute nacht würde der Spaß beginnen.

Chuck hatte sie gewarnt, nicht mit Willis herumzuspielen. Sin ebenfalls. Aber sie wußte, warum. Sie hatten Angst, sie würde sich womöglich zu gut amüsieren, richtig gut, und das mit einem Mann, der sie mit seinen schweigenden, eindringlichen Blicken seit Wochen aufzufordern schien, doch herauszufinden, woran genau er dachte.

Als Lorraine kurz vor Willis' unbeweglicher Gestalt angekommen war, verharrte sie. Er war phantastisch, genau die Art von männlichem Meisterwerk, bei dem jede Frau willig und weich wie Wachs wurde und an nichts mehr denken konnte als daran, wie er sich anfühlen mochte.

Lorraine wollte ihn spüren. Ganz. Noch bevor die Nacht vorüber war, würde der coole, schweigende Willis nicht mehr so cool sein. Wenn Lorraine mit ihm fertig war, würde ihm heiß sein, und er würde heiß bleiben – heiß sein auf sie, wann immer sie es wollte, was vielleicht ziemlich oft sein würde, bis Sinjun endlich von ihr überzeugt war.

Willis' dunkel gebräunte Schultern waren unglaublich breit. Im Mondlicht sah sie jeden einzelnen Muskel, bis hinunter zu seiner schmalen Taille und den schlanken Hüften. Er trug heute abend nur kurze Baumwollhosen und kniete mit gespreizten Schenkeln im Sand.

Lorraine drückte die Hände an ihren Bauch. Sie wollte spüren, wie seine Beine sie hinunterdrückten – und sie wollte das Feuer in jenen dunklen, aufmerksamen Augen wecken.

Sie bückte sich nach einer Handvoll Sand und warf sie auf ihn. »He, Willis«, sagte sie tief und verführerisch – verlockend, genau wie Männer gern verlockt werden wollten, das wußte sie.

Er drehte sich nicht um und reagierte auch sonst nicht.

Sie machte noch einen Schritt auf ihn zu. »Es ist einsam hier draußen. Bist du denn nicht allein, so ganz ohne Gesellschaft?«

Sein rechter Arm bewegte sich, und er zog die Angel zu sich

herüber. In der Stille hörte man die Kurbel surren. Er prüfte die Schnur und rammte die Angel wieder in den Sand.

Lorraine schauderte und schlang ihre Arme um ihren Körper. »Ich bin einsam, Willis. Deswegen bin ich hierhergekommen, weil ich einsam bin und weiß, daß du dich auch so fühlst. Ich dachte, wir könnten einander Gesellschaft leisten.«

»Einander Gesellschaft leisten?« Seine Stimme war tief, rauh und tonlos. Er drehte sich um und musterte sie, immer noch kniend. »Warum willst du meine Gesellschaft?«

»Weil ich dich mag.« Sie schluckte. Selbst im Knien waren seine Augen in fast gleicher Höhe mit den ihren. Durch den Mond hinter ihm sah sie die harten Schatten unter seinen Wangenknochen und die Muskeln in seinen kräftigen Armen und seiner breiten Brust. »Du bist so wie ich, Willis. Wir sind leidenschaftliche Leute ohne die Möglichkeit, diese Leidenschaft mit jemandem zu teilen.«

»Ach, wirklich?«

»Ja, natürlich. Und so etwas muß doch nicht sein. Wir haben einander – können beieinander sein.«

»Du bist Chucks Freundin.«

Immer dieselbe alte Leier. »Ich bin die Frau, zu der Chuck nach Hause geht. Wenn er die Insel verläßt, hat er andere Frauen. Warum soll ich mich nicht auch amüsieren?«

Soweit sie das beurteilen konnte, blieb sein Gesicht unbewegt. »Chuck verläßt Hell, um Dinge zu erledigen, die erledigt werden müssen. Er ist nie länger weg, als er dafür braucht.«

Sie verschränkte die Arme und lachte. »Es gibt Dinge, die brauchen absolut nicht lange, Willis. Das wissen wir beide. Du kannst mir ruhig glauben, Chuck ist wirklich ein *sehr* schneller Junge. Verdammt zu schnell. Ich brauche einen Mann, der weiß, wie er sich Zeit lassen kann, so daß ich ihn auch voll spüre, einen Mann, der richtig viel hat. Ich brauche dich.«

»Geh«, sagte er leise. »Geh sofort.«

Ihr Verlangen nach ihm machte sie rasend. »Du willst doch nicht wirklich, daß ich gehe. Also bleibe ich.«

»Was willst du von mir?«

Ihre Lungen dehnten sich, und sie ließ den Kopf in den Nacken fallen. »Du weißt, was ich will, Willis. Dasselbe, was auch du willst.« Der Wind zauste ihr Haar und wehte es über ihr Gesicht. »Komm, ich zeig es dir.«

Sie hörte nicht, wie er sich bewegte, spürte nicht einmal etwas davon, bis sich seine riesigen Hände um sie legten und ihr Hinterteil umfaßten.

Erregung wurde in ihrem Lachen hörbar wie sprudelnde Blasen, die im Wasser aufsteigen. Sie stützte ihre Arme auf seine Schultern. »Siehst du?« gurrte sie. »Ich habe dir doch gesagt, wir verstehen einander.« Sie sah in seine schräggestellten schwarzen Augen. Darin war keine Spur von Reaktion zu erkennen, und sein voller, klar umrissener Mund erwiderte ihr Lächeln nicht.

Sein Griff wurde fester, bis sich seine Fingerspitzen tief in ihr Fleisch gruben. »Ich brauche keine Frau, die mir sagt, was ich will. Und ich will auch nicht die Frau eines anderen Mannes.«

»*Ich* will es aber. Ich werde nicht bei Chuck bleiben, nicht mehr lange.«

Er schien darüber nachzudenken, während er prüfend über ihre Pobacken strich. »Vielleicht sagst du die Wahrheit.«

»Natürlich«, sagte sie atemlos. »Chuck und ich wissen beide, daß es fast vorbei ist mit uns.«

Er murmelte etwas in seiner Sprache.

»Was?« fragte sie neckend. »Was hast du gesagt?«

»Ich sagte, du kannst immer noch weggehen.«

»Nein.« Ein zitterndes, weiches Gefühl flatterte in ihrem Innern. »Ich bleibe. Ich kenne mich aus, Willis. Und nicht viele Frauen wissen, was ich weiß. Ich weiß, was ein leidenschaftlicher Mann will. Ich weiß, was *du* willst.«

Durch den dünnen Sarong und den seidenen Slip schoben sich Willis' Finger in die Spalte ihres Hinterteils, weiter hinein, öffneten sie. »Weißt du das?« Er lachte, aber es war ein freudloses Lachen. »Und du willst das tun, was ich will? Egal was?«

Einen Augenblick lang hatte sie Angst, aber nur einen kurzen Augenblick. »Egal was.«

»Ich habe dich beobachtet.«

»Ich weiß.«

Er lachte wieder. »Du sorgst dafür, daß ich dich beobachte. Du stellst deinen Körper zur Schau. Ich hatte nie vor, dich zu besitzen. Aber ich bin ein Mann, und ich habe daran gedacht, wie ich eine Frau wie dich nehmen würde.«

»Ach wirklich?« Feurige Lava durchflutete ihren Körper. »Sag mir wie.«

»Ich rede nicht gern.«

Er hob ein Knie und zog sie herunter, so daß sie auf seinem Schenkel zu sitzen kam. »Naß«, sagte er, und sein Atem zischte. »Nasse Hure.«

Sie zuckte zusammen. »Naß, so wie du mich gern haben willst.«

»So naß, wie ich es von einer Hure erwarten würde.«

»Ich bin keine –« Sie brach ab. »Ich könnte dir ein paar neue Sachen beibringen, Willis.«

»Mir etwas beibringen?« Ohne Hast nahm er ihre Handgelenke, zog sie hinter ihren Rücken und hielt sie dort mit einer Hand fest. »Nein.« Das Wort klang tonlos.

Eine Spur von Panik durchzuckte sie. Lorraine unterdrückte das Gefühl. Genau dies war es, was sie wollte. Was sie brauchte. »Dann bring du mir doch etwas bei, Willis.« Sie holte tief Atem, bog den Rücken durch und wußte genau, was das Mondlicht auf ihrem Körper bewirken würde.

Er hielt ihr immer noch die Hände hinter dem Rücken fest, stand auf und lehnte sie mit dem Rücken an einen Vulkanfelsen, der sich dort wuchtig aus dem Strand erhob. Ohne ein Wort drückte Willis sie dagegen.

Muskelstückchen preßten sich in ihre Handgelenke und Schultern. Lorraine wand sich. Da lachte Willis. »Gut«, sagte er. »Gut. Beweg dich für mich, das gefällt mir.«

Er riß den Sarong zur Seite und packte ihre Brust. Mit schwieligen Händen knetete er sie, beugte sich herab, saugte heftig mit dem Mund an ihrer Brustwarze und biß zu.

Lorraine wehrte sich. Sie versuchte, ein Knie zu heben, aber gegen seine Stärke war sie machtlos.

»Du tust mir weh!«

»Gefällt dir das nicht?« Er klemmte ihre Arme zwischen den Fels und ihren Körper, stand breitbeinig über ihren Hüften und rieb sich hart an ihrem Becken. »Rede. Sag' mir doch, daß dir nicht gefällt, was ich dir beibringe. Sag mir, ich soll dich loslassen, dann werde ich es tun.«

Sie schüttelte den Kopf. Sie würde bestimmt blaue Flecken von seiner Behandlung bekommen.

Als nächstes hörte sie das Geräusch von reißender Seide. Willis zerfetzte den Sarong, um auch ihre andere Brust zu entblößen. Er rieb sich mit seinem Unterleib an ihr und lächelte auf sie hinunter, ohne daß das Lächeln seine Augen berührt hätte.

»Gefällt dir das?« fragte er. »Willst du ihn spüren? *Ganz?*«

Lorraine nickte, aber ihre Kehle wurde eng vor Panik. Er war kalt. Erregend, aber so kalt.

Er betrachtete ihre Brüste, umfaßte sie mit den Händen, drückte sie zusammen. Mit starrem Blick neigte er den Kopf, um an ihrem Fleisch zu knabbern, bis sie aufschrie und sich aufbäumte.

»Ja, du lernst wirklich schnell.«

Er schob seine Hand von unten zwischen ihre Beine, an ihrem Höschen vorbei. Immer noch an ihren Brüsten saugend, stieß er zwei Finger tief in ihren Körper. »O Gott!« Sie biß die Zähne zusammen und wand sich heftig.

Das kam für ihn unerwartet, so daß er seinen Griff lockerte, sie sich fallen lassen konnte und begann davonzukrabbeln.

Ihr Atem klang wie röchelnde Schluchzer. Doch trotz allem tobte glühende Lust durch ihren Körper. Als sich seine Hand um ihren Knöchel schloß, zuckte Lorraine nach hinten und schlug auf ihn ein, kreischte, wünschte, daß sie ihn so zu der Art von sexueller Gewalt verleiten konnte, von der sie immer geträumt hatte.

Langsam, mit dem Gesicht nach unten auf dem Sand, wurde sie zu ihm zurückgezogen.

»Du bist gekommen, um dafür zu sorgen, daß ich nicht einsam bin«, erklärte er ihr, mit nach wie vor ungerührter Stimme. »Jetzt darfst du doch nicht einfach wieder fortgehen. Dann bin ich vielleicht wieder einsam.«

Lorraine tat noch einmal so, als wollte sie entkommen.

Der Griff löste sich von ihrem Bein. Er schob den sowieso schon zerfetzten Sarong zur Seite und riß ihr die Fragmente des Höschens endgültig herunter. Dann drehte er sie mit einem Ruck auf den Rücken und starrte einen Moment auf sie hinab.

Absichtlich verführerisch stützte sie sich auf ihre Ellenbogen und schob ihm ihre Brüste entgegen.

»Lorraine«, sagte er und sprach dabei zum ersten Mal ihren Namen aus. »Ich kann immer noch aufhören.«

Mit einem Knie fand sie seinen Penis und drückte dagegen. »Ich nicht«, sagte sie und fuhr sich mit der Zunge über die Lippen.

»Hure«, knurrte er. »Geile Hure.«

»Genau das willst du haben.« Sie schaukelte sich von einer Seite zur anderen und kicherte, während er der Bewegung ihres Körpers folgte. »Sag schon, daß du genau das gut findest.«

Willis schwieg. Er stand über ihr und packte sie an der Taille und zog sie hoch. Als sie vor ihm stand, griff er den nach beiden Seiten flatternden Sarong, kreuzte ihn vor ihrer Brust und drehte sie blitzschnell um.

»Autsch, du tust mir weh«, klagte sie und machte eine Schnute. Die Seide preßte ihre Ellenbogen fest an ihren Körper, und sie stöhnte. »Das gefällt mir nicht.«

Ungerührt drehte er sie um ihre eigene Achse. »Klar gefällt dir das.«

Willis benutzte die Seidenbahnen, die vom Sarong übriggeblieben waren, um ihre Arme und Hände auf dem Rücken zusammenzubinden. Dann schubste er sie, bis sie hilflos auf den Sand fiel.

Lorraine machte den Mund auf, um zu schreien, aber seine Lippen drückten sich hart auf die ihren, und das Geräusch wurde verschluckt. Sie hörte, wie sich ein Reißverschluß öffnete, spürte, wie sich seine Finger brutal in sie bohrten – und dann stieß er ihr übergangslos seinen mächtigen Phallus hinein und bewegte sich wie ein gut geölter Dampfhammer.

Endlich verlor er die Beherrschung. Sein Stöhnen paßte im Rhythmus zu ihrem, und Lorraine lächelte, während sie gleichzeitig die Zähne zusammenbiß.

Sie spürte, wie er kam, spürte, wie die warme Flüssigkeit sie füllte. Dann wurde die Welt dunkel, dunkel und knisternd angesengt am Rand. Der Höhepunkt kam so explosiv über sie, daß sie das Gefühl hatte, als falle sie durch eine dicke Wolke, die nachgab. Schicht um Schicht, bis sie keuchend und schwitzend wieder in der Wirklichkeit landete. Sie wußte, daß sie ihren sexuellen Meister gefunden hatte.

Es dauerte ziemlich lange, bis er ihre seidenen Fesseln wieder löste. Als sie frei war, warf er ihr die Fetzen des Kleides in den Schoß und sah sie an – gerade so lange, daß sie erkannte, was sie ebenfalls wußte: Heute nacht war erst der Beginn gewesen.

Willis zog den Reißverschluß seiner Shorts hoch und

wandte Lorraine den Rücken zu. Dann ging er hinüber zu seiner Angel und ließ sich wieder auf die Knie hinunter.

»Willis«, rief sie, stand auf und ging nackt zu ihm hinüber. »Du wirst doch morgen auch hier sein, oder?«

Er nickte langsam. »Morgen, ja.«

Lorraine spürte, wie in ihm Bilder künftiger Nächte hochstiegen, von weiteren, wilden Orgasmen mit einer verwandten Seele. Und in ihrer Phantasie tauchten ihre eigenen Visionen auf. Chuck hatte gesagt, diese bleiche Hure bedeute Sin etwas. Er hatte gesagt, sie wäre hier, um mit ihm öfter zusammenzusein. Das gefiel Lorraine nicht, und wenn es längere Zeit dauerte, würde sie eventuell Hilfe brauchen, um Sins kleine Freundin dazu zu überreden, besser woanders zu campieren.

»Gut. Ich werde morgen auch hier sein, Willis.« *Morgen und übermorgen und überübermorgen.* Noch während die blauen Flecken begannen zu blühen, spannte sie den Körper an, weil neue Erregung sie durchschoß.

Lorraine sah auf Willis hinunter und lächelte. Nur eine wirkliche Frau konnte die Berührung dieses Mannes wahrhaftig schätzen. Andere würde das vielleicht abstoßen. Andere würden womöglich sogar Angst haben … Todesangst.

4

»Guten Morgen, Mr. Breaker.«

»Guten Morgen, Enders.«

Makellos gekleidet in ein khakifarbenes Hemd, Shorts und Kniestrümpfe, neigte Enders Lloyd-Worthy elegant den Kopf, so daß sein grauer, bürstenkurz geschnittener Haarkranz sichtbar wurde, dessen Farbe genau zu seinem viereckig geschnittenen Schnurrbart paßte. »Ihre Melone steht auf dem Tisch, Sir.«

Sinjun seufzte, ließ die Küchentür hinter sich zuschwingen und blinzelte ins helle Licht der frühen Morgensonne, das sich auf dem Besteck und den Gläsern spiegelte, die auf einem Rohrtisch mit Glasplatte bereitstanden.

Er warf Mrs. Midgely, seiner hervorragenden Köchin, ein möglichst echtes Lächeln zu und sagte: »Eier bitte. Rühreier.« Da bekam Enders Lloyd-Worthy, der selbsternannte Diener und Organisator von Melone und anderen Dingen, die Sinjun angeblich viel länger leben lassen würden, als er überhaupt vorhatte zu leben, das wohlbekannte Stirnrunzeln.

Sinjun schlenderte, Swifty neben sich, barfuß über die kühlen Terrakottaplatten zum pflanzengefüllten Erker innerhalb der Küche, wo er zu frühstücken pflegte, wenn er auf der Insel war.

»Cholesterin«, sagte Enders anklagend, ohne Sinjun anzusehen, und zog für ihn einen Stuhl zurück.

»Bitte mit Speck, Mrs. Midgely.«

Enders breitete mit einer schwungvollen Handbewegung eine Serviette auf Sinjuns Schoß aus. »Arterien«, murmelte er.

»Ja, was würden wir nur ohne sie tun?« erwiderte Sinjun. »Sie sehen heute morgen wirklich gut aus, Mrs. Midgely. Grün steht Ihnen.«

Sie warf einen kurzen Blick zu Enders und lächelte dann Sinjun zu. Ihre dunklen Augen wirkten warm unter der leicht beschlagenen Brille. »Möchten Sie ihn knusprig, Mr. Breaker?« Mrs. Midgely war rundlich und in den Vierzigern. Ihre amerikanischen Vorfahren konnte man unter dem stärkeren chinesischen Einfluß kaum noch erkennen – eine hübsche Mischung. Sinjun hatte sie von seinem Wohltäter Bruno Kertz übernommen, und die Frau lebte ständig auf Hell. Trotz der Existenz ihres einundzwanzigjährigen Sohnes Campbell hatte man nie etwas von einem Mr. Midgely gesehen, aber es war auch nie die Rede von ihm gewesen.

»Knusprig wäre genau richtig.« Ein Stapel von Faxbriefen

lag neben Sinjuns Teller. »Aha, Fran ist schon auf dem Posten, wie ich sehe.« Fran Simcox, seit acht Jahren Sinjuns Sekretärin, ging hin, wo immer er hinging. Sie war von unwahrscheinlicher Effektivität und hatte schon einer Menge Jobangeboten von anderer Seite widerstanden. Sinjun sorgte dafür, daß ihr Gehalt und ihre Vorteile bei ihm einfach zu gut waren, um darauf zu verzichten.

»Soweit wir das mitbekommen haben, wohnt jetzt jemand im Lagunenbungalow«, sagte Enders und goß frischen Orangensaft in ein hohes Glas. »Offensichtlich wieder jemand zur Abwechslung für Chuck.«

Sinjun lächelte in seine Kaffeetasse.

»Wir haben es nicht einfach nur mitbekommen«, sagte Mrs. Midgely. »Wir *wissen*, daß sie da ist. Ich habe gestern abend etwas zum Essen hinuntergeschickt. Campbell hat es ihr gebracht. Er sagte, die Dame sei sehr nett.«

Campbell, der für den Sommer aus dem College nach Hause gekommen war, betrat genau in diesem Augenblick von einer Tür zum Garten hin die Küche. Er war kompakt, mit kurzem, dunklem Haar und einem netten, offenen Gesicht und schien auf den ersten Blick der Traumsohn aller Eltern zu sein. Er ging am Tisch vorüber zu seiner Mutter, als sehe er weder Sinjun noch Enders, und stellte sich hinter sie.

»Guten Morgen, Campbell«, sagte Sinjun. In den vergangenen drei Jahren, seit Campbell aufs College nach Kalifornien gegangen war, hatte sich der Junge immer mehr zurückgezogen. Bei genauerem Hinsehen schienen seine dunklen Augen entweder extrem unschuldig zu wirken – oder einfach leer. »Gefallen dir die Ferien?«

»Ich fühle es stärker denn je«, verkündete Campbell, ohne sich um Sinjun zu kümmern. Er berührte Mrs. Midgelys Schulter. »Hier gibt es eine Menge negativer Schwingungen. Ich werde hier sehr viel zu tun haben.«

Verdammt seltsam, dachte Sinjun. Er würde Campbell ja zu

einem Therapeuten schicken, aber Mrs. Midgely hatte klar zu erkennen gegeben, daß sie sich jede Art von Einmischung in ihre Erziehung strikt verbat.

»Ich hatte Mr. Breaker gerade erzählt, daß du etwas zu Essen zum Lagunenbungalow hinuntergebracht hast, Campbell«, sagte die Köchin. »Und daß du die Dame nett fandest.«

»Sie weiß bestimmt nichts von Chuck«, sagte Campbell. »Ich meine von Chuck und Lorraine. Sonst wäre sie wohl kaum gekommen.«

Swifty lehnte seinen großen, strubbeligen Kopf auf die Tischkante und sah zu, wie die Köchin das Frühstück vor Sinjun stellte. »Die Dame heißt Angelica Dean«, sagte er. »Chuck hat sie hierhergebracht, weil ich ihn darum gebeten habe. Sie ist Journalistin und wollte mit mir reden.«

Enders schniefte. »Die, die immer in Seattle und Kauai angerufen hat?« Er gab Swifty ein Zeichen, er solle vom Tisch verschwinden. Der Hund rührte sich nicht vom Fleck.

»Genau die. Sie war eine der führenden Kolumnistinnen von *Verity.*«

»*War?* Hat man sie von dem Posten entfernt?«

»Ich glaube, daß man sie zu militärischen Berichterstattungen abkommandiert hat, Enders. Das dürfte ihr nicht gefallen haben, und sie kündigte.«

»Woher wissen Sie das?«

Solche Fragen waren von Enders zu erwarten, denn er machte sich Sorgen um die Sicherheit und die Bequemlichkeit Sinjuns, als gäbe es nichts Wichtigeres für ihn. »Die Dame hat mir etwas in der Richtung erzählt«, sagte Sinjun.

»Stimmungen nachgeben«, sagte Enders abschätzig. »Diese junge Generation hat kein Rückgrat mehr. Traurige Sache, daß sie die Militärpflicht abgeschafft haben. Die bräuchten alle mal etwas Haltung, wie man sie bei der Armee lernt. Davon würden sie einen Sinn für Ehre und mehr Entschlossenheit bekommen.«

»Die Dame ist doch kein junger Mann.« Er verteidigte sie tatsächlich. »Wenn ich sie richtig verstanden habe, möchte sie gern ihre Qualitäten ausbauen.« Aus Sinjuns Perspektive hatte sie Qualitäten, die keinerlei Ausbau bedurften.

»Gehe ich recht in der Annahme, daß ihre Geschichte überprüft wurde?«

»Ja, so ist es«, erwiderte Sinjun und wurde langsam ärgerlich. »Würden Sie bitte Fran rufen?«

»Ich glaube nicht, daß ich bisher informiert bin, warum diese Person mit Ihnen reden will«, beharrte Enders, ohne sich ablenken zu lassen. »Jetzt scheint ja wirklich nicht der richtige Zeitpunkt zu sein, um irgendwelche Fremden einfach hier herumlaufen zu lassen –«

Mit einem knappen Kopfschütteln und einem eindringlichen Blick auf Mrs. Midgely und Campbell brachte Sinjun Enders endlich zum Schweigen. Es war wirklich unnötig, daß das gesamte Personal beunruhigt wurde. »Ich glaube, Sie können mir ohne weiteres vertrauen, daß ich die Sache im Griff habe«, sagte er, obwohl er absolut nicht sicher war, daß das stimmte. Wenn er auch nur eine Spur von Verstand hätte, würde er Angelica Dean umgehend dorthin zurückbringen lassen, wo sie hergekommen war, und außerdem jemanden einstellen, der ihn rund um die Uhr bewacht.

Die Sprechanlage in der Küche summte. »Sind Sie da, Sinjun?« Fran Simcox' hohe Stimme klang besonders eindringlich.

»Ja, ich bin hier, Fran«, sagte Sinjun und schob sich eine Gabel von Mrs. Midgelys perfektem Rührei in den Mund.

»Was ist hier los?« fragte Fran. »Haben wir ein Feriendorf aufgemacht? Ich dachte, wir wollten hier unter uns bleiben.«

Miss Deans Gegenwart war sicher nicht bei allen willkommen – falls überhaupt bei jemandem. »Keine Sorge, Fran. Ich habe alles unter Kontrolle.«

»Sie haben gar nichts unter Kontrolle, Kumpel.« Wie Sekretärinnen so sind, hatte auch Fran ihre unkonventionellen Seiten.

»Hat die Sache vielleicht Zeit, bis ich zu Ihnen ins Büro kommen kann?«

»Und wann? Nur damit ich weiß, wie ich den Verkehr bis dahin regeln soll.«

Sinjun runzelte die Stirn und nahm seine Kaffeetasse. »Ich komme sofort.«

»Schön' Tach noch, Partner«, sagte Fran, und die Sprechanlage wurde ausgeschaltet.

»Was klingt sie denn so australisch heute?« Sinjun sah Enders an, hob die Augenbrauen und wußte sofort, daß er sich einen Schiefer eingezogen hatte. Aus Enders' Perspektive war es nämlich unmöglich, daß Fran irgend etwas falsch machte.

»Ich bin sicher, Miss Simcox hat einen guten Grund dafür, warum sie so spricht«, sagte Enders. »Und ich schlage vor, Sie sollten sofort herausfinden, was los ist.«

»Es gibt Zeiten«, sagte Sinjun, warf Swifty seinen Speck hin, den er nicht angerührt hatte, und stand auf, »da frage ich mich, ob alle vergessen haben, wer hier eigentlich der Boß ist.« Enders Lloyd-Worthy, gebürtiger Engländer, Kenner des guten Geschmacks und jemand, der wußte, was man wie machte, verachtete Sinjuns Personal Mann für Mann – und Frau für Frau. Mit Ausnahme von Fran Simcox, der Dame mit der beißenden Ausdrucksweise.

Sinjun nahm den Kaffeebecher mit und steuerte gemütlich sein Büro an.

»Tach Fran«, sagte er. »Ha'm wer's nett heut'?«

Sie saß auf seinem Sessel an seinem Schreibtisch. »Warum sollte jemand, der Brenda Butters heißt, unter unserer Nummer Angelica Dean ein Fax schicken?«

Er stützte sich mit ausgebreiteten Fingern auf den Schreibtisch und starrte sie an.

»Angelica Dean ist doch die nervige Tussi, die Ihnen in die

Hosen kriechen will, um was Neues rauszufinden...« Fran sah ihn an und schob sich einen Stift hinters Ohr. Hellbraunes Haar lockte sich fein um ihr dünnes Gesicht. »Ich meine die, die Ihre geheimsten Geheimnisse kennenlernen will.« Sie lächelte unschuldig, so daß man die breite Lücke zwischen ihren Vorderzähnen sehen konnte.

»Fran«, sagte Sinjun und bemühte sich, die Geduld nicht zu verlieren. »Sie sind die beste Sekretärin der Welt, aber Sie haben eine abscheulich schmutzige Ausdrucksweise. Ließe sich das nicht irgendwie bereinigen?«

»Ja, *Sir*«, murmelte sie und las laut aus dem Fax vor: »Tach, Angel, danke für die Nachricht. Tut mir leid, daß ich deinen Anruf verpaßt habe. Hier ist absolut nichts los, das nicht zu verschieben wäre. Ich bin mächtig scharf drauf, zu kommen und mich mit dir auf dem Strand des HERRN zu sonnen.«

Fran nahm den Stift hinter dem Ohr weg und zeigte damit auf Sinjun. »Damit sind Sie gemeint, oder? Es heißt weiter: ›Denk dran, was ich dir erklärt habe. Der *Herr* hat einen gewissen Ruf – schnellster Reißverschluß von Amerika. Bin gespannt auf deine Eindrücke von ganz nah dran. Und bin unterwegs. Bis bald, Brenda.«

Der Stift fiel auf den Tisch. Fran hielt Sinjun das Fax hin. »Schnellster Reißverschluß von Amerika. *Brendas* Worte, nicht meine. Scheint so, als hätten Sie da eine Truppe sexbesessener Groupies im Schlepptau. Haben Sie 'ne Ahnung, wie die Frau an diese Nummer kommt? Und warum sie ein Fax an Angelica Dean hierherschickt?«

»Angelica Dean ist hier.« Die Frau hatte stramme Nerven, noch irgendeinen unerwünschten Quertreiber auf die Insel einzuladen, verdammt.

Fran stand langsam auf. »Hier auf Hell?«

»Im Lagunenbungalow.«

»Und wie?«

»Chuck hat sie gestern abend in Kauai aufgelesen und hergeflogen.«

»Warum?« Ihre blaßblauen Augen hatten sich geweitet.

Sinjun las das Fax und schob es in seine Tasche. »Die Dame hat um ein Interview gebeten, und mir war so langweilig, daß ich zugestimmt habe.«

»Aber –«

»Ende der Diskussion.«

»Jemand versucht Sie zu töten –«

»*Ende* der Diskussion, Fran.«

Sie kam um den Schreibtisch herum. »Dann sollten Sie wohl jetzt gut auf Ihren Reißverschluß aufpassen, Boß.«

Dazu sagte er weiter nichts. »Wann ist das Fax von dieser Brenda Butters gekommen?«

»Direkt bevor ich Sie angerufen habe.«

»Schicken Sie eine Antwort. Sie soll zu Hause bleiben. Diese Dean hat wahrscheinlich ihre Nachricht abgeschickt, bevor sie Kauai verlassen hat. Offensichtlich war sie nicht so schlau, darauf hinzuweisen, daß jedes Fax, das hier ankommt, zuerst von uns gelesen wird. Unser Glück. Die Butters braucht einen oder zwei Tage, um den Flug von Australien zu organisieren, und dann noch mal zwei, bis sie hier ist.«

»Sie ist nicht in Australien.«

Sinjun runzelte die Stirn und rieb sich das Kinn.

»Sehen Sie sich die Kopfzeile von dem Fax an«, sagte Fran. »Seattle. Die sitzt womöglich jetzt schon im Flugzeug.«

»Scheiße.«

»Hören Sie, Boß, ich weiß, daß Sie gute Ratschläge nicht leiden mögen, aber was zum Teufel ist in Sie gefahren? Warum haben Sie dieser Dean überhaupt erlaubt herzukommen?«

»Das war kein Ratschlag, sondern Kritik. Ich bin Ihnen keine Erklärungen schuldig. Sagen wir einfach, daß ich ungern nur dasitze und Däumchen drehe.«

»Also haben Sie irgendeine Journalistin, die gern im Dreck

herumwühlt, nach Hell eingeladen.« Sie zog den Kopf ein und hob beide Hände. »Okay, okay, ich muß einfach das Risiko eingehen, daß Sie mir an die Gurgel gehen. Irgend jemand versucht, Sie umzubringen, Sinjun.«

»Danke, Frances. Solche Hinweise sind stets aufbauend.«

»Lassen Sie mich ausreden. Wir wissen nicht, wer dieser Wahnsinnige ist. Haben Sie irgendeine Garantie, daß Miss Angelica Dean nicht eine Knarre dabei hat?«

Gestern abend hatte sie nicht das kleinste Fitzelchen dabei. »Nein, habe ich nicht. Aber ich schätze es nicht, wenn man mein Urteil anzweifelt. Ich habe auf der Insel jede Bewegung unter Kontrolle. Vielleicht ist sie tatsächlich unsere Attentäterin. Oder mit demjenigen, der es sein möchte, gut bekannt. Ich bin der Überzeugung, die die Polizei nicht teilt, daß drei lebensbedrohliche Zwischenfälle ernst genommen werden müssen. Also sollten wir besser unsere eigenen Untersuchungen anstellen. Ich dachte, ich fange mit Miss Dean an. Haben Sie damit irgendwelche Probleme?«

Sie hob die Augenbrauen und betrachtete ihn ungläubig.

»Gut. Ich kümmere mich später um Miss Dean. Was steht heute an? Irgendwas von Mary?« Mary Barrett war seine oberste Finanzberaterin, die ihn von Seattle aus über seine vielen Transaktionen auf dem laufenden hielt.

»Ein Bericht über Lieber.«

Lieber. Schon beim Klang des Namens wurde Sinjun ärgerlich. »Verdammt, ich würde diese Sache gern entweder abschließen oder daraus aussteigen. Mit dem Kerl treiben wir's jetzt schon zehn Monate, das sind zehn Monate zu viel.«

»Unsere Lorraine war da ganz Ihrer Meinung«, sagte Fran ohne besondere Betonung.

Sinjun räusperte sich. Er fand es nach wie vor schwer vorstellbar, daß Lorraine es geschafft hatte, Chuck weiszumachen, sie wäre derart scharf auf ihn, daß sie dafür sogar einen dicken Fisch wie Lieber sausen ließ.

Sinjun behielt seine Gedanken jedoch bei sich und fragte: »Ist Chuck heute morgen schon aufgetaucht?«

»Der scheint heute einer anderen Beschäftigung nachzugehen«, bemerkte Fran und fügte schnell hinzu: »Soll ich ihn anpiepsen?«

»Jetzt noch nicht.«

»Mary sagt, die Sache läuft prima mit Lieber's SOS.« Fran nahm die dicke Akte über Skin of Silk zur Hand, das heiße neue Kosmetikprodukt von *Lieber Enterprises*, das vermutlich die Frauen restlos begeistern und Retin-A den Rang ablaufen würde. »Es hat eine Flut von redaktionellen Berichten gegeben – und Hinweise in Fernseh- und Radiosendungen.«

Sinjun überflog das Blatt, das Fran ihm gab. *»Die Welt wartet darauf?«* Würde sie das noch tun, wenn sie wüßte, daß Lieber in finanziellen Schwierigkeiten war? Er hatte große Anteile an SOS im voraus verkaufen müssen, um zu verhindern, daß ihm der Rest seines riesigen – und wankenden – Imperiums aus der Hand glitt.

Er mußte eine Möglichkeit finden, sich mit Garth Lieber zu treffen, und zwar bald. »Ich will mir die Unterlagen ansehen. Danach setze ich mich mit Mary in Verbindung. Was gibt's sonst noch?«

»Die ersten Zahlen zum Fanelli-Projekt sehen gut aus. Mary sagt, daß daran im Moment nichts getan zu werden braucht. Sie meint, Sie sollten ein Auge drauf haben, wie Tucker arbeitet. Wenn sie die Zahlen noch mal überprüft hat, will sie sich bei Ihnen melden.«

Mary Barrett war mehr als gut in ihrem Job. Nur bedauerlich, daß sie einmal in ihrer Beziehung über das Geschäftliche hinausgegangen waren. Es hatte nicht geklappt mit ihnen. Er hatte das unangenehme Gefühl danach schnell überwunden, war aber ziemlich sicher, daß sie das noch nicht geschafft hatte.

»Gibt's sonst noch was Dringendes?«

»Nichts außer dieser Brenda Butters. Wollen Sie unserer

Besucherin erlauben, ihre Parties auf Ihrer Insel zu schmeißen?«

Sinjun grunzte. »Ich regle das mit Miss Dean.«

Er schaute aus dem Fenster auf das spiegelglatte Wasser des Swimmingpools in der Mitte des Innenhofs. Es war ihm gestern abend nicht leichtgefallen einzuschlafen. Immer wieder hatten ihn Bilder heimgesucht – von Angelica Dean, hellhäutig, naß und nackt. Sie konnte einfach nicht der Feind sein. Aber er durfte auch nicht leichtgläubig sein ... weil es ihm halt schlicht lieber wäre.

»Wenn Chuck auftaucht, sagen Sie ihm, ich rede später mit ihm.« Sinjun schob seine Füße in Sandalen und öffnete die Tür zum Hof. Er ging um den Pool herum und verließ die Einfriedung durch ein hohes schmiedeeisernes Tor in einer Mauer aus schwarzen Lavasteinen, über die sich eine Fülle von magentafarbenen Bougainvilleablüten neigte.

Er war jetzt seit sechs Tagen wieder auf Hell. Es war sein Lieblingsplatz, ohne Frage. Aber er langweilte sich, verdammt. War wirklich kribbelig. Deswegen hatte er Angel Dean erlaubt, herzukommen und ihn mit ihrer lächerlichen Biographie zu nerven.

Leises Schnaufen hinter ihm signalisierte, daß Swifty die Nachhut bildete. Sinjun schnippte mit den Fingern, und das zottige Tier holte auf und trottete neben ihm her. In geselligem Schweigen wanderten sie durch den Dschungel, der sein Haus umgab, hinunter zum Lagunenbungalow.

Vögel zwitscherten und flatterten zwischen wirren Schlingpflanzenästen umher, die sich an die Palmenstämme klammerten und zwischen den Wedeln Schleifen formten. Unter Sinjuns Füßen schimmerte feucht der festgetretene rostrote Boden durch glänzende Blätter und würzige Früchte, die heruntergefallen waren. Wo auch immer ein Lichtstrahl das grüne Zelt durchdrang, schwebten feine Wassertröpfchen in Richtung Erde, wie in verschleierten Laserstrahlen. Sinjun kannte den Pfad genau, fand ihn auch im Dunkeln oder mit geschlossenen Augen.

Die Vegetation lichtete sich, und er trat auf den Hang, der hinab zum Bungalow führte. Bestimmt würde sie jetzt um neun Uhr morgens nicht mehr im Bett liegen.

Eine flüchtige Vision von Angelica Dean im Bett zauberte ein Lächeln auf Sinjuns Lippen, blähte seine Nasenflügel – und verursachte Schmetterlinge in seinem Bauch. Er hatte sie aus Langeweile herkommen lassen, das stimmte. Er hatte allerdings mit keinem Gedanken erwartet, daß sie vielleicht eine ätherische, unwahrscheinlich anziehende Frau mit einem phantastischen Körper sein könnte.

Manchmal hatte man eben einfach Glück.

Er lachte vergnügt. Mit Glück war er in letzter Zeit nicht gerade gesegnet gewesen, aber – obwohl er absolut keine Verbindung zwischen Angelica und seiner nebulösen Gefahr erkennen konnte – er durfte einer heiratsfähigen Nymphe nicht blind vertrauen.

Er sah sie, bevor sie ihn sah.

Das Gesicht dem Meer zugewandt, hockte sie hinter einer Hecke mit gelbem Hibiskus.

»Platz, Swifty«, flüsterte Sinjun. »Und bleib da.« Diesmal folgte der Hund ausnahmsweise sofort dem Befehl.

Das Sonnenlicht ließ das blonde Haar wie flüssigen Honig schimmern. Sie hatte es zu einem einzigen, dicken Zopf geflochten, der zwischen ihren Schulterblättern baumelte. Angelica ging tief in die Hocke, wippte kurz und sprang dann kraftvoll wieder auf. Sie hatte schlanke, wohlgeformte Beine bis hinauf zu den superkurzen Shorts, die angenehm gerundete, schmale Hüften umschlossen.

Sinjun verschränkte die Arme und sah zu, wie sie die Übung ein paarmal wiederholte.

Dann ließ er langsam die Hände sinken. »Manometer«, staunte er leise.

Nicht leise genug.

Sie drehte sich mit einer schnellen Bewegung um.

Diesmal hielt Angelica Dean eine Waffe in der Hand.

5

Die Sonne blendete sie. Sie blinzelte, sah ihn aber nur als hohen, breitschultrigen Schatten.

Sie senkte die Augen zu der Waffe, die sie mit beiden Händen hielt. Sie zitterte.

Angelica unterdrückte ein scheußliches Bedürfnis zu kichern. »Guten Morgen!« Sie brauchte Sinjun Breaker nicht zu sehen, um zu wissen, daß er es war, der ihr gegenüberstand.

Sie konnte ihn spüren.

»Haben Sie vor, das Ding abzufeuern?«

Er war der Feind, kein Freund, der mal eben zum Kaffee vorbeischaute. »Nicht sofort.« Sie senkte die Hände. Er brauchte nicht zu wissen, daß sie die Pistole – ihre erste – erst vor ein paar Tagen gekauft hatte. Sie hatte beschlossen, daß eine Frau allein unter Leuten, die sie nicht kannte und denen sie nicht traute, Sicherheitsvorkehrungen treffen mußte. »Es zahlt sich aus, in Übung zu bleiben, oder?«

»Ach ja, wirklich?« Er trat vor, bis sie ihn deutlich erkennen konnte. Ein weißes, grobes Leinenhemd – offen bis fast zur Taille – steckte lose in alten Jeans, denen man das häufige Waschen ansah. Ein großer, wuscheliger Hund sprang herbei und setzte sich hinter ihn. »Nehmen Sie überallhin eine Pistole mit?« fragte Breaker stirnrunzelnd.

»Natürlich.«

Er schnaubte. »Warum?«

»Wir leben in einer gewalttätigen Welt, Mr. Breaker.«

»Sinjun reicht. Sin, wenn Ihnen besonders freundlich zumute ist. Ein kleines Mädchen wie Sie könnte vielleicht mit einer Waffe mehr Schwierigkeiten haben als ohne.«

Kleines *Mädchen*? »Das müssen Sie mir erklären.«

Er musterte sie einen Augenblick. »Ganz einfach«, sagte er.

Bis Angelica auch nur begreifen konnte, hatte sie keine Waffe mehr in der Hand.

»Genug Erklärung?«

Sie blinzelte nur. Mit derselben Hand, mit der er ihr die Waffe weggenommen hatte, nahm er sanft, aber bestimmt ihren Arm und zog sie langsam, unausweichlich zu sich herum. Ihre Füße hoben sich vom Boden.

»Nicht!« Angelica suchte zappelnd nach Halt, fand aber keinen. »Oh!«

Er dirigierte sie in die Waagerechte wie in Zeitlupe.

In dem Augenblick, als sie sich darauf gefaßt machte, auf dem sandigen Boden aufzukrachen, waren seine Arme unter ihr, und er zog sie hoch an seine Brust. »Ich hab' Sie, Angel Dean«, sagte er, lachte und zeigte seine starken, weißen Zähne. Die Lachfältchen um seine Augen und die Grübchen neben seinem Mund vertieften sich. »Habe ich es gut genug erklärt?«

»Ich verstehe, was Sie sagen wollten.«

Einer seiner Arme lag unter dem ihren, so daß ihr Busen an seine Brust gedrückt wurde. Er sah zu ihr hinunter, und das Lächeln verschwand. Ein Muskel zuckte in seinem Unterkiefer. »Tun Sie das wirklich?«

Ihr Magen drohte zu revoltieren. »Sie sind ein großer, starker Mann, Mr. Breaker. Und ich bin eine kleine, schwache Frau. Wenn es das war, was Sie mir zu verstehen geben wollten, habe ich es verstanden.«

Sein Blick sank tiefer, zu der Stelle, wo die weiche Rundung ihres Busens sich durch eine dünne Schicht Stoff – ihr Hemd – an seine harten, warmen Muskeln drückte. Angesichts der Umstände, unter denen sie sich zum ersten Mal begegnet waren, sollte das eigentlich nichts ausmachen, aber in Zukunft würde sie der Versuchung widerstehen, ohne BH herumzulaufen. Die Sonne war nicht die einzige heiße Sache auf dieser Insel.

»Ich habe den Verdacht, daß der stärkste Teil an Ihnen der ist, den ich nicht sehen kann.« Er zog behutsam die Hand zurück, mit der er sie unter den Beinen hielt, und ließ sie an seinem Körper entlang abwärts gleiten, bis ihre bloßen Füße den Boden berührten. »Offensichtlich haben Sie einen sehr scharfen Verstand. Ausgenommen die Wahl Ihrer Schußwaffe.«

»Klein aber wirksam«, sagte sie mit denselben Worten, die der Waffenhändler gebraucht hatte.

»Beretta Kaliber 25«, kommentierte Sinjun und drehte die Pistole um, bevor er sie Angelica zurückgab. »Hübscher kleiner Elfenbeingriff. Wie ich gehört habe, funktionieren sie auch in rosa gut. Erstaunlich, was heutzutage für Mädchen so alles gemacht wird.«

Sie tat so, als ließen sie seine Sticheleien kalt. »Ich brauche nicht mehr als ein sicheres Gefühl.« Wenn er erwartete, daß sie sich über seine sexistischen Sprüche aufregte, konnte er lange warten. »Solange ich weiß, daß man damit jemanden umbringen kann, soll es mir recht sein.«

Als sie sah, wie er bemüht die Mundwinkel nach unten zog, richtete sie sich kerzengerade auf.

»Wenn Sie so nah herankommen, um dem Typ das Ding ins Ohr zu rammen«, sagte er, »könnten Sie ihn wahrscheinlich treffen.«

»Sie wissen nicht, was –«

»Ich sage? Mag sein. Sie könnten sie natürlich jederzeit für Ihren Bedarf frisieren.«

Angelica runzelte die Stirn. »Warum sollte man … wie?«

»Die Kimme abfeilen.«

Ihre Stirnfalten wurden tiefer.

»Den Abzug rundbiegen.«

»Ich glaube, ich will den Rest gar nicht mehr hören.« Es war auch nicht besonders hilfreich, daß sie so nahe vor ihm stand.

Sinjun grinste. »Lassen Sie mich wenigstens meine Pointe noch loswerden: Streichen Sie das ganze Ding mit Vaseline ein, und dann können Sie zusehen, wie der Arzt, der sie wieder herauszuholen versucht, wirklich sauer wird.«

»Das ist ekelhaft.«

»Ich weiß. Ein kleiner Karabinerhaken würde es eventuell erleichtern. Die Erbsenspritze ist nicht geladen.«

Das hatte sie vergessen! »Ich habe doch nur geübt.«

»Ja, klar.« Er neigte den Kopf, um sie scharf anzusehen. »Sie haben geübt. Es heißt doch, Sie wären eine sehr clevere Dame. Ich weiß nicht annähernd so viel über Sie wie Sie über mich. Aber die Spitzenjournalistin, die ohne bestimmten Grund von *Verity* weggegangen ist, wird dort sehr vermißt. Man würde sich jederzeit freuen, wenn sie zurückkäme. Wußten Sie das?«

»Man hat es mir angedeutet, und ich war geschmeichelt.« Lieber Gott, kann er mich nicht tun lassen, was ich tun will, ohne tiefer in meiner Vergangenheit zu graben? »Sie haben Ihre Hausaufgaben gemacht.«

Er legte seine Hände in ihre Taille. »Es gibt Zeiten, da ist Intelligenz allein einfach nicht genug, Angel. Es gibt große, dumme Menschen auf der Welt, die sich einen Spaß daraus machen, kleinen, schlauen Leuten zu zeigen, wie hilflos sie sind.«

Sie hob das Kinn und versuchte, nicht darauf zu achten, daß seine Daumen rhythmisch über ihre unteren Rippen strichen. »Ich hätte mich daran erinnern sollen, wie es mit Ihnen und den Waffen ist, stimmt's?«

Seine Daumen hielten inne – und bohrten sich in sie. »Ich bin mir nicht bewußt, daß es da etwas zu erinnern gibt.«

»Vielleicht nicht in bezug auf Waffen, aber sicher in bezug auf Gewalt.«

Sein Griff wurde so fest, daß es weh tat. »Ich bezweifle, ob

Sie jemanden finden würden, der mich gewalttätig nennen würde.«

Konnten die schönen Linien an seinem Mund grausam werden? fragte sie sich. Konnte er voller Zorn seine starken Zähne blecken? Sie legte ihre Hände flach auf seine Brust und drückte dagegen. »Ich glaube nicht, daß es allzu schwierig wäre, mehr als eine Person zu finden, die sich vielleicht daran erinnert, daß Sie früher Ihr Geld mit den Fäusten verdient haben.«

Da hatte sie die Antwort: Sein Mund verzog sich zu einer schmalen Linie. Er konnte also grausam sein.

»Sie reden wie eine Frau, die glaubt, etwas Schmutziges gefunden zu haben.«

»Ich habe alles mögliche über Sie gefunden.« Ein paar Sachen waren dabei, die sehr schmutzig waren, doch die interessierten sie nur als Waffen gegen ihn. »Es ist heiß hier. Hinter dem Bungalow ist etwas Schatten.«

Wortlos bedeutete er ihr vorauszugehen. Angelica gehorchte und spürte bei jedem Schritt seinen Blick. Daß sie diesen Mann womöglich sympathisch finden könnte, war nicht Teil ihrer Pläne gewesen. Er war jemand, der andere benutzte – oder umbrachte –, und zwar mit Gleichgültigkeit als Waffe, zumindest was sein letztes Verbrechen betraf.

Dummerweise fand sie ihn trotzdem anziehend.

Angelica betrat eine Terrasse, die im Schatten von fülligen, blauvioletten Blütenbüscheln lag, die von den Ästen einer Rankpflanze herabhingen. »Möchten Sie etwas Kaltes trinken?«

»Nein.«

Sie legte die Pistole auf den Rand einer steinernen Pflanzschale. »Kaffee?«

Sie zog einen bequemen Rohrsessel an die Ecke der Terrasse und setzte sich. »Ich habe schon Kaffee getrunken.«

Sie räusperte sich. »Es ist wirklich nett von Ihnen, daß Sie einem Interview zugestimmt haben.«

Der Hauch eines Lächelns umspielte seinen Mund, aber nicht seine Augen. »Das Gespräch gestern abend war vielversprechend. Ich könnte auf die Dauer Spaß daran bekommen, mich mit Ihnen zu unterhalten –«

»Gestern abend war ich völlig unvorbereitet. Man könnte sagen, daß es bei Ihnen ähnlich war. Und vergessen wir... Ach, vergessen wir einfach den Rest. Ich freue mich, hier sein zu können.«

»Sie sind eine sehr bestimmte Frau.«

»Wenn man als Reporterin arbeitet, macht einen das bestimmt. Wer schüchtern ist, schafft es nicht.« Er würde nie erfahren, wie sie gebebt hatte, wann immer er sie berührte.

»Man muß aufdringlich sein, oder wie?«

»So in etwa.«

Er legte den Kopf schief. Ein Luftzug strich durch sein dichtes, schwarzes Haar. Tanzendes Sonnenlicht machte seine Gesichtszüge weicher.

»Und ich nehme an, ein attraktiver Körper ist auch nicht gerade hinderlich«, sagte er übergangslos.

Angelica konnte nicht verhindern, daß sie rot wurde. »Ich bin normalerweise nicht in Situationen, wo Leute mich, äh, pur überraschen, bevor sie mir erlauben, sie zu interviewen.«

Seine seltsamen gelb gesprenkelten, eindringlichen grünen Augen spazierten von ihren Haaren bis zu den Zehen und wieder nach oben. »Wenn sie Sie dann doch zu sehen bekommen, Angel? Wachsen nicht dadurch, daß Sie aussehen wie eine sexy kleine Nymphe, Ihre Chancen, die Aufmerksamkeit Ihres Opfers zu fesseln? Setzen Sie sich.«

Knapp gab sie zurück: »Ich bleibe lieber stehen. Es geht hier nicht um mich. Darf ich Ihnen ein paar Fragen stellen?«

»Sind Sie sicher, daß das nötig ist?«

»Warum sollte ich sonst hier sein?«

Er ließ sich tiefer in den Sessel sinken und verschränkte die Beine. »Das könnten Sie mir ja jetzt erklären.« Ein lederner

Schnürsenkel baumelte vom Schuh des Fußes, mit dem er wippte. »Wieviele Fragen haben Sie genau, Angel? Und was glauben Sie, wie lange es brauchen wird, bis Sie sie alle gestellt haben?«

Genausolange, wie sie brauchte, um ihn als gemeinen Opportunisten bloßzustellen, der jeden niedermetzelte, der sich ihm in den Weg stellte. »Um ehrlich zu sein, sind es eine Menge Fragen. Damit aus einer Biographie etwas wird, muß sie die richtige Mischung aus beruflichem und privatem Leben beinhalten.«

»Sie meinen, dieses Buch wird nur ein großer Erfolg, wenn Sie genügend, mit Vorliebe saftige Einzelheiten bringen können?«

Sie zwang sich zu lachen. »Die sind immer hilfreich. Aber ich gebe mich auch mit gutem Material über Ihre menschliche Seite zufrieden.«

»So wie zum Beispiel irgendwelche Einzelheiten, die Ihnen zu meinem Vater, dem Trinker, oder meiner Mutter, die mich verlassen hat, noch fehlen? Ist das in etwa menschlich genug?«

Bei dem Thema wurde er offensichtlich empfindlich. Gut. Sie würde daran denken, das einzusetzen, wenn es ihr zu eng wurde. »Dafür möchte ich mich entschuldigen. Sie hatten mich... in einem ungünstigen Augenblick erwischt.« Sie warf ihm ihr bestmögliches, unschuldig-charmantes Lächeln zu. »Da habe ich zugeschlagen. Nicht sehr professioniell von mir.«

»Entschuldigung angenommen.« Sein glitzernder Blick ruhte in der Nähe ihrer Brüste. »Also, wie lange, Angel?«

Sie widerstand der Versuchung, nachzusehen, ob ihr Hemd auch exakt zugeknöpft war.

»Wie lange werden Sie hierbleiben wollen?« wiederholte er.

Angelica erschrak. »Oh, da bin ich nicht sicher. Ich werde eine ganze Reihe von Interviews brauchen, wahrscheinlich über ein paar Wochen verteilt. Ab und zu geht es aber auch schneller.« Sie würde dafür sorgen, daß es so schnell wie möglich ging. Sinjun Breaker war ein Mann mit einer sehr erotischen, gefährlichen Ausstrahlung, und das wußte er. Es gab keinen Zweifel daran, daß er sie betrachtete wie eine potentielle Eroberung. Der sicherste Platz für sie würde möglichst weit weg von dieser Insel sein.

Er wandte sich zur Seite und schob eine Hand in die Hosentasche. Der lange Muskel in seinem Schenkel straffte sich unter den engen, abgenutzten Jeans. »Offensichtlich erwarten Sie, daß Sie so lange hier sein werden, um einen Gast zu empfangen.« Er streckte ihr ein zusammengefaltetes Papier hin. »Vielleicht ist dies nur die erste von einer ganzen Truppe von Gleichgesinnten, die Sie sich zur Gesellschaft eingeladen haben.«

Angelica las mit gerunzelter Stirn das Fax und spürte, wie ihr die Röte ins Gesicht schoß. »*Verdammt.*«

Sinjun lachte. »Gehe ich recht in der Annahme, daß ich das nicht hätte sehen sollen?«

»Die Sache ist völlig anders, als es den Anschein hat.«

»Nämlich? Wollen Sie sagen, Sie haben nicht diese australische Freundin eingeladen, Ihnen an Stränden Gesellschaft zu leisten, die dem schnellsten Reißverschluß im wilden Westen gehören?«

»Mein Gott, ich könnte Brenda erwürgen.«

»Beantworten Sie erst mal meine Frage.«

»Nein.« Sie faltete das Fax wieder zusammen. »Brenda ist Engländerin, nicht Australierin. Sie ist eine sehr gute Freundin von mir. Ich habe ihr aus Kauai lediglich mitgeteilt, daß ich hierherfliegen würde. Sie versucht nur, komisch zu sein.«

»Sie scheint zu glauben, daß sie eine Menge über mich weiß. Eine ziemliche Menge.«

Angelica entschloß sich jetzt doch, sich hinzusetzen, und ließ sich auf die Fußstütze eines Liegestuhls fallen. »Brenda hat keine besondere... Sie mag Männer nicht besonders.«

»Ist sie lesbisch?«

»Wenn eine Frau Männer nicht besonders mag, heißt das nicht unbedingt, daß sie lesbisch ist«, fauchte sie.

Sinjun zog sich das Hemd aus der Jeans und öffnete die restlichen Knöpfe. »So ist's kühler«, sagte er und lächelte. »Ist Brendas Vorschlag hierherzukommen auch nur ein Witz?«

Angelica wand sich innerlich. »Wahrscheinlich nicht.«

»Meinen Sie nicht, Sie beide hätten mich vorher fragen müssen?«

»Ich hatte doch keine Ahnung, daß sie vorhatte, mich zu besuchen!«

»Schreien Sie nicht so.«

»Ich schreie nicht. Brenda Butters ist eine sehr entschiedene Frau.«

»Und Sie nicht?«

»Sie weiß, daß ich hier niemanden habe, um –« Dummheit. Elende, unvorsichtige Dummheit. »Sie weiß, daß ich allein hier bin, und denkt wahrscheinlich, daß es keinen Grund gibt, warum sie nicht kommen und mir Gesellschaft leisten sollte. So ist Brenda eben. Sehr umsichtig.« Er durfte nichts über sie erfahren, ganz besonders nicht die Tatsache, daß sie außer Brenda niemanden hatte, der sich Gedanken ihretwegen machte – wo sie war, was ihr dort zustieß.

»Diese Insel ist Privatbesitz.«

Sie schob mit einem Zeh ein abgefallenes Blütenblatt zur Seite. »Ich weiß.«

»Niemand darf die Insel betreten – außer wenn ich es will.«

»Ich weiß.«

»Sie scheinen eine ganze Menge zu wissen.«

»Irgendwie läuft die Sache heute nicht besonders gut.«

Unvermittelt beugte er sich vor und streckte ihr seine Hand hin. »Entspannen Sie sich, Angel. Ich werde Sie schon nicht fressen.«

Er war wie Quecksilber. Gerade noch düster und bedrohlich, dann ganz der gutaussehende, charmante Sonnyboy.

»Geben Sie mir die Hand.«

Sie tat, was er verlangte, und zuckte, als seine warmen, kräftigen Finger sich um die ihren legten.

»Ihre Brenda wird sich mit uns in Verbindung setzen müssen, um hier landen zu dürfen. Sobald sie das getan hat, werde ich Chuck Gill schicken, damit er sie abholt.«

Sie spürte wie ihr Mißtrauen erwachte. »Das ist wirklich nett von Ihnen.« Hatte er womöglich eine Ahnung, warum sie hier war? War dieser zuvorkommende Zug eventuell Absicht und hatte den Zweck, sie zu beruhigen, damit sie möglichst schnell wieder verschwand?

»Sie haben erwähnt, Sie hätten Verschiedenes – und Unangenehmes über mich in Erfahrung gebracht.« Sein Griff wurde fester, und er zog sie näher heran, bis sie auf ihrer Beinstütze etwas weiter nach unten rutschen mußte. »Ich kann es kaum erwarten, zu erfahren, was man Ihnen erzählt hat.«

Angelica schluckte. Wann würde Brenda auftauchen? »Ich hatte eigentlich vor, eher Ihre Errungenschaften in den Brennpunkt zu stellen.«

»Ach, tatsächlich?«

Sie war jetzt so nahe vor ihm, daß sie die Farbe seiner Augen klar erkennen konnte: hauptsächlich Grün mit Strahlen von gelben Einsprengseln um die Iris.

Sie schluckte noch einmal. »Mein wesentlicher Ansatz ist weder besonders klug noch irgendwie neu. Kind aus armer Familie kommt zu Geld … kommt zu viel Geld in Ihrem Fall.«

»Langweilig«, sagte er und betrachtete intensiv ihren Mund.

Er hatte eine wirklich verflixt männliche Art. Sein Duft stieg ihr in die Nase, sauber, mit einem Hauch des Aromas dieser Insel nach roter Erde und warmer Seeluft.

Sehr erotisch.

Angelica wandte das Gesicht ab. Er kannte seine Wirkung

auf Frauen genau und setzte sie absichtlich bei ihr ein, nicht etwa, weil er eine Ahnung hatte, warum sie hier war, sondern weil er es so gewöhnt war. Sinjun Breaker erwartete, jede Frau verführen zu können, die ihm begegnete – jede Frau, bei der er auch nur im entferntesten mit dem Gedanken spielte, sie verführen zu wollen.

Zu jedem anderen Zeitpunkt, an jedem anderen Ort würde sie darüber nur lachen. Was wußte sie erotisch schon von Männern? So gut wie nichts.

»Woran denken Sie, Angel?« Sie spürte, wie er ihre Finger zu seinen Lippen hob und sie sanft rieb. »An all die schrecklichen Dinge, die Sie von mir wissen?«

Als Reporterin hatte sie schon in einer ganzen Reihe von häßlichen Situationen ihren »Mann« gestanden. Doch diese Lage machte sie kribbelig. »Genau das«, erklärte sie. Sie konnte sich nicht erlauben, auch nur für den Bruchteil einer Sekunde die Kontrolle zu verlieren. »Es gibt eine Menge Spekulationen darüber, warum Sie sich hier verstecken.«

Der Griff um ihre Finger wurde fester. »Verstecken? Wer sagt, daß ich mich verstecke?«

»Die Leute. Die besten, einflußreichsten Leute – besonders die in Seattle, die keine Entschuldigung von Ihnen dafür bekommen haben, daß Sie bei ihren aufwendigen Veranstaltungen nicht erschienen sind.«

»So ein Pech. Ich schätze, ich bin einfach kein guter Gesellschafter. Lassen wir es dabei.«

»Selbst wenn ich das akzeptiere, die anderen werden es nicht tun.«

»Ist mir scheißegal, was die denken.«

Angelica entzog ihm die Finger, blieb aber sitzen, wo sie war. »Warum verstecken Sie sich?«

Die weiße Linie um seinen Mund war wieder da. »Reporter sind doch alle gleich. Das lernen Sie wohl in der Journalistenschule, wie? Verärgere die Leute mit unhöflichen Fragen und hoffe darauf, daß sie so unvorsichtig werden, dir ihre Geheimnisse zu verraten.«

»So ungefähr.«

»Das stinkt.«

»Wollen Sie damit sagen, ich verärgere Sie und Sie werden dadurch womöglich so unvorsichtig, mir Ihre Geheimnisse anzuvertrauen?«

Sein Lächeln wirkte eingefroren. »Ich habe klugscheißerische Frauen noch nie gemocht.«

»War Dee-Dee Cahler auch so eine?«

Eine Weile starrte Sinjun sie mit zusammengekniffenen Augen an. Dann ließ er sich in seinem Sessel zurücksinken und legte einen Unterarm vor sein Gesicht.

Treffer!

»Erinnern Sie sich an Dee-Dee? Sie war –«

»Ich weiß, wer sie war.«

Manchmal gefiel Angelica nicht, was ihr Beruf ihr zu tun vorgab. Es dürfte ihr eigentlich nichts ausmachen, Sinjun Breaker mit Fragen zu bombardieren, deren Antworten für ihn schmerzlich waren. Aber das tat es doch. Sie nahm an, daß sie einfach noch nicht hart genug war.

»Sie war sehr jung, als Sie –«

»Siebzehn. Sie haben Ihre Hausaufgaben verdammt gut gemacht.«

Was immer sie da in seiner Stimme hörte, durfte sie nicht als Schmerz mißverstehen – außer es war Schmerz wegen des Unbehagens, das diese Enthüllung ihm bereitete.

»Ich war in Montana.«

»Scheiße«, murmelte er.

»Ich sagte Ihnen doch, ich wüßte von Montana.«

»Sie wissen überhaupt nichts von Montana.«

»Es gibt nicht mal einen Punkt auf der Landkarte für dieses … für diesen Ort, an dem Sie mit Ihrem Vater gelebt haben. Aber als ich dann in Dillon gefragt habe –«

»Die haben Ihnen also erzählt, wo das Häufchen von Unterkünften zu finden ist, die nichts sind als Bretterbruden ohne fließendes Wasser und sanitäre Anlagen – außer man nennt Löcher in Brettern über stinkenden Gruben sanitäre Anlagen.«

Es gefiel ihr nicht, was für Gefühle seine tonlose Stimme in ihr auslöste. »Genau. Sie sagten mir, es hieße –«

»Bliss – Segen.« Er hatte den Arm heruntergenommen und den Kopf an die Rückenlehne des Sessels sinken lassen, so daß er durch das zugerankte Gitter der Pergola über sich in die durchschimmernden Flecken des blauen Himmels blinzeln konnte. »*Segen.* Da muß jemand einen ziemlich makaberen Sinn für Humor gehabt haben. Würden Sie dem zustimmen, Angel? Ich wette, so ein Loch haben Sie noch nie gesehen.«

»Es existiert nicht mehr«, sagte sie leise. »Irgendwelche Leute sind fortgegangen und –«

»Gestorben, meinen Sie? Sterben war in Bliss eine schlechte Angewohnheit.«

»Und manche wurden umgesiedelt. Vor allem in einen Park von Wohnwagen nicht weit von der Stelle, wo Bliss lag.« Sie mußte ziemlich viel schlucken. »Wußten Sie das?«

»Nein.«

»Raten Sie mal, wie man den Wohnwagenplatz genannt hat?«

Er blinzelte. »Vermutlich werden Sie's mir gleich sagen.«

»Bliss«, stellte sie lakonisch fest. »Merkwürdig, nicht?«

»Weil Sie meinen, die Leute hätten lieber ihr früheres Leben über den Umzug in die feinen neuen Wohnwagen vergessen sollen. Wer weiß? Aber ich nehme an, einige von ihnen hatten ein paar Erinnerungen, die sie sogar gerne behalten haben.«

Sie wollte keine Sympathie für ihn empfinden! »Hören Sie –«

»Was mich betrifft: Ich habe nie dort gelebt. Vergessen Sie's. Ich hab's vergessen.«

»Dee-Dee Cahler wollte es wahrscheinlich auch vergessen.«

Er schwieg.

»Wie fühlen Sie sich, wenn Sie an sie denken?«

»Das sind die Fragen für die fesselnde persönliche Note, oder?«

»Genau.«

»Sollten Sie sich dann nicht Notizen machen?«

»Ich habe ein phantastisches Erinnerungsvermögen.« Sie würde sich kein Wort entgehen lassen.

»Ich denke gar nicht an sie. Nie.«

Sie würde jede Wette eingehen, daß er es doch tat. Seine Stimme verriet das. »Ich habe ihre Großmutter gefunden. Sie ist die älteste Frau, die ich je gesehen habe.«

»*Scheiße!*«

»Sie sagen das ziemlich häufig. Mrs. Cahler hat mir alles über die Sache erzählt.«

»Sie weiß aber nicht *alles* über die *Sache*«, zischte er durch zusammengebissene Zähne.

»Sie weiß, daß Sie Dee-Dee geheiratet haben.«

Er drehte das Gesicht zur Seite. »Das war vor ewigen Zeiten. Vor einem langen Leben.«

»Dee-Dee hat danach aber kein langes Leben mehr gehabt.«

Sein Kopf wandte sich ihr mit einem Ruck zu. »Drücken Sie sich klarer aus.«

»Sie sind einer der begehrtesten Junggesellen der Welt, Sinjun. Und Ihr Leben ist eine der romantischsten Erfolgsgeschichten der Welt.«

»Ja, ja. Aschenputtel und so'n Scheiß ... um einen Ausdruck zu gebrauchen, der Ihnen gefallen wird. Ich sagte Ihnen schon, daß mir der Vergleich nicht besonders gefällt.«

»Ich werde versuchen, daran zu denken, daß ich ihn nicht verwenden soll. Aber sehen Sie den Tatsachen ins Auge: Wenn ich nicht über Sie schreibe, wird es jemand anderes tun. Meine wird eine autorisierte Biographie werden. Das beweist, daß Sie ein sehr kluger Mann sind, denn Sie haben auf diese Art beim Endprodukt etwas mitzureden. Kooperieren Sie mit mir, und es wird keinen Sinn mehr haben, eine unautorisierte Version zu schreiben, weil ich all dem skandalträchtigen Material den Stachel nehmen kann.«

Er dachte eine Weile in unbehaglichem Schweigen nach. »Kann sein, daß Sie das tun. Oder auch nicht. Ich werde darüber nachdenken. Aber da ist noch was, um das Sie herumschleichen, Angel. Spucken Sie's schon aus.«

»Wir werden auf der Grundlage gegenseitigen Vertrauens arbeiten müssen.« Ihr war so eng in der Kehle, daß es weh tat. »Wir müssen uns einig sein, daß es hier um Teamwork geht.«

Sinjun stand auf, verließ die Terrasse und starrte zu der Seite der Insel, die von der dichten Dschungelvegetation völlig überwachsen zu sein schien. Sein Profil war hart und stolz, kein Profil, das man sich in einer Gegend vorstellen konnte, wie Bliss in Montana es einst gewesen war – ein Ort ohne Punkt in der Landkarte.

»Werden Sie mir vertrauen, Sinjun?« Sie schickte sich an, jemand zu benutzen, der gewohnt war, die anderen zu benutzen. Sie würde ihn nach allen Regeln der Kunst benutzen und sich dabei bemühen, eine möglichst tiefe Narbe in ihm zu hinterlassen. Dafür brauchte sie nicht mehr zu tun, als in Erinnerung behalten, wie ihre Mutter ausgesehen hatte, als sie zuletzt bei ihr gewesen war: hübsch, blond wie Angelica und mit immer noch jugendlichem Aussehen. Marlene Dean Golden hatte wirklich hübsch ausgesehen in ihrem Sarg.

Angelica biß die Zähne zusammen. »Überprüfen Sie mich. Meine Referenzen sind makellos.« Makellos, aber enthüllend, wenn er lange genug suchte.

»Also gut.« Er sah sie nicht an. »Ich bin dabei.«

Triumph erfüllte Angelica. »Hervorragend. Danke.« Und

jetzt der letzte echte Schlag. »Sind Sie allem gewachsen, was ich Sie vielleicht fragen werde? Allem und jedem?«

Er nickte. »Aber ja.«

»Manchmal werde ich Sie verärgern.«

»Das weiß ich, Angel.« Sein Lächeln wirkte zynisch.

»Haben Sie Angst, daß irgend etwas aus Ihrer Vergangenheit Sie vielleicht einholen könnte?«

Seine wunderschönen Augen musterten sie ruhig. »Einholen?«

»Irgend jemand oder irgend etwas, das wirklich begraben bleiben soll?«

»Im Augenblick fällt mir dazu nichts und niemand ein.«

Angelica kreuzte die Beine. Sie sagte: »Nicht einmal, was die Toten betrifft?« und erkannte an dem Zorn, der seine Augen in grünes Eis verwandelte, daß das tote Gesicht, das er jetzt vor sich sah, nicht ihrer Mutter gehörte.

6

Dee-Dees Gesicht war bläulich-weiß gewesen.

Durchsichtig.

Sie hatte ihn angestarrt, während ihr Leben zerrann, und er würde niemals erfahren, ob sie aufgehört hatte, seinen Namen zu denken, bevor oder nachdem ihr letzter Atemzug zitternd unter dem blutdurchtränkten Laken verhauchte.

»Sin«, hatte sie geflüstert, dann schienen ihre dunklen Augen flach zu werden und die Richtung zu verlieren. Das Ende kam innerhalb weniger Sekunden. Sinjun betrachtete seine Hände. Dee-Dee war schon Stunden tot, als er daran dachte, ihr Blut von seinen Händen zu waschen.

Sinjun hörte, wie Angelica Dean sich auf ihrem Sitz bewegte.

Er hatte Dee-Dee tatsächlich vergessen, einfach vergessen, obwohl er gedacht hatte, daß das nie passieren würde. Mit zwanzig, damals, als er seine tote Frau ansah, hatte er das Gefühl gehabt, als würde er sie sein Leben lang – so – in jeder wachen und schlafenden Minute vor sich sehen.

»Danach wurde das Leben erheblich besser für Sie.«

Er sah Angelica an und kratzte sich über den Nasenrücken.

Ihre weichen, braunen Augen wichen ihm aus. »Nun, so war es doch, oder? Daß es besser wurde?«

»Was meinen Sie damit?«

»Nachdem Dee-Dee Cahler... Verzeihung, sie war ja am Ende Dee-Dee Breaker, nicht wahr? Also nach ihrem Tod hatten Sie nicht viel Zeit für Trauer. Sie hatten eine Menge Dinge zu erledigen. Sie waren doch damals gerade dabei, den –«

»Das reicht.« Schmerz schien hinter seinen Schläfen zu explodieren. Was war nur los mit ihm? Das alles war eine alte Sache. Tot. So tot wie Dee-Dee und ... es war *vorbei.* »Len Gill expandierte damals mächtig. Ich war Chucks Freund – der Freund von Lens Sohn –, und Len nahm mich bei sich auf, als ich auf der Straße stand.«

»Das war vor Dee-Dee.«

»Vergessen Sie Dee-Dee«, erklärte er.

»Haben Sie sie vergessen?«

Er sank schwer in seinen Sessel. »Sie sind gut.« Er lachte kurz. »Verdammt, Sie sind wirklich gut. Kein Wunder, daß Sie für eines von Amerikas angesehensten Magazinen geschrieben haben. Sie empfinden wohl gar nichts, wie? Alles eines Sache des Geschäfts.«

Ein gelber Schmetterling schwebte vorüber, und Angelica sah ihm nach, bis er davongetrudelt war. »Ich bin aus geschäftlichen Gründen hier«, sagte sie schließlich. »Schöner Ort hier. Idyllisch.«

»Mir gefällt es auch.«

»Bruno Kertz hat Ihnen diese Insel vermacht.«

Gab es etwas, was sie *nicht* wußte? »Er hat mir sein gesamtes Vermögen vererbt. Ich war sein Partner, und er hatte keine Verwandten.« Er war mehr als nur ein Partner gewesen. Sinjun war für Bruno der Sohn gewesen, den er nie gehabt hatte.

Angelica sah ihn wieder an. »Niemand, der sich an den Früchten seiner Arbeit hätte erfreuen können? Was für ein... Zufall. Nicht einmal eine Katze oder ein Kanarienvogel?«

»Nicht einmal ein Goldfisch.« Das Spiel konnte man auch zu zweit spielen. »Sind Sie wirklich sicher, daß Sie nicht das eine oder andere notieren sollten?«

»Absolut. Ich will erst einmal ein Gefühl für Sie bekommen.«

Sinjun pfiff tonlos – und sah sie an. Wenn sie den Blick nach unten richtete, waren ihre Wimpern dicht und dunkel, mit blonden Spitzen, in denen sich das Licht fing. Scheiße, wenn er so weitermachte, würde er demnächst Gedichte schreiben.

»Ist das okay – wenn ich erst versuche, ein Gefühl für Sie zu bekommen...«, sie hob mit einem Ruck den Kopf, sah ihn mit einer hochgezogenen Augenbraue an, »Sin?«

O ja, sie war wirklich *süß*. »Sie dürfen jederzeit ein Gefühl für mich bekommen, Baby.«

Irgend etwas flackerte in ihrem Blick. Bewußtsein. Sie waren sich beide der Anwesenheit des anderen klar bewußt. »Verschanzen Sie sich hinter den hinlänglich bekannten Sprüchen?« fragte sie kühl. »Vielleicht tut es Ihnen doch leid, daß Sie der Sache mit der Biographie zugestimmt haben?«

Was in Gottes Namen wollte die Frau von ihm? Und *warum*? Und warum rief er nicht einfach Chuck und trug ihm auf, sie abzutransportieren, Teufel noch mal?

Er wußte, warum.

Er wußte, warum sie hier war, und er wußte, warum er sie nicht wegschickte. Er war sich allerdings nicht sicher, welches von beidem ihm mehr angst machte – zu wissen, daß sie hier war, um ihn auszuschlachten – oder Schlimmeres – oder daß er nicht bereit war, sie wegzuschicken, weil er einen großen, pochenden Ständer bekam, wenn er sie ansah.

Ein Frösteln kroch unter seiner Haut entlang. Selbst in der wachsenden Hitze des pazifischen Morgens hatte Sinjun plötzlich das Gefühl, als wäre er schockgefroren. Kälte schoß durch sein Rückgrat, und er schauderte.

Ihr angespanntes kleines Lächeln bewies, daß sie langsam an ihn herankam. Und er war sich jetzt fast sicher, daß sein erster Eindruck richtig gewesen war. Mit diesen großen, braunen Augen sah ihn eine Frau an, die Mord im Sinn haben konnte. Mord an ihm. »Wessen Idee war es, hier herzukommen?« fragte er. Die Ungeschicklichkeit war womöglich nur ein wenig Theater für ihn gewesen, um ihn in Sicherheit zu wiegen.

»Meine.«

Lügnerin.

»Erwarten Sie wirklich, daß ich Ihnen glaube, daß Sie von all den vielen faszinierenden Menschen auf der Welt Sinjun Breaker als den allerfaszinierendsten empfinden?«

Ihr Blick war fest. »Ist er für mich auch.« Sie sah ihn gerade an. Ihre Ehrlichkeit war offensichtlich.

Ein Engel mit der Wahrheit im Gesicht und in der Hinterhand mit etwas bewaffnet, das Gift war. »Da müssen Sie schon etwas deutlicher werden. Warum nicht Trump?«

»Passé.«

Wie wahr. »Malcolm Forbes?«

»Tote Leute sind zu einfach.«

»Wie wär's mit Saul Steinberg? Der dürfte auch einiges aufzuweisen haben, in das Sie ihre Zähne schlagen können.«

»Keine Überraschungen mehr.«

»Also sein Sohn, Jonathan? Der ist doch ein echter Hingucker.«

»Zu jung und zu sauber.«

Er schüttelte den Kopf. »Annenberg?«

»Voraussagbar«, beschied sie ihn knapp.

»Sie sind wirklich hart, Angelica.«

»Aber Ihnen kann ich nicht das Wasser reichen, Sinjun.«

»Aber Sie sind viel hübscher als ich.« Er hatte gar nicht vorgehabt, das zu sagen. »Doch das ist für Sie nur als Werkzeug wichtig, wie? Ein verräterisch charmantes Äußeres um all die spitzen Dolche zu tarnen, mit denen Ihr Geist zielt?«

Sie schob ihr adrettes, kleines Hinterteil auf dem Sitz nach vorne und musterte ihn aufmerksam. »Sie leiden an Verfolgungswahn.«

Worauf sie sich verlassen konnte. »Ich möchte nur gern feststellen, ob ich den Gegner beunruhigen kann. Das ist alles.«

Angelica hob den Blick zu der berankten Pergola über sich, zog einen Fuß zu sich hoch und massierte ihre Zehen. »Ich bin nicht der Gegner. Ich bin eine Frau, die gefragt hat, ob sie mit Ihnen arbeiten kann. Und diese Arbeit wird sowohl Ihnen als auch mir eine Menge Geld einbringen.«

Ihre Haltung und sein Blickwinkel gaben Sinjun den Ausblick auf ein winziges Stückchen von einem rosaroten Spitzenhöschen, genau oberhalb der Falte an ihrem Schenkel. Die Spitze verschwand im Schatten... Sinjun schob sein Hemd von der Brust. Wie rasch doch die Temperatur eines Mannes von Kalt zu Heiß wechseln konnte – brennend heiß.

»Wie können Sie wissen, was das Buch einbringt? Haben Sie schon mit einem Verleger gesprochen?«

»Noch nicht. Ich will erst eine Menge Interesse wecken, dann soll meine Agentin eine Auktion veranstalten.«

»Ich brauche kein Geld.«

Sie wiegte den Kopf von einer Seite zur anderen und dehnte den Hals. »Ich schon. Jedermann braucht Geld. Davon hat doch niemand je genug.«

Sinjun zuckte mit den Schultern. »Ich finde trotzdem, Sie haben sich den Falschen ausgesucht. Sie brauchen einen anständigeren Namen.«

Sie bog den Rücken durch und rollte mit dem Kopf. »Einen anständigeren Namen?« Sie klang beinah schläfrig. Ihre Kehle war glatt und blaß – bis hinunter zu den Ansätzen ihrer vollen Brüste, wo sich die Knopflöcher des dünnen, weißen Baumwollhemds dehnten.

Sinjun spannte die Bauchmuskeln an. Das half jedoch nicht. Sein Verdacht war schon beinahe zur Sicherheit geworden; daß jemand sie wohl aus einem ganz anderen Grund als dem, den sie nannte, nach Hell geschickt hatte. Unglücklicherweise hatte sein Verdacht keinen Einfluß auf seinen Hormonspiegel.

»Ich wette, Sie haben früher geraucht.«

Er holte tief Luft. »Was?« Wenn sie auf seinen Schritt schaute, würde sie wissen, wo er in Gedanken gewesen war.

»Sie haben Hasch geraucht, stimmt's?«

Sinjun verschränkte die Beine. »Was hat Hasch denn in diesem Zusammenhang verloren?«

»Sie haben etwas von anständigerem Namen gesagt, und darüber habe ich nachgedacht. Ich habe nach einem Grund gesucht, warum Sie noch nicht ins Auge gefaßt haben, den Präsidentenposten anzustreben.«

Irgendwie schien er den Faden verloren zu haben. »Ich bin irgendwo hängengeblieben, meine Liebe.«

»Niemals.« Sie sah ihn an und lächelte. »Sie bleiben doch nicht irgendwo hängen, wenn Sie das nicht tatsächlich wollen.«

Sinjun blinzelte. Sein Mund war trocken, und er wußte genau, warum. In letzter Zeit war das nicht oft vorgekommen, genaugenommen schon lange nicht mehr. Er war in einer Weise erregt, die sich nur mit einem einzigen Gefühl vergleichen ließ: mit triumphierender Siegesgewißheit nach einem langen, harten Kampf. Es hatte Zeiten gegeben, da hatte sein Team irgendein Projekt abgelehnt. Doch er verfolgte es weiter – bis er schließlich erlebte, daß sich sein gesegneter Instinkt für Sieger auszahlte, und zwar hervorragend. In diesem Falle stellte er aber beide Parteien dar, die befürwortende *und* die ablehnende. Und Angelica war das Projekt.

»Ich weiß nicht recht, ob ich einen Tag lang zu viel oder zu wenig Bewegung gehabt habe«, sagte sie mit seltsam belegter Stimme. »Ich bin steif.« Damit glitt sie geschmeidig abwärts und saß im Schneidersitz auf der Ziegelterrasse.

Er fühlte sich versucht, ihr beim Entspannen seine Hilfe anzubieten.

Angelica neigte sich nach vorn, bis ihre Stirn den Boden berührte. Sie drehte sich halb, umfaßte ein Knie und wiederholte den Vorgang dann auf der anderen Seite.

»Sie sind sehr beweglich.«

Statt einer Antwort streckte sie ein Bein aus und ließ die Hände hinunterwandern, bis sie einen Knöchel umfassen konnte.

»Hilft das?«

»Hmmm.«

Sie setzte sich wieder auf, hob eine Hand über den Kopf und neigte sich zur Seite.

Mein Gott. Sinjun nahm seine Unterlippe zwischen die Zähne. Eine kleine Bewegung, und er konnte seine Hand mit ihrer rechten Brust füllen, die sie so großzügig in seine Richtung reckte.

»Schon besser«, murmelte sie. Und hob den linken Arm – und damit die linke Brust.

Sein Mund würde sich um ihre Brustwarze schließen, die Baumwolle durchweichen, an der wachsenden Knospe saugen.

Wie würde sie aussehen, wenn sie zum Orgasmus kam?

»Dee-Dee war schwanger, oder?«

Sein Ellenbogen rutschte von der Armlehne seines Sessels.

Angelica saß mit so geradem Rücken da, daß auch ein Drillsergeant der Marine begeistertes Lob gezollt hätte.

»Als geschah, was immer auch geschehen sein mag, war sie

im fünften Monat schwanger, richtig?« Wenn sie einen Augenblick zuvor wirklich schläfrig gewesen war, hatten die wenigen Dehnübungen sie besser belebt als Koffein intravenös. Ihre Augen waren weit geöffnet und brannten sich in die seinen.

»Sie sind die Art Reporterin, die noch nach der Augenfarbe des toten Babys fragt, wie?«

»Nicht bei einem Fötus von zwanzig Wochen.«

Er sprang auf. »*Fuck you*, Lady.«

»Ich hasse es, wenn Leute fluchen, nur weil sie sich außerstande fühlen, etwas zu unternehmen.«

»Verdammtes...« Er gestattete sich keine Pause, um sich zu überlegen, wie gut seine Idee war, sondern streckte die Hand aus, umschloß einen ihrer schlanken Arme und riß sie hoch. »Wann immer Sie herausfinden wollen, wie gut ich mich in der Lage fühle, gewisse Dinge zu unternehmen oder nicht, brauchen Sie's nur zu sagen.«

Sie zuckte zusammen, versuchte aber nicht, sich ihm zu entziehen. »Ich glaube, die Sache läuft schon wieder nicht gut.«

»Sie sind überhaupt nicht mehr witzig.«

»Sie auch nicht. Ich hatte Sie ja gewarnt, daß ich auch harte Fragen stellen würde.«

»Bis jetzt waren die Fragen noch nicht hart.« Er trat näher an sie heran.

Sie wich zurück. »Eine Blutung. Ihre Großmutter sagte, an der wäre sie gestorben.«

Zorn erfüllte pochend sein Hirn. »Sie hatten kein Recht –«

»Hatte ich wohl. Niemand hat das Recht, Informationen zu unterdrücken. Nicht einmal Sie.« Ihre Wangen färbten sich dunkelrosa. »Es hat schon wichtigere Männer gegeben, die versucht haben, ihre Vergangenheit zu verstecken, ohne daß es ihnen gelungen ist.«

Ganz nah stand er vor ihr. »Dee-Dee hat eine Blutung bekommen und starb. Wir konnten ihr nicht mehr rechtzeitig helfen. Okay? Können wir jetzt zum nächsten Thema weitergehen? Möchten Sie vielleicht etwas über meine ersten feuchten Träume hören?« Dumm, dumm, *dumm*. Er konnte schon riechen, wie sie ihn erregte. Noch mehr in der Richtung war das letzte, was er jetzt brauchte. Er zwang sich, die Schultern zu senken. »Reden wir über meine Karriere mit Bruno.«

»Später.« Sie mußte das Kinn heben, um einem starken, verärgerten Mann in die Augen zu sehen. Aber falls sie Angst hatte, sah man es nicht. »Mrs. Cahler sagte, Dee-Dee hätte die Blutung bekommen, weil sie brutal geschlagen worden war.«

Die Sonne verlosch.

Sinjun schloß die Augen und sah rotgefleckte Dunkelheit. Von irgendwoher schrillte eine kleine, klare Warnung: Es gab mehr als eine Methode, einen Mann zu töten. Die Ecke, auf die diese Frau hinauswollte, führte zu professioneller wie auch möglicher persönlicher Zerstörung.

Er ließ ihren Arm los. »Meine Glückwünsche«, sagte er und hörte seine eigene, ruhige Stimme, als gehörte sie nicht ihm. »Sie sind tiefer in meine Vergangenheit vorgedrungen als so mancher andere sehr geschickte Reporter.«

Sie stellte sich breitbeinig hin, als bereite sie sich auf seinen Angriff vor. »Sind Sie immer noch sicher, daß ich Ihnen nicht zu hart werde?«

»Ich lasse einen Vertrag aufsetzen.«

»Ich habe schon mit meiner Agentin gesprochen. Sie wird Kontakt mit Ihnen aufnehmen.«

»Meine Rechtsanwälte werden irgendwelche Abmachungen zuerst überprüfen wollen.«

»Natürlich.«

Nichts schien sie zu erschüttern. Ablenkend sagte er: »Ich habe völlig die Zeit verloren –« Im Bungalow summte in dem Moment die Sprechanlage.

Angelica machte ein verwirrtes Gesicht. »Die Sprechanlage«, erklärte er und ging durch die offenen Fenstertüren in ihr Schlafzimmer.

»Wo ist die?« fragte sie und folgte ihm an dem großen Bett vorbei, wo ein braves, weißes Baumwollnachthemd auf einer grünschwarzen Steppdecke lag.

Sinjun ging zu einem Schränkchen mit einem Spiegel darauf und schob eine Tür auf. »Hier«, sagte er. »Und in jedem anderem Zimmer. Bruno lebte sehr zurückgezogen, aber wenn er mit jemandem sprechen wollte, mußte es sofort sein, auf der Stelle. Auch das werden Sie für Ihre nichtexistenten Unterlagen brauchen.«

Die Sprechanlage summte noch einmal, und er schaltete auf Sprechen. »Ja?«

»Sinjun?«

»Ja, Fran.«

Schweigen, dann: »Schlafzimmer, hmm?«

Fran hatte auf die Schalttafel geschaut, deren Anlage mit jedem Zimmer in jedem Gebäude von Hell vernetzt war. Sie wußte also genau, wo er war. »Was ist los, Fran?« In der Spiegeltür sah er, wie Angelica ihn ansah. Ihr Ausdruck ließ darauf schließen, daß sie Frans Andeutung verstanden hatte.

»Ich hatte erwartet, Miss Dean zu erreichen.«

»Sie ist auch hier.«

»Ach, wirklich? Das ist prima. Sie verschwenden keine Zeit.« Eine kurze Pause entstand. »Wie läuft die Sache sonst so?«

Sinjun stützte sich an die Wand und senkte den Kopf. »Die Sache läuft prima, Fran.« Als er aufsah, traf sein Blick auf den von Angelica. Beunruhigt? Das fand er seltsam. »Ich bin bald wieder zurück im Haus.«

»Bald ist nicht gut, Boß. Jetzt gleich wäre besser.«

Mehr als beunruhigt. Angelicas Lippen waren leicht geöffnet, die Zähne zusammengebissen… als erwarte sie schlechte Nachrichten.

»Später, Fran«, sagte er und hob die Hand, um die Sprechanlage auszuschalten.

»Nein, jetzt gleich. Jetzt ist der Moment zur Entscheidung. Für Sie und Miss Dean.«

Sinjun wandte sich zu Angelica um und fragte, immer noch in Richtung Sprechanlage: »Was genau soll das heißen?«

Fran antwortete grimmig: »Wenn ich sagen würde, hier ist die Rezeption, würde Ihnen das einen Hinweis geben?«

»Ich habe keine Lust auf Ratespielchen.« Außer daß er gern erraten hätte, warum Angelica die Hände rang und die Sprechanlage anstarrte, als wäre sie ein sprungbereites Untier.

»Sie geben sich keine Mühe. Soll ich sagen: ›Verzeihung, die Dame, wir haben momentan nichts frei‹? Oder soll ich Willis sagen, daß der Heli von Fly Kauai Landeerlaubnis hat?«

»Wir erwarten keinen... Machen Sie Witze? Jetzt?«

»Jawoll. Die Australier müssen wirklich ein toll funktionierendes Transportsystem haben.«

Sinjun schüttelte den Kopf und zuckte zu Angelica gewandt mit den Augenbrauen. Sie wirkte immer noch wie hypnotisiert.

Es hatte wohl wenig Sinn, Fran aufzuklären, daß die neue Besucherin keine Australierin war. »Geben Sie Landeerlaubnis.«

»Sicher? Chuck hat doch gesagt, man sollte Ihre Zurückgezogenheit –«

»Ich bin sicher.« Solange Angelica in der Nähe war, mußte er die anderen dringend daran hindern, offen zu sprechen – egal worüber. Der Rest des Personals wußte noch nichts von seinen Beinah-Unfällen. Was Sinjun auch lieber war. »Sie wollen doch, daß Ihre Brenda kommt und Ihnen Händchen hält, oder, Angelica?«

Sie ließ die Arme sinken und schnappte nach Luft.

»Ist sie schon hier?« Die Freude in ihrem Lächeln war unübersehbar. »Wenn es Ihnen nichts ausmacht – ich würde Brenda tatsächlich gern hier haben. Sie ist wirklich eine große Hilfe. Und auch eine sehr interessante Frau.«

Er nickte.

»Wir haben uns in Australien kennengelernt, wissen Sie. In Cairns. Ich arbeitete an einem Artikel über die Hebung eines Schiffswracks.«

»Tatsächlich?« Er sah die Sprechanlage an.

»Ja. Und da war dieser Australier, der ständig um mich herumscharwenzelte, und die Sache wurde langsam… Also, er war eine echte Nervensäge.«

»Eine Nervensäge?«

»Ja. Er ließ immer wieder die Drohung durchblicken, daß, wenn ich nicht… Na ja, dauernd die gleiche alte Geschichte.«

»Kann ich mir denken. Warum soll ich nicht einfach–«

»Also, da bin ich Brenda begegnet. Sie ist Systemanalytikerin. Brillant. Sie war irgendwo auf einer Schafsfarm gewesen und hatte denen ein Computersystem eingerichtet. Sie hat das mit dem Typ für mich elegant in Ordnung gebracht.«

Sinjun stellte einen Fuß vor den anderen und lehnte sich an die Wand. Der Grund für ihr Geplapper war offensichtlich: Erleichterung. Aber warum? Weswegen? »War der Australier ein häßlicher, kleiner Teufel?« fragte er. »Oder hat sie einen schwarzen Gürtel?«

»Nein! Sie hat dem Typ nur gesagt, er solle sich verziehen. Als er dann erfuhr, daß Brenda und ich zusammengehörten und sie eifersüchtig wäre, hat er schlagartig das Interesse verloren.«

Auf dem Weg zu Sinjuns Hubschrauberlandeplatz unterdrückte Angelica ein Grinsen. Bei ihrer Ankündigung über Brenda waren verschiedene Ausdrücke über sein Gesicht gewandert, wie bei einem schlechten Schauspieler. Sie hatte gar nicht beabsichtigt, daß er ihre Erzählung wörtlich nahm, aber momentan tat ihr eine Unterbrechung der Spannung, die sich zwischen ihnen entwickelte, ziemlich gut.

Der Hund – Swifty, wie sie inzwischen wußte – hatte spontane Zuneigung zu Angelica gefaßt. Hingerissen schnaufte er neben ihr her über den Dschungelpfad zum Haupthaus hinauf.

Das Geräusch der Hubschrauber-Rotoren kam langsam von Osten näher. Sinjun ging mit weitausholendem Schritt voraus und schien sich nicht mehr für sie zu interessieren.

Er dachte, er hätte versucht, mit einer Lesbierin anzubändeln. Bei dem Gedanken konnte Angelica ein Prusten nicht unterdrücken.

Jetzt drehte er sich um. »Was gibt's so Komisches?«

»Swifty«, sagte sie hastig und tätschelte dem Hund den Kopf. »Er ist wirklich niedlich.«

Sinjuns Augen verengten sich, und er wandte sich wortlos wieder dem tunnelähnlichen Pfad durch den Dschungel zu.

Feuchtigkeit tropfte von den breiten, glänzenden Blättern der Ranken, die sich um die Stämme von Palmen und Hala-Bäumen wanden. Geckos huschten mit leise raschelnden Schwänzen von ihren Posten auf große Farnwedel, und ab und zu flatterte ein bunter Vogel von Mango- und Guavenbäumen. Angelica trat auf eine abgefallene Zitrone, und der intensive Geruch, der davon aufstieg, juckte sie in der Nase.

Das Geräusch des Hubschraubers kam näher und zog über ihre Köpfe hinweg, wegen der dichten Vegetation konnten sie ihn aber nicht sehen.

»Wieviel Zeit verbringen Sie hier?« rief Angelica.

»Die Reporterin erwacht wieder.« Er stapfte weiter. »Verschieden.«

»Warum sind Sie jetzt hier?«

Sein Schritt veränderte sich minimal. »Ich brauche eine Pause. Nichts Interessanteres als das.«

Sie glaubte ihm nicht. Irgend etwas war los, weswegen er schnell aus Seattle verschwunden war – und vielen Leuten hatte er nichts davon gesagt, deren Erstaunen nicht gespielt gewesen war, als sie erfahren hatten, daß er verschwunden war.

»Sie haben vor, lange zu bleiben.«

»Ich weiß nicht.«

»Das war keine Frage. Sie haben Ihre Kommandozentrale mehr oder weniger von Seattle hierher verlegt. Das tun Sie doch sonst nicht.«

Er zögerte und blieb stehen. »Wie machen Sie das?« Er stützte die Fäuste auf die Hüften. »Was haben Sie für Entschuldigungen dafür, daß Sie derartige Fragen stellen, bei denen Sie Antworten erhalten, die Sie offensichtlich schon wissen?«

»Gar keine.« Sie hatte ihn erreicht und lächelte. Swifty setzte sich hin und lehnte sich an sie – was bedeutete, sie mußte sich gegen ihn stützen oder verlor das Gleichgewicht. »Ich stelle immer wieder fest, daß die direkte, ehrliche Art hervorragend funktioniert.«

»Kann ich mir bildhaft vorstellen. Sie schalten Ihr breites, helles Lächeln ein, und Ihr Opfer kann es kaum erwarten, Ihnen alles zu erzählen, was Sie wissen wollen. So ist es doch, oder?«

»In etwa. Aber ich habe außerdem noch meinen phantastischen Körper für den Notfall, stimmt's?«

»Genau. Wie lange ist es her, daß Sie und Brenda sich – begegnet sind?«

»Ungefähr zwei Jahre.«

»Und Sie kommen immer noch – gut miteinander aus?«

Jeder kleine Nerv in seinem Körper, mit dem es ihm vor Homosexuellen graute, überflutete ihn mit Schocksignalen.

»Sinjun, ich kann Ihnen gar nicht sagen, wie sehr ich Brenda vertraue. Sie hat mir geholfen, ein neues Verhältnis zu menschlichen Beziehungen zu gewinnen. Es gibt eine ganz besondere Nähe, die zwischen zwei Frauen bestehen kann, Frauen, die starke Freundschaften aufbauen können und das Gespür dafür haben, sie zu pflegen und zu schätzen.«

»Sie müssen es ja wissen«, sagte er und ging weiter.

Der Dschungelpfad wand sich von der Küste aus etwas mehr als einen Kilometer weit den Hügel hinauf und endete an einer Fläche von einwandfrei geschnittener Wiese. Die grasbewachsenen Flächen umgaben eine hohe Mauer aus schwarzen Lavabrocken. Hinter der Mauer konnte Angelica die schiefergedeckte Kontur des Hauses sehen, das sie kaum hatte erkennen können, als Chuck Gill sie am vergangenen Abend hergeflogen hatte. Nach ihrer Ankunft hatte Chuck keine Anstalten gemacht, sie zu Sinjun zu bringen. Der nächste Morgen sei früh genug. So hatte sie wirklich nicht gerechnet, daß er dann plötzlich an der Lagune vor ihr stehen würde.

Absolut nicht.

Angelica spürte jedesmal wieder die Hitze in sich aufsteigen, wenn sie an jenen schrecklichen Augenblick zurückdachte.

Er hatte sie geküßt, und sie hatte ihn nicht daran gehindert.

Sinjun bog nach rechts ab. Der Landeplatz lag ein paar hundert Meter jenseits der östlichsten Seite der Mauer. Sinjuns schlanker, weißer Eurocopter mit dem schmalen, blauen Streifen und dem diskreten, passenden KB auf der Pilotentür stand an derselben Stelle, wo Angelica ihn zuletzt gesehen hatte. Ein zweiter, kleiner Hubschrauber setzte gerade zur Landung an.

Angelica entdeckte einen Schimmer von wohlbekanntem, karottenrotem Haar und winkte schwungvoll. »Da ist sie.« Sie wollte losrennen, aber Sinjun hielt sie eisern zurück. »Nicht, Sie werden sonst noch zerschnetzelt«, warnte er.

»Das ist Brenda.« Angelica zeigte begeistert hinüber. »Mit den roten Haaren.«

»Ich kann's kaum erwarten.«

Sie sollte wirklich stets daran denken, sich zu freuen, daß er es ihr so leicht machte, ihn zu hassen.

Eine Tür an dem Hubschrauber öffnete sich, und nach wenigen Sekunden erschien Brenda Butters. Ihr kurzes, dichtes Haar leuchtete wie eine Fackel. Sie warf eine dicke, weiche

Tasche auf den Boden, beugte sich lachend zurück und sagte etwas zu dem Piloten, dann sah sie sich auf dem Landeplatz um.

»Brenda!« kreischte Angelica über den Lärm hinweg. »Hier!«

Brenda entdeckte sie, und Angelica sah sie selbst über die Entfernung hinweg grinsen. Sie schnappte sich ihre Tasche und kam mit ihrem gewöhnlichen, langbeinigen Schritt herüber. »Hallöchen, Kleines«, schmetterte sie. Dann ließ sie die Tasche fallen und umarmte Angelica heftig. »Ich konnt's einfach nicht ertragen, bei der ganzen Sache außen vor zu bleiben. Also dachte ich, ich schau mal kurz rein, was du so treibst.«

Angelica wagte es nicht, Sinjun anzusehen. »Schön, daß du da bist. Wie hast du das so schnell geschafft? Du warst fast schneller als dein Fax.«

»Mach keine Witze. Wenn Seattle nicht im Nebel versänke, wäre ich gestern schon hiergewesen.«

»Ihr Fax ist erst heute morgen angekommen«, mischte sich nun Sinjun frostig ein.

Brenda sah ihn mit ihren leuchtenden blauen Augen an – Augen, die trotz ihrer vernünftigen flachen Schuhe auf derselben Höhe lagen wie seine. »Sie nehmen mich auf die Schippe.« Dichte rote Wimpern blinzelten eilig, was Angelica als aufmerksame Betrachtung erkannte, auch wenn es wie Nervosität wirkte.

Angelica schaute von Brenda zu Sinjun, auf dessen Gesicht ein leerer Ausdruck lag. »Brenda denkt, Sie machen Witze«, übersetzte sie. Zu Brenda gewandt fügte sie hinzu: »Tut er nicht. Es ist heute morgen gekommen. Also gar nicht so schlimm, daß du aufgehalten worden bist. Wenn du gestern gekommen wärst, wäre ich selbst noch nicht hiergewesen, ich bin ebenfalls erst seit gestern abend da.«

»Aber ich dachte –«

»Ja, ich auch. Mr. Gill – das ist Mr. Breakers Pilot – hatte Schwierigkeiten mit der Maschine, und wir sind erst spät von Kauai weggekommen.«

Brenda schüttelte den Kopf. »Verfluchte Wunder der Technik, hä?« Irgendwo im Alter zwischen fünfunddreißig und vierzig – ein Thema, das nie direkt besprochen wurde –, war sie eine blendend aussehende Frau mit jener Art von voller Figur, die an jemandem weniger aktiven vielleicht schon formlos wirken würde. Bei ihr absolut nicht. Sie zog an dem braunen Ledergürtel in der Taille ihrer knautschigen, olivenfarbenen Leinenhose und steckte das passende Hemd richtig in den Bund. »Wahre Wunder, so lange die Dinger funktionieren, was auch für diese verfluchten Faxapparate gilt – beziehungsweise für die Leute, die sie für einen bedienen sollten. Warum gibt's denn hier bewaffnete Leibwächter?«

Angelica folgte Brendas Kopfbewegung und sah einen Mann, der ihr bisher noch nicht aufgefallen war. Bei seinem Anblick fühlten sich ihre Muskeln plötzlich schwach an.

»Willis«, sagte Sinjun mechanisch.

In diesem Moment startete der Hubschrauber wieder, der Brenda gebracht hatte. Angelica schaute ihm sehnsüchtig hinterher, fühlte sich irgendwie, als würde sie aus einer Falle ihre einzige Hoffnung zur Flucht verschwinden sehen.

»Also, warum wedelt Willis mit 'nem Maschinengewehr? Hält er mich für 'ne verfluchte Invasion?«

Widerwillig wandte Angelica den Blick von dem verschwindenden Hubschrauber ab.

»Er wedelt nicht damit«, sagte Sinjun und fluchte tonlos.

»Ach so«, sagte Brenda und riß die Augen auf. »Vor lauter Feindseligkeit kriegen Sie hier wohl kaum einen Ton heraus, wie?«

Aus dem Augenwinkel sah Angelica Sinjuns nachdenkliches Gesicht. Er betrachtete Brenda, als hätte er ein Tier einer gefährdeten – oder gefährlichen – Art vor sich.

Angelica betrachtete Willis. Er trug lockere, weite Hosen aus feiner Baumwolle – sonst nichts – und hatte mit seinem Maschinengewehr ein paar Meter abseits Position bezogen. Er war riesig und besaß die massigen Muskeln eines Gewichthebers, langes, dunkles Haar, das bis auf seine Schultern reichte, und ein exotisch gutaussehendes Gesicht. Er stand breitbeinig und barfuß da und hielt das Gewehr wie ein Baby in seinen verschränkten braunen Armen.

Brenda fuhr sich durch das lockige Haar. »Ich muß schon sagen, die Aussichten hier sind wirklich spektakulär.« Sie versuchte nicht zu verheimlichen, daß sie von Willis sprach. »Und der Hund ist ungefährlich, Angel?«

Swifty blieb in Angelicas Schatten. »Er ist völlig ungefährlich.« Zu Sinjun bemerkte sie: »Brenda hat schon einmal schlechte Erfahrungen mit einem Hund gemacht.«

Bevor Sinjun antworten konnte, lachte Brenda kurz auf. »Seh sich einer an, was da kommt. Der scheint wohl aus 'ner anderen Zeit übriggeblieben zu sein.«

Ein schmaler, kleiner Mann erschien aus Richtung Haus. Er trug Khaki, einschließlich Bermudashorts und Kniestrümpfen. Seine geschnürten Wildlederschuhe bewegten sich mit militärischer Präzision über das Gras.

Der Neuankömmling blieb elegant neben Sinjun stehen. »Was ist hier los, Mr. Breaker? Miss Simcox hat angedeutet, es gäbe eine Art Aufstand. Sie schien anzunehmen, Sie könnten vielleicht Verstärkung brauchen.«

Brenda prustete erheitert.

Angelica biß sich auf die Lippen.

Sinjun kniff die Augen zusammen und verlagerte das Gewicht von den Fersen auf die Zehen. »Danke, daß Sie gekommen sind, Endres. Das hier ist Miss Butters. Sie ist eine Freundin von Miss Dean.«

Der Mann mit dem Maschinengewehr trat einen Schritt näher und verlagerte die Waffe auf den anderen Arm.

»Mann«, sagte Brenda so laut, daß es alle hören konnten, »das Ganze erinnert einen irgendwie an Indien, natürlich vor dem Untergang des britischen Empires, findest du nicht? Fehlt nur noch, daß gleich 'n Maharadscha dahergelatscht kommt. Siehst du den mit der Waffenkammer, Angel? Man fragt sich echt, was es hier so Wichtiges gibt, daß es Bewachung braucht wie die verdammten Kronjuwelen, nicht?«

Angelica räusperte sich. »Mr. Breaker –«

»Sinjun«, unterbrach er sie mit leiser Stimme, was sie auch nicht gerade beruhigend fand.

»Ja, Sinjun. Sinjun schätzt seine Privatsphäre, Brenda.«

»Das tun wir doch alle. Ich beispielsweise auch. Trotzdem begrüße ich Gäste nicht mit –«

»Ich erinnere mich nicht, Sie hierher eingeladen zu haben, Miss Butters.«

Brenda lächelte, ein wirklich bemerkenswertes Ereignis, wenn sie sich Mühe gab. Ihre leuchtenden Augen glänzten wie Aquamarine, und ihre phantastischen weißen Zähne zeigten sich in einem breiten Strahlen. Sie schaffte es, gleichzeitig charmant und gefährlich auszusehen. »Ich bin ja so enttäuscht«, sagte sie, und es gelang ihr erstaunlich gut, schüchtern zu wirken. »Aber ich dachte, ich hätte gehört, wie jemand meinem Hubschrauberpiloten Landeerlaubnis gegeben hat. Wer könnte das wohl gewesen sein, was meinen Sie, Sinjun? Soll ich Sinjun sagen, oder wäre Ihnen Sin lieber? Irgendwie scheint Sin gut zu Ihnen zu passen –«

»Yorkshire«, sagte der steife Grauhaarige in Khaki plötzlich.

»Jawoll.« Brenda hob eine rote Augenbraue. »Was ist damit?«

Er schauderte. »Ich habe nur eine Bemerkung zu Ihrer Herkunft gemacht, Miss, äh, Butters.«

»Sagen Sie ruhig Brenda. Und Sie?« Als sie keine Antwort bekam, hakte sie nach. »Ihre Nennung. *Name!*«

Angelica ächzte.

»Lloyd-Worthy. Enders Lloyd-Worthy.«

Brenda streckte ihre kurzfingrige Hand aus. »Freut mich, Sie kennenzulernen, Enders.«

Er beachtete ihre Hand nicht. »Gehe ich recht in der Annahme, Mr. Breaker, daß Miss Butters auch im Lagunenbungalow wohnen wird?«

»Da wohnst du?« fragte Brenda Angelica, die nickte. »Also gut, wenn's niemandem was ausmacht, wäre ich lieber woanders.«

Sinjun warf Angelica einen langen, fragenden Blick zu.

»Ich habe meine eigenen Gewohnheiten, wenn Sie wissen, was ich meine«, sagte Brenda im Plauderton. »Man muß ja Freundschaften nicht überstrapazieren, oder?«

»Nein, absolut nicht«, stimmte ihr Sinjun zu. »Wo könnten wir Miss Butters unterbringen, Enders?«

»Da wäre noch der Koa-Bungalow«, sagte Lloyd-Worthy. »Der wäre bezugsfertig.«

»Liegt er nah am Meer, Enders?« fragte Brenda.

Er schauderte noch einmal. »Sehr nah.«

»Haben Sie sich erkältet?« fragte Brenda. »Sie zittern ja.«

»In keinster Weise. Und Sie dürfen mich bitte Lloyd-Worthy nennen.«

»Danke. Ich wäre lieber etwas weiter entfernt vom Meer. Das macht mich nachts so nervös.«

»Bitte entschuldigen Sie mich«, sagte Sinjun. »Ich überlasse Sie Enders' fähigen Händen.«

»Sie entsprechen tatsächlich ganz den Erwartungen«, verkündete Brenda und dehnte absichtlich ihre a-s in Yorkshire-Manier, während sie genüßlich Enders Lloyd-Worthys abschätzig gehobene Nase betrachtete. »Ja, wirklich, Sin, Sie sind genauso gutaussehend, wie Angel gesagt hat.«

»Brenda«, zischte Angelica.

»Ach?« Sinjun drehte sich um. »Bin ich das, Angela?«

Sie reckte das Kinn. »Sie sind ein sehr attraktiver Mann. Aber das brauche ich Ihnen wohl kaum zu bestätigen.«

»Ist er auch so gut gebaut, wie du erwartet hattest?« fragte Brenda, die mit einem Mal extremes Interesse daran fand, die Fingernägel ihrer linken Hand zu betrachten. »Er hat zumindest nicht so viele Muskeln wie seine Privatarmee da drüben, oder?«

Ein schneller, gnädiger Tod wäre nett, dachte Angelica gequält und schloß die Augen – aber nicht ohne daß sie Brenda vorher stranguliert hatte.

»Also *wirklich*«, empörte sich Enders. »Wenn Sie soweit sind, Miss Butters, denke ich, wir könnten Sie über dem Pool-Haus unterbringen.«

Brenda hängte sich die Tasche über die Schulter. »Komischer Name, Pool-Haus. Ist es dort laut? Betrunkene machen mich nervös. Die bleiben doch wohl nicht die ganze Nacht wach und machen Musik, oder? Und stolpern dann im Suff durch die Gegend?«

Manchmal übertrieb Brenda einfach. »Pool-*Haus,* Brenda, nicht Pool-Kneipe«, sagte Angelica. »Ich glaube, Mr. Lloyd-Worthy redet von einem Appartement oder so etwas, das über einem Gebäude beim Swimmingpool liegt. Habe ich recht?«

»Absolut.« Sie bekam ein schwaches Lächeln zur Belohnung. Der Mann wandte Brenda einen leeren Blick zu. »Das Gebäude wird nur selten benutzt. Ich bin sicher, daß Sie Ihre Unterbringung dort als passend empfinden werden.«

»Sehr gut. Bitte gehen Sie voraus, Enders. Ich erwisch dich dann später, Angel. Viel später. Letzte Nacht hab' ich kein Auge zugetan, vielleicht schlafe ich also sogar bis morgen früh. Danach sehe ich mich etwas um.« Brenda ging hinter Enders her, die Tasche schlug gegen ihr Bein. »Ich bin scharf drauf, zu erfahren, wie du mit deinem Projekt vorangekommen bist.« Dabei wedelte sie mit dem Zeigefinger auf Sinjun.

»Wir sehen uns später«, sagte Angelica und war dankbar

dafür, daß sie Brenda die offizielle Version für ihr Hiersein erzählt hatte. Vielleicht würde sie ihr später, wenn sie sicher war, daß ihre Freundin umsichtiger vorgehen würde, die ganze Geschichte erzählen.

Der Mann namens Willis legte sich seine gefährlich aussehende Waffe über die Schulter. Er nickte Sinjun zu und holte Brenda ohne Mühe ein. Wortlos nahm er ihr die Tasche ab.

Brenda schaute über die Schulter zurück zu Angelica, dann aufwärts zu Willis, wobei sie die Lippen wölbte und tonlos »Oohh« sagte.

Angelica, die wieder mit Sinjun allein war, versuchte, die Spannung zu lindern, indem sie Swiftys struppigen Kopf kraulte.

»Und das ist die Frau, die Ihnen geholfen hat, ein neues Verhältnis zu menschlichen Beziehungen zu gewinnen?«

Sie hatte ihren Vorsprung verloren. »Brenda ist … nicht taktvoll, eher … direkt.«

»Dreist, wollten Sie sagen. Und sie mag Männer – sehr.«

»Ich habe nie gesagt … Na ja, ich meinte, sie hatte den Glauben an sie verloren. Das ist etwas anderes.«

»Aber sie ist nicht Ihre Geliebte, oder?«

Angelica glühte bis zu den Haarwurzeln. »Wie kommen Sie auf die Idee!«

»Tja, auf *die* Fährte haben Sie mich doch absichtlich gelenkt.«

»Sie haben nur voreilige Schlüsse gezogen.«

»Mit Ihrer Hilfe. Wie halten Sie diese Frau nur aus?«

Jetzt ärgerte Angelica sich. »Brenda ist einzigartig. Sie versucht eben nicht, möglichst alle Erwartungen von anderen zu erfüllen.«

»Sie ist rüpelig.«

Manchmal war es schwierig, Brenda bei Leuten zu verteidigen, die sie nicht kannten. »Sie plustert sich auf, weil sie versucht, zu tarnen, daß sie … schüchtern ist.«

»Na, klar.« Er schüttelte den Kopf. »Ich bin auch schüchtern. Das ist Ihnen doch bestimmt schon aufgefallen, oder?«

Sie gab keine Antwort darauf. »Brenda wird Ihnen keine Schwierigkeiten machen. Vergessen Sie einfach, daß sie hier ist.«

Er sah sie an, trat ganz nah zu ihr. »Sie wird keine Schwierigkeiten machen. Und Sie auch nicht.« Das klang unverbindlich, seine Stimme war leise. »Und ich werde ganz der zuvorkommende Charmeur sein.«

Angelicas nächster Atemzug kam ihr zu hastig vor, und er füllte ihre Lungen auch nicht recht. »Gut. Sehr gut sogar.«

»Heute morgen haben Sie es tatsächlich geschafft, daß ich die Geduld verloren habe«, sagte er. »Das macht mich nicht gerade glücklich. Normalerweise scheinen die Leute es vorzuziehen, nicht mit mir zu pokern. Man sagt, das läge daran, daß mein Gesicht nie irgend etwas verrät.«

»Das ist… interessant.«

»Es gibt auch die Behauptung, ich würde nie zu erkennen geben, was ich empfinde – was immer ich auch tue. Das gefällt mir. Bei Ihnen war es anders. Es wird nicht wieder vorkommen.«

Ihr Herzschlag beschleunigte sich. »Haben Sie Angst davor, die Geduld zu verlieren?«

Seine Augen leuchteten mehr gelb als grün. »Offensichtlich nicht. Ich habe Ihnen doch gerade erklärt, daß ich mich ziemlich gut im Griff habe.« Er zog seine Unterlippe langsam durch die Zähne.

Angelica betrachtete seinen Mund. »Haben Sie lange gebraucht, um das zu lernen?« Ihr Herz schlug bis zum Hals. Sie spürte die Gefahr. *Er* war gefährlich.

»Was meinen Sie damit, ob ich lange gebraucht habe, das zu lernen?«

»Sich zu beherrschen.« Dieser Mann hatte eine Truppe von waffenschwingenden Beschützern, und sie versuchte, ihn, den

Meister, zu provozieren. »Wie lange haben Sie gebraucht, bis Sie in der Lage waren, zu … Wann haben Sie das letzte Mal richtig die Beherrschung verloren, Sin?«

Er hob den Kopf und sah sie unter gesenkten Lidern prüfend an. »Das ist lange her.«

»Nennen Sie mir einen etwas konkreteren Zeitpunkt, sonst kann ich mir das nicht merken«, sagte sie und drückte ihre Hände gegen ihren Bauch. »Wären fünfzehn Jahre ungefähr richtig geschätzt?«

Lorraine hockte in einer sandigen Mulde am anderen Ende des Landeplatzes, wo Sin immer noch dieser Maus gegenüberstand.

So viel Ärger.

Ein breiter Busch wuchs auf dem Rand der Mulde. Durch seine dicken Blätter konnte Lorraine die Szene klar erkennen. Die rothaarige Amazone ging mit Willis hinter diesem schrägen Vogel mit dem zugekniffenen Arsch und den Bermudas her, der sich für Sinjuns Haushofmeister hielt – und Lorraine für eine Hure. Sie konnte aus ihrer Position kein Wort des Gesprächs hören, aber sie waren auf dem Weg zum Haupthaus, und die Rothaarige klammerte an Willis' Arm wie eine überreife Tomatenpflanze.

Willis marschierte strikt geradeaus, und Lorraine lächelte insgeheim. Das, was Willis brauchte, würde ihn heute nacht am Südstrand erwarten, und das wußte er.

Chuck benahm sich idiotisch. Nur weil er gestern abend zu viel getrunken hatte, erwartete er, daß sie sich heute morgen damit abfand, daß er nicht in Stimmung war. Er hatte vor, den ganzen Tag im Bett zu bleiben, und hatte sie nicht aufgefordert, seinen Aufenthalt dort interessanter zu gestalten.

Sie würde einiges dafür geben, wenn sie hören könnte, was Sinjun zu der Blonden sagte. Die beiden standen von ihr abgewandt am Rand der Landefläche, und Sins Körper war so steif, daß Lorraine sich vorstellen konnte, wie es sich anfühlen würde, ihn zu berühren: als berührte man ein sonnenwarmes Stahlkabel. Sie schauderte am ganzen Körper.

Das Angenehme war, daß sie aus der Körpersprache der beiden Turteltäubchen erkennen konnte, daß sie stritten.

Das Unangenehme war, daß Sin nie Zeit mit Leuten verschwendete, die ihn nicht interessierten.

Doch früher oder später würde Sin schon noch draufkommen, daß er hier schon alles hatte, was er brauchte, daß sie – Lorraine – wußte, wie sie dafür sorgen konnte, daß er jede andere Frau in seinem Leben vergaß.

Lorraine wagte es nicht, Sin erneut anzusprechen.

Mit der Blonden war das was anderes.

Warum hatte sie nicht früher schon daran gedacht? Lorraine ließ sich in die Mulde zurücksinken, sprang auf und rannte gebückt in Richtung Strand.

Innerhalb von zehn Minuten hatte sie den Dschungel von der Strandseite her umrundet. Nach weiteren fünf Minuten stand sie vor dem Lagunenbungalow. Schwer atmend huschte sie zur Terrasse hinter dem Haus und betrat es durch die französischen Fenstertüren.

Chuck hatte ihr weisgemacht, die Frau wäre eine Journalistin von einer großen, bekannten Zeitschrift, die sich entschlossen hatte, Sins Biographie schreiben zu wollen. Klar, und Lorraine war Meeresbiologin, die hergekommen war, um das Riff zu erforschen!

Sin hatte die *Journalistin* geküßt, als hätte er noch nie zuvor eine Frau gesehen. Und war ihr an die Wäsche gegangen, als hätte er noch nie zuvor eine Frau angefaßt!

Nein, diese Schnepfe hatte was anderes im Sinn, und sie würde es herausbringen.

Aus Erfahrung wußte Lorraine, daß es immer ein Mittel gab, einen Gegner loszuwerden. Oft war es etwas ganz Einfaches.

Sie öffnete eine der obersten Schubladen der Kommode im Schlafzimmer und fing an zu suchen.

7

Angelica stolperte über eine Wurzel, die im Laub halb versteckt war, und konnte gerade noch verhindern, daß sie hinfiel. Kurz bevor Sinjun weggegangen war, hatte ihr Magen angefangen zu revoltieren.

Sie war völlig durcheinander.

Er schien Macht – und Ärger – in Wellen auszustrahlen. Ärger, von dem er gesagt hatte, daß er ihn stets unter Kontrolle hatte.

Aber das gefährlichste überhaupt war, daß Sinjun Breaker auf sie in einer Weise anziehend wirkte, wie noch nie zuvor ein Mann.

Mein Gott, sie hatte schon von Frauen gelesen, die nur böse Männer anziehend fanden.

Immer langsam, sagte sie sich. Schön einen Fuß vor den anderen. Sie mußte einfach ignorieren, wie ihre Hormone reagierten, von denen sie geglaubt hatte, sie existierten nicht.

Zurück zum Bungalow – so schnell wie möglich! Dort würde sie den Brief aus dem Versteck holen und versuchen, sich daran zu erinnern, warum Sinjun Breaker aufgehalten werden mußte.

Sie hatte es nicht vergessen.

Ihre Augen brannten, und sie blinzelte. Jetzt gab es keinen Weg zurück mehr. Sie würde eine Möglichkeit finden, zu beweisen, was er getan hatte und was er für ein Mann war. Das würde die Welt erfahren. Alle würden wissen, daß er nie gezögert hatte, die Schwachen zu opfern auf dem Altar jener, die er unbedingt beeindrucken wollte, jener, die er geschworen hatte, in dem zu übertreffen, was sie am besten konnten: im Geldmachen.

Sie rutschte auf etwas Hartem aus und blieb stehen, schnaufte kräftig, um wieder zu Atem zu kommen. Die gefleckten Farben des Dschungels verschwammen vor ihren Augen.

Tränen konnte sie sich im Moment nicht leisten. Ihre Mutter hatte immer leicht geweint, sich verletzt zurückgezogen – sie war ein ideales Opfer gewesen.

Das harte Ding in dem Bett aus glitschigen Nadeln und feuchten Blättern war ein Casuarina-Zapfen von einem phantastisch knorrigen Baum. Sie blinzelte den Tränenschleier weg und umrundete eine ganze Fläche, die mit den Zapfen des Eisenholzes bestreut war. Ein seltsam lockender und gleichzeitig unheimlicher Platz. Jetzt, wo die Angst in ihrem Gehirn nistete, wurde jede krumme Gestalt, jeder Hauch warmer, schweraromatischer Luft zu einer Bedrohung. In den Armen eines Geliebten würde sich das in Sinnlichkeit verwandeln, und die Düfte wären aphrodisisch.

Sie hatte aber keinen Geliebten.

Angelica erreichte den Bungalow.

Er war so kalt und mißbilligend gewesen. *Warum, warum, warum?* Tief im Innern ihres Bewußtseins quälte sie die Frage, mit der sie sich nicht auseinandersetzen wollte: Warum hatte er ihr erlaubt hierherzukommen? Es war deutlich, daß ihre Fragen ihn in Rage brachten. Und es war deutlich, daß er kein Interesse daran hatte, die Wahrheit über seine frühen Jahre veröffentlicht zu sehen. Also: *warum?*

Vielleicht war es Motiv genug, daß er sich fragte, wieviel sie tatsächlich wußte. Denn wenn er sie hierbehielt, würde er eventuell in der Lage sein, sie daran zu hindern, Unerwünschtes über ihn zu schreiben.

Klar war nur: Wenn er den tatsächlichen Grund gekannt hätte, warum sie nach Hell gekommen war, hätte er sie längst hinausgeworfen.

Ihre Beine bewegten sich, als wären sie aus Blei. Widerstrebend öffnete sie die Tür und ging ins Haus, wobei sie sich wünschte, Brenda wäre mit ihr gekommen.

Sie mußte einen wirklich sicheren Platz für den Brief finden – er war das letzte gewesen, was sie von ihrer Mutter bekommen hatte. Der Brief war überhaupt das letzte gewesen, was ihre Mutter geäußert hatte. Und was sie geschrieben hatte, konnte ihr helfen, Sinjun Breaker einen so mächtigen Schlag zu versetzen, daß er ihn vernichten konnte.

In der Küche goß sich Angelica ein Glas Eistee ein und stand nachdenklich vor dem Kühlschrank, den Campbell Midgely gestern abend gefüllt hatte… nicht lange nachdem Sinjun fortgegangen war.

Sie hatte keinen Hunger.

Den Eistee in der Hand ging sie zum Schlafzimmer. Zuerst würde sie den Brief noch einmal lesen und ihn dann verstecken, bis sie die Insel wieder verließ.

In der Brise wehten die langen, feinen Gardinen wie Segel. Angelica runzelte die Stirn. Hatte sie nicht die Türen zugemacht, bevor sie mit Sinjun zum Landeplatz gegangen war?

Sie zuckte mit den Schultern. Offensichtlich doch nicht.

Schon bei dem Gedanken an die tränenvollen Worte ihrer Mutter wurde ihr ganz elend. »Ach, Mama.«

Ein Höschen lugte aus der obersten Schublade, so daß sie nicht ganz schloß. Angelica steckte den roten Satin hinein und zog dann die zweite Schublade heraus. Ihre Fingerspitzen fanden den Umschlag, der mit Klebestreifen auf der hinteren Innenseite der Kommode angeklebt war.

Am Morgen hatte sie einen kleinen Teich an der Stelle entdeckt, wo der Rasen hinter dem Bungalow abfiel. Jetzt nahm sie den Eistee und den Umschlag mit und wanderte hinüber zu einem schattigen Platz unter den sanft schwingenden Blättern einer Fächerpalme am Rand des Teiches.

Sinjun hatte ihr erklärt, er würde zu ihr kommen, wenn er »soweit« war. »Wann immer ich soweit bin«, hatte er gesagt. Sein kühler Blick war von ihrem Gesicht bis zu den Füßen gewandert und wieder zurück, dann war er fortgegangen.

Sie hätte ihn fast direkt beschuldigt, damals seine Frau geschlagen zu haben, bis sie die Blutung bekam und starb. Sein eisern beherrschter Ärger, den er schweigend niedergerungen hatte, indem er die Fäuste abwechselnd ballte und wieder öffnete, war seine einzige Reaktion gewesen.

Angelica stellte ihr Glas fest in den sandigen Boden und zog den nach Cabochard duftenden Brief ihrer Mutter, der jetzt drei Monate alt war, aus dem Umschlag.

Wo immer Sinjuns Blick sie traf, hatte sie das Gefühl, er würde sie dort auch berühren.

Mein Gott, sie war doch schon Dutzenden von gutaussehenden Männern begegnet, war schon von ebenso vielen angebaggert worden und hatte auf keinen in dieser Weise reagiert. Was war es nur, das sie so ansprach – die Tatsache, daß sie ihn nicht haben konnte?

Zum Kotzen.

Hatte er später, als er allein war, noch an den Kuß, die Berührungen gedacht?

Ach, Quatsch. Wenn er überhaupt darüber nachdachte, dann nur, weil es ihn amüsierte, wie leicht sie sich einwickeln ließ.

Wieder stieg ihr brennende Hitze in die Wangen.

Sie entfaltete das cremefarbene Papier. Oben auf dem Blatt stand dunkelrosa nur der Vorname ihrer Mutter aufgedruckt. *Marlene.* Rosa war ihre Lieblingsfarbe gewesen.

MEINE LIEBE ANGEL,
Du bist irgendwo in Europa, Italien, glaube ich, und schreibst einen von Deinen wunderbaren Artikeln über etwas, das ich wahrscheinlich wieder nicht verstehen würde. Expeditionen, um alte Knochen auszugraben, oder so ähnlich.

Du weißt, daß ich Deine Artikel stets gelesen habe. Ich habe mich dabei immer wunderbar gefühlt – wenn auch irgendwie traurig, daß du Dich entschlossen hast, den Namen meines Va-

ters zu tragen. Mein Vater schrieb sein Leben lang gern – das habe ich Dir oft erzählt –, aber es ist ihm nie gelungen, irgend etwas daraus zu machen. Er lachte oft darüber und sagte, das Leben wäre den Menschen eben oft bei dem im Weg, das zu tun, was sie wirklich tun wollten. Ich weiß, er wäre stolz auf Dich gewesen.

Du wirst diesen Brief hier in San Diego lesen, nicht in Italien. Und wenn Du es tust, werde ich schon tot sein.

Angelica legte die Arme um die Schienbeine und lehnte die Stirn auf die Knie. Wenn Mama sie doch nur in Italien angerufen hätte. Oder bei *Verity.* Die hätten Angelica dann schon irgendwo gefunden.

Sie drückte die brennenden Augen gegen die Knie. Wie lange sagten sie, daß man brauchte, um Trauer zu überwinden? Zu lange.

Die Sonne stand hoch, und die schwache Brise kühlte nicht. Kleine schwarze Insekten flogen summend zwischen Lilienbeeten herum und über den Teich. Die Oberfläche des Wassers lag still und grün glänzend, es spiegelten sich die weit geöffneten violetten Lilien darin.

Angelica las weiter, blinzelnd, weil kleine Sonnenflecken auf dem Papier tanzten.

Sei nicht traurig, Angel. Spare deine Trauer und verwandle sie in den Mut, den Du brauchen wirst, um zu tun, was getan werden muß: für mich und für die Menschen, die ich am meisten liebte.

Nein, das stimmt nicht. Das meine ich gar nicht. Tu es für den Mann, der uns nie enttäuscht hat. Er hat es wirklich nie getan, Angel, während all der Jahre. Ich war noch sehr jung, als Larry ums Leben kam, eigentlich kaum mehr als ein Mädchen. Du warst noch sehr klein. Ich weiß nicht, wie ich zurechtgekommen wäre ohne meinen guten Freund (Du weißt schon, wen ich meine). Larry arbeitete vor dem Unfall für ihn. Er hat für uns gesorgt, Angel. Er hat sich darum gekümmert, daß es uns nie an etwas fehlte – bis ihn jemand gegen uns aufgebracht hat.

Hier war die Tinte so stark verschmiert, daß Angelica kaum lesen konnte, was Marlene Golden geschrieben hatte. War das der Zeitpunkt gewesen, als sie angefangen hatte, die Pillen zu nehmen? Ohne hinzusehen griff Angelica nach dem Glas mit dem Eistee und trank einen kräftigen Schluck, um ihre rauhe Kehle zu beruhigen. Sie las weiter.

Ich wage nicht, den Namen unseres Freundes aufzuschreiben (das brauche ich doch auch nicht, oder?), nur zur Sicherheit, falls derjenige, den Du bestrafen mußt, womöglich diesen Brief in die Hände bekommt. Ich weiß, daß Du mit niemandem von Dir aus darüber reden würdest, aber jener Mann ist ein grausamer, böser Mensch, und du wirst sehr, sehr vorsichtig sein müssen.

Der Mann, der all diesen Kummer hervorgerufen hat, will unseren Freund bei irgendeinem Geschäft betrügen. Um das zu bewerkstelligen, mußte er sich meiner entledigen, weil ich im Weg war. Ach, meine liebste Angel, ich weiß, Du glaubst, ich hätte Seattle verlassen, weil ich das gern wollte. Aber das stimmt nicht. Unser Freund hat mich fortgeschickt. Zuerst hat er mir gesagt, er mache sich Sorgen wegen einer Sache, über die er nicht reden könnte. Er sagte, ich könnte vielleicht in Gefahr sein und es wäre ihm lieber, wenn er mich in Sicherheit wüßte.

Angel, Du darfst nie daran zweifeln, daß unser Freund an dieser ganzen Sache unschuldig ist.

Ich bin jetzt müde. Ich muß schnell und klar schreiben, damit Du weißt, was Du zu tun hast.

Jener andere Mann, der, den Du bestrafen mußt, hat eine abscheuliche Frau eingesetzt, damit sie ihre Tricks auf unseren

Freund anwendet, um ihm so nah zu kommen, daß sie geheime Informationen von ihm erhalten konnte. Die Frau ist nicht wichtig, nur er. Sie war seine Geliebte. Es gelang ihr aber, unserem Freund weiszumachen, er sei es, den sie liebte, und sie wollte nicht, daß es noch irgendeine andere Frau in seinem Leben gäbe. Das war ich. Also schickte er mich fort.

Jetzt ist sie mit unserem Freund verlobt. Er hat versprochen, weiter zu mir zu kommen, wenn ich erst einmal in San Diego wäre, aber das hat er nie gemacht. Er hat nur Geld geschickt – als hätte er nicht schon genügend dafür gesorgt, daß ich mehr als nötig hatte, um bequem zu leben.

Angelica, ich brauche ihn. Ich habe ihn immer gebraucht. Verstehst Du, was ich dir sagen will? Ohne meinen geliebten Freund will ich nicht mehr weiterleben.

Als ich von der anderen Frau erfuhr, habe ich sie zur Rede gestellt. Sie hat mich ausgelacht. Sie erzählte mir von jenem schrecklichen anderen Mann, daß sie ein Verhältnis miteinander hätten und was sie geplant hätten und daß es nichts gäbe, was ich sagen könnte, um sie daran zu hindern. Und sie erklärte mir, mein Freund hätte seine Freundschaft mit mir nur aus Mitleid aufrechterhalten. Jetzt würde er nur noch sie begehren.

Ich wäre ihm peinlich und lästig. Zusätzlich wäre ich für ihn viel zu alt. Sie sagte, er wäre es leid, mit mir zusammenzusein, wenn er genausogut mit einer Frau leben könnte, die jung und sexy und schön wäre – so wie sie.

Ich bin sechsundvierzig. Nicht jung, aber auch nicht so alt.

Verstehst Du wirklich genau, wie wichtig mir mein Freund war? Sei nicht schockiert, daß er all die Jahre mein Geliebter war, Angel. Damals, am Anfang, hatte er eine Frau, die bettlägerig war, und du weißt, wie anständig er ist – er konnte einfach nichts tun, um sie zu verletzen. Als er schließlich frei war und mich hätte heiraten können, schickte dieser schreckliche Kerl seine Hure, um ihn mir wegzunehmen. Sie wird den Mann heiraten, der mir hätte gehören sollen.

Ich habe versucht, unseren Freund zu warnen, daß sie ihn zerstören will, aber er hat sich nur über mich geärgert. Angel, diese grauenvolle, schlaue Frau hatte unserem Freund schon erzählt, daß ich mit ihr geredet hatte. Sie behauptete, ich hätte ihr eine schreckliche Geschichte erzählt und wäre entschlossen, ihm zu sagen, er solle versuchen, sie loszuwerden. Die Geschichte, die ich angeblich erfunden hatte, war genau die, die sie mir erzählt hatte. Ich saß in der Falle. Er wollte mir nicht zuhören. Er sagte, ich hätte mir das alles ausgedacht, weil ich eifersüchtig wäre, und er sagte, ich sollte nie wieder in seine Nähe kommen... Er sagte, ich hätte jemanden verletzt, der ihm sehr viel bedeute, und ich dürfte nie wieder mit ihr reden. Dann sagte er, er wolle mich nicht mehr wiedersehen.

Du siehst also, daß ich unmöglich weitermachen kann, nicht wahr?

Er war aber weiter freundlich. Hat Geld geschickt. Du mußt wissen, daß er die Miete für meine Wohnung bezahlt. Hat er immer schon getan. Und er hat auch dafür bezahlt, daß Du Deine teure Ausbildung machen konntest.

Angelica tat der Rücken weh und der Kopf. Die Schrift wurde von hier ab schwankend.

Das ist eine Lüge, nicht wahr? Nur ein bißchen. Ich hätte natürlich andere Möglichkeiten. Du hast jedes Recht, böse auf mich zu sein. Ich bin selbstsüchtig und ein Feigling. Ich entscheide mich dafür zu sterben, statt zu leben, während mein Geliebter eine andere Frau hat. Bitte vergib mir.

In meinem Namen: Sei Du diejenige, die den Mann rettet, der uns immer geliebt hat. Angel, ich weiß, daß er uns immer noch liebt und uns auch immer lieben wird. Er war immer ein Mann mit – starken Gelüsten, wenn du weißt, was ich meine. Dieser Frau ist es gelungen, daß er sich wieder wie ein junger Mann fühlt, und damit kann sie ihn halten.

Rette ihn, bevor sie ihn zerstören. Bitte tu das, bevor es zu spät ist.

Seit jenem Brief waren drei Monate vergangen. Angelica wußte, daß das Geschäft, von dem ihre Mutter schrieb, immer noch im Gange war. Aber sie wußte nicht genau, wann es abgeschlossen werden würde.

Bitte rette unseren Freund. Du brauchst dazu nur eines zu wissen, den Namen des Mannes, der mir das Leben genommen hat: Sinjun Breaker.

Es ging noch drei Seiten lang weiter, aber sie mußte eine Pause machen und nachdenken. Sinjuns Spur war schon ziemlich verwischt gewesen. Aber Angelica hatte vorsichtig in die Asche gepustet und sorgfältig daran gearbeitet, genug Material zu finden, um ihr den direkten Zugang zu gewähren, der ihm bis unter seine stolze Haut gehen würde.

Unglücklicherweise hatte sie keinen Hinweis auf die Identität der Frau gefunden, auf die Mama angespielt hatte.

Ein Schatten glitt über ihre linke Schulter.

Angelica stockte der Atem. So lässig sie konnte, faltete sie den Brief, ließ ihn zwischen zwei Fingern der rechten Hand baumeln und griff mit der linken nach ihrem Eistee.

Der Schatten wuchs über ihre hochgezogenen Knie hinaus aufs Gras.

»Hallo. Angelica Dean, oder?«

Angelica sah auf und hielt eine Hand über die Augen.

Schwarzblaues Haar umspielte ein Gesicht, das niemand, ob männlich oder weiblich, leicht würde vergessen können. Dichte, geschwungene schwarze Wimpern umrahmten Augen von einer Farbe, die Angelica bisher nur einmal auf Bildern gesehen hatte – von Elizabeth Taylor.

»Angelica Dean?«

»Ja.«

Ein leises Lächeln huschte über hohe Wangenknochen und betonte ein hübsches kleines Grübchen rechts vom Mund der Frau. »Chuck hat gesagt, Sie wären hübsch«, sagte sie. »Das stimmt. Ich bin Lorraine Hart.«

Sie sagte ihren Namen, als müßte er Angelica bekannt vorkommen. Es war nicht so. Angelica sagte »Hallo« und wartete.

»Ich schätze, die beste Erklärung für mich ist, daß ich zu Chuck gehöre.« Sie lachte und zeigte dabei viele perfekte weiße Zähne. Dann zwinkerte sie Angelica zu. »Wir wissen ja, wer hier wem gehört, nicht wahr?«

»Ja«, sagte Angelica und stimmte in diesem Falle mit Lorraine Hart überein. Chuck war ein mächtiger Brocken. Und Lorraine war so prachtvoll, daß sie überlebensgroß wirkte.

»Ich dachte daran, Ihnen ist es vielleicht genauso langweilig wie mir, deswegen bin ich herübergekommen.« Lorraine trug ein weiches, cremefarbenes baumwollenes Shiftkleid, das von jeder Brise eng an ihren Körper gedrückt wurde. Sie verlagerte das Gewicht auf ein Bein, so daß die Hüfte betont wurde, und wandte ihr Gesicht der Sonne zu. »Ich habe gehört, heute ist eine Freundin von Ihnen hier angekommen.«

»Ja, Brenda.«

Lorraine hatte große Brüste. Ihre Taille war schmal, ihr Bauch flach, und der leicht vorgewölbte Hügel darunter zeigte durch das fast durchsichtige Kleid den Schatten von naheliegenderweise dunklem Haar.

Es lag nichts zwischen Lorraine und der nackten Haut als die cremefarbene durchscheinende Baumwolle.

In der Aufmachung wanderte sie auf dieser winzigen Insel herum, besser gesagt, posierte... Und das vor Männern, die nur wenig Möglichkeiten hatten, sich sexuell zu betätigen?

»Sie sind Journalistin«, sagte Lorraine. »Was für einen Beruf hat denn Ihre Freundin?«

»Computer. Sie ist Expertin beim Einrichten von Systemen und bei der Lösung von Problemen.«

Lorraine schüttelte abwehrend eine Hand. »Klingt tödlich. Ich bin Model.«

Wer hätte das gedacht. »Ah ja.«

»Arbeiten Sie für irgendeine Zeitung oder so?«

»Jetzt bin ich selbständig. Früher war ich bei *Verity.*«

»Mann.« Lorraine war endlich beeindruckt. Sie ging in die Hocke, so daß man ihr langes, gebräuntes Bein bis hinauf zur Rundung ihres Hinterteils sehen konnte, weil das Kleid einen Schlitz an der Seite hatte. »Warum haben Sie denn eine Zeitschrift wie *Verity* verlassen? Ärger?«

Nicht die Art von Ärger, auf die Lorraine anspielte. »Ich brauchte mal wieder etwas Neues. Vielleicht gehe ich später wieder zurück.«

»Chuck sagte, Sie würden etwas über Sinjun schreiben. Über sein Leben. Wofür ist das denn?«

»Eine Biographie.«

»Seine Lebensgeschichte?« Die Frau warf ihr Haar zurück und lachte. »Soll das interessant sein?«

Angelica zuckte mit den Schultern und steckte Marlenes Brief wieder in den Umschlag zurück.

War Lorraine nur hergekommen, um ein paar Höflichkeiten auszutauschen, oder hatte man sie geschickt? Hatte jemand die Hoffnung, daß in einem Gespräch von Frau zu Frau Angelica sich vielleicht so sicher fühlen würde, daß sie verriet, wieviel sie über Sinjun wußte? Jedesmal wenn sie ihm über den Weg lief, spürte sie, wie sehr er danach brannte, die Antwort auf diese Frage kennenzulernen.

»Ich habe Durst«, sagte Lorraine und warf einen Blick auf Angelicas Eistee.

Das letzte, was Angelica wollte, war, längere Zeit mit dieser Frau zu verbringen. »Möchten Sie etwas Tee?« fragte sie widerstrebend.

»Das wäre nett.« Lorraine sprang auf. »Da ist außerdem etwas, was ich Ihnen sagen wollte.«

Angelica wartete.

Lorraine zögerte, dann wandte sie sich ab. »Gehen wir zum Haus, um den Tee zu holen. Dann setzen wir uns auf Ihre Terrasse und unterhalten uns.«

Den Weg zum Haus legten sie schweigend zurück.

»Ah«, seufzte Lorraine , als sie unter die beschattete Pergola traten. »Ich liebe diese Insel, aber die Hitze setzt sogar mir manchmal zu. Ist der Tee in einem Krug?«

Angelica nickte. »Hmm.«

»Dann hole ich ihn, okay?«

»Ich gehe schon.« Ihr gefiel der Gedanke nicht, daß Lorraine durch den Bungalow spazierte, selbst wenn er nur vorübergehend ihr Heim war.

»Dann lassen Sie Ihr Glas hier. Sie werden zwei Hände brauchen.«

Angelica stellte das Glas zurück und ging ins Haus. Sie hatte noch nicht ganz das Wohnzimmer durchquert, da setzte ihr Herz einen Schlag aus, und sie kehrte hastig um. Marlenes Brief hatte neben dem Glas gelegen, und sie hatte beides bei Lorraine zurückgelassen!

Die Terasse war leer, und Angelicas Glas stand einsam auf dem Tisch.

»Lorraine!« Sie rannte auf den Rasen hinaus.

»Hier bin ich.«

Angelica drehte sich abrupt um. Lorraine lehnte an der Wand an der Ecke des Bungalows. »Da sind Sie ja«, sagte Angelica und kam sich dumm vor. Die Frau hatte die Hände hinter dem Rücken, der Umschlag war nirgendwo zu sehen.

»Mir ist so heiß« sagte Lorraine. »Ich bin nur herübergekommen, weil hier in bißchen Wind weht. «

Angelica sah sich um. »Da war doch ein Umschlag«, platzte sie heraus. »Ich habe ihn neben dem Glas liegenlassen.«

Lorraine schüttelte den Kopf. »Entschuldigung. Ich wollte ihn ins Zimmer legen, aber die Brise war so verlockend. Hier ist er.« Sie holte den Umschlag hinter dem Rücken hervor und hielt ihn hoch.

»Danke.« Angelica schnappte sich das Kuvert und bemerkte, daß es warm war. »Ich hole jetzt den Tee.«

»Ich glaube, ich will ihn nicht mehr.« Lorraine schlenderte über die Terrasse und legte ihre Arme um eine der hölzernen Stützen, die die Pergola hielten. »Mir war bekannt, daß Sie eine Biographie schreiben wollen.«

Angelica ließ sich auf eine Liege fallen. »Warum haben Sie mich dann gefragt?«

»Um zu sehen, ob Sie dieselbe Geschichte erzählen wie die, die ich von Chuck gehört habe.«

»Warum sollte es anders sein?«

»Es wäre nicht das erstemal, daß Sinjun Chuck dazu gekriegt hätte, für ihn zu kuppeln.«

So rot wie jetzt war Angelica bisher noch nie geworden. »Was für ein scheußlicher Gedanke.«

»Wir sind doch beide große Mädchen.«

Eine von beiden war größer als die andere. »Tja, in diesem Fall haben Sie den falschen Schluß gezogen.«

»Zumindest teilweise.«

»Was soll das heißen?«

Lorraine legte ihr Kinn auf die rechte Schulter und bedachte Angelica mit einem ausdruckslosen, violetten Blick. »Es bedeutet, daß Sie als Vorwand für Ihr Hiersein die Idee mit der Biographie angegeben haben.«

Ein kurzes Gefühl von Übelkeit ließ Angelica eine Hand auf den Magen legen. Es war nicht genug Zeit gewesen, als daß diese Frau den Brief hätte öffnen und lesen können. »Ich habe nicht die leiseste Ahnung, wovon Sie reden.«

»Mag sein. Vielleicht aber doch. Besteht nicht eine winzig kleine Möglichkeit, daß über die Tatsache hinaus, daß Sinjun ein prickelndes Objekt für Ihre *Biographie* abgibt, Sie sich überlegt haben, ob dies nicht die optimale Gelegenheit wäre, sich einen der gefragtesten Junggesellen der Welt zu schnappen?«

Es dauerte einen Moment, dann lachte Angelica laut. Sie biß sich auf die Lippe, um damit wieder aufzuhören.

»Sie sind nicht die einzige Frau, die lacht, wenn sie nervös ist. Oder wenn sie ertappt wird. Es ist doch so, daß Sie ihn faszinierend finden, oder? Und ihn nicht nur als Objekt Ihrer Biographie betrachten.«

»Klar ist Sinjun Breaker ein faszinierender Mann«, griente Angelica.

Lorraine drehte sich um den Pfosten. Von hinten war die Spalte zwischen ihren Hinterbacken sichtbar. Von der Seite sah man ihre Brüste durch die weiten Ärmellöcher des Kleides.

»Okay.« Sie hielt in der Bewegung plötzlich inne. Nun stand sie still, die Arme verschränkt und blitzte Angelica an. »Ich bin Ihnen keinen guten Ratschlag schuldig, aber ich gebe ihn Ihnen trotzdem. Sinjun Breaker ist ein verdammt gefährlicher Kerl.«

Angelica wartete.

»Ich rate Ihnen, Ihre Sachen zu packen. Und sagen Sie Ihrer rothaarigen Freundin, sie soll das gleiche tun. Dann verschwinden Sie von dieser Insel. Ich werde Chuck überreden, so zu tun, als hätten Sie ihn gebeten, Sie zu fliegen, und –«

»Nein.«

»Wenn Sinjun eine bessere Erklärung will, kann Chuck ihm ja sagen, Sie hätten einen unvorhersehbaren Notfall gehabt und keine Zeit, sich höflich zu verabschieden.«

»Nein.«

»Sie hören mir nicht zu.« Lorraine kam näher. »Ich glaube, Sie sind aus einem anderen Grund hier als für ein paar scharfe Einzelheiten für irgendein blödes Buch. Ich glaube, Sie sind gekommen, um Sinjun anders auszuquetschen. Ich bin sicher, daß ich mich nicht noch klarer ausdrücken muß.«

»Nein, müssen Sie nicht. Bitte gehen Sie.«

Lorraine beugte sich über Angelica und stützte ihre Arme auf die Lehnen der Liege. »*Sie* werden gehen. Ich gehöre hierher. Sie wissen nicht, worauf Sie sich hier einlassen. Sinjun ist nicht der richtige Mann für Sie. Er fängt nur etwas mit Frauen an, die so sind wie er, und zu denen gehören Sie nicht.«

Mein Gott, die Frau war eifersüchtig, sonst nichts. War ja möglich, daß Lorraine Hart Chucks Geliebte war, aber Sinjun war es, den sie wollte – darauf würde Angelica ihr Leben verwetten. »Danke für die Warnung. Ich werde daran denken.«

Das ebenmäßige Gesicht verzerrte sich zu einer boshaften Fratze. »Hören Sie mir zu, und zwar gut. Wenn Sie eine auch nur andeutungsweise gewiefte Journalistin wären, wüßten Sie, daß Sinjun Breaker noch nie zugelassen hat, daß sich ihm jemand in den Weg stellt – schon gar nicht eine Frau.«

Angelica sah in Lorraines blitzende Augen. »Wieso glauben Sie, daß ich Sinjun nicht erzähle, was Sie gerade von sich gegeben haben?«

»Weil Sin und ich so sind –«, Lorraine hob eine Hand und kreuzte zwei Finger, »– und er würde Ihnen das niemals abnehmen.«

»Ich dachte, Sie wären Chucks Freundin?«

»Ich gebe Ihnen eine Chance, sich in Sicherheit zu bringen. Das ist mein letztes Angebot.«

Auf Angelicas Rücken sträubten sich die Haare. »Vielleicht sollte ich Chuck fragen, wie er zu der Sache steht.«

Lorraine warf den Kopf in den Nacken und lachte verächtlich. Sie stand auf, und ihre Brüste hoben und senkten sich heftig bei den tiefen Atemzügen, die sie machte. »Chuck! Chuck?« Sie wandte sich mit Schwung ab und stolzierte zum Rand der Terrasse und wieder zurück. »Sie werden Chuck gar nichts erzählen, weil Sie sich das gar nicht trauen. Alles was

Sin durchgemacht hat, hat auch Chuck durchgemacht. Chuck war immer an seiner Seite. Sins Sorgen sind auch Chucks Sorgen. Was Sin hat, gehört auch Chuck und umgekehrt. Verstehen Sie jetzt?«

»So wie Sie?« fragte Angelica und war froh, daß ihre Stimme nicht bebte. »Gehören Sie ihnen beiden? Ist es das, was Sie mir sagen wollen?«

»Ja!« Lorraine beugte sich wieder über sie. »Ja, und das *gefällt* mir so. Chuck und ich, wir verstehen einander, und so wird es immer sein.«

»Und Sie wollen, daß ich verschwinde, weil Sie keine Konkurrenz ertragen können?«

Lorraine richtete sich auf und strich ihr Kleid glatt. »Ich sage dies nur einmal. Was immer danach geschieht, geht auf Ihr Konto. Es gibt Menschen – Männer –, die sind zu stark und zu lebhaft, als daß es der Rest der Welt begreifen könnte. Sie haben Bedürfnisse, die befriedigt werden müssen, und das versteht kaum jemand. Sie sind Götter, die unter die kleinen Leute getreten sind, und sie müssen Wege finden, ihren Hunger zu stillen.«

»Mein Gott«, murmelte Angelica ergriffen.

»Lachen Sie mich nicht aus, Sie dumme Kuh. Sinjun Breaker braucht Kraft. Er verdient die Kraft, weil er größer ist als jeder andere Mann. Das weiß er. Seine Aufmerksamkeit ist in manchen Beziehungen begrenzt – wie zum Beispiel bei Frauen. Wenn er eine will, dann will er sie. Und bekommt sie. Wenn er damit fertig ist, war es das. Und wenn ihm jemand in den Weg kommt, gibt es nur eine mögliche Reaktion, und er tut es.«

»Es?« Angelica stemmte sich hoch und stand auf. Sie hoffte, Lorraine würde nicht sehen, wie ihr die Beine zitterten. »Was tut er dann, wirft er einen ins Dornengestrüpp? Oder schlägt er einen … zu Brei … oder?«

Lorraine trat einen Schritt zurück. »Oder *nichts.* Ich denke, bei Ihnen ist endlich der Groschen gefallen. Ich wohne im Pua-Kali-Bungalow. Das ist nördlich des Haupthauses. Außerhalb der Mauern. Schicken Sie mir eine Nachricht, wenn Sie bereit sind zur Abreise. Inzwischen vergessen Sie nicht: Wenn Sin Sie will, wird er Sie bekommen. Und danach wird er Sie möglichst schnell loswerden wollen.«

»Gehe ich recht in der Annahme, daß Sie aus Erfahrung sprechen?«

»O nein.« Lorraine schüttelte den Kopf. »Ich bin anders. Ich bin Sin ähnlich genug, um zu wissen, wie ich mit ihm umgehen muß. Sie sind nicht so wie er. Sie sind so wie die anderen.«

»Die anderen? «

»Die, die jetzt nicht mehr da sind.«

8

»Willst du drüber reden?«

Sinjun, der gerade ein Blatt in das Faxgerät auf dem lederbezogenen Schreibtisch in seinem Schlafzimmer hatte schieben wollen, hielt inne. »Komm rein, Chuck«, sagte er, als der andere Mann durchs Zimmer schlenderte, um sich ein Glas Soda aus der Flasche einzuschenken, die Sinjun gerade aufgemacht hatte.

Chuck hob zum Gruß sein Glas. »Ich bin schon drin.«

»War mir auch aufgefallen.«

»Bist du schon so weit, sie wieder abreisen zu lassen?«

Sinjun tat, als verstehe er nicht. »Worüber reden wir?«

»Die hübsche, blonde Biographin, Miss Angelica Dean. Die, die dich zu sehr untypischem Verhalten bewegt.«

»Aha.« Sorgfältig schob Sinjun das Blatt mit den Zahlen, auf die Mary Barrett in Seattle sehnsüchtig wartete, in den Apparat. »Wie kommst du auf die Idee, daß ich sie abreisen lassen will?«

Chuck hob das Glas und hielt es in der Stellung, bis die Eiswürfel gegen seine Zähne klirrten. »Das erwähnte untypische Verhalten hat mich auf den Gedanken gebracht.« Er wischte sich mit einem Handrücken über den Mund. »Sinjun Breaker, der vor der ganzen Welt laut *schreit!*«

»Quatsch.«

»Heute morgen? Auf dem Landeplatz? Aug' in Auge mit der hübschen Schreiberin und mit einem Blick, als hättest du Lust, ihr mit bloßen Händen den glatten Hals umzudrehen.«

Das Faxgerät spuckte piepsend einen Antwortstreifen aus. »Ich dachte, du wärest *indisponiert.* Was hast du gemacht? Ein Teleskop auf dem Dach aufgebaut?«

»Campbell Midgely«, sagte Chuck und grinste. Er öffnete eine Dose mit Nüssen und schüttete sich ein kleines Häufchen auf die Handfläche.

»Die Kleine könnte mich dazu bringen, eine strikte Lebensregel von mir umzuwerfen«, sagte Sinjun.

»Nämlich?«

»Die Geduld zu verlieren.«

Ein paar Erdnüsse fielen auf die Halamatte vor Sinjuns Füßen, und Swifty raffte sich auf, hinüberzutrotten und aufzuräumen. »Du meinst, eine strikte Lebensregel von dir zweimal am Tag umzuwerfen?«

»Wo zum Teufel war Campbell?«

»Im Eurocopter.«

»Was zum ... Was hat er da denn gemacht?«

»Der Junge ist verrückt nach Hubschraubern. Ich hab' danach einen kleinen Rundflug mit ihm gemacht. Er sagte, er hätte sich nur umgesehen und dabei mitgekriegt, wie du das Mädchen angepflaumt hast.«

»Laß keine Nüsse fallen«, fuhr ihn Sinjun an. »Die sind schlecht für Hunde. Sag Campbell, er soll von dem Hubschrauber wegbleiben – sonst tu ich es. Dabei werde ich meine Geduld nicht verlieren, aber er wird es trotzdem nicht mögen.«

»Überlaß das ruhig mir. Willst du ein paar Nüsse?«

Sinjun schüttelte den Kopf. »Warum hatte Campbell das Bedürfnis, dir davon zu erzählen?«

»Weißt du das nicht?«

»Der Junge spricht nie auch nur zwei Worte mit mir. Wie sollte ich da irgendwas von ihm wissen?«

»Soda?«

»Nein.«

Chuck goß sich noch ein Glas ein. »Ich dachte wirklich, du wüßtest wegen Campbell Bescheid.«

Sinjun wartete geduldig.

»Er ist scharf auf Lorraine, seit er für die Ferien hergekommen ist.«

»Lorraine?« Sinjun sank in den Sessel neben dem Schreibtisch. »Von Angelica Dean zu Lorraine? Vielleicht bin ich zu beschränkt, aber den Zusammenhang verstehe ich nicht.«

»Ganz einfach. Er ist schon vor ein paar Wochen zu mir gekommen und hat gesagt, ich solle etwas dagegen unternehmen, daß du Lorraine nicht magst.«

»Dazu bist du doch nicht gerade prädestiniert, oder?«

Chuck warf sich noch mehr Nüsse in den Mund und verdrehte die Augen.

»Was heißt das?«

»Mann, ich dachte, du weißt, daß der Junge seltsam ist. Er scheint sich zum Beschützer jedes weiblichen Wesens aufzuwerfen, das in seine Nähe kommt. Ich glaube, was er heute sagen wollte, ist, daß man dir im Umgang mit dem, was er *sanfte* Frauen nennt, nicht trauen könnte. Du bist nicht nett – sein Ausdruck, nicht meiner – zu Lorraine, und heute hast du die arme, hübsche kleine Miss Dean angeschrien.«

»Scheiße.«

»Jawoll. Besser könnte ich es nicht ausdrücken. Aber mich interessiert das eigentlich gar nicht. Mir ist es egal, wenn du Lorraine nicht magst – besonders angesichts der Tatsache, daß wir beide wissen, daß es nicht so ist. Selbst wenn es so wäre, würde sie das völlig kalt lassen.«

Sinjun nickte. Wie konnte ein sonst intelligenter Mann derart blind sein, wenn es um eine bestimmte Frau ging?

»Es ist nur so...«, sagte Chuck und mampfte. »Also, die arme, kleine Miss Dean hat etwas geschafft, was nur sehr wenigen Leuten gelingt: Sie hat dich absolut sauer gemacht. Wenn Campbell recht hat, bist du davongestürmt, und sie blieb tränenüberstömt zurück.«

Sinjun rümpfte die Nase. »Gib mir das.« Er streckte die Hand nach dem Glas mit dem Soda aus. »Tränenüberstömt? Bist du sicher?«

Chuck überließ ihm das Glas. »Sagt Campbell.«

Er hatte zwei rote Flecken auf ihren Wangen gesehen, und ihre Augen hatten geglänzt wie polierter Bernstein. Er hatte versucht, die Oberhand zu behalten, nicht sie einzuschüchtern. »Sie hat nicht geweint. Sie war absolut hingerissen davon, was sie alles wußte.« Das Soda kribbelte in seinem Mund. »Ich will nicht, daß sie irgendwo hingeht. Ich will sie hierbehalten, bis ich herausgefunden habe, was genau sie will und wieviel sie tatsächlich weiß.«

»Wie kommst du auf den Gedanken, daß sie überhaupt etwas weiß?«

»Tja, wie denn? Zum Beispiel die Sache mit Bliss, Chucky Baby, klingelt da was bei dir? Und ich rede nicht von dem Glück, das du empfindest, wenn du mit Lorraine Flohhüpfen spielst.«

»Bliss?« sagte Chuck leise.

»Bliss. Wußtest du, daß es nicht mehr da ist?«

»Du machst Witze.«

»Es gibt einen Wohnwagenpark außerhalb von Dillon, in

dem man alle Leute aus Bliss untergebracht hat. Aber sie fühlen sich so nostalgisch dem guten alten Ort gegenüber, daß sie den Park danach benannt haben.«

»Heiliger… willst du damit sagen, daß die Dean das alles herausgefunden hat?«

»Hmm. Sie war dort.«

»Ich kann's nicht glauben.«

»Sie hat sich mit der alten Mrs. Cahler angefreundet.«

Chucks Hand mit den Nüssen blieb auf halbem Weg zum Mund stehen.

»Für eine erfolgreiche Biographie braucht man eine gute Mischung aus dem professionellen und dem persönlichen Aspekt«, leierte Sinjun. »Das hat mir unsere Journalistin erklärt. Grob übersetzt bedeutet das, man kann die Lebensgeschichte eines Mannes nicht verkaufen, wenn man nicht genug Dreck hineinquetscht, damit die Leute Lust zum Weiterblättern haben.«

»Hat sie auch was herausgefunden über…«

»Jawoll.«

»Und wieviel genau?«

»Die Blutung. Das… das Baby.« Er stand auf und wandte sich ab. »Die Geschichte mit dem Prügeln.«

»*Heiliger* –«, zischte Chuck zwischen den Zähnen hervor. »Es tut mir leid, daß sie –«

»Braucht es nicht. Sie weiß nur, was Mrs. Cahler weiß. Nichts. Nicht mehr als das, was im Polizeibericht stand.«

»Bist du sicher?«

»Hmm. Sie hat versucht, mich dranzukriegen. Das war der Moment, den Campbell beobachtet hat. Sie drängt mich und versucht mich dazu zu kriegen, daß ich irgendwas sage, was mir später leid tut.«

»Schick sie weg von hier.«

»So daß sie weiterbuddelt, bis sie den Schatz findet, den sie sucht? Auf keinen Fall. Sie hat mir zu verstehen gegeben, daß sie meine Biographie schreiben kann, egal ob ich das will oder nicht. Du kennst den unautorisierten Mist auf dem Buchmarkt, um zu wissen, wie das dann aussieht.«

»Es muß doch einen Weg geben, sie davon abzubringen.«

»Bestimmt. Gib mir nur Zeit.« Er sah Chuck fest an. »Überlaß das mir, ja?«

»Wenn du meinst.«

»Meine ich.«

Chuck schüttelte nachdenklich den Kopf. »Also gut. Themawechsel. Erst mal. Kannst du dich noch an den gecharterten Hubschrauber erinnern, über den wir gesprochen haben?«

Sinjun fühlte sich abgekämpft. »Den, der zum Verkauf steht?«

»Genau der. Sieht so aus, als hätte der Besitzer Geldschwierigkeiten. Versucht immer noch, den Hurrikan finanziell abzudecken. Das Ding ist wahrscheinlich genau das, was wir als Ersatzmaschine brauchen. Ich habe ihn mir angesehen.«

»Wann?«

»Ich habe Fran nach Kauai rübergebracht.«

Sinjun runzelte die Stirn und fragte: »Wann?«

»Gleich nach deinem kleinen Schwätzchen mit Angelica. Bin gerade erst wiedergekommen.«

»Und Campbell war dabei?«

»Genau. Er hat allerdings erst auf dem Rückweg über dich geredet.«

Sinjun rieb sich die Stelle zwischen den Augenbrauen. »Warum habe ich das dumme Gefühl, daß ich die Lage hier nicht im Griff habe? Fran hat mir mit keiner Silbe gesagt, daß sie irgendwo hinwollte.«

»Ich glaube, die allgemeine Auffassung war, daß du lieber deine Ruhe haben wolltest. Sie ist zu Besuch bei ihren Freunden und bleibt über Nacht. Ich habe gesagt, ich würde sie morgen nachmittag abholen. Und sie wird echt sauer sein, wenn sie in der Werkstatt warten muß.«

»In der Werkstatt?«

»Ich glaube, ich höre da irgendein schlechtes Geräusch beim Landen im Eurocopter. Am Vorderteil. Ich habe mir in Lihue einen Termin geben lassen, damit jemand das Ding mit mir durchsehen kann.«

»Das kann eine Weile dauern.«

»Genau. Vielleicht könntest du mitkommen und… Ach, vergiß es.«

»Nein. Prima Idee. Ich komme mit und bring die andere Maschine rüber. Da kann ich gleichzeitig Probefliegen und Fran mitbringen. Zwei Fliegen mit einer Klappe.«

»Ich glaube, das ist keine gute Idee, Sin.«

»Es ist eine phantastische Idee. Ich bekomme hier langsam Platzangst, und es kriegt sowieso niemand mit, daß ich Hell verlasse. Also ist mein Hals völlig sicher.«

Chuck verzog das Gesicht und biß sich auf die Unterlippe.

»Los, raus mit dir«, wies ihn Sin an. »Geh und rufe Fran an. Sag ihr, das große Glück erwartet sie, ich brenne mit ihr durch. Arrangiere irgendwas mit den Charterleuten und sag ihr, sie soll mich dann dort treffen. Mach einen Termin mit ihr aus.«

»Sin –«

»Abmarsch.« Das Telefon klingelte. »Mach schon. Und hör auf, dir dauernd Sorgen zu machen, okay?«

Chuck ging zögernd zur Tür, und Sinjun griff nach dem Hörer. »Chuck?«

»Ja?«

»Danke, Kumpel. Für alles.«

»Bitte, bitte.«

»Sinjun Breaker.« Sinjun sprach abwesend in den Hörer, während Chuck zum Gruß einen Daumen hochhielt und verschwand. »Wer?«

»Geht's dir gut?« fragte eine weibliche Stimme am Telefon.

»Wer ist denn da?«

Ein häßliches Wort am anderen Ende der Leitung klang

nur unterdrückt herüber. »M.A.B. Mary Abernathy Barrett, *Mary*, Sin. Deine rechte Hand, Mensch. Die, die die Teile deines Reichs zusammenhält, während du schön braun wirst.«

Er atmete erleichtert aus. »Mary, hallo. Nett, dich zu hören.«

»Ist jemand bei dir?«

Er drehte die Augen zum Himmel. »Nein, niemand.« Mit einer Fernbedienung schaltete er das Fernsehgerät an und stellte den Ton leise.

»Du klingst seltsam«, sagte Mary. »Es gibt ein paar wichtige Sachen zu besprechen. Das Fax, das du geschickt hast. Du hast die Zahlen von der internationalen Gruppe nicht dazugeschrieben.«

»Ach ja?«

»Wer ist denn da bei dir?«

»Kein Mensch, nur du und ich, Mary, ich schwöre«, sagte Sinjun.

Er ließ sich verkehrtherum aufs Bett fallen und streckte sich auf dem Rücken aus. Sein Kopf hing vom Rand der Matratze herab, so daß das Fernsehbild auf dem Kopf stand. Kevin Costner knabberte gerade jungenhaft an einem Daumennagel.

»Hast du dir die internationalen Zahlen angesehen, Sin?«

Er runzelte die Stirn. Das Blut sammelte sich in seinem Kopf, und er rutschte in eine etwas bequemere Position. »Noch nicht bis in alle Einzelheiten. Hier war die letzten zwei Tage ziemlich viel los.«

Mary Barretts Schweigen sollte ihn daran erinnern, daß er einfach aus Seattle verschwunden war und es ihr überlassen hatte, mögliche Geschosse abzuwehren, die eventuell auf Kertz-Breaker gezielt einprasseln würden. Mary dachte, was die meisten Leute dachten, nämlich, daß Sinjun nur zufälligerweise mehrere Unfälle hintereinander gehabt hatte. Da sie eine harte Geschäftsfrau war, nahm sie an, er hätte Angst und reagiere überdimensional empfindlich – so daß er sich auf Hell versteckte. Sie hatte ein paar wenig dezente Anspielungen auf sein »Howard-Hughes-Syndrom« gemacht. Er fragte sich, wie cool sie wohl geblieben wäre, wenn ein wildgewordener Zementlaster auf ihr Auto zugeschossen wäre – während sie darin saß.

»Du kannst dir nicht vorstellen, was hier alles abgegangen ist«, sagte er schließlich. »Ich kann dir nur soviel sagen, daß wir hier zu einer Art Hauptbahnhof avanciert sind.«

»Wie das denn? Du hast doch behauptet, daß nur deine allernächsten Mitarbeiter wissen, daß du dort bist, und daß es niemand anderer erfahren dürfte, bis du dich anders entscheidest.«

Er überlegte, was er als nächstes sagen sollte. »Ich habe mich entschlossen, daß dies eine passende Gelegenheit ist, einige Zeit einem persönlichen Projekt zu widmen, das ich mir schon lange vorgenommen hatte.« Diese Sache sollte er möglichst gut formulieren. »Ich habe mich für jemanden entschieden, der an meiner Biographie arbeiten soll, und wir arbeiten hier und da zusammen.«

»Eine *Biographie?*« Die explosive Überraschung in Marys Stimme verletzte Sinjun. »Warum in Gottes Namen brauchst du denn eine *Biographie?*«

Das war genau das Problem: Er konnte schließlich nicht zugeben, daß sie ihn zu dem Projekt gedrängt hatte. Aber eine Erklärung dazu klang sowieso dämlich. Er holte tief Luft. »Ich glaube, es täte allen gut, wenn etwas weniger Gewicht auf Unterhaltungsleute und statt dessen mehr auf Leute aus dem Business und der Industrie gelegt würde.«

Sie verschluckte ein amüsiertes Schnauben. »Wenn du meinst. Einen Biographen, hmmm? Und er ist jetzt auf Hell?«

»Äh – ja.«

»Aber ein Biograph ist ja wohl kaum eine Invasion.«

»Es ist noch jemand eingetroffen.«

»Nämlich?«

Es war sinnlos, Mary irgend etwas vorzuenthalten. Wenn er es ihr nicht sagte, würde Fran – die sich die größte Mühe gab, Mary als Sinjuns Vertraute zu übertreffen – es tun. »Jemand aus der Computerbranche ist auch noch hier.«

»Warum zum Teufel?«

Er wechselte den Telefonhörer ans andere Ohr. »Kommunikationsförderung.« Warum dachte er sich nicht eine zweckmäßige Einsatzmöglichkeit für Brenda Butters' Fähigkeiten aus?

»Was hast du gesagt?« Marys Stimme klang verblüfft. »Ich will eine neue Linie in unsere Kommunikation hier bringen. Wir hatten Schwierigkeiten. Haben wir die Höflichkeiten jetzt abgehakt?«

»Wenn du meinst.«

Was war eigentlich los mit ihm? Normalerweise konnte er es kaum erwarten, sich in ein weltweites Problem zu verbeißen. »Meine ich. Was hast du von Lieber?« Garth Lieber und seine angebliche Wunderhautcreme – das Geschäft, das sie versuchten zu Ende zu bringen – waren ihm äußerst lästig.

»Als Lieber angefangen hat, Geldsorgen zu kriegen, bedeutete das ein Glückstag für uns. Die Sache kommt echt groß raus, Boß. *Riesig.* Bist du mit den Nachrichten auf dem laufenden?«

Manchmal war es erholsam zu lügen. »Nein.« Mary liebte es, ihre sorgfältigen Geschäftsmethoden gelegentlich zu betonen.

»Mein Gott, ein Glück, daß wenigstens einer von uns informiert bleibt. Übrigens, dieser kleine Scheißer Akers hat es auf Krieg mit mir abgesehen. Er scheint zu glauben, er hätte die göttliche Eingebung der Befehlsgewalt bekommen, solange du nicht in der Nähe bist.«

Peter Akers, Kertz-Breakers Spezialist für Langzeitplanung, war ein intelligenter, ehrgeiziger Typ. Sin grinste. »Peter ist in Ordnung. Laß ihm doch etwas mehr Raum. Er versucht wahrscheinlich nur, galant zu sein und dir den Hof zu machen.«

»Scheiße.«

Sin hielt den Hörer gepeinigt vom Ohr. »Er weiß, daß *du* meine Nummer Zwei bist«, erklärte er ihr, als sein Ohr nicht mehr so klingelte. »Wenn du nicht mit ihm fertig wirst, ich werd's schon schaffen.«

»Ich werde mit ihm fertig.«

In manchen Beziehungen war es tröstlich, wenn man gewisse Dinge im voraus wußte. »Das habe ich mir schon gedacht. Bleib an jeder Bewegung von Lieber dran und laß mich immer genau wissen, was los ist.«

»Er sagt, ihr solltet euch dringend treffen.«

Er schlug die Augen gen Zimmerdecke. »Ja klar.« Er hatte schon erwartet, daß sie das sagen würde. »Sobald ich kann, werde ich ein Treffen arrangieren.«

»Wie wäre es, wenn ich ihn zu dir bringe und –«

»Nein.«

Kurzes Schweigen. »Jede Zeitung und jede Zeitschrift bringt zur Zeit Berichte über die neuesten Voraussagen zur SOS-Gesichtscreme. Nach den übertriebeneren Aussagen soll schon eine Woche, die man das Zeug benutzt, ausreichen, daß man aussieht wie eine Zehnjährige.«

»Und nicht mehr wie eine Zwölfjährige?«

»Red keinen Unsinn, Sinjun. Es wird eine Menge Lärm um dieses Zeug gemacht, und wir haben eine mehr als gute Chance, unsere Finger mit im Spiel bei den Beteiligungen zu haben.«

»Du klingst aufgeregt.«

»Stehst du anders zu der Sache?«

Er war durchaus erregt, aber nicht so, wie sie es meinte. *Hier steht so alles mögliche.* »Ja, ja.« Er rollte sich auf den Bauch, wodurch ihm allerdings sein körperlicher Zustand noch bewußter wurde.

»Was hast du gesagt, Sinjun?«

»Ich sagte *ja.* Das ist wirklich eine aufregende Sache.« Herrgott noch mal. Irgendwann im Laufe des Gesprächs war Angelica durch seine Gedanken geturnt, mit sanft wiegenden Hüften, und seine Reaktion war so prompt gewesen, daß er sich verdammt unbehaglich fühlte. »Mary, ich würde diese Sache mit Lieber am liebsten verschieben.«

»Unmöglich.«

Er wußte, daß sie recht hatte. »Nicht lange. Nur bis ...« Bis er verhindern konnte, daß er eine allzufrühe Fahrt zum Leichenschauhaus machte.

»Lieber will unbedingt eine Besprechung.«

»Bald.«

Marys Seufzer war auch ohne Telefon von Seattle bis Hell zu hören. »Er hat Dienstag vorgeschlagen. Ich denke, ich könnte ihn noch eine Woche hinhalten. Wird das reichen?«

Zehn Tage. Zehn Tage, während denen er wartete, daß Angelica Dean – oder sonstwer – die Hosen runterließ und angriff. Die Zeit mußte einfach reichen. »Sag Lieber, Dienstag in einer Woche.« Wenn er noch länger in dieser Luxuszelle blieb, würde er sowieso durchdrehen. Erzwungene Isolation machte ihn verrückt – so verrückt, daß er an nichts anderes denken konnte als daran, mit einer Frau ins Bett zu gehen, die es darauf abgesehen hatte, ihm den letzten Nerv zu rauben.

»Warum kommst du nicht am Tag vorher hierher«, schlug Mary vor.

Sinjun schwieg zuerst. »Ich habe dir doch schon gesagt, daß es schwierig sein wird, überhaupt zu kommen.« Er zupfte an den winzigen Knubbeln der weißen Baumwolltagesdecke.

»Du solltest für die Besprechung gut ausgeruht sein. Du kennst Lieber. Er braucht das Geld, aber von einem Teil seiner Sachen will er sich deswegen trotzdem nur sehr ungern trennen.«

»Der Weihnachtsmann ist tot. Die Welt ist grausam.«

»Wir könnten doch zusammen essen gehen, Sin.« Ihre Stimme war weich geworden. »Und dann alles besprechen, was wir im Zusammenhang mit der Verhandlung brauchen.«

Er ließ seine Stirn auf eine Hand sinken. »Ich glaube nicht...« Es würde ihm aber auch nicht weh tun, ihr etwas zu geben, was sie wollte. »Okay, klingt eigentlich gut.«

»Wird es auch werden«, sagte sie mit einer Art Schnurren, das ihn eine Weile lang genau an den richtigen Stellen verwöhnt hatte.

»Laß uns irgendwo essen gehen, wo es ruhig ist, hm?«

»Wir essen bei mir. Da ist es bestimmt ruhig.«

Verdammt, das wollte er nicht. »Ich will nicht, daß du dir irgendwie Mühe machst.«

»Ich koche gern – für dich.«

Ach, zum Teufel. Wenigstens würde er dort nicht nach einem Platz an der Wand suchen und genau prüfen müssen, wo die Notausgänge waren. »Danke, Mary.«

»Ich danke *dir,* Sin. Wir klären dann demnächst noch die Einzelheiten.« Er hörte, wie sie auflegte.

Ein diskretes Klopfen an der Tür deutete darauf hin, daß jemand gewartet hatte, bis sein Telefongespräch zu Ende war.

»Herein.«

Enders kam mit vorgestrecktem Kinn und unter dem drahtigen Schnurrbart geschürzten Lippen herein. »Tut mir leid, wenn ich Sie störe, Mr. Breaker.« Er machte die Tür hinter sich zu und kam über den warmbraunen Holzfußboden herüber. »Man hat mir... *aufgetragen,* Ihnen mitzuteilen, daß es um sieben Uhr dreißig Essen geben wird. Die Cocktails gibt es eine Stunde vorher.«

Sinjun knurrte und streckte die Hand aus, um den Telefonhörer aufzulegen. Es war schon beinahe sechs. Er rollte sich zur Seite und setzte sich auf. »Veranstaltet jemand eine Party?«

»Sieht so aus.«

Es gab Tage, da wünschte er sich, es gäbe kein Personl, das einem sagte, was man zu tun hatte. »Ist da etwas, das Sie mir gern sagen möchten, Enders? Vielleicht etwas, das Sie gleich zu erdrücken droht?«

Enders zuckte ausgiebig mit den Schultern und hob eine buschige Augenbraue. »Nein, außer Sie interessieren sich für diese ärgerlichen, oder vielleicht sollte ich besser sagen, *dummen,* kleinen Haushaltsprobleme. Und zwar solche, wie sie nicht auftreten würden, wenn wir unsere Küste – und unsere Arme – nicht zu einer Zeit zwei völlig Fremden geöffnet hätten, wo wir eigentlich übereingekommen waren, daß eine gewisse *Vorsicht* ratsam wäre.«

»Tja. Also, sagen Sie mir, um was es geht.«

»Miss Butters hat Mrs. Midgely angerufen.«

Die Entrüstung in Enders' Stimme hätte Sinjun fast einen Lachanfall gekostet. »Ach, wirklich?« war deshalb alles, was er rausbrachte. Man lachte einfach nicht über Enders Lloyd-Worthy. Sinjun konnte zwar nicht verstehen, warum, aber sein treuer Diener haßte sogar Miss Butters' Schatten.

»Ja, allerdings«, empörte sich Enders. »Sie hat ihre Vorlieben für spezielle Mahlzeiten kundgetan. Und ihre Allergien. Ebenso wie Dinge, die ihrem empfindlichen Gaumen nicht mundeten und so weiter.«

»Mein Gott.«

»Sehr wohl, Mr. Breaker.« Enders zupfte etwas Unsichtbares von einem kurzen Ärmel. »Allerdings scheint Mrs. Midgely sozusagen das Gebiß zwischen die Zähne bekommen zu haben. Miss Butters – die es sich übrigens anders überlegt zu haben scheint und nun doch keine Ruhepause mehr braucht – sagte, sie sei regelmäßige Mahlzeiten mit einem gewissen Abwechslungsreichtum gewöhnt, und Mrs. Midgely verhielt sich, als wäre es ihr eine Ehre, unserem neuen *Gast* jeden Wunsch zu erfüllen.«

»Ich verstehe nicht recht, was das mit mir zu tun hat.«

»Mrs. Midgely hat sich entschieden, etwas der Gelegenheit Angemessenes zu tun. Sie hat mir mitgeteilt, sie sei sicher, daß es auch Ihr Wunsch wäre, wenn unsere Gäste gut versorgt werden. So kam es zu der Dinnerparty. Mr. Gill und seine Freundin, diese Miss Hart, haben ihre Anwesenheit angekündigt.«

»Chuck ist gerade weg. Er hat kein Wort über dieses frohe Ereignis verloren.«

»Er war wahrscheinlich von der Aussicht des Kommenden überwältigt, Sir. Vielleicht hatte er das Gefühl, daß es ihm nicht gelingen würde, in angemessener Weise seine Begeisterung zum Ausdruck zu bringen?«

»Ich verstehe kein Wort.«

»Ich habe Mrs. Midgely wissen lassen, daß es unwahrscheinlich wäre, wenn Sie ihren Enthusiasmus teilten. Das schien sie aber unwichtig zu finden. Campbell soll zum Lagunenbungalow hinuntergehen und persönlich die Einladung überbringen. Dann wird er Miss Dean zum Haus begleiten. Offensichtlich gab es gewisse Zweifel, ob die Dame in der richtigen Stimmung sein würde.«

Sinjun stand langsam auf.

Enders' Lächeln war alles andere als anziehend. »Wie Sie wahrscheinlich wissen, ist Fran Simcox am heutigen Abend nicht hier. Ansonsten bin ich sicher, daß sie gekommen wäre.«

»Hat irgend jemand daran gedacht, mich zu fragen, ob ich so eine verdammte Dinnerparty will?«

»Ich frage Sie ja gerade, Mr. Breaker. Nur ein Wort von Ihnen, und ich werde Sie entschuldigen.«

»Tun Sie das.«

»Sehr gut. Ich werde Campbell daran hindern, zu Miss Dean zu gehen. Wenn die anderen kommen, werde ich sie wegschicken. Mit etwas Glück können wir Willis noch erreichen, bevor er seinen Bungalow verläßt.«

»Willis?« Willis sagte kaum je ein Wort und nahm schon

überhaupt nicht an gesellschaftlichen Abendessen mit einer größeren Gruppe teil. »Warum sollte Mrs. Midgely Willis einladen? Und wie in Gottes Namen hat sie es geschafft, daß er zustimmte?«

»Hat sie gar nicht.«

»Aber Sie haben doch gerade gesagt –«

»Miss Butters hat ihn eingeladen.« Enders bewegte den Hals wie eine nervöse Schildkröte. »Und er hat angenommen.«

In diesem Augenblick fiel Sinjun ein, wie sehr er sich langweilte. »Ach, Teufel auch. Warum sollte ich allen anderen den Spaß verderben, nur weil ich nicht in Stimmung bin? Sollen sie ruhig kommen.«

Vielleicht würde sich das Ganze als sehr amüsanter Abend herausstellen.

9

Campbell Midgelys beunruhigend unschuldiges Lächeln und sein gleichermaßen unschuldiger Blick gaben Angelica das Gefühl, als sollte sie besser wegsehen. »Wollten Sie irgend etwas?« fragte sie ihn. Sie war zur Tür gegangen, als er geklopft hatte, aber er hatte noch kein Wort gesagt.

»Campbell?«

Er atmete durch die Nase ein und breitete die Hände vorn auf seinem grauen T-Shirt aus. Teilweise verdeckt von seinen Fingern, stand da die geistreiche Feststellung: IM TOD SIND WIR ALLE EINS. Sein Lächeln war noch strahlender geworden.

Angelica fühlte sich kurzfristig unbehaglich. »Möchten Sie gern hereinkommen?« Sie hoffte, er würde ablehnen.

»Oh, ja.« Campbell, ein gestandener Einundzwanzigjähriger mit kurzgeschnittenem, dunklem Haar betrat den Bungalow. »Geht es Ihnen wieder besser? Ich wäre schon früher gekommen, aber ich wußte, Sie würden noch mitgenommen sein. Manchmal muß man einfach allein sein, um den Schmerz heilen zu lassen.«

»Mir geht es sehr gut, danke.« Abgesehen vom letzten Rest der Kopfschmerzen, die sie überfallen hatten, kurz nachdem Lorraine gegangen war.

»Sie sind sehr tapfer.« Er berührte ihre Wange.

Angelica konnte sich kaum bremsen, einen erschreckten Hopser zur Seite zu machen. »Danke.«

»Und sehr, sehr schön.« Die Berührung wurde zu einem flüchtigen Streicheln, dann ließ er seine Hand sinken.

Dieser Tag war bis jetzt ein elender Alptraum gewesen, und es sah nicht danach aus, als würde sich das bessern. »Danke, daß Sie so freundlich sind«, sagte Angelica. »Sind Sie aus irgendeinem speziellen Grund gekommen?«

»Ja.«

Sie neigte den Kopf zur Seite.

»Man hat mich geschickt, um Sie zu *seinem* Haus zu begleiten. Aber zuerst will ich ganz sicher gehen, daß Sie verstehen, daß Sie hier nicht allein sind. Ich werde es nicht zulassen, daß Ihnen irgend etwas Böses zustößt.«

Angelicas Kopfhaut zog sich unangenehm kribbelnd zusammen. »Das ist nett von Ihnen, aber ich bin doch in Sicherheit.«

»Ich werde Ihnen ein Geheimnis erzählen, weil ich weiß, daß ich Ihnen vertrauen kann.«

Sie hob eine Hand, um ihn daran zu hindern, doch er sprach unbeirrt weiter.

»Meine Mutter weiß es noch nicht, weil ich es ihr noch nicht verraten habe. Es würde sie beunruhigen. Ich weiß, wann der richtige Augenblick kommt, um es ihr zu sagen. Ich bin nicht mehr am College in Berkeley.«

Angelica rang die Hände. Sie wollte seine vertraulichen Mitteilungen nicht.

»Als ich erst einmal entdeckt hatte, wo meine wahre Mission liegt, wollte ich dort nicht mehr bleiben.«

Sie nahm an, daß sie es später bereuen würde, fragte aber dennoch: »Was ist Ihre wahre Mission, Campbell?«

»Die Harmonie im Leben mit meinen Mitmenschen zu finden – Männern und Frauen. Ich habe die große Gabe des Mitgefühls mit all jenen bekommen, die leiden, weil sie zu sanft sind. Besonders mit Frauen, denn sie sind am verletzlichsten. Meine Aufgabe ist es, die Schwachen zu retten und zu beschützen. Und ihre Angreifer zu bestrafen.«

»Oh.« Angelicas Magen vollführte einen Salto. »Das klingt ja sehr heroisch. Wenn ich je einen Beschützer brauche, werde ich es Ihnen sagen. Aber vielen Dank, daß Sie sich Sorgen um mich machen«, fügte sie eilig hinzu.

Sein Lächeln wurde sphinxhaft. »Ich verstehe. Sie sind noch nicht bereit, meine Hilfe anzunehmen, aber das ist schon in Ordnung. Denken Sie nur immer daran, daß ich für Sie da bin. Und gehen Sie *ihm* so gut wie möglich aus dem Weg.«

»Meinen Sie Mr. Breaker?« fragte sie.

»Er ist ein grausamer Mann. Sie sind nicht die erste Frau, die ihm mit seinem gedankenlosen Zorn zum Opfer gefallen ist. Ich werde ihn beobachten.«

Sie sah in sein eindringliches, glühendes Gesicht. Ein so netter, offener Bursche. »Tja, also –«

»Ich hatte das Glück, einer Gruppe von Menschen zu begegnen, die mir geholfen haben zu verstehen, was auf dieser Welt meine Aufgabe ist. Sie waren besorgt, weil ich mich entschlossen habe, von ihnen für eine Weile fortzugehen, aber sie hätten sich keine Sorgen zu machen brauchen – es war mein Schicksal, daß ich hierherkam. Es gibt hier Arbeit für mich.« Seine Augen verloren den Ausdruck von Abwesenheit. »Sie sollen zum Abendessen kommen.«

Zuerst dachte sie, sie hätte nicht richtig gehört. »Wie bitte?«

»Ich soll Sie zu *seinem* Haus begleiten, wo Sie zu Abend essen sollen. Chuck wird da sein. Und Lorraine.« Er schloß kurz die Augen. »Auch Ihre Freundin, Miss Butters. Und dann werden auch Mr. Lloyd-Worthy und Willis kommen. Miss Simcox ist heute abend in Kauai. Natürlich wird auch Mr. Breaker anwesend sein.«

Noch einmal Lorraine gegenübertreten – und das dazu im selben Zimmer mit Sinjun? »Nein!« Angelica richtete sich steil auf. »Nein, ich fürchte, das wird nicht möglich sein. Ich habe einiges zu tun. Bitte entschuldigen Sie mich.«

»Meine Mutter hat mich gebeten, Ihnen zu sagen, daß sie eine besondere Mahlzeit auf Wunsch von Miss Butters zubereitet. Miss Butters hilft bei den Vorbereitungen.«

»Mein Gott.« Man konnte sich fest darauf verlassen, daß Brenda sich stets sofort irgendwo zu Hause fühlte.

»Das hat Mr. Lloyd auch gesagt.« Campbell grinste und wurde dadurch urplötzlich in einen überzeugend normalen jungen Mann verwandelt. »Sie hätten sehen sollen, wie er sie angeschaut hat. Hah! Als käme sie von einem anderen Stern. Er murmelte immer wieder etwas über Bauern und Philister und *Yorkshire.* Ich glaube nicht, daß Mr. Lloyd-Worthy Yorkshire besonders mag.«

Jetzt mußte Angelica auch lächeln. »Also ein Abendessen, wie?«

»Jawoll. Und davor Cocktails. Meine Mutter amüsiert sich herrlich.«

»Und um welche Zeit soll ich dort sein?«

Er sah auf seine Uhr. »Jetzt gleich für die Cocktails. Abendessen in einer Stunde.«

Sie würde sich drum kümmern müssen, ihre restlichen Kleider aus Kauai holen zu können. »Eleganter als so kann ich mich nicht ausstaffieren.« Sie breitete die Arme aus und schaute an dem kurzen Gitterkleid aus weißem Baumwollstoff herunter, das sie über einem engen, roten Oberteil und passenden Leggings trug. »Ich glaube nicht, daß es das Geeignete für eine Dinnerparty ist, oder?«

Als Campbell ihre Kleidung betrachtete – mit äußerster Konzentration –, wünschte Angelica, sie hätte die Frage nicht gestellt.

»Ich finde, Sie sehen wunderbar aus«, sagte er schließlich beeindruckt. »Aber vielleicht sollten Sie einen dickeren Pulli anziehen?«

Er hatte offensichtlich *ganz* genau hingesehen. Sie nickte. »Ich komme mit. Und einen zusätzlichen Pulli brauche ich nicht.« Denn einer Sache war sie sich sicher: Jedesmal, wenn Mr. Breaker sie sah, hatte er eine deutliche körperliche Reaktion auf sie. Vielleicht konnte sie das zu ihrem Vorteil nutzen – selbst wenn er ihr angst machte. Sie lächelte Campbell zu. »Ich bürste mir nur noch die Haare, dann komme ich mit.«

Auf einen unvoreingenommenen Beobachter hätte die Terrasse, die auf drei Seiten von einem üppig bewachsenen, ummauerten Garten umgeben war, eventuell angenehm und luxuriös gewirkt. Sinjun hatte das Gefühl, als wäre er entweder in einer Wiederholung von »Dallas« oder in einer Szene aus einer schlechten Seifenoper.

Und sie war noch nicht gekommen.

Er ging an die Ecke, die von seinen »Gästen« am weitesten entfernt war, und lehnte sich ans Holzgeländer. Ein plötzlicher, schwerer Regen hatte die Erde weich und duftend gemacht. Tropfen fielen aus den Bananenpflanzen, die in einer Ecke des Gartens beieinanderstanden. Der gardenienähnliche Duft der weißen Blüten einer Kaffeepflanze erfüllte die schwüle Luft.

Warum zum Teufel brauchte sie so lange?

Sinjun schaute hinaus zu den Teichen von flackerndem orangenem Licht, das die dort aufgestellten Fackeln warfen.

»Was denken Sie, wann wohl Mr. Willis erscheinen wird?« klang die sonore Stimme der Butters.

»Willis«, verbesserte Enders tonlos. Heute abend trat er offensichtlich in der Rolle des zweiten Gastgebers auf.

»Ja, genau das habe ich gesagt.«

»Er ist nicht *Mr.* Willis. Nur Willis.«

»Und wie ist sein Nachname?«

»Irgend etwas Unaussprechliches mit vielen Vokalen«, sagte Lorraine. Die Wodka-Tonic, die sie trank – meistens ohne Tonic –, machten ihre Aussprache schon leicht undeutlich. »Nur keine Sorge, Sie kleine… Tja, also, wie auch immer, ich meine wegen Willis. Er wird nicht kommen. Das hier ist nicht die Art von Veranstaltung, die er mag.«

Als hätte jemand auf einen Knopf gedrückt, tauchte eine mächtige Gestalt auf dem Weg am anderen Ende des Gartens auf. Willis, der vergeblich versucht hatte, seine Erscheinung durch ein weiches, blaues Hemd und graue Hosen zu bändigen, schlenderte auf die Veranda zu.

Wortlos verschwand er im Haus. Brenda Butters warf den Kopf in den Nacken und lachte kehlig. »Er ist wirklich *prächtig.* Unwahrscheinlich *sexy.* Mein Gott, man hat das Gefühl, als müßte man ihm die Kleider vom Leib reißen, finden Sie nicht?«

In dem Loch aus Schweigen, das auf diese Bemerkung folgte, sah Sinjun endlich, worauf er gewartet hatte. Angelica Dean, in der Begleitung von Campbell Midgely, kam zwischen den Pflanzen zur Terrasse herauf.

»Angel!« rief Brenda. »Da bist du ja. Warum in Gottes Namen hast du denn so lange gebraucht? Du versäumst eine wunderbare Party.«

Sollte die laute Art ihrer Freundin ihr peinlich sein, so ließ sich Angelica nichts anmerken. Sie reckte sich, gab Brenda einen Kuß auf die Wange und tätschelte ihr den Arm, dann wandte sie sich dem Rest der Gruppe zu. »Hi. Tut mir leid, daß ich zu spät komme, aber ich habe gerade erst von der Veranstaltung erfahren.«

Sinjun blieb im Schatten. Sie wirkte umwerfend in ihrem Understatement. Schon möglich, daß sie zart gebaut war, aber jeder Zentimeter war verlockend. Die Haare hatte sie zu einem üppigen Knoten hochgesteckt, und einzelne Löckchen kringelten sich um ihr Gesicht. Sie trug ein loses Ding in der Art eines weiten, groben Baumwollnetzes. Wenn es nicht die Funktion hatte, die Blicke auf ihre runden, vollen Brüste in einem engen, trägerlosen Oberteil zu ziehen, war es völlig sinnlos. Als Schutz vor Zugluft hatte es sicher keinerlei Wirkung.

Dieses enganliegende Top würde sich problemlos herunterrollen lassen.

Er verlagerte das Gewicht auf das andere Bein.

Campbell murmelte etwas und eilte ins Haus. Lorraine, die an Chucks Arm hing, ging auf Angelica zu.

»Wie geht's mit der Biographie?«

»Prima, danke.«

Lorraine trug ein kniekurzes Kleid aus einer Art dünnem Silberlamée. Ein Schlitz zog sich an einer Seite bis zum Schenkel nach oben. Das versteifte Oberteil bändigte Lorraines überquellende Brüste nur mühsam.

»Was kann ich Ihnen zu trinken bringen, Miss Dean?« fragte Enders. Als sie zögerte, fügte er hinzu: »Mein Chablis mit Zitrone ist sehr erfrischend. Ich gieße ihn auf zerstoßenes Eis.«

»Danke«, sagte Angelica so leise, daß Sinjun es kaum verstand. »Das klingt herrlich.«

»Klingt wie Partypunsch für einen Kindergeburtstag«, verkündete Lorraine. »Warum schließen Sie sich nicht den Erwachsenen an und trinken einen Wodka-Tonic?«

»Der Chablis ist genau richtig für mich.«

Brenda hatte sich ihren Stuhl so hingestellt, daß er den Blick in Richtung Haus freigab. Sie trug grüne Hosen mit passendem Hemd – diesmal aus Seide – und saß mit ausgestreckten langen Beinen da. »Was denkt ihr, was Willis so lange im Haus macht?« fragte sie.

Niemand antwortete.

»Was gibt's zum Abendessen?« fragte Chuck Enders.

»Mrs. Midgely gibt sich geheimnisvoll, aber –«

»Eine Überraschung«, grinste Brenda. »Sie müssen abwarten.«

»Mein Gott, hoffentlich ist es nicht irgend so ein Gesundheitszeug«, murmelte Chuck. »Da bekommt Sin einen Anfall.«

»Bekommst du davon einen Anfall, Sin?« fragte Lorraine laut. »Hör auf, dich da hinten zu verstecken. Komm her zu uns.«

Er löste sich vom Geländer und schlenderte näher. »Guten Abend, Angelica. Schön, daß Sie kommen konnten.«

Eine Weile sah sie ihm fest in die Augen. Dann wandte sie sich abrupt ab. »Spuck's aus, Brenda«, sagte sie. »Wozu hast du die arme Frau überredet?«

Sinjun starrte ihren Rücken an, ihre weich gerundeten Hüften unter dem durchsichtigen weißen Oberteil. Er klappte den Mund auf und spürte, wie sein Puls an einem momentan unerwünschten Punkt zu pochen begann. Sie machte ihn wirklich heiß – auf der Stelle.

»Wenn sie dir Alfa-alfa-Blinis mit Bohnenmehlsauce servieren, werde ich dich einfach nach Hause nehmen und dir ein richtiges Männeressen kochen müssen«, flötete Lorraine und verlagerte ihr Gewicht von Chucks Arm auf den von Sinjun. Mit einer provozierenden Drehung brachte sie ihre Brüste gefährlich nah zum Überquellen. »Ich weiß, ich habe genau das, was dich zufriedenstellt.« Sie lehnte sich an ihn, und während er in Chucks ausdruckslose Augen sah, spürte Sinjun, wie ihre Zunge um sein Ohrläppchen spielte.

»Chuck hat wirklich Glück«, sagte er ruhig und löste Lorraines Finger von seinem Arm. »Kein Wunder, daß er es immer eilig hat, nach Hause zu kommen.«

Chuck zeigte ein lässiges Grinsen, und Sinjun spürte, wie die Spannung in seinen Schultern sich löste. Was gab es nur für eine Möglichkeit, diese Vogelspinne loszuwerden? Wenn er Zeit hatte, würde er sich darüber Gedanken machen.

»Schmeckt es Ihnen?« Als Brenda sah, daß Willis schon im Eßzimmer war, dirigierte sie ihn zum Tisch und setzte sich neben ihn. Jetzt sah sie zu, wie er einen Löffel Suppe aß. »Finden Sie nicht, daß das Aroma einen regelrecht anspringt?«

Angelica betrachtete Willis' leidenschaftsloses Gesicht und schaute hinunter auf ihre Schüssel mit dünner, grünlicher Suppe. Sie tauchte ihren Löffel hinein, und nicht identifizierbare Teile schwammen über die Oberfläche.

»Ich bitte Sie«, sagte Brenda, und ihre Augen glitzerten vor Übermut. »Sagen Sie was, Willis.«

Willis sah sie schweigend an und fuhr fort zu essen.

Neben ihr auf der anderen Seite schaffte es Enders Lloyd-Worthy nicht ganz, sein Lächeln zu verbergen. »Sie ist zweifellos, äh, *vollmundig*«, sagte er. »Ich bin mir nur nicht sicher, welches eigentlich das Hauptgemüse ist.«

»Frucht, nicht Gemüse«, erklärte Brenda. »Gehackte Feigen. Die sind sehr gesund. Sie bekommen davon Haare auf der Brust, warten Sie's ab.« Sie lachte und gab ihm einen Schlag auf den Rücken.

Enders lächelte jetzt wirklich, und Brenda stieß ihn mit der Schulter an. »Ich wußte doch, daß Sie da drin ein Quentchen Humor haben.«

»Ich sehe hier keinen Mann, der noch mehr Haare auf der Brust *braucht*«, sagte Lorraine und beugte sich zur Seite, damit Campbell, der sie bediente, ihr Glas mit Wein auffüllen konnte. »Was meinen Sie, Angelica?«

Angelica ignorierte die Frage.

Lorraine wandte sich Chuck, rechtes neben sich, zu und schob ihre Hand in sein Hemd. »Hmm. Nein.« Sie streichelte ihn und sah in sein Gesicht. »Hier ist alles in Ordnung.«

Chuck zog ihre Hand weg, feixte und aß mutig die Suppe weiter, die Angelica zu süß fand.

»Was ist mir dir, Sin?« Lorraine lehnte sich nach links und zupfte an einem Knopf seines weißen Hemdes.

Er schob den Suppenteller weg, verschränkte seine Unterarme auf dem Tisch und sah sie lässig an.

»Dunkelhaarige Männer sind immer so *animalisch.*« Sie nestelte den Knopf aus dem Knopfloch und strich mit der Rückseite ihrer Finger über das schwarze Haar, das dabei zum Vorschein gekommen war.

Angelica fühlte sich elend. Warum konnte jemand, der so nett war wie Chuck Gill, sich mit einer Frau abgeben, die sich betrank und für ihn nur peinlich war?

»Genug jetzt, Lorraine«, sagte Sinjun ruhig.

Zum ersten Mal sah Angelica eine Spur von Unsicherheit in den violetten Augen der Frau, doch nur für einen Moment. Gleich darauf kicherte sie und streichelte ihre rechte Brust, wobei sie ihre Finger in das spärliche Oberteil des silbernen Kleides steckte. »Ich glaube wirklich nicht, daß ich Feigensuppe essen muß«, sagte sie und streichelte genüßlich ihren Busen. »Meine Brust ist genau richtig, so wie sie ist.«

Ein hölzerner Ventilator an der Decke bewegte die warme Luft im Zimmer. Niemand sagte etwas.

Sinjun saß Angelica gegenüber. Sie versuchte, ihm nicht in die Augen zu sehen, was ihr mißlang. Er starrte sie unverwandt an. Lorraine hatte sein loses Hemd offenstehen lassen, so daß sein Schlüsselbein und klar geformte Muskeln zu sehen waren – und schwarze Haare.

Er lächelte, nur ein kleines bißchen.

Angelica erwiderte das Lächeln. Sie konnte nicht anders.

Aus unsichtbaren Lautsprechern ertönten sehr leise die Klänge eines Sopransaxophons, das Bebop spielte. Die Wirkung war seltsam widersinnig und hypnotisch.

Sinjun bewegte sich kaum sichtbar zum Rhythmus passend.

»Ich glaube, es ist Zeit für den nächsten Gang«, sagte Brenda.

»Kommt schon«, erwiderte Campbell und räumte die Suppenteller ab.

Sinjun neigte den Kopf, und das Lächeln spielte immer noch um seinen klar gezeichneten Mund. Er hob eine dunkle, geschweifte Augenbraue.

Angelica öffnete den Mund, um angestrengt einzuatmen.

Campbell begann mit konzentriert gerunzelter Stirn frische Teller vor jeden zu stellen. »Ein farbenfrohes Mahl«, kommentierte er, was Angelica überraschte.

»Tja«, sagte Mr. Lloyd-Worthy. »Das sieht ja sehr vielversprechend aus.«

Das Kerzenlicht machte aus Sinjuns Gesicht eine Schattenlandschaft aus schroffen Kanten und tiefen Höhlen.

»Also gut, Willis«, sagte Brenda. »Sagen Sie mir, was darin ist.«

Sinjuns Lippen öffneten sich eine Spur.

Angelicas Lippen waren trocken. Sie befeuchtete sie mit der Zunge.

Sinjuns Blick richtete sich auf ihren Mund.

»Nein«, hörte Angelica Chuck sagen.

»Aber ich *will* noch mehr Wein«, sagte Lorraine zu Campbell. »Oder noch besser, hol mir einen Wodka-Tonic.«

»Das hier ist köstlich«, begeisterte sich Mr. Lloyd-Worthy. »Sagen Sie das Ihrer Mutter, Campbell. Das Hühnchen schmilzt regelrecht auf der Zunge.«

»Ha!« Brenda deutete mit ihrer Gabel auf seinen Teller. »Das ist kein Hühnchen, das ist Tofu. Pfifferlinge, Auberginen, Paprika. Die Pfifferlinge waren tiefgefroren, aber sie sind nicht schlecht. Sehen Sie sich die Paprika an. Mrs. Midgely ist eine Zauberkünstlerin. Sie hat alles in ihrer Küche. Die Sauce ist aus bitteren Melonen und Shoyu gemacht. Dieser Ort ist ein wahres Paradies für Vegetarier.«

»Es schmeckt gut«, sagte Angelica und pickte sich die Auberginenstücke heraus, weil sie Tofu nicht leiden konnte.

»Angelica, wie kam es, daß Sie sich gerade Sin ausgesucht haben?«

Lorraines plötzliche Frage erschreckte Angelica. Sie erholte sich aber schnell und antwortete: »Als Thema für eine Biographie?« Diese Frage hatte sie irgendwann erwartet. »Ich habe eine Menge Zeit bei der Lektüre von Finanzblättern verbracht. Nach einer Weile konnte ich die vielen Namen selektieren – bis auf eine Handvoll von Kandidaten. Bei denen stellte ich dann gezielt Nachforschungen an.«

»Auf der Suche nach dem Mann mit dem heißesten Privatleben?«

»Lorraine«, sagte Chuck. »Vielleicht sollten wir heute früh ins Bett gehen.«

»Ich amüsiere mich gut. Sinjun hat doch das heißeste Privatleben, oder? Die saftigsten *Geheimnisse?*«

»Ein langweiliger Mann ist er bestimmt nicht«, erklärte Angelica in dem Versuch, das Gespräch unverbindlich zu halten.

»Ich bin Aschenputtel«, griente Sinjun und schien sich bei diesem Abendessen wirklich gut zu amüsieren.

Lorraine gab ein kreischendes Lachen von sich. »Das ist einmalig. Voll geiles Aschenputtel.«

»Also wirklich«, sagte Mr. Lloyd-Worthy kopfschüttelnd.

Brenda machte »Ts, ts« wie er und grinste.

»Nicht so wahnsinnig originell«, sagte Angelica und versuchte nicht, ihr wissendes Lächeln in Sinjuns Richtung zu verbergen.

»Ich muß früh aufstehen.« Chuck schien sich nicht so gut zu amüsieren.

Lorraine schwenkte unstet ihr Glas. »Und arbeitet Aschenputtel mit Ihnen zusammen?«

»Der Anfang war schon recht vielversprechend.«

»Kann ich mir vorstellen. Können Sie uns Zahlen geben, wie oft Sie es getan haben? Ich meine über seine Kooperation verhandelt.«

»Lorraine –«

»Ach sei doch still, Chuck. Ich unterhalte mich gerade.«

»Irgendein besonderes Ziel geplant für morgen, Chuck?«

Beim Klang von Willis' tiefer, ruhiger Stimme verstummten die anderen.

»Er spricht«, sagte Brenda schließlich. Sie gab seinem massiven Bizeps einen freundlichen Boxhieb. »Das sollten Sie öfter tun.«

Willis wandte ihr seinen undurchdringlichen Blick zu. »Warum?«

»Weil mir der Klang Ihrer Stimme durch und durch geht, bis zu einer Stelle irgendwo tief unten, wo es dunkel und warm ist.« Brenda schlug sich erschrocken eine Hand auf den Mund. »Oh, ich wollte nicht, daß es so klingt, wie es gerade rausgekommen ist.«

Lorraines Mund wurde zu einer dünnen Linie. »Wer's glaubt, wird selig – wie eine läufige Hündin.«

»Ich muß den Eurocopter zur Werkstatt bringen«, mischte sich Chuck eilig ein. »Das vordere Ladegetriebe klingt seltsam.«

Willis widmete seine Aufmerksamkeit wieder seinem Teller.

Mr. Lloyd-Worthy beugte sich über den Tisch. »Bringen Sie dann auch Miss Simcox mit?«

»Ja.«

»Ah, gut. Und denken Sie, daß Sie bis zum frühen Abend zurücksein werden? Ich habe eine Nachricht aus Seattle erhalten, zu der ich gern ihren Rat einholen möchte. Bis morgen abend soll ich antworten.«

Lorraine kicherte laut. »Brauchen Sie Frans Hilfe bei Ihren Liebesbriefen?«

»Genaugenommen bin ich gerade dabei, ein Kunstwerk zu erwerben. Und da ist der Zeitpunkt wichtig. Es sollte eine Nachricht von mir in Seattle bei der Händlerin sein, wenn diese aus New York zurückkehrt. Ich halte sehr viel von Miss Simcox' Meinung in diesen Dingen.«

»Ich werde Fran mit zurückbringen«, sagte Sin. »Ich fliege mit Chuck hinüber und werde auf dem Rückweg einen anderen Hubschrauber nehmen. Wir brauchen einen zweiten, und dieser käme in Frage. Keine Sorge. Wir sind bestimmt rechtzeitig wieder da.«

»Dann wäre das ja auch geklärt«, sagte Chuck. »Ich bin jetzt wirklich müde. Also, würdet ihr uns bitte entschuldigen?«

Wortlos stand Willis auf und verließ das Zimmer.

»Ich schätze, er ist wohl auch müde«, sagte Brenda. »Ich persönlich werde noch bleiben bis zu den Lychees in Weinbrand. Was ist mit den anderen?«

»Unbedingt«, sagte Mr. Lloyd-Worthy.

»Ich nehme nur den Weinbrand«, sagte Lorraine.

Angelica schob ihren Stuhl zurück. »Das klingt gut, aber ich passe. Ich habe heute abend noch einiges zu tun.«

»Ich begleite Sie gern.« Campbell legte eine Hand auf ihren Rücken, und Angelica spürte wieder, wie sie innerlich zurückschreckte.

»Das ist nicht nötig. Vielen Dank trotzdem. Schließlich brauche ich mir ja keine Sorgen wegen Schlangen und wilder Tiere zu machen, oder?« Ausgenommen die zweibeinigen.

»Es gibt Wildschweine«, erklärte Campbell ernsthaft. »Und im Dunkeln macht der Dschungel Leuten angst, die leicht zu erschrecken sind.«

Sinjun erhob sich von seinem Stuhl und ging um den Tisch herum. Neben Angelica machte er eine scherzhafte Verbeugung und bot ihr seine offene Hand an.

Sie zögerte einen Moment, dann legte sie ihre Hand hinein.

Er half ihr beim Aufstehen. »Keine Sorge, Campbell«, sagte er. »Ich kümmere mich darum, daß die junge Dame heute abend sicher bis in ihr Bett kommt.«

10

»Es gibt eine sehr starke Anziehungskraft zwischen uns, Angelica.«

Sie paßte beim nächsten Schritt nicht richtig auf und stolperte in Sinjuns Rücken. Er drehte sich sofort um, aber sie beeilte sich, den Abstand wieder herzustellen.

»Geben Sie zu, daß ich recht habe?«

Sie waren bisher schweigend durch den Dschungel gewandert, Sinjun voraus.

»Angelica?«

Sie versuchte, an ihm vorbeizugehen, aber er griff nach ihrem Arm. »Ich will zurück zum Bungalow«, erklärte sie ihm.

»Da kommen Sie schon hin. Lassen Sie mich vorausgehen. Ich finde mich auch im Dunkeln zurecht, Sie nicht.«

Das Mondlicht durchdrang das Blätterwerk über ihren Köpfen kaum. Sinjun ging weiter, und Angelica folgte ihm. Aus der Ferne hörte sie das Geräusch von Wellen auf dem Strand. Grillen zirpten aus Leibeskräften. Irgendwo in der Nähe flötete ein Vogel eine schnell abfallende Tonleiter.

»Wenn man der Wahrheit aus dem Weg geht, wird sie dadurch nicht verschwinden.«

Von der Sekunde an, als er sie aus dem Haus und in die samtene Nacht geleitet hatte, war ihr klargewesen, daß sie in Schwierigkeiten steckte.

Bis zu diesem Moment hatte sie jedoch nicht gewußt, wie groß die Schwierigkeiten werden würden.

»Also gut«, sagte er. »Probieren wir's aus einem anderen Blickwinkel. Welche speziellen Breaker-Nüsse versuchen Sie gerade zu knacken?«

»Ich werde eine ganze Weile an Breakers Beziehungen zu anderen Menschen arbeiten.«

»Mit anderen Worten: meinem Liebesleben. Und wie kommen Sie voran?«

»Ich dachte, ich warte, bis Sie mir die wirklich persönlichen Sachen erzählen.«

»Warum finde ich das irgendwie schwer vorstellbar?«

Angelica fühlte sich, als säße sie in der Falle. Er war ein großer, kräftiger, ungeheuer selbstbewußter Mann. Er wirkte erotisch ausgesprochen anziehend auf sie, und das wußte er. Er wußte sicher auch, daß, während sie hinter ihm herstolperte, ihr Herz bis zum Hals schlug, ihr Kopf dröhnte und sie den klaren Gebrauch ihres Verstandes mehr oder minder verloren hatte.

Was er allerdings nicht wußte, war, daß die wirkliche Angelica Dean das reife Alter von achtundzwanzig Jahren erreicht hatte, ohne je mit einem Mann geschlafen zu haben. Am Küssen hatte sie bei mehreren Gelegenheiten Gefallen gefunden – und an körperliche Nähe auch –, aber jeder weitere Schritt hatte sie in die Flucht geschlagen. Intensives Petting war etwas, das andere Frauen unternahmen, nicht aber Angelica. Sie hatte noch nie einen Mann nackt gesehen. Sie hatte immer geglaubt, das läge daran, daß sich die richtige Gelegenheit einfach noch nicht geboten hatte. Als Sinjun sie geküßt – und gestreichelt – hatte, war ihre Reaktion verblüffend gewesen, doch das war sicher der bizarren Situation zuzuschreiben und ihrem teuflisch hohen Adrenalinspiegel. Sie hatte allerdings wirklich gewollt, daß er sie küßte, und sich eine kurze Weile nach viel mehr gesehnt.

Der Augenblick war gnädigerweise vorübergegangen. Und Angelica, die Eisprinzessin, war nicht ramponiert.

»Haben Sie herausgefunden, daß ich Frauen nicht konsumiere wie belegte Brote?« sagte er. »Hat Ihnen jemand gesagt, daß ich in der Beziehung eher zurückhaltend bin?«

»Sozusagen schüchtern?« stichelte sie spontan.

Er lachte. »Wir wollen die Glaubwürdigkeit nicht zu sehr strapazieren.«

»Sie haben auf jeden Fall gut hinter sich aufgeräumt.«

Er blieb plötzlich stehen, doch diesmal rempelte sie ihn nicht an.

»Was meinen Sie damit?« fragte er, ohne sich umzudrehen.

Ihr Herz setzte einen Schlag aus, pochte heftig und sezte erneut einen Schlag aus. »Ich habe nur zu angestrengt versucht, schlagfertig zu klingen. Das gehört zu der Sache mit dem Aschenputtel, dem voll... Also, zu der Geschichte gehört auch die Zeile mit dem guten Aufräumen.«

»Aha. In anderen Worten, es ist mir gelungen, meine Gassenjungenherkunft geschickt zu verbergen. Vielen Dank.« Er ging wieder weiter.

Ohne Vorwarnung fiel Angelica die Lebensweisheit ein, die Mama stets von sich gegeben hatte: *»Wenn du dich einmal einem Mann hingegeben hast, bist du gebraucht.«* Sie hörte regelrecht die Stimme ihrer Mutter, als stände sie neben ihr. *»Männer jagen und fangen Frauen. Dann ist ihr Interesse weg. Vergiß das nicht.«*

Offensichtlich hatte Mama selbst sich nicht entsprechend ihrem eigenen Ratschlag verhalten. Aber die Warnung mußte ihr persönlich tief unter die Haut gegangen sein, dachte Angelica. Sie hatte die besten Chancen, eine lediglich gejagte und schließlich vergessene und einsame Frau zu werden.

Sinjun brach das Schweigen. »Seien Sie vorsichtig hier.«

Sie kamen aus dem Dschungel aufs Gras, und er bog scharf nach links ab – weg vom Bungalow.

Angelica zögerte und rief: »Danke, daß Sie mich nach Hause gebracht haben. Gute Nacht.«

»Kommen Sie mit«, sagte er, ohne in seinem Schritt innezuhalten.

Sie machte den Mund auf, um ihm zu widersprechen, wußte aber nicht so recht, was sie sagen sollte.

»Kommen Sie schon, Angel. Riskieren Sie mal was.«

Was brachte ihn auf den Gedanken, daß sie nicht jetzt schon mit vollem Risiko lebte?

Die Entfernung zwischen ihnen wurde größer.

Sie war hergekommen, um Zeit mit diesem Mann zu verbringen! Also!

Angelica beeilte sich, ihn wieder einzuholen, und trabte hinter ihm her.

»Es ist genug Platz neben mir.«

Er wartete, bis sie aufgeholt hatte, lief mit ihr an dem Beet östlich des Rasens vorbei und hügelabwärts durch grasbewachsene Erhebungen und sandige Mulden, bis sie an einem schmalen Streifen flacher Felsen ankamen. Die Felsen, die im Mondlicht glänzten, trennten das Land vom Strand und dem schimmernden, dunklen Wasser dahinter.

»Sie haben das Schönste an meiner Insel noch nicht gesehen, Ma'am.« Er streckte ihr seine Hand hin, wie er es schon im Eßzimmer getan hatte, und diesmal zögerte sie nicht, sie zu ergreifen. »Wenn Sie über mich schreiben wollen, müssen Sie auch sehen und verstehen, was meine Batterien wieder auflädt. Das hier gehört dazu.«

»Das hier?« Sie hielt sich an ihm fest und kletterte vorsichtig über die rutschigen Felsen.

»Draußen in der Welt des Geschäftemachens muß ich einen ganz bestimmten Typ Mann darstellen. Ich kann ganz gut mit ihm. Ich mag ihn sogar. Na ja, ich sollte besser sagen, ich respektiere ihn dafür, daß er die Arbeit erledigt. Er ist hart, berechnend und erfolgreich. Hier bin ich anders. Dieser Ort hier, genau wie Sie ihn jetzt sehen, nachts, ist meine andere Seite. Wenigstens stelle ich sie mir so vor. Sie ist grüblerisch, milder, friedlich. Es ist die Seite, die von dem Mann ernährt wird, den ich manchmal recht gerne hinter mir lasse.«

Angelica hatte vergessen, sich zu bewegen. Sie stand da, breitbeinig, um nicht umzufallen, und versuchte im Dunkeln sein Gesicht zu erkennen.

»Was ist los? Stimmt was nicht?«

»Ich... Nein.« Kein Mensch hatte nur eine Dimension. Aber konnte sie glauben, daß Sinjun auch eine nettere Seite besaß als die, wegen der sie hergekommen war? Selbst wenn ja, spielte das eine Rolle?

»Entspannen Sie sich. Ich lasse Sie schon nicht fallen.«

Sie hatte es geschafft. Er glaubte, daß sie nicht mehr war als eine ehrgeizige Autorin, die versuchte, aus seiner Geschichte etwas zu machen. Als sie sich zum erstenmal... nein, das verdrängte sie lieber. Am Anfang hatte er versucht, herauszufinden, ob nicht etwas anderes hinter ihrer Geschichte steckte. Sie hatte gespürt, wie er sie abschätzte; und jetzt hatte er sie als echt eingestuft.

Seine Hand war warm und kräftig, seine Finger fest. Er zog sie ein wenig, und sie folgte ihm auf feuchten Sand hinaus, der an ihren Sandalen klebte. Sobald sie sicheren Boden unter den Füßen hatte, zog er seine Hand zurück und steckte sie in die Tasche.

»Außer an der kleinen Lagune unterhalb Ihres Bungalows kann man über den Strand die gesamte Insel bewundern.«

»Wie fühlt sich das an, wenn man seine eigene Insel hat?«

»Ich denke nicht darüber nach.«

Sie wanderte dahin, das Meer rechts, Sinjun links neben sich. Er besaß sein eigenes, kleines Paradies und dachte nicht darüber nach? »Stellen Sie sich vor, wie es war, als Sie noch in Bliss lebten.«

»So etwas nennt man ›sich erinnern‹, nicht sich vorstellen.« Seine Stimme hatte sich kaum wahrnehmbar verändert. Die Lässigkeit war weg.

»Also gut. Erinnern Sie sich. Was hätten Sie damals gedacht, wenn Ihnen jemand gesagt hätte, Sie würden eines Tages Besitzer Ihrer eigenen Insel sein?«

»Damals ging es nur ums Überleben. Man träumte davon, lebendig herauszukommen. Nichts, was erstrebenswerter gewesen wäre.«

»Ich habe Sie nicht gefragt, wie realistisch Ihre Träume waren. Die Frage ist rein hypothetisch. Es gab doch sicher auch Augenblicke, in denen Sie geträumt haben? Beim Einschlafen im Bett? Beim Dösen an einem heißen Tag mit dem Blick auf die blauen Berge von Montana?«

»Bleiben Sie da.« Mit ein paar schnellen Schritten landeinwärts sprang er auf die Spitze eines einzelnen Felsbrockens.

Angelica ging langsam weiter, bis sie unter ihm stand. »Herr Ihres eigenen Berges?«

»In Hell gibt es nichts, was besonders hoch ist. Darum sind die Antennen der Funkanlage auf dem Dach des Hauses. Von hier oben kann ich das Licht auf einer Warnboje drüben hinter Lonos Felsen sehen.« Er nickte in Richtung Meer. »Lono war ein hawaiianischer Gott. Es gibt Geschichten über ihn, in denen er die Inseln nach seiner verlorenen Geliebten absucht.«

Vor dem silbernen Himmel stach sein Profil scharf hervor, und sein schlanker Körper war eine dunkle Silhouette in dem losen, weißen Hemd.

»Gehe ich recht in der Annahme, daß er seine Geliebte nie gefunden hat?«

»Doch, einmal. Er dachte, sie hätte ihn verraten, darum tötete er sie. Schlug ihr einen Felsbrocken auf den Kopf. Dann verbrachte er den Rest seines Lebens damit, nach ihrem Geist zu suchen.«

Angelica schauderte, und die Härchen auf ihren Armen richteten sich zu einer Gänsehaut auf. »Ich glaube, die Geschichte gefällt mir nicht.«

»Sie ist traurig. Aber sie bringt einen zum Nachdenken.« Er stemmte die Fäuste in die Hüften. »Auf jeden Fall stehen die Felsen des alten Lono da draußen und warten darauf, unvorsichtige Seeleute einzufangen.«

»Und was an der Geschichte macht Sie so nachdenklich?«

»Ja, natürlich, Sie sind nur mit der ganzen Geschichte zufrieden. Der Teil zum Nachdenken ist, daß es besser wäre, wenn wir immer ehrlich sein würden.«

»Sie sagten doch, er habe nur geglaubt, sie hätte ihn betrogen. Vielleicht hat sie gar nicht.«

»*Vielleicht.* Irgendwie gab sie ihm Grund zum Zweifeln. Die Moral von der Geschichte ist: Man sollte seine Absichten immer klar erkennbar machen, sonst läuft man Gefahr, daß einem der Kopf eingeschlagen wird.«

Ein paar Sekunden sah sie wortlos zu ihm auf. Er war es, der schließlich lachte. Angelica schaffte es, ein wenig zu kichern. *Schon verstanden,* dachte sie. Offensichtlich hatte sie ihn doch nicht so ganz überzeugt.

»Sie haben meine Frage nicht beantwortet.« Die beste Verteidigung war immer noch der Angriff. »Was hätten Sie über diesen Ort gedacht – und darüber, daß er Ihnen gehören könnte –, damals, in Bliss, Montana, als Sie noch ein Junge waren?«

»Ihre Ausdauer ist erstaunlich. Als Junge in Bliss, Montana, glaubte ich, subtropische Inseln wären von feindseligen Eingeborenen besiedelt – oder Leuten wie Long John Silver. Keines davon erschien mir besonders reizvoll. Tut mir leid, Angel, aber ich kann Ihnen die Antwort unmöglich so geben, wie Sie sie wollen.«

»Na gut. Was war also mit Ihrem Liebesleben?«

»In Bliss?«

Sie wünschte, er würde wieder herunterkommen, wo er eher auf ihrer Augenhöhe war. »Nein, jetzt.«

»O nein, nicht so. So leicht mache ich Ihnen die Arbeit

nicht. Haben Sie den kleinen Eimer gesehen, den ich mein Boot nenne?«

»Nein, noch nicht.«

»Sollten Sie aber. Wenn Sie lange genug hierbleiben, mache ich mal eine Fahrt mit Ihnen.«

Er zählte also nach wie vor die Minuten, bis er sie endlich loswerden konnte… oder etwa nicht? Sie wandte ihm den Rücken zu. Er hatte gesagt, sie fühlten sich zueinander hingezogen. Das bedeutete für ihn sicher nicht mehr als eine flüchtige Beziehung, aber zumindest wollte er deshalb vermutlich nicht, daß sie sofort verschwand.

»Die Insel ist ringsum von einem Riff umgeben. Übrigens, falls Ihre Quellen da etwas übersehen haben sollten, Hell ist ungefähr drei Quadratkilometer groß. Das Riff bildet eine natürliche Schranke. So ungefähr wie eine Mauer vor einem Graben mit der Insel als Burg in der Mitte.«

Sie rieb sich die Arme. »Aber es gibt wohl einen Weg durch das Riff, sonst hätten Sie ja kein Boot, oder?«

»Es gibt eine Öffnung. Wenn die Flut richtig ist, und dann auch nur während einer kurzen Zeitspanne. Man muß sich auskennen.«

»Faszinierend. Wie war das mit Ihrem Liebesleben?«

»Es muß Ihnen doch aufgefallen sein, wie üppig die Gärten sind – überhaupt alles auf dieser Insel.«

Angelica lächelte. »Ja.«

»Ohne alle Berge ist Regen unvorhersagbar. Wir haben eine Entsalzungsanlge am Nordufer. Auf diese Art können wir für alle unsere Bedürfnisse Meerwasser verwenden.«

»Ich bin beeindruckt.«

»Hatte ich Ihnen vorgeschlagen, mich zu meinem Liebesleben zu befragen?«

»Mehr oder weniger.«

Er sprang neben sie herunter, was sie mit einem erschreckten kurzen Quietscher quittierte. »Was wollen Sie wissen?«

War es zu dreist, wenn sie hoffte, er würde gleich von der Frau erzählen, die Mamas Platz eingenommen hatte? »Die neueren Sachen.«

»Gehen wir spazieren. Ich werde immer so leicht unruhig.«

Im nassen Sand wanderte es sich nicht leicht. Angelica blieb stehen, zog die Sandalen aus und trottete dann weiter. »Gibt es jetzt jemanden?« Sie hätte fast den Atem angehalten.

»Nein.«

»In letzter Zeit?«

»Ja. Vor einer Weile für eine kleine Weile.«

»Wird es Ihnen schnell langweilig?«

Die Brise war stärker geworden. Sein Hemd blähte sich. »Ich finde, gelangweilt sein ist keine nette Sache in diesem Zusammenhang, meinen Sie nicht?«

Sie schnaubte. »Sind Sie denn *nett?*«

»Manchmal. In bezug auf manche Dinge.«

»Also gut, Sie hatten in letzter Zeit eine Beziehung zu einer Frau, jetzt aber nicht mehr. Wie wäre es mit einem Namen?«

»Nein.«

Sie schloß für einen Augenblick die Augen. »Biographien brauchen Statistiken, und sie brauchen Namen. Viele Namen.«

»Vergessen Sie's.«

»Dazu sind Sie zu nett, wie? Aber gelangweilt haben Sie sich mit ihr.«

»Es war einfach nicht mehr gut... Hat keinen Spaß mehr gemacht. Verstehen Sie?«

Angel Dean war ja vielleicht eine Frau mit sehr wenig persönlicher Erfahrung, aber sie war eine wandelnde Referenzbibliothek über die Beziehungen anderer. »Ich verstehe.«

»Und wie fühlen Sie sich da mir gegenüber?«

»In bezug auf die Tatsache, daß eine Frau sich bemühen muß, immer ›Spaß‹ zu machen, um Teil Ihres Lebens sein zu können? Sie mögen Ehrlichkeit. Also gut. Ich bin teils abgestoßen, teils fasziniert.«

Er stand still und sah auf sie hinunter. »Sie sind wirklich *ziemlich* kritisch, die Dame. Wenn Sie Ihr Buch schreiben – *falls* Sie das Buch schreiben –, konzentrieren Sie sich soweit wie möglich auf die Faszination. *Abstoßend* ist kein besonders ansprechendes Adjektiv.«

Sie gingen gegen den leichten Wind bis zu einer Landzunge, wo die Bäume das nächste Stück Strand dem Blick entzogen. »Werden Sie schon müde?« fragte Sinjun. »Oder möchten Sie es mit der ganzen Runde versuchen?«

»Kommen wir da nicht zu spät ins Bett?«

Er lachte leise, und sie sah seine weißen Zähne blitzen.

Angelica errötete im Dunkeln.

»Ich vergesse, daß Sie das gesagt haben. Außer Sie wollen es anders?«

»Ich bin noch nicht müde«, erklärte sie.

Die Brandung rollte über Felsbrocken, die den Rand der Landzunge bildeten. Sinjun führte Angelica unbeirrt über einen Weg durch zerklüftete Lavabrocken, der dann wieder an einem Stück Strand endete.

»Können Sie mir etwas über Ihre Beziehung zu Ihren Frauen im allgemeinen erzählen?« Sie hatte sich getäuscht, was ihre eigene Objektivität betraf. Ihre gut fundierte Erfahrung als Interviewerin reichte nicht aus, um genügend vorbereitet zu sein… bei diesem speziellen Mann.

Er blieb stehen und wartete, bis sie vor ihm stand. »*Meine* Frauen? Eigentlich besitze ich keine.«

»Wie viele gab es, die das gern gehabt hätten?«

Als seine Hand ihr Handgelenk packte, schluckte Angelica nervös. »Wo lernt man eigentlich, in dieser Art im Schlamm zu wühlen?« Er zog sie zu sich heran.

»Das nennt man ›Erfahrung bei der Arbeit sammeln‹. Also, wie viele, Sin? Und wie war das bei der letzten? Sie muß wohl etwas Besonderes gewesen sein, da Sie sie geheimgehalten haben. Obwohl Sie sie gewiß nicht für ewig geheimhalten *können.* Ich werde sie garantiert in Erfahrung bringen. Andererseits, sollten Sie mir von ihr erzählen, entschließe ich mich eventuell, Ihnen zu glauben, so daß das Endergebnis *netter* ausfällt.«

Er zog sie so nah heran, daß sie den Kopf heben mußte, um ihn anzusehen. »Sie sind sehr sexy, Angel. Und es gefällt Ihnen, das Beste daraus zu machen.«

»Wir sind nicht hier, um über mich zu diskutieren.«

»Warum nicht? Ich finde, Sie geben ein fesselndes Thema ab. Jedesmal wenn Sie und ich einananderr nahekommen, fangen unsere Hormone an, sich aufeinander einzustellen wie Marschflugkörper auf dem Weg zum Ziel.«

»Ich dachte, Sie hätten keine Phantasie.«

»Habe ich auch nicht. Außer in bezug auf erotische Bilder, wenn ich daran denke, wie Sie aussähen mit schweißnasser Haut, wenn Sie Ihre vollendeten runden Hüften unter meinen bewegen würden.«

»Hören Sie auf damit.« Sie fühlte sich schwach und zittrig – und irgendwo unten in ihrem Bauch wurde das Beben zu einem Ziehen, das jeden Muskel anspannte. »Wir kennen uns doch gar nicht.«

»Ich muß Ihnen wohl nicht noch genauer erklären, was gerade sehr heftig zwischen uns beiden abläuft, oder? Andererseits wird von mir erwartet, daß ich Ihnen erlaube, mir jedes Wort im Munde umzudrehen, bis es ein Witz ist oder eine Beleidigung, die Sie gegen mich verwenden können.« Er näherte sein Gesicht dem ihren. »Jedesmal wenn Sie das tun, habe ich Lust, Sie mir zu greifen. Das ist es, was ich versuche, Ihnen zu erklären. Ich habe Lust, Sie mir zu greifen und herauszufinden, wie es sein würde, auf Ihrer Seite zu sein – ganz nah.«

Ihr Mund war trocken wie ein Sandkasten. »Ich gehe zurück. Sie brauchen nicht –« Sie vergaß, was sie hatte sagen wollen.

»Ich brauche was nicht?«

Angelica sah an ihm vorbei, hinüber zu zwei Menschen, die zu beschäftigt waren, um zu bemerken, daß sie nicht mehr allein waren.

»Was zum Teufel ist los mit Ihnen?«

»N– nichts.« Ihre Stimme klang abgehackt.

Sinjun hielt sie weiter fest, sah aber über seine Schulter zurück. »Herrgott noch mal«, ächzte er.

Das Geräusch der Brandung – und ihrer Leidenschaft – hatte den Mann und die Frau ganz in ihrer eigenen Welt eingeschlossen. Der Mann war groß – massig; der Mond und das phosphoreszierende Leuchten der Brandung zeigten, wie breit und mächtig er war. Er lehnte an dem geneigten Stamm einer Palme. Die Frau hing an ihm, die Arme um seinen Hals gelegt, die Beine rechts und links an seine Seite gedrückt.

Sinjun machte keine Anstalten fortzugehen.

Angelica konnte den Blick nicht wenden. Wie hypnotisiert war sie von der wilden Lust, die den Akt dominierte.

Nicht Liebe. Nicht ›Sich lieben‹.

Sex. Unverblümter, tierischer Sex.

Die unartikulierten Schluchzer der Frau waren in heftigen, rauhen Stößen zu hören, während sie auf dem Penis des Mannes ritt. Angelica sah, wie seine großen Hände ihren sich ruckartig bewegenden Hintern umfaßten.

Etwas Silbernes glitzerte. Die Frau war nackt bis auf das ruinierte Kleid, das um ihre Taille hing.

»O Gott.« Angelica drehte sich um und begann davonzulaufen.

Sinjuns Berührung, seine Hand, die sich auf ihren Nacken legte, brachte sie in Panik. Sie schüttelte ihn heftig ab.

»Beruhigen Sie sich«, sagte er und ging neben ihr her. »Das war doch nichts Besonderes. Nur der Teil eines Liebeslebens, wie es Sie so sehr interessiert.«

»Liebe? Dieser Ausdruck paßt bestimmt nicht auf das, was die da gerade veranstaltet haben.«

»Warum? Das Wort bedeutet nicht besonders viel, oder?«

Sie fing an zu rennen, aber er hielt locker Schritt mit ihr.

»Sie wollen etwas von meinem Liebesleben wissen. Vielleicht ist das doch eine gute Gelegenheit, darüber zu reden.«

»Ach, ich bitte Sie.«

»Sie müssen mich nicht bitten. Sollen wir mit meiner Technik anfangen?«

»Das ist geschmacklos.«

Ihre Schritte wurden langsamer. »Nein, ist es nicht«, griente er. »Fragen Sie, wen immer Sie wollen, der – besser gesagt, die – Erfahrung damit hat.«

Sie war sich der Tatsache bewußt, daß er bemerkt hatte, wie sehr sie die gerade beobachtete Szene erschüttert hatte, und daß er ihre Schwäche jetzt ausnutzte. »Hervorragend. Nennen Sie mir eine dieser Erfahrungen, dann kann ich –« Der Rest des Satzes verklang. Sie sah unwillkürlich zurück, obwohl sie nicht mehr in Sichtweite der beiden ›Liebenden‹ waren. »Soll ich wieder umkehren? Würde ich da nicht eine der ›Erfahrungen‹ interviewen können? Natürlich nur, falls sie mit ihrer Darbietung schon fertig ist.«

Er schwieg.

Angelica sah die flachen Felsen vor sich und beschleunigte ihre Schritte. »Das war Lorraine.«

»Danke für die Information. Und ich bemerke es durchaus, wenn man mich beleidigt.«

Sie fühlte sich versucht, ihm zu sagen, daß Lorraine bereits etwas von einer Art *ménage à trois* ausgeplaudert hatte. Aber das wäre unklug. »Lorraine ist eine schöne Frau.«

»Sie ist eine Hure.«

Angelica zuckte zusammen. »Ein Mann, der sich mit vielen Frauen herumtreibt, ist ein *Mann.* Eine Frau mit denselben Interessen ist eine Hure? Warum sind Sie nicht *nett* und sagen, daß sie einen gesunden sexuellen Appetit hat, der aber anders ist als Ihrer?« Was sie ihm nicht unbedingt glaubte.

»Was immer Sie gern hören wollen.«

Sie achtete nicht auf die Hand, die er ihr hinstreckte, sondern überquerte die Felsen und erreichte die grasbewachsenen Dünen. »Sie hatten sich wohl verabredet. Da muß sie aber wie eine Rakete hingerannt sein und…«

»Und sich auf ihn gestürzt haben?«

»Hm, ich dachte, sie gehörte zu Chuck… ich hatte angenommen, sie wäre mit ihm hier.«

»Ist sie auch. Lorraine ist sehr lebenslustig. Chuck ist ein gesunder Vollblutkerl, aber wohl nicht genug für sie.«

»Weiß er davon? Ich meine…« Sie konnte den Rest nicht aussprechen.

Sinjun schlenderte lässig neben ihr her. »Chuck hatte eine schwere Zeit als Junge. Er hatte nie das Gefühl, die Erwartungen von Len – seinem Vater – zu erfüllen. Dann hatte ich Glück und habe etwas aus meinem Leben gemacht. Chuck hat sich nie über sein Schicksal beklagt, aber er mußte sich anhören, wie Len ihn ständig mit der Nase draufstieß, daß seine Erfolge mit den meinen nicht zu vergleichen waren. Und – wie Sie ja wissen – ich war ein Junge aus dem Nichts, der keinerlei Vorteile hatte.«

Angelica zögerte. »Was hat das mit… Warum sollte Chuck deswegen nicht weiter darauf achten, was Lorraine tut?«

»Keine Ahnung, aber ich kann Chuck nicht vorschreiben, was er in seinem Privatleben zu tun und zu lassen hat. Ich habe jahrelang viel Zeit damit verbracht, Chuck zu erklären, er bräuchte niemandem etwas zu beweisen. Len ist inzwischen tot, aber manchmal glaube ich, daß Chuck nach wie vor versucht, ihm zu beweisen, daß er jetzt ein großer Junge ist, der seine eigenen Entscheidungen treffen kann.«

»Aber –«

»Ja, ich weiß. Na und? Chuck liebt Lorraine nun mal. Fragen Sie mich nicht, warum, es ist einfach so. Er will nicht, daß ich mich einmische.«

Angelica strebte weiter. »Ich verstehe das immer noch nicht«, sagte sie. Ihr Herz schlug Stakkato. »Sie macht ihn doch total zum Idioten.«

»Das scheint Chuck nicht zu bemerken. Ich wünschte bei Gott, er würde irgendwann aufwachen und ihr einen Tritt in den Hintern geben, so daß sie dort hinfliegt, wo ich nicht mehr ständig drüberstolpern müßte – was nicht heißen soll, daß ich etwas gegen sehenswerte weibliche Hinterteile hätte. Im Gegenteil, wenn der richtige Hintern im richtigen –«

»Genug davon.«

»Stimmt.«

Er war vor Angelica an der Uferböschung und trat zur Seite, um sie vorzulassen.

Während sie hinaufkletterte, sagte er beiläufig: »Ich habe nichts dagegen, wenn es beim Sex ab und zu heftig zugeht. Nicht notwendigerweise auf die Art, die blaue Flecken hinterläßt, aber auch die hat gelegentlich ihre Berechtigung.«

»Ich kann irgendwie nicht glauben, daß Sie solche Sachen sagen.«

»Vor nicht allzulanger Zeit haben Sie mich genau nach solchen Dingen *gefragt.* Ich dachte, Sie wären die harte, nicht zu schockierende Journalistin. Sie haben mich gefragt, ob ich auch bereit wäre, mit härteren Bandagen zu kämpfen.«

Sie stapfte weiter. »Ich... ich habe Sie *nicht* direkt gefragt.« Aber sie hatte ihm den Eindruck vermittelt, als wäre sie unglaublich erfahren und abgebrüht.

Sinjun überholte sie. »Dunkelheit ist eine sehr, sehr sinnliche Sache, Angel.«

Sie versuchte, ihm auszuweichen.

Er war schneller. »Jetzt wird es richtig interessant. Schade, daß Sie kein Notizbuch dabei haben. Dunkelheit und eine warme Brise vom Meer. Eine Nacht wie diese hat etwas Versengendes. Wenn ich Sie lieben würde – nennen wir es diesmal lieben, ja? Klingt netter. Also, wenn ich es täte, Angel, würde ich ganz langsam vorgehen. Ich habe eine Leidenschaft für Wasser. Zuerst würde ich Sie in die Brandung führen. Ich würde das verdammte weiße Ding, das Sie da tragen, am Strand lassen, aber das kleine rote Top und die engen Hosen könnten Sie anbehalten.«

»Lassen Sie mich gehen.«

»Nicht, solange Sie noch nicht die ganze Geschichte gehört haben – wie es ablaufen würde, wenn ich Sie heute nacht lieben würde. Da werden Sie eine Vorstellung bekommen, was Frauen von mir zu erwarten haben – im *allgemeinen.*«

Ihr Bauch zuckte innerlich. »Sparen Sie sich die Mühe. Ich habe dafür genug Phantasie, danke.«

»Ja natürlich, kann ich mir bildhaft vorstellen«, murmelte er. »Ich würde Sie also in die Wellen hinausführen, immer weiter, bis das Wasser hinaufreicht zu Ihren … Schultern.«

»Warum tun Sie das hier eigentlich?«

»Dumme Frage. Es macht mir Spaß. Sie sind cool genug, damit umzugehen, also warum nicht? Ich würde also Ihre schmale Taille zwischen beide Hände nehmen und Sie drehen, ganz schnell, bis Sie einen Schrei ausstoßen und sich an mir festklammern würden – mich anflehen. Ich mag jedes Anflehen wirklich unwahrscheinlich gern.

Zu dem Zeitpunkt hätte ich schon Ihr Haar gelöst, und es wäre natürlich naß. Auf naß stehe ich auch sehr, noch mehr auf feucht. Und dann würde ich Sie küssen. Nicht wie beim erstenmal. Diesmal würde ich Sie küssen, bis Sie vergessen, daß es vielleicht möglich sein könnte, einen Fehler zu machen. Und während ich Sie küssen würde, würde ich das elastische, rote *feuchte* Top herunterrollen und die Hosen, die Ihren Hintern so knackig umhüllen, gleich dazu.

Ich würde Sie im Wasser ausziehen, Sie dann auf dem Rücken treiben lassen und Sie anstarren. Ich würde erst die Vorfreude richtig genießen, bevor ich dann dazu überginge, Ihren Geschmack zu erkunden.«

Angelica stemmte eine Hand mitten auf seine Brust, gab ihm einen kräftigen Schubs und marschierte an ihm vorbei. Diesmal gab er sich damit zufrieden, neben ihr weiterzugehen, dicht an ihrer Schulter.

»Wenn ich Sie dann wieder nach vorne drehen würde, wäre ich bereit, etwas zu wippen. Wippen muß bei Brüsten wie Ihren richtig Spaß machen. Sie haben große Brüste für eine kleine Frau. Genaugenommen sind sie schön. Und ich bin jemand mit Erfahrung, das können Sie mir glauben. Also, auf jeden Fall wären sie nun genau an der richtigen Stelle, würden sich heben und senken und auf dem Wasser schwimmen, während ich Sie in der Position halte. Und dann würde ich Ihre nassen Brustwarzen in meinen Mund nehmen –«

»Aufhören!« Sie hatte den Rasen erreicht und fing an zu rennen.

»He, ich habe Ihnen eben ein Kompliment gemacht.«

»Gehen Sie weg!«

Er war vor ihr auf der Vorderseite des Bungalows. »Tue ich schon«, sagte er und machte mit einem Ruck die Tür auf, als sie sich gerade entschlossen hatte, zur Rückseite des Hauses zu rennen. »Bitte entschuldigen Sie meine unzüchtigen Reden, Sie –«

»Gehen Sie mir aus dem Weg.«

»Huch, das war wohl schon wieder unzüchtig, wie? Sorry.«

»Sie sind abstoßend. Und es tut Ihnen absolut nicht leid.«

Er stemmte einen Arm quer über die Türöffnung und neigte den Kopf. »Doch, tut es. Verdammt, ich weiß nicht, was… Doch, ich weiß es. *Sie* provozieren mich dazu. Sie drängeln und schürfen und und stecken Ihre Nase in alles, auf der Suche nach möglichst anstößigen Einzelheiten aus meinem Leben, Angel. Das bringt einfach meine schlechten Eigenschaften zum Vorschein.«

»Es bringt Ihre abstoßenden Eigenschaften zum Vorschein.«

»Hah.« Er sah von unten an ihr hinauf, dann wieder hinunter. »Ich kann mich aber nicht daran erinnern, daß Sie mich ein paar Minuten nach unserer ersten Begegnung abgewiesen hätten. Wie kann es sein, daß Sie mich da nicht abstoßend fanden?«

Die Erinnerung daran hing zwischen ihnen. Es gab keine Verteidigung.

»Erklären Sie mir, daß Sie jetzt nicht scharf sind. Sagen Sie mir ins Gesicht, daß meine Beschreibung davon, wie ich Sie lieben würde, Sie nicht scharf und willig gemacht hat.«

Sie schüttelte den Kopf. »Scharf?«

Er nahm ihren Arm. »Spielen Sie keine Spielchen mit mir. Ich bin nicht dazu gekommen zu erzählen, wie es sein würde, in Sie hineinzustoßen, aber Sie haben es erwartet. Und Sie waren willig. Ich erkenne eine leidenschaftliche Frau, wenn ich eine sehe. Sie haben mir von Anfang an keine anderen Informationen gegeben als dieses typische ›Komm und hol mich‹, Lady.«

Er meinte, er dachte, sie... »Gehen Sie und...«

»Ganz allein? Welche Verschwendung.«

Mühelos zog er sie an sich. Ihr Gesicht wurde an seine Brust gedrückt, wo das Hemd offenstand. Unter ihrer Wange spürte sie das weiche Haar auf seiner Brust. Er roch nach Meersalz.

»Spür mich, Angel«, meinte er leise und lehnte seinen Kopf auf ihren Scheitel. »Und dann sag mir, ob du nach mir verlangst, oder nicht.«

Seine Hände umfaßten ihr Hinterteil, er hob sie hoch und drückte ihre Hüften an seine, so daß kein Zweifel blieb, was er damit meinte. Er war hart und riesig und pulsierte.

Angelicas Körper tat, was Sinjun vorausgesagt hatte. Er bebte, und sie spürte ein Ziehen und Pulsieren zwischen den Beinen, das genau zu dem seinen paßte. Sie verzehrte sich nach ihm.

Wirklich seltsam. Sie konnte sich doch nicht einfach einem Mann hingeben, den sie hassen mußte. Sie kämpfte dagegen an, doch er war zu stark.

»Brennst du?« flüsterte er an ihrer Schläfe und küßte sie dort. »Zieht es dich zu mir hin?« Er küßte ihr Ohr, leckte über die empfindlichen Windungen, bis sie schauderte. Er küßte ihr Kinn, ihren Hals. Dann wanderte er mit seinen Lippen zu ihren Schlüsselbeinen, wobei er sie behutsam herunterließ, bis sie wieder auf den Zehenspitzen stand.

»Ist es so, Angel?«

Sie schloß die Augen. »Lassen Sie mich los.«

»Natürlich.« Sinjun lockerte seinen Griff, strich mit den Handflächen langsam über ihre Arme abwärts, trat einen kleinen Schritt zurück und nahm ihre beiden Hände. Er hob ihre Finger zu seinen Lippen und küßte sie einzeln, sehr intensiv. Zwischen den Atemzügen murmelte er: »Ich begehre dich wirklich.« Den zweiten Zeigefinger saugte er in den Mund, lutschte kurz daran und zog ihn mit einem leisen »Plopp« wieder heraus. Er hielt weiter ihre Hände.

»Bitte, lassen Sie mich los.«

»Ich frage mich, wie viel – oder besser gesagt, wie wenig ich dich noch überreden müßte, bis du mich bittest hierzubleiben.« Er ließ ihre Hände los und trat einen Schritt zurück. »Aber wenigstens war das ein guter Anfang. Sagt man nicht etwas wie ›Man soll nur über Dinge schreiben, die man persönlich kennt‹? Wir kommen gut voran, Kleines. Sie werden diese Biographie wirklich realistisch schreiben können.«

Er ging davon, und sie hörte, wie er sagte: »Ich habe entschieden mehr Willenskraft, als ich erwartet hatte. Rechnen Sie nicht damit, daß sie beim nächsten Mal ebenso stark ist. Ich sehe Sie dann morgen.«

Angelica rutschte langsam am Türrahmen herunter, bis sie vor der offenen Tür des Bungalows saß. »Nicht, wenn ich Sie zuerst sehe.« Sie konnte beim besten Willen nicht mehr aufrecht stehen.

Und die Sandalen hatte sie verloren.

11

Mein Gott, ihr Kopf fühlte sich an wie ein zu fest mit Luft gefüllter Ball. Lorraine stützte sich auf die Ellenbogen, rückte die Sonnenbrille zurecht und zog den weichen Strohhut tiefer über die Augen. Wenn sie genug Energie hätte, würde sie sich in den Pool gleiten lassen zum Abkühlen. Aber sie hatte nicht genug Energie.

Wenn Sin dachte, sie würde ihn nicht dort drüben in seinem Schlafzimmer sehen – er beobachtete sie –, dann war er ein Dummkopf. Aber Sin war kein Dummkopf. Er wußte, daß sie ihn sah, und begehrte sie genauso.

Sie lächelte wissend vor sich hin, doch zuckte zusammen, als ein heftiger Schmerz von einem Ohr zum anderen durch ihren Schädel schoß. Aber es gelang ihr weiterzulächeln. »Campbell!« Irgendwo in der Nähe würde der schöne Junge sicher sein. Campbell war dauernd irgendwo in der Nähe, besonders, wenn sie sich an den Swimmingpool legte, um ihre Bräune zu vertiefen. »Campbell!«

»Ja, Lorraine.«

Sie machte sich nicht die Mühe, sich umzudrehen und zu ihm aufzusehen. »Du bist wirklich ein Schatz. Würdest du mir den Gefallen tun und deine Mutter um ein großes Glas –« Sie hatte Limonade sagen wollen. Aber eigentlich brauchte sie einen Drink. »Bitte sie, mir ein Glas von diesem Chablis mit Zitrone, wie Enders ihn immer macht, zuzubereiten. Würdest du das für mich tun, Süßer?«

»Geht es Ihnen gut?« Er klang besorgt.

Ärger explodierte in Lorraines schmerzendem Kopf. »Ja, danke der Nachfrage. Chablis mit Zitrone, ja?« Sie brauchte dringend jemanden, der sich um sie kümmerte, verdammt. Chuck tat nichts anderes, als ständig daran herumzunörgeln, was ihm an ihrem Verhalten paßte und was nicht. Jeder Blick von Sin in ihre Richtung war abschätzig. Enders behandelte sie wie ein lästiges Kind... Die Liste ließ sich fortsetzen.

»Campbell?«

»Chablis mit Zitrone. Ja, hole ich Ihnen.«

»Du bist wirklich ein *Schatz.* Ach, und Campbell, meine Sonnencreme ist alle. Könntest du nachsehen, ob es irgendwo noch welche gibt?«

»Mach ich. Sie müssen gut für sich sorgen, Lorraine. Ich spüre, wie verletzt Sie sind.«

Blödsinn. Sie schloß die Augen hinter den angenehm verhüllenden Brillengläsern. »Vielen Dank, daß du dich um mich kümmerst.« Er hatte zwar nicht alle Tassen im Schrank, aber sein Körper war klasse. Vielleicht würden seine zweifellos auf Abruf bereitstehenden Hormone Wunder auf seine Seele wirken, wenn sie ein bißchen an seinem Körper arbeitete.

Sin war immer noch da, ein hochgewachsener Wachtposten, der sie direkt anstarrte. Sie unterdrückte das Verlangen, ihm zuzuwinken, zog ein aufblasbares Kissen unter ihre verschränkten Arme und stützte das Kinn darauf.

Sie begehrte ihn nach wie vor.

Die Journalistin und ihre große, dreiste Freundin waren im Weg. Man mußte sie überreden, von Hell zu verschwinden. Vielleicht würden sie, wenn sie ihnen sofort ein gutes Argument bot, die Gelegenheit nutzen und mit Chuck und Sin abreisen – und danach natürlich nicht mehr wiederkommen.

Doch es war nicht genug Zeit.

Vielleicht sollte sie Willis um Hilfe bitten, was Angelica Dean betraf. Ein Schwimm-Ausflug. Nur zum *Spaß.* Auf keinen Fall hatte die blöde Schnepfe genug von dem, was man als

Frau für Willis brauchte. Er würde sie lebendig herunterschlucken.

Aber was, wenn sie sich bei Sin beschwerte?

Lorraine atmete tief durch. Sie hatte zu viel aufgegeben, um auf das verzichten zu können, was sie wollte.

Manchmal gingen Leute Schwimmen und tauchten nicht mehr auf...

Danach müßte sie sich eine Methode einfallen lassen, Sin zur Raison zu bringen.

Lorraine starrte zu seinem Schlafzimmer hinüber. Jetzt stand er nicht mehr am Fenster. Sie war doch schon einmal in sein Zimmer gegangen, um ihn dort zu erwarten. Er war zwar verärgert gewesen, aber nur, weil er Chuck nicht hatte zu nahe treten wollen.

Auf Hell gab es keine verschlossenen Türen.

Natürlich! Sie grinste und wippte mit den Füßen auf und ab. Sin brauchte einfach ein wenig Nachhilfe, um die Dinge richtig zu sehen – so wie sie es wollte. Warum war ihr der Gedanke nicht schon früher gekommen? Ein bißchen Bestechung – nur ein bißchen – würde vielleicht helfen, wenn irgend etwas schiefging. Sie brauchte sich nur zu überlegen, welches die geeignete Nacht war.

Aber diese Frauen mußten zuerst verschwinden.

»Chablis und Zitrone.« Campbell war zurückgekommen, ohne daß sie ihn gehört hatte. »Ich habe etwas Minze hineingetan.«

»Wie klug von dir.«

»Ich dachte, Sie könnten das mögen.«

Er ging neben ihrem Ellenbogen in die Hocke und stellte das Glas in ihre Reichweite.

Lorraine folgte den Linien seiner gespannten Wadenmuskeln aufwärts, weiter über den Schenkel bis zum ausgefransten Rand seiner abgeschnittenen Jeans. Träge drehte sie sich ein wenig und legte eine Hand um seine Wade. Sie rieb auf und ab, dann strich sie mit dem Handrücken über die Unterseite seines Schenkels.

Er erstarrte.

Lorraine seufzte. »Ich bin dir wirklich dankbar, Campbell.«

Als er wieder redete, war das Krächzen in seiner Stimme deutlich hörbar. »Ich würde *alles* für Sie tun, Lorraine, das wissen Sie. Sie sind eine der Frauen, die an diesem Ort beschützt werden müssen.«

Hinter dem Dunkel ihrer Sonnenbrille verdrehte sie die Augen. »Und ich bin sehr dankbar, daß ich weiß, daß du da bist.«

»Hier ist so viel Böses«, sagte Campbell. Er hatte sich nicht von ihr entfernt. Lorraines Finger spielten weiter an der Unterseite seines Schenkels. »Wo immer man hinsieht«, fügte er hinzu.

Lorraine hörte die trompetende Stimme einer Frau und wandte sich sofort in diese Richtung. Sie stützte einen Ellenbogen auf und lehnte den Kopf in die Hand, um an Campbell vorbei zur anderen Ecke des Pools zu schauen.

O Gott. Sie wäre am liebsten aufgesprungen und dahin gerannt, wo Willis, in einem winzigen Teil von königsblauer Badehose, langsam am Rand des Pools entlangging, um mit einem Netz Blätter und Ästchen aus dem Wasser zu fischen.

Sie spürte die Schwere ihrer Brüste. Ihre Brustwarzen wurden hart, und ein feuriges Brennen schoß zwischen ihren Beinen nach innen.

Gestern abend war es ihr beinahe zu viel geworden. Beinahe. Heute abend konnte sie hoffen, daß es ihr *wirklich* zuviel werden würde. Ja, zu viel wäre genau richtig.

»Willis sollte sich nicht in solcher Kleidung vor Damen zeigen.«

Lorraine hätte am liebsten geschrien: *Was denn für Damen?* Statt dessen gab sie nur ein nichtssagendes Geräusch von sich.

»Ich hoffe, daß Angelica nicht kommt. Er würde sie bestimmt einschüchtern.«

Angelica. Was für ein hassenswert passender Name für eine kleine Tussi mit unschuldigem Gesichtsausdruck auf dem langweilig alltäglichen Gesicht. Sie schwänzelte vor Sin herum, und der arme Kerl wurde magisch angezogen von der geheimnisvollen Aura, die sie durch ihr sogenanntes Projekt bekam.

Die hatte hundertprozentig was zu verbergen. Vielleicht würde der Brief erklären, den Lorraine hatte lesen wollen – bevor Angelica in offensichtlicher Panik wieder angerannt gekommen war –, um was es sich drehte.

Willis richtete sich auf und sah zum Poolhaus hinüber, einem doppelstöckigen Gebäude, das aus dem gleichen schwarzen Lavagestein gebaut war wie das Haus, mit dem passenden dunkelblauen Ziegeldach dazu. Brenda Butters, mit dem unübersehbar leuchtendroten Haar, kam aus einer der drei Doppeltüren im Erdgeschoß heraus.

Sie winkte Willis zu.

Er winkte zurück.

Verdammt. Willis nahm sonst nie Kontakt mit irgend jemand auf – auf jeden Fall nicht so, wie man es normalerweise erwartete.

Brenda trug an der Ferse offene Sandalen mit hohen Keilabsätzen, in denen sie schätzungsweise fast zwei Meter hoch war, und ging selbstbewußt auf Willis zu. Der strahlendgelbe Badeanzug, den sie anhatte, war von der Art, wie Wettschwimmerinnen sie trugen, und verbarg keinen Millimeter ihres erstaunlich vollen, festen Körpers.

»Herr im Himmel«, murmelte Lorraine, und es war ihr gleichgültig, ob Campbell sie hören konnte. »Das ist ja obszön. Ohne alles wäre sie besser bekleidet.«

»Eine unverschämte Frau«, sagte Campbell, was Lorraine etwas besänftigte. »Ich glaube, sie interessiert sich für Willis. Kann sein, daß er sie auch mag.«

Sie biß die Backenzähne zusammen. »Unsinn.«

Noch während sie das sagte, traf ihr Blick auf die prominente Wölbung in Willis' Badehose, und sie schluckte. So etwas wie »mögen« – egal ob es um jemanden oder etwas ging – gehörte nicht zur Programmierung des bulligen Mannes, wie immer die auch aussehen mochte. Doch an gewisse Elemente seines Mechanismus schien Brenda Butters recht gut heranzukommen. Der athletische Mann schien jeden Augenblick noch kräftiger zu werden.

Brendas Lachen war nicht zu überhören. Sie schleuderte die hochhackigen Sandalen von den Füßen. Zwei Schritte zum Rand des Pools, und Brenda sprang mit einem sauberen, flachen Sprung hinein. Sie glitt ein Stück unter der Oberfläche dahin, tauchte dann auf und strich sich ihr häßliches orangenes Haar zurück.

Sie hielt die Hände am Hinterkopf, und ihre Ellenbogen zeigten zum Himmel, während sie auf Willis zuwatete. Lorraine war mehrere Meter entfernt, doch sie konnte sehen, daß der dünne gelbe Badeanzug von der Nässe durchsichtig wurde.

Willis ging in die Hocke und streckte Brenda eine Hand hin.

Er reagierte nie irgendwie auf Lorraine – außer wenn sie Sex hatten. Danach ging er weg und drehte sich nicht einmal mehr um.

Brenda schnappte Willis' Hand zwischen ihre beiden Hände und zog mit einem kräftigen Ruck. Er stieß einen protestierenden Schrei aus und plumpste ins Wasser.

Nein, er fiel nicht, er hechtete. Lorraine nahm den Hut ab und dann auch noch die Sonnenbrille. Willis tauchte unter, und im nächsten Augenblick verschwand Brenda kreischend mit hochgeworfenen Armen unter Wasser. Als Willis prustend wieder auftauchte, lagen Brendas Arme um seinen Hals. Und er grinste …

»Ich habe Willis noch nie lächeln sehen«, sagte Campbell.

Lorraine auch nicht.

»Diese Frau ist eine von den Bösen.«

»Ja, nicht wahr? Hast du die Sonnencreme mitgebracht, Campbell?«

Er zog eine Flasche hervor und nahm den Deckel ab. »Meine Mutter hat gesagt, Sie –«

Lorraine legte ihre Hand auf seine. »Hast du das ehrlich gemeint, daß du mein Freund sein willst? Sag doch ›du‹ zu mir.«

Er runzelte die Stirn, und seine Augen glänzten hingebungsvoll. »Das weißt du doch.«

»Also –«, sie verschränkte ihre Finger mit den seinen, »– ich habe versucht, so zu tun, als wüßte ich nicht, was du gemeint hast. Wegen der Leute, die hier nicht nett zu mir sind. Und daß ich verletzt bin.« Meine Güte, sie brachte das kaum über die Lippen.

»Ja«, sagte Campbell. »Ist dir etwas geschehen? Sag's mir.«

Es war so unglaublich einfach. »Ich kann jetzt noch nicht über alles reden, aber ich glaube, ich werde deine Hilfe brauchen.«

»Du kannst mich um alles bitten«, sagte er eindringlich, und seine Finger spannten sich an. »Wirklich alles. Was immer es auch ist, ich werde es für dich tun.«

»Ach, es ist so kompliziert. Da ist ... tja, ich war einmal eine gute Freundin von Sin, doch jetzt haßt er mich.«

Campbells Nasenflügel blähten sich. »Du brauchst mir nicht noch mehr zu erklären. Ich verstehe schon. Ich habe Chuck gesagt, er soll etwas dagegen unternehmen, wie Sin mit dir umgeht, aber er hat mich ausgelacht.«

Lorraine war beunruhigt. »Du darfst mit Chuck auf keinen Fall mehr darüber reden, verstehst du?«

Er zögerte, sagte dann »Ja«, klang aber unsicher.

»Vertraue mir. Chuck ist ein guter Mann, aber er ist zu nah an ... na ja, du weißt schon wem.«

»Willst du, daß ich zu Sinjun gehe und –«

»Nein!« zischte sie zwischen den Zähnen hervor. »Sinjun ist eigentlich nicht das Problem. Es sind andere, die ihn gegen mich eingenommen haben.«

Campbell neigte den Kopf, um ihr ins Gesicht zu sehen. »Möchtest du gern, daß Sinjun dich mag?«

Jetzt mußte sie genau überlegen, was sie sagen sollte. »Er war mein Freund. Ich kannte ihn, noch bevor ich Chuck begegnet bin. Wir waren wie – Bruder und Schwester.« Klar, und sie dachte stets an ihn wie an einen Bruder. Lorraine wäre fast geplatzt vor Lachen.

»Was ist passiert?« Campbells ernste, konzentrierte Miene drohte Lorraines mühsame Fassung endgültig zu sprengen. »War es Chuck? Hat er etwas gesagt, um Sinjun gegen dich einzunehmen?«

Sie wägte die Antworten ab. »Nein.« Das Thema Chuck würde sich zum entsprechenden Zeitpunkt von allein lösen. Sie ließ ihre Sonnenbrille zwischen Daumen und Zeigefinger baumeln und deutete auf das spielende Paar im Pool. »Sie war es.«

»Brenda Butters?« Campbell sah über seine Schulter. »Ich dachte... ist sie Sinjun nicht gestern zum erstenmal begegnet?«

Lorraine legte die Stirn auf einen Handrücken und ließ ihr Haar nach vorn fallen.

Nach einem Moment strich eine Hand zärtlich von ihrem Scheitel abwärts bis in die Mitte ihres Rückens.

Lorraine grinste und schniefte laut.

»O nein«, sagte Campbell. »Bitte nicht weinen. Ich bin sicher –«

»Du mußt mir versprechen, daß du niemals jemandem verrätst, was ich dir jetzt sagen werde«, flüsterte sie eindringlich.

»Ich verspreche es.«

»Oh, vielen Dank.« Sie verschränkte die Arme unter ihrer Stirn und seufzte tief. »Vielen Dank, Campbell. Bist du ein Schatz und reibst mir den Rücken ein?«

Wieder eine Pause, dann hörte sie, wie er die Lotion auf seine Hand spritzte. Sehr zögernd und vorsichtig strich er die kühle, feuchte Creme auf ihre heiße Haut. Lorraine schauderte.

»Was ist los?« Campbell hielt inne. »Lorraine?«

»Ich hatte solche Sorgen. Deine Berührung gibt mir wieder Hoffnung, mein Freund.«

Er rieb wieder weiter über ihren Rücken und sagte leise: »Ich verstehe nicht, wie Miss Butters –«

»Sie *kennen* einander«, sagte sie rauh. »Ich weiß nicht genau, warum sie beide so tun, als wäre es anders, aber es ist so. Und sie wissen auch, daß ich die Wahrheit kenne. Ich habe sie in Seattle zusammen gesehen. Vielleicht ist sie Privatdetektivin. Das würde passen. Mit Sin geschieht zur Zeit irgend etwas Seltsames. Warum sollte er sich sonst ohne jede Vorwarnung hier abschotten?«

»Darüber habe ich mir auch schon Gedanken gemacht.«

»Du bist ein gescheiter Kerl«, stellte sie fest. »Dir macht man so leicht nichts vor. Ich sage dir, was ich denke. Ich glaube, irgend jemand – wahrscheinlich eine Frau – hat Sin bedroht. Er hat Brenda angestellt, um herauszufinden, wer es ist. Angelica Dean ist wahrscheinlich nur Fassade, eine Entschuldigung für Brenda, hierzusein.«

Seine Hand hielt inne. »O nein. Nein, Angelica ist wirklich gut, das spüre ich.«

Sie verdrehte die Augen und fluchte tonlos. »Ich will damit nicht sagen, daß sie keine Journalistin ist. Genaugenommen glaube ich, daß sie absolut das tut, was sie sagt. Um ihre Zwecke zu erfüllen, hat Brenda ihr den Floh mit der Biographie über Sinjun ins Ohr gesetzt, und Angelica hat die Idee gefallen. Sie ist ebenso Opfer dieser Frau wie ich.«

»Mein Gott«, staunte Campbell.

»Angelica weiß nicht, daß sie nur ausgenutzt wird.« Was immer auch geschehen würde, sie mußte sehen, daß sie Campbell gut unter Kontrolle behielt. »Es wäre nicht gut, ihr zu sagen, um was es geht, sonst würde sie womöglich Brenda direkt ansprechen, und das dürfen wir nicht riskieren.«

»Warum will diese Frau denn Sinjun gegen dich einnehmen?«

»Das ist bisher alles nur Theorie, Campbell, und muß unbedingt unter uns bleiben. Du siehst ja, wie sie ist – wie sie ihren Körper bei Männern einsetzt. Sie würde es schaffen, daß Sin ihr eher glaubt als mir. Du darfst auf keinen Fall etwas anderes tun als das, was ich dir sage.«

Er murmelte zustimmend irgend etwas.

Lorraine holte tief Atem. »Brenda schafft es, Sinjun gegen mich aufzubringen, weil sie eigentlich hinter der Sache steht, die ihn bedroht. Sie hat das alles eingefädelt, um ihn auszunutzen. Das ist die einzige Antwort, die sinnvoll erscheint. Aber irgendwie ist es ihr gelungen, eine Erklärung zu finden, die mir die Schuld gibt.«

»Jesus«, sagte er leise.

Lorraine verkniff sich ein Lächeln und sagte: »Mach mein Oberteil auf.«

»Dein... Oberteil?«

»Mmm. Ja, bitte.«

Langsam löste er die Schleife.

»Danke. Ich glaube, ich laufe Gefahr, einen Sonnenbrand zu bekommen. Überall, wo meine Haut noch hell ist. Sei ein Schatz und creme mich dort besonders gut ein.«

Campbell benutzte etwas unsicher beide Hände und rieb sie damit von den Ellenbogen zum Unterarm und über Oberarm und Schulter und dann abwärts zur Taille ein. Unterwegs streiften seine Finger die Seiten ihrer Brüste.

»Mmm«, murmelte sie. »Mach das noch einmal. Ich mag die Art, wie du mich berührst. Du bist stark, und ich fühle mich sicher bei dir.«

Campbell cremte und cremte noch einmal.

Was immer getan werden mußte, würde getan werden. Willis würde es nicht riskieren, daß man seinem verehrten Boss – und Chuck – erklärte, er hätte Lorraine vergewaltigt. Nein, Willis konnte den Preis für ihr Schweigen bezahlen, indem er mit Angelica schwimmen ging. Und Campbell – der arme, seelisch instabile Junge, der wahrscheinlich schon seit Jahren gewalttätige Impulse unterdrückt hatte –, Campbell würde ihr zur Verfügung stehen, um Brenda zu »besuchen« und sein verletztes Idol zu rächen.

Oder Angelica und Brenda würden rechtzeitig die Klugheit besitzen, davonzufliegen in den Sonnenuntergang – und in ihre Sicherheit. Egal, am Schluß würde Lorraine Sin ganz für sich haben.

»Ich würde *alles* für dich tun, Lorraine«, wiederholte Campbell mit belegter Stimme.

»Das weiß ich«, sagte sie. »Vielen Dank.«

Sie hatte ihn in der Tasche.

»Heiliger ...« Sinjun trat erneut ans Fenster. Chuck hinter ihm war unruhig. »Wir sollten besser aufbrechen. Du weißt doch, wie Fran ist, wenn man sie warten läßt.«

»Fran ist ein guter Soldat«, erwiderte er abwesend. »Chuck, wir beide müssen uns mal unterhalten.«

»Klingt nach 'ner ernsten Sache. Was habe ich diesmal wieder angestellt.«

»*Du* hast gar nichts angestellt.«

»Gut. Dann unterhalten wir uns auf dem Weg nach Kauai.«

Sinjun sagte: »Komm mal her« und starrte unverändert weiter durchs Fenster.

»Sin –«

»Das kann *nicht* warten. Die Sache ist sowieso schon viel zu weit gegangen.«

Chuck kam zu Sinjun. »Wir müssen los«, sagte er, ohne nach draußen zu sehen. »Was zum Teufel ist in dich gefahren?«

»Lorraine«, antwortete Sinjun schlicht.

Chuck gab ein verärgertes Geräusch von sich. »Lorraine ist nicht dein Problem, Sinjun. Sie ist *überhaupt* kein Problem. Gestern abend hat sie etwas zu viel getrunken, darum hat sie über die Stränge geschlagen. Nichts weiter. Ich habe Lorraine im Griff.«

»Chuck –«

»Ende der Diskussion. Ich trinke selbst auch gelegentlich einen über den Durst. Du bist heutzutage total sauber, aber du hattest auch schon deine schwachen Zeiten.«

»Chuck –«

»Überlaß Lorraine *mir.*«

Sinjun verlor die Geduld. »Das wäre eine prima Lösung. Nur im Moment schaffst du das wohl nicht so recht. Sieh dir doch die Frau an, die du angeblich so gut *im Griff* hast.« Er deutete mit einer Kopfbewegung zu ihr hinüber. »Da, beim Pool.«

Chuck sah hin, und seine Augenbrauen zogen sich zusammen.

»Jawoll«, sagte Sinjun. »Voll unter Kontrolle. Die stürzt sich grade voll auf den Jungen. Er ist noch zu klein für sie, Chuck, ehrlich.«

Chucks Gesichtsausdruck wurde leer. »Er cremt ihr nur den Rücken ein.«

»Sie ist doch fast nackt«, stellte Sin fest. »Wenn der gute alte Campbell nicht auf dem besten Wege ist, seine Shorts zu sprengen, esse ich meinen Hut.«

»Der ist doch asexuell«, behauptete Chuck.

Sinjun schnaubte. »Blödsinn. Du glaubst doch nicht, daß seine Gedanken, wer zu Lorraine nett ist oder auch nicht, völlig harmlos sind, oder? Er ist scharf auf sie, und sie nutzt das aus, um noch mehr Aufmerksamkeit zu bekommen.«

»Wessen Aufmerksamkeit?« fragte Chuck tonlos.

Sinjun brachte es nicht fertig, seinem Freund zu eröffnen,

daß die Frau, die sein Bett teilte, sich ständig die größte Mühe gab, in genau dieses Zimmer einziehen zu können.

»Deine«, sagte er müde. »Aus irgendeinem Grund leben die Lorraines dieser Welt immer gern an der Grenze. Sie will sichergehen, daß du siehst, wie sie mit Campbell spielt, und dabei ordentlich eifersüchtig wirst.«

»Ich bin doch nicht eifersüchtig auf irgend so einen hohlköpfigen Jungen.«

»Sie arbeitet auch nicht an seinem Kopf, Mann. *Scheiße!*«

»Scheiße!« wiederholte Chuck, aber leise, als Lorraine sich in diesem Moment auf die Ellenbogen stützte, wobei ihr Bikini-Oberteil auf der Liege blieb. »Sie denkt manchmal nicht nach.«

»Zur Sekunde denkt sie aber«, sagte Sinjun, und seine Augen wurden schmal. »Jede Wette. Du hast Glück, Mensch. Die Frau im Bett, und du hast beide Hände voll zu tun.«

»Lorraine weiß, was ein Mann mag.«

Sin sah aus dem Fenster, als Campbell Midgely sich jetzt zurücklehnte, so daß er auf seinen Fersen saß und sich nervös umsah. Lorraine schob ihr Haar zur Seite und verlagerte ihr Gewicht auf einen Ellenbogen. Sie drehte sich etwas, um zu Campbell aufzusehen – und um ihm einen guten Blick auf ihre vollen Brüste zu geben.

Der Junge wandte den Kopf ab.

Lorraine strich mit einer Hand über seinen Oberschenkel, und Sinjun sah, wie der Junge zusammenfuhr.

»Verdammt«, knirschte Chuck. »Die Frau hat einfach zu viel Energie, das ist alles.«

Sinjun lachte kurz auf. »Sie ist ständig in Hitze, Freund. Das ist ja gut, wenn du ein Vierundzwanzig-Stunden-Beschälungsdienst sein willst. Aber offensichtlich bekommt sie von dir nicht genug.«

»Herrgott noch mal –«

»Beruhige dich«, befahl Sinjun. »Ich will dich nicht verärgern, aber was da draußen vor sich geht, ist für eine so kleine Truppe, wie wir sie hier sind, untragbar.«

»Sie würde nicht… Sie würde nicht wirklich etwas mit Campbell *tun.*«

»Bist du sicher?«

»Ja… Klar bin ich sicher. Ich –« Er schluckte. Lorraine strich gerade mit der Hand über Campbells Schritt.

»Und wie würdest du das nennen, was sie jetzt gerade tut?« fragte Sinjun.

Chuck rieb sich die Augen und murmelte. »Vergiß es. Ich werde mal mit ihr reden, wenn wir heute abend wiederkommen. Sie will den Jungen 'n bißchen anmachen, das ist alles. Und sich dabei amüsieren. In ein paar Minuten wird er garantiert wegrennen.«

»Mmm. Aber wahrscheinlich erst, nachdem er die schönen Titten noch etwas zum Glänzen gebracht hat. Der Junge ist schließlich auch nur ein Mensch.«

»Sie würde nicht zulassen…« Chuck ließ den Mund offenstehen, und seine Kiefer knackten. »Ich sollte den kleinen Mistkerl *umbringen.*«

Sicher vor dem Blick von Willis und Brenda im Pool, spritzte Campbell etwas Lotion auf seine Handflächen und machte sich daran, Lorraines Brüste einzucremen.

Chuck machte eine Bewegung in Richtung der Französischen Fenster, aber Sinjun legte warnend eine Hand auf seinen Arm. »Wenn du das tust, bekommt sie genau, worauf sie es angelegt hat«, sagte er ruhig. »Sie weiß, daß wir zusehen.«

»Nein, sie –« Chucks Blick irrte wieder zu dem vielbeschäftigten Paar. Dann wandte er sich abrupt ab und marschierte zur Tür. »Ich kümmere mich später darum, *okay?*«

»Sieh zu, daß du das auch wirklich machst. Wir haben auch so schon genug Ärger, ohne daß Lorraine versucht, den jungfräulichen Sohn der Haushälterin zu irgendeinem Sexspiel zu bewegen.«

»Jungfräulich?«

»Du hast mich schon verstanden. Ich weiß, wie ein grüner Junge aussieht, wenn er seine ersten Experimente macht. Ich will nicht, daß Mrs. Midgely Ärger hat. Sie ist jemand Besonderes für mich – war es vor mir schon für Bruno.«

»Um Himmels willen, müssen wir wegen der *Haushälterin* Tränen vergießen?«

Sinjun starrte Chuck direkt in die Augen und sagte: »Ja.« Er dachte kurz daran, Chuck von Lorraine und Willis zu erzählen, überlegte es sich dann aber anders. Diese Information würde er nur einsetzen, wenn alles andere versagte. »Kümmere dich drum.«

Chuck salutierte spöttisch. »Aye, aye, Sir. Können wir jetzt gehen?«

»Jawoll. Ich will nur noch Enders und Mrs. Midgely fragen, ob sie irgend etwas brauchen.«

»Sin –«

»Bin gleich wieder da.« Er öffnete eine Tür, die aussah, als gehörte sie zu einem Schrank, und hatte die Zentralstelle der Haustelefonanlage vor sich. Er drückte auf den Knopf für die Küche. »Mrs. Midgely?« sagte er, sobald er hörte, daß am anderen Ende jemand abnahm.

»Ja, Mr. Breaker?«

Sinjun grinste und zog den Kopf ein. Mrs. Midgely schrie grundsätzlich in die Anlage. »Ich fliege mit Chuck nach Kauai hinüber. Brauchen Sie irgend etwas?«

»Nein, danke, Mr. Breaker. Soll ich Mr. Lloyd-Worthy fragen?«

»Ja, bitte.«

Man hörte Schritte, die sich entfernten.

Chuck ging im Zimmer auf und ab und sah alle paar Sekunden auf seine Armbanduhr. »Wir müssen jetzt *gehen.*«

Sinjun nickte. »Beruhige dich.«

»Hallo, Mr. Breaker.« Enders' wohltönende Stimme klang

präzise. »Denken Sie daran, daß ich heute abend gern auf Miss Simcox' Hilfe zurückgreifen würde?«

»Habe ich nicht vergessen.«

»Und könnten Sie vielleicht etwas Stärke besorgen, Sir? Am besten Spray. Kragen sind ohne Stärke einfach nicht gut in Form.«

Sinjun sah Chuck betont die Augenbrauen heben und betont auf die Uhr glotzen.

»Stärkespray, jawoll, wird gemacht. Dann bis später –«

»Könnten Sie vielleicht auch noch so nett sein und Maracujas mitbringen? Miss Butters hat angedeutet, sie würde gern eine Passionsfruchttorte probieren.«

»Kein Problem.«

Chuck breitete die Arme aus. »Passionsfruchttorte? Die Tussi zieht ein, übernimmt das Regiment und verlangt *Passionsfruchttorte?* Und Enders schlägt die Hacken zusammen und … Herrgott im Himmel.«

»Ich hoffe, daß Sie derartige Bemerkungen vor der betreffenden Dame in Zaum halten«, ließ Enders hören.

Chuck schnitt eine Grimasse in Richtung auf die erleuchtete Anlage. So daß nur Sinjun es hören konnte, murmelte er: »Eines Tages werde ich diesem Korinthenkacker schon noch zeigen, wo's langgeht.«

»Stärkespray und Passionsfrüchte«, wiederholte Sinjun und grinste. »Wird gemacht.«

»Herzlichen Dank.« Enders schaltete die Sprechanlage aus.

Chuck nahm einen Aktenordner, den er auf den Schreibtisch gelegt hatte. »Also, sehen wir zu, daß wir hier wegkommen. Ich brauche jetzt eine Menge frische Luft und wenig Gerede.«

»Klingt prima.« Frische Luft, wenig Gerede – und ein paar Stunden raus aus der Gefangenschaft.

Die Klingel am Fax schrillte.

»Laß es doch«, sagte Chuck auf dem Weg zur Tür.

Sinjun beugte sich vor, um nachzusehen, was da aus dem Apparat kam. »Warte mal!« rief er Chuck zu. »Das könnte wichtig sein.«

»*Alles* ist hier wichtig«, murmelte Chuck, sichtlich genervt.

»Irgendwas über Lieber.« Sinjun riß das Blatt ab. »Sieh dir das an. Unsere Mary ist ein Genie.«

»Gehen wir jetzt, oder kann ich meine Hausschuhe wieder anziehen?«

»Wir gehen, wir gehen. Sieh dir das an. Erinnerst du dich an Liebers Firmenpark in Kentucky?«

Chuck blieb in der Tür stehen. »Und? Was ist damit?«

»Nichts soweit. Aber die Welt ahnt nicht, daß Lieber das Ding gerade als Sicherheit für ein Achtzehnmillionen-Darlehen eingesetzt hat, damit die Software-Läden in San Diego und Seattle geschäftigsfähig bleiben.«

Chuck pfiff leise.

»Jeden Tag noch ein Dollar, wie man so sagt«, kommentierte Sin. »Und das heißt, jeden Tag gerät er tiefer hinein.«

»Und jeden Tag braucht er dich noch mehr?«

Sinjun sah Chuck scharf an. »So ist es. Aber wenn er nicht glaubt, daß ich auch einen Einsatz will für mein Geld, dann wird nichts aus unserem Deal.«

Einer von Chucks Mundwinkeln hob sich. »Wie kommt's, daß der kleine Junge, den ich damals kennengelernt habe, inzwischen so ein harter Geschäftsmann ist?«

Sinjun hatte in den letzten Tagen genug derartige Bemerkungen über seine Vergangenheit gehört. »Laß mich Mary noch kurz anrufen. Dann brechen wir auf.«

»Fran wird sicher mächtig –«

»Sauer sein. Ja, ich weiß, hast du schon gesagt. Ich werde nicht länger als unbedingt nötig brauchen.«

Eine Stunde später legte er auf und drehte sich um. Erst jetzt bemerkte er, daß Chuck hinausgegangen war. Noch bevor Sinjun sich auf den Weg machen konnte, um ihn zu suchen, kam er zurück. Er hatte ein Glas Soda und eine offene Dose Nüsse in der Hand.

Sinjun schnaubte und nahm das Glas Soda entgegen. »Ich dachte, du hättest es eilig.«

»Jetzt nicht mehr. Ich habe die Charterleute angerufen und versucht, Fran ausfindig zu machen. Ich wollte ihr sagen, daß wir später kommen würden. Sie war allerdings gerade aufgebrochen. Der Typ, dem der Hubschrauber gehört, der uns interessiert, hat sich einverstanden erklärt, sie hierher zu bringen.«

Sinjun sah auf seine Armbanduhr. »Verdammt.«

»Nur keine Panik«, sagte Chuck und schüttete sich eine Portion Nüsse in die Hand. »Es wird schon klappen. Ich bringe den Eurocopter allein nach Kauai hinüber. Du wartest, bis sie hier sind. Den Rückflug des Besitzers kannst du gemeinsam mit ihm machen, um zu sehen, wie dir die Maschine gefällt. Wir fliegen dann zusammen aus Kauai zurück. Aber ich sehe nicht ein, warum der Mechaniker dasitzen und Däumchen drehen sollte. Also breche ich jetzt auf.«

»Klingt prima.« Sinjun verlor kein Wort darüber, daß der Weg am Pool vorbei kürzer wäre, und folgte Chuck durch das kühle Innere des Bungalows zur Tür. Draußen im Innenhof säumten schwankende Bambushalme Beete aus Flußsteinen.

»Wie wäre es, wenn wir uns in Kauai einen Drink genehmigen, wenn wir schon dort sind?« fragte Chuck und schob ein schmiedeeisernes Tor in der äußeren Mauer auf. Er hatte immer noch die Dose mit den Nüssen in der Hand.

Sinjun sagte: »Soll mir recht sein.« Ihm und Chuck würde es guttun, mal wieder in neutraler Umgebung einen Drink zu schlucken. »Wann wird der andere Hubschrauber hiersein?«

»Wird wohl noch eine Weile dauern. Der Typ, mit dem ich gesprochen habe, meinte, er hätte kurz noch was zu tun. Wenn du in Kauai angekommen bist, fahr nach Lihue. Wir treffen uns dann in der Ankunftshalle am Flughafen. Laß mich ausrufen.«

Chuck ging den Pfad entlang, der hinunter zum Hubschrauberlandeplatz führte. Sinjun entging es nicht, wie entschlossen sein Kumpel es vermied, zu dem Hof hinüberzusehen, der den Pool umgab. Nur jemand, der bewußtlos war, konnte das Gejohle und Geplansche überhören, das herüberklang.

Sinjun biß die Zähne zusammen. Chuck hatte leider nie viel Glück gehabt. Len Gill war zwar ein guter Vater gewesen, aber er hatte sich nicht die Zeit genommen, Chuck die Finten beizubringen, die er zum Überleben brauchte, um eine große Ranch zu leiten. Nach Lens Tod hatte die einst lukrative Farm unter dem Einfluß ihres neuen Eigentümers schnell an Umsatz eingebüßt. Von da an war alles, was Chuck angefaßt hatte, danebengegangen – einschließlich seiner Beziehungen zu Frauen –, bis er eines Tages total pleite auf Sinjuns Schwelle gestanden hatte, um nach einem Job zu fragen. Das war eine gute Gelegenheit gewesen – für sie beide. Aber Chuck versagte nach wie vor bei der Wahl seiner Frauen.

»Scheiße«, murrte Chuck. Er warf sich eine Handvoll Nüsse in den Mund und gab Sinjun die Dose. »Sorry. Kannst du die wieder mit zurücknehmen?«

Sinjun grinste. »Jederzeit.«

Chuck blieb mit einem Ruck stehen, schob die Hände in die Hosentaschen und sah auf den Boden. »Das hast du immer gesagt. *Jederzeit.* Egal, wo du den armen alten Chuck, den Versager, heraushauen mußtest, das hast du ständig gesagt: *jederzeit.*«

Sinjun fühlte sich unbehaglich und wandte den Blick ab. »Freunde helfen einander eben«, sagte er ausweichend: »Sieh zu, daß zu loskommst.«

»Klar.« Chuck setzte sich wieder in Bewegung.

Als sie gemeinsam den Startplatz erreicht hatten, machte er

die gewohnte Runde um den Eurocopter, bevor er zur Tür ging. Er wollte schon hinaufsteigen, doch dann zögerte er und wandte sich Sinjun noch einmal zu.

»Wir sehen uns später in Lihue«, sagte Sinjun. Er stapelte die Dose in sein leeres Glas.

Chuck senkte den Kopf. »Jawoll. Bis später.«

Das ferne Geräusch der Rotoren eines anderen Hubschraubers, das die Stille unterbrach, beendete die unangenehme Situation. Sinjun warf Chuck einen prüfenden Blick zu und legte die Hand über die Augen, um zum Horizont hinüberzusehen.

»Los doch«, sagte er und konzentrierte sich auf den Punkt, der aus der Ferne auftauchte. »Mach dir keine unnützen Gedanken. Wahrscheinlich hast du recht, und Lorraine ist es nur langweilig.«

»Ja.«

»Wir haben alle mal Schwierigkeiten, Situationen richtig einzuschätzen. Sie eben auch.« Er wollte bei dem Thema ungern einen Rückzieher machen, aber er haßte es, wenn Chuck so durchhing.

»Danke, Sin.« Chuck stupste Sinjun gegen den Oberarm. »Für alles.«

»Sieht so aus, als ob Fran weit früher aufgebrochen wäre, als du gedacht hast.«

»Was?« Chuck schien den anderen Hubschrauber jetzt erst zu bemerken. Er spähte in den Himmel. »Das kann er nicht sein. Der Typ hat gesagt, er braucht noch 'ne Weile.«

Sie beobachteten, wie der Hubschrauber sich der Insel näherte.

Sinjun lachte. »Das ist sie bestimmt. Du kannst dich auf Fran verlassen. Sie haßt es, von irgendwem abhängig zu sein. Sie hat wohl versucht, hier anzukommen, bevor ich aufbrechen könnte.«

Chuck runzelte die Stirn. »Ich muß wohl vergessen haben,

sie zu informieren, wann wir in Kauai ankommen würden. Selbst wenn wir rechtzeitig losgeflogen wären, hätten wir sie verpaßt.«

Sinjun stellte das Glas auf den Boden und begann zu winken. »Bewegt sich hübsch«, sagte er und sah zu, wie der kleine Hubschrauber zur Insel herüberschwenkte. »Kompakt. Ich glaube, der ist genau richtig für uns.«

»Ja.«

»Warte, bis er das Ding gelandet hat. Wir können ihn uns zusammen doch gleich hier ansehen.«

»Okay.«

Der andere Hubschrauber, hellbraun mit einem goldenen Sparren auf der Nase, näherte sich dem Riff.

Sinjuns Arme hielten plötzlich über dem Kopf inne. »Was… Chuck –« Er wollte tief Luft holen, röchelte dann aber nur: »Mein Gott! O mein Gott!« Er fing an zu rennen und hörte, wie Chuck hinter ihm herkam.

Im klaren Blau des frühen Nachmittaghimmels erhob sich aus dem explodierenden Hubschrauber ein schwarzgestreifter Feuerball, der den Himmel rot färbte… blutrot.

Angelica wandte den Blick von den verblassenden Feuerstreifen und dem Regen von abstürzenden Teilen ab, die in den Ozean fielen.

Der Hubschrauber war auf dem Anflug zur Insel gewesen. Er hatte es beinahe geschafft.

Sie preßte sich die Hände auf die Ohren, als könnte sie damit das laute Krachen vertreiben, das in ihren Ohren widerhallte.

Schon während sie sich auf den Weg um den Bungalow und den Dschungelpfad hinauf machte, war ihr klar, daß man nichts mehr würde tun können. Ihre Füße dröhnten dumpf beim Lauf über die dichte Blätterschicht, und das Geräusch ihres eigenen Atems wurde zum Getöse.

Sobald der Hubschrauber in Sicht gekommen war, hatte sie gewußt, daß das Sinjun war, der in dem gecharterten Hubschrauber zurückkehrte.

Er war in jener feurigen Explosion gestorben.

Sie waren beide gestorben, Sinjun und seine Sekretärin – Fran. Ja, so hieß sie, Fran.

Bis Angelica schließlich die Rasenfläche erreichte, die zum Hauskomplex hinaufführte, lief ihr der Schweiß zwischen den Brüsten hinunter, tropfte von der Stirn und brannte in ihren Augen.

Dann sah sie Brenda. Und Willis. Willis entfernte sich eilig von Brenda und stürmte vom Rasen zum Strand hinunter. Ein paar kräftige Schritte mit seinen starken Beinen durchs Wasser, und er stürzte sich mit kraulenden Schwimmbewegungen ins Meer, in Richtung des Riffs.

»Brenda!« Angelicas Schrei kam als hysterisches Flüstern heraus. »Brenda!«

Sie lief hastig über das Gras, ihr langer, dünner Rock wikkelte sich hinderlich wie ein Seil um ihre Beine. Wie konnte es sein, daß er tot war?

Warum hatte sie ein Brennen in der Kehle? Es konnte ihr doch wohl nichts ausmachen, daß der Mann, der das Leben ihrer Mutter ruiniert hatte, nicht mehr existierte.

Es konnte ihr doch wohl nichts an ihm liegen.

Brenda entdeckte sie und blieb stehen.

»Der Hubschrauber... er... er ist weg«, japste Angelica. »Einfach verschwunden in all den...« Keuchend erreichte sie Brenda und starrte hinter Willis her.

Brenda setzte sich aufs Gras und umfaßte ihre Knie. »Mein Gott.« Sie holte tief Atem. »So etwas habe ich noch nie gesehen. Die armen Teufel.«

Angelica drückte eine Faust in ihre Mitte. »Das *war* doch der Hubschrauber, den sie testfliegen wollten, oder?«

»Ja. Das hat Willis gesagt.«

»Was will er tun?« fragte Angelica und deutete zu Willis hinaus. Er war nur noch ein kleiner Punkt, der gelegentlich über eine Welle hinausragte.

»Ich glaube kaum, daß er das selber so genau weiß«, sagte Brenda und rappelte sich wieder hoch. »Er tut, was er eben kann. Schwimmt und betet um ein Wunder.«

»Das hat doch keinen Sinn. Er sollte nicht riskieren, selbst unterzugehen.«

»Er ist ein starker Schwimmer.« Brenda lachte freudlos auf. »Mensch, der Mann ist wie 'ne Maschine.«

Angelica schloß die Augen und sah Sinjuns Gesicht vor sich. Es machte ihr *doch* etwas aus.

»He.« Brenda klopfte ihr auf den Rücken. »Du fühlst dich nicht gut, wie? Kein Wunder. Ich auch nicht. Ganz ruhig, Angelica. Atme durch den Mund.«

»Willis wird dort nichts finden«, sagte Angelica. Sie ließ sich auf den Boden sinken und saß mit überkreuzten Beinen da. »Niemand wird da was finden.«

Brenda hockte sich neben sie. »Ich frage mich, wie das passiert ist. Ich habe nicht direkt gesehen, wie das Ding explodiert ist – ich hab's nur gehört. Dann sah ich den Rauch und die Flammen.«

»Er kam völlig normal dahergeflogen.« Angelicas Blick wanderte gen Himmel. »Dann zerbarst er zu einem Feuerball und verschwand.«

»Ja. Tja, das war es dann ja wohl.«

Angelica drehte ihre offenen Haare zu einem Knoten im Nacken zusammen. »Du hast recht. Das war's.« Ein Unfall hatte ihre Aufgabe erfüllt, und eigentlich hätte sie froh sein sollen.

Aber sie hatte nicht gewollt, daß Sinjun starb.

Sie hörte hastige Schritte näherkommen und sah über die Schulter ins Licht. Zwei Gestalten, mit einem großen, dunklen Schatten zwischen sich, kamen vom Haupthaus her gelaufen.

Brenda beschattete ihre Augen mit der rechten Hand. »O je, die wollen auch zum Meer. Ich wünschte, sie würden warten, bis die Behörden sich der Sache angenommen haben.«

Eine der Gestalten stand zwischen ihr und der Sonne, und Angelica blinzelte. »Wer ist das?« Sie stand auf.

»Sinjun und Chuck«, erklärte ihr Brenda wie einem kleinen Kind.

»Aber…« Sie wandte sich dem Meer zu, dann wieder zurück – und sah in Sinjuns besorgtes Gesicht auf. »Aber Sie sind doch… Sie waren…«

Er verhielt kurz in seinem Laufschritt. Ein aufgeblasenes, schwarzes Schlauchboot, der große Außenborder schon an Ort und Stelle, hing als unhandliche Last zwischen ihm und Chuck Gill.

Sinjuns halb zugekniffene Augen richteten sich auf Angelicas Gesicht. »Was bin ich?« fragte er. »Tot?«

12

Sinjun hielt die Hand über die Sprechmuschel des schnurlosen Telefons in seiner Hand. »Bist du sicher, daß sie oben bei Brenda ist?«

Chuck saß in Sinjuns Sessel hinter dem Schreibtisch. Er sagte »Ja« und klang genauso erschöpft, wie Sinjun sich fühlte. »Willis sagte, sie wäre heute morgen schon früh zum Pool-Haus hinaufgegangen und nicht mehr wieder herausgekommen.«

Sinjun hielt eine Hand hoch, um ihn zum Schweigen zu bringen, und sprach wieder ins Telefon. »Vorgestern. Wahrscheinlich früh morgens. Könnte auch am Abend davor gewesen sein. Spät. Ja.« Er nickte und ging im Zimmer auf und ab. »Okay, aber beeilen Sie sich bitte.«

»Die Untersuchungsleute glauben nicht, daß irgend etwas nicht gestimmt hat, Sin«, sagte Chuck.

»Sie *wissen* es nicht. Die Taucher sind seit zwei Tagen an der Arbeit und haben nichts Verdächtiges gefunden. Sie haben *nichts* gefunden, Punkt. Unter dem Bruchstrich kommt dabei heraus, daß eine Frau ums Leben gekommen ist, die keine Verwandten hat, die hartnäckig auf einer logischen Antwort beharren. Und die Welt wird ebensowenig stehenbleiben für den Mann, der bei ihr war.

›Feuer in der Maschine, das zur Explosion führte‹ wird schlicht in dem Bericht stehen.«

»Ich wäre auch damit zufrieden«, sagte Chuck. »Schon möglich, daß jemand herausgefunden hat, daß du den Hubschrauber hättest fliegen sollen, und dann dafür sorgte, daß er in die Luft flog. Aber wie ist es mit der Zeit?«

»Was soll damit sein?«

»Ich weiß nicht, aber ich kann mir nicht vorstellen, wie man so was zeitlich auf die Reihe kriegen sollte. Verdammt, Sin, wie sollte Angelica Dean so ein Ding abziehen, wie du denkst, daß sie es abgezogen hat?«

Sinjun ließ sich in einen Sessel fallen. »Wenn ich darauf eine Antwort hätte, wären wir nicht hier eingesperrt und voller Hoffnung, daß ich wenigstens noch fünf Leben habe.«

»Jeder dieser Unfälle könnte genau das gewesen sein – ein Unfall.«

Sinjun spürte einen Moment lang etwas wie bleierne Hilflosigkeit. »Du klingst wie die Polizei. Ich war fast das Opfer eines zufällig vorbeifahrenden verrückten Schützen, aber das bedeutete nur, daß ich zum falschen Zeitpunkt am falschen Ort war.«

»Ohne weiteres möglich. Kommt oft vor.«

»Dann hat jemand versucht, meinen Wagen von der Straße zu drängen. Einfach so, an einem Abgrund. Der aus meiner Perspektive ungefähr dreißigtausend Meter tief aussah.«

Chuck nahm einen Bleistift vom Schreibtisch und spielte damit herum. »Aber du wurdest nicht von der Straße gedrängt.«

»Nur weil ein Wagen hinter ihm kam und der Typ aufgeben mußte.« Er massierte sich den Nacken. »Die *Frau* mußte aufgeben. Ich behaupte nach wie vor, daß es eine Frau war, die ein Tuch und eine dunkle Sonnenbrille trug.«

»Du hast auch geglaubt, eine Frau hätte auf dich geschossen.«

»War auch so. Genau die gleiche Sache. Sie hatte irgendwas um den Kopf gewickelt und eine Sonnenbrille auf.«

»Wenn du jetzt noch anfängst, Angelica dahinter zu sehen, lasse ich dich für unzurechnungsfähig erklären.«

Sinjun nahm ein Glas mit Soda in die Hand und trank durstig. »Ich bin doch kein Idiot. Ich habe nicht die Absicht, jemanden zu beschuldigen, ohne mir meiner Sache sicher zu sein. Chuck, ich habe mir den Wagen in den Bergen nicht eingebildet. Er fuhr neben mich und fing an, mich zur Seite zu drängen.«

»Es war Dämmerung. Vielleicht hat er – oder sie – versucht, dich zu überholen, und –«

»Nicht.« Sinjun wedelte heftig mit einem Finger in Chucks Richtung. »Ich habe diese Erklärungen alle schon gehört. Du hättest dabeisein sollen, Kumpel. Dann würdest du jetzt nicht versuchen, irgendwelche dummen Erklärungen zu finden. Aber sprich nur weiter und erkläre mir, daß die Bremsen an dem Zementwagen halt zufällig nicht gehalten haben.«

»War auch so.«

Vor Frust wurde Sin die Kehle eng. »Klar, haben sie auch nicht. Aber dafür hat jemand gesorgt.« Das Telefon klingelte, und er drückte auf den Sprechknopf. »Sinjun Breaker ... Ja. Ja. Warum nicht? Aha. Vielen Dank«, beendete er schließlich das Gespräch und schwang das Telefon an der Antenne hin und her.

Chuck richtete sich auf. »Und?«

»Vorgestern am frühen Morgen hat jemand vom Lagunenbungalow aus nach Kauai telefoniert.« Er ließ die Worte verklingen. »Das war der Tag der Explosion. Willst du wissen, mit welcher Nummer?«

Chuck zuckte die Schultern.

»Mit dem Charterflughafen außerhalb von Princeville. Genau dem –«

»Ich weiß, ich weiß. Dem, von dem Fran abgeflogen ist.«

»Das ist kein Beweis«, gab Sinjun zu. »Aber es ist zu nah dran, um es einfach zu ignorieren.«

Der Bleistift fiel aus Chucks Fingern klappernd auf den Schreibtisch. »Mit wem hat sie geredet?«

»Die Telefongesellschaft sagte, es wäre die Nummer der Zentrale. Da hätte jeder drangehen können.«

»Das hatte ich befürchtet. Man müßte jeden einzelnen befragen, der da arbeitet – oder zufällig vorbeigekommen ist, um's genau zu nehmen.«

»Verdammt, ich wünschte, ich könnte die Uhr zurückdrehen.« Sinjun spürte ein ungewohntes Brennen in den Augen – und nicht zum erstenmal in den letzten zwei Tagen. »Fran war… Fran war einfach ein prima Kerl. Ein ganz prima Kerl. Ich werde sie vermissen. Enders auch. Er hat seit dem Unglück kaum ein Wort gesagt.«

Chuck grunzte: »Es wird langsam Zeit, daß uns die Scheiße nicht mehr überallhin folgt.«

»Manchmal glaube ich wirklich, daß sie es getan hat.« Es war nicht nötig, Chuck nach besonderen Einzelheiten zu fragen. Lausige Jahre hatten sie beide jede Menge hinter sich. »Wir haben schon viel zusammen durchgemacht, Chuck. Gute und schlechte Zeiten. In letzter Zeit war es mehr Gutes als Schlechtes, zumindest bis dieser ganze Mist angefangen hat.«

»Allerdings.« Chuck lachte grimmig. »Ich hatte eigentlich vor, daß wir noch mehr Gutes teilen würden. Von jetzt an werde ich deine zweite Haut sein, Kumpel. Wo du hingehst, werde auch ich hingehen – und zwar ohne deinen Widerspruch.«

»Ich kann ganz gut auf mich selbst aufpassen.«

»Toll, aber ich werde danebenstehen und dir dabei zusehen. Ich muß sichergehen, daß du dein Wohlergehen auch nicht vergißt.«

Ein warmes Gefühl breitete sich in Sinjuns angespanntem Inneren aus. »Ich bin beeindruckt von deinen mütterlichen Instinkten. Ich werde nach Seattle fliegen und mich um Frans Angelegenheiten kümmern müssen.«

»Prima. Dann tun wir das zusammen.«

Sinjun stand auf und nickte: »Zuerst werde ich mit der Polizei sprechen.«

»Mir wäre es lieber, wenn du es nicht tätest.«

»Ich will, daß sie Angelica unter die Lupe nehmen. Und dann werde ich sie mir selbst vorknöpfen.«

»Ich weiß«, murmelte Chuck. »Aber die Polizei wird sagen, du spinnst. Und wenn du recht hast, also wenn die Dame was damit zu tun hat, dann wirst du damit nur erreichen, daß derjenige, für den sie arbeitet, in Deckung geht. Verdammt, vielleicht solltest du tatsächlich mit der Polizei reden.«

Zwei schlaflose Nächte setzten Sinjuns Konzentrationsfähigkeit doch langsam zu. »Hmmm«, sagte er zögernd. Die einzig realistische Möglichkeit lag auf der Hand. »Ich glaube, deine Instinkte sind gut. Es ist wohl Zeit, daß Angelica Dean ernst macht mit dieser Biographie.«

»Erzähl mir, wie sie so war.« Brenda lag auf dem Bett in dem Appartement über dem Pool-Haus.

»Ich bin ihr nie begegnet.«

»Nein?« Brenda hob den Kopf aus dem Kissen und starrte Angelica überrascht an. »Ich dachte, du hast gesagt, sie wäre so effizient gewesen.«

»Ich habe gesagt, sie klang effizient. An der Sprechanlage.« Angelica saß auf einem Rohrhocker am Fenster und hielt den Blick auf die Aktivitäten unter sich geheftet. »Ich habe sie durch die Sprechanlage des Bungalows reden hören. Effizient, fröhlich – und schlau.«

Brenda ließ sich zurück auf die Kissen fallen. »Und jetzt ist sie tot. Schon seit zwei Tagen.«

»Es ist irgendwie alles verrückt«, sagte Angelica und sah zu, wie eine Gruppe von offiziell aussehenden Männern das Haus verließ und hinüberging zum Landeplatz, auf dem ein großer Polizeihubschrauber wartete. »Ich habe immer mehr das Gefühl, daß Sinjun denkt, es wäre *meine* Schuld gewesen.«

»Sei nicht dumm. Wie sollte er?«

»Ich weiß nicht. Aber er sieht aus, als würde er mich gern verprügeln wollen.« Ihr Magen zuckte unangenehm wie schon öfter in den zwei Tagen, seit Fran Simcox und ein Mann namens Jim Allen vor ihren Augen in den Himmel gesprengt worden waren. »Als ich heute morgen versuchte, mit ihm zu reden, ist er einfach weggegangen.«

»Wir sollten hier verschwinden.« Brenda drehte sich auf die Seite. »Er wird wahrscheinlich mit der Biographie sowieso nicht weitermachen wollen. Zumindest nicht jetzt.«

»Sinjun hat angeordnet, ich solle nicht daran denken, abzureisen.« Es würde sie so erleichtern, wenn sie Brenda erzählen könnte, warum sie wirklich hier war. Aber wenn sie jetzt die Umstände um den Tod ihrer Mutter erzählen wollte, würde sie das mehr Kraft kosten, als sie momentan hatte. »Das hat Chuck Gill mir ausgerichtet.«

»Breaker kann dich doch nicht herumkommandieren.«

»Er ist betroffen.«

Brenda stützte den Kopf in eine Hand. »Enders ist eher betroffen als der. Ich glaube, er hatte ein Auge auf Fran geworfen.«

»Ich war sicher, daß Sinjun tot war«, murmelte Angelica.

»Das hast du schon gesagt.« Brenda rollte sich herum und stand auf. »Ich denke, du solltest es lieber nicht noch öfter sagen.«

Angelica zupfte an einem Bein ihrer Shorts.

»Hör zu, ich wollte dir das eigentlich nicht erzählen, aber ich glaube, du solltest es wissen.« Brenda hielt den Blick auf Angelica gerichtet und steckte sich das Hemd in die Hose. »Ich habe gehört, wie Chuck Sinjun einschärfte, er solle aufpassen, was er dir erzählte. Tja, ich weiß nicht, aber ich schätze... Du hast recht. Er macht tatsächlich den Eindruck, als hätte er was gegen dich. Chuck sagte so was wie: ›Wenn du recht hast, solltest du besser sichergehen, daß sie es nicht errät.‹«

Angelica begrub das Gesicht in den Händen. »Ich weiß nicht, was das alles soll.«

»Vielleicht hat es gar nichts mit dieser scheußlichen Tragödie zu tun. Vielleicht versucht er, dich auszutricksen. Hält dich hin, während er prüft, wie der Markt für seine Biographie eigentlich aussieht.«

Angelica hob mit einem Ruck den Kopf. »Was meinst du damit?« Ihr Herz raste. »Glaubst du, er redet mit Leuten in New York darüber?«

»Wäre möglich. Er hat einen Haufen Kontakte, das dürfte also nicht schwierig sein. Vielleicht versucht er auch, herauszufinden, ob er durch jemand anderen mehr Geld bekommt.«

»Wir haben noch gar nicht über Geld geredet«, meinte Angelica.

Brendas fedrige rote Augenbrauen hoben sich. »Warum das denn nicht? In dieser Sache geht's doch um mächtig viel Geld, oder? Du hast gesagt, du hättest dir Breaker ausgesucht, weil er ein seltsames Leben geführt hat und die Leute ihn faszinierend finden werden.« Sie grinste und wirkte plötzlich durchtrieben wie ein Kobold. »Er ist wirklich faszinierend, Angel. Und – bis zu diesem Fiasko – hätte ich schwören können, daß er dich auch faszinierend fand. Am Abend der Dinnerparty – weißt du noch, als er dich nachher nach Hause brachte?«

»Ich erinnere mich.« Wie sollte es ihr je gelingen, das zu vergessen?

»Das kann ich mir gut vorstellen. Was ist passiert? Küßt er gut – unter anderem?«

Angelica spürte, wie sie rot wurde. Sie antwortete nicht.

»Ist ja gut, Schätzchen«, sagte Brenda beinahe schnurrend. »Ich will jetzt nicht weiter in dich dringen, aber später mußt du mir all die herrlichen Einzelheiten erzählen. Ich persönlich bin ziemlich scharf auf Willis.«

»Brenda!«

»Sag nicht *Brenda* zu mir, als ob ich ein unartiges Kind wäre. Du hättest spüren müssen, was ich gespürt habe, als wir im Pool herumgealbert haben.« Sie riß die Augen begeistert auf. »Mann-o-Mann. Wenn ich ein schnelles Mädchen wäre, würde sein knappes blaues Badehöschen jetzt schon an meinem Rückspiegel hängen.«

»Du bist unmöglich«, ächzte Angelica. »Ich bin erschöpft, und ich muß mir überlegen, was ich als nächstes tun soll. Ich glaube, ich gehe zurück zum Bungalow und versuche, etwas zu schlafen.«

»Zu spät«, sagte Brenda und beugte sich vor, um an Angelica vorbei aus dem Fenster zu sehen. »Wenn Sinjun nicht gerade einen Spaziergang um den Swimmingpool macht, kriegen wir gleich Besuch.«

Angelica sprang auf. »Er kommt hierher?«

»Hmm... ja, eindeutig. In dieser Sekunde betritt er das Pool-Haus.«

»Vielleicht will er sich umziehen zum Schwimmen.«

Brenda seufzte theatralisch. »Wenn ich so viel Glück hätte, würde ich mich die Treppe runterschleichen und durchs Schlüsselloch gucken.«

»Brenda!«

»Brenda, *Brenda.* Wenn er schwimmen will, braucht er nur aus seinem Schlafzimmer zum Pool zu gehen.« Sie neigte den Kopf. »Ich glaube, ich höre Feenschritte auf der Treppe.«

Das unüberhörbare Stampfen von Schritten, die sich näherten, brachte Angelica dazu, sich in die entfernteste Ecke des Zimmers zurückzuziehen.

»Komm schon«, sagte Brenda. »Guck nicht wie ein verschrecktes Reh. Bring *ihn* in die Defensive. Wahrscheinlich kommt er sowieso nur, um sich für sein ekliges Verhalten zu entschuldigen.«

Brenda riß sofort nach dem ersten Klopfen die Tür auf und begrüßte ihn mit einem fröhlichen: »Guten Morgen, Sinjun. Kommen Sie herein. Angelica und ich leisten einander Gesellschaft. Ist ja auch keine Zeit, in der man gern allein ist, nicht wahr? Normalerweise bin ich ganz gern allein, aber –«

»Guten Morgen«, antwortete Sinjun förmlich. Er sah Brenda kaum an, sondern ging sofort zu Angelica hinüber und fragte: »Wie geht es Ihnen?«

Sie spürte das lächerliche Bedürfnis zu weinen. »Angespannt«, sagte sie ehrlich.

»Sind wir doch alle, oder?«

»Es tut mir leid –« Angelica wischte sich die Handflächen an den Shorts ab. »Das klingt reichlich schwach, aber mehr kann ich wohl nicht tun. Campbell hat mir erzählt, daß ... Er sagte, Fran wäre jemand Besonderes gewesen.«

»War sie auch.« Muskeln zuckten nervös in seinen Wangen. »Morgen sehr früh breche ich auf nach Seattle. Fran hatte keine nahen Verwandten. Ich werde mich um ihre Angelegenheiten kümmern.«

»Natürlich.« Als Angelica – genau in diesem Moment – in sein Gesicht schaute, sah sie nur einen Mann, der trauerte. »Wenn ich irgend etwas tun kann, um zu helfen ...« Noch während Angelica das Angebot verklingen ließ, konnte sie kaum glauben, daß sie es wirklich ausgesprochen hatte.

»Sie können nichts tun.« Im hellen Morgenlicht waren seine Augen fast ebenso gelb wie grün, und keine Spur von Freundlichkeit lag darin. »Frans Freunde müssen sich um das übrige kümmern.«

»Ja, natürlich. Ich nehme an, daß Enders –«

»Enders möchte, daß es hier auf Hell einen Gedenkstein geben soll. Ein Platz, zu dem er gehen und sich erinnern kann – selbst wenn wir nichts mehr von ihr haben, was wir dort beerdigen könnten.«

Ihr Magen zog sich erneut zusammen. Sie sagte noch einmal: »Es tut mir leid« und wünschte, sie könnte seinem eindringlichen Blick ausweichen.

»Ich möchte, daß Sie sich darauf einstellen, um sieben Uhr morgen aufzubrechen.«

Angelica spürte, wie Protest in ihr aufstieg.

Er wandte sich Brenda zu. »Gibt es etwas, was Sie in den nächsten Tagen tun wollen?«

»Ich… nein. Überhaupt nicht. Ich würde sehr gern mitkommen.«

»Danke, aber ich möchte Sie bitten hierzubleiben.«

Diffuse Panik überrollte Angelica. »Was sagen Sie da? Warum –«

»Aus irgendeinem Grund scheint Enders der Meinung zu sein, Brenda wäre die richtige Frau, um sie in Krisenzeiten um sich zu haben.«

»Ja.« Angelica schluckte schwer und fuhr fort. »Die Leute haben oft so ein Gefühl bei Brenda. Aber –«

»Gut. Dann wäre das erledigt. Brenda bleibt, um Enders zu helfen, daß er nicht zusammenbricht.« Er wandte seine Aufmerksamkeit wieder Angelica zu. »Sie kommen mit mir.«

Was er da sagte, wollte ihr nicht in den Kopf.

»Willis bleibt auch hier. Ihm kann ich vertrauen – er wird mich auf dem laufenden halten, was auf der Insel los ist. Chuck wird uns begleiten.«

»Ich verstehe nicht, warum –«

Er redete unbeirrt weiter. »Ich hatte sowieso in Seattle geschäftlich zu tun. Eigentlich erst in ein paar Tagen, aber ich werde den Termin vorverlegen.«

»Was hat das alles mit mir zu tun?« Sie machte einen Schritt auf ihn zu.

Er tat das gleiche und stand jetzt so dicht vor ihr, daß er von oben hinabsah in ihr Gesicht. »Ganz einfach. Ich fliege nach Seattle. Sie kommen mit. Wir beide haben eine Vereinbarung: Sinjun Breakers Biographie wird geschrieben von Angelica Dean. Es ist Zeit, daß wir uns mal ernsthaft an die Arbeit machen, finden Sie nicht?«

»Ich dachte, Sie wollten vielleicht noch warten.«

Völlig unerwartet, so daß sie zusammenfuhr, legte Sinjun eine schwere Hand auf ihre Schulter. »Ich will nicht mehr warten. Und ich will, daß Sie die beste Biographie schreiben, die jemals über jemanden geschrieben worden ist. Sie sollen einen richtig großen Fischzug machen, *Angel.* Ich werde Ihnen Gelegenheit geben, mich hautnah zu erleben. Das Wort ›persönlich‹ wird eine völlig neue Bedeutung bekommen.«

»Nun… vielen Dank.« Er machte ihr angst.

Sein Lächeln zog seine Lippen in die Breite, doch das eisige Grün seiner Augen blieb. »Keine Ursache. Betrachten Sie es als meinen Beitrag zur Chronik eines Zeitalters. Wo ich hingehe, werden auch Sie hingehen. Das wird vielleicht manchmal etwas beschwerlich sein – für uns beide. Aber irgendwie glaube ich, daß ich das besser durchstehen werde als Sie.«

Er drohte ihr. Warum? War das eine Reaktion auf den Kummer über Frans Tod? Schläge auszuteilen der einzigen Person gegenüber, bei der er das Gefühl hatte, sie ohne weiteres verletzen zu dürfen?

»Ich glaube nicht, daß es eine gute Idee ist, mich aufzudrängen, wenn Sie mit persönlichen Dingen beschäftigt sind«, sagte sie und hoffte, er würde ihr Widerstreben nicht hören können.

»Also ich denke, es ist die bestmögliche Idee. Ich habe beschlossen, mich für diese Biographie voll einzusetzen. Sie fragen sich wohl, warum ich auf einmal so scharf darauf bin?«

»Ja«, murmelte sie.

»Der Grund ist, daß ich mich frage, ob diese Explosion tatsächlich ein Unfall gewesen ist. Glauben Sie es?«

Angelica legte die Hand auf den Mund.

»Ah, Sie auch nicht, stimmt's? Sie dachten, ich wäre in diesem Hubschrauber, und da waren Sie nicht die einzige. Ich würde eine Menge Geld darauf verwetten, daß ich derjenige war, der vorgestern hätte sterben sollen. Und ich würde genausoviel wetten, daß es einen weiteren Versuch geben wird, mich umzubringen.«

Sie unterdrückte ein Aufstöhnen.

Sinjun lächelte erneut – ein beunruhigender Anblick. »Ich wußte, daß Sie eine empfindsame Frau sind. Ich mache mir natürlich auch um Ihre Sicherheit Sorgen, Angelica. Es könnte ja sein, daß irgend jemand versucht, mir die Lebenszeit zu verkürzen, damit ich Ihnen nicht alle meine Geheimnisse verraten kann, nicht wahr? Ich werde dafür sorgen, daß Sie die Gelegenheit dazu bekommen, und deshalb muß ich Sie in meiner Nähe haben. Ich kann nicht riskieren, daß jemand an Sie herankommt... und Ihnen womöglich etwas antut.«

»Nein!«

»Entschuldigung. Ich mache Ihnen angst. Das will ich nicht. Vertrauen Sie mir, Angel. Ich werde mich um Sie kümmern, weil ich mich für Ihr Wohlergehen verantwortlich fühle.«

Brenda machte einen Schritt in ihre Richtung. »Entschuldigung, aber –«

»Seien Sie still«, brachte Sinjun sie rüde zum Schweigen. »Sie werden hier gut versorgt sein, bis wir zurückkommen. Und inzwischen werde ich Angelica ununterbrochen in meiner Nähe behalten – nur, um sie hundertprozentig in Sicherheit zu wissen.«

»Bitte machen Sie sich meinetwegen keine Sorgen«, platzte sie schließlich hervor.

»Oh, das tue ich aber. Gehen Sie packen, Angelica. Ich glaube, mein Haus in Seattle wird Ihnen gefallen. Sie können das Zimmer gleich neben meinem haben, und es gibt auch ein hübsches, kleines Arbeitszimmer, wo Sie an Ihren Notizen arbeiten können. Sie werden sich nämlich Notizen machen müssen. Es wird eine Menge lossein.«

Dies war die Antwort auf einen ihrer innigsten Wünsche, und trotzdem war sie von Angst erfüllt. »Danke«, sagte sie und spürte, wie ein fiebriges Beben durch ihren Körper lief.

»Danken Sie mir nicht. Wir betrachten diese Angelegenheit als eine Art Vernunftehe. Wir sind zusammen, um beide sicherzugehen, daß wir genau das bekommen, was wir wollen. Zusammen ...« Sein Lachen ließ ihr einen eisigen Schauer über den Rücken rinnen. »Bis daß – oder sollte ich besser sagen, *außer wenn* der Tod uns scheidet?«

13

Außer wenn der Tod uns scheidet.

Angelica spürte die Vitalität des Mannes, der neben ihr durch den Flughafen von Seattle-Tacoma ging, nahezu greifbar. Er marschierte stur geradeaus, und die Leute gingen ihm automatisch aus dem Weg. Frauen starrten hinter ihnen her – und auch ein paar Männer. Angelica konnte es ihnen nicht verdenken.

Außer wenn der Tod uns scheidet.

Er hatte die Jacke seines dunklen Anzugs über die Schulter gelegt. Ein weißes Hemd betonte seine Bräune. Der gelöste Knoten seiner roten Krawatte ließ ihn nicht reisemüde wirken, sondern umgab ihn mit einer Aura lässigen Selbstbewußtseins.

Sinjun Breaker erwartete, daß er alles beherrschte, was er in die Hand nahm – oder in die Hand nehmen wollte –, und diese Erwartung signalisierte er unverkennbar. Angelicas Stimmung schwankte auf dem schmalen Grad zwischen Angst und der Sehnsucht, eine wichtige Rolle in seinem Leben zu spielen. Sich auf seine Zerstörung zu konzentrieren war ihr zur Qual geworden. Irgendwo in einem Flugzeug zwischen Hell und Seattle, ungefähr zu dem Zeitpunkt, als sie ihn beobachtete, während er schlief – wobei sie dann plötzlich erschreckt feststellen mußte, daß er nur so tat als ob –, hatte sie begonnen zu hoffen, daß ihre Mutter sich getäuscht hatte.

Er hatte es eine Weile zugelassen, daß sie ihn betrachtete, dann aber die Augen ruckartig geöffnet und sie voller Wachsamkeit angesehen. Sie hatte das Gefühl gehabt, als könnte sie eine Art inneren Kampf bei ihm erkennen und, vielleicht, Bedauern … und Begehren.

Sie hatten sich in den vielen Stunden, seit sie Hell verlassen hatten, kaum unterhalten, und doch war ihr die Gegenwart eines Mannes noch nie so präsent gewesen, hätte sie es nie für möglich gehalten, eine derart bewußte Nähe zu spüren.

Sie fragte: »Wo ist Chuck?«, und ihre Stimme klang brüchig.

»Er ist vorausgegangen, um das Gepäck zu holen.«

»Ich werde mir ein paar Sachen kaufen müssen«, erklärte sie. »Ich hatte nicht damit gerechnet, so lange wegzubleiben.«

»Das läßt sich leicht arrangieren.«

Vor einem Aufzug wartete er höflich, um ihr den Vortritt zu lassen, und hielt die gesamten Stockwerke hinunter ihren Ellenbogen.

Außer wenn der Tod uns scheidet.

Ein Gefühl leichter Panik nahm von Angelica Besitz. Als sie unten den Aufzug verließen, standen die Türen einer Art Untergrundbahn offen, und Sinjun schob sie eilig in einen Wagen.

»Setzen Sie sich«, sagte er und deutete auf einen orangenen Plastiksitz.

»Ich habe lange genug gesessen«, wehrte sie ab und klammerte sich an einem Haltegriff fest. »Ich stehe lieber.«

Er stand Angelica gegenüber, seine breite, langfingrige Hand lag auf der ihren. Seine Knöchel wirkten weiß.

Sie konzentrierte sich auf die glatte Brust seines Hemdes. Er war ein Mann mit vielen Facetten: unbekümmerter Besitzer einer tropischen Luxus-Insel, Strandwanderer und König der Felsen mit einem sagenumwobenen Wissen voller Mythen, zorniger Mann mit vielen dunklen Geheimnissen und nun mächtiger Herrscher eines einflußreichen Geschäftszweiges.

Der echte Sinjun Breaker möge jetzt bitte aufstehen.

Der Daumen seiner rechten Hand, die sich sanft auf ihre Wange legte, erschreckte Angelica.

Behutsam streichelte er sie, die Finger über ihr Ohr und ihre Wange gelegt. »Sie sehen müde aus.«

Sie konnte ein Schaudern nicht unterdrücken. »Mir geht's prima.«

»Gibt es irgend etwas, das Sie mir gern sagen wollen, Angelica?«

Ihre Kehle wurde trocken. »Ihnen sagen?«

»Irgend etwas, wovon Ihnen wohler wäre, wenn Sie es erzählten?« Seine Finger glitten in ihr Haar, und er hob ihr Gesicht. »Ich habe immer wieder das seltsame Gefühl, daß es eine Schranke zwischen uns gibt. So als würden Sie das eine sagen, aber etwas ganz anderes meinen. Oder vielleicht etwas ganz anderes *denken?*«

Sie war also die einzige, die die Wahrheit verbarg? »Das ist seltsam«, sagte sie. »Ich habe das Gefühl, daß Sie nur selten etwas Persönliches offenbaren. Glauben Sie nicht, daß Sie Ihre eigene Vergangenheit auf mich projizieren?«

Als Antwort schob er eine lose Haarsträhne hinter ihr Ohr. Dann ließ er seine Hand sinken, betrachtete die erleuchtete Tafel über der Tür und schien sich auf die hohe Frauenstimme zu konzentrieren, die Abflughinweise auf Japanisch wiederholte.

Angelica senkte den Kopf und bemerkte erst jetzt, daß sie den Atem angehalten hatte. Jede Minute wurden die Verstrickungen zwischen ihnen komplizierter. Sie würde jedoch nicht flüchten wollen, selbst wenn sie konnte. Denn natürlich kam sie ihrem Ziel näher, je näher sie dem Mann kam.

Sie biß sich auf die Unterlippe. Aber so klar war ihr das Ziel nun gar nicht mehr.

Beim Hauptterminal angekommen, umfaßte er wieder ihren Ellenbogen, um sie durch die Menge zu leiten. »Mir ist gerade etwas eingefallen, was ich Sie noch nicht gefragt habe«, sagte er. »Wo sind Sie eigentlich zu Hause?«

Flüchtige Verwirrung tauchte in ihr auf und verschwand gleich wieder. »Nirgendwo.« In diesem Falle war es leicht, ehrlich zu sein. »Meine Arbeit bringt mich… brachte mich bisher… an die verschiedensten Orte der Welt. Wenn ich in New York war, habe ich in der Wohnung einer Freundin übernachtet. Dort sind auch meine Sachen untergebracht. Ich besitze nicht viel.«

»Haben Sie einen Freund?«

Sie musterte ihn scharf. »Ist das wichtig?«

»Nein.«

Aber er hatte gefragt. Angelica versteckte ihr Lächeln und verstand, was ihr daran gefallen hatte. Aus irgendeinem eigenartigen Grund wurde es ihr zusehends wichtiger, daß Sinjun sie als Frau wahrnahm.

Er ging mit noch größerer Eile weiter, und sie mußte rennen, um Schritt mit ihm zu halten. Sie verließen das Gebäude durch automatische Türen und gingen direkt zum Straßenrand. Taxis, Pendelbusse und Limousinen kamen und fuhren in ständigem Rhythmus, spuckten Reisende aus, um andere zu verschlucken.

Angelica hatte kaum genug Zeit, die leichte Sommerluft einzuatmen, da hielt schon ein dunkelgrauer Lexus vor ihnen, und Chuck tauchte mit dem Gepäck hinter ihnen auf. Der Kofferraum des Lexus öffnete sich, und er verstaute seine Last darin.

»Steigen Sie ein«, sagte Sinjun, und Angelica kletterte wortlos in den Fond.

Sinjun setzte sich auf den Beifahrersitz, und Chuck nahm neben Angelica hinten Platz.

Eine Frau mit dunklem Haar, das glatt von einem Mittelscheitel bis zum Kinn reichte, saß am Steuer. Sie warf Angelica durch eine schildpattgerahmte Brille einen prüfenden Blick aus grauen Augen zu, dann konzentrierte sie sich auf Sinjun.

Mein Gott, wie sehr sie sich konzentrierte!

Angelica sank zurück in das weiche, schwarze Leder und beobachtete, wie die Frau sich leicht, aber eindeutig zu Sinjun hinüberlehnte. »Alle reden«, sagte sie mit leiser, klarer Stimme. »Ich habe mein Bestes getan, den Tratsch zu unterbinden, aber –«

»Das hier ist Angelica Dean«, sagte Sinjun förmlich. Er legte einen Ellenbogen über die Rückenlehne seines Sitzes, um sie anzusehen. »Angelica, darf ich Ihnen Mary Barrett vorstellen, meine Hauptgeschäftsführerin.«

Angelica wurde erneut mit einem kühlen Blick bedacht – und mit einer hochgezogenen Augenbraue.

»Ihr zwei werdet euch vermutlich jetzt öfters begegnen«, sagte Sinjun. »Angelica schreibt meine Biographie.«

Die dunkelbraune Braue zuckte noch eine Spur höher. »Ach wirklich? Erstaunlich.«

Angelica beschloß, daß ein unauffällig-höfliches Geräusch wohl die beste Antwort sein würde.

»Ich habe dir doch erzählt, daß jemand an meiner Biographie arbeitet«, sagte Sinjun.

»Ja. Stimmt.« Mary Barretts Ton machte klar, daß sie nicht erwartet hatte, dieser Jemand könnte eine Frau sein. »Ich dachte, wir setzen uns am besten in meiner Wohnung zusammen, wie wir es vereinbart hatten.«

»Man wird uns gleich unsanft von hier verscheuchen«, kündigte Chuck an, als er einen Verkehrspolizisten kommen sah.

Mary fuhr an und lenkte den Wagen geschickt im Slalom vorbei an etlichen anderen wartenden Fahrzeugen zur Hauptstraße. Bis sie das erste Schild für Seattle passiert hatten, schwieg Mary.

»Die Besprechung ist für morgen angesetzt. Ich –«

»Laß uns später darüber reden«, unterbrach Sinjun sie.

Mit anderen Worten, sie würden »darüber« reden, wenn sie Angelica losgeworden waren. Soviel war also von dem zu halten, was sie angeblich alles über Leben und Treiben des Sinjun Breaker erfahren würde.

»Waren Sie früher schon mal in Seattle, Angelica?« fragte Chuck.

Wie seltsam, daß sie überhaupt in Sinjuns Nähe war. Sie alle wußten herzlich wenig über sie. »O ja, es gefällt mir hier.«

Sie war in der Eastside aufgewachsen und hatte dort gelebt, bis sie mit achtzehn aufs College gegangen war.

Chuck schaute aus dem Fenster auf die Weißbirken, deren helle Blätter in der Brise zitterten. »Für mich ist es hier zu kühl«, sagte er. »Die Hitze des Pazifiks ist mir entschieden lieber.«

Oder Montana? Angelica fragte sich, welche Informationen sie von Chuck Gill wohl bekommen könnte, wenn er je zu überreden war, die Hosen runterzulassen und über den Mann zu sprechen, den er so verehrte.

»Wo lebt Ihre Familie?« fragte Mary Barrett. Sie schaute kurz über die linke Schulter, überquerte mehrere Fahrspuren und ordnete sich glatt auf die Autobahn ein. Frauen wie Mary Barrett klangen bei solchen Fragen absolut kühl. Es überraschte Angelica, daß Chuck ihr einen amüsierten Blick zuwarf. Auch diesmal würde die Wahrheit wieder genau das Richtige sein. »Ich habe keine Familie. Meinen Vater habe ich nie gekannt – nicht wirklich. Und meine Mutter ist tot. Meine Postadresse ist in New York.« War alles absolut wahr – oder beinahe. »Kannten Sie Fran Simcox?«

Das Überraschungselement funktionierte. Erst herrschte totale Stille, eine Stille, die so laut war, daß sie fast betäubend wirkte, bis Mary Barrett sagte: »Natürlich kannte ich sie. Ich kenne jeden, den Sinjun kennt.«

Außer mir. Wirklich eine ungewöhnliche Antwort. Angelica fühlte sich versucht zu fragen: *Jeden?*, überlegte es sich aber anders.

»Es muß schrecklich gewesen sein«, sagte Mary, und Angelica bemerkte, wie die Hände der Frau sich fester ums Steuerrad legten. »In die Luft gesprengt zu werden, einfach so.«

»Das ist wohl nie ›einfach so‹«, sagte Chuck, das Gesicht wieder dem Fenster zugewandt. »Man sagt, es gäbe jedesmal zumindest eine Sekunde und das wäre die längste Sekunde deines Lebens.«

»Unsinn«, widersprach Mary. »Reine Spekulation. Es hat noch nie jemanden gegeben, der darüber hätte reden können.«

»Hast du je schon mal was von Rückführung in vergangene Leben gehört?«

»Genug davon«, sagte Sinjun, aber milde. »Es ist wirklich bedauernswert, daß der Hubschrauber keine Aufzeichnungen machte. Obwohl wir den Schreiber sowieso wahrscheinlich nie gefunden hätten. Also lassen wir es dabei bewenden.«

Chuck ließ nicht locker. »Wäre vielleicht nett gewesen, wenn man Mary nicht ein Stichwort hätte geben müssen, damit sie Fran auch nur erwähnt.«

Sinjun drehte sich halb in seinem Sitz um, schüttelte stirnrunzelnd den Kopf und sah wieder nach vorn.

»Jeder von uns geht halt mit Trauer anders um«, verteidigte sich Mary.

Chuck schnaubte. »Fran und Sin waren nicht nur Arbeitgeber und Angestellte, sondern gute Freunde. Sie hatten eine Beziehung, wie sie es selten zwischen Mann und Frau gibt, denn sie war genau das, eine Freundschaft. Darüber warst du gelb vor Neid, und Fran hast du dafür gehaßt.«

»*Genug* jetzt!« Diesmal drehte sich Sinjun heftig um und sah Chuck mit einem schmalen Blick an. »Wir trauern alle. Ende dieses Gesprächsthemas.«

»Ist ja gut«, sagte Mary in einem Ton, der Angelica mit den Zähnen knirschen ließ. »Das Problem ist offensichtlich nicht die arme Fran, sondern das bin ich, nicht wahr, Chuck?«

»Sinjun hat gesagt, das Thema sei beendet.«

»Prima. Aber dann wollen wir trotzdem so tun, als wüßten wir nicht, wer hier eifersüchtig auf Sinjuns Freundschaften ist.«

»Herr im Himmel.« Sinjun preßte seinen Kopf an die Kopfstütze. »Ich hoffe, Sie schreiben mit Ihrem unsichtbaren Stift fleißig mit, Angel.«

Mary wandte den Kopf mit einem Ruck zur Seite und schoß einen scharfen Blick von Sinjun zu Angelica. Es war ihr nicht entgangen, daß diese Bemerkung nach Vertrautheit klang – und welchen Namen er dabei benutzte.

»Da reckt sie sich gen Himmel«, verkündete Chuck, als die ersten Wolkenkratzer der Stadt in Sicht kamen. »Bald wird die Stadt aussehen wie der ›Big Apple‹ New York, finden Sie nicht, Angelica?«

Sie betrachtete die Farben der eleganten Stadt: Blau und Bronze, Marmorweiß und Glänzendschwarz und lächelte voller Freude. »Glaube ich nicht. Nicht ganz.«

Links von ihnen verwandelte die Sonne das Wasser der Elliott Bay in glitzerndes blaues Geflimmer. Am Horizont erhoben sich die Olympischen Berge, rauh und dunkel bis zu den schneebedeckten Gipfeln. »Auf keinen Fall. Irgendwie wird es hier immer anders aussehen.«

Denn hier war sie zu Hause.

»Ich bringe Sin zu mir«, sagte Mary. »Wo soll ich euch absetzen?«

»Ich habe ein paar Besorgungen zu machen.« Chuck beugte sich vor. »In der Stadt. Laß mich beim Columbia-Zentrum raus. Ich hole dann mein Auto beim Büro ab. Du bleibst bei Mary, bis ich dich abhole, okay, Sin?«

Sinjun ließ sich Zeit und sagte schließlich »Okay«, aber begeistert klang er nicht.

»Was ist mit Ihnen, Angelica?« fragte Mary.

»Sie wird mit uns kommen«, verkündete Sinjun sofort.

»Aber –«

»Das wird das beste sein.« Sinjun streckte seinen Arm hinter Marys Schultern auf der Lehne ihres Sitzes aus. »Das beste für mich.«

Dazu würde es keine weitere Diskussion geben, dachte Angelica und fragte sich, ob sie nicht dieses Unternehmen aufgeben sollte, das inzwischen noch komplizierter zu werden versprach, als sie es sich in ihren kühnsten Träumen hätte vorstellen können.

»Wo kaufst du so ein?« fragte Sinjun.

Mary sah ihn verblüfft an. »Was?«

»Kleidung. Solche Sachen.«

Mary runzelte ihre glatte Stirn. »Bei Nordstrom, Ann Taylor, Helen's Of Course, Bally, hängt davon ab, was.«

»Gut.« Er setzte sich gerade hin. »Hast du alle diese Namen behalten, Chuck? Angel war nicht auf diese Reise vorbereitet. Du kannst morgen früh als erstes eine Stadtrundfahrt mit ihr machen.«

Angelica fühlte sich erdrückt. »Ich denke nicht –«

»Das brauchen Sie auch nicht. Ihre Aufgabe ist es, sich auf mich zu konzentrieren. Ich werde mich um Sie kümmern.«

Selbst wenn ihr die mögliche Doppelbedeutung dieser Bemerkung entgangen sein sollte, Mary hatte sie begriffen. Sie sah aus, als würde sie dem Lexus jeden Moment das Steuerrad abreißen.

Chuck stieg an der riesigen schwarzen Säule des Columbia Center aus, und Mary fuhr weiter im Zickzack durch die Stadt bis zu einem eleganten Wohnkomplex, von dem aus man den Lake Union überblicken konnte.

Sobald sie aus dem Wagen gestiegen waren, schob Mary ihre Hand in Sinjuns und lächelte zu ihm auf. »Es ist wirklich schön, daß du wieder da bist. Hier war es in den letzten Tagen irgendwie beängstigend.«

Er erwiderte das Lächeln und versuchte nicht, ihr seine Hand zu entziehen. »Wo wir waren, kam es mir auch reichlich beängstigend vor.« Sie gingen dicht nebeneinander her, Mary drückte ihren wohlgeformten Körper an ihn. »Es gibt wirklich kaum etwas Schrecklicheres, als zuzusehen, wie ein Hubschrauber explodiert, nicht wahr, Angel?« fügte er hinzu.

Sie trabte hinter den beiden her und fühlte sich wie eine Brautjungfer, die das Paar nicht rechtzeitig allein gelassen hatte. »Es war grauenhaft.«

»Das kann ich mir vorstellen.« Mary ging so langsam, daß sich ihr Weg in einen Spaziergang verwandelte, wobei sie ständig zu Sinjun hinaufsah. »Gott sei Dank warst du nicht... Tja, du weißt schon, was ich sagen wollte.«

Alle wußten, was sie sagen wollte.

Mary Barretts luxuriöse Wohnung lag im dritten Stock des Komplexes. Sinjun betrat das grüngoldene Wohnzimmer wie ein Mann, der sich gut auskannte. Angelica blieb am Rand des glänzenden, dunklen Holzfußbodens stehen, auf dem ein prächtiger alter Teppich lag, und betrachtete die Szene. Sinjun ließ sich von Mary das Jackett abnehmen, dann sank er auf eine dunkelgrüne Ledercouch.

»Mineralwasser?« fragte Mary. »Oder lieber Clubsoda?«

Er nickte und schloß die Augen. »Mineralwasser bitte. Angel, Sie sind auch müde, oder?«

Sie schwieg, bis er die Augen öffnete.

Die hilfreiche Mary werkelte herum, gab Sinjun sein Glas und verschwand dann durch einen Durchgang, der aus dem Wohnzimmer hinausführte. »Entschuldigen Sie«, sagte sie penetrant freundlich. »Jeder von uns lebt zu sehr in seiner eigenen kleinen Welt, nicht wahr? Warum machen Sie es sich nicht in meinem Zimmer gemütlich? Sin und ich haben einiges – Geschäftliches – miteinander zu besprechen.«

Angelica sah Sinjun an, doch der sagte nichts. Sie nickte. »Vielen Dank.«

Mit der Anweisung, sich »ganz wie zu Hause zu fühlen« und »ein Nickerchen zu machen, wenn ihr danach war«, lud Mary Angelica ruhig, aber bestimmt, in einem Schlafzimmer ab, das so blendend weiß war, daß einem davon die Augen tränten.

Eine halbe Stunde später – zweiunddreißig Minuten, um genau zu sein – hatte sie genug davon, sich erst die Aussicht und dann ihre Uhr anzusehen, und wanderte ins Badezimmer.

Kertz-Breaker bezahlte offensichtlich mehr als nur ein Grundgehalt. Ein wenig größer, und man hätte die Badewanne einen Pool nennen können. Allein darin zu baden mußte eine einsame Sache sein.

Angelica pfiff leise durch die Zähne.

Eigentlich bestand keine Gefahr, den Anschluß zu verlieren. Die Ereignisse der vergangenen verrückten Woche hatten sie nur etwas zurückgeworfen, sonst nichts.

Dieses Badezimmer wäre die pure Verschwendung, wenn man es mit niemandem teilte.

Sie machte die Tür zu und schloß ab, ohne so recht zu wissen, warum.

Auf der Innenseite der Tür hingen zwei dicke, weiße Frotteemäntel – genau gleich, außer daß der eine deutlich länger war.

Mary Barrett war womöglich *Mrs.* Barrett.

Mr. Barretts Rasierer und Rasierwasser standen neben dem

rechten der zwei weißen Marmorwaschbecken, die in eine lange, weiße Platte eingelassen waren. Mrs. Barretts Parfümflaschen, ihre Lotion und ein Paar Perlenohrringe dekorierten den Rand des linken Beckens.

Angelica ging vorsichtig näher heran und machte ein kleines, marmoriertes Kästchen neben dem Rasierer auf.

Es war mit kleinen Folienpäckchen gefüllt.

Sie schluckte und ließ den Deckel schnell wieder zufallen.

Es war dumm, was sie hier tat, und korrekt war es auch nicht.

Marys Handtücher, die an einer langen Stange links neben der Badewanne hingen, waren in grünen Buchstaben mit ihren Initialen M. A. B. bestickt. Geschmackvoll. Aber Mary war ja insgesamt geschmackvoll.

Angelicas Blick wanderte zu den passenden Handtüchern auf der Stange rechts neben der Badewanne. Die trugen keine Initialen.

Die grünen Buchstaben lauteten schlicht SIN'S.

14

Der Lexus gehörte Sinjun. Und Mary Barrett offensichtlich ebenso.

Bis Sinjun Angelica zu der Villa in Seattle gebracht hatte, die er sein Heim nannte – Chuck folgte ihnen in einem nichtssagenden braunen Ford –, war der lange Sommertag der Dunkelheit gewichen.

Sinjuns Haus lag hinter einer hohen Mauer im feinsten Teil des Edelviertels Queen Anne Hill. Als sich die elektrisch bewegten Tore hinter dem Lexus geschlossen hatten, verschwand Chuck in der Dunkelheit.

Sinjun schloß die Vordertür auf und geleitete Angelica hinein. »Ich bringe Sie gleich zu Ihren Zimmern«, sagte er knapp und deutete an, sie solle vor ihm die Treppe hinaufgehen.

Auf dem Weg nach oben konnte sie einen kurzen Blick auf die Zimmer werfen, die sich zur Eingangshalle hin öffneten. Sie waren mit Antiquitäten möbliert, viele davon fernöstlich.

»Das sieht atemberaubend aus«, erklärte sie Sinjun oben an der Treppe, die sich in einem einzigen, langen Bogen in den ersten Stock spannte und dann zu einer Galerie teilte. Über ihnen erstreckten sich Fresken in allen Rottönen zwischen zartestem Rosa und Blutrot bis hinauf zu einer runden Kuppel aus prächtigem, farbigem Glas.

Sinjun legte eine Hand an ihre Taille und bedeutete ihr, nach links zu gehen. »Das meiste, was Sie hier sehen – weitgehend auch das Beste –, war schon genau so, als ich das Haus gekauft habe. Jedes Lob für den Entwurf müßten Sie den früheren Eigentümern aussprechen.«

»Das vielleicht. Aber Sie haben ein Lob verdient, weil Sie diesen guten Geschmack erkannt haben.« Das führte sie schnurstracks zu einem wichtigeren Thema. »Mary Barretts Wohnung ist auch sehr schön.«

»Ja.«

»Sie muß äußerst gut sein in ihrem Job.«

»Ist sie auch.«

Sieh an, welche Überraschung. Sinjun wollte nicht über Mary Barrett reden. War Mary die Frau in Mamas Brief? Die Frau, die Sinjuns Geliebte gewesen war und sich dann daran gemacht hatte, Mamas Freund zu becircen? »Wie lange haben Sie... Wie lange ist sie schon bei Ihnen?«

»Dieses hier ist Ihr Zimmer.« Er griff neben ihr zu einer Türklinke, öffnete die Tür und bedeutete ihr hineinzugehen. »Ich glaube, hier haben Sie es bequem.«

Angelica lachte, und er sah sie scharf an.

»Entschuldigung«, sagte sie eilig, aber ein wenig einfältig. »Was für ein phantastisches Zimmer. Ich habe noch nie in einem Himmelbett geschlafen.« Sie hatte auch noch nie einen Raum mit hektarweise ausgelegtem Seidenteppich bewohnt, der durch hohes Alter eine kostbare Patina in dunklem Rot und Blau angenommen hatte und mit einem passenden Set französischer Antiquitäten versehen war. Angelica war keine Expertin und brachte dauernd die vielen Ludwige durcheinander. Aber sie erkannte die Rokoko-Fülle der einen Zeit und die neoklassizistische Pracht einer anderen. Das Delphinmotiv des Dauphins zierte die Ecken eines herrlichen, flachen Schreibtisches, der genau dort stand, wo das Licht durch die drei hohen, schmalen Fenster seine Oberfläche beleuchten würde.

»Wenn ich das richtig verstehe, gefällt Ihnen das Zimmer«, sagte Sinjun.

Sie hatte gespürt, daß er sie genau beobachtete. »Waren diese Möbel auch schon im Haus?«

»Nein.« Er hob ihren einzigen Koffer auf das magenta und violett überzogene Bett. »Mrs. Falon wohnt auch in diesem Haus. Sie ist meine Haushälterin und mein Schutzengel. Der Rest des Personals wohnt nicht hier. Mrs. Falons Zimmer sind im Erdgeschoß hinten im Haus. Ziehen Sie an der Schnur neben dem Kamin, wenn Sie irgend etwas brauchen. Sie wird Sie dann zurückrufen.«

Angelica grinste. »Sie machen wohl Witze.«

Immerhin grinste er zurück, bevor er erwiderte: »Vielleicht kann man das auf das Kind schieben, das ich nie habe sein können. Alle sagten, die Glockenschnüre müßten verschwinden, also habe ich sie behalten.«

Sie lachten beide.

Doch so schnell wie dieser Augenblick der Nähe entstanden war, so schnell verschwand er auch wieder.

Angelica fühlte sich Sinjun immer noch nahe, aber diese Nähe war rein körperlicher Art. Er machte ihr extrem bewußt, wie klein sie war – genauso wie ihr seine große, kräftige Gestalt bewußt war. Wie wenig würde sie ihm entgegensetzen können, sollte er je versuchen, sie zu ... Er war ein zivilisierter Mann, kein Tier.

Aber er hatte zugegeben, wie wichtig es für ihn war, sein Temperament zu zügeln.

Angelica hatte auch schon erfahren, wie er die Kontrolle verlor.

Dee-Dee Cahler-Breaker war geschlagen worden, bis sie ... *bis* sie der Tod von ihrem jungen Ehemann schied.

»Was ist los?«

Sie fuhr zusammen. »Nichts. Gar nichts. Ich denke, ich bin überwältigt und müde gleichzeitig. Es ist ein langer Tag gewesen.«

»Natürlich. Ich überlasse Sie jetzt sich selbst, damit Sie sich häuslich einrichten können.« Er ging zu einem Badezimmer, das an einer Seite des Schlafzimmers lag. »Sieht aus, als ob alles für Sie bereitgemacht worden wäre. Möchten Sie, daß ich Ihnen das Arbeitszimmer jetzt gleich zeige?«

Angelica ordnete ihre Gedanken. »Ich glaube, ich möchte lieber hier arbeiten.« Sie deutete auf den Schreibtisch. »Unglücklicherweise ist bisher nichts so gelaufen, wie ich es vorgesehen hatte. Wenn ich geahnt hätte, daß wir so bald an die Arbeit gehen würden, hätte ich meinen Computer aus New York mitgebracht. Ich werde wohl noch eine Weile mit meinem unsichtbaren Stift auskommen müssen.«

Er erwiderte ihr Lächeln nicht. »Ich werde einen Laptop für Sie besorgen. Jemand aus meinem Büro wird Sie anrufen und nach Einzelheiten fragen.«

»Vielen Dank, aber –«

»Morgen früh wollen Sie sicher ausschlafen. Mrs. Falon wird Ihnen das Frühstück bringen. Sie wird anrufen und fragen, was Sie gern möchten.«

»Das ist nett.« Der Herr hatte wirklich einen fatalen Hang zur Autorität.

»Morgen nachmittag werde ich Sie zu Kertz-Breaker mitnehmen. Dann können Sie bei einer Besprechung dabeisein. Ich denke, Sie können einen interessanten Eindruck in meine Arbeitsweise dabei bekommen – in professioneller Hinsicht.

Offensichtlich hatte er beschlossen, jedes Wort vorzugeben, das sie schreiben sollte. »Das wäre sehr hilfreich.« Sie bezweifelte, daß ihr diese Besprechung irgendwie weiterhelfen würde, aber sie würde zuhören. Mit etwas Glück würde Mary Barrett auch dort sein, und Mary war für Angelica sehr interessant geworden. Sie nahm an, daß sie die Frau war, von der er gesagt hatte, daß es ihm keinen »Spaß« mehr machte.

Ohne Vorwarnung fragte Sinjun: »Was für eine Größe tragen Sie?« Während Angelica ihn mit offenem Mund anstarrte, betrachtete er eindringlich ihren Körper. »Wie nennt man Kleider für kleine Leute?«

Kleine Leute? »Ich kaufe oft in der Kinderabteilung.«

»Aha. Kinderabteilung. Größe? Etwa Sechsunddreißig?«

»Vierunddreißig«, sagte Angelica noch kühler.

»Prima. Vierunddreißig. Chuck ist gut im Aussuchen von Kleidung. Macht er für Lorraine auch immer. Ruhen Sie sich aus morgen früh. Er wird in die Läden gehen, die Mary erwähnt hat, und dort gemeinsam mit den Verkäuferinnen die richtigen Sachen finden.«

Lorraine, die oben ohne, unten ohne Silberkleider trug und Stringbikinis? »Nein, das wird er nicht tun«, sagte Angelica mit eisigem Stolz in der Stimme und einem reservierten Lächeln auf den Lippen. »Selbst wenn ich mir eine neue Garderobe leisten könnte – und mit dem Geld einer zwischen zwei Jobs befindlichen Journalistin kann ich das nicht –, ich ziehe es vor, meine Sachen selbst auszusuchen.«

Sein Gesichtsausdruck blieb unverändert. »Wenn Sie sich dabei wohler fühlen, nennen wir das Geld, das ich momentan für Sie ausgebe, ein Darlehen. Schließlich sind Sie auf mein Betreiben hier. Wir können dann später abrechnen, wenn die riesigen Vorschußsummen auf meine faszinierende Biographie eintreffen.«

Angelica hatte unvermittelt einen Augenblick lang Angst. Er vermutete, daß sie etwas anderes vorhatte, als sie behauptete. Seine Ablehnung war regelrecht *greifbar.*

»Darüber wollen wir jetzt nicht reden«, sagte sie schnell. »Sie sind vermutlich genauso müde wie ich.« Und zweifellos wurde er in dem bewußten weißen Zimmer erwartet. Mary hatte kaum ihren Ärger unterdrücken können, als Chuck aufgetaucht war und Sinjun darauf bestanden hatte, Angelica zu begleiten.

Er löste seine rote Krawatte jetzt vollends und ließ sie herunterbaumeln. »Ich sollte noch erwähnen, daß es ein sehr kompliziertes – und wirksames – Alarmsystem in diesem Haus und dem Garten gibt.«

»Kann ich mir vorstellen.«

»Ja, natürlich. Also können Sie verstehen, daß Sie nicht beliebig kommen und gehen können? Sie werden ja sowieso meistens mit mir unterwegs sein. Aber wenn Sie im Laufe des Tages weggehen möchten und ich nicht in der Nähe bin, sagen Sie es bitte Mrs. Falon. Nachts werden Sie wohl kaum unterwegs sein wollen. Sollte es jedoch irgendeinen Notfall geben, müssen Sie zu mir kommen.«

Unbehagen kroch Angelica über den Rücken. »Aha, ich verstehe. Und Sie erreiche ich auch per Telefon?«

Er ging zu einer Tür auf der anderen Seite des Zimmers und drehte den Schlüssel im Schloß. »Am direktesten wäre es, einfach diese Tür zu benutzen.« Er wartete, bis sie näher getreten war, und beobachtete sie, während sie ein Badezimmer betrachtete, das von einer übergroßen viktorianischen Badewanne auf Füßen beherrscht war. »Dieses Arrangement besteht noch aus den Zeiten der getrennten Schlafzimmer. Ihr Zimmer, mit dem dazugehörigen Badezimmer, war das Zimmer der Ehefrau gewesen. Ich vermute, sie gab ihr Interesse an… Tja, also wenn sie den Schlüssel zu diesem Badezimmer umdrehte und die Tür öffnete, ging ihr Mann wohl davon aus, daß sie heute keine Kopfschmerzen hatte.«

Bei der letzten Gelegenheit, als er sich ihr gegenüber über Sex geäußert hatte, war er entschieden phantasievoller gewesen. »Vielleicht war es aber auch der Mann, der ein Zeichen gab.«

Er kaute an seiner Unterlippe und hob eine Augenbraue. »Wenn Sie damals die Frau auf der anderen Seite der Tür gewesen wären, Angel, dann wäre er jederzeit bereit gewesen.«

»Wie ist es möglich, daß Sie es schaffen, selbst ein Kompliment so klingen zu lassen wie…« Sie verkniff sich den Rest.

»Wie?« Die Neigung seines Kopfes forderte sie auf weiterzusprechen. »Wie was? Wie eine Einladung? Wahrscheinlich deshalb, weil es eine Einladung ist. Aber ich möchte nicht, daß Sie sich unbehaglich fühlen. Ich werde zwar die Nächte, während derer Sie hier sind, in einem fortwährenden Zustand zwischen halberigiert und erigiert verbringen, aber beachten Sie das nicht weiter.«

»Reden Sie mit allen Frauen so?«

Er schüttelte den Kopf. »Nein, eigentlich seltsam. Wenn ich es mir genau überlege, habe ich bisher noch nicht einmal daran gedacht, mit einer anderen Frau so zu reden wie mit Ihnen.«

»Das ist beleidigend.«

Sein Lächeln wirkte engelhaft. »Ich denke, das ist Auffassungssache. Nach Ihnen.« Eine weitere Tür stand offen zu einem Schlafzimmer, das noch größer war als Angelicas. Sinjun leitete sie über die Schwelle. »Manchmal schlafe ich ziemlich tief. Haben Sie keine Angst, einfach hereinzukommen und mich zu schütteln.«

Sie blieb so weit von ihm entfernt wie möglich stehen, ohne in das angrenzende Badezimmer zurückzutreten, und bestaunte dieses bemerkenswerte Zimmer. Elfenbeinfarbene

Seide bedeckte die Wände und elfenbeinfarbene Bezüge das große Bett, das weder Kopf- noch Fußende hatte. Elfenbeinfarbene Teppiche lagen auf Mahagoniböden, die so dunkel waren, daß sie schon beinah schwarz wirkten. Schwarze Lackmöbel spiegelten sich in der glänzenden Oberfläche.

»Nun?« sagte Sinjun, und sein Lächeln wurde zu einer Aufforderung, die so alt war wie es Männer und Frauen gab. Es bedeutete, daß sie allein waren, was beide wußten – und daß ihm der Gedanke eindeutig Spaß machte.

Das einzige, was Angelica zustande brachte, war: »Sehr hübsch«, dann flüchtete sie zurück zu der magenta und violetten Pracht des Zimmers, das ihr zugewiesen worden war.

»Ach, übrigens«, sagte Sinjun hinter ihr.

Sie bemühte sich, ihren Herzschlag zu beruhigen, und drehte sich zu ihm um. »Ja?«

»Ich schließe die Tür auf meiner Seite nicht ab. Vielleicht machen Sie das besser auch so. Das ist sicherer.« Damit ging er zurück in sein Schlafzimmer.

Sicherer? Herr im Himmel.

Angelica machte die Tür hinter ihm zu, gab sich Mühe, sie nicht zuzuschlagen. Sobald sie Gelegenheit hätte, würde sie versuchen, Brenda anzurufen. Selbst wenn Sinjun das merkte, hatte sie eine einfache Entschuldigung parat, nämlich daß sie wissen wollte, wie es ihrer Freundin ging.

Kurz nachdem sie ihre Tür zu dem Badezimmer geschlossen hatte, hörte sie, wie er die Treppe hinunterging. Ihre Fenster öffneten sich zur Einfahrt. Innerhalb weniger Minuten verschwand der Lexus durch das Außentor – das sich elektrisch öffnete – und fuhr hinaus in die Nacht. Angelica hatte keinerlei Zweifel, wohin er unterwegs war.

Erst verbreitete er Tod, Drohungen und Angst, und dann ließ er sie als Quasi-Gefangene hier zurück. Sie hatte ihm gesagt, daß sie keine Familie besaß. Er konnte annehmen, daß es außer Brenda keinen anderen Menschen auf der Welt gab, der nach ihr suchen würde, nachdem sie lange Zeit... na, halt, nachdem ihr etwas Schreckliches zugestoßen war.

Ihr würde nichts Schreckliches zustoßen.

Und Brenda wußte, wo sie war.

Aber Brenda war ebenfalls eine Art Gefangene – auf einer Insel, von der man nicht entkommen konnte, außer mit einem Boot, das Angelica nie gesehen hatte, oder mit einem Hubschrauber, der jetzt in Honolulu stand.

Mit spitzen Fingern nahm Angelica den Hörer des Telefons ab und horchte hinein. Ein normales Freizeichen, und trotzdem war sie nervös. Sie legte den Hörer wieder auf und konzentrierte sich auf die Stille im Haus.

Statt in Panik zu geraten, sollte sie sich lieber gratulieren. Mit Geduld würde sie ihre Geschichte über Sinjun bekommen. Sie würde ihn bloßstellen und den Mann, den ihre Mutter geliebt hatte, vor jedem eventuellen Schaden bewahren, den Sinjun ihm antun wollte.

Sinjun würde inzwischen wohl bei der Wohnanlage am Lake Union angekommen sein. Es dürfte ihr eigentlich nichts ausmachen, sich vorzustellen, wie sich sein bronzebrauner Körper in einem weißen Bett mit dem von Mary Barrett vereinte. Leider war es aber doch so. Angelicas Wangen brannten, und ein sehnsüchtiges Ziehen erfüllte ihren Unterleib, wie an jenem Abend am Strand... bevor er sie in ihrem Bungalow allein gelassen hatte.

Was würde er tun, wenn er wüßte, daß sie noch Jungfrau war?

Hämisch grinsen?

Lachen?

Oder es einfach nicht glauben?

Sie hatte ihm mehr als genug Gründe gegeben, anzunehmen, daß ihr Sex nicht fremd war.

Wie war er wirklich? Wie würde *es* mit ihm sein?

Sie war nicht so unerfahren, um sich nicht vorstellen zu können, wie er wach auf seinem satinglänzenden Bettlaken lag. Und sie war auch nicht so naiv, sich nicht vorstellen zu können, wie jener Teil von ihm aussehen würde, der »die ganze Nacht irgendwo zwischen halberigiert und erigiert« sein würde…

Ihr wurde kribbelig – und sehr heiß.

Es wurde wirklich langsam lästig, sich für »den Richtigen« aufzusparen.

Verdammt. Wie konnte sie solchen Phantasien über einen Mann nachhängen, den sie ruinieren wollte?

Angelica griff erneut nach dem Telefon, sah in ihr Adreßbuch und wählte die Nummer zum Appartement über dem Pool-Haus in Hell.

Sofort wurde der Hörer am anderen Ende abgenommen. »Hallo?« Brendas Stimme klang ungewöhnlich leise.

»Brenda«, flüsterte Angelica heiser. »Ich kann nicht glauben, daß ich so leicht zu dir durchgekommen bin. Ich bin's, Angel.«

»Oh, Angel. Mann, bin ich froh, deine Stimme zu hören. Geht's dir gut?«

»Ich weiß nicht.«

»Warum flüsterst du?«

Angelica biß sich auf die Lippe. »Weil ich Angst habe, man könnte mich hören.«

»Wer?«

»Ich bin in Sinjuns Haus – na ja, mehr ein kleiner Palast. Außer mir ist nur die Haushälterin hier. Die habe ich noch nicht gesehen, aber sie wohnt irgendwo im Erdgeschoß. Sinjun ist nicht da.«

»Warum gehst du nicht raus und telefonierst aus einer Telefonzelle?«

Angelica nahm das Telefon in die Hand, den Hörer zwischen Ohr und Schulter geklemmt, zog einen zerbrechlich wirkenden vergoldeten Stuhl ans Fenster und setzte sich so, daß sie Sinjuns Rückkehr bemerken würde.

»Angel?«

»Wenn ich versuche, hier herauszukommen, ohne es jemandem zu sagen, geht die Alarmanlage los.«

»Himmel, wir sind ja wirklich 'n tolles Paar.«

Also verstand Brenda, daß sie eventuell gefährdet waren. »Ja. Beide in einem goldenen Käfig. Ist sonst alles in Ordnung?«

»Oberflächlich ja. Enders ist ein prima Kerl, glaube ich. Aber völlig gebrochen von Fran Simcox' Tod –«

»Das ist es!« Angelica sprang auf. »Die Behörden kommen doch sicher noch einmal nach Hell, um weitere Nachforschungen anzustellen. Die kannst du fragen, ob sie dich mitnehmen.«

»Enders sagt, sie kämen nicht noch mal.«

Angelica starrte ihr Spiegelbild im Fenster an. »Du könntest einen Charterservice anrufen, damit man dich abholt.«

»Daran habe ich auch gedacht. Aber jeder ankommende Hubschrauber würde auf dem Radar erscheinen. Das wäre ja in Ordnung, aber bevor ich das versuche, will ich erst sichergehen, daß das nicht bewirken würde, daß hier jemand etwas Unüberlegtes tut.«

»Was würde... Was denn zum Beispiel?«

Brenda seufzte. »Zum Beispiel mich beseitigen und dann behaupten, ich wäre schon abgereist.«

Angelica lehnte sich mit einem Ruck in ihrem Stuhl zurück. »Warum sollte jemand so etwas tun wollen?«

»Vielleicht weil Mr. Breaker etwas Großes zu verstecken hat und lieber möchte, daß es auch versteckt bleibt? Angel, ich weiß ja nicht, was du da anfängst auszugraben, aber ich glaube, es ist etwas Häßliches. Schau mal, es gibt eine Menge interessante Leute auf der Welt – warum überlegst du es dir nicht noch mal, läßt diesen Job sausen und suchst dir jemanden anderen?«

Wenn sie Brenda alles erzählte, würde sie sie damit vielleicht in noch größere Gefahr bringen – falls sie in Gefahr war.

»Angel«, redete Brenda weiter. »Abgesehen von Mrs. Midgely und Enders behandelt man mich hier mit Schweigen. Willis scheint verschwunden zu sein. Lorraine hängt herum und guckt böse. Und dieser kleine Spinner, dieser Campbell, wirkt regelrecht bedrohlich.«

Angelica schaute zu ihrer Schlafzimmertür, dann zur Tür, die in Sinjuns Badezimmer führte. Es war nach wie vor alles still. »Campbell ist ein ernsthafter Junge. Er hat sich vorgenommen, die Welt vom Bösen zu befreien. Warum sollte er dich bedrohen wollen?«

»Ganz einfach. Er hat beschlossen, daß ich eine der Kräfte des Bösen *bin.* Also, verschwende damit jetzt keine Zeit. Sag Sinjun einfach, du hättest es dir anders überlegt. Ehrlich, ich glaube, das ist es, worum es hier geht. Er hat eine finstere Vergangenheit – oder Gegenwart – und will sichergehen, daß er dich daran hindert, irgend etwas Derartiges über ihn herauszufinden und zu veröffentlichen. Er hat Angst um seinen *Ruf*, Angel. Das schwöre ich dir.«

Treffer. »Stimmt. Aber ich kann jetzt nicht aufhören.«

Brendas sich überschlagende Gedanken waren fast hörbar. »Natürlich kannst du. Sag ihm halt, daß du es dir anders überlegt hast. Sag, daß du wieder zurück zu *Verity* gehen willst. Sag *egal* was, aber sieh zu, daß du da rauskommst.«

Angelica faßte einen Entschluß. »Hör mir gut zu, und unterbrich mich nicht. Das hier ist eine persönliche Angelegenheit. Ich weiß, daß ich dir etwas anderes erklärt habe, aber das war eine Lüge. Ich bin hinter dem Mann her, weil mich jemand darum gebeten hat, der mir nahesteht. Die Sache ist rein persönlich, eine Frage der Ehre. Ich *muß* es tun. Verstehst du?«

Lange Zeit verstrich, bis Brenda sagte: »Eigentlich nicht.«

»Dann nimm es einfach so hin und frage nicht weiter. Irgendwann werde ich dir alles erklären. Wenn ich mich hier den Einschränkungen unterwerfe und brav bin und wenn du in

Hell die charmante Besucherin spielst, kommen wir gut über die Runden.«

»Sinjun hat dir doch erzählt, daß er glaubt, jemand hätte ihn umbringen wollen.«

Als ob sie das je würde vergessen können. »Ich weiß. Und ich will herausfinden, warum. Das Problem ist nur, daß er sich eindeutig so benimmt, als würde er mir nicht trauen. Mir ist noch nichts eingefallen, wie ich das klären kann.«

Brenda schnalzte mit der Zunge. »Ich habe gesehen, wie er dich anschaut. Es gibt nichts, was einen Mann so leicht davon abbringt, irgendwas Dummes zu denken, wie die Aussicht auf guten Sex.«

Angelica legte sich die Hand über die Augen und stöhnte. War sie die einzige achtundzwanzigjährige Jungfrau auf der Welt?

»Hast du gehört, was ich gesagt habe?«

»Ja.«

»Und hast du es auch kapiert?«

»Du meinst, ich sollte mit Sex versuchen, von Sinjun Breaker das zu bekommen, was ich will?«

Pause. »Ja. Und wenn er nicht der Traum eines jeden weiblichen Wesens wäre, würde ich mir vielleicht etwas anderes überlegen. Aber Angel, es macht einen doch schon hibbelig, wenn man den Mann nur ansieht.«

Sie konnte die Wahrheit kaum bestreiten. »Bevor ich abgefahren bin, um Sinjun in Hawaii zu sprechen, hast du mir erklärt, ich solle versuchen, ihn zu der Biographie zu überreden, indem ich ihm vermittle, daß ich an ihm interessiert bin … sexuell. Du meintest, das würde seinem Ego schmeicheln. Ich habe irgendwie … na ja, ich habe ihm wohl den Eindruck verschafft, daß ich … Er glaubt nicht, daß ich ihn abstoßend finde.«

Ein wohlbekanntes, ungehemmtes Lachen rollte durch die Leitung. »Ehrlich? Das ist ja ermutigend.«

»Ich habe nicht die Absicht… also, ich finde es nicht gut, bis zum Letzten zu gehen, um zu bekommen, was man will.«

Brenda lachte erneut. »Bis zum Letzten gehen? Das habe ich keinen mehr sagen hören, seit ich ein Kind war. Du mußt schon selbst entscheiden, wie wichtig dir diese Sache ist. Und dann tust du, was du zu tun hast, um es zu bekommen. Ende meiner Vorlesung.«

»Danke.«

»Wie wichtig ist es dir?«

»Sehr wichtig«, sagte Angelica. »Wenn alles vorbei ist, werde ich es dir erklären, und dann wirst du mich verstehen. Glaubst du, daß du dort in Sicherheit bist?«

»*Ja.* Mach dir keine Sorgen meinetwegen. Enders ist normal, und ich glaube, Willis auf seine Art auch. Vielleicht gibt es irgendeine heiße Beziehung zwischen Lorraine und Campbell, und sie haßt jede andere Frau unter hundertzehn. Den Rest kannst du dir vorstellen.«

Angelica versuchte es lieber nicht. Sie schaute nervös zur Tür von Sinjuns Badezimmer. »Also gut, Brenda. Halt die Ohren steif. Dieser Anruf war ja kein Problem. Morgen bekomme ich die Gelegenheit, zu einer Besprechung von Kertz-Breaker mitzugehen, die Sinjun führt. Ich werde danach noch einmal versuchen, dich anzurufen.«

Als sie sich verabschiedet hatten und das Telefon wieder auf dem Schreibtisch stand, kam ihr eine Idee.

Von Sinjuns Schlafzimmer aus würde sie die Lichter des Autos ebenso sehen und das Tor aufgehen hören wie von diesem Zimmer aus.

Sie zog die Schuhe aus, kippte den Inhalt ihrer riesigen Handtasche aufs Bett und wühlte eine kleine Taschenlampe heraus.

Dann öffnete sie behutsam die Tür zu Sinjuns Badezimmer und tappte hinüber in sein Schlafzimmer. Die Tür stand offen.

Das Zimmer war dunkel bis auf den schwachen Mondschein, der durch die Fenster fiel.

Nie hatte sie bisher heimlich im Dunkeln nach etwas suchen müssen, von dem sie nicht mal wußte, was es war – erst recht nicht im Schlafzimmer eines eventuell sehr gefährlichen Mannes.

Aber sie brauchte dringend ein paar Hinweise.

Der Mond zeigte ihr den Weg zu einer hohen Kommode an der Wand gegenüber vom Fußende des Bettes. Angelica fing unten an, weil das am einfachsten war. Sie leuchtete mit dem dünnen Strahl ihrer Taschenlampe in die Schubladen, langsam aufwärts von einer zur nächsten, hob dabei vorsichtig den Inhalt hoch und ließ ihn wieder sinken. Sehr gründlich konnte sie dabei nicht sein, und sie fand auch nichts Ungewöhnliches.

Sie knipste die Taschenlampe aus, lehnte sich an die Kommode und sah sich im dunklen Zimmer um. Es gab nur ein Geräusch, und das war das dumpfe Pulsieren ihres eigenen Herzschlages in ihren Ohren.

Die Nachttischschubladen enthielten Papiere, die für Angelica alle nichtssagend waren. Ohne irgendwelche Bücher aus den deckenhohen Bücherregalen zu nehmen, würde sie nicht feststellen können, ob dahinter irgend etwas versteckt war.

Eine Kommode, mit einem Spiegel an der Wand darüber, stand zwischen den beiden Fenstern. Angelica näherte sich ihr mit der wieder leuchtenden Taschenlampe.

Die Schubladen waren flach. Die zweite von oben enthielt eine abgenutzte, dünne Schachtel, die kreuzweise mit einem schmutzigen Gummiband verschlossen war.

Mit zitternden Fingern nahm Angelica das Gummi ab, legte es vorsichtig auf die Kommode und öffnete den Karton.

Nur ein Foto. Sie bemerkte, daß sie die Schultern vorgezogen hatte, und entspannte sich. Ein Schwarzweißfoto in einem billigen, verschnörkelten Rahmen. Der Strahl der Taschenlampe richtete sich auf ein Paar, das auf der einzigen Stufe vor dem Eingang zu einem abblätternden weißen Brettergebäude stand. Angelica sah genauer hin und hielt die Luft an. Der

Mann war ein sehr junger Sinjun Breaker, und neben ihm, an seinen Arm geklammert, stand ein zu dünnes, dunkelhaariges Mädchen, das ein Kleid trug, in dem ihre Schwangerschaft deutlich zu erkennen war.

Angelica zwang sich, wieder zu atmen. An der Tür des Gebäudes hinter den beiden hing ein Schild. Sie konnte nicht lesen, was daraufstand, aber sie wußte, daß dies eine heruntergekommene Kirche war und die Frau neben Sinjun Dee-Dee Cahler-Breaker. Dieses mitleiderregende Bild war ein Hochzeitsfoto.

Die Welt würde jubeln über dieses Bild – dem Beweis für die Anfänge des jungen Sinjun Breaker –, und alle würde es höchst interessieren, was aus Mrs. Breaker geworden war.

Angelica war so aufgeregt, daß sie das Bild beinahe hätte fallen lassen, als sie es umdrehte und die Rückseite auffingerte. Angesichts der Art, wie die Schachtel aussah, in der das Foto gelegen hatte, hatte Sinjun sie schon seit Jahren nicht mehr in der Hand gehabt. Wenn sie vorsichtig war, würde er nicht bemerken, daß jemand sie angefaßt hatte.

Sie nahm das Foto heraus, heftete die Rückseite des Rahmens wieder zu und legte ihn in die Schachtel zurück. Glücklicherweise riß das spröde Gummiband nicht, als sie es wieder darumspannte. Möglicherweise hatte sie nicht mehr so viel Glück, wenn sie ihren Fund wieder aufräumte.

Als sie die Schachtel sorgfältig zurückgelegt und die Schublade zugeschoben hatte, bemerkte Angelica, daß auf der Rückseite des Fotos etwas geschrieben stand. Die Bleistiftschrift war undeutlich, und sie mußte genau hinsehen. Ein großes H und ein Datum. Das Datum der Hochzeit. Der Gedanke daran, daß das junge Mädchen in der Hoffnung auf eine schönere Zukunft mit ihrem Mann und ihrem Baby etwas draufgeschrieben hatte, zog Angelica die Kehle zusammen.

Blicklos starrte sie die Schrift an. Es gab einen anderen Ort, an dem dasselbe Datum stand ... in ihrer eigenen Handschrift. Sie selbst hatte sich diesen Tag notiert!

»Oh!« Sie konnte nicht verhindern, daß sie diesen Laut ausstieß.

Das war der Tag, an dem Dee-Dee gestorben war.

Angelicas Kopf hob sich mit einem Ruck – zum Spiegel.

Das Mondlicht zeichnete einen blauweißen Streifen über das Gesicht eines Mannes, der vor der geschlossenen Badezimmertür stand.

»Lassen Sie Ihre Hände genau da, wo ich sie sehen kann«, knurrte Sinjun Breaker.

15

»Kommen Sie her«, befahl Sinjun. »Langsam.«

Sie rührte sich nicht.

Er ging seitwärts zum nächsten Nachttisch. Mit der Beretta in der linken Hand griff er zum Lichtschalter. Die plötzlich aufflammende Helligkeit wurde durch einen schwarzen Glasschirm gemildert, doch er sah, was er sehen wollte.

Sie schien keine Waffe zu tragen.

»Kommen Sie auf mich zu.« Er winkte sie mit seiner freien Hand herüber. »Kommen Sie zu mir, Angel. Zeigen Sie mir, was Sie da gefunden haben.«

Ihr panischer Gesichtsausdruck schwand langsam, doch ihre Augen waren immer noch von Furcht verdunkelt. »Sie suchen sich wohl gern wehrlose Frauen aus, wie?«

Er holte tief Luft und spannte den Bauch an, als hätte sie ihn geschlagen. »Wehrlos?« Wenn er ihr auch nur den kleinsten Vorteil gab, wußte sie ihn zu nutzen. Schlau, diese – diese wer immer oder *was* immer sie auch war. »Behaupten Sie nicht, Ihre hübsche kleine Erbsenspritzpistole wäre an irgendeiner Stelle versteckt, wo es Spaß machen könnte, sie zu finden.«

»Sie haben wirklich einen Hang zu billigen Sprüchen. Selbst in Kleinigkeiten.«

Mein Gott, die war wirklich ausgebufft. Hochmütig, selbst wenn er sie dabei erwischte, wie sie sein Zimmer durchsuchte. Unerschütterlich, selbst wenn er eine Waffe auf sie gerichtet hatte.

Sinjun kam näher. »Wenn Sie meiner Anregung nicht folgen wollen, schätze ich, daß ich wohl zu Ihnen kommen muß. Bewegen Sie auf keinen Fall die Hände.«

»Ich habe die Schubladen in Ihrem Zimmer durchsucht.« sagte sie laut. »Bitte schön, ich habe es zugegeben.«

»Danke, daß Sie mich aufklären. Einen Moment lang dachte ich vorher tatsächlich, ich würde mir das nur einbilden.«

»Sie versuchen, mich von meiner Arbeit abzuhalten.«

»Zu dem Punkt kommen wir noch«, sagte er seidenweich. Er ging um das Fußende des Bettes herum und blieb vor ihr stehen. »Es wäre überhaupt eine gute Idee, wenn Sie mir etwas mehr über Ihre *Arbeit* erzählen. Sie könnten zum Beispiel mit dem Namen dessen anfangen, der Sie für das bezahlt, was immer Sie mit mir tun wollen.«

»Niemand bezahlt mich.« Ihre braunen Augen waren weit aufgerissen, ihre halb geöffneten Lippen feucht, weil sie nervös mit der Zunge darübergestrichen hatte. Ihr blondes Haar hatte sich aus dem Knoten gelöst und wirkte ebenso derangiert wie das kurze, kamelbeige leinene Shiftkleid, das sich eng um ihren Körper schmiegte.

Sinjun ließ seinen Blick aufmerksam von der Falte zwischen den Schenkeln in dem vom Tragen zerknitterten Kleid bis hinauf zu ihren Brüsten wandern. Falls sie überhaupt einen BH trug, mußte es einer jener hübschen sein, die ihren Inhalt hoben, ohne die begehrenswerten Punkte zu verbergen. Ihre Brustwarzen bildeten verlockende Erhebungen in dem Kleid.

Er hatte sie zwar schon einmal nackt gesehen, doch nicht berührt. Das wollte er jetzt dringend nachholen.

Er bemerkte nun erst, was sie wie einen Schutz gegen die Brust gepreßt hielt.

»Sie haben gesagt, ich wäre hier eine Art Gefangene!« Ihre Stimme hob sich merklich. »Sie haben gesagt, ich könnte das Haus nicht verlassen, ohne die Alarmanlage in Betrieb zu setzen, und dann haben Sie mich ganz allein in diesem Haus zurückgelassen.«

»Nein, habe ich nicht.«

Das Foto zitterte in ihren Fingern, und er lächelte grimmig. Sie mochte vielleicht mutig daherreden, aber sie hatte eindeutig mächtig Angst.

»Klar, mit Ihrer Haushälterin irgendwo. Toll. Wollen Sie etwa behaupten, die würde mir helfen, wenn Sie ihr gegenteilige Anweisungen gegeben haben?«

»Nein, das werde ich nicht. Geben Sie mir das Foto.«

»Ich habe nicht gehört, wie Sie zurückgekommen sind.«

Er nahm ihr das Bild aus der Hand. »Ich war gar nicht weg. Mrs. Falon ist in meinem Auto weggefahren.«

Sie klappte den Mund auf, aber es kam kein Ton heraus.

»Nur Sie und ich sind hier. Das sollte Sie doch außerordentlich freuen. Sie haben mich ganz für sich. ... solange ich entscheide, daß es gut ist.«

»Sie drohen mir?«

»Allerdings.«

Sie dachte daran, ihm mit einer ruckartigen Bewegung zu entkommen, aber das war zwecklos. »Sie ... Sie sind ein *Scheusal.*«

Sinjun lachte. »Sie sagen erheiternde Dinge für eine Dame von Welt. Ihre Brustwarzen dagegen sind sehr hübsch. Wirklich hübsch.«

»Hören Sie *auf* damit.«

Wenn er ihre Zunge lösen konnte, indem er sie schockierte, hatte er nicht die leiseste Absicht aufzuhören.

Er nahm ihre Handgelenke zusammen mit seiner Waffe in

eine Hand und sah sich ruhig die Fotografie an. Er zwang sich, keine Spur des alten Zorns zu zeigen, der in ihm hochstieg. »Keine tolle Hochzeit, hmm?«

»Also bestreiten Sie nicht, daß es eine war?«

Er täuschte Erstaunen vor. »Warum sollte ich? Dee-Dee hat sich verheiratet. Mit mir. Das ist das Foto vom glücklichen Brautpaar.« Er schob Angelica etwas zur Seite, zog die oberste Schublade der Kommode auf und steckte das Foto hinein. »Ich kann Ihnen gar nicht sagen, wie enttäuscht ich bin, daß Sie doch nicht daran interessiert sind, meine Biographie zu schreiben.«

Sie hob trotzig das Kinn. *»Bin* ich aber.«

»Sie sind eine Lügnerin. Ist jemand... Himmel, es gibt jemanden, dem etwas daran liegen könnte.«

»Niemand liegt etwas woran?« zischte sie durch zusammengebissene Zähne.

»Okay. Versucht jemand durch Sie, mir etwas heimzuzahlen?«

Einen Moment lang schien sie verunsichert. Sie senkte den Blick.

»Ach so«, sagte er leise. »Sie wissen etwas, das ich nicht weiß. Irgend jemand hat es auf mich abgesehen. Stimmt's?«

Sie schüttelte den Kopf.

»Oh, ich denke doch. Und es ist nicht genug, mich nur umzubringen. Mein Ruf soll gemeinsam mit meiner Person ermordet werden.«

»Ich weiß nicht, wovon Sie reden.«

Er drängte sie gegen die Kommode und zwängte sie mit den Hüften ein. Die Art wie sie zusammenzuckte und ihren Körper zur Seite drehte, machte klar, daß beiden bewußt war, in welchem Zustand er sich befand.

Schließlich sagte sie schwer atmend: »Ich dachte, Sie wären weggefahren.«

»Offensichtlich.« Er drückte sich fester an sie. »Und offensichtlich haben Sie sich dabei getäuscht.«

Sie befeuchtete noch einmal ihre Lippen, und er hätte beinahe die Kontrolle verloren.

»Ich … ich wollte mehr über Sie erfahren.«

Er umgekehrt ebenso. »Was zum Beispiel?«

»Persönliches.«

»Fragen Sie mich.«

»Habe ich getan. Sie haben es abgelehnt, zu antworten. Sie werfen mir Brocken aus eingemachten Reden über Geschäfte und Bruno Kertz hin. Sie wollen, daß die Sache gefällig klingt, *stimmt's?«*

»Oh, ich mag feurige Frauen.« Er mochte auch den feuchten Schimmer auf ihrer Haut und die Art, wie ihre Brüste sich hoben und senkten.

»Lassen Sie mich los.«

»Kann ich nicht, Mylady. Nicht bevor Sie mir nicht die Namen der Schufte genannt haben, die Sie bezahlen.«

»Verdammt.« Sie wand ihre Handgelenke in seinem Griff. Vergeblich. »Ich schwöre Ihnen, daß es so jemanden nicht gibt. Aber ich will wissen, warum Sie das glauben. Solche Dinge bringen Würze in eine Biographie, Sinjun. Ich muß erfahren, weswegen Sie glauben, daß jemand einen Mörder auf Sie ansetzen sollte, um Himmels willen! Vertrauen Sie mir gefälligst, verflixt.«

Er lachte und legte seinen freien Arm um sie. »Ihnen vertrauen? Wissen Sie denn nicht, daß Männer wie ich schon in der Wiege gelernt haben, niemandem zu trauen? Es gibt nur sehr wenige Leute, denen ich vertraue. Es fällt mir grundsätzlich schwer. Die Männer, die wirklich mein Vertrauen besitzen, haben sich das verdient, genau wie ich das ihre.« Er begann, den Reißverschluß am Rücken ihres Kleides herunterzuziehen.

»Was machen Sie da?«

Entweder sah er da schon wieder Panik in ihren großen braunen Augen, oder sie war genauso erregt wie er. Er wettete, daß es letzteres war.

Sinjun griff mit einer gezielten Bewegung nach ihr und hob sie hoch, so daß sie auf der Kommode saß. »Ich ziehe Sie aus.«

Sie versteifte völlig. »Warum?«

Er lachte wieder. »Dumme Frage.«

»Hören Sie auf damit.«

»Sagen Sie mir, für wen Sie arbeiten, dann tue ich es.«

Ein unfreiwilliges Kichern quoll aus ihrer Kehle. Sie atmete schwer. »Ich selbst. Ich bin die große, böse Armee, von der Sie glauben, daß sie darauf aus ist, Ihren Ruf zu ruinieren – und sie *umzubringen.* Meine Güte.«

Die Beretta tat ihr wahrscheinlich weh. Er nahm ihre Handgelenke in die andere Hand und warf die Waffe auf das Bett hinter sich. »Warum wollen Sie mich umbringen?«

»Will ich doch gar nicht! Ich habe nicht die leiseste Ahnung, was Sie damit meinen. Sie mutmaßen, die Hubschrauberexplosion sei geplant gewesen. Wollen Sie etwa behaupten, ich könnte so etwas bewerkstelligen? Das ist absurd!«

Er wechselte ihre Handgelenke in seine linke Hand. »Das verschafft mir keine Gewißheit.« Es war ein Vabanquespiel, aber er wagte es. »Wenn ich Ihre Sachen durchsuche, werde ich sicher dabei einen schwarzen Schal und eine dunkle Sonnenbrille finden.«

Sie begann, sich zu wehren. »Sie sind wahnsinnig!«

Sinjun drückte mit einem seiner Beine ihre Knie auseinander, schob ihren Rock zu ihren Hüften und drängte sich in die Mitte zwischen ihren Schenkeln. »Das werden wir ja sehen. Wenn ich getan habe, was hier getan werden muß, dürfen Sie mir bei der Suche helfen.«

»Ich habe keinen schwarzen Schal. Ich habe allerdings eine Sonnenbrille. Wer hat die nicht?«

Das stimmte, überzeugte ihn aber nicht, denn er konnte es sich nicht leisten, sich überzeugen zu lassen. Er wandte seine Aufmerksamkeit wieder dem Reißverschluß zu, öffnete ihn weiter, sah im Spiegel hinter ihr, wie erst der Verschluß ihres schwarzen BHs zum Vorschein kam und dann die schlanke Linie ihres Rückgrats, bis ganz hinunter zu ihrem schwarzen Spitzenhöschen.

Sie wand sich, doch das bewirkte lediglich, daß das Kleid begann, von ihren Schultern zu rutschen. »Was wollen Sie tun?«

»Ganz einfach«, sagte er, und sein Blut rauschte stärker – und er wurde härter, wenn das überhaupt noch möglich war. »Ich werde nachsehen, wo Sie Ihre kleine Pistole versteckt haben.«

»Habe ich nicht.«

»Sie müssen verzeihen, aber mir fehlt der Glaube daran.«

Ihre Schultern waren glatt und weiß, was durch die schwarzen BH-Träger noch krasser auffiel.

Das Kleid wanderte über ihre Arme abwärts.

»Es war falsch, hier hereinzukommen und herumzuschnüffeln.«

»Stimmt.« Er konnte der Versuchung nicht widerstehen, sich vorzubeugen und seine Lippen auf die Kurve zu drücken, wo die rechte Seite ihres Halses in die Schulter überging. Sie zitterte heftig. Sinjuns Augen schlossen sich einen Augenblick, und er atmete sie ein. »Ich mag Ihren Geruch – und Ihren Geschmack.«

»Wir können doch einfach vergessen, was heute abend war. Ich schreibe meine Geschichte und kläre alles vorher mit Ihnen ab.«

»Ich traue Ihnen nicht.« Ihr BH-Träger brauchte kaum überredet zu werden, um hinter ihrem Kleid herzurutschen. Sein Mund half dem etwas nach. »Erwarten Sie, daß ich akzeptiere, daß Sie Bliss in Montana als Sommerfrische auserkoren haben und dann ganz zufällig über die alte Mrs. Cahler gestolpert sind?«

Ihr Atem ging rauh. »Ich bin Reporterin. Journalistin. Ich suche nach Fakten, dann nach irgend etwas Bemerkenswertem, einer Tendenz. Es ist kein Geheimnis, daß Sie aus Montana stammen. Man weiß, daß Sie arm waren. Wenn Sie nicht in der Nähe sind, redet man gern darüber, daß…«

»Ja?« Er pustete in die Mulde über ihrem Schlüsselbein. »Hinter meinem Rücken macht man sich das einzige Vergnügen, das in bezug auf mich möglich ist – sie reißen Witze über meine primitive Herkunft. Ein Nobody, der sie alle ausgehebelt hat. Das hassen sie, aber mir soll es recht sein. Ich brauche sie nicht.«

»Ich bin Ihrer Spur gefolgt bis nach Bliss in Montana. Was ist daran so schlimm?«

»Sie wissen nichts von den Schüssen, die hier in Seattle auf dem Broadway von einem Auto aus auf mich abgegeben wurden?«

»Mein Gott!«

»Sind Sie schockiert, daß es passiert ist? Oder schockiert, daß ich es mit Ihnen in Verbindung bringe? Wie gut können Sie Autofahren?«

Der rauhe Atem wurde zum Schluchzen. »Verdammt gut.«

»Kann ich mir vorstellen.« Mit zwei raschen Griffen hatte er ihre Arme aus dem Kleid gezogen, und die »verdammt gute« Fahrerin saß vor ihm, entblößt bis hinunter zu dem kleinen Spitzenhöschen, das kaum ihren Schamhügel bedeckte. Und entblößt bis auf einen einladenden BH, der genau so war, wie er ihn sich vorgestellt hatte. Aus schwarzem Satin, mit Vorderverschluß, wo eine winzige, rosa Satinrose zwischen den Brüsten lugte, und mit Körbchen, die knapp unter den kecken, rosa Brustwarzen aufhörten.

Jeder Ausdruck verschwand aus Angelicas Gesicht. »Sehen Sie irgendwelche Waffen?«

Er neigte den Kopf. »Noch nicht. Aber…« Er sprach nicht weiter und tupfte statt dessen seinen Zeigefinger auf die Satinrose.

»Na gut, dann sehen Sie nach.«

Ihr Trotz erregte überflüssigerweise gewisse Stellen an ihm, die sowieso schon überfordert waren. »Werde ich.« Daraufhin küßte er sie, direkt auf die Lippen. Wie beim ersten Mal spürte er einen kurzen Widerstand, doch dann ließ sie zu, daß er ihren Mund öffnete und seine Zunge in ihr Inneres schob.

Der Kuß war ausgiebig und leidenschaftlich. Er ließ ihre Handgelenke los, und sie legte ihre Hände flach auf seine Brust. Er trug zwar noch sein weißes Hemd, doch ihre Hitze versengte ihn schier.

»Legen Sie Ihre Arme um meinen Hals«, murmelte er.

Angelica wimmerte an seinem Mund, versuchte aber nicht, ihn zu bremsen. Ihre Brustwarzen hatten sich unter seinem kreisenden Daumen hart aufgerichtet.

Er wußte nicht, wer sie war. Nicht wirklich. Noch vor wenigen Minuten war er bereit gewesen, sie wegen versuchten Mordes anzuklagen und für schuldig zu befinden.

Doch jetzt war es plötzlich lebensnotwendig, daß er ihre Brüste auf seiner Haut spürte – ohne Hemd. Sinjun riß es sich vom Leib und drückte Angel fest an sich.

Sie küßten sich wie Verhungernde, und ihre Zungen erforschten sich in gegenseitiger Gier.

Er schob die Hände hinunter in ihr Höschen und umfaßte ihr Hinterteil. Irgendwo registrierte sein benebeltes Hirn trotzdem, daß diese Dame keine Waffe an sich versteckt hatte.

Ihre Hände, die auf seinen Schultern zu Fäusten geballt waren, ließen ihn das Gesicht heben. »Was?« fragte er.

Sie runzelte die Stirn und sah in seine Augen. »Dies ist… Ich…« Sie ließ den Blick und die Hände abwärts wandern und streichelte seine Brust, seine Rippen, seinen Bauch. »Ich habe nicht einmal daran gedacht, die Pistole mitzunehmen.«

Er lächelte beinahe. Beinahe. »Und wenn, dann haben Sie sie nicht bei sich.« Er beugte sich bedächtig vor, um eine Brustwarze in den Mund zu nehmen. Sie schnappte nach Luft, wollte sich ihm entziehen, stöhnte aber nur und preßte sich an ihn. Sinjun flatterte abwechselnd mit der Zungenspitze um die aufgerichteten dunkelroten Knospen und hob widerstrebend erneut den Kopf. »Was sind Sie, Angel? Ehrlich!«

»Das habe ich Ihnen doch schon gesagt, ich bin eine –«

»Eine Journalistin.«

»Ja.« Ihre Finger gruben sich in seine Arme. »Ich weiß nichts von irgendwelchen Anschlägen auf Ihr Leben«, sagte sie. »Und daß ich das über Dee-Dee herausgefunden habe, war einfach nur Glück.«

»Glück?« Er sah sie entrüstet an.

Sie seufzte. »Ja, *Glück.* Wenn ein Journalist auf etwas stößt, das ihm eine völlig neue Dimension eröffnet, dann ist das Glück. Das können Sie bestimmt verstehen, oder?«

»Ich verstehe nur, daß Sie irgendeine finstere Theorie über mich zusammengebraut haben. Über mich und das Mädchen, das meine Frau war für...« Er kniff die Lippen zusammen. »Sie war meine Frau.«

»Weniger als einen Tag?«

Sein Herz schien stillzustehen.

»Das Hochzeitsdatum steht auf der Rückseite des Fotos. Das ist doch das Datum, oder?«

Inzwischen konnte er sich kaum noch daran erinnern, weshalb er das verdammte Bild aufbewahrt hatte. »Ja.« Vielleicht konnte er es doch.

»Dee-Dee starb am selben Tag.«

Seine Hände legten sich locker um ihren Hals. »In derselben Nacht.« Die Frau vor ihm war so schön, so begehrenswert – und sie tat ihm mehr weh, als sie sich vorstellen konnte.

»Ermordet?«

Er hatte das absurde Bedürfnis, einen Schrei auszustoßen. Statt dessen sagte er tonlos: *»Ja.* Ja, sie wurde ermordet. Nicht so, wie Sie sich das vorstellen, aber Mord war es doch.«

»Jemand schlug sie und deswegen starb sie?«

»Müssen wir so weitermachen?«

»Lassen Sie mich in Ihr Leben. Lassen Sie mich Fragen stellen, und geben Sie mir ehrliche Antworten.« Ihr Griff lockerte sich, und sie strich weich über seine Schultern. »Hören Sie auf, mich als etwas zu verdächtigen, was ich nicht bin. Ich bin lediglich eine harmlose Autorin.«

Er wollte ihr zu gern glauben. Aber wenn er das tat, katapultierte er zurück auf Feld eins. Da draußen gab es irgendwo einen Killer, und Sinjuns Name war der letzte, an den der Mistkerl dachte, bevor er sich abends zum Schlafen legte.

Als er Angelicas Gesicht musterte, erkannte er die hoffnungsvolle Intensität in ihren Augen und sah das Beben ihrer vollen, kußroten Lippen.

»Kommen Sie schon, Sinjun«, drängte sie. »Vertrauen Sie mir. Lassen Sie mich das Beste aus Ihrer Geschichte machen.«

Sie beugte sich vor zu ihm, ihre Lippen öffneten sich einladend, ihre vollendeten Brüste flehten darum, mehr von dem zu erhalten, womit er begonnen hatte.

»Sie wird gut werden«, erklärte sie ihm. »Wenn Sie und ich zusammenarbeiten, wird sie phantastisch.«

»Teufel auch.« Er schüttelte den Kopf und trat zurück.

»Sinjun?«

»Sehen Sie sich doch an.« Sinjun betrachtete sie und sah, wie sie bebte. »Sie wollen das so sehr, daß Sie alles dafür tun würden. *Alles.*« Ihre Schenkel blieben geöffnet. Er sah das kleine schwarze Satindreieck, das fast nichts bedeckte. »Oh, Lady, ich glaube wirklich, Sie werden Ihren Job mit der Story hervorragend machen. Ich glaube, Sie werden alles hervorragend machen, wozu Sie sich in diesem Leben entschließen.«

»Ich –«

»Nein.« Er hielt eine Hand hoch, um sie zu stoppen. »Verdammte *Scheiße.* Egal was gerade zwischen uns passiert ist – ich habe noch nie eine Frau dazu genötigt, Sex mit mir zu haben.«

Sie verschränkte die Arme unter den Brüsten.

»Gehen Sie.« Er konnte seiner Beherrschung nicht viel länger trauen. »Gehen Sie zurück in Ihr Zimmer, bevor ich tue, was Sie so sehnsüchtig erwarten.«

»Sie werden es nicht bereuen –«

»Seien Sie *still,* verdammt noch mal. Sie haben beschlossen zu tun, was Sie sicher sehr gut können: dem dummen Hund das Hirn aus dem Leib zu *ficken*, bis Sie alles von ihm haben können, was Sie wollen.«

»Nein.« Sie hielt ihr Kleid fest und rutschte von der Kommode auf den Boden.

»Sparen Sie sich das. Sie können Ihre Story haben.«

Mit unsicheren Schritten tappte sie um ihn herum. »Aber ich habe das nicht versucht, was Sie da gerade behauptet haben –«

»Den Teufel haben Sie, *Angel.«*

Sie erreichte die Tür zum Badezimmer. »Danke. Ich wüßte gar nicht, wie man das tut, was Sie von mir annehmen.«

»Ich habe noch nie eine Frau zu irgendwas gezwungen. Und genauso sicher wird es keiner Frau gelingen, *mich* zu irgendwas zu *zwingen.* Egal zu was.«

»Ich will nur Ihre Biographie schreiben.«

»Gut«, brüllte er, folgte ihr durchs Badezimmer und scheuchte sie in ihr Zimmer. »Wir fangen morgen an.«

Sie hielt ihr Kleid in der einen Hand und versuchte mit der anderen, ihre Brüste zu bedecken, während sie weiter rückwärts stolperte.

Sinjun betrachtete sie, von Kopf bis Fuß und zurück. »Falls und wann es dazu kommen sollte, daß wir einander die Seele aus dem Leib ficken, werde *ich* entscheiden. Mir ist klar, was Sie wollen. Wir sehen uns morgen.«

Er schlug die Tür zu, riß sich die Kleider herunter und trat in die Dusche. Ein paar Sekunden lang horchte er, bevor er die Wasserhähne aufdrehte. Aus dem Zimmer mit dem Himmelbett war kein Mucks zu hören.

Eisiges Wasser klatschte auf seine Haut.

Sein Körper schien das kaum zu registrieren.

16

Um acht Uhr morgens rief ein Mann an, der sich als Mr. Breakers Assistent vorstellte, und fragte, was für einen Laptop Angelica wünschen würde.

»Mir ist eigentlich jeder recht«, antwortete Angelica und setzte sich widerwillig im Bett auf. »Ich arbeite mit WordPerfect. Vielen Dank.« Sie hängte auf.

Die vergangene Nacht beschäftigte intensiv ihre Gedanken. Wie eine Collage stürmten die Bilder aus Empfindungen und Ereignissen auf sie ein. Ständig in der Schwebe zwischen Wachsein und Schlafen war die Welt zu einem zutiefst beunruhigenden Mosaik geworden.

Um zehn nach acht rief eine Frau an, die sich fröhlich als Mrs. Falon meldete, um zu fragen, was Angelica gern zum Frühstück essen würde.

»Toast, bitte«, sagte Angelica und ließ sich in die Kissen zurücksinken. »Und Kaffee mit viel Sahne. Vielen Dank.«

Sie würde sich zusammenreißen müssen, duschen, sich anziehen und einen Tag vor sich haben, an dem sie es nicht würde vermeiden können, Sinjun anzusehen, Sinjun zuzuhören, Sinjun zu *spüren* – ob er sie nun anfaßte oder nicht.

Angelica rappelte sich schweren Herzens hoch und ließ die Beine über den hohen Rand des Bettes hängen. Es sollte sie wundern, wenn sie auch nur drei Stunden geschlafen hatte.

In Sinjuns Badezimmer hatte das Wasser ewig gerauscht, nachdem er heftig die Türe vor ihrer Nase zugeschlagen hatte.

Sie schauderte. Wie konnte sie ihm jemals wieder ins Gesicht sehen? Sie beide würden diese Nacht nicht vergessen. Er würde denken, sie hätte nur deshalb auf ihn reagiert, weil sie ihn bestechen wollte.

»Nicht denken«, murmelte sie. »Nicht denken, nicht denken.«

Auf dem Weg ins Badezimmer nahm sie sich frische Unterwäsche mit und versuchte, nicht auf den unordentlichen Berg der Kleidung zu sehen, den sie in den frühen Morgenstunden einfach hatte fallenlassen. Bis sie unter der Dusche stand, sagte sie sich die Worte vor wie ein Mantra.

Sie leierte »Nicht denken«, als ihr das Shampoo über das Gesicht lief, sah aber trotzdem die gestrige Szene immer wieder vor sich, wie eine Wiederholung auf Video.

Kaum hatte Angelica das Wasser abgestellt, hörte sie Geräusche aus dem Schlafzimmer.

Sie schob die Tür der Dusche auf und griff nach dem Badehandtuch.

»Guten Morgen!« rief die vergnügte Stimme einer Frau. »Soll ich Ihnen den Kaffee hineinbringen?«

Angelica hätte beinahe nein gesagt. Hastig wickelte sie sich in das Handtuch und antwortete: »Ja, bitte.« Freunde waren in dieser Umgebung einfach zu selten. Sie sollte die Haushälterin kennenlernen.

Die runde, grauhaarige Frau, die hereinkam, gekleidet in ein unauffälliges, dunkelblaues Kleid mit vernünftigen, flachen Schnürschuhen, war wie die gütige Mutter in der Phantasie eines jeden Waisenkindes. »Guten Morgen!« verkündete sie noch einmal und stellte einen schwarzglasierten Becher mit sahnigem Kaffee neben eines der rubinfarbenen Waschbecken. Sie plazierte einen Teller mit Toast daneben und betrachtete Angelica aus freundlichen, braunen Augen. »Machen Sie sich meinetwegen keine Gedanken. Essen Sie, soviel Sie möchten, und sagen Sie's mir, wenn Sie noch mehr vertragen können.«

Angelica trocknete sich die Haare ab. »Ich werde nichts anderes brauchen, vielen Dank.« Sie hätte ihr gern Fragen gestellt. Viele Fragen. Was aß Sinjun zum Frühstück? Um welche Zeit? Hatte Mrs. Falon ihm heute schon den Kaffee gebracht?

»Mr. Breaker sagte, Sie hätten gestern einen sehr harten Tag gehabt.« Mrs. Falon wirkte besorgt. »Er sagte, Sie sollten sich Zeit lassen und er sei um halb eins wieder hier, um Sie abzuholen. Er bat mich noch, Ihnen zu sagen, daß die Besprechung um ein Uhr ist. Ach ja, und Mr. Gill wird Ihnen ein paar Sachen vorbeibringen und irgend jemand einen Computer.«

Sinjun war also schon fort. »Vielen Dank.« Es schien nichts weiter zu sagen zu geben, außer daß sie keine *Sachen* wollte, die Chuck Gill ihr womöglich kaufen würde. Aber das konnte Mrs. Falon nicht ändern. Also wiederholte Angelica nur noch einmal: »Danke.«

»Nicht der Rede wert.« Mrs. Falon verschwand geschäftig, nicht ohne vorher gebeten zu haben: »Aber Sie rufen mich auf jeden Fall an, wenn Sie etwas brauchen, ja?«

»Ja«, sagte Angelica und betrachtete sich im Badezimmerspiegel, bis sie hörte, wie sich die Tür des Zimmers hinter der Haushälterin schloß.

Sie hastete zum Fenster und schaute hinunter zur Einfahrt. Innerhalb der hohen Mauern lagen perfekte Rasenflächen und Rosenbeete, die in voller Blüte standen.

Sie konnte sich anziehen, hinausgehen… und das Ganze aufgeben.

Vergangene Nacht, als Sinjun sie gefragt hatte, ob jemand versuche, durch sie an ihm Rache zu nehmen, hatte sie den Bruchteil einer Sekunde geglaubt, er würde die ganze Geschichte kennen.

Ein braungebranntes junges Mädchen in Baumwollhemd, Jeans und Gummistiefeln kam unter dem Fenster in Sicht. Sie hatte einen Eimer und eine Rosenschere dabei. Angelica sah ihr zu, wie sie die Rosenbüsche unter die Lupe nahm und dabei immer wieder verwelkte Blüten abschnitt.

Sonne und Blumen. Ein warmer, friedlicher Morgen. Alles wirkte so normal.

Doch für Angelica war hier absolut nichts normal.

Das Telefon klingelte.

Angelica ließ es dreimal klingeln, bevor sie dranging.

»Endlich«, sagte Sinjun. »Warum haben Sie so lange gebraucht?«

Sie schwenkte das Kabel. »Vielleicht habe ich gerade geschlafen.«

»Duschen Sie beim Schlafen?«

Angelica runzelte die Stirn. »Hat Mrs. Falon die Aufgabe, Sie von jeder meiner Bewegungen zu informieren?«

»Mrs. Falon ist sehr eifrig. Toast und Kaffee mit viel Sahne. Sie sind hübsch. Das rosa Handtuch steht Ihnen, aber man müßte sie etwas aufpäppeln. Ein paar ausgiebige Mahlzeiten würden Ihnen guttun, um genau zu sein.«

Angelica lächelte unwillkürlich. »Ich verstehe. Ich glaube, es gefällt mir nicht, wenn ich mich beobachtet fühle.«

Nach einer kurzen Pause sagte er: »Damit verdienen Sie doch selbst Ihr Geld – mit der Beobachtung von Leuten, oder? Aber das ist vermutlich etwas anderes.«

»Ich glaube, wir wissen beide, daß das was anderes ist. Was denkt Mrs. Falon, wer ich bin?«

»Eine Biographin«, sagte er sofort. »Was sollte sie denn sonst denken, wer Sie sind?«

Jede Frage schien irgendwie geeignet, ihr zur Falle zu geraten. »Ich wollte nur sichergehen. Ich würde es nicht mögen, wenn sie denkt, ich wäre ...«

»Wenn ich Sie in solch einer Funktion mitgebracht hätte, würden Sie in meinem Zimmer schlafen.«

In der Funktion! Bei ihm klang eine sexuelle Beziehung wie etwas Alltägliches – oder Klinisches. »Glauben Sie wirklich, daß jemand versucht, Sie umzubringen?«

»Ich weiß, daß es so ist.«

Die Härchen in ihrem Nacken richteten sich auf. »Und Sie glauben, ich wäre diejenige?«

»Wie ich Ihnen berichtet habe, als ... Ich habe Ihnen gesagt, daß ich das *nicht* mehr denke.«

»Aber Sie halten mich für skrupellos.« Ihr Herz raste. »Sie glauben, ich wäre eine jener Frauen, die zu allem bereit sind, um an das zu kommen, was sie wollen, einschließlich … na ja, eben zu allem.«

»Einschließlich dem, daß sie jemandem Sex anbieten, mit dem sie keinen Sex wollen?« Er machte eine kurze Pause und fuhr dann fort: »Ja, das denke ich. Und jetzt wissen Sie, daß ich unter diesen Umständen nicht interessiert bin.«

»Ja.« Aber das hatte sie sich nicht gewünscht, wenigstens nicht am Schluß. Am Schluß hatte sie ihn begehrt wie noch nie einen Mann zuvor. Sie hatte überhaupt noch nie einen Mann begehrt, aber das konnte sie ihm schlecht gestehen. Er würde lachen und sie eine Lügnerin nennen.

»Wir scheinen kein Gesprächsthema mehr zu haben«, sagte Sinjun. Seine Stimme klang kühl und distanziert.

»Jemand hat wegen eines Computers angerufen.«

»Er ist schon unterwegs.«

»Ich will nicht, daß Chuck mir Kleider besorgt.«

Er räusperte sich. »Er wird es trotzdem tun. Eine Frau, die so etwas beruflich macht, sucht sie aus. Sie werden bestimmt etwas dabei finden, das brauchbar ist.«

»Ich mag es nicht, daß ich mich fühle wie eine Gefangene.«

»Sind Sie auch nicht«, sagte er knapp. »Als ich Sie anfangs eingeladen habe – oder besser gesagt, angeordnet, daß Sie mich begleiten sollen, hatte ich die Absicht, Sie überallhin mitzunehmen, so daß es Ihnen schwerfallen würde, mich abzumurksen, ohne dabei in Mitleidenschaft zu geraten. In dieser Hinsicht habe ich jetzt keine Bedenken mehr. Aber ich kann Sie nicht daran hindern zu gehen, wenn Sie wollen.«

»Die Alarmanlage –«

»Informieren Sie einfach Mrs. Falon, daß Sie uns verlassen wollen.«

»Will ich gar nicht«, platzte sie heraus, ohne es beabsichtigt zu haben.

»Wegen Ihrer tollen Story.«

Das war keine Frage. »Ja.« Und nun antwortete sie nicht mehr ganz der Wahrheit entsprechend.

»Ich glaube, Sie sind sogar noch ehrgeiziger als ich, und ich hätte nicht geglaubt, daß das möglich wäre.«

»Vergangene Nacht haben Sie mich ja geprüft.«

Bei seinem Lachen bekam sie eine Gänsehaut. »Ich habe Sie geprüft und für gut befunden. Sie werden alles für die Sache geben.«

Die Sache. Nun wußte sie, daß er keine Ahnung hatte, was ihre Sache wirklich war. »Vergangene Nacht war eine unglückliche Angelegenheit«, erklärte sie. »Aber zumindest hat sie einen Sinn gehabt, wenn Sie jetzt überzeugt sind, daß ich keine Attentäterin bin.«

Was sie eigentlich wollte, war ihr immer undeutlicher geworden, je mehr ihr Begehren für Sinjun wuchs. Aber sie konnte unmöglich den letzten Wunsch ihrer Mutter vergessen – genausowenig wie die anderen Dinge, die Marlene Golden in ihrem Brief enthüllt hatte.

»Angelica«, sagte Sinjun butterweich. »Ich glaube zwar nicht, daß Sie vorhaben, mir ein Messer in den Rücken zu rammen. Ansonsten bin ich jedoch von nichts so recht überzeugt, was Sie betrifft.«

Einschließlich der Möglichkeit, daß sie drauf und dran war, sich in ihn zu verlieben? »Wenn ich das richtig verstanden habe, wollen Sie mich um halb eins abholen.« Gefangene verliebten sich in Gefängniswärter. Opfer von Entführungen bekamen eine Schwäche für ihre Entführer. Und Sinjun hatte ihr schon erklärt, daß sie ruhig gehen konnte, wenn ihr danach war…

»Falls Sie noch mitkommen wollen«, sagte er unverbindlich.

»Ja«, erklärte ihm Angelica.

Kertz-Breakers Büros waren im untersten und in den obersten fünf Stockwerken eines siebenundzwanzig Stockwerke hohen schwarzen Glasgebäudes auf der dritten Avenue mitten im Zentrum von Seattle. Kertz-Breaker gehörte das Gebäude auch.

Es war eine kurze, aber gemeinsame Fahrt vom Queen-Anne-Hill hinunter gewesen, und Angelica fühlte sich, als wären ihre Nerven die zehnfache Strecke zu Fuß nebenher gelaufen.

»Die Besprechung, bei der Sie dabeisein werden, ist sehr wichtig«, erklärte Sinjun, als sie in eine Tiefgarage fuhren. »Und heikel. Um Ihnen eine umfassende Basisinformation zu geben: Die Leute, mit denen wir es zu tun haben, wollen sehr viel für sehr wenig.«

Wie aufschlußreich. »Wollen das nicht alle?«

Er musterte sie von der Seite und brachte gleichzeitig den Wagen zum Stehen. »Manche von uns denken nach wie vor in Begriffen der Gleichheit – in jeder Beziehung.«

Dies war das erste Mal seit der vergangenen Nacht, daß er ihr direkt in die Augen sah.

Er schaltete die Zündung aus – wobei er den Blick nicht von ihr wandte. »Was halten Sie von Ehrlichkeit und Fair Play, Angelica?«

Es war inzwischen sehr schwierig für Angelica geworden, sich in Sinjun Breakers Nähe auf etwas zu konzentrieren und sich dabei auch noch wohl zu fühlen. »Ich habe immer an Fair Play geglaubt.« Sie würde es irgendwie hinkriegen müssen, daß seine gelbgrünen Augen und sein maliziöses Lächeln nicht ständig solche lästigen Schmetterlinge in ihrem Bauch produzierten.

»Wie Sie schon angedeutet haben, sollten wir die vergangene Nacht vergessen und uns aufs Geschäftliche konzentrieren«, empfahl er.

Sie nickte, spürte aber, wie ihre Wangen heiß wurden.

Sinjun drehte sich ihr voll zu. »Der Grund, warum ich mich auf die Insel zurückgezogen habe, war, daß ich das Gefühl hatte, mir in Seattle meines Lebens nicht mehr sicher zu sein.«

»Vielleicht täuschen Sie sich?« meinte sie ruhig.

Er pustete ärgerlich. »Waren Sie auf der Polizeischule?«

Angelica lächelte verhalten. »Nein. Aber ich ahne, was Sie meinen. Die warten üblicherweise auf die Meldung, daß es eine Leiche gibt, bevor sie ihre Kaffeepause unterbrechen.«

»Sie sagen es.«

Sie senkte ihren Blick. »Womöglich hätten Sie nicht wieder hierherkommen sollen.«

»Also Angel, das klingt ja fast, als würde Ihnen etwas an mir liegen.«

Mama hatte geschrieben, es sei eine Schuld zu begleichen, und er war der Schuldner.

Sie wandte das Gesicht ab. Wenn sie dafür sorgte, daß er diese Schuld bezahlte, war der Rest nicht mehr von Bedeutung. Sinjun würde dann auf keinen Fall mehr Teil ihres Lebens sein.

»Ich bin vergangene Nacht grob zu Ihnen gewesen.«

Angelica schloß die Augen.

Mit zwei Fingern unter ihrem Kinn hob er ihr Gesicht an. Gleichzeitig schien die Luft im Auto dünn zu werden. »Sehen Sie mich an«, bat er.

Sie ließ es zu, daß er ihr Gesicht zu sich drehte, senkte aber die Wimpern.

»Es ist Ihnen nicht leichtgefallen, stimmt's?« fragte er trotzdem.

Der nächste Atemzug tat ihr in der Kehle weh. »Es?«

»Sich mir im Sinne der Sache anzunähern?«

»Ich ... habe gar nicht ...«

»Anfangs nicht, aber als Sie dann glaubten, daß es notwendig sein würde, haben Sie es doch getan.«

Sie schüttelte den Kopf.

»Sehen Sie mich an.«

Langsam hob sie den Blick zu ihm.

»Was sehen Sie?«

»Ich ...« Ihr Schlucken war mühsam. »Einen Mann.«

Seine Augen verengten sich. »Ich weiß nicht, wie ich Sie interpretieren soll. Ich dachte, ich könnte es.«

»Ich bin nicht sehr kompliziert.«

Er lachte auf. »Das ist wohl ein Witz. Sie sind die komplizierteste Frau, die mir je begegnet ist.«

Die Garage war nur schwach beleuchtet. Eine gelbe Neonröhre gab seinen Augen etwas Pantherhaftes. Sein dunkles Haar war zu lang, um den ordentlichen Sitten zu entsprechen; es lockte sich, wo es den schneeweißen Kragen berührte. Die Kanten seines Gesichts – Wangen, Kinn, Nase – wirkten hart, seine Augenbrauen waren nach oben gewölbt.

Kein sanftes Gesicht.

Nicht das Gesicht eines Mannes, der leicht verzieh.

Angelicas Blick wanderte zu seinem Mund. Ein Mund, der fast schön war, klare Umrisse, leicht geschwungen. Und er fühlte sich so gut an... Stop! Irgendwie würde sie die Sache schon durchstehen und ihn vergessen.

Bestimmt würde sie das schaffen.

»Ich bitte um Ihre Meinung«, sagte er. »Jetzt wo Sie mich so sorgfältig betrachtet haben, was sehen Sie?«

»Ich sehe jemanden, den ich lieber lebendig wissen möchte... äh, irgendwo.« Ihre Stimme brach, und entsetzt schloß sie den Mund.

Sinjun runzelte die Stirn und sagte sanft: »Warum habe ich irgendwie das Gefühl, als wäre *ich* derjenige, der nicht ganz klar sieht?« Er fluchte, allerdings sehr leise. »Das ist wirklich nicht der richtige Augenblick, aber wissen Sie – und ich bin ziemlich sicher, daß ich es irgendwann bereuen werde, dies gesagt zu haben –, ich hoffe, daß es eine Chance gibt für uns beide. Für eine Beziehung, die uns Freude machen würde.«

Angelicas Herz stolperte – und dann tat es ihr weh. Verdammtes Schicksal. Warum jetzt? Warum mit diesem Mann? »Ich kann wirklich nicht gut Spiele spielen«, erklärte sie und meinte es grundehrlich. »Warum gehen wir jetzt nicht zu Ihrer Besprechung?«

Ein paar Sekunden verstrichen, dann griff er über sie hinweg und löste ihren Sicherheitsgurt. Sie hielt völlig still, und er sah ihr ins Gesicht, musterte sie intensiv – und war so nah, daß sie seinen reinen, warmen Atem auf den Lippen spüren konnte. »Das machen wir«, sagte er. »Aber später, heute abend, warum versuchen wir beide dann nicht, noch einmal von vorn anzufangen?«

Sie war nicht fähig zu antworten.

»Angel? Ich will damit nicht vorschlagen, daß wir ins Bett gehen sollen.« Er lächelte breit, und der Effekt war überwältigend. »Nicht daß ich meine, das wäre eine so schreckliche Idee. Aber vielleicht sollten wir mit ewas blumig Romantischem anfangen, wie zum Beispiel Fisch und Chips am Meer – und eventuell ein Spaziergang im Dunkeln an der Bucht entlang?«

Sie lächelte automatisch.

»Fängt an, Ihnen zu gefallen, hm? Ehrlich, ich werde mich wie ein perfekter Gentleman benehmen. Und denken Sie an die Gelegenheit, mehr über Sinjun, den Mann, zu erfahren.«

»Die Besprechung«, sagte sie und wollte nichts lieber als jubeln: *Ja, o ja.*

»Fisch und Chips und ein Spaziergang im Dunkeln?« setzte er unverdrossen nach und griente.

Angelica strich ihr Haar zurück. »Zuerst die Besprechung.«

Es klang heiter, als er sagte: »Abgemacht.«

Bald darauf liefen sie durch die mit grauen Teppichböden belegten stillen Korridore und Empfangsbereiche seiner Büros. Überall verstummte die Unterhaltung, wenn man ihn entdeckte, und wurde auch nicht wieder aufgenommen, solange er in Hörweite war. Angelica bemerkte, daß seine Angestellten in einer Weise Respekt vor ihm zu haben schienen, die nicht auf untergründige Abneigung – oder Angst – schließen ließ.

Auf dem gesamten Weg hielt er ihren Arm. Und wenn er sie ansah, signalisierte er seinen Zwiespalt: vertrauen oder nicht vertrauen? Sie selbst hatte dieses Problem nicht. Ihres war es, daß sie aufhören mußte, ihm vertrauen zu *wollen* – und ihn zu begehren.

»Dieser Aufzug führt nur zu meiner Suite hinauf«, erklärte er ihr, als sie in den vorderen Teil des Gebäudes gelangt waren. Ein Mann in dunklem Anzug hastete herbei und drückte auf den Aufzugknopf. Sinjun nickte ihm zu. »Wie ich sehe, hat Chuck gute Arbeit geleistet mit dem Kauf der Kleider.«

»Das sind meine eigenen Sachen«, erklärte sie ihm zu dem rotbraunen Seidenblazer mit dem eierschalenfarbenen eleganten kurzen Rock und den passenden flachen Wildlederpumps. »Mrs. Falon ist eine Zauberin mit dem Bügeleisen.«

Die Türen schlossen sich, und sie fuhren aufwärts.

»Chuck hat Ihnen nichts gebracht?«

Angelica schnaubte. »Jede Menge. Mein … Das Zimmer ist halb mit Schachteln verstopft.«

»Und es war nichts dabei, was Ihnen gefallen hat?«

Sie hob das Kinn. »Ich habe mir nichts davon angesehen.«

»Sie sind wirklich ein stures kleines Weib.« Aber das sagte er mit einem Grinsen. »Wir reden später weiter darüber, vielleicht bei Fisch und Chips. Oder mögen Sie vielleicht keine –«

»Fisch und Chips? Doch, mag ich.« Das Netz war inzwischen schon so eng geworden, daß es sie Blut kosten würde, daraus zu entkommen.

»Gut. Chuck wird ebenfalls bei der Besprechung dabeisein. Er ist meistens dabei. Dieses Arrangement verstehen die Leute nicht, brauchen sie aber auch nicht. Außer ihm kennen Sie nur Mary.«

Ach ja, Mary. Ein paar dumme Minuten lang hatte sie das niedliche Monogramm M.A.B. auf den Handtüchern vergessen, die dazu passenden doppelten Bademäntel … und die hübsche Schachtel mit den Folienpäckchen.

Aber er war in der vergangenen Nacht nicht bei ihr gewesen.

»Hier sind wir«, sagte Sinjun.

Sie durfte sich nicht gestatten, ihn gernzuhaben. Er hatte erzählt, es hätte eine Frau in der näheren Vergangenheit gegeben, die ihm keinen »Spaß« mehr machte. Es sah so aus, als ob das Mary wäre. Und das bedeutete – wenn Mama recht gehabt hatte in bezug auf ihn –, daß es Mary gewesen war, die Sin eingesetzt hatte in seiner Taktik, das zu bekommen, was immer es zu bekommen gab von Mamas … *Freund.*

Ihr erster Eindruck von Sinjuns Suite bestand aus silbrigem Licht. Es drang durch eine getönte Glaswand und tauchte die luftigen Räume in weichen Schimmer. Die orientalisch behängten Wände bildeten zu schwarzen Lackmöbeln einen phantastischen Kontrast.

»Exquisit«, murmelte sie.

Seine Stimme ließ erkennen, daß ihn diese Feststellung freute. »Danke. Die Besprechung findet im Sitzungsraum statt.«

Ein kurzer Weg über stahlgraue Teppichböden brachte sie zu einer doppelten Rosenholztür, die sich vom Boden bis zur sehr hohen Decke erstreckte. Sinjun öffnete schwungvoll die Tür, und das Gespräch im Raum verstummte.

Die am anderen Ende eines erstaunlichen china-roten Konferenztisches versammelte Gruppe von Menschen – eine Frau und mehrere Männer – wandte den Neuankömmlingen die Gesichter zu.

»Hallo, Mary«, sagte Sinjun. »Meine Herren.«

Angelica, die einen Schritt hinter ihm stand, hatte einen Augenblick lang das verzweifelte Bedürfnis, sich an die Wand zu lehnen … um nicht ohnmächtig zu werden.

Sinjun sprach. Er schaute sie an, und sie bemerkte seinen Blick wie durch einen Schleier.

»... Angelica Dean«, hörte sie ihn sagen. »Angelica, dies ist Garth Lieber. Wir werden hoffentlich Partner werden bei einem Projekt, das uns beiden sehr am Herzen liegt.«

Sie blickte zu dem hochgewachsenen, silberhaarigen Mann, auf den Sinjun zeigte.

Schließlich sah sie Garth Lieber in die braunen Augen, die Augen des Mannes, der über zwanzig Jahre lang der heimliche Liebhaber ihrer Mutter gewesen war.

17

»Ich habe Garth erklärt, daß du darauf bestehen würdest, ihm den Platz mit der besten Aussicht zu geben«, sprudelte Mary Barrett beflissen. »Sag es ihm bitte noch einmal selbst, Sinjun.«

»Unbedingt«, meinte Sinjun.

Das war es. Das Ende. Angelica klammerte sich so fest an das Notizbuch in ihrer Hand, daß die Kante sich schmerzhaft in ihre Handfläche bohrte. Garth würde den Mund aufmachen und sagen: *»Meine kleine Angel!«*

Sie stand da, als ob ihre Füße im weichen Teppichboden Wurzeln geschlagen hätten.

Garth lächelte sie an ... *höflich.*

Er lächelte so unverbindlich, als hätte er sie in seinem ganzen Leben noch nie gesehen.

Und er schüttelte den Kopf so unmerklich, daß Angelica nicht sicher war, ob er es überhaupt getan hatte. »Sehr erfreut, Miss Dean«, sagte er und kam mit ausgestreckter Hand auf sie zu. »Biographin, hm? Ich glaube nicht, daß mir so jemand schon einmal begegnet ist.«

Sie lockerte den Griff um ihr Notizbuch und legte ihre Hand in die seine. »Ja«, sagte sie hölzern, als er ihre Hand schüttelte.

»Unser Sinjun besitzt also verborgene Tiefen, wie? Noch mehr Interessantes als das, was wir schon kennen? Kommen Sie, Sin, verraten Sie uns ein paar von Ihren düsteren Geheimnissen.«

»Dazu werden Sie das Buch lesen müssen«, griente Sinjun jovial.

Angelicas Blick huschte von Sinjun über Garth zu Mary. Wenn der Brief ihrer Mutter die Wahrheit enthielt, war Garth der einzige hier, der nichts von Sinjuns Plot mit Mary wußte.

Mary Barrett wuselte diensteifrig um den distinguiert aussehenden Mann herum. »Wie wäre es jetzt mit einem Drink?« sagte sie. »Sinjun wird Ihnen sicher Gesellschaft leisten, und ich auf jeden Fall.«

»Tja, also ...«

»Scotch.« Im Geist hörte Angelica, wie Garth das zu ihrer Mutter gesagt hatte, in der Küche des hübschen Hauses in Seattle, das sie dann hatte verlassen müssen. *»Und einen Hauch Soda dazu.«* Mama schien regelrecht aufzublühen, wenn Garth zu Besuch kam ...

»Klar trinken wir was«, stimmte Sinjun zu. »Vielleicht kann Peter so gut sein und die Getränke holen. Darf ich Ihnen Peter Akers vorstellen, Angelica? Er ist unser Experte für langfristige Planung.«

Es gelang Angelica, »Hallo« zu sagen.

»Hallo«, erwiderte Akers. Er war ein gedrungener Mann in den Dreißigern mit dünnen, blonden Bürstenschnitthaaren und unschuldigen blauen Augen hinter einer Nickelbrille. Er ging zu dem Teil der Wandverkleidung, hinter dem die Bar verborgen war.

»Was darf ich Ihnen bringen, Garth?« fragte er.

Garth sah Angelica wieder in die Augen. »Da Miss Dean sozusagen der interessanteste Teilnehmer dieser Runde ist, geben Sie ihr doch zuerst einen Drink. Was möchten Sie, Miss Dean?«

»Angelica«, sagte sie automatisch. »Ich möchte nichts, danke.«

Er hatte nicht vor, sie zu verraten.

»Ist gut – Angelica.« Garth wandte sich Peter Akers zu. »Scotch«, sagte er. »Und einen Hauch Soda dazu.«

Eine neue Welle von Schwäche überspülte Angelica. Sie steuerte den nächsten Stuhl an und setzte sich. Schließlich war sie nicht mehr als eine schlichte Schreiberin und nicht Teil des Geschehens hier – außer als Beobachterin.

Garth wollte nicht, daß Sinjun erfuhr, wer sie war. Angelica öffnete ihr Notizbuch. Ihre Seidenbluse klebte an ihrem Rükken, und sie hoffte, daß das niemand bemerken würde. Sie riskierte einen Blick zu Garth, stellte fest, daß er sie beobachtete, und blieb bewegungslos sitzen.

Er war bereit, ihre Lüge zu dulden. Aber warum?

Garth mußte doch ebenfalls entsetzt sein, daß er sie hier traf. Und er mußte sich fragen, wieso …

Die Drinks wurden serviert.

»Sind Sie sicher, daß Sie keinen Durst haben, Angelica?« Das war Chuck Gill, der in totaler Lässigkeit, die seine sonstige Kleidung nicht ahnen ließ, einen dunklen Anzug mit weißem Hemd und Krawatte trug. Er lächelte ihr von der anderen Seite des Tisches aus zu.

Sie schüttelte den Kopf. »Nein, danke.« Sie war völlig verwirrt und wünschte sich nichts sehnlicher, als zu verschwinden.

Garth, Sinjun und die vier anderen Männer im Raum setzten sich an den Tisch. Mary zog einen Stuhl neben Garth heraus und setzte sich so eng zu ihm, daß ihr Arm fast den seinen berührte.

Skin of Silk wurde öfters erwähnt. Ein revolutionäres

Schönheitsprodukt, das für viele Frauen den Ersatz für die Schönheitschirurgie liefern würde. Trotz strikter Geheimhaltung war doch so viel durchgesickert, daß »altersbewußte Frauen von Welt es verzweifelt erwarteten.« Diese Frauen waren »in Panik aufgrund der Befürchtung, daß das Produkt womöglich zu spät auf den Markt kommen könnte.« Sie würden »alles dafür geben, die Hoffnung auf neue Jugend zu bekommen, ohne daß dabei ein Skalpell nötig war.«

Mit seltsam monotoner Stimme erinnerte Peter Akers Garth daran, daß Kertz-Breaker schon ein vorläufiges Abkommen mit *Lieber Enterprises* unterzeichnet hatte und daß es an der Zeit war, mehr als nur vage Andeutungen über den Zeitpunkt zu machen, wann Skin of Silk auf den Markt kommen würde.

Chuck hörte nur zu.

Zwei andere Männer, die beide in Garths Begleitung waren, machten sich reichlich Notizen, meldeten sich aber kaum.

Mary Barrett schien vor allem sehr darum bemüht, Garth davon zu überzeugen, daß Kertz-Breaker völliges Vertrauen in *Lieber Enterprises* und besonders in Skin of Silk hatte.

Angelicas Blick fiel auf Marys linke Hand. Kein Ring. Aber schließlich hätte Marlene nicht unbedingt einen Ring als Beweis gebraucht, um zu wissen, daß es eine Verlobung gegeben hatte – nicht, wenn Garth offensichtlich Marys Geschichte unterstützt hatte.

Und es war sehr wahrscheinlich, daß Garth eine Beziehung zu Mary geheimhalten würde. Schließlich hatte er allen Grund zu befürchten, daß Sinjun es nicht gutheißen würde, wenn seine Hauptgeschäftsführerin eine Beziehung zu einem seiner potentiellen Partner hatte.

Die Möglichkeit, daß die Lage tatsächlich so war, verblüffte Angelica: Garth würde glauben, daß er und Mary als einzige die Wahrheit wußten.

Sie wandte den Blick ab und schaute aus den Fenstern, unter

denen man die Dächer von Gebäuden entdecken konnte, die selbst schon Wolkenkratzer waren. Angelica spürte, daß sie den Tränen nahe war, und blinzelte. Die Wahrheit war sauber, wie der unschuldige blaue Himmel draußen. Täuschungen sickerten aus allen Ecken in diesem Zimmer. Sie haßte es, in etwas derart Häßliches hineingezogen worden zu sein.

Garth sagte gerade: »Wir hatten nicht erwartet, daß jemand unsere Integrität anzweifeln würde, Sin.«

Integrität. Ihr furchtbares Verlangen zu lachen verging glücklicherweise schnell.

»Kertz-Breaker zweifelt Ihre Integrität sicher nicht an«, sagte Mary ernsthaft zu Garth.

Die Dame ist dein Feind, hätte Angelica gern zu Garth gesagt. *Du hättest auf Mama hören sollen. Sie hatte recht. Deine süße Kleine verrät jedes Wort, das du sagst.* Aber sie konnte es ihm nicht sagen, denn – solange sie keinen Weg gefunden hatte, ihn vom Gegenteil zu überzeugen – er würde ihr genausowenig wie Mama glauben.

Eine Weile hörte Sinjun schweigend den Verhandlungen zu, die um ihn herum abliefen, doch schließlich sagte er: »Sie verlangen von Kertz-Breaker, ein beträchtliches Zugeständnis zu machen.«

Es wurde still im Raum.

»Das war Ihnen nicht unbekannt«, sagte Garth.

Angelica kritzelte auf ihren Block – ohne recht zu wissen, was.

Sinjun blätterte durch Papiere, die Peter Akers ihm hingelegt hatte. »Wir haben schon begonnen, Angebote zu machen, die der ursprünglichen Vereinbarung entsprachen. Aber diese Zahlen sind doppelt so hoch wie anfangs besprochen.«

»Anfangs?« Garth umfaßte die Tischkante. »Ja. Und das war vor mehr als acht Monaten. Die Dinge ändern sich eben.«

»Nicht, wenn ich das nicht will. Nicht, wenn *mein* Geld dabei eine Rolle spielt.«

»Sin«, versuchte Mary zu vermitteln. »Wir sollten Garth ausreden lassen.«

Garth trommelte mit den Fingern ungeduldig auf den glänzenden roten Tisch. »Es gibt nichts auszureden. Sie wollen einundfünfzig Prozent von Skin of Silk. Und ich habe zugestimmt, es Ihnen zu verkaufen.«

»Sie haben mich darum *gebeten,* es zu kaufen«, gab Sinjun zurück. »Ich habe einem Preis zugestimmt, und jetzt glauben Sie, den Preis verdoppeln zu können und dabei trotzdem noch neunundvierzig Prozent zu behalten?«

»Ich glaube, daß Sie mehr investieren müssen. Das Projekt hat doppelt so viel *gekostet*, wie wir erwartet hatten. *Ich* bezahle ebenfalls das Doppelte.«

Sinjun beugte sich leicht vor. »Was sollte mich dazu bringen, mehr zu investieren?« Er hielt ein Blatt zwischen Zeigefinger und Daumen hoch. »Ihre Kostenanalyse ist nicht mein Problem, und ich habe garantiert nicht das Verlangen, Ihnen einen Blankoscheck zu geben.«

»Ich will keinen Blankoscheck.« Garth rückte mit seinem Stuhl. »Ich will einen fairen Preis für das größte Projekt, das der Schönheitsmarkt *jemals* gesehen hat.«

»Das sagen Sie«, erwiderte Sinjun ruhig.

Einer von Garths Leuten ließ seinen Stift auf den roten Tisch fallen. »Das sagen wir?« meinte er empört. »Das sagen sechs Jahre Forschung und sensationelle Testergebnisse.« Der Stift rollte klackernd über den Tisch, und das Gold daran blinkte.

Als der Stift vor Sinjun ankam, ließ er die linke Hand mit einem Schlag darauf fallen. »Zeigen Sie mir die Ergebnisse.«

Der Eigentümer des Stiftes stand auf und werkelte an einem Projektor herum.

»Ich kümmere mich um die Leinwand«, sagte Chuck und stand auf, um auf den Knopf zu drücken, der einen zweiten Teil der Wandtäfelung bewegte.

»Nein«, knurrte Sinjun, als das Bild eines müden, faltigen Frauengesichts über die Leinwand flimmerte und danach ein zweites Bild von derselben Frau, diesmal lächelnd und faltenlos. Er schob seinen Stuhl zurück und stand auf. »Sie verstehen mich nicht, Garth. Solche Vorher-Nachher-Fotos sind das Thema jeder billigen Werbekampagne.«

Garth stand auf. »Was zum Teufel soll das heißen?«

»Sparen Sie sich den Ärger«, sagte Sinjun. »Geben Sie mir Fakten, Zahlen und Hochrechnungen. Aus den Labors.«

»Wollen Sie damit andeuten, daß wir Ihnen Lügen erzählt haben?«

»Nein! Vielleicht haben Sie aber etwas ausgelassen. Ich glaube, daß Sie uns nur so viel verraten haben, wie Sie es für unbedingt notwendig erachten, um möglichst bald das Geld zu sehen. Ich habe keine Zeit, mich mit einem Haufen von Schnappschüssen berieseln zu lassen. Ich will Daten und Zahlen haben. Die Daten sind im Augenblick wichtiger als die Zahlen. Sie haben schon einen ziemlichen Batzen Geld von Kertz-Breaker bekommen. Wenn oder *falls* Sie noch mehr bekommen –«

»Sie haben eine Vereinbarung unterschrieben«, brüllte Garth.

»Vereinbarungen kann man rückgängig machen«, sagte Sinjun ruhig. »Wie ich schon sagte: Ob Sie noch mehr Geld von uns erhalten oder nicht hängt davon ab, zu welchem Datum das Produkt auf den Markt kommen soll.«

»Moment, Moment, Moment.« Einer von Garths Männern, ein gedrungener, sandblonder Mann mit einem Gesicht, das an einen besorgten Spaniel erinnerte, streckte alle zehn Finger in die Luft. »Nur nichts überstürzen.«

»Ja wirklich«, sagte Mary mit einem plötzlich zu grellen Lächeln. »Wie wäre es, wenn wir die Drinks noch einmal erneuern würden? Und ich lasse für alle, die möchten, noch Kaffee und ein paar Sandwiches bringen.«

Im Kreuzfeuer der darauffolgenden Antworten murmelte Angelica eine Entschuldigung und schlüpfte aus dem Zimmer.

»Wo ist die Toilette?« fragte sie die uninteressierte Frau, die hinter einem der Empfangstische saß.

Angelica folgte ihren Hinweisen, bog um eine Ecke und ließ sich dankbar in einen dort stehenden Ledersessel sinken. Neben dem Sessel stand ein Tisch mit einem Telefon. Sie lehnte sich zur Seite und berührte mit der Stirn die kühle, holzgetäfelte Wand.

Es war möglich, daß Sinjun nicht das geringste von Mama wußte. Mary hatte ihr eventuell nur aus reiner Bosheit eine solche Geschichte erzählt. Danach würde sie ja wohl kaum vor Sinjun zugegeben haben, daß sie ihre Pläne vor Dritten ausgebreitet hatte.

Brenda wartete sicher auf ihren Anruf. Angelica nahm den Hörer des Telefons ab.

Sie konnte Sin die ganze Geschichte erzählen und ihn bitten, genauso ehrlich zu sein.

Und er konnte alles abstreiten und sie hinauswerfen.

War es möglich, daß er sich die Sache mit den Mordanschlägen auf ihn bloß ausgedacht hatte? Sie zog den Zettel mit Brendas Nummer auf der Insel aus der Jackentasche und drückte auf die Knöpfe am Telefon.

Das Telefon klingelte in Hell.

Angelica streckte die Beine aus und stellte sich die warme, friedliche Stimmung auf der Insel vor.

Nichts war mehr so, wie es vorher geschienen hatte.

Gedämpfte Schritte ertönten, und sie hob den Kopf.

Garth stand nicht weit vor ihr, die Hände tief in die Taschen vergraben.

Auf Hell nahm niemand ab. Angelica hielt den Hörer vom Kopf, sah Garth an und legte auf.

Garth sagte leise: »Meine kleine Angel.«

18

»Was tust du hier?«

Natürlich hatte er nicht angenommen, daß es Zufall war. »Du hast doch gehört, was Sinjun gesagt hat, Garth.« Er sah irgendwie anders aus, so als hätte die Zeit, seitdem sie ihn das letzte Mal gesehen hatte, alle Konturen verwischt, an die sie sich erinnerte. »Wir haben uns lange nicht gesehen.«

Seine braunen Augen musterten sie scharf. »Ist Sinjun an dich herangetreten, damit du seine Biographie schreibst?«

Der Sessel und der Telefontisch waren am Eingang zu einem kleinen Flur, wo sich Herren- und Damentoiletten gegenüberlagen. Hinter Angelica bildete eine leere, holzgetäfelte Wand das Ende des Flurs. Garth hatte sich an eine Wand gelehnt und blockierte somit wirkungsvoll den einzigen Ausweg. Sie fühlte sich eingesperrt – gefangen.

»Wessen Idee war die Biographie, Angel?«

Sie schob Brendas Telefonnummer wieder in die Tasche ihres Blazers. »Meine.« Er wollte wissen, was sie hier machte. Nicht wie sie zurechtkam nach dem Tod ihrer Mutter oder ob sie ihm verziehen hatte, daß er nicht bei der Beerdigung gewesen war.

»Hast du gewußt, daß ich in Verhandlung mit Sinjun stand?« bohrte er.

Lügen fiel ihr nicht leicht. Angelica antwortete mit einer Gegenfrage: »Warum hast du so getan, als würdest du mich nicht kennen?« Angriff war die beste Verteidigung.

Er klimperte mit Münzen in der Hosentasche. »Ich wollte dich nicht beschämen«, sagte er schließlich.

»Mich beschämen? Warum solltest du mich beschämen?«

Garth zuckte mit den Schultern. »Ich weiß nicht recht. Du hast ja ebenfalls nicht versucht, etwas zu verraten.«

»Du hast den Kopf geschüttelt«, sagte sie. »Und *Miss Dean* zu mir gesagt.«

Er befeuchtete sich die Lippen. »Sagen wir einfach, wir haben die Situation beide mißverstanden. Vergessen wir's. Aber irgendwie dachte ich, du würdest dein Privatleben vielleicht lieber raushalten – aus einer Sache, die als geschäftlich dargestellt wird ... zwischen dir und Breaker.«

»Sie ist geschäftlich«, wies sie ihn knapp zurecht. »Die Blumen, die du zur Beerdigung geschickt hast, waren hübsch.«

Seine Mundwinkel zogen sich nach unten. »Gut. Tut mir leid, daß ich nicht kommen konnte.«

So leid, daß er sich seitdem nicht ein einziges Mal gemeldet und das Ereignis nicht erwähnt hatte, bis sie ihn mit der Nase draufstieß. »Ich bin sicher, daß Mama das verstanden hätte.«

»Natürlich hätte sie.« Er griff offensichtlich nach dem Strohhalm, den sie ihm angeboten hatte. »War eine vernünftige Frau, deine Mutter.«

Vernünftig? In Angelica gärte es.

»Du kannst ganz offen mit mir sein, Angel.«

Erstaunt sah sie ihm ins Gesicht. »Was meinst du damit?«

»Hat ... Sind wir immer noch Freunde?«

Ihr Inneres zog sich zusammen. »Ja.« Er wollte wissen, ob sie von seiner Affäre mit ihrer Mutter wußte.

»Ja?« Er legte den Kopf zur Seite und lächelte. »Ist das alles – ›Ja‹? Ich dachte, wir zwei wären mehr als Freunde, so etwas wie Kameraden?«

Angelica sah ihm in die Augen. »Dachte ich auch.« Sie würde ihm nicht offenbaren, wie sehr seine Gleichgültigkeit sie verletzt hatte. »Ich war unterwegs, aber du hättest mich erreichen können – wenn du gewollt hättest.«

Sein Lächeln gefror. »Ich mag es nicht, wenn man mich einschränkt, Angel.«

Besonders nicht von einer sanften Frau, deren Liebe zu ihm sie so zerbrechlich gemacht hatte. »Betrachte dich als völlig uneingeschränkt«, sagte Angelica und gab sich Mühe, ihr Lächeln vergnügt wirken zu lassen. »Und nun?«

Er hob fragend eine Augenbraue. »Was meinst du damit?«

»Gehen wir jetzt wieder da rein und sagen: ›Stellt euch vor, wir haben uns plötzlich daran erinnert, daß wir einander kennen, genaugenommen schon solange Angelica lebt?‹ Meinst du, das trifft es so in etwa?«

»Du weißt, daß wir das nicht tun können.«

Sie wußte, daß sie ihm nicht sagen konnte, wie sie auf Sinjun gestoßen war – noch nicht, vielleicht überhaupt nie.

»Das verstehst du doch, Angel, oder?«

»Drück dich klarer aus.«

Seine zusammengekniffenen Lippen bildeten eine ärgerliche Linie. »Sei nicht so oberclever. Du wirst nichts sagen.«

Angelica stand auf und wünschte, sie hätte es nicht getan. »Ich bin kein Kind mehr, Garth.« Wenn sie saß, war sein körperlicher Vorteil wenigstens nicht so offensichtlich.

»Nein.« Er rieb sich das Kinn. »Ich wäre nach San Diego gekommen, wenn es mir möglich gewesen wäre. Das weißt du.«

»Du warst immer schon ein Mann, der getan hat, was er tun wollte.«

»*Verdammt.* Du hörst dich an wie deine Mutter.«

Sie atmete tief durch. »Danke. Meine Mutter war eine liebe Frau.«

»Ja. Ja, das war sie. Schau, es tut mir leid. Mehr kann ich nicht sagen. Ich konnte mich nicht loseisen, ich hatte Verpflichtungen. Du weißt doch, wie das ist.«

Sie konnte sich lebhaft vorstellen, was sich zwischen Garth und Mary abgespielt hatte. Zweifellos hatte seine neue Begleiterin es nicht gebilligt, daß er an der Beerdigung seiner Geliebten der vergangenen zwanzig Jahre teilnahm.

»Wie ist es dir ergangen, Angel?«

Jetzt würde er es noch mit Platitüden versuchen. »Hervorragend, danke.«

»Gut.« Er strich sich das Hemd glatt mit einer Geste, die

Angelica so vertraut war, daß sie den Blick abwenden mußte. »Warum Breaker?«

»Er ist ein interessanter Mann.«

Garth überlegte kurz und sagte dann: »Ja, aber wie bist du ausgerechnet auf ihn gestoßen?«

Er kam zu nah. »Eigentlich durch Zufall. Ich habe in den Zeitungen gestöbert, nach jemandem gesucht, der einfach anders ist, und da bin ich bei ihm gelandet.«

Garth wirkte nicht besonders überzeugt. »Du hast doch bestimmt von Skin of Silk gehört – *hattest* davon gehört, bevor du heute herkamst, oder?«

»Natürlich.« Sie zwang sich zu lachen. »Wer hat das nicht?«

»Wußtest du nicht, daß es eine Entwicklung von Lieber ist?«

»Auch das wissen alle.«

»Eigentlich nicht alle.« Er sah sie durchdringend an.

»Es ist sehr bekannt, Garth. Und du darfst nicht vergessen, daß ich guten Grund habe, darauf aufmerksam zu werden.« Darüber ließ sie ihn erstmal nachdenken. »Schließlich haben wir eine lange gemeinsame Geschichte.«

»Das stimmt allerdings. Du hast also nicht erwartet, mich heute hier zu treffen?«

»Ganz bestimmt nicht.« Hier war die Stelle, wo der Übergang zwischen Lüge und Wahrheit sich verwischte. »Die Verbindung zwischen Lieber und Kertz-Breaker ist nicht allgemein bekannt.«

»Nein«, sagte er nachdenklich. »Nein, ist es wohl nicht. Ich dachte, dir hätte es gefallen bei *Verity*.«

»Hat es auch. In Zukunft könnte es vielleicht wieder so sein, aber ich wollte einfach mal was anderes machen. Darum habe ich mich entschlossen, diese Biographie zu schreiben.« Sie fing allmählich an, die Geschichte selbst zu glauben.

»Und niemand hat dich auf den Gedanken mit Breaker gebracht?«

Doch, die Frau, die dich geliebt hat. Und zwar weil sie dich geliebt hat. »Niemand hat mit mir über ihn gesprochen.«

»Bist du sicher?«

Angelica hatte ihn all die Jahre gern gehabt und sich stets auf seine Besuche gefreut. In diesem Moment konnte sie sich jedoch kaum noch erinnern, warum. »Wer sollte denn mit mir über Sinjun Breaker reden?« fragte sie ihn ruhig.

Es gelang ihm, bewundernswert ahnungslos auszusehen. »Niemand Spezielles.«

»Aber irgendeine Idee mußt du doch gehabt haben. Warum solltest du mich sonst so ins Kreuzfeuer nehmen?«

»Ich –« Er zuckte die Schultern. »Ich – du mußt doch erkennen, wie die Sache aus meiner Perspektive aussieht.«

»Erklär mir das.«

»Es sieht einfach unsauber aus«, platzte er heraus. »Aber wenn du darauf bestehst, daß es der Zufall des Jahrhunderts ist – sei's drum.«

Angelica runzelte die Stirn. »Ich kann mir einfach nicht vorstellen, was es sonst noch sein *könnte.*« Sie beschloß, es mit einem Bluff zu versuchen. »Aber wir sollten Sinjun sagen, daß wir alte Freunde sind. Wenn er es später irgendwann herausbekommt, wird er die Sache seltsam finden.«

»Er wird es nicht herausfinden«, sagte Garth hastig. »Weshalb sollte er? Und *wie* vor allem?«

»Warum denn nicht?«

Garth hob noch einmal die Schultern. »Wußte irgend jemand… hast du irgendwem erzählt, daß du mich kennst?«

Angelica schüttelte langsam den Kopf. »Nein. Mama hat immer klar gesagt, daß du das nicht wolltest. Sie sagte, es sei deswegen, weil ihr zwei euch schon gekannt habt, bevor ihr Mann starb.« Sie machte eine Pause und schaute ihn an, sah, wie er den Atem anhielt. Er erwartete, daß sie jetzt sagen würde, sie wüßte, daß sie ein Verhältnis gehabt hätten. »Mama war in ihrer Art puritanisch. Sie sagte, sie wolle nicht, daß irgendein schlechtes Licht auf deinen Namen fallen würde wegen... na ja, das kannst du dir vorstellen.«

»Ja.«

Sie hatte ihn vom Haken gelassen. Nicht, weil sie das gern wollte, sondern weil sie dieses Spiel jetzt nicht spielen konnte. »Mama war so naiv, findest du nicht?«

»Ja.«

»Wie sie sich vorstellen konnte, daß jemand ihr nachsagen würde, sie hätte ein heimliches Verhältnis mit dir, das kann ich mir einfach nicht vorstellen.«

Angelica hielt seinen Blick, bis er gekünstelt lachte und sagte: »So war Marlene eben. Sie hatte in manchen Beziehungen das schlichte Gemüt eines Kindes.«

Und du hast sie behandelt wie ein Kind. Falls Sinjun Breaker für ihren Tod verantwortlich war, warst du es dann nicht genauso?

»Tja«, sagte Garth und wirkte jetzt etwas entspannter. »Das ist schon seltsam. Wenn diese Sache mit Kertz-Breaker vorbei ist, müssen wir uns mal zusammensetzen.«

Sie lächelte. »Das werden wir.« Es gab da immer noch einen Teil von ihr, der gern auf freundschaftlicher Basis mit Garth verkehren wollte – wegen der gemeinsamen Geschichte, die sie miteinander verband.

Er seufzte. »Wer hätte gedacht, daß du in dieser Besprechung auftauchen würdest?«

»Verschiedene andere Leute waren ebenfalls der Meinung, daß Sinjun ein gutes Thema abgeben würde. Er ist ein vielschichtiger Mann.«

»Das brauchst du mir nicht zu sagen. Würdest du mir einen Gefallen tun, Angel?«

Es war ihr zu warm, und sie zog die Jacke aus. »Wenn ich kann.«

»Du kommst ihm dabei doch wohl ziemlich nahe, oder?«

Näher als Garth sich vorstellen konnte. »Ich denke schon.«

Seine Stimme wurde verschwörerisch. »Wenn du irgend etwas hörst, von dem du glaubst, daß ich davon wissen sollte, wirst du es mir sagen, oder?«

»Er hat sich immer um uns gekümmert, Angel. Du solltest nie daran zweifeln, daß er unser ganz spezieller Freund war und uns geliebt hat.« Am Schluß war das, was er für sie beide empfunden hatte, aber nicht genug gewesen.

»Angel«, drängte er. »Wirst du das tun?«

»Bitte tu das für mich. Hindere diesen Mann daran, unserem speziellen Freund Schaden zuzufügen.« Sie zögerte immer noch und sagte dann: »Ich werd's versuchen.« Vielleicht würde irgendwann ein Tag kommen, wo sie Garth verzeihen konnte und ... und ihm wieder vertrauen.

»Danke.« Sein Lächeln war das alte, beruhigende, charmante Lächeln. »Bist du ... Bedeutet er dir mehr als nur eine geschäftliche Beziehung?«

»Nein!«

Er hielt eine Hand hoch. »O Mann, das war doch nur eine Frage. Kein Grund, gleich böse zu werden – außer du sagst mir nicht die Wahrheit.«

»Wie kommst du auf solche Gedanken?«

»Männer wissen manche Dinge über andere Männer.«

Jetzt hatte er ihre ganze Aufmerksamkeit. »Was für Dinge?«

»Oh«, er schob die Lippen vor. »Wie zum Beispiel, wenn sie an einer Frau interessiert sind – wenn du weißt, was ich meine. Paß auf Breaker auf, Angel.«

Die Versuchung war groß, Garth zu erklären, daß sie besser als jeder andere wußte, wie vorsichtig sie mit Sinjun sein mußte. »Ich weiß, was ich tue«, sagte sie.

»Mag sein, daß du das glaubst. Breaker ist skrupellos. Wenn du schon irgendwelche Vorarbeiten über ihn gemacht hast, wirst du wissen, daß er sich verteufelt anstrengen mußte, um dahin zu kommen, wo er heute ist.«

»Es war nicht alles nur anstrengend.«

Garth grinste breit. »Du hast also schon einiges erfahren. Gut für dich. Der Typ hatte ein Scheiß- ... einen mächtigen Haufen Glück, nicht wahr? Aber das lag daran, daß Bruno Kertz sich entschieden hat, ihm sein Vermögen zu hinterlassen. Bruno war ein verdammt zäher Kerl. Er wußte es, als er einen Geist gefunden hatte, der zu seinem eigenen paßte, und griff sofort zu. Sinjun Breaker ist wie eine Reinkarnation von Bruno. Deshalb hat der alte Mann ihn zu seinem Kronprinzen gemacht. Und dann schließlich, als Bruno starb, wurde Sinjun zum König gekrönt.«

»Danke für die Aufklärung«, sagte Angelica ohne Sarkasmus. »Ich nehme jede Hilfe gern an. Aber mach dir keine Sorgen über mich und Sinjun. Ich kann mit ihm umgehen.«

»Das war es genau, was ich mich gefragt habe. Er ist an dir interessiert.«

Angelica hielt die Luft an.

»Wie ich schon sagte, Männer wissen solche Dinge über den anderen. Er ist cool – eher kalt. Aber den kalten Leuten muß man am meisten auf die Finger schauen. War er wirklich von Anfang an mit der Biographie einverstanden?«

Es konnte nicht schaden, so ehrlich wie tragbar zu sein. »Anfangs nicht.«

Garths Lachen klang wie ein häßliches Bellen. »Und dann hat er es sich anders überlegt? Deinetwegen wahrscheinlich – und damit will ich nicht sagen, daß es dein Geist war, der ihn umgestimmt hat. Er hat dich eher so angesehen wie... Tja. Breaker wäre gern mehr als nur dein Geschäftspartner.«

Ihr Herz hämmerte. »Sinjun ist einer von jenen Männern, die nicht leicht zu durchschauen sind. Ich glaube, daß du diesmal diese Männer-unter-sich-Sache mißverstanden hast.«

»Nein. Und ich will nicht, daß er dich ausnutzt.«

Sie hörte so etwas wie echte Sorge in seiner Stimme. »Danke, daß du dir Gedanken machst.«

Er sah ihr direkt in die Augen und verzog das Gesicht zu der alten, freundlichen Grimasse, deretwegen sie ihn einst so gemocht hatte. Sie erwiderte das Lächeln.

Angelica hörte eine Stimme sagen: »Garth?« und erkannte Mary Barretts Stimme.

Garth sah über seine Schulter.

»Ich denke, es ist jetzt Zeit, wieder hineinzugehen«, sagte Mary dringlich und leise. »Es wird jetzt bestimmt klappen. Ich habe versprochen, die notwendigen Daten in ein bis zwei Tagen beizubringen.«

»Mary ...« Garth sah in Angelicas Richtung.

»Ich weiß, ich weiß«, sprach Mary hastig weiter. »Die Sache ist unsicher. Aber es geht nicht anders. Mit etwas Glück habe ich genug Zeit für uns herausgeschlagen.«

Angelica knüllte ihre Jacke zusammen.

Garth wandte ihr den Rücken zu, und Mary kam in Sicht. »Sagen wir ihnen, wir wären uns hier draußen begegnet«, erklärte sie ihm. »Ganz lässig bleiben –« Dann sah sie Angelica.

»Zeit, wieder hineinzugehen, Mary«, sagte Garth ruhig.

Aber Mary blieb stehen und sah Angelica mit einem angewiderten Blick an, der ihre Überraschung allerdings nicht verbergen konnte.

»Angelica und ich haben gerade über die Biographie geredet«, erklärte Garth und lachte. »Ich überlege mir, ob ich sie nicht anstellen soll, auch meine zu schreiben. Wenn der alte Sinjun ein paar Seiten wert ist, dann bin ich doch wohl das Doppelte wert, oder?«

Mary lächelte nicht. »Würde mich nicht überraschen.« Sie ging an ihnen vorbei in die Damentoilette.

Garth schüttelte den Kopf. »Temperamentvoll, unsere Mary.«

»Ach ja?« Mehr als je zuvor fühlte sich Angelica einsam und verletzlich. »Und wenn sie gleich zurück zu Sinjun geht und andeutet, daß wir uns vielleicht schon gekannt haben könnten?«

Garths Augen wurden schmal, und ein Muskel zuckte in seinem Unterkiefer. »Mach dir keine Sorgen wegen Mary«, sagte er. »Sie ist auf unserer Seite.«

Auf *unserer* Seite? Und welche Seite war das? Garths oder Sinjuns? Nur eines war sicher: Angelicas Seite war sehr exklusiv, denn dort war sie die einzige.

»Ich denke, das ist genug für heute«, sagte Sinjun eine Stunde später.

Alle standen vom Verhandlungstisch auf, schüttelten sich die Hände, und Garth und seine Begleiter verschwanden.

Mary sammelte Papiere ein und heftete sie in einen Ordner. »Ich werde mich gleich um die besprochenen Einzelheiten kümmern, Sin.« Sie war ein paar Minuten nach Angelica ins Zimmer zurückgekommen. Garth hatte noch etwas länger gebraucht und bei seiner Rückkehr etwas von einem dringenden Telefongespräch gebrummelt.

»Ja, tu das«, sagte Sinjun zu Mary. »Danke für deine Beiträge, Peter. Effizient und prägnant wie immer.«

Man sah Peter Akers an, daß er sich über dieses Lob freute. Er folgte Marys Beispiel und verstaute Papiere in seinem Ordner. »Dann reden wir morgen früh darüber, Sin?«

»Ja, morgen früh«, stimmte Sinjun zu. Er ging zum Fenster und sah hinaus, bis sich die Tür hinter Mary und Peter geschlossen hatte. »Was denken Sie über all das, Angelica?«

Sie hatte das Gefühl, in einem Raum gewesen zu sein, der von ebensovielen Menschen wie von Tagesordnungspunkten gefüllt gewesen war. »Ich fand es eindrucksvoll«, sagte sie erschöpft.

»Das ist eine sehr allgemeine Bemerkung.« Sinjun drehte sich um. Ein angespannter Zug um seinen Mund deutete darauf hin, daß ihn die Verhandlungen des heutigen Nachmittags nicht unberührt gelassen hatten. »Ich beantworte Ihnen später gern eventuelle Fragen. Ich habe da noch einen Termin... ach, zum Teufel.«

»He, Sin«, sagte Chuck. »Geht's dir gut?«

»Klar – *nein.* Ich muß mich um Frans Angelegenheiten kümmern, und ich hasse das.« Er dehnte seinen Hals. »Wer hätte sich vorstellen können, daß so etwas passiert? Ich erwische mich immer noch dabei, daß ich denke, ich muß sie dies oder jenes fragen.«

Angelica wollte zu ihm gehen, ließ es dann aber bleiben.

»Sie war der respektloseste, nervigste und einer der lustigsten Menschen, die mir je begegnet sind.« Sinjun lächelte Chuck bitter zu. »Ich schäme mich nicht zu sagen, daß ich sie vermisse. Es ist wirklich so. Und ich fühle mich verantwortlich für... ach, Scheiße, ich fühle mich halt verantwortlich.«

»Waren Sie aber nicht«, platzte Angelica heraus. »Es war ein Unfall.«

Sinjun sah ihr in die Augen. »Chuck wird Sie zum Haus zurückbringen. Ich hole Sie dann später ab, okay?«

Das war nicht wirklich eine Frage. »Okay«, sagte sie und wünschte, sie könnte ihn irgendwie trösten.

Als Chuck ihr höflich die Tür aufmachte, war Sinjun schon wieder zur Betrachtung seiner eigenen Welt zurückgekehrt.

Auf dem Weg hinunter zum Erdgeschoß überlegte Angelica, was sie sagen sollte, es fiel ihr aber nichts ein. Als sie Chuck bedauernd ansah, lächelte er dünn.

Der Aufzug hielt mit einem sanften Stoß, und die Türen glitten auf. Angelica trat hinaus und murmelte eine Antwort auf den Gruß des Mannes draußen.

»Ich fahre in die Garage und hole Sie vor der Tür ab«, sagte Chuck und berührte flüchtig ihren Arm.

Sie sah zu den schweren Glastüren hinüber, die auf die Third Avenue hinausführten, und sagte: »Warum erledigen Sie nicht einfach Ihre Sachen in Ruhe? Machen Sie sich keine Sorgen um mich. Ich werde etwas spazierengehen und mir dann ein Taxi nehmen.« Und inzwischen konnte sie nachdenken –

versuchen, etwas Ordnung in das Chaos dieses Nachmittags zu bringen.

»Sin wollte, daß ich Sie nach Hause bringe.«

Angelica sah zu ihm auf. »Ich will aber jetzt noch nicht dorthin«, erklärte sie fest. »Ich muß mich etwas bewegen. Ich bin es nicht gewöhnt, dauernd stillzusitzen.«

Er runzelte die Stirn und zog die Innenseite seiner Unterlippe kurz zwischen die Zähne.

»Bis später dann«, nickte Angelica.

Sie war kaum zwei Schritte in Richtung Straße gegangen, als Chuck schon neben ihr war. Er ging voraus, schob eine schwere Tür auf und folgte ihr hinaus in einen warmen, trokkenen Nachmittag.

Als sie die Stufen zum Trottoir hinuntergestiegen waren, winkte Angelica Chuck kurz fröhlich zu und wandte sich dann von ihm ab.

An der Straßenecke spürte sie jedoch seine Gegenwart an ihrer Schulter, und sie schnaubte.

»Wohin gehen wir?« fragte er, als sie die Straße überquerten.

»Nirgendwohin Bestimmtes«, erklärte ihm Angelica und wußte mit einem Mal, daß sie wider besseres Wissen ein bestimmtes Ziel hatte.

»Ich komme mit, wenn Sie nichts dagegen haben.«

Die Madinson Street stieg steil an zwischen der Third und Fourth Avenue. Angelica blinzelte, weil die Sonne so grell von den Dächern der am Straßenrand geparkten Autos reflektiert wurde. Zwei goldbraune Hunde und eine dicke graue Katze lagen in einem friedlichem Knäuel neben ihrem Besitzer, einem Tippelbruder.

»Arme Kerle«, murmelte Chuck.

Angelica holte ein paar Münzen aus der Tasche und ließ sie in den vor den Mann gestellten Pappbecher fallen. »Straßentiere kommen ganz gut zurecht«, sagte sie und entwickelte etwas mehr Sympathie zu Sinjuns Freund. »In der Stadt gibt es einen freiwilligen Tierarztdienst. Woher stammt eigentlich Swifty?«

»Aus Honolulu.«

Angelica stieg mit zügigen Schritten hügelaufwärts und überlegte, wie sie Chuck am besten loswerden konnte. »Hat Sinjun ihn in Honolulu von der Straße aufgelesen?«

»Genau. Der Hund wäre fast von einem Lastwagen überfahren worden. Sin nahm ihn mit – damals war er erst ein Welpe – und brachte ihn nach Hell.«

»Sinjun schafft es offensichtlich fast immer, durchzusetzen, was er will, oder?«

»Könnte man so sagen.«

»Sie brauchen nicht mein Babysitter zu sein, Chuck.«

»Ich kann mir kein Baby vorstellen, das ich lieber sitten würde«, griente er.

Angelica bemühte sich zu lächeln. »Danke. Ich für meinen Teil möchte jetzt einen Kaffee trinken.«

»Prima.«

Sie unterdrückte ein Ächzen und machte sich auf den Weg zum nächstgelegenen Café.

Ihre Hand lag auf dem Messingtürgriff, da kam ihr eine Erleuchtung. »Gibt es eine Bibliothek in dieser Stadt?« Sie wußte, daß es eine gab, und sie war kaum einen Häuserblock entfernt.

Chuck fuhr sich mit einer Hand durch das dichte, sonnengebleichte Haar. »Seattle Public. An der Ecke Vierte Avenue und Madison Street. Warum?«

Sie rümpfte die Nase. »Nur ein paar langweilige Sachen, die ich nachsehen muß.«

»Warum?«

»Weil es nötig ist«, sagte Angelica und gab den wohlwollenden Gesichtsausdruck auf.

»Für Sins Biographie?«

»Ja«, sagte sie. »Ich will nachsehen, was ich alles über Kertz-Breaker finden kann.«

»Das können wir Ihnen doch geben.«

»Mit Ihrem Blickwinkel«, sagte sie knapp.

»Trinken wir zuerst den Kaffee.«

»Tun Sie das, ich glaube, ich brauche doch keinen.«

»Also gut, zur Bibliothek.«

»Nein, Chuck«, sagte sie, wandte dem Café den Rücken zu und marschierte los. »Ich bin nicht unter Haus- oder sonstigem Arrest. Wenn Sie Sinjun vor mir treffen, sagen Sie ihm, daß bei mir alles in Ordnung ist.«

»Warum wollen Sie mich unbedingt loswerden?«

Angelica ging wieder hügelaufwärts.

Chuck folgte ihr mühelos mit langen Schritten. »Sin macht sich Sorgen Ihretwegen.«

»Ich mir nicht.«

»Hat er Ihnen von den Anschlägen auf sein Leben erzählt?«

»Ja.«

»Ist Ihnen auch klar, daß eventuell die Möglichkeit besteht, daß die Hubschrauberexplosion geplant war, um ihn zu beseitigen?«

»Sinjun erwähnte etwas in der Art.«

Vor ihnen wurde eine Fußgängerampel grün, und eine Welle von Geschäftsmännern mit angestrengten Gesichtern und gestylten Frauen in Kostümen setzte sich hügelabwärts in Bewegung und trennte Angelica von Chuck.

An der nächsten Ecke hatte Chuck sie wieder eingeholt. »Sin hat Angst, Sie könnten in Gefahr sein wegen Ihrer Beziehung zu ihm.«

»Das hat er mir auch schon alles gesagt.«

»Aha. Dann verstehen Sie also, warum ich Sie nicht allein lassen kann.«

»Nein.« Sie drehte sich zu ihm um. »Nein, das verstehe ich nicht. Und ich glaube, *Sie* verstehen nicht, daß wir hier nicht mehr auf Hell sind. Wir sind mitten in den guten, alten Vereinigten Staaten von Amerika, und ich darf selbst entscheiden, was ich tun und lassen will – und mit wem.«

Chuck tat so, als müßte er Schläge abwehren. »Autsch.« Er grinste wieder, und erneut fiel Angelica auf, wie gut er aussah.

Sie mußte ebenfalls grienen. »Ich weiß Ihre Besorgnis zu schätzen, aber ich bezweifle, daß überhaupt jemand etwas über meine Arbeit mit Sinjun weiß.«

»Wir können kein Risiko eingehen. Der Preis eines Fehlers wäre zu hoch.«

Angelica legte eine Hand auf seinen trainierten Bizeps und schob ihn durch die nächste Menschengruppe, die von der Ampel kam, bis zu einem Pflanzkasten aus Beton, der überall bewachsen war mit knallig himbeerrosa Fleißigen Lieschen.

»Dies hier ist ein guter Platz, um sich zu unterhalten«, erklärte sie ihm. »Und sicher.«

Er ging um den Kasten herum und beäugte sie. »Wie kommen Sie darauf?«

»Niemand denkt sich etwas dabei, wenn ein Mann und eine Frau im Sonnenschein an einer lebhaften Straße der Stadt stehen und reden. Sie und Sinjun kennen sich schon seit Kinderzeiten.«

»So ziemlich unser ganzes Leben. Das habe ich Ihnen doch schon an dem Tag eröffnet, als ich Sie in Kauai abgeholt habe.«

»Ich weiß. Ich denke nur laut. Versuche, mich zurechtzufinden.« Sie zögerte einen Moment, dann fragte sie: »Haben Sie seinen Vater gekannt?«

Er verlagerte das Gewicht auf ein Bein. »Ja, wenn den überhaupt jemand kannte. Schauen Sie, können wir nicht –«

»Er war ein Mistkerl, oder?«

Chuck pfiff durch die Zähne und sah sie mit seinen durchdringenden blauen Augen an. »Ein hundertprozentiger Scheißkerl«, bestätigte er. »Ich hoffe, ich trete Ihnen nicht zu nahe mit meiner rüden Ausdrucksweise.«

»Meine Ohren sind asbestbeschichtet. Denken Sie, daß Sinjun wegen seines Vaters so ist, wie er ist?«

Chuck malmte mit den Kiefern.

»Heißt das ja oder nein?«

»*Nein,* verdammt. Was zum – worüber reden Sie? Buck Breaker war ein haltloser Trinker. Er hat nie irgendwas konsequent getan, schon gar nicht für Sin.«

»Sinjun trinkt nicht.«

Chucks Gesicht wirkte leer. »Nicht mehr.«

Angelica sah ihn genau an. »Er hat also früher getrunken.«

»Einiges.«

»Ist er Alkoholiker, wie sein Vater es war?«

»Verdammte –« Er klappte den Mund zu, um nicht noch mehr herausrutschen zu lassen, griff aber über den Pflanzenkasten und schloß eine riesige Pranke um ihren Oberarm. »Sinjun ist kein Alkoholiker. Er trinkt nur einfach nicht mehr.«

Sie würde ihm nicht die Befriedigung geben, vor ihm zurückzuschrecken. »Weil er Angst hat, er könnte Alkoholiker sein? Leuchtet mir ein. Neue Studien –«

»Schenken Sie sich Ihre Studien. Sinjun hat einfach gern einen klaren Kopf. Er kann es nicht leiden, wenn ihn irgendwas vernebelt.«

»Er steht halt ganz auf Kontrolle.« Angelica schaute auffällig zu seiner Hand an ihrem Arm. »Und offensichtlich ist er da nicht der einzige.«

Er ließ sie sofort los. »Ganz wie Sie wünschen. Ich werde ihm sagen, daß Sie unbedingt mit einem Taxi nach Hause fahren wollten.«

Sie hatte ihn ausreichend durcheinandergebracht. »Haben Sie Dee-Dee Cahler gekannt?«

Chuck rüttelte am Knoten seiner Krawatte. Sein Blick wurde leer.

»Ja, nicht wahr?«

»Ich habe Ihnen doch eben gesagt, daß Sinjun und ich uns schon als Kleinkinder gekannt haben. Natürlich kannte ich Dee-Dee.«

»Wie war sie?«

Er preßte die Lippen fest aufeinander.

Ein kleiner Wirbelwind aus Staub erhob sich vom Gehweg und umrundete Angelicas Knöchel. »Was haben Sie gedacht, als Sinjun und sie sich entschlossen haben zu heiraten?«

Chuck schaute in die wenigen Wolken. Angelica auch. Ein Flugzeug kratzte seine weiße Spur in den restlichen blauen Himmel wie ein winziger silberweißer Pfeil.

»Was haben Sie darüber gedacht?«

»Sie haben geheiratet. Das war's. Es gab nicht viel zu entscheiden.«

»Vielleicht ist die Entscheidung gefallen, als sie Sex hatten, ohne zu verhüten.«

»Hören Sie zu.« Er senkte das Kinn und stellte sich neben sie, so dicht, daß seine rotschwarze Krawatte fast ihre Nase berührte. »Verschwenden Sie keine Zeit damit, herausfinden zu wollen, ob Sinjun und ich uns in irgendwelchen Einzelheiten der Themen widersprechen, die Sie am meisten interessieren. Das funktioniert nicht. Wenn Sie Sin fragen, erfahren Sie dasselbe von ihm wie von mir, klar?«

»Jawoll, Sir.«

»Hervorragend.«

»Waren Sie auch dort, als Dee-Dee starb?«

»Herrgott noch einmal!«

Sie legte den Kopf schief und betrachtete eingehend die unsystematischen Muster auf der Krawatte. »Also?«

»Nein.«

»Ist sie geschlagen worden?«

»Nein!«

»Sie hören sich an, als müßten Sie sich verteidigen, Chuck.»

»Sie bedrängen einen auch so.«

Eine Reihe von kleinen Kindern, die jedes einen Knoten an einem festen Seil hielten, wanderte unter der Aufsicht von zwei Frauen vorüber. Als die Prozession weg war, sagte Angelica: »Sinjun will meine Arbeit autorisieren. Ich kann schließlich nicht nur darüber schreiben, wie wunderbar er ist und immer war.«

»Ich kann nicht verstehen, warum er überhaupt einverstanden war«, sagte Chuck mit zusammengebissenen Zähnen.

»Mrs. Cahler sagte, ihre Enkelin wäre geschlagen worden und hätte deshalb die Blutung bekommen.«

Chuck dachte eine Weile nach, dann tippte er mit seinem Zeigefinger auf Angelicas Schlüsselbein. »Gehen Sie in die Bibliothek.« Klopf, klopf machte die Fingerspitze. »Und dabei können Sie auch gleich eine Liste von Fragen erarbeiten, die Sie mir stellen wollen.«

»Warum? Damit Sie sie Sinjun zeigen und sichergehen können, daß die beiden Versionen übereinstimmen?«

Das nächste Fingertippen tat fast weh. »Sin und ich haben einander schier ein ganzes Leben lang unterstützt, Angelica.« Seine Nasenflügel blähten sich. »Wenn Sie wissen, was gut für Sie ist, dann seien Sie vorsichtig. Ich glaube, daß er Ihr sogenanntes Projekt akzeptiert hat, weil Sie an Punkten eine Wirkung auf ihn haben, die man normalerweise fest im Griff hat. Verlassen Sie sich nicht zu sehr auf diesen Vorteil, denn ewig wird er nicht anhalten.«

Es wurde ihr heiß in ihrer Haut.

»Hübsch, wenn Sie rot werden«, sagte er. »Ich wette, überall woanders sind Sie auch hübsch.«

»Ich gehe jetzt in die Bibliothek.«

»Sinjun ist gut, habe ich mir sagen lassen.«

Sie stand an der Bordsteinkante und sah zu ihm auf. »Gut wobei?«

Er lächelte breit. »Ich denke, da kommen Sie schon noch drauf. Und ich glaube, Sie wissen, daß er Sie begehrt. Warum vergessen Sie nicht den ganzen Mist mit der Biographie? Entspannen Sie sich, und machen Sie sich das Leben schön.« Sein Blick spazierte ganz langsam hinunter bis zu ihren Zehen und ganz langsam wieder hinauf. »Sie begehren ihn doch auch. Ich habe gesehen, wie Sie ihn anschauen.«

»Wiedersehen.« Sie hoffte, daß die Ampel bald grün wurde.

»Sin ist meistens nicht lange interessiert, aber so lange es anhält, setzt er sich voll ein. Das hat er sicher auch diesmal vor. Er wird mit Ihnen schlafen wollen bei jeder möglichen Gelegenheit, bis es ihm dann irgendwann langweilig wird. Dann wird er sich jemanden Neues suchen, und Sie genauso. Aber machen Sie sich keine Sorgen, er wird dafür sorgen, daß die Bezahlung gut ist.«

»Seien Sie still«, zischte sie.

»Lassen Sie doch die Fassade fallen und stellen Sie sich der Wahrheit. Sie haben in irgendeinem Zeitschriftenartikel über ihn gelesen. Sie fanden ihn interessant und haben sich entschlossen, ihn sich anzusehen. Dann hat er Ihnen gefallen. Das geht vielen Frauen so.«

Endlich wurde die Ampel grün, und Angelica hastete über die Straße.

Chuck blieb dicht neben ihr. »Er ist nicht der Typ, der irgendwann heiratet«, sagte er wie beiläufig. »Eine Menge Frauen haben schon versucht, ihn in der Beziehumg umzustimmen. Hat nie funktioniert. Aber Sie können natürlich Ihren Spaß haben –«

»Hören Sie zu«, knirschte sie, indem sie sich umdrehte und ihm eine Faust in die Brust stemmte. »Ich bin noch nie so beleidigt worden wie eben von Ihnen. Ich bin Journalistin, keine Prostituierte.«

»Sind das zwei verschiedene Dinge?«

Angelica atmete ein paarmal tief durch. »Also gut. Sie haben sich die größte Mühe gegeben, mich abzuschrecken. Kein Erfolg. Ich bin nicht aus persönlichen Gründen an Sinjun Breaker interessiert, nur wegen des Projektes, das wir beide kennen. Sollten Sie je noch einmal in dieser Weise mit mir reden, beschwere ich mich direkt bei Sinjun.«

»Viel Glück.«

Diese Situation war einfach unmöglich. Sie ging die Stufen zur Bibliothek hinauf.

»Sie haben den Test bestanden«, rief Chuck vom Gehweg herauf.

Sie stoppte, drehte sich um und sah zu ihm hinunter. »Was haben Sie gesagt?«

»Ich sagte, Sie haben den Test bestanden. Ich habe Sie bedrängt, und Sie sind nicht umgefallen. Vielleicht sind Sie wirklich, was Sie sagen.«

Angelica schnaubte empört und schüttelte den Kopf.

Chuck klopfte suchend auf seine Jackentaschen. »Ich hätte fast vergessen, Ihnen das hier zu geben.« Er kramte einen Zeitungsausriß heraus, lief die Treppe zu ihr rauf, drückte ihn ihr in die Hand und verließ sie dann, allerdings nicht ohne noch hinzugefügt zu haben: »Mag sein, daß Ihnen dies dazu verhilft, einen neuen Blickwinkel zu bekommen. Uns hat es genauso überrascht, wie es Sie überraschen wird.«

Als Angelica von dem Papier aufsah, war Chuck Gill schon fast außer Sicht.

Der Ausschnitt stammte aus einer erst kürzlich erschienenen Zeitung aus Dillon. Er beinhaltete folgendes: *Cahler, Sarah-Mae, ca. 90 Jahre alt. Starb plötzlich. Keine lebenden Verwandten bekannt.* Rechts von der Todesanzeige stand ein kurzer Bericht über das tragische Alleinsein von älteren Menschen. *Nach Angaben von Joshua Simms, der vermutlich die Verstorbene als letzter lebend gesehen hatte, war Sarah-Mae Cahler eine bemerkenswert vitale Frau gewesen, die ausgesehen hatte, als könnte sie »gut und gerne noch ein paar Jahre leben«.* Der Artikel schloß mit der trockenen Feststellung, daß Äußerlichkeiten eben täuschen konnten.

Mrs. Cahler hatte vor vier Wochen noch äußerst gesund und lebhaft ausgesehen. In der Sommerwärme des Spätnachmittags in Seattle schauderte Angelica.

19

Seattle liebte Sinjun Breaker. Doch es haßte ihn ebenso innig.

Angelica saß vor einem Mikrofilm-Lesegerät im belebten Hauptraum der Bibliothek, legte ihre Arme über die Rückenlehne eines Stuhls und starrte auf die unscharfen, vier Jahre alten Einträge aus der *Seattle-Times.* Eigentlich hatte sie die alle schon einmal durchgesehen, und seit damals hatte sich logischerweise nichts geändert.

Für einen Mann, der angeblich Frauen pflückte wie Gänseblümchen und der nicht lange genug bei der Sache blieb, um die Blütenblätter welken zu sehen, war bemerkenswert wenig über Sinjuns Liebesleben geschrieben worden. Das wenige, das zu finden war, stellte ihn als den bestmöglichen Fang aller Zeiten dar und den, der am schwersten zu erwischen war. Angelica bekam den Eindruck, daß an manchen Stellen Wetten dagegen liefen, daß Sinjun überhaupt je heiratete, und darüber, wer diejenige sein würde, falls es doch dazu käme, oder was für eine Perspektive eine solche Ehe für die Zukunft haben würde. Es gab keinen Zweifel, daß er unter den Damen der vorhandenen Elite – und zweifellos zahlreichen anderen – als ganz heißer Wunschmann gehandelt wurde.

Überraschenderweise wurde er in allen Artikeln als Junggeselle dargestellt. Offensichtlich war seine Ehe damals zu kurz und unbekannt genug gewesen. Wenn Angelica nicht das Glück gehabt hätte, der alten Mrs. Cahler zu begegnen, wäre sie ja auch nicht darauf gestoßen.

Und jetzt war Mrs. Cahler tot – völlig unerwartet.

Neunzig. Das und körperlicher Verfall waren natürliche Gründe zum Sterben.

Chucks Nachricht war außerdem klar: *Halt dich da raus!*

Angelica hatte nicht im mindesten die Absicht, sich da rauszuhalten.

Auf Mikrofilm gab es eine ungeheure Menge von Information über Sinjuns Geschäfte. Die Tatsache, daß er anscheinend eine nahe Verwandschaft zu König Midas hatte, brachte ihm oft geschickt getarnte Bemerkungen von oberflächlich klugen Köpfen ein, die ständig darauf lauerten – falls er irgendwann doch unterging –, mit dem Finger auf dem Emporkömmling zu zeigen, um zu jubeln: Ich hab's euch doch gesagt.

Angelica schaltete den Apparat aus. Was sie suchte, würde es auf Mikrofilm – noch – nicht geben.

Sie sah zum Eingang des Gebäudes. Die Gehwege waren bevölkert mit Berufstätigen auf dem Heimweg. Bald würde sie in Sinjuns Haus zurückkehren müssen.

Garth glaubte, Mary Barrett arbeite in der Sache Skin of Silk auf seiner Seite, gegen Sinjun, und Sinjun dachte das Gegenteil... oder?

Langsam legte Angelica die Filmrolle in die Schachtel zurück.

Mama hatte die Geschichte absolut geglaubt, als sie sie in der Nacht ihres Todes schrieb.

Aber sie brauchte trotzdem nicht wahr zu sein. Sinjun war nicht notwendigerweise der Schuft. Genaugenommen hatte Sinjun nichts gesagt, was darauf schließen ließ, daß er irgendwelche ruinösen Machenschaften gegen Garth plante. Andererseits war bei Garths Wortwechsel mit Mary im Flur klar gewesen, daß er glaubte, sie helfe ihm bei etwas, das Sinjun nicht wissen sollte.

Angelica konnte weder Sinjun noch Garth darum bitten, daß sie sie ins Vertrauen zogen. Genausowenig konnte sie sie vor möglichen Intrigen warnen.

Das einzige, was Angelica über Garth wußte, war, woran sie sich erinnerte und was Mama ihr erzählt hatte. Doch egal, ob ihre Zweifel an seiner Person wuchsen, ein Versprechen war ein Versprechen, selbst wenn man es jemandem gegeben hatte, der schon tot war – *besonders* dann.

Sie rieb sich die müden Augen.

Und dann tat sie, was sie schon die ganze Zeit vorgehabt hatte.

Der Platz zum Anfangen war Seattle, das Datum irgendwann vor etwa zwanzig Jahren.

Es war an der Zeit, daß Angelica sich an eine zweite, gründlichere Untersuchung des Mannes machte, der Mamas »lieber Freund« gewesen war.

»Sind Sie sicher?« fragte Angelica den Mann, den sie beim Einwohnermeldeamt angerufen hatte.

Die Stimme in Olympia, der Hauptstadt des Staates, sagte: »Wenn Sie mir korrekte Informationen gegeben haben, bin ich absolut sicher.«

Sie rieb sich total verblüfft das Ohrläppchen, sagte »Danke« und hängte ein.

Die Sonne war verblaßt. Leute, die an ihrer Telefonzelle vorüberliefen, schienen alle verabredet zu sein.

»Es gibt keine Aufzeichnungen, daß dieser Garth Lieber je verheiratet gewesen ist«, hatte der Mann in Olympia gesagt.

Mama hatte ihm die Lüge geglaubt. Angelica schob die Tür auf und trat auf den Gehweg vor der Bibliothek hinaus. Sie wollte Sinjun sehen. Die Sehnsucht brach wie eine mächtige Welle über sie herein und hinterließ sie schwach und ängstlich. Er war der Mann, den sie eigentlich hätte hassen und fürchten sollen. Es hieß, Haß und Liebe lägen oft kaum unterscheidbar nah beieinander. Es war nicht möglich, daß sie ihn liebte, aber was sie für ihn empfand, war sicher kein Haß. Die einzige

Angst, die sie im Zusammenhang mit ihm empfand, war die Angst, ihr Herz an ihn zu verlieren.

Ohne nachzudenken, begann sie, die Strecke, die sie mit Chuck gekommen war, wieder zurückzugehen. Bis sie die Third Avenue erreicht hatte, rannte sie.

Die Eingangshalle des Kertz-Breaker-Gebäudes war verlassen. Eine Uhr über den Aufzügen an der Wand informierte sie über die Zeit – die sie sehr überraschte.

Es war schon sieben Uhr dreißig und Sinjun vermutlich längst fort. Sie drückte den Liftknopf.

Fünf Minuten später wartete sie immer noch. Also würde der Direkt-Aufzug zum siebenundzwanzigsten Stock nicht für jeden Normalsterblichen zur Verfügung stehen.

Oder Chuck hielt ihn fest, der wohl von ihrem Besuch in der Bibliothek Bericht erstattete. Sinjun würde deshalb nicht erwarten, daß sie rechtzeitig bei ihm zu Hause sein würde.

Seufzend nahm Angelica einen anderen Aufzug bis zum sechsundzwanzigsten Stock. Von dort aus mußte sie die restlichen gewundenen Treppen zum Penthouse-Büro zu Fuß hinaufklettern.

Die Tür zum Treppenhaus fiel hinter ihr leise ins Schloß, und sie stand in völligem Schweigen im Flur. Wandlampen warfen weiße Lichtkegel zu den hohen Decken hinauf.

Aus den Lautsprechern war leise ein Sopransaxophon zu hören. Angelica machte ein paar Schritte und blieb stehen. Sie wußte nicht, wo Sinjuns Büro war.

Das Saxophon erinnerte sie an ihn, an seine gelbgrünen Augen, die sie auf der Insel über den Eßtisch hinweg betrachtet hatten und dann nachts, am Strand… In ihrer Erinnerung war es, als hätten der Wind und die Brandung damals mit hohem, eindringlichen Ton gesungen, so eindringlich, wie auch der Mann gewesen war.

Wenn sie herausfand, daß es keinen Grund gab, Garth zu helfen, warum sollte sie dann bleiben?

Um zu tun, worum Mama sie gebeten hatte?

Oder weil der Gedanke daran, fortzugehen – und Sinjun niemals wiederzusehen –, ihr irgendwie den Boden unter den Füßen wegzuziehen schien?

»Angelica?«

Sie drehte sich mit einem Ruck um. Sinjun stand in der Tür links von ihr.

»Chuck sagte, Sie seien in die Bibliothek gegangen. Mrs. Falon sollte mich anrufen, wenn Sie zu Hause angekommen wären.« Ihr Eindringen verärgerte ihn.

»Es tut mir leid. Ich hatte eigentlich vor, dorthin zu gehen, aber ich dachte... das heißt, ich wollte...« Was genau wollte sie eigentlich?

»Was wollten Sie?« Sinjun lehnte sich an den Türrahmen. Den Anzug und die Krawatte hatte er durch lässige, khakifarbene Hosen und ein cremefarbenes Leinenhemd ersetzt, das am Hals offenstand. Seine Haare waren feucht, als wäre er gerade aus der Dusche gekommen.

»Angelica?« hakte er nach und richtete sich aufmerksam auf. »Scheiße! Was ist nur los mit mir? Irgend etwas ist passiert, stimmt's?«

Noch bevor sie antworten konnte, kam er mit wenigen Schritten zu ihr herüber und faßte sie an den Schultern. »Sagen Sie's mir. Jetzt gleich.«

Sie schüttelte den Kopf. »Nichts ist passiert – eigentlich nicht.«

»Kommen Sie hier herein.« Er legte einen Arm um ihre Schultern und führte sie durch die Tür in einen Raum, der als Büro nur deswegen zu erkennen war, weil ein riesiger Schreibtisch voller Papiere darinstand, der aus einer Mamorplatte auf vier Rosenholzsäulen bestand.

Angelica ließ sich zu einer Sitzecke bringen, um die herum Rosenholzregale mit Tausenden von Büchern gefüllt waren.

»Setzen Sie sich hier hin«, ordnete Sinjun an und hätte sie

beinahe auf die cremefarbene Ledercouch geschubst. Er setzte sich neben sie. »Lassen Sie sich Zeit, aber ich will alles erfahren.«

Sie betrachtete ihn. Er glaubte, jemand hätte versucht, ihr etwas zuleide zu tun, und sie wäre hierhergekommen, weil sie sich fürchtete. »Es ist nicht das, was Sie denken«, erklärte sie ihm, aber ihr Herz stolperte eine paar Schläge lang. Es gab keinen Zweifel, daß Sinjun Breaker sich um ihr Wohlergehen sorgte.

»Sie zittern aber«, sagte er und nahm eine ihrer Hände in seine beiden. »Versuchen Sie nicht, irgend etwas unnötigerweise zu verbergen, Angel.«

Es würde eine solche Erleichterung sein, wenn sie jemandem erzählen könnte, was sie jetzt wußte. Unglücklicherweise war er der Mann, dem sie absolut nicht vertrauen durfte – zumindest nicht ganz. »Ich habe nur einen Schreck hinter mir«, sagte sie schlicht. »Aber ich werde drüber wegkommen.«

Sein Griff um ihre Hand wurde fester. »War es auf der Straße? Ein Auto? Diese Leute mögen Autos. Man kann nacher leichter damit verschwinden.«

»Nein, Sinjun.« Sie sollte ihm eigentlich ihre Hand entziehen, wollte es aber nicht. »Es war in der Bibliothek, und meine persönliche Sicherheit war nicht gefährdet. Ich habe etwas herausgefunden, was mich schockiert hat. Das ist alles.«

»Aber Sie sind direkt hierher gekommen.«

Sie sah ihm in die Augen. »Ja.«

»Sollte ich mich geschmeichelt fühlen?«

Angelica überlegte kurz und sagte dann: »Es gibt keinen anderen Ort, zu dem ich gehen könnte – außer dorthin, wo Sie sind.« Sie hatte es kaum ausgesprochen, da kam sie sich absolut dumm vor, weil sie ihre Verletzlichkeit so deutlich gezeigt hatte.

Ohne den Blick von ihr abzuwenden, richtete sich Sinjun gerade auf. In der elegant-lässigen Kombination aus Leinen und Baumwolle, mit seiner gebräunten, leicht glänzenden Haut und dem noch feucht schimmernden, dichten Haar, das ihm bis auf den Kragen reichte, erinnerte er sie an einen zeitreisenden Piraten in beinah zivilisierter Kleidung.

»Also gewinne ich mangels anderer Alternativen?« griente er. »Ich bin trotzdem froh, daß Sie das Gefühl hatten, zu mir kommen zu können – daß Sie es gern wollten. Ich will Sie nicht drängen, aber wenn Sie mir erzählen wollen, was Sie beschäftigt, höre ich zu.«

»Jemand, den ich sehr liebte, ist betrogen worden – von einem Freund«, gab sie gegen ihren Willen zögernd preis. »Ich dachte, daß ich diesen *Freund* gut kenne. Ich hatte mich getäuscht.« Obwohl sie schon am früheren Nachmittag gewisse Zweifel bekommen hatte.

»Fahren Sie fort.«

»Nein«, sagte sie und zog ihre Hand zurück. »Es ist für andere nicht interessant. Und wichtig ist es eigentlich auch nicht mehr.«

»Natürlich ist es wichtig, Angel«, widersprach Sinjun. Er berührte mit der Außenseite seiner Finger ihre Wange. »So wie Sie aussahen, als ich Sie da draußen stehen sah, war mir klar, daß irgend etwas Schlimmes geschehen ist. Sie wissen nicht, an wen Sie sich wenden sollen, stimmt's? Und was Sie als nächstes tun sollen.«

Leider hatte er recht.

»Es ist schwer, eine Enttäuschung zu schlucken – die Art von Enttäuschung, die man empfindet, wenn Freunde einen verraten.«

»Wer hat Sie verraten? Sie sagten doch, Sie seien ganz allein.«

Wieder ein Fehler. »Ich bin hier allein«, improvisierte sie. »Genau genommen ist jemand betrogen worden, der mir früher sehr nahestand. Von jemandem, den sie mehr liebte als… mehr als alles andere.«

»Brenda?«

»Nein.« Angelica lächelte. »Brenda paßt gut auf ihr Herz auf. Nein, nicht Brenda.«

»Entschuldigung, wenn ich so neugierig bin«, sagte er. »Möchten Sie einen Drink?«

»Nein, danke.« Ihr war immer noch ganz schwach. Wie hatte Mama so dumm und so vertrauensvoll sein können? »Was geschehen ist, ist nicht so kompliziert. Eine sanfte Frau hat ihr Vertrauen in einen Mann gesetzt, den sie für stark und treu hielt. Sie dachte, er wäre ein Ehrenmann und würde nie willentlich etwas tun, um sie zu verletzen.«

Sinjuns Brust dehnte sich, weil er tief einatmete. »Ehre scheint eine seltene Tugend zu sein.«

»Ja. Unglücklicherweise habe ich dasselbe geglaubt wie sie, das heißt, wir waren entweder beide dumm oder er hätte Erfolg auf der Bühne gehabt.«

»Was hat er gemacht? Oder wollen Sie mir das nicht erzählen?«

»Er hat das Leben meiner… meiner Freundin ruiniert. Sie glaubte, er könnte sie nicht heiraten, weil er schon verheiratet war – mit einer kranken Frau, die er nie geliebt hatte, aber eben nicht einfach verlassen wollte.«

»Ah.« Sinjun hob die Augenbrauen. »Ich glaube, den Rest kann ich mir denken.«

Wie seltsam, dachte Angelica, daß die Geschichte sehr persönlich und doch so klischeehaft klang. »Glaube ich auch. Heute habe ich herausgefunden, daß er überhaupt nie verheiratet war. Während sie immer wieder Entschuldigungen für ihn fand, hat er sich über sie lustig gemacht. Er hat ihr gesamtes Leben manipuliert, und sie hat nie aufgehört zu denken, er wäre ein Märchenprinz.« Sie rieb sich den Nasenrücken. »Er hatte nie vor zu heiraten – zumindest nicht meine Freundin.«

»Klingt, als wäre er ein echter Gewinner. Kann Ihre Freundin die ganze Sache nicht einfach vergessen?«

»O doch, das hat sie inzwischen.«

»Gut.« Sein Blick ging in die Ferne. »Wir alle haben manchmal Dinge, die wir besser vergessen sollten. Sie sollten ihrem Beispiel folgen.«

»Sie hat sich umgebracht.«

Angelica legte erschrocken die Hand über den Mund. Das hatte sie wahrhaftig nicht laut sagen wollen.

Sinjuns Augen wurden schmal. »Mein Gott.«

»Jetzt ist es vorbei«, sagte Angelica hastig. Sie stand auf. »Ich glaube, ich sollte meine Sachen holen und mir eine andere Unterkunft suchen.«

»Nein.« Er sprang hoch. »Nein, mir wäre es lieber, wenn Sie das nicht tun würden.«

»Warum?«

Er zögerte eine Sekunde und sagte dann: »Wir haben eine Vereinbarung. Daran hat sich doch nichts geändert, oder?«

Sie wußte es nicht mehr so genau, wußte weder, was sie dachte noch was sie wollte. »Ich schätze nein. Aber es ist nicht nötig, daß ich in Ihrem Haus wohne.«

»Ich denke schon. Als Sie sagten, Sie hätten einen Schock erlitten, habe ich wirklich geglaubt, jemand hätte versucht, Ihnen etwas anzutun. Glauben Sie mir das?«

»Ich … Ja.«

»Ich habe keinen Grund anzunehmen, daß man mich vergessen hat, was Anschläge auf mich angeht. Und ich habe Angst, daß derjenige auch versuchen könnte, Sie zu erwischen.«

»Ich habe kein –«

»Bitte bleiben Sie, wo ich ein Auge auf Sie haben kann.«

Das sollte sie eigentlich nicht wollen. »Ich denke, für eine Weile läßt sich das machen.«

»Prima.« Sein Lächeln ließ ihn jungenhaft wirken. »Alles ist so durcheinander in den letzten Tagen. Vielleicht kann ich Ihnen mehr helfen, wenn sich die Lage etwas beruhigt hat –

wenn Sie nach wie vor entschlossen sind, über mich zu schreiben.«

»Danke.« Das war es, was sie von Anfang an geplant hatte: daß er ihr vertraute.

Er ging zum Schreibtisch und holte einen Schlüsselbund. »Haben Sie nach wie vor Lust auf Fisch und Chips?«

Sie war nicht hungrig, aber sie sagte: »Klar.«

»Prima. Und wie wäre es mit einem Spaziergang?« Als sie nickte, fügte er erklärend hinzu: »Wir kommen dann später zurück und holen das Auto ab.« Damit steckte er die Schlüssel in die Tasche.

»Ich hätte ebenfalls in Ihre Villa fahren und mich umziehen sollen.«

Sinjun deutete mit einer Kopfbewegung zu einer geschlossenen Tür am anderen Ende des Raums hinüber. »Ich war gar nicht zu Hause. Ich habe hier alles, was ich brauche. Manchmal, wenn ich noch arbeite bis spät in die Nacht, schlafe ich sogar hier.« Er ließ sie vorausgehen in den Empfangsbereich. »Abgesehen davon brauchen Sie sich nicht umzuziehen. Sie sehen hervorragend aus.«

So ein normales, höfliches Kompliment sollte ihr eigentlich nicht diese Hochstimmung verschaffen. »Danke, Sie auch.«

Er lachte und ging hinüber, um auf den Aufzugknopf zu drücken. »Sie werden nie langweilig sein, Angelica Dean.« Als die Tür aufglitt, bot er ihr die Hand und trat in Richtung des offenen Aufzugs zurück.

Und Angelica schrie.

Wo der Aufzug hätte sein sollen, war nichts als gähnende, schwarze Leere.

20

»Sinjun!«

Er hörte, wie Angelica seinen Namen schrie, spürte, wie sie sein Handgelenk packte, sah sie fallen und auf den Aufzugschacht zurutschen. Für den Bruchteil einer Sekunde spürte er, wie sein Körper über der klaffenden Schwärze schwebte, beinahe in die Tiefe gestürzt wäre.

Angelica schrie: »Nein! Oh, nein! Nein!«

Sein rechter Schuh rutschte auf der metallenen Leiste des Schachts aus.

Schmerz durchschoß sein plötzlich überbelastetes linkes Bein, das auf der Schachtkante balancierte.

Ihre Füße hatten wohl die Außenwand getroffen. Ihre Knie begannen einzuknicken, aber sie hielt ihn fest umklammert. Mit übermenschlicher Kraft riß sie seinen Ellenbogen nach hinten – gegen etwas Festes.

Sinjun angelte sich mit der freien Hand rückwärts in Sicherheit, stemmte seinen Ellenbogen gegen die schützende Wand, faßte Angelicas Handgelenk noch fester und warf sich mit einem Ruck vom Aufzugschacht weg.

Mit dem Gesicht nach unten landete er auf Angelica.

Er rollte sofort auf den Rücken und zog sie mit sich.

»Oh, mein Gott«, schluchzte sie an seiner Kehle. Ihre Hände gruben sich in seine Schultern, und sie schien ihn mit ihrem Körper bedecken zu wollen. »Er war nicht da. Da ist nur Leere.«

Sinjun hielt die Augen geschlossen. Der Puls dröhnte ihm in den Ohren.

Langsam beruhigte sich sein Herzschlag. Nerven und Muskeln zuckten.

Angelica Dean hatte jedes Gramm ihrer geringen Körperkräfte eingesetzt, um ihn in Sicherheit zu ziehen!

Sinjun öffnete die Augen, sah zuerst hinauf zur fernen Decke und dann hinunter in ihr wirres, blondes Haar.

Sie hatte nicht nur versucht, das Unheil zu verhindern, sie hatte es auch geschafft. Wenn sie seinem Körper mit ihrer Anstrengung nicht die rettende Drehung versetzt hätte, läge er jetzt zerschmettert auf dem Dach des Aufzugs, irgendwo weit unten.

»Heiliger…« Schließlich schaffte er es, daß ihm seine Glieder wieder gehorchten, und er nahm sie fest in die Arme. »Sie sind unglaublich, Himmel, ich war schon unterwegs. Hinunter und weg. Sie haben mir das Leben gerettet.« Der Gedanke war ungeheuerlich.

»Sie haben sich selbst gerettet«, sagte sie, und ihre Stimme klang brüchig. »Ich dachte, Sie würden fallen.«

Sinjun lockerte seine Umarmung, aber nur ein wenig. »Was gerade passiert ist, kann eigentlich nicht sein«, sagte er und massierte ihr den Rücken und die Schultern mit bebenden Händen. »Die Aufzugstür kann sich nicht öffnen, wenn der Aufzug nicht da ist. Nur dann bekommt die Tür normalerweise die Information, sich zu öffnen.«

»Aber es ist passiert. Und er ist *nicht* da.«

»Verdammt, ich muß Ihnen ja weh tun.« So vorsichtig er konnte, erhob sich Sinjun auf die Knie und stand auf, wobei er Angelica mitzog. »Ich bin mit meinem ganzen Gewicht auf Sie gekracht.«

Sie strich sich das Haar zurück und lächelte zittrig zu ihm auf. »Ich bin zäh.« Ihre sanften, goldenen Augen lächelten, aber ihre Wimpern schimmerten feucht. »Würden Sie mich bitte festhalten? Sonst falle ich wieder um.«

Er legte ihren Arm auf seinen und verschränkte ihre beiden Finger miteinander. »Ich würde Sie gerne tragen, aber ich bin nicht sicher, ob ich sie nicht fallen lassen würde.«

Als sie es bis auf ein Sofa in seinem Büro geschafft hatten, drückte er unverzüglich einen Knopf an der Sprechanlage, die ihn mit der Eingangshalle des Gebäudes verband. »Colin? Sind Sie da?«

Keine Antwort.

»War denn niemand am Empfang unten?«

Sie schüttelte den Kopf. »Nein. Ich habe versucht, Ihren Aufzug herunterzuholen, aber ich dachte, daß er eventuell nur mit einem Spezialschlüssel oder ähnlichem zu betätigen ist. Oder Sie hätten eine Möglichkeit, ihn oben zu halten, wenn Sie allein sind. Irgend so etwas halt. Ich bin dann mit einem anderen bis in den sechsundzwanzigsten Stock heraufgefahren und den Rest über die Treppe gelaufen.«

Ein Gewirr von Stimmen krächzte aus der Sprechanlage.

»Das kommt aus dem Empfang«, sagte Sinjun und drückte noch einmal auf den Knopf. »Colin?«

»Es ist Mr. Breaker«, schrie die panische Stimme eines Mannes. »Mr. Gill, alles in Ordnung. Mr. Breaker ist okay.«

»Bestimmt nicht, weil Sie so toll sind«, polterte Chuck im Hintergrund. »Verdammter Idiot!«

»Chuck«, sagte Sinjun laut. »Komm rauf und bring Colin mit.« Er unterbrach die Verbindung, ohne auf eine Antwort zu warten.

Angelica nahm sein Kinn zwischen Daumen und Zeigefinger und drehte sein Gesicht zu sich herum. Sie rümpfte die Nase. »Sie haben sich an irgendwas die Wange aufgeschnitten. Es blutet nicht besonders, sollte aber desinfiziert werden.«

»Wird es auch. Später. Ich habe Ihnen sicher am ganzen Körper blaue Flecken verpaßt. Sie sollten ins Bett gebracht werden.« Er schien nicht geneigt, die Doppeldeutigkeit dieser Bemerkung auszukosten. »Sobald ich geklärt habe, was heute abend hier passiert ist, bringe ich Sie nach Hause. Bleiben Sie sitzen und ruhen Sie sich aus, solange ich mit Chuck und Colin rede.«

Sie widersprach nicht.

Sinjun ging aus dem Zimmer und tigerte im Vorraum auf

und ab, ohne es fertigzubringen, zu der offenstehenden Aufzugtür hinüberzugehen.

Die Tür zur Treppe öffnete sich, und Colin, der hochgewachsene, dünne Nachtwächter, hastete herein. »Ist alles in Ordnung, Mr. Breaker? Ich hätte nie geglaubt, daß jemand versuchen könnte, Ihnen was anzutun, wirklich nicht.«

»Warum glauben Sie, daß es so war?« fragte Sinjun mit bewußt ruhiger Stimme.

»Mr. Gill sah mich in der Garage und hätte mir beinahe den Kopf abgerissen.« Colins helle Augen standen vor, und blaue Adern schimmerten durch die blasse Haut an seinen Schläfen. »Er hat mich angeschnauzt, was zum Teu-, warum ich meinen Arbeitsplatz im Empfang verlassen hätte. Ich erklärte ihm, man habe mich angerufen und behauptet, jemand würde die Wagen unten in der Garage demolieren. Also ging ich hinunter, um nachzusehen.«

Sinjun spürte, daß irgend etwas sich veränderte – und sah gerade noch rechtzeitig auf, um die Aufzugtür zugleiten zu sehen. Sein Blick ging zu der erleuchteten Anzeigetafel, die die Zahlen des sechsundzwanzigsten und fünfundzwanzigsten Stockwerks anzeigte und dann stehenblieb.

»Chuck hatte gesagt, daß ich nie den Empfang verlassen soll, wenn Sie allein hier oben sind. Er hat gesagt, ich sollte nicht nachfragen, warum, aber er macht sich Sorgen, daß jemand versuchen könnte, Ihnen etwas anzutun. Stimmt das?«

»Wäre möglich.«

Wenn er Angelica nicht als Zeugin gehabt hätte, könnte man fast glaube, er hätte sich die ganze Sache nur eingebildet.

»Und wo ist Chuck jetzt?«

»Er ist zurück in die Garage gegangen, um sich dort gründlich umzusehen, bevor er hochkommt. Hat mir eingeschärft, Sie nicht alleinzulassen, bevor er hier ist. Er schien sich genausosehr über sich selbst zu ärgern wie über mich.«

Chuck verbrachte eindeutig zu viel Zeit damit, ihm Vater,

Mutter und Bruder ersetzen zu wollen, die Sinjun nie gehabt hatte.

»Sin?« Chuck kam zur Tür hereingeschossen. »Herrgott noch mal, ich bin gerade um zehn Jahre gealtert. Jemand hat Colin in die Garage gelockt wegen eines nichtexistenten Notfalls. Ich dachte, du liegst in Einzelteilen hier irgendwo rum.«

»Wäre um ein Haar so gewesen. Die Aufzugkabine koordinierte mangelhaft mit der Aufzugtüre, und ich hätte fast herausgefunden, ob ich ohne Flügel fliegen kann.«

Chucks Gesicht wurde weiß. Er trug eine marineblaue Baumwolljacke und zog aus einer Tasche etwas Dunkles. »Ich hätte nach der Explosion auf dich hören sollen«, sagte er und hielt einen schwarzen Schal hoch. »Das hier lag auf der Treppe zur Garage hinunter. Sie hat es wohl verloren.«

Sinjun nahm das seidene Tuch in die Hand. »Die einzige Möglichkeit, dafür zu sorgen, daß die Tür sich öffnet, ohne daß der Aufzug da ist, wäre, das System auszuschalten, richtig?«

»Jawoll.« Chuck legte die Stirn in Falten. Er betrachtete die geschlossene Aufzugtür, dann die Leuchtanzeige. »Ja. Man müßte dafür sorgen, daß das Ding glaubt, der Aufzug wäre an einer Stelle, wo er gar nicht ist. Keine Sache, die eine durchschnittliche kleine Journalistin hinkriegen könnte. Aber an Miss Dean ist ja wohl kaum irgend etwas durchschnittlich, nicht wahr?«

»Komm mit«, sagte Sinjun und ging voraus in sein Büro. Dort trat er zur Seite, so daß Chuck Angelica sehen konnte. Wenn sie Glück hatten, war die Andeutung, die Chuck eben gemacht hatte, bei ihr nicht zu hören gewesen. »Heute abend hat eine zierliche Frau von etwa fünfzig Kilo mein Leben gerettet.«

Der Geruch nach frischem Fisch und den großzügig mit Essig gewürzten Fritten mischte sich mit dem kräftigen Aroma von

Teer und Salz. Angelica atmete tief die verschiedenen Düfte ein und hörte zu, wie das Wasser der Eliott Bay an die Pfeiler der Uferkonstruktion klatschte. Als Chuck gegangen war, hatte sie Sinjun überredet, daß sie eine Mahlzeit und einen Spaziergang dringender brauchte als Schlaf. Es war leicht gewesen, ihn zu überreden.

»Ich wiege übrigens entschieden mehr als fünfzig Kilo«, erklärte sie ihm und biß noch einmal in den knusprig panierten Fisch.

»Entschuldigung. Dreiundfünfzig?«

»Ich wiege genug, um zu verhindern, daß ein großer Mann sich die Knöchel verstaucht.«

Im roten und rosa Neonlicht der Fischbar war seine bekümmerte Miene beinah komisch. »Mir wäre auf jeden Fall mehr passiert als nur ein verstauchter Knöchel.«

»Also gut, Sie hätten sich die Knöchel verstaucht und die Knie aufgeschlagen.«

»Ich wäre beinahe einem Herzanfall erlegen.«

Sie berührte seinen Arm. »Da sind Sie nicht allein.« Experten der Aufzugfirma waren innerhalb von dreißig Minuten bei Kertz-Breaker eingetroffen. Sie hatten schnell festgestellt, daß zu der Zeit, als Sinjun die Türen geöffnet hatte, der Aufzug zwei Stockwerke weiter unten gewesen war. Sie sagten, sie hätten keine Hinweise auf Manipulationen am System gefunden, stimmten aber zu, daß das nicht notwendigerweise bedeutete, es hätte keine gegeben. Offensichtlich war das Wort »falls« sehr bedeutsam in diesem Zusammenhang bei allen Untersuchern – einschließlich der Polizei, die ebenfalls gerufen worden war. *Falls* die Türen sich wirklich zum leeren Aufzugschacht geöffnet hatten, hatten sie sich später wieder geschlossen, und das System machte jetzt einen völlig intakten Eindruck.

»Die Polizei scheint zu glauben, ich wäre ein Spinner«, sagte Sinjun. »Ich könnte schwören, der eine hat zum anderen gesagt: ›Und was kommt als nächstes?‹, als sie weggingen.«

»Er hat wahrscheinlich nur gemeint: Was ist als nächstes dran?« sagte Angelica. Aber sie hatte es auch gehört und war ebenso ärgerlich deswegen. »Damit hat er gemeint, was sie als nächstes zu tun hätten.«

Sinjun kehrte der Fischbar den Rücken zu und lehnte sich über das Betongeländer, um ins Wasser zu schauen.

Angelica stellte sich neben ihn. »Ich wollte es mir eigentlich verkneifen, aber was hat Chuck meinetwegen gemeint? Bevor Sie mit ihm ins Büro kamen?«

»Hören Sie das?« Sinjun beugte sich weiter vor. »Unter der Mole müssen Seelöwen sitzen.«

Sie horchte, hörte aber nichts. »Er sagte, an mir wäre nichts durchschnittlich. Was hat er damit gemeint? Ich habe nicht gehört, was Sie vorher gesprochen haben.«

»Vergessen Sie's.«

»Nein.«

»Doch.« Sein Gesicht wirkte angespannt, als er sich ihr im Dunkeln zuwandte. »Suchen Sie nicht nach noch mehr Schwierigkeiten, als wir schon haben.«

Sie waren jetzt also *wir* geworden? »Chuck hat gedacht, ich hätte etwas mit der Aufzug-Sache zu tun, stimmt's?«

Sinjun sah wortlos aufs Meer hinaus.

»Er hat auch gedacht, ich wäre an der Hubschrauber-Explosion beteiligt gewesen. Ich kapiere nicht, warum.«

»An dem Abend vor dem Unglück – oder am selben Morgen – haben Sie beim Flugplatz Princeville auf Kauai angerufen.« Sinju sah sie wieder an. »Oder besser gesagt, es wurde vom Lagunenbungalow aus dort angerufen, und es schien wahrscheinlich, daß Sie das gewesen waren.«

Sie runzelte die Stirn und erinnerte sich dann. »Ja, das stimmt. Ich habe dort angerufen und gebeten, man möge mir meine restlichen Sachen nach Hell schicken.«

»Was für Sachen?«

»Meine Kleider. Alles das, was ich nach Kauai mitgebracht

und in Princeville zurückgelassen hatte, als Chuck mich zu Ihnen geflogen hat. Sie haben Transportkosten genannt, mit denen ich mir eine neue Garderobe hätte kaufen können. Also habe ich ihnen gesagt, sie könnten den Transport vergessen.«

»Ich verstehe.«

Angelica bohrte weiter nach. »Sie haben tatsächlich geglaubt, ich hätte jenen scheußlichen Unfall bewirkt. Es fehlte nicht viel, und Sie hätten es ausgesprochen.«

»Ich denke nach wie vor, daß es kein Unfall war. Aber was Sie betrifft, habe ich mich getäuscht.«

Ihr Herz schien einen Purzelbaum zu machen. »Aber Sie haben es für möglich gehalten – zumindest eine Weile.«

Er aß ein paar Fritten, kaute sehr gründlich und sagte dann: »Jemand versucht, mich umzubringen.«

»Und Sie mutmaßten, ich könnte diejenige sein.«

»Ja.«

»Na, toll.« Angelica warf ihre restliche Portion in den nächsten Mülleimer, lehnte sich ans Geländer zurück und überkreuzte die Arme. »Ich bin Journalistin. Eine gute Journalistin. Ich schreibe überdurchschnittlich gute Stories. Ich benutze einen Computer, weil es sinnvoll ist, fahre aber nach wie vor zusammen, wenn er unkontrolliert piepst. Und wenn etwas so Bedrohliches auftaucht wie ›disk full‹, drehe ich durch. Ich jammere und ringe die Hände und suche nach dem Blutdruckmeßgerät, weil ich Angst habe, der Schlag könnte mich treffen.«

»Und?«

Sie schürzte die Lippen und sah verbissen vor sich hin.

»Was wollen Sie damit sagen?«

»*Okay.* Ich will damit sagen, daß ich wahrscheinlich diejenige bin, für die das Wort *Technophobie* erfunden wurde. Wie sollte so jemand eine Ahnung davon haben, wie man einen Hubschrauber sprengt?« Sie wedelte mit einer Hand vor seinem Gesicht herum. »Kommen Sie. Sagen Sie mir, wie man das macht, nur falls ich es vergessen habe. Schließlich werde ich es zweifellos irgendwann noch mal tun wollen.«

»Ich habe Ihnen doch schon gesagt, daß das ein dummer Fehler von mir war.«

»Es war wirklich ein sehr dummer Fehler. Und *das Computersystem eines Aufzugs ausschalten?* Klar doch. Nicht nötig, mir zu sagen, wie das geht. Das habe ich natürlich sehr präsent.«

»Es tut mir leid, Angelica, ja?«

»Man klebt eine ganze Schachtel frisch gekaufter Kaugummis in die Steuerungseinheit – oder heißt das Steuerungszentrum? Oder vielleicht Steuerungs*anlage*? Und dann –«

Sinjun packte sie, zog sie zu sich und drückte ihr Gesicht an seine Schulter, so daß der Rest ihrer Tirade verstummte. »Okay, okay«, sagte er leise. »Ich war ein Esel. Und ich habe nicht einen Moment angenommen, Sie hätten etwas mit dem Aufzug angestellt. Sie waren schließlich bei mir, oder? Und Sie haben mich davor bewahrt, in diesen verdammten Schacht zu fallen.«

Sie hatte wieder angefangen zu zittern.

»Ist ja gut«, sagte er und streichelte ihr Haar. »Wir haben beide einen verdammten Schock bekommen, aber jetzt ist ja alles vorbei.«

Angelica bemerkte, daß sie den Tränen widerlich nahe war. »Es ist *erst mal* vorbei«, erklärte sie ihm und griff mit beiden Händen in sein Leinenhemd. »Irgendwas stimmt nicht. Darüber gibt es keinen Zweifel – ganz egal, was die Polizei denkt. Sinjun, die werden es noch mal versuchen.«

Er schob seine Hand unter ihr Haar und rieb ihr den Nacken. »Das ist nichts, worüber Sie sich Sorgen machen sollten.«

»Doch, ist es wohl. Ich habe Angst.«

»Brauchen Sie nicht. Ich habe die Absicht, dafür zu sorgen, daß Sie in Sicherheit sind.«

Angelica kniff die Augen zu. »Ich habe Angst um Sie, nicht

um mich.« Das stimmte, aber sie hätte es ihm nicht sagen sollen.

Sinjun verharrte bewegungslos. »Weshalb haben Sie Angst um mich?«

Jetzt befanden sie sich auf gefährlichem Gelände. »Weil ich nicht will, daß Ihnen etwas zustößt.«

»Warum nicht?«

O nein. Sie würde es nicht zulassen, daß er ihr die ganze Wahrheit entlockte. »Weil... weil ich Sie brauche, um Ihre dumme Geschichte zu schreiben. So. Jetzt wissen Sie die Wahrheit.«

»Ach ja?« Er hielt sie von sich. »Ich bin müde... Wie steht's mit Ihnen?«

Sie hielt den Blick gesenkt und nickte nur.

»Wie wäre es, wenn wir gemütlich zurück zum Bürogebäude gehen und das Auto holen? Ich glaube, ich sollte Sie allmählich nach Hause bringen.«

Sie waren sich nahe, und kamen sich noch näher – was immer das bedeuten mochte.

Leute, einzeln und zu zweit, Paare mit Kindern, vergnügten sich zu dieser Zeit ebenso noch am Ufer wie zahllose Spaziergänger. Eine Straßenbahn fuhr klingelnd auf der gegenüberliegenden Seite vorüber.

Sinjun war still geworden, und Angelica wußte nicht, was sie sagen sollte. Am Fuß des Hügels zum Pike Place Market verkaufte ein Mann Plastikbrillen mit vorstehenden weißen Augen anstelle der Gläser.

»Wie wär's mit so was?« meinte Sinjun. »Wäre vielleicht nützlich, wenn ich mich schnell verkleiden muß.«

»Machen Sie keine Witze«, tadelte sie, aber er kaufte trotzdem ein solches Schmuckstück.

Als sie die steilen Stufen hinaufstiegen, setzte Sinjun die Brille auf, und die Augen baumelten an Drahtspiralen in der Höhe seiner Oberlippe.

»Nehmen Sie das ab«, zischte sie. »Sie sehen lächerlich aus.«

»Aber würde man mich so erkennen? Nur darum geht es doch.«

»Sie müssen diese Sache ernstnehmen«, drängte sie ihn. »Sie müssen irgendwohin gehen, wo Sie in Sicherheit sind, bis Sie herausgefunden haben, mit wem Sie es zu tun haben, oder diejenigen das Interesse verlieren.«

»Das habe ich schon versucht«, meinte er und warf Münzen in den offenen Geigenkasten eines Musikers, dessen Spiel für Angelica klang, als gehöre er zu einem Symphonieorchester. »Genau dafür war mein Aufenthalt in Hell gedacht.«

»Dann sollten Sie wieder dorthin zurückgehen. Sofort.«

Sinjun nahm die Brille ab. »Jemand hätte mich dort fast in die Luft gejagt, wissen Sie noch? Wenigstens liegt das im Bereich des Möglichen, und die arme Fran ist deswegen tot.«

»Es könnte ein Unfall gewesen sein.« Sie sah ihn nicht an. »Fliegen Sie wieder dorthin und lassen Sie niemanden sonst zu sich.«

»Ich kann mich doch nicht mein Leben lang dort verstecken.«

»Aber Sie können sich auch nicht einfach ermorden lassen.«

»Sie klingen wirklich, als würde Ihnen das nicht gefallen.«

Angelica knurrte frustriert. Sie hatte sowieso schon zu viel von sich zu erkennen gegeben. »Warum sollte Sie jemand umbringen wollen?«

»Ich weiß es nicht. Ich würde es Ihnen sagen, wenn ich's wüßte, aber ich weiß es wirklich nicht.«

Sie erreichten die Western Avenue und begannen, die schwach beleuchtete Straße hinunterzuschlendern. An der Madison Avenue überquerten sie die Straße, liefen den Hügel hinauf und am Alexis Hotel vorbei, wo ein Mann in Livree gerade die Türen einer teuren Limousine schloß.

»Es ist eine wunderbare Nacht«, seufzte Angelica und hatte das Gefühl, ihre Umgebung zum ersten Mal bewußt wahrzunehmen. »Wie kann es in einer solchen Nacht überhaupt etwas Böses geben?«

Er antwortete mit einem verständnisvollen Lachen. »Diese Stadt schafft es irgendwie, daß die Welt sauber und ehrlich und unendlich freundlich wirkt. Seattle kann bestimmt nichts dafür, daß hier auch Böses geschieht.«

Die Straßen zwischen der First und der Third Avenue waren fast verlassen, trotzdem fühlte sich Angelica beobachtet und teilte Sinjun das auch im Flüsterton mit.

Sinjun nahm ihre Hand und zog sie durch seinen Arm. »Entspannen Sie sich. Es heißt doch, daß Verbrecher immer bei ihrem Schema bleiben. Wer immer meinen Tod will, wird weiter versuchen, mich umzubringen, wenn ich alleine bin.«

Angelica schauderte. »Oder wenn er denkt, Sie wären alleine.«

In dem folgenden Schweigen wußte sie, daß sie beide dasselbe dachten. Wenn sie ihn nicht bei Kertz-Breaker gesucht hätte und er statt dessen eventuell gedankenversunken in die offene Aufzugtüre getreten wäre, würde er vermutlich jetzt im Krankenhaus liegen. Im günstigsten Fall …

»Zwei Stockwerke ist gar nicht so tief«, sagte Sinjun.

Ihre Gedanken gingen parallel. »Weit genug, um sich den Hals zu brechen, wenn man richtig – besser gesagt falsch – fällt.«

Sie kamen beim Bürogebäude an, und Colin, der immer noch erschüttert wirkte, begrüßte sie in der Empfangshalle. »Alles in Ordnung, Mr. Breaker?« fragte er.

»Hervorragend, danke, Colin. Wir machen uns jetzt auf den Weg nach Queen Anne.«

»Na dann«, sagte Colin.

Als Sinjun die Treppe erreicht hatte, begann er nicht hinunter, sondern hinaufzugehen.

»Wohin gehen wir?« fragte Angelica besorgt.

»Dorthin, wo sie glauben, daß ich heute nacht nicht sein

werde. Und reden Sie nicht, Sie werden Ihre Puste brauchen, um siebenundzwanzig Stockwerke hinaufzusteigen.«

»*Hinaufsteigen?*«

»Den Aufzug können wir nicht nehmen. Colin könnte es bemerken.«

»Glauben Sie, daß Colin –?«

»Nein, tue ich bestimmt nicht. Aber mir ist es lieber, wenn er nicht weiß, daß wir oben sind. Ich werde Mrs. Falon mitteilen, wo wir sind, und sie anweisen, es niemandem zu sagen.«

Bis sie schließlich das siebenundzwanzigste Stockwerk erklommen hatten, wünschte Angelica sich zumindest ein Paar zusätzliche Lungenflügel – oder segensreiches Vergessen.

Sinjun schien nur mäßig schwer zu atmen. Er zog sie in den Flur und verstaute sie im nächsten Sessel. »Lassen Sie mich hier«, röchelte sie, und als sie dazu in der Lage war, drehte sie sich zur Seite, um ihre Beine über die eine Lehne zu legen und den Kopf nach hinten an die andere sinken zu lassen. »Mir geht's prima. Legen Sie sich schlafen … wo immer Sie schlafen, wenn Sie hier sind. Sie werden in völliger Sicherheit sein. Wenn irgend jemand durch diese Tür kommt, metzle ich ihn persönlich nieder.«

Er lächelte und ging in die Hocke, dann drehte er sich um, setzte sich mit dem Rücken an den Sitz von Angelicas Sessel und lehnte seinen Kopf an ihre Taille. »Wir bleiben beide hier. Dann können wir ihn zusammen niedermetzeln.«

»Wir könnten auch die Tür abschließen«, sagte sie nachdenklich eine Weile später.

»Spitzenidee. Aber ich kann nicht. Meine Beine wollen nicht.«

Angelica stemmte sich hoch und sah in sein Gesicht hinunter. »Wir haben den Schnitt auf Ihrer Wange noch nicht versorgt.«

»Und wenn schon.«

»Stehen Sie auf. Er könnte sich infizieren. Wo habe ich nur meine Gedanken gehabt?«

»Vielleicht bei Beinah-Todesfällen?«

»Aufstehen.«

Ächzend tat er, wie ihm befohlen wurde, schloß die Tür zum Treppenhaus ab und ging in sein Büro voraus. »Lassen Sie die Lichter aus«, wies er sie an. »Falls irgend jemand von unten hochsieht.«

Im Licht des Mondes konnte sie deutlich die verschiedenen Türen erkennen.

»Das Badezimmer ist im Inneren des Hauses«, erklärte er, als sie ein Schlafzimmer betreten hatten, das der Mond mit breiten Streifen bemalt hatte. »Also gibt es keine Fenster darin – nur nach oben. Demnach kann man Licht dort von unten nicht sehen. Kommen Sie. Ich zeige Ihnen alles, dann können Sie hier schlafen.«

Angelica schwieg. Sie trat hinter ihm in das Badezimmer und wartete im Dunkeln, bis er die Tür zugemacht hatte.

»Nicht bewegen«, sagte er knapp, und sie hörte ihn rascheln.

»Was tun Sie?«

»Warten Sie, gleich.« Das Licht ging an. »So. Ich habe ein Handtuch vor die Türritze gelegt, für alle Fälle.«

»Ach so.«

Er verzog das Gesicht. »Ziemlich blöd, wenn ich es mir genau überlege. Ich habe wohl doch einen größeren Schock als ich dachte.«

Das Badezimmer war genau, wie sie erwartet hatte: klare, männliche Linien und ganz in Weiß bis auf üppige, grüne Pflanzen, die von edelstählernen Querverstrebungen an der Decke herunterhingen. Durch das Oberlicht hatte man einen phantastischen Blick auf einen sternenübersäten, samtschwarzen Himmel.

Sie spürte, wie Sinjun sie ansah, und wandte sich geschäftig den zwei Waschbecken zu. »Wo bewahren Sie Erste-Hilfe-Sachen auf?«

»Ich brauche keine Erste-Hilfe-Sachen.«

»Im Moment brauchen Sie sie.« Sie sah ihm kurz im Spiegel in die Augen. »Keine Sorge, ich puste auch, damit es nicht wehtut.«

Sinjun lächelte nicht.

Angelica zögerte, bevor sie die Tür über einem Spiegelschrank aufzog. Er war leer.

Sie betrachtete die weißen Handtücher, die sie flüchtig an Initialen erinnerten, gestickt in Tannengrün … und an eine hübsche, marmorierte Schachtel.

»Ich möchte lieber nicht alle Ihre Schränke durchsuchen«, sagte sie in einer Stimme, die zu hoch klang. »Setzen Sie sich irgendwohin und sagen Sie mir, wo ich finde, was ich brauche.«

»Unter dem rechten Becken gibt es Alkohol.«

»Der brennt.«

»Was anderes habe ich nicht.«

Er hatte sich auf seinem Platz hinter ihr nicht gerührt.

Angelica beugte sich vor und öffnete den Schrank unter dem Waschtisch. Eine Flasche Alkohol stand einsam auf dem unteren Regalbrett.

Sinjuns Hände legten sich auf ihre Hüften.

Sie holte tief Luft. »Ich habe ihn. Setzen Sie sich hin.«

Seine Hände bewegten sich aufwärts und blieben locker um ihre Taille liegen.

Die Muskeln an ihren Oberschenkeln fühlten sich plötzlich nutzlos an. Und an gewissen Stellen, tief im Inneren, begann sie zu glühen wie in jener Nacht auf der Insel – und in seinem Schlafzimmer in Queen Anne.

Angelica richtete sich auf, die Alkoholflasche fest in der Hand, und nahm einen weißen Waschlappen von einem Edelstahlrohr neben dem rechten Waschbecken.

»Setzen Sie sich hin«, sagte sie und entwand sich ihm.

Er versuchte nicht, sie daran zu hindern.

»Hierhin.« Sie deutete auf den Rand einer Badewanne, die doppelt so groß war wie die viktorianische, die sie bei ihm zu Hause gesehen hatte.

Er lächelte ein wenig und tat, was sie verlangte.

Angelica ließ heißes Wasser über den Waschlappen laufen und trat vor ihn, gerade nah genug, um das getrocknete Blut von dem Kratzer an seinem Wangenknochen abzuwischen.

»Haben Sie keine Angst vor mir«, sagte Sinjun. »Ich beiße nicht.«

»Ich habe keine Angst.« Die Wunde war nicht so tief, wie sie befürchtet hatte. »Stillhalten, jetzt kommt der Alkohol.«

Angelica goß etwas Alkohol auf den Lappen.

Als sie sich Sinjun wieder zuwandte, streckte er das Gesicht nach oben und schloß die Augen. »Vergessen Sie nicht zu pusten.«

Ihr Magen verknotete sich. »Die Wunde ist nicht schlimm. Ich hatte befürchtet, man würde sie nähen müssen, aber ich glaube nicht, daß sie eine Narbe hinterlassen wird.«

Aus größtmöglicher Entfernung betupfte sie nun den Kratzer mit Alkohol.

Die Entfernung war jedoch nicht groß genug.

Diesmal legte er die Hände gleich um ihre Taille, aber seine Berührung war federleicht und entspannt – nicht bedrohlich.

»Fertig«, sagte sie so unbeteiligt sie konnte.

»Nein.«

Sie nahm die Unterlippe zwischen die Zähne.

»Es brennt. Pusten bitte.«

Ihr Magen tat einen Hupfer, und die Hitze im Innern erfaßte die Muskeln zwischen ihren Beinen. »Das kann gar nicht brennen.«

»Ehrlich. Es brennt.«

»Das geht vorbei.«

»Alles geht vorbei.« Er öffnete die Augen und sah direkt in Angelicas. »Alles geht vorbei, wenn es seinen natürlichen Weg nimmt. Und manche Dinge brauchen ein wenig tröstliches Pusten aus dem Mund einer Frau, wenn sie je besser werden sollen.«

Seine Augen waren heute abend leuchtendgrün. Grün und glitzernd – und die Nachricht darin war absolut klar.

Angelica spitzte die Lippen, beugte sich vor und pustete ganz sachte auf seine Wange.

»O Gott«, murmelte er, und seine feinknochigen Hände spreizten sich.

Seine Finger breiteten sich auf ihrem Bauch aus, und sein einer Daumenballen drückte auf ihren Schamhügel.

Er hinderte sie nicht daran wegzulaufen.

Das war nicht nötig.

»Ist… ist es jetzt besser?«

Wieder sah er ihr in die Augen. »Nein, Angelica. Nicht besser, schlimmer.«

»Oh.«

»Oh. Ja, genau. *Oh.*«

»Es geht bestimmt bald vorbei.«

»Der Schmerz, den ich habe, wird garantiert nicht ohne Hilfe gelindert.«

Sie war zwar unerfahren, aber was er wollte, war für Angelica eindeutig.

Unter seinen Händen breitete sich ein Ziehen in ihr aus – bis Angelica das Gefühl hatte, als wären seine Fingerspitzen aus Feuer. Und sie wünschte, dieses Feuer möge nie verlöschen – niemals.

Sinjun betrachtete seine Hände auf ihrem Bauch. Mit den Daumen glättete er die Seide über ihren Hüften und folgte der Mulde daneben bis hinunter zu ihrer Mitte.

Angelica fuhr zusammen.

Er hatte seine Daumen genau an der Stelle plaziert, wo sich

ihre Schenkel begegneten. Er tastete vorsichtig darüber, und sie spürte, wie er sie sanft streichelte.

Das Gefühl schockierte sie. »Oh!« stieß sie gurgelnd aus.

»Fühlt sich das gut an?« fragte er abgelenkt und folgte mit dem Blick den streichelnden Bewegungen seiner Daumen.

»Nicht.«

Er hörte auf, nahm aber seine Hände nicht weg. »Du kannst weggehen, Angel.« Seine Stimme klang leise und rauh. »Geh einfach weg, mehr brauchst du nicht zu tun.«

Angelica starrte ihn an.

»Willst du nicht, daß ich aufhöre?«

Was sie wollte, spielte sich genau in der Mitte ihres Körpers ab, bestand nur aus Gefühl und Verlangen und hatte mit Denken nicht das geringste zu tun.

Sie griff nach Sinjuns Schultern.

»Ich bin froh, daß du auch das willst, was ich will«, flüsterte er und lächelte. »Büstenhalter magst du nicht sonderlich, stimmt's?« Sein rechter Daumen rieb erneut über die Stelle, die dieses unbeschreibliche Gefühl in ihr verursachte. »Oder?«

»Was?«

Seine Aufmerksamkeit wanderte aufwärts. »Du trägst heute keinen BH.«

»Woher weißt du das?«

»Ich kann deine Brustwarzen sehen. Sie sind hart.«

O Gott, das hatte sie vergessen. Es war warm, und sie hatte ihre Jacke im Büro gelassen, bevor sie ans Meer gegangen waren. Ihr wurde brennend heiß – diesmal aus Verlegenheit.

Er betrachtete ihr Gesicht und sagte: »Es ist hübsch, wenn du eine solch lebhafte Farbe bekommst.« Dann beugte er sich vor und befeuchtete die Seide über ihrer linken Brust mit der Zunge.

Angelica warf den Kopf zurück und stöhnte. Sein Daumen bewegte sich fester, und ihre Beine begannen nachzugeben.

»Ist schon gut«, murmelte er an ihrer Brust. »Laß dich treiben, Liebes.« Sacht saugte er an ihren Brustwarzen und knabberte leicht daran.

Angelica ballte die Hände. Von überallher schien Lava durch ihre Adern zu schießen.

Sie hätte aufhören sollen.

»Sinjun?« Nie im Leben zuvor hatte sie so etwas gespürt.

»Sinjun!«

»Hmmm?« Er zog ihre Bluse aus dem Rock und strich über die nackte Haut ihres Bauches.

Angelica spürte ein Kribbeln, wo er sie jetzt berührte, und sehnsüchtiges Verlangen pochte an der Stelle, wo er sie nicht mehr berührte.

Seine Hände schoben sich unter ihre Brüste und umfaßten sie.

Sinjun sah zu ihr auf und schaute ihr eindringlich in die Augen. »Küß mich«, sagte er.

Angelica befeuchtete ihre Lippen mit der Zunge.

»Küß mich, Angel.«

Er zog sie noch näher heran.

»Ja«, raunte er. »Komm, Liebes. *Küß* mich.«

Sie schloß die Augen, legte ihren Mund auf den seinen und spürte, wie er ihre Lippen teilte. Behutsam begann er, mit seiner Zunge ihre Mundhöhle zu erforschen, wobei er ihre bloßen Brüste mit den Händen leicht knetete und die Knospen stimulierte. Die Bewegungen wurden heftiger, leidenschaftlicher.

Angelica konnte an nichts anderes mehr denken als an seinen Mund, seine Hände und ihren brennenden Körper.

Kurz hielten seine Hände inne, doch nur, um ihre Bluse aufzuknöpfen und sie von ihren Schultern zu streifen.

Ihre Lippen lösten sich voneinander, und er schob Angel gerade so weit von sich, um die Haut sehen zu können, die er streichelte.

Angelica spürte, wie sie erneut errötete und die Hitze nicht nur ihre Wangen, sondern auch ihre Brüste entflammte. Aufmerksam betrachtete Sinjun ihr Gesicht. »Du wirst oft rot, Angelica.« Er lächelte nicht dabei.

»Ja, schon von Kindheit an.« Wobei sie da nicht halb nackt vor einem Mann gestanden hatte. Ganz zu schweigen von jener außergewöhnlichen Nacht, als er sie in Hell aufstöberte.

Und jene Nacht war nicht andeutungsweise so gewesen wie diese Situation.

Sein Blick wanderte langsam über ihr Gesicht. Er streifte ihr ein paar vorwitzige Strähnen hinter die Ohren.

Es drängte sie, ihn ebenfalls zu berühren.

Mit unsicheren Fingern öffnete sie die Knöpfe an seinem Hemd.

Sinjun schaute gebannt zu, bis sie fertig war. Dann hielt er ihr wortlos seine Handgelenke hin, und sie öffnete die Manschetten. Geschickt ließ er das Hemd zu Boden fallen.

Ihr stockte der Atem. Sinjun Breaker war schön. Breit und muskulös, aber auf schlanke, elegante Art. Das glatte, schwarze Haar auf seiner braungebrannten Brust wurde nach unten schmal und lief in einer dünnen Linie an seinem Nabel aus.

»Gefalle ich dir?« fragte er, als sie sich erlaubte, die Wölbung an seinem Schritt zu betrachten.

Sie schluckte und spürte, wie ihre Wangen glühten.

»Dein Rotwerden gefällt mir. Lustig.«

Sie schluckte wieder. Sie hatte gewußt, daß es einen solchen Augenblick geben könnte, aber irgendwie hatte sie aufgehört, damit zu rechnen. Er faszinierte sie, und gleichzeitig war sie unsicher und ängstlich... und wollte schrecklich gern wissen, ob er sie genauso begehrte wie sie ihn.

»Was ist los?« Er musterte sie in einem Anflug von Besorgnis. »Angel?«

»Du bist... Es gefällt mir, dich anzusehen.«

»O Lady, aber lange nicht so sehr, wie es mir gefällt, dich anzusehen.«

Sie sah ihm in die Augen. »Doch, wirklich.«

Bei seinem Lächeln zuckte ein Muskel in seiner Wange. »Sollen wir eine Art Wettbewerb veranstalten, um herauszufinden, wer gewinnt? In der Kategorie des Gerne-Ansehens?«

Angelica schüttelte den Kopf, und es gelang ihr, sein Lächeln zu erwidern.

»Ich will mit dir schlafen.«

Ihr Herz setzte einen Schlag aus, und ihr Magen schien zu hüpfen.

»Möchtest du das auch?«

Sie öffnete den Mund, brachte aber kein Wort heraus.

»Ja«, sagte er, als würde er für sie sprechen. Er legte eine Hand um ihre Taille, und die andere begann erneut, ihren noch immer von der Kleidung bedeckten Venushügel zu massieren.

Angelica krallte die Finger in seine harten Schultern. Das Feuer in ihren Adern ließ sie heftig atmen.

In einer einzigen Bewegung schob er ihren Rock hoch, griff mit beiden Händen in ihr Höschen, umfaßte ihr Hinterteil und zog sie zu sich, so daß sie rittlings auf einem seiner Schenkel saß.

Sinjun schaukelte sie vor und zurück auf den angespannten Muskeln seines Beins und liebkoste dabei ihre geschwollenen Schamlippen. Angelicas Empfindungen wurden heftiger. Ihr Blick verschwamm, und das Licht ihrer Augen wurde dunkel. Sie ließ den Kopf nach vorn an seinen Hals fallen, küßte sein Kinn und knabberte an seinem Ohrläppchen.

»Mein Gott«, keuchte er. »Du bist unwahrscheinlich. Wie komme ich zu diesem Glück?«

Angelica hörte seine Stimme wie aus großer Ferne und lächelte. Sie fand seine flachen Brustwarzen und machte es genauso, wie er es bei ihr gemacht hatte, rieb die kleinen Knospen und lächelte, als ihn ein Schauder durchlief.

»Kleine Zauberin«, murmelte er. »Du weißt genau, was du tust, stimmt's?«

Sie wußte nur, was ihr Instinkt ihr zu tun vorgab … ganz

spontan. Mit heißen Lippen und feuchter Zunge erforschte Angelica die leicht salzige Haut an seinem Schlüsselbein.

»Ich begehre dich über die Maßen. Ich muß dich haben«, flüsterte Sinjun mit rauher Stimme.

Angelica hob den Kopf.

Sinjun lachte zärtlich und hob sie hoch, so daß sie vor ihm stand. Geschickt rollte er ihr den Rock hinunter und den Slip gleich dazu. Dann zog er sie zur Seite und lehnte sie so schnell an die geflieste Wand, daß sie beinah gestolpert wäre.

»Vertrau mir, Liebes«, sagte Sinjun, als sie erschreckt nach Luft schnappte. »Ich lasse dich schon nicht fallen.«

Seine Augen schimmerten wie im Fieber. »Du bist wirklich süß.«

Ihr Rücken lehnte an den kühlen Fliesen, und sie breitete die Arme aus.

»Ja«, sagte er rauh. »O ja, so gefällst du mir.«

Er bedeckte mit den Händen ihre Brüste, spielte sanft mit ihren Brustwarzen, kniete sich vor sie und drängte ihre Beine mit seinem Kopf auseinander.

Angelica hob den Blick zum schwarzen, sternenübersäten Himmel, der durch das Oberlicht zu erkennen war.

Sein Mund war plötzlich zwischen ihren Schenkeln, und seine Zunge umtanzte in feurigen Spiralen ihre geschwollene Liebesperle. Ein gutturales Stöhnen entrang sich ihrer Kehle.

Sie versuchte sich zu bewegen und drückte vor lauter Erregung heftig die Arme an die Fliesen. Es tat weh, wo die Handgelenke auftrafen. Doch den Schmerz spürte sie kaum. Etwas Unbekanntes, Drängendes, ein herrlich heißes Kitzeln pulsierte in ihrer Hüfte, stieg hoch, breitete sich aus…

Angelica hörte ihr eigenes, dünnes Wimmern – und Sinjuns Lachen.

Er lachte!

In ihr und um sie herum zerbarsten die Sterne und tauchten sie in glühende Lava.

Konvulsivisch zuckend klammerte sie sich an seine Schultern und preßte sich an ihn.

Als Sinjun aufstand und sie auf seine Arme hob, war sie so hilflos, daß sie nichts anderes tun konnte, als ihre Arme um seinen Hals zu legen und sich festzuhalten.

Im mondlichtbeschienenen Schlafzimmer riß er die Tagesdecke vom Bett und setzte Angel auf den Rand der Matratze. Mit seinen Beinen hielt er die ihren gespreizt, machte den Reißverschluß seiner Hose auf und zog sie aus.

Angelica sah ihm zu und schluckte schwer. Er war ein sehr gut ausgestatteter Mann. Oder waren alle Männer so groß? Wie konnte sich eine Frau dehnen, um so etwas Mächtiges in sich aufzunehmen? Andererseits war das vermutlich normal. Nur nicht bei ihr – bei ihr noch nie.

Als er völlig nackt war, beugte er sich vor, um sie zu küssen, streichelte warm ihre Schultern, ihre Arme, ihre Brüste. Mit seinen Fingern strich er über ihre immer noch pulsierende Vagina und stieß sanft mit einen Finger hinein. Sie fuhr zusammen.

»Jetzt werde ich dich lieben, Angelica«, sagte er und küßte sie nach jedem Wort. »Ich will dich um mich herum spüren. Halt mich fest.«

Er nahm ihre Hand, führte sie zu seinem Penis und schloß ihre Finger darum.

Automatisch griff sie zu und bewegte ihn rhythmisch. Das glatte, feste Fleisch fühlte sich wundervoll an. Wie Samt.

»Ja«, flüsterte Sinjun. Sie hörte ihn im Dunkeln nach einer Schublade neben dem Bett tasten. Dann wandte er sich flüchtig zur Seite, drückte sie gleich darauf nach hinten und beugte sich langsam über sie.

Behutsam drängte er die Spitze seines Schaftes gegen den Eingang zu ihrem Körper. Und sie spürte, wie feucht sie war.

»Du bist bereit für mich, Angel«, sagte er heiser und manipulierte sie mit zwei Fingern, während er sich näher an sie preßte.

Sie begehrte ihn. Es war Zeit.

Er begann einzudringen.

Angelicas Körper zuckte leicht zurück.

»Oh, Angel«, murmelte Sinjun und leckte über ihr Ohr. »Du bist so gut. So genau richtig für mich.«

Er *war* groß. Und er stieß zu.

»Mein Gott, Angel. O mein Gott.« Seine Stimme brach, und all die Kraft seines schlanken, festen Körpers sammelte sich im Stoß seiner Hüften. »O Gott!«

»Aah!« Angelicas Aufschrei blieb ihr in der Kehle stecken. Die Gewalt seines Gliedes dehnte sie und brannte.

Sinjun zog sich zurück und stieß noch einmal vor.

Angelica geriet in Panik. Sie konnte ihn nicht in sich aufnehmen. Ihr Körper verkrampfte sich. »Nein!« Sie schlug mit den Fäusten auf seine Schultern ein. »Nein!«

Er schien sie nicht zu hören. »Du bist eng«, keuchte er atemlos und stieß noch einmal zu.

Irgend etwas in ihr gab nach.

»Nein...« Sinjuns Hüften machten noch einen Stoß – und noch einen – dann hielt er still, ganz still. »Was zum Teufel... Bist du? Oh, Herr im Himmel!«

Mit einem gewaltsamen Ruck zog er sich aus ihr zurück und sprang auf.

»Sinjun, ich –«

»Wie alt bist du?« fragte er schwer atmend.

»Ich –« Sie rang nach Atem. »Achtundzwanzig.«

»Wie zum Teufel kann eine Frau, die so aussieht wie du und so reagiert wie du, achtundzwanzig werden, ohne... *ohne*?«

Sie konnte nicht antworten, konnte keine Worte finden.

»Du bist noch *Jungfrau*!« Es klang wie eine Anklage.

»Ja«, erwiderte sie ihm klar. Ihr Herz raste. Sie schloß die Augen und wandte den Kopf ab.

»Ich muß mich korrigieren.« Sie spürte, wie er sich vom Bett entfernte. »Du *warst* noch Jungfrau, verdammt noch mal!«

Sie hörte, wie er die Tür hinter sich zuschlug, als er das Schlafzimmer verließ.

Als sie die Augen öffnete, sah sie feurige Strahlen von irgend etwas auf dem Nachttisch funkeln. Sie stützte sich auf einen Ellenbogen auf, streckte die Hand aus und strich über die vielen kleinen Facetten des Objekts, das sie sofort als sein wertvolles, unbezahlbares As im Ärmel erkannte.

Für was für ein naives Dummerchen er sie halten mußte.

Sie fiel zurück aufs Kissen und bedeckte ihr Gesicht mit beiden Händen. *»Mein Motto«*, hatte er ihr erklärt, *»lautet: Ficke nie ohne ein Auge auf die Rubinpäonie zu haben.«*

Kaum anzunehmen, daß sie je seinen Standard erreichen würde.

21

Aus dem Schlafzimmer war nichts zu hören.

Sinjun stand etwas abseits von der Tür und horchte. Er hatte sich seine Hose geschnappt, als er hinausgegangen war, aber die Mühe sie anzuziehen hatte er sich nicht gemacht.

Achtundzwanzig.

Eine Journalistin, die für eine große Zeitschrift auf der ganzen Welt herumgekommen war.

Und vor allem, und ganz besonders das, eine unwahrscheinlich hübsche, begehrenswerte Frau.

Und… Und aus irgendeinem unmöglich vorstellbaren Grund hatte sie sich entschieden, unberührt zu bleiben.

Unberührt. Das Wort blieb ihm regelrecht in der Kehle stecken.

Und warum er? Warum heute nacht?

Er rieb sich das Gesicht.

Verdammt, er war immer noch erigiert. Er wandte sich von

der Tür ab und verzog das Gesicht. Sein Schwanz begehrte sie immer noch.

Er begehrte sie immer noch.

Angelica Dean hatte ihm heute abend das Leben gerettet. Und sie war nicht diejenige gewesen, die danach die Initiative ergriffen hatte. Sie hatte sich ihm überhaupt nie angenähert – und das paßte. Angesichts dessen, was er vor ein paar Minuten gespürt hatte, war sie sozusagen unberührt von menschlichen – besonders männlichen – Händen.

Im Schlafzimmer raschelte es.

Oder schniefte.

Er schloß die Augen und hob das Gesicht zur Decke. Er wollte sich nicht fühlen wie ein Tier. Er wollte sich nicht benehmen wie ein Kämpfer, der in der Schlacht gerade noch dem Tod entronnen war und dann beweisen mußte, daß er noch lebte, indem er das erste Wesen vögelte, das ihm unter die Hände kam.

Ihm brach der Schweiß aus.

Er war nicht so, würde niemals so sein können.

Er war noch nie mit einer Frau im Bett gewesen, die ihn nicht begehrt hatte – wenigstens so sehr, wie er sie begehrte.

Angelica war anders, und…

Sie verdiente es nicht, so behandelt zu werden, wie er sie eben behandelt hatte.

Sinjun ging langsam zur Schlafzimmertür und klopfte.

Es raschelte dahinter, aber Angelica sagte nichts.

Er ging trotzdem hinein.

Der Mond beleuchtete eine von Laken bedeckte, zur Kugel gerollte Gestalt im Bett.

Er räusperte sich und trat näher, warf seine Hose zur Seite, bevor er das Bett erreicht hatte. »Du hast mich schockiert«, sagte er und fluchte innerlich. *Ungeschickter, rüpeliger Dummkopf.* »Es tut mir leid, wenn ich dir angst gemacht habe, Angelica.«

Sie bewegte sich nicht und gab auch keine Antwort.

»He.« Er setzte sich langsam neben sie. »He, Kugel-im-Bett. Komm raus.«

Er hörte etwas, das eindeutig wie ein Schniefen klang. »Weinst du etwa?«

»*Nein.*«

»Habe ich auch nicht angenommen.« Ihm war überhaupt nicht nach Witzemachen zumute. »Können wir nicht drüber reden?«

Schweigen.

»Angel, bitte sprich mit mir.«

Die Kugel drehte sich um. Sie zog das Laken von ihrem Gesicht herunter, blieb aber zusammengerollt auf der Seite liegen.

Er konnte ihr Gesicht nicht erkennen, sagte aber: »Hallo.«

»Du kannst dein Bett gleich alleine haben«, sagte sie. »Gib mir ein paar Minuten Zeit, dann bin ich draußen.«

»Du gehst nirgendwohin«, erklärte er ihr. Sein Blutdruck begann anzusteigen, und andere Sachen stiegen gleich mit. »Wenigstens gehst du nirgendwohin ohne mich.«

»Du kannst mich nicht zwingen zu bleiben.«

»Das werden wir ja sehen.«

Sie schickte sich an, das Laken erneut über den Kopf zu ziehen.

Sinjun hielt sie davon ab. »Tu das *nicht.*«

»Laß mich in Ruhe, bitte.«

»Warum?«

Ihr Seufzer kickste und war zu lang. »Ich schäme mich.« Sie drehte sich halb auf den Rücken, und Licht glitzerte in ihren Augen. »Und vielleicht bin ich … Tja, das ist dir sowieso egal.«

»Nein, ist es nicht. Vielleicht bist du was?«

»Ich … Nein, es ist mir nur einfach peinlich.«

Sinjun fand ihre Hand. Als sie versuchte, sie ihm zu entziehen, hielt er sie fest und verschränkte seine Finger mit ihren.

»Ich gehe die Treppe hinunter«, sagte sie mit gedämpfter Stimme. »Ich verrate dich nicht.«

»Das ist mir völli... Du gehst nicht weg.«

Sie wandte das Gesicht ab.

»Sprich mit mir«, sagte er und hob ihre Hand zu seinem Mund. Er küßte jeden Finger einzeln, und die Zwischenräume – ganz behutsam, dann drückte er seine Lippen auf ihre Handfläche. Schließlich faltete er ihre Finger zusammen und drückte ihre Faust an seine Brust. »Bitte sprich mit mir, Angel. Ich will verstehen, was hier gerade passiert ist.«

»Ich kann nicht.«

»Natürlich kannst –«

»Ich kann *nicht,* weil ich es selber nicht weiß, verdammt.«

»Ich...« Er spürte, wie sie den Atem anhielt. »Ja. Ja, wahrscheinlich war es das. Und dann kam ich mir dumm vor.«

»Warum dumm?«

»Du weißt schon warum.«

Er wußte, daß Angelica anders war als jede andere Frau, die er gekannt hatte. Und er fand sie wunderbar. »Was immer du bist, Liebes, dumm bist du nicht.« Und sie machte ihm mächtig angst. »Wenn ich... wenn ich geahnt hätte, hätte ich nicht... hätte ich nicht.«

Sie sprach leise. »Ich wollte es aber.«

Sinjun beugte sich vor und sagte: »Warum?«

»Warum hast du aufgehört?«

Er nahm die Unterlippe zwischen die Zähne. »Gefühle« waren ein Thema, das er bei Frauen immer gemieden hatte – bis auf das eine Mal – und das hatte seitdem jede Tiefe in seinen Beziehungen entscheidend verhindert. Bis jetzt.

Sie wartete auf eine Antwort.

Er strich ihr erneut übers Haar, rückte zur Seite und küßte sie auf den Hals. »Vielleicht ist mir klargeworden, daß du zu viel für mich bist.« Oder zu gut. Er schob das Laken von ihrer Schulter und küßte sie dort.

»Ich habe dich begehrt.« Sie klang erschüttert – und stur.

Er lächelte nachdenklich im Dunkel. Was für eine Nacht. Jemand hatte versucht, ihn umzubringen – schon wieder –, und die erstaunliche Frau, die den Versuch vereitelt hatte, entschloß sich danach, ihm ihre Jungfräulichkeit zu schenken.

»Du zitterst ja«, sagte er.

»Nur etwas. Mir ist einfach kalt.«

Nach unmerklichem Zögern lüpfte er das Laken und stieg hinter ihr ins Bett. Sie krümmte sich zur Embryo-Form zusammen.

Sinjun zog sie mit dem Rücken an sich und legte seine Arme um sie. »Wärmer?« Er wurde wärmer.

»Nein.«

Er grinste. »Heißt das: noch nicht?« Vorsichtig begann er, ihre Hüften und Oberschenkel zu reiben, dann ihren Bauch, dann ihre Mitte. »Wird's besser?«

»Nein!« Sie faßte seine Hände und drehte sich zurecht, bis sie sie über ihre Brüste legen konnte. »Ich bin doch kein Kind. Mir gefällt das, Sinjun. Mir gefällt es *wirklich.*«

Er malmte mit den Kiefern. Seine verdammte Erektion hatte mehr als nur eigene Vorstellungen. Sie spürte das bestimmt an ihrem süßen kleinen Hinterteil.

Sie hielt still und sagte dann: »Dir gefällt es auch.«

Er beugte das Gesicht etwas vor und nahm sanft ihr Ohrläppchen zwischen die Zähne.

»Oder etwa nicht?« Sie blieb eisern. »Ich kann es fühlen.«

»O ja«, sagte er tonlos und spielte mit seinen Fingerspitzen an ihren Brustwarzen. Als sie sich leise seufzend wand, hielt er sie ganz fest. »Mir gefällt es auch, Angel. Möchtest du, daß ich mit dir schlafe?«

»Ich will, daß wir beide es *zusammen* tun.«

»Hast du keine Angst mehr?«

»Und wie... ich habe eine Heidenangst. Aber ich will es trotzdem.«

War es überhaupt möglich, daß sie sich vorstellen konnte, wie sehr sie ihn erregte? »Also gut, Liebes, sollst du haben. *Ja*, Liebes, sollst du es haben.« Er drehte sie auf den Rücken und legte einen Schenkel über sie. »Dies ist deine letzte Chance. Sprich jetzt oder schweige endgültig.«

Er sah, wie sich ihre Lippen öffneten, und sie sagte: »Küß mich.«

Stöhnend bedeckte er ihren Mund mit dem seinen. Ihre Arme schlangen sich um seinen Hals, und sie bog ihm ihren schlanken Körper entgegen. Er küßte sie und füllte seine Hände mit ihren Brüsten.

Er spürte, wie sie einen Arm herunternahm und sich auf die Suche nach seinem Penis machte.

»Ich werde dich nicht lange küssen können, wenn du das tust«, sagte er und holte tief Luft. »Sag nicht, ich hätte dich nicht gewarnt.« Ihre Finger schlangen sich um sein Glied und tasteten weiter.

Sinjun grinste mühsam. Die kleine Füchsin wollte ihn erforschen. »Findest du irgend etwas Interessantes?«

»Du bist interessant«, sagte sie. »Ich fürchte mich.«

»Ich weiß. Oh, meine Güte, das kannst du nicht machen, Liebes. Nur wenn du bereit bist für das, was als nächstes kommt.«

Noch bevor sie »Ich bin bereit« ganz ausgesprochen hatte, legte sich Sinjun zwischen ihre Beine, rieb mit warmen Fingern über ihre feuchte Weiblichkeit und begann gleichzeitig, in sie einzudringen.

Dieses Mal zuckte sie nicht zurück, bis er ganz in ihr war. Und dann hätte er sich nicht einmal zurückziehen können, wenn er gewollt hätte.

»Laß dich mitreißen«, stöhnte er an ihrer Schläfe. »Laß – dich – mitreißen.«

Angelicas Atem ging schwer. Sie zischte ein unsicheres »Ja.«

»Leg deine Beine um mich.« Jetzt bewegte er sich rhythmisch.

Ihre Fersen rammten sich in die Rückseite seiner Schenkel und wanderten aufwärts. Dann lagen ihre Waden fest um seine Taille, und ihre beweglichen Hüften paßten sich seinem Rhythmus an, kamen ihm bei jedem Stoß entgegen.

Der Höhepunkt überwältigte ihn zu schnell, ergoß sich aus ihm – erschütterte ihn aus tiefstem Inneren.

»Angel!« Er hörte sich ihren Namen rufen, spürte, wie ihre Beine ihn noch fester umfingen.

Die Welt explodierte um ihn. Er fing sich auf den Ellenbogen und rollte zur Seite. Dabei hielt er sie unverändert an sich gedrückt.

Er hob den Kopf. »Und du? Ist alles in Ordnung?«

Sie flüsterte: »Ja.«

»Ich habe dir weh getan, oder?«

»Nein.«

Seine Lungen brannten. »Zu schnell. Ich bin zu schnell gekommen.«

»Nein.«

»Doch. Nächstes Mal werde ich besser, Liebes.«

Er drückte sie zu fest, aber er brauchte einfach das Gefühl, sie ganz nahe bei sich zu spüren. »Es wird ein nächstes Mal geben, Angel. Und weitere Male.«

»Ja.«

Er wurde still und zwang seine Nerven, sich zu beruhigen. »Du fandest es schrecklich.« Er hielt den Atem an.

Sie schüttelte den Kopf.

»Doch, so sieht es aus.«

»Es war herrlich. Ich habe es fantastisch gefunden.« In der sanften Berührung des Mondlichtes schimmerten ihre Augen, und er sah sie lächeln. »Danke.«

Er fühlte sich… Er fühlte sich, als könnte er daran sterben, daß er nicht wußte, was er fühlte. »Sag das nicht.« Er fühlte etwas Gefährliches. Diese Frau würde nicht so einfach in seiner Vergangenheit verschwinden wie andere.

»Ich bin müde«, sagte Angelica. »Aber ich will eigentlich nicht, daß du aus mir herausgehst.«

»Teufel auch«, rief er aus und küßte sie tief und schnell. »Du lernst wirklich schnell.«

»Bei diesem Intensivkurs?«

»Du bist unverbesserlich.«

»Und du bist unglaublich.«

Sie war wie keine andere Frau, mit der er je zusammengewesen war. »Schlaf jetzt.«

»Tue ich gleich. Versprich mir nur eins.«

»Alles.« Verdammt, aber er meinte es wirklich so.

»Wenn ich aufwache, will ich das noch mal machen.«

Angelica betrachtete ihn schon seit einer Weile im Dunkeln. Sie war vor ihm wachgeworden und hatte eine tiefe, beinahe schmerzliche Freude daran, sich die mit silbrigem Mondlicht beschienenen Linien seines nackten Körpers anzusehen.

Als seine Augenlider zu flattern begannen, kniff sie schnell ihre zu und tat so, als würde sie schlafen. Vorsichtig schob er sich in den Kissen nach oben und verschränkte die Hände hinter seinem Kopf.

Sobald sie sicher war, daß er sie nicht anschaute, wagte sie einen heimlichen Blick auf ihn. Sein Profil war klar zu erkennen, darin das Schimmern seiner Augen. Ein langsamer, tiefer Seufzer hob seine Brust, und er atmete leise aus.

Sinjun Breaker dachte nach, und sie würde alles dafür geben, jetzt seine Gedanken hören zu können.

»Du bist wach.«

Er sprach völlig unvermittelt, und sie fuhr zusammen. »Hmmm.«

»Ich bin ganz durcheinander.«

»Wirklich?« Ihr Inneres wurde unruhig.

»Ich will dich noch mal lieben.«

Sie atmete genauso tief aus wie er und robbte zu ihm, um ihr Gesicht auf seine Brust zu legen. »Ich dich auch.«

»Zuerst ein paar Fragen.« Er zog eine Hand hinter seinem Kopf vor und spielte mit ihrem Haar. »Warum, Angel?«

»Du mußt dich schon präziser ausdrücken«, sagte sie in dem Versuch, Zeit zu gewinnen.

»Warum bist du bis heute Jungfrau geblieben?«

Angelica rückte ein Stückchen höher und legte ihren Kopf in die Mulde an seiner Schulter. »Das ist doch unwichtig, oder?« Sie zeichnete kleine Kreise auf seiner Brust.

»Es ist überhaupt nicht unwichtig – für mich. Und für dich bestimmt auch nicht.«

»Es ist sehr persönlich.«

Sinjuns Finger hörten auf, in ihrem Haar zu spielen. »Das ist mir klar, aber angesichts der gegebenen Umstände: Könntest du nicht versuchen, es mir zu verraten?«

»So habe ich es nicht gemeint.« Er würde es nicht verstehen, aber sie erklärte es ihm trotzdem. »Der Akt der… es ist einfach sehr persönlich. Es gibt nichts Persönlicheres. Das war stets meine Meinung, und sie ist es auch jetzt noch.«

»Du meinst, mit jemandem zu schlafen?«

Angelica kratzte über sein stoppeliges Kinn. »Sich mit jemandem zu lieben. Es sollte so *sein*… Es sollte Liebe sein«, beendete sie hastig den Satz. »Der Körper ist doch das einzige, was man je wirklich besitzt. Ich könnte niemals nur einfach… ich könnte ihn nie nur beiläufig benutzen. Ich meine nicht, daß ich jemandem vorwerfe, wenn er oder sie es anders handhabt. Ich versuche nur zu erklären, wie ich empfinde.«

»Ich vestehe.«

Das bezweifelte sie. »Wie kann es *nicht* persönlich sein, jemanden in sich aufzunehmen? Oder in jemanden anderen einzudringen?«

Seine Finger wanderten sacht über ihre Schulter, doch er schwieg.

»Du hast gefragt«, sagte sie, »und ich habe dir geantwortet. Vermutlich hältst du mich für seltsam.«

»Nein. Aber warum hast du dich entschieden, gerade mit mir zu schlafen?«

Angelica drehte ihr Gesicht, so daß es auf seiner Schulter ruhte. Sie war schon zu weit gegangen, hatte schon zu viel gesagt.

Er rutschte im Bett abwärts und legte sich auf sie. »Bitte sag's mir.«

Sie schüttelte den Kopf.

Sinjun drehte sich auf den Rücken und hob sie mit sanftem Ruck über ihn. »Fühlst du dich danach, noch einmal mit mir das Persönlichste aller Dinge zu tun?« lächelte er.

Hatte er verstanden, was sie ihm gesagt hatte?

»Angel, ich glaube, ich... Ich glaube, ich empfinde genauso wie du.«

Sie hörte auf zu atmen.

»Hast du gesagt, du könntest mich vielleicht lieben?« Er tastete nach ihren Schenkeln.

»Setz dich hin. Ich will dich sehen.«

Mit seiner Hilfe kniete sich Angelica rittlings über seine Hüften und stützte sich auf seinen Schultern auf.

»Mein Gott«, murmelte er und strich mit den Fingerrücken über ihre Brüste. Er zog Angel zu sich hinunter, nahm eine Brustwarze in den Mund und saugte daran. Erneut erwachte die Glut in ihr, und sie stöhnte auf. Da hob er sie etwas hoch und murmelte heiser: »Ich bin wieder bereit«, und sie spürte, wie er sich an den Eingang zu ihrer Vagina drängte.

Angelica bewegte sich gerade so viel, daß sie seinen Schaft mit einer weichen Abwärtsbewegung ganz in sich aufnehmen konnte.

Als sie das nächste Mal wach wurde, war das Bett neben ihr leer, aber sie hörte im Badezimmer das Wasser rauschen und dazu eine leise brummelnde, etwas ungeübt klingende Baßstimme, die etwas sang, das nach »It Had to be You« klang.

Er bemerkte sie erst, als ihr erster Fuß sich ins Badewasser schob. »Ist es hier warm?« fragte sie unschuldig und setzte sich so über ihn, wie er sie vor kaum einer Stunde über sich gesetzt hatte.

Seine Augen waren ernst, und er verzog keine Miene. »Es wird gleich noch wärmer werden.« Er betrachtete ihr Gesicht. »Ich will dir aber zuerst etwas sagen.«

Angelica rutschte etwas zurück, so daß sie auf seinen Schenkeln saß.

»Ich will es kurz machen. An dem Tag, als wir geheiratet haben, hatte Dee-Dee eine Abtreibung.«

Angelicas rechte Hand zuckte entsetzt vor ihren Mund.

»Sie hatte es schon vorher in die Wege geleitet. Das hat sie mir an jenem Abend gesagt – als ich sie im Haus ihrer Großmutter fand.«

»Oh, nein«, flüsterte Angelica. »Warum hat sie das getan?«

»Weil sie kein Baby wollte. Ich nehme ihr das inzwischen nicht mehr übel. Sie war selber kaum mehr als ein Kind, und ich genauso. Aber ich wollte das Kind.«

Sie sah, wie der Schmerz von damals in seinen Augen stand, und sagte: »Nicht, Sinjun.«

»Doch, es muß sein. Es ist wichtig, daß du es weißt. Dee-Dee wollte mich heiraten. Sie war ein verlorenes kleines Mädchen und brauchte jemanden, der für sie sorgte. Sie hatte mich dafür auserkoren. Ich glaube, ich liebte sie – in gewisser Weise. Wir haben ein paarmal miteinander geschlafen, und sie wurde schwanger. Sie verschwand, ohne es mir zu sagen, und kam zurück... Sie kam so zurück, wie du sie auf dem Foto gesehen hast.«

Angelia spürte, daß Tränen in ihre Augen traten. »Es tut mir leid. Für euch beide.«

»Tja. Als ich sagte, wir würden heiraten, hat sie direkt danach die Abtreibung organisiert. Sie bildete sich ein, daß es nur ohne Kind eine rosarote Zukunft für uns beide geben könnte. Sie verschwand ganz unauffällig an jenem Abend, und kurz darauf wurde ich von jemandem gerufen, der sagte, Dee-Dee läge krank im Haus der alten Mrs. Cahler. Als ich hinkam, behauptete Mrs. Cahler, Dee-Dee wäre verprügelt worden, was die Fehlgeburt bewirkt hätte.«

»Bist du sicher, daß das nicht tatsächlich der Grund –«

»Ich bin sicher. Dee-Dee konnte es nicht ertragen, der alten Mrs. Cahler die Wahrheit zu sagen. Durch die Geschichte mit den Prügeln wollte sie sich der Kritik entziehen, aber sie starb. Ende der Geschichte.«

»Das tut mir leid.« Und sie haßte sich dafür, daß sie ihm Dinge zur Last gelegt hatte, die er nie hätte tun können. »Ich wollte nie … ich wünschte, ich hätte meine Nase nicht da reingesteckt.«

»Ich hätte es dir sowieso irgendwann erzählt.«

Sie musterte ihn eingehend.

Sinjun erwiderte ihren Blick, ohne mit der Wimper zu zucken.

»Warum?« fragte sie schließlich. »Warum hättest du es mir erzählt? Für die Biographie?« Für die Biographie, die sie seit Stunden vergessen hatte – zusammen mit einer Menge anderer Dinge.

»Nein. Weil ich denke, daß man nicht jemanden lieben kann, dem man nicht alles über sich erzählt.«

Ihr Herz schien auszusetzen. »Sinjun?«

»Niemand hat mir je gegeben, was du mir gegeben hast«, erklärte er ihr. »Und ich meine nicht das Offensichtliche. Du hast mir dich ganz gegeben, stimmt's?«

»Ja.«

»Das würdest du nicht tun, wenn du mich nicht liebtest?«

»Nein.« Ein Gefühl, so weit wie der Himmel, erfüllte sie.

»Ich kann kaum glauben, daß ich das wirklich sage, aber ich denke fast, ich empfinde dir gegenüber genauso.« Er zog ihren Kopf zu sich herunter und küßte sie. »Bist du ganz allein, Angel? Bis auf die Flammende Brenda?«

Sie verstand sofort, was er da gerade sagte. »Die *Flammende* Brenda?« Es schien keinen Grund mehr zu geben, besonders vorsichtig ihm gegenüber zu sein.

»Scheint doch zu passen: die flammende, wilde Brenda.«

Angelica gluckste. »Brenda ist ein Juwel, und ich liebe sie.«

Er folgte mit einem Finger den durchscheinenden Adern auf ihrem linken Handrücken. »Wen liebst du sonst noch?«

Sie wurde ernst.

»Gibt es niemanden anderen? Überhaupt niemanden?«

»Nein.«

»Bist du ... hast du sonst schon einmal jemanden geliebt? ... Angel?«

»Vorher?« fragte sie nachdenklich. »Etwas verliebt war ich gelegentlich. Richtig geliebt habe ich noch nie einen Mann, nein. Und ich hoffe, daß du mir das glaubst.«

»Tue ich«, sagte er und suchte ihre Lippen.

Das Klingeln eines Telefons schrillte in ihre Idylle.

»Verdammt.« Sinjun sah zu dem Wandtelefon über der Wanne. »Nur Mrs. Falon weiß, daß ich hier bin.«

»Vielleicht ein Notfall?«

Das durchdringende Geräusch zerschnitt die Stille – zweimal, dreimal, viermal.

»Eventuell versucht jemand nur probeweise festzustellen, ob ich hier bin?«

»Vielleicht stimmt aber auch irgend etwas nicht.« Angelica hielt sich am Rand der Badewanne fest. »Ich werde abnehmen. Wenn es jemand anders als Mrs. Falon ist, werde ich sagen, ich wäre die Putzfrau.«

»Nein.«

»*Doch.* Alles andere glaubt keiner.« Sie nahm den Hörer ab. »Hallo?«

Sie hörte erst leise Musik, dann fragte die Stimme einer Frau: »Ist Sinjun da?«

Angelicas Griff um den Hörer wurde fester. »Wer spricht denn da?«

»Wer sind Sie?«

Sie verzichtete spontan auf die Sache mit der Putzfrau und wiederholte: »Wen wollen Sie bitte sprechen?«

»Angelica!« Die Stimme spuckte den Namen giftig aus.

»Ja.« Warum sollte sie das noch abstreiten? »Ja, hier ist Angelica.«

Sinjun bewegte sich, und das Wasser plätscherte.

»Hier ist Lorraine. Lassen Sie mich mit Sinjun sprechen. *Sofort.*«

Angelica gab ihm den Hörer und sagte: »Es ist Lorraine.«

Er schüttelte den Kopf, bellte aber »Ja« in den Hörer. Sekunden vergingen, dann sagte er scharf: »Das geht dich nichts an, verdammt.«

Angelica wurde es kalt. Er hatte ihr doch gesagt, daß er sie liebte, oder? Als sie jetzt sein zorniges Gesicht sah, stieg eine tiefe Angst in ihr auf und die Vorahnung von Verlust.

»Chuck hätte dir nicht sagen sollen, wo ich bin«, knurrte Sinjun. »Und Mrs. Falon hätte es ihm nicht sagen dürfen.«

Sie hätte sich nicht davor schützen können, sich in diesen Mann zu verlieben, weil sie mit einer solchen Möglichkeit nie auch nur im entferntesten gerechnet hatte.

»Vergiß es!« Sinjun wollte den Hörer schon aufhängen, da horchte er noch einmal zu. Seine Augen wurden schmal, und er preßte die Lippen zusammen. »Erkläre das.«

Angelica machte eine Bewegung, um aus der Wanne zu steigen, doch er streckte sofort eine Hand aus, um sie daran zu hindern, und schüttelte den Kopf.

»Warum kannst du das nicht am Telefon tun?« Er legt die Stirn in Falten, und er sah Angelica an. »Das wird nicht möglich sein, nein. Absolut unmöglich. Wenn Chuck das bestätigt, was du sagst, dann komme ich. Und Angelica kommt mit mir.« Er legte endgültig auf.

»Was ist los?« fragte sie.

»Wenn man der Frau glauben kann, hat sie herausgefunden, wer versucht, mich loszuwerden.«

22

Brenda Butters war häßlich. Häßlich, zu groß und ihrer selbst zu sicher.

Lorraine stand zwei Meter von Sinjuns Frühstückstisch im Wintergarten entfernt, goß sich Wein in ein Wasserglas und tat so, als wäre sie nicht interessiert an Brendas Gespräch mit Enders.

Enders nahm die Lesebrille ab und schob das Buch weg, in dem er sich Notizen gemacht hatte. »Ich glaube nicht, daß Sinjun hierher zurückkommen sollte.«

Lorraine hielt mitten in der Luft beim Weinausschenken inne.

Brenda beugte sich über den Tisch und sagte: »Aber warum denn nicht? Ich hätte gedacht, Sie wären froh, ihn wiederzusehen?«

»Mir ist egal, was die Polizei denkt«, sagte Enders. »Der Hubschrauber ist in die Luft gesprengt worden. Ich hab's gesehen.«

»Ich auch«, gab ihm Brenda recht. »Doch das heißt nicht, daß unbedingt jemand manipuliert hat. Und wenn jemand versuchen würde, Sinjun etwas anzutun, glaube ich, daß er hier immer noch eher in Sicherheit wäre als in Seattle.«

Ja, ja, ja. Lorraine stellte die Weinflasche mit lautem Klirren auf die Küchentheke, hob das Glas und sah in den Weißwein hinunter, während sie trank. Das einzige, was sie seit Tagen hörte – seit Sin fort war –, war die ständige Wiederholung der Diskussion über den Hubschrauberunfall. Das und die Behauptung, schon seit einiger Zeit versuche angeblich jemand, Sinjun umzubringen.

Selbst der verdammte Hund hörte nicht auf zu winseln.

Lorraine hatte Wichtigeres zu tun, als sich mit Märchen zu beschäftigen.

Dank des Briefes, den sie im Lagunenbungalow gefunden hatte, konnte sie alles gewinnen – oder alles verlieren –, wenn Sinjun zurück auf der Insel war. Ein neutrales Ergebnis würde es nicht geben.

»Sie werden sicher froh sein, daß Sie Chuck heute zurückbekommen, Lorraine«, sagte Brenda. Die Sonne, die durchs Fenster schien, ließ ihr Haar orange leuchten. »Sie wirken so allein etwas unbeschäftigt.«

Lorraine kippte einen ausgiebigen Schluck Wein, bevor sie antwortete: »Ich bin niemals unbeschäftigt.«

»Wunderbar für Sie.« Brenda wandte ihre Aufmerksamkeit wieder Enders zu. Sie tätschelte seine Hand. »Fran muß wirklich jemand Besonderes gewesen sein.«

»War sie auch«, nickte Enders und seufzte tief.

Lorraine hörte nicht mehr zu. Das einzige Gesprächsthema hier war *Fran.* Fran dies und Fran das.

Wo war Willis heute morgen? Es war zu einem seiner Rituale geworden, jeden Morgen mit Brenda schwimmen zu gehen. Die Eifersucht tobte in Lorraine. Und da sie versessen auf Willis war, tat das richtig weh. Sie fragte sich zum wiederholten Male, was Willis nur an diesem Brocken fand. Er fickte sie garantiert. In bezug auf Frauen interessierte ihn doch nichts anderes. Und er hatte klar zu verstehen gegeben, daß er Lorraine nicht mehr in seiner Nähe haben wollte.

Verdammter Kerl. *Sie sollten alle zum Teufel gehen.*

Brenda gähnte und streckte sich, verschränkte ihre Finger hinter dem Nacken und bog den Rücken durch. Heute trug sie einen weißen Badeanzug. Dünn und an bewußt provokativen Stellen mit durchsichtigem Stoff versehen, wurden ihre Brüste dadurch besonders hervorgehoben. Ihre Brustwarzen waren dunkel und fest. Lorraine betrachtete das Delta zwischen den Beinen der anderen Frau. Auch dort dunkles Haar. Und es war sichtbar, Himmel noch mal.

Lorraine sah auf und Brenda direkt in die Augen. Brenda lächelte. Die Kuh fühlte sich überlegen, verdammt. Sie fühlte sich sexy, stärker als Lorraine – weil sie, und nicht Lorraine, Willis vögelte.

Hatte Willis über sie gesprochen?

Hatte er gesagt, daß er sie nicht mehr wollte?

Der Zorn stieg wie Galle in Lorraines Kehle auf.

Es war Zeit für ihren nächsten Zug. Aber sie mußte vorsichtig sein, vorsichtiger als sie je bei irgendwas gewesen war.

Mrs. Midgely, die rückwärts mit einem Berg frischer Wäsche auf dem Arm durch die Küchentür hereinkam, lenkte Lorraine ab.

»Morgen, Mrs. Midgely«, jubelte Brenda voller sirupsüßer guter Laune. »Ist wirklich ein mächtig schöner Morgen heute.«

»Mächtig schön, ja«, erwiderte Mrs. Midgely und lächelte fröhlich. Die Brille war ihr tief auf die glänzende Nase gerutscht.

»Warum ziehen Sie nicht einen Badeanzug an und kommen mit zum Schwimmen?« lockte Brenda die Haushälterin.

Mrs. Midgely lachte. »Amüsieren Sie sich ruhig, Miss Brenda. Ich arbeite hier. Ich schwimme nicht.«

»Das könnten Sie aber, wenn Sie wollten«, forderte Enders sie auf. »Wir wissen beide, daß es Mr. Breaker wichtig ist, daß wir uns alle hier wohl fühlen.«

Mrs. Midgely lachte vergnügt.

Diese blöde Brenda führte sie alle an der Nase herum. Sie wurde als charmante, exzentrische, nette Frau eingestuft, deren dämliche Vorschläge man ruhig befolgen sollte.

Selbst Willis ging ihr auf den Leim.

»Huch«, rief Brenda plötzlich und sprang auf. »Wie spät es schon wieder ist! Zeit, was zu unternehmen. Bis später dann, ihr Lieben.« Sie deutete mit einem langen Finger auf Lorraine. »Immer langsam mit dem Freudentrunk, Süße. Der ruiniert die Haut, wenn man zuviel davon genießt.«

Lorraine wartete zähneknirschend bis Brenda fort war, bevor sie ihr Glas mit einem Zug leerte und noch einmal nachfüllte.

»Vielleicht sollten Sie Brendas Rat ernstnehmen«, sagte Enders und wandte sich wieder seinem Notizbuch zu.

Lorraine schnappte sich die Flasche, ging wortlos an ihm vorüber und hinaus auf eine schattige Terrasse hinter dem Haus. Sie sah flüchtig Brendas weißen Badeanzug und ihr flammendrotes Haar. Dann sah sie Willis herbeitraben und sich zu Brenda gesellen. Sie machten sich auf den Weg auf der anderen Seite des Hauskomplexes den Hügel hinunter und verschwanden.

Es blieb ihr nicht viel Zeit, sich zu überlegen, wie sie jetzt genau vorgehen sollte. Sin würde am Nachmittag hier ankommen – mit Angelica. Bei ihrem Anruf gestern hatte sie ihn gebeten, die Journalistin dortzulassen, doch das hatte er abgelehnt. Ihr wäre das weitaus lieber gewesen. So hätte Brenda ebenfalls keinen Grund mehr gehabt, länger hier herumzuhängen. Durch seine Entscheidung hatte Sin ihr dic Ausführung ihres Plans erschwert. Aber sie würde die Sache schon hinkriegen.

Mit bestimmter Hilfe würde ihr Plan gelingen. Angelica mußte verschwinden – endgültig –, und Brenda ebenso. Wenn ihr nicht in letzter Minute noch ein Weg einfiel, Willis umzustimmen, war er nutzlos. Doch Campbell gab sich die größte Mühe, Schoßhündchen sein zu dürfen, und heute würde er seine Chance bekommen. Heute würde sie ihm sagen, was er zu tun hatte, um ihre Gunst zu erringen. Und ab morgen würde sie dann niemandes Hilfe mehr brauchen, denn dann hatte sie, was sie wollte. Dann würde Sin ihr gehören, der wunderbare, für immer dankbare Sin.

Sie griff die Weinflasche am Hals und machte sich auf in Richtung des Bungalows von Mrs. Midgely. Während des Vormittags und frühen Nachmittags – Mrs. Midgelys intensivster Arbeitszeit – meditierte Campbell.

Lorraine feixte. Sie würde ihm beim Meditieren helfen.

Sie kam zu der Stelle, wo der Rasen zur Küste hin abzufallen begann, und entdeckte in der Ferne, jenseits der Mauern des Hauskomplexes, Brenda und Willis, die Hand in Hand auf ein Dickicht von Hau-Bäumen zugingen, die von orangenen Blüten übersät waren. Die Bäume bildeten eine Trennung zwischen einem Teil des Strandes und dieser Seite der Insel.

Lorraine zögerte. Es würde nicht lange dauern, Campbell davon zu überzeugen, daß er tun mußte, was sie von ihm wollte. Die andere Sache war dringender.

Sie eilte leichtfüßig den Hügel hinunter, während sie darüber nachdachte, wie sie Campbell unter Kontrolle bekam, um durch ihn Chuck unter Kontrolle zu kriegen, der ihr schließlich die Kontrolle über Sin geben würde.

Nur dumm, daß sie ihm nicht einfach Angelicas wertvollen Brief zeigen konnte.

Als sie zuerst den zusammengefalteten rosa Umschlag unter der untersten Schublade im Schlafzimmer des Lagunenbungalows gefunden hatte, hatte sie geglaubt, jetzt wäre ihr Glück vollkommen. Doch das war es nicht. Diese einfältige Heulsuse, die Garth auf ihr Einwirken hin abgesägt hatte, hatte zwar Lorraines Namen nicht ausdrücklich erwähnt, aber Sinjun würde sofort kombinieren, daß sie die Frau war, von der Marlene Golden schrieb. Er wußte, daß Lorraine mit Lieber verlobt gewesen war, und würde auch draufkommen, daß sie Marlene etwas vorgelogen hatte. Also würde Sin von der Sache erfahren, die jeden Plan Lorraines endgültig zunichte machte: daß sie Marlene Golden gegenüber behauptet hatte, mit Sinjun eine Affäre zu haben und mit ihm zusammen gegen Garth zu arbeiten.

Damals hatte es ihr Spaß gemacht, Marlene zu quälen. Die Geschichte hatte sich sozusagen verselbständigt. Lorraine hatte es von Anfang an drauf angelegt, Garth zu verlassen, um Sin zu erobern. Sie hatte lediglich die Wahrheit etwas vorweggenommen ... mit ein paar freien Erfindungen, durch die alles etwas plausibler und interessanter klang. Jetzt wünschte sie, sie hätte sich überhaupt nicht um Marlene gekümmert, dann wären nämlich Angelica Dean und Brenda Butters niemals auf der Insel gelandet.

Lorraine erreichte das Dickicht der Hau-Bäume und ging auf der Suche nach einer Lichtung zum Strand auf der Landseite entlang.

Wie konnte man nur all die Hirngespinste glauben, die Marlene Golden in ihrem tränenreichen Brief über Garth geschrieben hatte? Aber die meisten davon waren äußerst nützlich für sie.

Durch die erste wenig bewachsene Stelle zwischen den Bäumen sah sie nichts als Felsen und Meer. Lorraine trank einen Schluck Wein und schlich weiter.

Sie lächelte grimmig. Angelica hielt sich ja für *so* schlau – Sin aufzustöbern, um ihn fertigzumachen. Offensichtlich wußte sie jedoch nicht, daß Lorraine die Frau war, die Marlene bei Garth verdrängt hatte – und falls doch, mußte sie die Theorie ihrer guten, alten Mama völlig geschluckt und es darauf abgesehen haben, Sin zu bestrafen.

Die Brise trug den Klang von Stimmen herüber.

Vor sich sah Lorraine wieder einen Fleck, an dem die Blätter lichter waren. Sie schlich hin und lugte vorsichtig hindurch. Diese Ziege Brenda würde vor Scham sterben, wenn sie herausfand, daß Lorraine sie mit Willis beobachtet hatte.

Zuerst konnte sie sie nicht entdecken.

Ihre Atmung wurde schneller, und sie begann, zwischen den Beinen feucht zu werden. Zuschauen hatte seine Vorteile. Das würde nicht das erste Mal sein, daß eine gute Vorführung sie erregt hatte. Danach würde sie dann mit dem herrlich unschuldigen, zu allem bereiten Campbell spielen.

Sie wollte schon durch die Öffnung schlüpfen, doch da sah sie sie. Brenda saß mit hochgezogenen Knien auf einem Felsen und schaute zum Wasser hinüber, wo Willis gebeugt stand und etwas wusch, das Lorraine nicht erkennen konnte.

Willis stand auf und winkte.

Lorraine zuckte zurück, bis ihr klar wurde, daß er nicht ihr, sondern Brenda zuwinkte.

Als Lorraine wieder hinschaute, war Willis auf dem Weg zurück zu Brenda. Er streckte eine Hand aus, und jetzt konnte Lorraine erkennen, daß er ein Stück Koralle in der Hand hielt.

»Die ist besonders schön«, sagte Willis und gab Brenda seinen Fund. »Pilzkoralle.«

»Die ist ja ganz lila«, sagte Brenda.

Ganz lila, wiederholte Lorraine tonlos. Was zum Teufel war das für ein Scheiß?

»Draußen beim Riff gibt es die in allen Farben«, erklärte Willis. Lorraine hatte ihn noch nie so lebhaft gesehen. »Wenn die Ebbe mal sehr niedrig ist, nehme ich dich mit dorthin.«

Brenda betrachtete die Koralle, und während sie das tat, betrachtete Willis sie.

Lorraine biß sich innen auf die Wange und war froh, daß es weh tat. Er betrachtete dieses dämliche Schlachtroß, als ob sie aus Glas gemacht wäre – prachtvolles, zartes Glas. Er sah Brenda an, als wäre sie mundgeblasen und er ein beeindruckter Kenner!

Brenda hob das Gesicht, und Willis lächelte sie an. »Gefällt sie dir?« fragte er.

»Sehr.«

Das Lächeln verschwand von Willis' Gesicht. Er strich Brenda übers Haar, umfaßte ihr Kinn und bückte sich, um sie zu küssen.

Lorraine beugte sich weiter vor.

Als der Kuß endete, ließ sich Willis vor Brenda auf die Knie sinken und streckte ihr seine Hand hin. Sie gesellte sich zu ihm, hinunter auf den Sand und die Kiesel. Seite an Seite, den Rücken an den Felsen gelehnt, auf dem Brenda eben noch gehockt hatte, saßen sie mit ineinandergelegten Händen da und betrachteten das Meer.

Er hatte Lorraine nie zärtlich geküßt. Sie schürzte geringschätzig die Lippen. Das hatte sie nicht gewollt, und er genausowenig. Er hatte auch nicht dasitzen und ihre Hand halten wollen wie ein Schuljunge. Aus irgendeinem Grund spielte er ein Spiel mit diesem Brocken.

Lorraine huschte davon. Ihre Kehle war nur davon eng, weil sie den Atem angehalten hatte. Es war ihr egal, ob Willis sich mit Brenda anders benahm. Sie war nicht daran interessiert, mit ihm am Strand zu sitzen.

Der Bungalow der Midgely's war nicht weit von Pua-Kali entfernt, dem Haus, das Chuck und Lorraine sich teilten. Beide lagen im Norden, nicht weit vom Hauskomplex außerhalb der Mauer, getrennt durch Karpfenteiche und mächtige Büsche von riesigem Bambus.

Lorraine ging direkt zur Rückseite des Bungalows und drückte das Gesicht ans Küchenfenster. Campbell war nicht zu sehen, und sie betrat den Raum durch eine gläserne Schiebetür.

Von einem anderen Teil des Bungalows tönte das Geräusch einer Art fernöstlichen Pfeifenmusik herüber.

Lorraine ließ die Weinflasche in der Küche stehen und folgte dem Geräusch, bis sie vor einer halb geöffneten Tür stand. Sie lugte durch den Spalt in das Zimmer und sah Campbell. Nur mit Shorts bekleidet saß er im Schneidersitz auf dem Boden und starrte eine Kerze an, die in einem grünen, gläsernen Windlicht flackerte.

Sie ging ein paar Schritte zurück und rief in die entgegengesetzte Richtung: »Campbell? Bist du zu Hause? Ich bin's, Lorraine.« Und dann noch lauter: »Bist du hier, Campbell?«

Als sie wieder bei seiner Tür ankam und sie aufschob, stand er gerade auf.

»Da bist du ja. Bleib sitzen.« Sie trat neben ihn und griff nach seiner linken Schulter. »Das meine ich wirklich ernst. Bleib da sitzen, wo du bist. Ich will mit dir reden und möchte, daß du es dabei bequem hast.«

Campbells gebräunte Stirn runzelte sich. »Stimmt was nicht?«

»Gewissermaßen. Ich hatte erst eine Weile Angst, doch dann ist mir eingefallen, daß ich dich habe, und jetzt habe ich keine Angst mehr. Du wirst mir doch helfen, oder, Campbell?«

»Wenn ich kann?«

Er würde nicht unbedingt scharf darauf sein, ihre Bitte zu erfüllen. Seine dusseligen spirituellen Spielchen würden ihr eventuell in die Quere kommen.

»Ich möchte eine Weile hierbleiben«, erklärte sie ihm. »Ich möchte, daß du mich versteckst.«

Sein Stirnrunzeln verstärkte sich.

Verflixt, das würde ein hartes Stück Arbeit werden. »Nur so lange, bis Chuck und Sinjun wieder da sind.« Es würde nicht sehr clever sein, auch Angelica zu erwähnen. Wenn sich die Dinge wunschgemäß entwickelten, würde es nicht nötig sein, Sin anzuflehen, daß er etwas gegen Goldlöckchen unternahm.

»Warum willst du dich denn verstecken?« fragte Campbell.

Lorraine neigte den Kopf und betrachtete eingehend seine

gebräunte, muskulöse Brust. Er war kein Willis, aber Campbell hatte gewiß eine zufriedenstellende Ausstattung an den entsprechenden Stellen. So schien es zumindest, nach dem, was sie – bisher – sehen konnte.

»Lorraine?«

»Ja, gut, ich erkläre es dir. Ich muß mit Chuck reden, bevor ich Sin wieder sehe. Und ich kann nur dann sicher sein, daß das funktioniert, wenn ich ihnen aus dem Weg gehe, so daß du Chuck zu mir bringen kannst. Du wirst ihn abpassen müssen, wenn er allein ist, und ihn dann dazu bringen, mit dir zu kommen. Er wird sich weigern, aber du wirst es schon schaffen, ihn zu überreden.«

Campbell schüttelte den Kopf.

»Doch, das machst du schon. Ich werde dafür sorgen, daß du genau weißt, was du sagen sollst.«

»Chuck kann mich nicht leiden.«

Immer dieselbe alte Leier. »Doch, natürlich. Er ist nur zurückhaltend, das ist alles. Du wirst ihn davon überzeugen müssen, daß er mich unbedingt treffen muß, ohne Sin zu benachrichtigen.«

»Ich glaube nicht, daß ich das schaffe.«

»Ach du kleiner, dummer Junge.« Lorraine schlug ihren langen, smaragdgrünen Sarongrock auf und kniete sich vor Campbell. »Vergiß es. Es ist unwichtig.« Es war wichtiger als alles andere, was ihr je wichtig gewesen war. Sie würde eben nur erst einmal dafür sorgen müssen, daß er alles vergaß, bis auf die Tatsache, wie sehr er noch mehr von dem wollte, was sie ihm jetzt geben würde.

»Was ist passiert?« fragte Campbell. »Warum willst du, daß ich das tue?«

»Will ich gar nicht mehr«, sagte Lorraine lässig und stellte die Kerze auf einen flachen Tisch. Die Jalousien waren geschlossen, und die kleine Flamme erzeugte wabernde Schatten auf den weißen Wänden.

»Hast du Durst?« fragte er. »Kann ich dir etwas zu trinken holen?«

»Nein, aber du kannst dafür sorgen, daß ich mich besser fühle. Weißt du noch, wie du mir letztes Mal am Pool den Rücken mit Sonnenlotion eingerieben hast?«

Er befeuchtete seine Lippen und senkte den Blick.

»Ja, ich erinnere mich noch daran.«

Lorraine wußte, daß er sich nicht allein an ihren Rücken erinnerte. Sie sagte: »Könntest du das noch einmal für mich tun? Jetzt?«

Er schwieg.

Lorraine rückte näher und streichelte die Innenseite seiner Wade. Sie beugte sich vor, breitete ihre Hände auf seinen Schenkeln aus und sah zu seinem Gesicht auf. »Du mußt nicht, wenn du nicht möchtest«, lockte sie.

»Ich weiß nicht, ob wir Sonnenlotion haben.«

»Wenn nicht, geht es auch ohne. Du kannst mir dabei helfen, mich zu entspannen, und ich kann dir helfen, dich zu entspannen. Das würde ich gern tun, Campbell. Vielleicht sollte ich es zuerst bei dir tun, wenn du möchtest.«

»Das würde Chuck nicht gefallen.«

»Warum?« fragte sie unschuldig. »Es ist doch nichts Böses dabei, wenn zwei Leute einander Wohlbehagen bereiten, oder?«

»Ich glaube nicht.«

»Natürlich nicht. Was ist das?« Eine Flasche mit blaßgoldener Flüssigkeit stand auf einer Streichholzschachtel neben dem Kassettenrekorder, aus dem die Pfeifenmusik kam.

Campbell sah sich um. »In der Flasche?«

Sie nickte. »Mmm.«

»Duftöl«, sagte er. »Man erwärmt es über einer Flamme, und es duftet gut. Es beruhigt die Gedanken.«

Zum Teufel mit den ruhigen Gedanken. Lächelnd griff Lorraine nach der Flasche und schraubte den Deckel auf. Der

Duft des Öls war gehaltvoll und enthielt Moschus, Zeder und Sandelholz mit einer Spur von Nelken. Sie goß ein wenig Öl in ihre Hand, stellte die Flasche weg und verrieb die Flüssigkeit auf den Handflächen.

»Es riecht gut«, erklärte sie Campbell.

»Aber es wird noch viel intensiver duften, wenn wir es erwärmen.«

Sie machte sich daran, ihm die Schultern und die Brust einzureiben. »Ein wunderbarer Duft. Fühlt es sich auch ebenso wunderbar an?«

Er murmelte »Ja« und sah ihren Händen zu.

Als ihre Zeigefinger Kreise um seine flachen Brustwarzen zu ziehen begannen, zuckte er und sah sie wie ein Kind vor dem Weihnachtsbaum an.

»Wußtest du nicht, daß so etwas sehr schöne Empfindungen weckt? O Campbell, ich wette, es gibt tausend schöne Dinge, die du noch nicht weißt.«

Er errötete unter seiner Bräune und wollte aufstehen. Als er schon in der Hocke war, griff Lorraine nach seinen Handgelenken. »Bitte, geh nicht weg. Ich brauche dich.«

»Sag mir, *warum.*« Er wartete und sank zurück auf die Knie. »Du weißt, daß ich dir helfen will. Du weißt, daß ich alles tue, was ich kann, damit du glücklich bist.«

Mit Leichtigkeit schaffte es Lorraine, daß ihre Augen sich mit Tränen füllten.

»*Sag* mir doch, was los ist.« Campbell gab nicht nach.

»Ich brauche dich nur, das ist alles. Bei dir fühle ich mich sicher. Wenn du deine warmen Hände auf mich legst, zerfließt all meine innere Anspannung. Und genau das ist es, was ich momentan am meisten brauche.«

Nach kurzer Überlegung sagte er: »Okay. Bitte weine nicht. Leg dich da auf die Couch. Der Boden ist zu hart für dich.«

Nichts war zu hart für sie. Sie lächelte wacklig, nahm eine seiner Hände und goß Öl in seine Handfläche. Dann schloß sie die Augen und sagte: »Ich will mich nicht hinlegen. Verteile das Öl dort, wo ich es bei dir verteilt habe.«

Eine Weile atmete er nur schwer. Schließlich hörte sie, wie er die Handflächen aneinander rieb und dann sachte ihre Schulter berührte – außerhalb der Träger des ärmellosen schwarzen Bodys, den sie unter dem grünen Sarongrock trug. Ein Band hielt den Body locker zusammen, vom tiefen Ausschnitt bis zu einer Stelle unterhalb ihres Nabels.

Campbell rieb das Öl dünn über Lorraines Hals und abwärts zu ihren Armen. Sie ließ die Augen geschlossen und begann dabei, das Band aus den Löchern zu ziehen. Es gelang ihr, ernst zu bleiben, als sie hörte, wie er japste.

»Du kannst es nicht perfekt machen, wenn ich das Ding anhabe«, erklärte sie und zog in quälender Langsamkeit das Band Loch für Loch auf. Dabei hielt sie den Rücken kerzengerade und wußte genau, was er sah. »Hör nicht auf«, bettelte sie.

Der Body war jetzt offen bis zur Taille, wo der Sarong saß.

Als ob sie beißen würde, berührte Campbell den oberen Rand ihrer Brüste. »Warum drehst du dich nicht um, damit ich deinen Rücken einreiben kann?«

Lorraine antwortete nicht, sondern hakte nur den Rock auf und ließ ihn fallen. Dann zog sie das Band ganz aus den Löchern.

»Du…« Campbells Schlucken klang mühsam. »Du solltest das nicht tun, Lorraine.«

Doch die Art, wie seine Stimme rauher wurde, machte ihr klar, daß ihr Schützling bereit war, zum nächsten Schritt überzugehen. Er war bereit, selbst zum Akteur zu werden.

Lorraine riß plötzlich die Augen auf und sah ihn eindringlich an. »Doch, das sollte ich tun. Es gibt viele Arten von Liebe. Du und ich teilen eine davon.«

Er schüttelte den Kopf, doch sie kam näher und hielt sein Gesicht.

Campbells Lider senkten sich erst, als sie ihn küßte. Sie küßte ihn ausgiebig, tief und mit aller Raffinesse.

Campbell war ein teuflisch geschickter Lehrling. Er war ganz bei der Sache, knabberte an ihren Lippen genau wie sie an seinen, erforschte mit seiner Zunge ihre Mundhöhle, genau wie sie es bei ihm tat – und angesichts des schweren Atmens, das sie hörte, verstand er recht gut, wofür diese Vorbereitung stand.

Sie lehnte sich zurück und legte ihre Hände auf seine Schultern. Seine Augen glänzten wie im Fieber.

»Mach es nach, das was ich bei dir gemacht habe«, forderte sie ihn verführerisch auf. Als er nicht reagierte, rieb sie noch einmal mit dem Zeigefinger über seine linke Brustwarze. »*Tu* es.«

Campbell betrachtete ihre Brüste. Lorraine betrachtete Campbell. Er fuhr sich mit der Zunge über die Lippen, machte aber keine Anstalten, den Body ganz wegzuschieben.

»O Campbell«, rügte sie ihn und nahm ihm die Arbeit ab. Ihre Brüste quollen hervor, und sein Mund öffnete sich. »Tu es, Geliebter.«

Langsam und mit einem Gesichtsausdruck, als erwarte er eine Ohrfeige, legte er auf jede ihrer Knospen eine Fingerspitze. Zwei siedendheiße Flammen durchschossen ihren Körper bis hinunter zu den Füßen. Sie krümmte die Zehen.

»Mein Gott«, schnaufte Campbell. »O mein Gott.«

»Eigentlich ist das ungerecht«, sagte sie spielerisch. »Dir gegenüber. An mir ist so viel mehr, was beruhigt werden muß.«

An seinen Schläfen traten die Adern hervor. Seine Nasenflügel blähten sich, und seine Augen wurden schmal. Lorraine spürte, wie sich ihre eigenen Lippen erwartungsvoll öffneten. Campbell war offensichtlich drauf und dran, seine spirituellen Neigungen zu vergessen.

Sie brauchte ihm nicht zu sagen, wie er ihre Brüste massieren sollte. Er tat es voller Hingabe und zuckte auch nicht eine Spur zusammen, als sie den Body von ihren Schultern schob bis hinunter zu ihren Hüften.

Campbell nahm noch einmal Öl und sah nicht eine Sekunde zu ihrem Gesicht auf, als er sich wieder an die Arbeit machte. Diesmal bewegte er seine Hände abwärts und über ihre Hüfte, dann nach vorn zu ihrem Bauch, ohne zu zögern, bis seine Finger ihrem schwarzen, gelockten Schamhaar begegneten.

»Campbell!« Lorraine quietschte fröhlich und schob seine Hand weg. »Du darfst nicht das geringste mit mir machen, was ich nicht vorher auch mit dir gemacht habe, so war es besprochen.«

»Wir haben überhaupt nichts besprochen«, sagte er erstaunlich klar.

»Doch, haben wir wohl.« Ausgelassen kniff sie in den Schritt seiner Shorts und lächelte in echter Vorfreude. »Du bist ein großer Junge, Campbell. Groß genug, um dich an Absprachen zu halten. Und unsere Absprache lautet: erst du, dann ich.«

Er sah aufmerksam ihren schwankenden Brüsten zu. Als er danach griff, quietschte Lorraine noch einmal, hinderte ihn aber nicht daran. Statt dessen öffnete sie den Bund seiner Shorts und schob sie hinunter zu den Knien.

»Jesus!« Er wurde dunkelrot, hörte aber nicht auf, ihre Brüste zu kneten.

»Ja, genau«, sagte Lorraine und schürzte die Lippen. »*Jesus!* Du bist wirklich ein *großer* Junge. Und du bist bereit, stimmt's?«

Er starrte sie an.

Lorraine legte ihre Arme um seinen Hals und küßte ihn, diesmal sanft, benutzte ihre Zunge eher wie eine Feder als wie einen Kolbenhammer. Er hielt sie fest, und sie drückte ihre Brüste an ihn. »Wir sind einander so ähnlich«, sagte sie zu ihm in einer Atempause. »Wir sind nett und gut in unseren Herzen. Und in unseren Seelen. Man kann uns zu leicht verletzen. Doch jetzt haben wir einander für besondere Gelegenheiten wie diese, und wir werden einander wohltun können.«

»Lorraine, ich will –«

»Ich weiß, was du willst. Bleib genau da, wo du bist.«

Ohne weitere Vorrede beugte sich Lorraine nach unten, krallte ihre langen Fingernägel in seinen festen Hintern und nahm sein erigiertes Glied in den Mund.

Er brauchte ungefähr zehn Sekunden, um den Schreck zu überwinden.

Doch dann wurde Campbell augenblicklich ein Verehrer ihrer Fähigkeiten.

Danach brauchte Lorraine ihn nicht zu schubsen, damit er sich hinlegte, und als sie ihn bestieg, war er schon wieder völlig hart.

»Wir werden oft so zusammensein wie jetzt, nicht wahr?« fragte sie ihn und genoß die Schluchzer, die er ausstieß, während sie ihn rhythmisch ritt. »Nicht wahr, Campbell?«

»Immer.« Seine Augen wirkten flach und fiebrig glänzend. »Mach dir keine Sorgen, Lorraine. Was es auch sein mag, wir werden mit den anderen schon fertig werden.«

Sie begann, sich schneller zu bewegen. »Ich wußte ja, daß du dich um mich kümmern würdest, Campbell.«

23

»Sieh dir die Gewitterwolke da vorn an!« sagte Chuck, beugte sich vor und deutete über Sinjuns Schulter. »Mann-o-Mann!«

Sinjun schaute nach Süden und sah, wie der weiße Pilz sich hoch über eine dichte Wolkendecke erhob. »Ich gebe zu, die ist groß.«

»Ich hätte nicht gedacht, daß es hier bei den Inseln Gewitter geben könnte«, sagte Angelica und brach damit ein langes Schweigen, das begonnen hatte, sobald er ihr gesagt hatte, sie würden nach Hell zurückkehren.

»Doch, kommt gelegentlich vor«, erklärte er. »Aber nicht sehr oft.«

Er hatte sich entschieden, selbst den Eurocopter von Honolulu aus zu fliegen. Chuck hatte widersprochen, aber dann akzeptiert, als Sinjun sagte, er brauche Ablenkung. Genaugenommen brauchte er eher das Gefühl, die Kontrolle zu haben, auch wenn das nur eine Illusion war.

»Hubschrauber sind bei schlechtem Wetter nicht so toll, oder?« sagte Angelica. »Habe ich mal irgendwo gehört.«

Er sah sie an und lächelte. »Keine Sorge, das Gewitter kriegen wir schon in den Griff.«

»Ich schätze, wir werden die Klappen schließen müssen, wenn wir es erreichen«, bemerkte Chuck. »Das Ding da ist nicht mehr als eine kleine Vorhut. Die Front, von der sie geredet haben, ist eindeutig dahinter. Fünfundsiebzig Meilen, haben sie gesagt. Glaube ich nicht. Ich denke, ich sehe jetzt schon den Rand.«

Sinjun studierte noch einmal ausgiebig den südlichen Himmel. »Da könntest du recht haben«, sagt er, weil er Angelicas Besorgnis nicht noch steigern wollte. Er tätschelte ihre Hand, die verkrampft auf ihrem Knie lag. »Ich persönlich habe so ein richtiges Inselgewitter immer schon gern gehabt. Warte, bis du sehen kannst, wie die Welt aussieht, wenn sie danach richtig reingewaschen ist.«

»Da haben wir es ja«, verkündete Chuck als Hell in Sicht kam. »Der hübscheste Anblick auf Erden, nicht wahr, Sin?«

»So ziemlich.« Sinjun sah Angelica so lange an, bis sie seinen Blick erwiderte »Ich kenne nur einen, der noch hübscher ist.«

Wie vorauszusehen war, röteten sich ihre Wangen, und sie wandte eilig den Kopf zur Seite.

Er wollte wieder mit ihr allein sein, und er wollte nur ungern warten. Sie trug ein lockeres, braunes Baumwollhemd mit aufgekrempelten Ärmeln, dazu braune Leinenhosen. Ein Seidentuch mit Raubtierdruck hielt im Nacken ihr Haar zusammen. Sie sah weich und sauber und cool aus… und er hatte sich für heute noch vorgenommen, all die Baumwolle, das Leinen und die Seide zu entfernen, sich um ihren weichen, sauberen Körper zu kümmern und mit allen möglichen Mitteln dafür zu sorgen, daß sie beide die Bedeutung des Wortes *cool* vergaßen.

»Möchtest du den Vogel auf Hell landen, Sin?« ließ sich Chuck von hinten hören. »Oder hast du Lust auf eine Spritztour nach Tokio?«

Sinjun bemerkte, daß er drauf und dran war, über den Landeplatz hinauszufliegen. Also zeichnete er eine elegante Schleife. »Will mir nur einen Überblick über die Heimat verschaffen«, griente er.

Chuck lachte kurz und sagte: »Das da unten sieht ganz nach einem Empfangskomitee aus.«

Tatsächlich waren drei Personen, eine davon mit unverkennbar rotem Haar, am Landeplatz versammelt.

»Da wären wir«, sagte Sinjun und grinste, als Angelica einen kleinen Schrei ausstieß. »Angst?« fragte er.

»Faszination«, wehrte sie ab. »Ich will einfach nur *dort* sein.«

Das wollte er auch, allerdings hatte er keine Lust, sich mit Lorraine zu beschäftigen.

Er nahm ihr die Geschichte nicht ab, daß sie drauf und dran war, das Geheimnis um die Mordversuche zu lüpfen.

Lorraine hatte ihn noch nicht aufgegeben und wollte sicher etwas ganz anderes lüpfen – nämlich seine Bettdecke… Sie konnte es nicht begreifen, daß er sie nicht wollte. Wahrscheinlich war diese Geschichte wieder mal ein Trick. Als Sinjun Chuck befragt hatte, hatte der auch keine Ahnung davon und wartete ebenso wie Sinjun gespannt auf die Fakten der angeblichen Entdeckung. Was in Gottes Namen würde nötig sein, um entweder Chuck klarzumachen, daß sie ihn nur ausnutzte, oder die Frau dazu zu bekommen, daß sie verschwand – und zwar endgültig?

Er landete den Hubschrauber.

»Nicht schlecht«, schrie Chuck über das Getöse der Rotoren hinweg. »Wenn man bedenkt, daß du Amateur bist.«

Sinjun grinste. Er grinste noch breiter, als Angelica den Sicherheitsgurt öffnete und sich zu ihm beugte, um ihn auf die Wange zu küssen. »Dabei bist du wirklich gut«, schrie sie – und lachte, als er sie empört zwickte.

Chuck schob die Tür auf, duckte sich durch die Öffnung und sprang hinunter auf den Boden.

»Du bist also erleichtert, daß ich uns nicht habe abstürzen lassen«, sagte Sinjun zu Angelica. Die wenigen Minuten, die sie allein waren, nutzte er, indem er eine Hand unter den dicken Pferdeschwanz in ihrem Nacken vergrub und sie küßte. Dann schob er sie so weit von sich, daß er ihr ins Gesicht sehen konnte. Sie hatte die Augen niedergeschlagen. »Wir haben ein paar Sachen zu besprechen, Angel«, erklärte er ihr ruhig.

Sie nickte schweigend.

Am vergangenen Abend, in seinem Haus in Queen Anne, hatte er gespürt, daß sie allein sein wollte. Wachzuliegen und zu wissen, daß sie nur wenige Meter von ihm entfernt schlief, war ihm als unerträglicher Test seiner Willenskraft erschienen. Doch er wollte ihr die Entscheidung überlassen. Sie war nicht zu ihm gekommen.

»Ich möchte, daß du heute nacht bei mir bist, Angel«, bat er.

Sie biß sich auf die Unterlippe.

»Okay?«

»Warten wir ab, was hier passiert«, sagte sie und sah ihn mit ihren warmen, braunen Augen offen an. »Ich habe Angst, Sinjun.«

»Ich lasse nicht zu, daß dir irgend etwas passiert.«

Er wünschte von Herzen, dieses Versprechen auch halten zu können.

»Du denkst immer, ich hätte Angst um mich.« Noch bevor er antworten konnte, drückte sie ihm zwei Finger auf den Mund. »Das ist nicht so. Es gibt so viel, über das wir reden müssen. Mehr als du weißt. Ich möchte das bald tun.«

»Wir werden Gelegenheit dazu haben. Ich werde nicht zulassen, daß –«

»Psst. Bitte, Sinjun, sag jetzt nichts.« Sie richtete sich auf, um an ihm vorbeisehen zu können, und sagte: »Die fragen sich schon, warum wir nicht aussteigen. Gehen wir.«

»Okay, Liebes. Je eher ich diese Sache mit Lorraine geregelt habe, desto besser. Du und ich, wir haben so manches zu *tun.*«

Angelica kletterte aus dem Hubschrauber und drehte sich noch einmal zu ihm um. »Dir kann nichts passieren, Sinjun. Hast du verstanden?«

Er wollte antworten, aber Brenda nahm am Boden schon temperamentvoll Besitz von Angelica.

»*Dir kann nichts passieren.*« Verdammt, er hätte es mit der ganzen Welt aufnehmen können und jeden Dummkopf in der Luft zerreißen, der versuchte, ihm in irgendeiner Weise den Weg zu versperren.

Er holte tief Atem und sprang hinaus in die böige Hitze, die das kommende Gewitter ankündigte. Er glaubte natürlich nicht mehr an solche Dinge, aber trotzdem: Womöglich hatte er sich tatsächlich verliebt, total hoffnungslos, bis über beide Ohren.

Die ersten Worte, die er hörte, als er sich der kleinen Gruppe am Rand des Landeplatzes näherte, waren Chucks: »Was soll das heißen, ihr wißt es nicht?«

»Genau das«, sagte Enders, und Sinjun stellte erleichtert fest, daß der vertraute Ausdruck von Indignation wieder in Enders' Stimme war.

»Hallo ihr alle«, sagte er bewußt fröhlich und wehrte lachend Swiftys begeisterte Begrüßung ab. »Nett von euch, den roten Teppich für uns auszurollen, Enders. Sie sind ja üblicherweise nicht Mitglied der Ehrengarde, Mrs. M.«

Mrs. Midgelys bekümmertes Gesicht trug nicht zur guten Laune bei. »Wir machen uns Sorgen, Mr. Breaker«, sagte sie.

»Das ist ganz unnötig.« Es sah in Brenda Butters' klare Augen und stellte fest, daß sie genauso ernst war wie die anderen. »Nun beruhigt euch doch alle mal! Was immer auch sein mag, wir werden es schon in den Griff kriegen. *Ich* werde es in den Griff kriegen – mit eurer Hilfe natürlich.«

Er sah Willis vom Haus heraufkommen.

Enders räusperte sich. »Wir haben ein Problem, Mr. Breaker.«

Aus Enders' Mund klang das wirklich beunruhigend.

»Also gut«, sagte Sinjun. »Was ist passiert?«

»Nichts«, sagte Enders sofort.

Chuck warf die Tasche auf den Boden, die er in der Hand gehabt hatte. »Verdammt noch mal, Sin, ist dir denn *gar nichts* aufgefallen?«

»Ja. Dies ist keine fröhliche Heimkehr.«

»Mr. Breaker –«

»Lorraine«, unterbrach Chuck Enders. »Sie ist nicht hier. Erscheint dir das nicht seltsam?«

»Ich schätze –«

»Sie ist weg, Sin«, knirschte Chuck zwischen den Zähnen hervor. »Seit heute morgen hat sie niemand mehr gesehen.«

Irgend etwas war schiefgelaufen.

Lorraine stand flach an die Wand gedrückt und riskierte einen kurzen Blick durch die Jalousien von Campbells Zimmer hinaus. Der Himmel war dunkel geworden, und der Wind trieb den Regen fast waagrecht vor sich her, zerrte wütend an Bäumen und Büschen.

Campbell war seit über einer Stunde weg. Als sie den Hubschrauber hatten landen hören, war sie eilig in seinen Schrank geschlüpft, um sich zu verstecken. Daß Chuck und Sinjun den Pua-Kali-Bungalow nach ihr durchsucht hatten, war klar. Danach hatten sie hier Campbell gefragt, der ihnen allerdings nur mitteilte, daß er sie nicht gesehen hätte.

Nachdem die beiden Männer den Bungalow wieder verlassen hatten, versprach er ihr, Chuck alleine hierher zu lotsen.

Wenn Campbell in Panik geriet und vor Sin mit Chuck sprach, würde sie alles verlieren.

Eine Tür schlug zu.

Lorraine drehte sich mit einem Ruck um. Sie hatte niemanden gesehen, der sich dem Haus näherte. Sie schlich auf Zehenspitzen durchs Zimmer.

Ihr Herz hämmerte, und ihre Kehle brannte.

Schritte.

Wenn es Chuck gewesen wäre, hätte er ihren Namen gerufen.

Sie schaute sich um und sah den offenen Schrank.

Sie schaffte es nicht bis dorthin. Die Schlafzimmertür flog mit einer solchen Geschwindigkeit auf, daß sie an die Wand krachte.

Chuck stürmte ins Zimmer. »Was zum Teufel soll das für ein Spiel sein?« knurrte er. Sein khakifarbenes Hemd und die Hose klebten an seinem Körper. Wasser rann in kleinen Rinnsalen aus seinem durchnäßten Haar.

Sie machte einen Schritt auf ihn zu und blieb stehen. »Gott sei Dank bist du da«, rief sie und streckte die Hände aus. »O Chuck, es war die Hölle, hier zu warten, bis du endlich kommst.«

»Halt die Luft an, Lorraine. Du weißt, daß ich auf theatralische Vorstellungen nicht reinfalle. Diesmal hast du wirklich den Vogel abgeschossen, Lady. Sin hat die Nase voll. Er wird dich mit so viel Schwung von der Insel befördern, daß du –«

»*Chuck!* Warte doch. Hör mir zu. Ich weiß, wer die ganze Zeit versucht hat, Sin etwas anzutun.«

»Ach ja? Wie hast du es denn herausgefunden? Mit 'ner Kristallkugel? Oder hat sich der Bösewicht freiwillig gemeldet? Warum hast du das getan? Nur damit ich wieder herkomme, weil du es nicht mehr als ein paar Stunden aushältst, ohne gevögelt zu werden?«

»Vergiß es.« Zornig versuchte sie, um ihn herumzugehen.

Chuck griff so schnell nach ihr, daß sie gegen ihn stolperte. »Also gut«, sagte er. Seine Augen funkelten kalt. »Ich höre zu. Machs's kurz und so einfach wie möglich. Du hast genau zwei Minuten Zeit, dann helfe ich dir beim Packen.«

Sie würde unendlichen Spaß dran haben, sich Chuck Gills Reaktion anzusehen, wenn Sin *ihm* schließlich sagen würde, er solle packen. »Wenn wir sie nicht daran hindern, wird Angelica Dean Sinjun umbringen.«

Chucks Miene wurde starr, dann breitete sich pures Erstaunen darauf aus. »Du hast sie wirklich nicht mehr alle«, sagte er. »Ja, diesmal bist du wirklich total übergeschnappt.«

»Soll ich's dir erklären, oder soll ich dich einfach weitertrampeln lassen, so daß du womöglich dieser Frau noch dabei hilfst, ihre Absichten auszuführen?«

Er ließ sie los und wischte sich das Wasser vom Gesicht. »Rede.«

»Ich wußte gleich, daß an dieser Dame etwas Seltsames war. Die faule Geschichte von der Biographie konnte ich einfach nicht glauben, und ich hatte recht. Sie hat vor, ihn zu *beseitigen.* Unterbrich mich nicht schon wieder, Chuck. Ich habe einen Brief gefunden, unter einer Schublade im Lagunenbungalow versteckt.

Wahrscheinlich sieht sie gerade nach, ob er noch da ist.«

Jetzt hatte sie Chucks ganze Aufmerksamkeit. »Ich wollte den Brief nicht gleich öffentlich zeigen, weil ich fürchtete, daß sie etwas Wahnsinniges tun könnte.«

»Keine Ahnung, vielleicht eine Waffe ziehen.« Sie breitete die Arme aus, und es gelang ihr, aus jeder Pore Unruhe und Furcht auszustrahlen. »Chuck, ich bin verrückt vor Angst. Die Frau ist irrsinnig. Hör zu, und hör mir ganz genau zu. Angelica Dean arbeitet für Garth Lieber.«

Sein Erstaunen wurde zum Unglauben. »Blödsinn.«

»Rede du nur. Nach diesem Brief – von Garth – soll Angelica jetzt *keinen Fehler mehr* machen.«

»Du willst mir sagen, du hast den Brief gefunden, während Angelica nicht auf der Insel war? Da mußt du dir was Besseres einfallen lassen. Wenn der Hubschrauber absichtlich in die Luft gejagt wurde und jemand versucht hat, Sinjun in den Aufzugschacht stürzen zu lassen, als wir in Seattle waren, dann ist dein Brief nicht mehr ganz aktuell, findest du nicht?«

»Aufzugschacht?« Sie mußte sehr, sehr geschickt sein. »Jemand hat versucht, Sin in einen Aufzugschacht zu stoßen?«

»So gut wie. Also, wie du siehst, bringt's deine Geschichte einfach nicht.«

Lorranie lief erregt auf und ab. »Was soll ich nur tun, damit du mir glaubst?«

»Zeig mir den Brief, das wäre nicht schlecht für den Anfang.«

»Ich *wußte,* daß du das sagen würdest. Chuck, ich habe mich nicht getraut, den Brief mitzunehmen. Ich war ja nicht sicher, ob ich es schaffen würde, mit dir zu reden und Sin zu warnen, bevor Angelica zurück in den Bungalow ging. Wenn sie herausfinden würde, daß der Brief weg ist ...« Sie vollendete den Satz nicht.

Chuck verschränkte die Arme. »Willst du also behaupten, daß Angelica Dean eine Mörderin ist? Von Garth Lieber angeheuert, um Sin fertigzumachen?«

»Das weiß ich.« Sie mußte die Sache irgendwie glaubwürdig klingen lassen. »Er trug ihr auf, sich endgültig um Breaker zu kümmern. Enders hat gesagt, es hätte mehrere Anschläge auf Sins Leben gegeben, bevor er das letzte Mal nach Hell kam. Stimmt das?«

»Ja.«

»Oh, bitte, geh zu Sin und sag ihm, er soll sich diese Frau vom Hals schaffen. Und bitte ihn, äußert vorsichtig zu sein.«

»Ein Spitzenkiller ist sie ja nicht gerade, oder?« fragte Chuck. »Was hätten wir vorzuweisen: drei, vier – *fünf* erfolglose Versuche?«

»Es ist auch nur *ein* erfolgreicher Versuch nötig, nicht wahr? Du hast den Brief nicht gelesen. Ich schon. Sie hat wahrscheinlich Angst, es nicht zufriedenstellend hinzukriegen. Ich hätte nie geglaubt, daß Garth zu so etwas fähig ist.« Sie durfte ihre Karten nicht überreizen.

Chuck rieb sich nachdenklich das Kinn. »Habe ich da irgendwas verpaßt, oder hast du nicht gesagt, was Garth davon haben könnte, wenn er Sin umbringen läßt?«

Daran hatte sie nicht gedacht. Wenn sie sagte, es hätte irgendeinen geschäftlichen Hintergrund, würde er es nachprüfen und dabei herausfinden, daß sie gelogen hatte. »Garth will mich bestrafen«, sagte sie deshalb in tragischem Tonfall. »Er ärgert sich, weil er mich verloren hat, und will sichergehen, daß ich so leide, wie er selbst gelitten hat.«

»Ich verstehe.« Chuck ließ die Arme sinken.

Nein, da hatte sie irgend etwas durcheinandergebracht. »Ich meine, Garth versucht, sich meinetwegen an dir zu rächen. Weil ich jetzt bei dir bin. Er weiß, wie wichtig dir Sin ist, also läßt er ihn umbringen, um es dir zu zeigen.« Sie stammelte und verhaspelte sich, konnte aber nicht aufhören. »Garth weiß … na ja, er weiß es eben.«

»Tja, das wäre es also«, sagte Chuck bedächtig. »Ich denke, ich gehe jetzt zurück zum Haus und erkläre Sin, wir hätten den Attentäter gefunden.«

»Ja«, stimmte Lorraine eifrig zu. Gott sei Dank war ihm ihr Ausrutscher nicht aufgefallen. »Sag ihm das. Und sag ihm auch, daß Angelica sehr gefährlich ist. Erkläre ihm, wie ich den Brief gefunden habe, und schärfe ihm ein, er darf auf keinen Fall etwas zu ihr sagen, woraus sie schließen könnte, was wir von ihr wissen.«

Er nickte. »Einfach alles offenlassen meinst du? Sie mit irgendeiner Ausrede in den Hubschrauber und von der Insel schaffen?«

»Genau.« Vor Aufregung wurde sie immer nervöser. »Sobald das Gewitter vorbei ist, kannst du sie wegbringen. Und Brenda Butters dazu. Sie ist ganz sicher irgendwie beteiligt. Wahrscheinlich als Ersatz, falls Angelica Schwierigkeiten hat.«

»Das hast du dir perfekt ausgedacht.«

»O ja. Sin wird sicher wahnsinnig dankbar sein, wenn ihm klar wird, daß ich sein Problem gelöst habe.«

»Mmm. Du freust dich auf Sins Dankbarkeit, stimmt's?«

»Ja –«, sie zögerte. »Du wirst doch dafür sorgen, daß er schnell handelt, oder?«

»Absolut. Komm her, Lorraine.«

Sie warf ihr Haar zurück und lächelte mädchenhaft. »Das können wir nicht machen Chuck, nicht hier. Nicht, solange du Sin nicht gewarnt hast.«

»Komm her«, sagte er sehr leise.

Lorraine gefiel es nicht, wie er sich anhörte, aber sie trat doch näher heran, bis sie ganz dicht vor ihm stand.

»Ich nehme an, du hast mich vermißt«, sagte er.

»Ja.« Warum sah er so anders aus – *klang* so anders?

»Ich werde dich auch vermissen.«

»Das ist nett von dir … was meinst du damit?«

»Brauchen wir nicht genauer zu erörtern, ist sowieso egal.«

Lorraine machte einen Schritt rückwärts, doch Chucks Arm, der sich um sie legte wie eine Würgeschlange, hinderte sie daran, sich weiter zu bewegen.

»Was ist los?« fragte sie. »Du machst mir angst.«

»Ist schon gut.« Er griff nach dem Haar, das ihr über den

Rücken hing, und zog daran. »Ich werde schon dafür sorgen, daß Angelica Sin nichts antut.«

»Du tust mir weh.« Tränen standen in ihren Augen.

»Sag mir, daß du es mit Sin getrieben hast, dann höre ich auf, dir weh zu tun.«

Sie ging in die Knie, aber er riß sie wieder hoch.

»*Sag* schon.«

»Nein!«

»Sag es«, zischte er.

»Du willst Angelica doch nur loswerden, weil du eifersüchtig bist, du Hexe.«

»Nein, gar nicht, Chuck.«

»Wohl. Du willst, daß sie von hier verschwindet, weil du weißt, daß er jetzt sie will und nicht dich. *Sag* es.«

Sie verlor die Kontrolle. »Es ist nicht wahr.« Chuck war gefährlich. Das konnte sie an seinen Augen sehen und an der verkrampften Haltung seines Mundes.

»Ich will nur dich«.

Er drängte sie rückwärts zur Tür und durchs Haus zur Schiebetür in der Küche. »Gehen wir und fragen wir Sin.«

»Nein! Nein, wir dürfen nicht zu Sin gehen.«

»Warum? Weil du weißt, daß er die Wahrheit sagen und dich als Lügnerin bloßstellen wird, die du bist?«

In dem Moment, als er sie nach draußen zerrte in eine fast totale Dunkelheit, traf der Regen ihre Haut wie spitze Nadeln. »Bitte, Chuck.« Ihre Kopfhaut brannte wie Feuer. Er ging ungerührt weiter und riß so heftig an ihren Haaren, daß sie den Kopf weit nach hinten beugen mußte. Halb schleifte er sie, halb trug er sie zur Wand des Haupthauses.

Sie schlug nach ihm, kratzte mit ihren Nägeln durch sein Gesicht. Er wedelte ihre Handgelenke zur Seite wie ein paar lästige Zweige und drehte ihr die Arme hinter den Rücken. »Gut so?« fragte er und drückte die Arme aufwärts, bis er sie in der selben Hand halten konnte wie ihre Haare.

Lorraine schrie.

Chuck schlug ihr die Faust in den Bauch, und als sie zusammensank und sich zu übergeben begann, hielt er ihr mit der freien Hand Nase und Mund zu.

Lorraine schrie nicht einmal.

Chuck rannte und rutschte auf nassen Pflanzen in Richtung Lagunenbungalow. Angelica würde bei Sin sein. Er glaubte Lorraine – teilweise. Sie war nicht erfindungsreich genug, um sich die ganze Geschichte auszudenken. Es gab diesen Brief, und irgend etwas Belastendes stand darin. Ob Lorraine darin vorkam oder nicht, war die andere Frage. Sie hatte ihre Geschichte nicht wasserdicht genug geplant. Sonst hätte sie nicht vergessen, daß Garth Lieber nie erfahren hatte, daß es eine Verbindung zwischen ihr und Sin oder Chuck gegeben hatte.

Wenn sie einen wirklichen Grund gekannt hätte, warum Garth Angelica auf Sinjun gehetzt haben sollte, dann hätte Lorraine es ihm gesagt. Genauso wie sie irgendwann geleugnet hätte, überhaupt einen Brief gefunden zu haben, wenn es ihn nicht gegeben hätte. Am Schluß hätte Lorraine ihm alles erzählt...

Er mußte Lorraine jetzt erst einmal vergessen und den Brief in die Hand bekommen, bevor Angelica etwas unternehmen oder ihn loswerden konnte. Er mußte herausfinden, was wirklich darinstand.

Die Dunkelheit war hinderlich. Mühsam tastete er sich durch den triefenden Blätterwald. Ein erneuter Wolkenbruch zwang ihn zu einer Pause, und er hielt sich schweratmend an einem Baumstamm fest. Wenn er zu hastig reagierte, würde das vielleicht alles ruinieren. Er mußte genau überlegen! Als erstes mußte er also Angelica bei Sin verscheuchen. Dann mußte Sin von dem Brief erfahren – in Lorraines Version –, und schließlich mußte Angelica verschwinden.

Wie die Schöpfung eines verrückten Magiers funkte ein

Blitz über den Himmel und schien ihn zu teilen bis hinunter zu den Kronen der windgepeitschten Palmen. Sekunden vergingen, dann krachte der Donner hinterher. Chuck löste sich von dem Baum und stolperte auf das Haus zu. Er näherte sich von Süden, am Rand eines Gebüsches entlang, das oberhalb das Lagunenbungalows lag.

«Chuck?« Eine männliche Stimme ertönte wie ein tonloses Luftschnappen, das das Gewitter fast davongerissen hatte. »Chuck, ich bin's Campbell. Ich bin hier drüben.«

Die große Taschenlampe in Campbells Hand sorgte dafür, daß Chuck ihn sofort sah. Nur ein paar Meter entfernt stand er unter dichten Schlingpflanzenbögen.

»Was zum Teufel machst du hier, Campbell? Willst du dich ertränken?«

»Ich wußte nicht, was ich tun sollte und wohin du gehen würdest, wenn du mit Lorraine gesprochen hättest.«

»Geh nach Hause«, sagte Chuck. Der nächste Blitz zischte und krachte. »Ich sehe zu, daß ich von hier verschwinde. Das solltest du auch tun.«

Campbell sprang aus seinem nutzlosen Versteck und griff nach Chucks Arm. »Geht es Lorraine gut? Hat sie… hast du verstanden, was sie sagen wollte?«

Chuck behielt seine sich überstürzenden Gedanken eisern unter Kontrolle. »Habe ich alles genau verstanden.«

»Gut. *Gut.* Also wirst du tun, was sie wollte?«

»Ja.«

»Sie hat es wirklich schwer, weißt du«, sagte Campbell und redete sehr schnell. »Sinjun mag sie nicht und behandelt sie schlecht.«

Das war nicht das erstemal, daß Campbell so etwas angedeutet hatte. Sinjun mag weder Lorraine besonders gern, noch lehnt er sie ab«, erklärte Chuck. Das stimmte nicht, aber mit diesem Typen wollte er dieses Thema auf keinen Fall diskutieren.

»Lorraine hat mir erzählt, daß du es nicht glaubst.« Campbells Haltung änderte sich. »Ich will dafür sorgen, daß du deine Meinung änderst. Hat sie dir erzählt, was Brenda Butters mit ihr und Angelica macht?«

Chuck wischte sich sinnloserweise über das tropfende Gesicht und runzelte die Stirn. »Brenda?«

»Ja. Wir glauben, daß sie Privatdetektivin ist. Lorraine und ich, wir denken, daß Sin sie angeheuert hat, um herauszufinden, wer ihm etwas antun will. Brenda allerdings ist entschlossen, Sinjun selbst umzubringen. Wir glauben, daß es Brenda war, die diese – was immer eben mit Sinjun passiert ist – verübt hat.«

»Bitte sei so gut und erzähl mir genau, was sie zu tun versucht hat.« Chuck trat näher an Campbell heran. »Erklär es mir.«

»Tja... Also, Lorraine und Angelica sind beide durch Brenda gefährdet. Lorraine hat mir das alles genau erklärt, und ich bin sicher, daß sie recht hat. Brenda sollte so bald wie möglich von der Insel verschwinden.«

»*Brenda* sollte verschwinden?«

»Ja.«

»Was hat Brenda gemacht, während wir weg waren? Hat sie Lorraine irgendwas getan?«

»Ich... Nein. Nein, noch nicht. Sie war die meiste Zeit mit Willis zusammen.«

Chuck begann zu verstehen. »Lorraine hat dir das alles erzählt?«

»Ja... Lorraine hat gesagt... Jemand mußte sich doch um sie kümmern, solange du nicht da warst.«

Campbell ließ sich bereitwillig von Chuck die Taschenlampe wegnehmen. »Lorraine hat dich wohl gebeten, dich um sie zu kümmern, nicht war?« Er blendete dem anderen mit der Lampe ins Gesicht.

Campbell hob den Unterarm, um seine Augen zu schützen.

»Das wäre nicht nötig gewesen. Ich hätte mich sowieso um Lorraine gekümmert. Sie ist lieb und sanft.«

»Und sexy«, vollendete Chuck beiläufig.

»Und ... ich wollte Lorraine und Angelica helfen. Und dir.«

»Hat sie's schon mit dir gemacht?«

Im grellen Licht der Taschenlampe blinzelte Campbell.

»Ich hab dich was gefragt.« Lässig streckte Chuck die Hand aus, griff nach dem Ausschnitt von Campbells T-Shirt und drehte den Stoff um. »Los, antworte, du geiler Junge. Hat Lorraine es schon mit dir getrieben?«

»Ich weiß nicht ... was willst du wissen?«

Chuck griff das Hemd noch fester. »Ficken«, sagte er gedehnt. »Hat sie dich schon gefickt? Hast du sie gefickt? Wie oft? Und wie? Hat sie herausgefunden, wie du es am liebsten magst? Lorraine ist eine geschickte Frau –«

»Nicht. Rede nicht so über sie.«

»Du meinst, sie hat dich nicht gefickt? Denk genau nach, Campbell. Ich verzeihe manches, nur nicht, wenn man mich anlügt. Wenn du das tust, werde ich sehr, sehr böse.«

Der andere Mann – oder *Junge* – versuchte, irgendwie freizukommen.

»Lorraine weiß perfekt, wie man das am besten macht, nicht wahr?« bohrte Chuck weiter. »Magst du es gern, wenn sie an dir saugt? O ja, niemand leckt so gut wie Lorraine. Ich wette, du bist jetzt schon hart, wenn du nur daran denkst.« Er griff nach dem Schwanz des Jungen und fand sich bestätigt. »O *jaa!*«

Campbell schaukelte mit den Armen und rief: »Laß mich los!«

Chuck schüttelte ihn kurz und ließ dann los. »Gib's zu, und danach vergessen wir dieses ganze Gespräch.« Als er keine Antwort bekam, schrie er: »Sag's schon! Jetzt gleich!«

»Also gut. Ja. Aber es war nicht so –«

»Es war nicht so gewöhnlich? Wolltest du das sagen?

Natürlich nicht. Lorraine tut es einzigartig. Sie fickt nie zweimal gleich.«

»Wir haben einander getröstet«, sagte Campbell hastig. »Hier ist jeder in Gefahr vor dem Bösen. Jeder –«

»Geh mir aus dem Weg.« Der Junge war verrückt, aber harmlos.

»Du bist mir nicht böse?«

»Laß es besser nicht darauf ankommen.«

»Oh, danke. Lorraine geht es doch wieder gut jetzt, oder ?«

Für solche Sachen hatte er keine Zeit.

»Hervorragend.«

»Danke.«

»Geh nach Hause ins Bett.« Chuck drückte ihm die Taschenlampe wieder in die Hand und wandte sich ab. »Werde ich machen, Chuck. Oh, Chuck, mir ist gerade noch etwas eingefallen, was ich dich fragen wollte.«

»Was?« Er blieb nicht stehen, aber der Junge holte ihn ein.

»Hattest du deine Aktentasche verloren?«

Chuck blieb stehen. »Was?«

»Deine Aktentasche. Ist sie... vergiß es. Ist sowieso egal, oder?«

»Ist es nicht«, sagte Chuck und kam wieder näher. »Wovon redest du?«

Als Chucks Hand sich um Campbells Hand schloß, in der er die Taschenlampe hielt, runzelte der Junge die Stirn. »Die Aktentasche, die in Princeville hätte sein sollen. Von der du gesagt hast, sie sei in dem Schließfach.«

Chuck schüttelte den Kopf.

»Weißt du nicht mehr«, sagte Campbell. »Als ich mit dir und Fran nach Kauai fliegen durfte. Du hast ihr den Schlüssel für das Schließfach gegeben und ihr gesagt, sie solle die Aktentasche abholen und mit in den Hubschrauber nehmen. Du sagtest, sie solle Sin nichts davon sagen, weil eine Überraschung für ihn darin sei. Du hast gesagt... *Himmel.*«

»Tolles Gedächtnis hast du«, lobte Chuck. »Hast du davon irgendwem erzählt?«

»Nein.« Campbell schüttelte heftig den Kopf. »Nein. Ehrlich nicht. Es ist mir nur gerade eingefallen.«

»Das freut mich zu hören«, sagte Chuck und griff in seine Tasche. Manche Risiken waren einfach zu groß. »Wirklich ein Jammer, daß du diesen Flug unbedingt mitmachen mußtest. Deine arme Mutter wird sehr betrübt sein.«

24

Angelica gab den Versuch auf, Sinjun nicht beobachten zu wollen. Er ging jetzt seit fast drei Stunden in seinem Arbeitszimmer auf und ab. Vor drei Stunden hatte Chuck mit finsterer Miene darauf bestanden, Lorraine allein zu suchen.

Willis hatte abgewartet, bis Chuck weg war, und dann ohne weitere Erklärung mitgeteilt, er werde eine Runde um den Strand der Insel drehen. Brenda beschloß sofort, sich in das Appartement über dem Pool-Haus zurückzuziehen, und Enders zog sich zurück mit der Entschuldigung, er hätte mit Mrs. Midgely in der Küche die Abrechnung zu bearbeiten.

Sinjun war barfuß und ohne Hemd. Angelica mustere seine breiten, mit kräftigen Muskeln ausgestatteten Schultern und die Art, wie sein Haar sich am Hals lockte. Sie versuchte, sich zu überlegen, wie sie mit der Lage fertigwerden würde, wenn es zwischen ihnen beiden nicht klappte. Es wurde ihr eng in der Brust dabei. Momentan konnte sie sich einfach den drohenden Schwierigkeiten nicht stellen, die sie beide eventuell trennen konnten.

Früher oder später mußte sie die Frage stellen. »Was glaubst du, was mit Lorraine geschehen ist, Sinjun?«

Er sah auf die Uhr. »Ich denke, Chuck hat ungefähr noch

zehn Minuten Zeit, dann wende ich mich an die Rettungswache und die Polizei in Hawaii.«

»Glaubst du vielleicht...« Natürlich tat er das. Wenn sie laut aussprach, was beide im stillen dachten, würde das nichts bringen.

Immer noch in der Jeans, mit denen er angekommen war, trat Sinjun neben ihren Sessel. »Lorraine ist keine gewiefte Persönlichkeit«, überlegte er nun laut. »Wenn sie es wirklich geschafft hat, den zu finden, der meinen Tod will – und sich entschlossen hat, ihn damit zu konfrontieren und ihm die Meinung zu sagen –, dann nehme ich an, daß sie tot ist.« Er ging in die Hocke und hielt sich an der Armlehne des Sessels fest. »Warum sollten wir weiterhin so tun als ob? Wir glauben doch beide, daß Lorraine irgendwo liegt und tot ist. Höchstwahrscheinlich in Kauai oder Oahu, je nachdem, wo sie das Treffen arrangiert hat.«

»Niemand hat sie weggehen sehen«, gab Angelica zu bedenken.

»Man hat sie vielleicht mit einem Boot abgeholt.«

Angelica seufzte. »Sie ist nicht sehr diplomatisch.« Das klang bescheuert. »Ich meine, sie ist dreist, und ich glaube, sie könnte ziemlich aufdringlich sein.«

»Ich mag sie nicht«, sagte Sinjun. »Ich habe sie noch nie gemocht.«

Angelica fuhr mit den Fingern durch das dichte Haar. »Ich mag sie auch nicht.« Dies war nicht der richtige Augenblick, die Andeutungen zu erwähnen, die Lorraine zu ihrer Beziehung mit Sinjun gemacht hatte.

»Das heißt aber nicht, daß ich mir wünsche, sie wäre tot«, sagte er.

Sie schüttelte heftig den Kopf. »Nein, das nicht.«

»Ich hoffe, daß sie noch hier ist, verdammt. Sie versteckt sich vielleicht irgendwo – und wartet auf den richtigen Moment für ihren großen Auftritt. Das wäre genau ihr Stil.«

Angelica murmelte etwas Unverständliches.

»Ich gehe hinaus und sehe mich um«, sagte Sinjun.

Als er aufstehen wollte, legte sie die Arme um seinen Hals. »Bleib wo du bist, bitte. Wenn Chuck sie nicht finden kann, kannst du es auch nicht. Er wollte, daß du hierbleibst, falls irgendeine dringende Entscheidung nötig werden sollte. Vergiß nicht, daß Willis ebenfalls unterwegs ist. Er kennt sich besser aus als jeder andere. Das hast du selbst gesagt.«

»Ich bin nicht besonders gut im Warten und Nichtstun.«

»Ich weiß.« Sie wußte auch, daß es mehr für sie beide zu besprechen gab, als Sinjun ahnen konnte. Mit jeder Sekunde wurde ihr der Gedanke daran schrecklicher. Ihm die Wahrheit zu eröffnen, warum sie ihn ursprünglich ausfindig gemacht hatte, konnte nur zwei mögliche Konsequenzen haben: Er würde es hinnehmen und ihr verzeihen – oder er würde ihr sagen, sie solle endgültig aus seinem Leben verschwinden.

Er legte jetzt sein Kinn auf ihren Arm und sah sie an. »Sag, daß du mich heute nacht nicht verlassen wirst.«

Sie strich ihm das Haar aus der Stirn und streichelte eine seiner hochgeschwungenen Augenbrauen mit dem Daumen. Ihn zu berühren brachte eine Menge völlig neu entdeckter Gefühle für sie mit sich – und das ständige Bedürfnis, ihn noch mehr zu berühren und sich von ihm berühren zu lassen.

»Wirst du bleiben, Angel?«

Wenn nur alle Entscheidungen, die sie vor sich hatte, so einfach wären. »Würde ich gerne tun.«

Sein Lächeln wurde langsam breiter. Ein wahrhaft zweideutig vielsagendes Lächeln. »Wir passen wirklich zueinander«, erklärte er ihr. »Du willst, was auch ich will. Und magst, was auch ich mag.«

Während der paar Stunden, die sie mit ihm allein in seinem Büro in Seattle verbracht hatte, hatte er sie gelehrt, eine ganze Menge von Dingen zu mögen, von denen sie bisher noch keine Ahnung hatte. »Ich sollte zum Lagunenbungalow hinuntergehen. Ich brauche die Kleider, die ich dort gelassen habe.«

»Ich bitte Mrs. Midgely, Campbell zu schicken und deine Sachen einzupacken. Er kann –«

»Nein.« Sie unterbrach ihn sofort. »Nein, danke.«

»Hast du Probleme wegen Campbell? Ich könnte ja Willis schicken, wenn er zurückkommt, aber ich bezweifle, daß er einen solchen Auftrag zufriedenstellend erfüllen könnte.« Er lachte. »Wie wäre es mit Enders?«

»Wie wäre es, wenn ich meine Sachen schlicht selber einpacke?« entgegnete sie amüsiert. »Das wäre mir wirklich lieber.« Und es gab da noch eine kleine Aufgabe, die sie niemandem anderen anvertrauen konnte.

Er dachte nach. »Solange ich mitkommen kann.«

Angelika schnippte mit den Fingern, und Swifty stand zögernd vor seinem Lieblingsplatz unter Sinjuns Schreibtisch auf. »Komm schon«, sagte sie zu ihm. »Du begleitest mich, nicht wahr, alter Junge? Ich glaube, du solltest unbedingt hierbleiben, Sinjun.«

»Jetzt unternehmen wir noch gar nichts«, lenkte er ab. »Wir sollten warten, bis das Gewitter vorüber ist.«

»Sin!« Chuck rief laut und kam herein, ohne anzuklopfen. »Verdammte Scheiße, Sin. Was für eine Nacht!«

Sinjun nahm Angelicas Arme von seinem Hals und stand auf. »Was ist mit dir passiert?«

Chuck faßte an einen der langen Kratzer in seinem Gesicht und machte eine Grimasse. »Ich bin in einen Wiliwili-Baum gelaufen. Die Dinger haben Dornen wie Messer.«

Sinjun sagte ernst: »Ja, die sind wirklich gemein.«

Angelica rutschte in ihrem Sessel nach vorn.

»Du hast Lorraine nicht gefunden?« frage Sinjun.

Chuck öffnete die gelbe Öljacke, die er über seinem dunklen Hemd trug – zu Jeans, die in Gummistiefeln steckten. »Ich habe sie gefunden«, sagte er finster.

»Gott sei Dank.« Sinjun ließ die Arme sinken. »Geht's ihr gut? Kommt sie hierher?«

»Sie kann nicht kommen. Ihr ist schlecht, weil sie zu viel getrunken hat.«

Voller Scham für die andere Frau – und für Chuck – wandte Angelica das Gesicht ab.

»Ach so«, sagte Sinjun stirnrunzelnd. »Wo ist sie denn jetzt? Im Bett?«

»Ja.«

»War sie die ganze Zeit dort oder was?«

Das folgende Schweigen war so lang, daß Angelica Chuck unwillkürlich wieder ansah. Er stand da, die Öljacke zurückgeschoben und die Hände tief in den Taschen seiner Jeans vergraben.

»Chuck?« hakte Sinjun nach.

»Ich habe die ganze verdammte Insel abgesucht«, sagte Chuck genervt. »Und Willis die Küste. Er ist jetzt in der Küche bei Enders und Mrs. M.«

»Vielleicht braucht Lorraine ärztliche Hilfe«, sagte Sinjun. »Sie hat wirklich ein Problem mit dem Alkohol. Gehe ich recht in der Annahme, daß sie nicht in Stimmung war, irgend etwas dazu zu sagen, was sie herausgefunden hatte?«

»Bitte, Sin«, sagte Chuck und klang, als wäre es ihm peinlich. »Könnten wir das vielleicht unter vier Augen besprechen?«

Angelica stand sofort auf.

»Was du mir zu sagen hast, kannst du ruhig in Gegenwart von Angelica tun«, meinte Sinjun, und ihr fiel auf, daß er eher nach Besitzerstolz als nach Auseinandersetzung klang.

»Möchte ich lieber nicht«, murmelte Chuck und rieb die Spitze des einen Stiefels am Absatz des anderen.

»Ich muß sowieso zum Bungalow hinunter«, mischte sich Angelica hastig ein. »Regnet es noch so stark wie vorhin, Chuck?«

»Nein. Es stürmt noch, aber der Regen hat aufgehört.«

»Bitte warte auf mich«, sagte Sinjun zu ihr.

»Okay.« Chuck zog die Jacke aus und hielt sie zusammengeknautscht in einer Hand. »Ich muß das jetzt loswerden, bevor ich platze. Lorraine war wahrscheinlich im Bett, als wir heute nachmittag gelandet sind. Auf jeden Fall war sie dort, als ich sie schließlich gefunden habe. Unglücklicherweise war sie nicht in *meinem* Bett.«

Angelica runzelte die Stirn und sah, daß Sinjun dasselbe tat. »Ich kann dir nicht folgen«, sagte er.

Chuck durchquerte das Zimmer und goß sich ein Glas bis zum Rand mit Scotch voll. Als er einen Eiswürfel hineinfallen ließ, schwappte der Whisky über, und er fluchte leise.

»Du gießt immer zu viel rein«, sagte Sinjun kopfschüttelnd.

Chuck wedelte mit seiner tropfenden Hand. »Und du benimmst dich ständig wie mein verdammter Vater.« Er zeigte auf Angelica. »Wirst du ihr sagen, daß sie rausgehen soll?«

»Nein.«

»Verdammter... Also gut, so sei es. Du erinnerst dich bestimmt, daß wir Pua-Kali durchsucht haben. Keine Lorraine. Dann gingen wir zu Midgelys.«

»Ja«, nickte Sinjun. »Campbell hatte sie auch nicht gesehen.«

»Falsch«, knurrte Chuck und schlürfte den übervollen Scotch vom Rand des Glases. »Er *sagte*, er hätte sie nicht gesehen. Sie war aber da. In seinem Bett.«

»Himmel«, murmelte Sinjun.

Chuck verzog sein Gesicht zu einer philosophischen Miene. »Nett ausgedrückt«, sagte er. *»Himmel.* Die Geschichte geht aber noch weiter, Sin, und das muß ich dir wirklich allein erzählen.« Er warf einen Blick auf Angelica und schaute wieder weg.

»Also gut«, seufzte Sinjun. »Angel, würde es dir etwas ausmachen, wenn Chuck und ich –«

»Nein, natürlich nicht«, erklärte sie eilig. »Ich gehe schon hinunter zum Bungalow und … und tue das, was ich vorhatte. Du kannst mich ja dann später anrufen. Ist aber nicht unbedingt nötig.«

Swifty machte Anstalten, Angelica zu folgen. Sie tätschelte seinen Kopf und schubste ihn sanft, bis er wieder auf dem Boden lag. »Ich ruf dich an, Angel«, sagte Sinjun. »Sei vorsichtig, es ist bestimmt glitschig.«

Angelica hatte schon seit über einer Stunde das Telefon angestarrt, als es endlich klingelte. Sie griff sofort danach und sagte: »Hallo.« Ihre Stimme klang atemlos. »Wie ist es gelaufen mit dem armen Chuck?«

»Hören Sie mir zu«, sagte eine Frauenstimme gereizt. »Und unterbrechen Sie mich nicht.«

»Wer ist denn da?«

Ein genervter Seufzer zischte durch die Leitung. »Mary Barrett in Seattle. Entschuldigung, hätte ich gleich sagen sollen. Jetzt hören Sie mir *bitte* gut zu. Sinjun hat mich gebeten, Sie anzurufen.«

Mary Barrett. Angelica hatte versucht, den Namen und das Gesicht der Frau – und das Wissen darum, was sie für Sinjun war – zu vergessen.

»Sind Sie noch da?« fragte Mary.

Es war einfach nicht möglich, zu vergessen, wie diese Frau Mama verletzt hatte. »Ich bin noch da.« Allerdings sah es so aus, als könnte sie jetzt nichts tun, obwohl sie Sinjun nicht mehr für Dinge verantwortlich machte, die Garth begonnen hatte, Jahre bevor sich Marlene das Leben nahm.

»Sinjun hatte Angst um Sie.«

Angelica hielt den Hörer verblüfft vom Ohr.

»Was?« sagte sie mehr zu sich selbst.

Das schwache Knistern von Marys Stimme war unhörbar. Angelica drückte den Hörer wieder an ihr Ohr. »Worüber reden Sie, Mary?«

»Ich werde Ihnen alles erklären. Hören Sie mir nur gut zu. Wir wissen, daß derjenige, der Sin umzubringen versucht hat, auf Hell ist. Sin hat auch um Sie Angst und will Sie wegbringen.«

»Ich werde zu ihm gehen –«

»Sie werden *nicht* zu ihm gehen. Und Sie werden auch nicht im Haus anrufen. Falls Sie es doch tun, riskieren Sie nicht nur Ihr eigenes Leben, sondern auch seines. Haben Sie das verstanden?«

»Ich verstehe«, sagte Angelica langsam.

»Gut. Sie sollen direkt zu Sinjuns Boot gehen und sich in der hinteren Kabine verstecken.«

Das *Boot*. Sie hatte das Boot noch nicht einmal gesehen. »Ich weiß nicht –«

»Sie brauchen auch nichts zu wissen. Tun Sie, was Sie tun sollen. Tun Sie, was Sin von Ihnen möchte. Gehen Sie zum Boot und verstecken Sie sich in der hinteren Kabine. Kommen Sie nicht heraus, bis Sie hören, daß der Motor angelassen wird. Danach wissen Sie, daß alles in Ordnung ist, denn Sin wird das Boot steuern. Es wird Sie beide in Sicherheit bringen.«

»Aber Mary, ich –«

»Beten Sie, daß Sie das Geräusch des Motors bald hören«, sagte Mary und hängte ein.

Sinjun stützte die Ellenbogen auf den Schreibtisch und verbarg das Gesicht in den Händen. »Ich kann es nicht verstehen«, murmelte er. »Ich *glaube* es einfach nicht.«

»Glaube es ruhig«, sagte Chuck. Er stellte ein Glas vor Sinjun und schob es näher zu ihm. »Hier trink das, dann fühlst du dich besser.«

Aber Sinjun nahm nicht das Glas, sondern das Fax, das Mary Barrett ihm vor wenigen Minuten geschickt hatte. »Wie konnte Mary nur einen derart dramatischen Fehler machen?«

»Wir machen alle Fehler. Leute, die es nur mit kleinen Sachen zu tun haben, machen kleine Fehler. Leute, die große Sachen in die Hände nehmen, gehen das Risiko ein, große Fehler zu machen. Und Mary hat es mit einer Menge von mächtig großen Dingen zu tun.«

Sinjun sah finster zu Chuck auf. »Vielen Dank für die Belehrung.« Er schlug auf das Papier. »Aus diesem Schriftstück hier entnehme ich, daß Garth es absichtlich darauf angelegt hat, mich zu betrügen. Als ich damals die Vereinbarung unterschrieben habe, wußte er, daß sie auf überholten Zahlen basierte.«

»Äh – ja. Ich denke, das trifft es so in etwa.«

»Es ist der Anfang dessen, was es schließlich treffen wird«, korrigierte ihn Sin. »Er wußte schon damals, daß es eine unbekannte lange Verzögerung geben würde, bis Skin of Silk auf dem Markt kommt. *Er wußte es, denn er hatte Belege dafür, daß das verdammte Zeug nicht im mindesten leistete, was es hätte leisten sollen.«*

»Mary sagte, sie waren nicht sicher, ob es –«

»Das ist nichts als Semantik«, unterbrach ihn Sinjun. »Er hat ein richtig schräges Ding abgezogen, als er es schaffte, daß ich meinen Namen auf die gestrichelte Linie setzte. Unglücklicherweise – für mich – hatte er die Absicht, sicherzugehen, daß ich nicht überleben würde.«

»Richtig«, sagte Chuck unglücklich. »Genau das.«

»Ein Glück, daß du so klug warst, gleich Mary zu informieren. Dieser Hundesohn Lieber hat chemische Daten zurückgehalten. Verdammt, diese Dreistigkeit ist wirklich erstaunlich. Wenn sie nicht kurzfristig all die Angaben hätte überprüfen können, wären wir immer noch ahnungslos.«

»Ich wollte all die Beweise haben, solange Angelica noch mit dir im Haus war. Ich wußte, daß sie hier nichts anstellen würde. Hier sind zu viele Leute. Aber du kannst wetten, daß sie dabei ist, das große Finale auszuarbeiten. Sie macht bestimmt nicht noch einen Fehler, Sin. Das kann und darf sie nicht.«

»Ich kann nicht glauben, daß ich darauf hereingefallen bin.« Es war nicht die Tatsache, daß er ihre Story geglaubt hatte, die ihn am meisten schmerzte. »Ich… sie scheint etwas ganz Besonderes zu sein.«

Chuck murmelte: »Tut mir leid.«

Nicht annähernd so leid, wie es Sinjun tat. »Und das alles stand in dem Brief, den Garth an Angel geschrieben hat –?« Der Satz blieb ihm im Hals stecken. »Wirklich?«

»Nicht jede Einzelheit«, sagte Chuck. »Trink was von dem Scotch.«

»Ich hasse Scotch. Ich will den Brief.«

»Vielleicht kriegen wir ihn nie. Lorraine hat richtig gehandelt, ihn dort zu lassen. Solange Angelica nicht weiß, daß wir von ihren Machenschaften wissen, sind wird im Vorteil.«

»Vorteil?« Sinjun lachte rauh. »Ja, ich schätze, da hast du recht.« Er hatte gerade etwas verloren, von dem er geglaubt hatte, es wäre das Beste, was ihm bisher je in seinem Leben begegnet war. Und das fühlte sich beileibe nicht nach Vorteil an.

Chuck zog sich die Jacke wieder über. »Wir können nicht einfach nur rumsitzen.«

»Was schlägst du vor, was wir tun sollen?« Er sah Erinnerungsfetzen vor sich, Bilder von ihrem Gesicht, die verloschen, wie Dias vor der Leinwand verschwanden.

»Wir sehen zu, daß du von der Insel verschwindest, und ich kümmere mich um sie.«

Weiche, braune Augen, die jede neue Empfindung erkennen ließen. Ihr Lächeln. *»Dir kann nichts passieren, Sinjun. Hast du verstanden?«* Ihr Herz und ihre Seele waren in ihren Augen zu erkennen gewesen, als sie das gesagt hatte, zumindest hatte er das geglaubt.

»Geh zum Boot«, sagte Chuck knapp.

»Du glaubst doch nicht, daß ich jetzt weglaufe, oder?« Sinjun stand auf und ging um den Schreibtisch herum. »Auf keinen Fall. Ich kümmere mich selbst um Angelica Dean.«

»Nein, das tust du nicht.« Der Ton in Chucks Stimme bremste Sinjun. »Die einzige Leiche, auf die die Frau Wert legt, ist deine. So soll es bleiben. Wenn du sie zur Rede stellst und sie bemerkt, daß wir anderen von ihr wissen, könnten wir noch mehr Unschuldige gefährden.«

Auf solche vernünftigen Argumente wollte er nicht hören, doch völlig ignorieren konnte er sie auch nicht. »Wir müssen dafür sorgen, daß alle anderen in Sicherheit sind.«

»Das wird schon klappen«, versicherte ihm Chuck. »Am besten schaffen wir das, indem wir niemandem etwas erklären. So werden sie sich normal verhalten, und dann wird alles funktionieren. Ich will, daß du zum Boot gehst. Leg ab und sieh zu, daß du sobald wie möglich durch das Riff kommst. Geh. Wenn sie anruft, laß ich mir was einfallen. Später schlage ich Alarm und sage, du wärest verschwunden. So haben wir genug Zeit, um dafür zu sorgen, daß die Polizei herkommen kann. Jetzt haben wir so viele Beweise, daß sie Untersuchungen einleiten müssen. Wenn wir es geschickt anfangen, ist es möglich, sie von der Insel zu befördern und zu arrangieren, daß sie festgenommen wird, wenn sie in Honolulu ankommt.«

Irgendwie erschien es ihm wenig tröstlich, gegen Angelica zu gewinnen, denn was immer auch geschah, bedeutete einen Verlust für ihn. »Warum Honolulu?«

»Weil ich sie in eine Falle locke. Verschwende keine Zeit damit, dir anzuhören, wie ich das im einzelnen anfangen werde. Um Himmels willen, mach dich auf den Weg, Sin.«

»Warum soll ich nicht einfach den Eurocopter nehmen?«

»Den würde sie starten hören.

Vielleicht werde ich es nicht brauchen, aber ich hätte lieber jedes Überraschungsmoment auf meiner Seite.«

Sinjun griff nach seinem Hemd. »Ich hasse die ganze Sache.«

»Manchmal muß man eben die Kontrolle abgeben«, sagte Chuck. »Viel Erfahrung hast du nicht dabei, aber heute nacht wirst du einiges dazulernen. Das Boot ist die beste Lösung. *Geh.*«

Angelica löschte das Licht im Schlafzimmer und ging ans Fenster, um hinauszusehen.

Mitternacht war schon vorüber. Sie hätte längst zum Boot gehen sollen ... nur hatte sie eben keine Ahnung, wo das Boot war, und sie erinnerte sich nicht, je eine so dunkle Nacht erlebt zu haben.

Sie brauchte Sinjuns Stimme bei sich.

Sie mußte wissen, daß er in Sicherheit war.

Ein Windstoß ließ die französischen Fenster klappern. Dicke Regentropfen klatschten an die Scheiben. Das Gewitter schien wieder heftiger zu werden. Es würde fast unmöglich sein, das Boot zu finden. Selbst wenn sie es fand und an Bord ging – und Sinjun dasselbe gelang –, würde es womöglich lebensgefährlich sein, das Riff zu manövrieren.

Sie hatte ihre Sachen gepackt und Mamas Brief in das Futter der Jacke eingenäht, die Angelica trug.

Um Sinjuns Willen würde sie ihre Angst irgendwie überwinden und das Boot finden, doch nicht, ohne vorher telefoniert zu haben.

Sie ging durch den Bungalow und nahm das Telefon in der Küche ab. Das Klingelzeichen am anderen Ende ertönte schon fast bevor sie die Nummer ganz gewählt hatte.

Es klingelte schier endlos.

Angelica schloß die Augen und hoffte, es würde klappen.

Ein Klicken ertönte, und die Stimme, auf die sie gehofft hatte, ertönte. »Ja?«

»Brenda«, flüsterte Angelica eindringlich. »Irgend etwas Schreckliches ist hier im Gange. Du weißt doch schon, daß jemand versucht hat, Sinjun umzubringen, oder?«

»Das hat man uns erzählt.«

»Es stimmt, aber ich weiß nicht, was ich tun soll.« Sie erzählte von der Sache mit dem Aufzug und dann von Mary Barretts Anruf aus Seattle.

»Teufel auch«, knurrte Brenda, als Angelica zu Ende erzählt hatte, »klingt mächtig wie im Film.«

»Ich wünschte, es wäre ein Film.«

»Tja, nun denn, da gibt's wohl nur eine Lösung. So sehr ich es hasse, vom sogenannten stärkeren Geschlecht abhängig zu sein, die Sache werden wir Willis übergeben.«

»Hast du Vertrauen in ihn?«

»Total, ehrlich. Er ist klasse. Das Beste, was mir je passiert ist. Er ist *echt,* Angel, und für Sinjun würde er sterben. Ich meine das wörtlich, er würde regelrecht sterben für ihn.«

»Wo ist Willis jetzt? Worauf warten wir noch?«

»Er ist zu seiner Wohnung gegangen, um nachzusehen, ob dort alles in Ordnung ist und nichts wegfliegen kann. Sieht so aus, als stünde uns die nächste Gewitterfront bevor. Und die könnte schlimmer werden als die, die wir eben hatten. Hör zu, ich will, daß du bleibst, wo du bist. Ich wünschte, ich wäre bei dir, aber jetzt werde ich auf Willis warten müssen. Wenn er wieder da ist, kommen wir zu dir, okay?«

»Okay.« Angelica ließ den Hörer sinken. *Okay?* Nichts war okay.

Das Licht in der Küche erlosch.

Das Herz schlug ihr bis zum Hals, und sie drehte sich hastig um. Alle Lichter waren ausgegangen.

Sie tastete sich zum Schalter der Besenkammer und knipste ihn an und aus.

Nichts.

Sie mußte ruhig bleiben. Der Sturm hatte wahrscheinlich den Strom gekappt. Sie würde nur Brenda noch einmal schnell anrufen, um sicher zu gehen, daß dieser Stromausfall überall war.

In diesem Augenblick als Angelica den Hörer abnahm und

die Totenstille in der Leitung hörte, wußte sie, daß ihr Tun unlogisch war. Sie konnte von hier aus weder das Haupthaus noch irgendeinen der anderen Bungalows sehen.

Der Rest der Insel hatte womöglich Strom.

Vielleicht hatte jemand nur wenige Meter von ihr entfernt die Kabel durchtrennt.

Vielleicht wartete jemand draußen nur darauf, daß sie jetzt überstürzt handelte.

Der Sturm rüttelte erneut am Bungalow. Wie ein Trommelwirbel klang es auf dem Dach, als eine Portion von Kasuarina-Zapfen der nahestehenden Bäume darauf landete.

Wie lange würden Willis und Brenda brauchen, um herzukommen?

Doch die Frage war ebenso müßig wie die mögliche Antwort. Das einzige, was jetzt zählte, war die Frage, ob man sie angreifen würde oder nicht.

Es herrschte totale Dunkelheit.

Zwischen dem Toben des Gewitters unterbrach nur das ferne Wimmern unbekannter Geräusche die lastende Stille.

Angelica tastete sich an den Wänden entlang, gelangte ins Schlafzimmer und fand die kleine Beretta in der Seitentasche ihres Koffers. Sie suchte nach dem Hebel und legte ihn unsicher um.

Das Ding war geladen und feuerbereit. Das einzig zweifelhafte war nur, ob sie das Ding abfeuern *konnte.*

Sie hielt die Waffe hoch, wie sie es in Filmen beobachtet hatte und ging damit in den Flur. Dort hatte sie wenigstens eine kleine Chance, dem zu entkommen, der… Egal wenn jemand hereinkam, hatte sie eventuell eine Chance.

Unvermittelt kam heftige, kalte Zugluft vom Schlafzimmer her in den Flur. Angelica schauderte und drehte sich in die Richtung, aus der der Wind kam.

So plötzlich er angefangen hatte, so plötzlich hörte er auch wieder auf.

Jemand hatte die französischen Türen im Schlafzimmer geöffnet und wieder geschlossen.

Angelica hielt den Atem an und horchte. Der Wind klatschte den Regen an die Fenster, pausierte kurz, sammelte Kraft und fegte erneut los.

Sie hörte ein schwaches Knarren. Häuser knarrten, doch dieses Geräusch war anders. Es gehörte nicht hierher.

Sie drückte ihre freie Hand an die Brust, in dem Wunsch, ihr Herz möge nicht so laut klopfen, daß man es hören könnte, und tappte sehr behutsam rückwärts.

Wieder knarrte es.

Angelica erstarrte.

Sie war nicht mehr alleine. Irgend jemand bewegte sich, bewegte sich auf sie zu, während sie rückwärts schlich.

Doch zum Schluß würde sie in jedem Fall an irgendeine Wand anstoßen, an der sie nicht mehr weiterkam. Dort würde sie derjenige einholen, der sie in der Dunkelheit verfolgte.

Konnte sie auf einen Menschen schießen?

Ihre Schulter rutschte von der Wand in leeren Raum – das Wohnzimmer. Direkt neben der Tür stand ein Rattansessel mit hoher Rücklehne. Angelica tastete nach dem rauhen Material, fand es und kauerte sich dahinter, was sie sofort beruhigte. Jetzt hatte sie sich in eine Ecke manövriert.

Sie spürte, wie die Luft sich minimal bewegte und sich veränderte, und so nah, daß sie beinahe die Hand ausstrecken und ihn berühren konnte, glitt ein noch dunklerer Schatten zwischen die Grau- und Schwarztöne, die den Raum erfüllten.

Abdrücken.

Wie sollte sie? Wie konnte sie schießen, ohne genau zu wissen, auf wen und warum?

Formen und Luftbewegungen gerieten durcheinander. Die Stille war vorüber, ohne wirklich gebrochen zu sein. Angelicas Körper war voller Spannung, sie wartete auf den Augenblick, wo sie zur Haustür sprinten konnte – oder zurück zur Küche und durch den Hinterausgang.

Irgend etwas bewegte sich überall um sie herum.

Es berührte ihr Gesicht.

Angelica biß die Zähne zusammen, drückte fest die Augen zu und riß die Arme hoch. Dann schlug sie mit der Waffe in Richtung auf ihren Angreifer und traf feste Muskel.

Ein männliches »Verdammt« klang wie das Knurren eines wilden Tiers.

Er griff nach ihrer Waffe, aber sie hielt eisern fest. Selbst als er seine beiden großen Hände einsetzte, um ihr Handgelenk zu umfassen und sie hinter dem Sessel hervorzuzerren, hielt sie die Waffe unbeirrt fest.

Sie wehrte sich, versuchte sich fallen zu lassen. Er legte einen Arm um sie und riß sie hoch, drückte sie an seinen Körper, der sich anfühlte, als wäre er so groß wie das Zimmer, groß genug, um alle Türen gleichzeitig zu versperren.

Sie trat mit aller Macht aus, und entlockte ihm damit nicht mehr als ein »Uff!«

Noch bevor sie den nächsten Tritt landen konnte, drehte er sie um und schloß seinen Unterarm um ihren Hals.

Angelica wehrte sich und schnappte nach Luft, sah rote Wolken vor den Augen.

Er erdrückte sie – würde sie *töten.*

Sie hörte das Geräusch ihres rasselnden Atems, spürte, wie kalter Schweiß zwischen ihre Brüste rann.

Sie würde nicht sterben, ohne es ihm gezeigt zu haben. »Mistkerl«, kreischte sie und trat ihn gegen das Schienbein.

Er ächzte vor Schmerz, und für den Bruchteil einer Sekunde lockerte sich sein Griff.

»Laß mich los!« Sie drehte sich um, wand sich, trat, boxte, schrie mit brennender Kehle, als sie ihn angriff. »Ich bringe dich um«, brüllte sie und bemühte sich, ihm die Waffe in die Seite zu drücken. »Ich bringe dich um, *wirklich.*«

Seine Faust traf ihren Bauch und warf sie zu Boden. Angelica spürte, wie er hinter ihr herhechtete. Sie würgte, bedeckte den Kopf mit den Händen, rollte sich zusammen und zielte an die Stelle, wo sie seine Füße vermutete.

Er fluchte lästerlich, verlor das Gleichgewicht über ihrem Rücken und stürzte, wobei er unterwegs verschiedene Dinge mitriß, die zerbrachen.

»Das reicht«, knurrte er. Er war zu schnell für sie. Sein Körper traf den ihren, preßte sie unter sich. »Das *reicht* jetzt.«

Das war's. Alles vorbei. Ihr Atem ging mit schweren, schluchzenden Geräuschen, die laut ihre Ohren füllten. Er zog ihr die Arme vom Kopf und über sie, wo er sie auf den Boden drückte. Ihre Beine hielt er mit einem Knie an den Boden gedrückt.

»Warum mußtest du so ein schmutziges Spiel spielen, Angel?« sagte er. »Warum mußtest du Gefühle in mir wecken, die ich nicht für dich haben wollte?«

Sinjun. »Sinjun! Oh, Sinjun.« Sie hustete. Er erdrückte sie fast. »Ich bin es. Ich…« Er wußte, wer sie war. Er hatte ihren Namen gesagt.

Er brauchte ihr die Waffe nicht mit Gewalt wegzunehmen, sie ließ sie einfach los. Als er sich zur Seite rollte, hielt er weiter ihre Hände über dem Kopf und ihre Beine unter seinen gefangen.

»Ich bin's doch«, flüsterte sie mühsam. »Ich dachte, du wärst jemand anderes.«

»Eigentlich wollte ich weg«, sagte er. »Aber ich konnte einfach nicht. Nicht ohne sicherzugehen, daß du keinem anderen etwas tun kannst. Wenn ich dich aufhalte, ist erst einmal Ruhe – zumindest vorübergehend.«

Sie konnte kaum atmen. »Ich habe doch niemandem etwas getan.«

Sein Lachen war unheimlich. »Du meinst, für deine Begriffe gelte ich als niemand? Dank Chuck weiß ich Bescheid.«

»Ich verstehe dich nicht.«

»Natürlich nicht. Du bist nur eine Journalistin, die meine Biographie schreiben will.«

Sie zwang ihre Lunge, sich zu weiten. »Ich bin nur eine Journalistin, die sich in dich verliebt hat.«

Seine Hand preßte sich auf ihren Mund. Sie spürte seinen Atem an ihrem Hals. Er war unglaublich schwer.

Angelica rang nach Luft. Die Angst, die sie empfand, hatte jetzt nichts mehr mit Sterben zu tun. Dies war ein Alptraum, der sich ereignete, während sie völlig wach war.

»Verdammte Frau«, knirschte er an ihrer Schulter. »Warum mußtest du solche Gefühle in mir erwecken?«

Sie versuchte zu sprechen, aber seine Hand hinderte sie daran.

»Wieviel bezahlt dir Garth Lieber, damit du mich umbringst?«

Angelica machte ein ersticktes Geräusch und blinzelte im Dunkeln.

»Ich nehme jetzt die Hand weg, und du wirst weder kreischen noch lügen. Du wirst mir nur sagen, wie hoch der Preis ist, den Lieber auf meinen Kopf ausgesetzt hat. Und dann wirst du mir verraten, wer du wirklich bist und warum du mich nicht schon beim erstenmal aus dem Auto – damals in Seattle – getroffen und umgebracht hast. Das hättest du schaffen können, aber du bist weggefahren. Die anderen Gelegenheiten waren auch nicht dazu angelegt, Erfolg zu haben, stimmt's? Aus irgendeinem Grund willst du mich hier in Hell umbringen. Und jetzt wirst du mir sagen, warum.«

Er nahm die Hand weg. »Spuck's aus.«

»Ich habe nichts Derartiges getan.«

»Rede schon!«

»Wie konntest du denken, daß ich ... ich könnte dir so etwas nicht antun. Niemals. Ich liebe dich, Sinjun.«

»Hör auf. Sag das um Himmels willen nicht noch einmal.

Ich bin nicht sicher, ob ich mich noch unter Kontrolle habe, wenn du es tust.«

Die Tränen begannen von allein aus ihren brennenden Augen zu fließen, rannen heiß über ihre Schläfen und in ihr Haar. »Ich weiß nicht, was du meinst. Hast du nicht zu Mary Barrett gesagt, sie solle mich anrufen und mir sagen, ich soll zum Boot gehen? Hast du nicht zu ihr gesagt, ich solle auf keinen Fall bei dir im Haus anrufen? Und dann fiel der ganze Strom aus. Das mußt doch du gewesen sein. Was versucht ihr eigentlich alle, mit mir zu machen?«

Sie spürte, wie er den Atem anhielt.

»Brenda wird gleich mit Willis hierherkommen. Ich habe sie noch erreicht, bevor die Leitung ausfiel. Ich rief sie an, weil ich nicht weggehen konnte, ohne sie zu warnen. Sie werden jeden Moment eintreffen.«

Er bewegte sich nicht. »Mary hat dich angerufen?«

»Ja. Sie sagte –«

»Das habe ich beim erstenmal schon gehört.« Er löste sich langsam von ihr und zog sie hoch, so daß sie saß. »Das hättest du dir nicht ausdenken können.«

»Nein.« Sie stöhnte und zog an den Handgelenken, die er noch im Griff hatte.

Mit ruckartigen, abwesenden Bewegungen begann Sinjun, ihre geprellte Haut zu reiben. »Und sie hat dir gesagt, du sollst zum Boot gehen?«

»Und mich in der hinteren Kabine verstecken«, sagte sie. »Dort sollte ich warten, bis ich den Motor höre. Sie sagte, das bedeute, du wärest an Bord und mit mir zusammen auf dem Weg in Sicherheit. Nur wußte ich nicht, wo das Boot ist.«

»O Gott.« Er zog sie in seine Arme und hielt sie so fest, daß es wehtat. »Großer Gott! Ich habe nichts mit den Leitungen angestellt. Die ganze Sache ist von langer Hand geplant. Aus diversen Richtungen. Es gibt gar keinen Brief, oder?«

Der Schmerz war egal. »Brief?«

»Unter einer Schublade im Schlafzimmer? Von Garth Lieber? In dem es heißt, daß du mich beim nächsten Mal besser triffst, so daß ich tot bin, sonst würde dich dasselbe Schicksal treffen?«

Sie versuchte ihre Gedanken zu ordnen. »Wer hat dir von einem Brief erzählt?«

»Lorraine hat es Chuck erzählt.« Er drückte sie noch fester. »Aber den gibt es gar nicht, oder?«

»Doch«, flüsterte sie. »Es gibt einen. Aber er ist nicht von Garth, und es steht nichts dergleichen drin, was du eben gesagt hast. Er ist von meiner Mutter. Sie hat mir geschrieben über Mary. Über dich und Mary.«

»Mary und mich? Warum sollte deine Mutter etwas über Mary und mich schreiben? Ich kenne deine Mutter doch nicht, oder?«

»Nein«, sagte sie. »Aber Mary war bei ihr. Willst du den Brief sehen?« Plötzlich erschien es ihr absolut unumgänglich, daß er den Brief ihrer Mutter selbst las. »In der Küche sind ein paar Kerzen.«

Er brauchte eine Weile, bevor er reagierte, dann stand er auf und half ihr hoch. Sie lehnte sich schwer an ihn. Ihr ganzer Körper tat weh.

Sinjun stützte sie auf dem Weg in die Küche und folgte ihren Anweisungen, um die Kerzen zu finden. Sie waren, zusammen mit Streichhölzern, in einer Schublade unter der Spüle. Er strich eines an, und flackerndes Licht erhellte sein Gesicht.

Angelica sah ihn an und wartete, bis er sich ihr zuwandte. »Ich habe dir einen Kratzer beigebracht«, sagte sie. »Schon wieder.«

Sein Lachen war nicht dazu gedacht, komisch zu sein. »Und ich habe dich wieder einmal zerdrückt. Geht's dir gut?«

»Prima«, log sie. »Ich habe dir doch schon ein paarmal versichert, daß ich zäh bin.«

Diesmal lachte Sinjun nicht.

Ihre Finger machten nicht so recht mit, aber es gelang ihr, den zerknitterten Brief aus dem Futter ihrer Jacke zu holen. Vorsichtig zog sie alle bis auf die letzten zwei Seiten aus dem Umschlag und gab sie Sinjun. Er schien nicht zu bemerken, daß sie etwas zurückbehalten hatte.

Er breitete das Papier auf der Anrichte aus und begann, mit zusammengekniffenen Augen zu lesen.

Angelica nahm eine zweite Kerze und entzündete sie an der ersten. Dann tropfte sie etwas heißes Wachs auf einen Teller und klebte die Kerze darauf. »Dann kannst du besser lesen«, murmelte sie, und er nickte abwesend.

Nach einer scheinbaren Ewigkeit sah er sie an. »Hat sich deine Mutter umgebracht.«

»Ja.«

»War sie die Frau, von der du mir erzählt hast, als du in meinem Büro warst?«

»Ja.«

»Und dieser Freund von ihr war der Mann, der gelogen hat? Der sagte, er wäre nicht frei, deine Mutter zu heiraten, obwohl er es doch war?«

»Ja.«

»Ich verstehe.« Müde rieb er sich den Nacken. »Es tut mir leid, Angel, das muß eine harte Sache für dich gewesen sein. Aber ich kann mir wirklich nicht vorstellen, wer die Frau sein soll, die ihr angeblich von mir erzählt hat.«

»Ich hab's dir doch schon erklärt.«

Er hörte auf zu reiben und fragte: *»Mary?«*

»Kannst du das nicht aus dem schließen, was meine Mutter geschrieben hat?«

»Nein, das kann ich nicht. Wer ist der Typ – dieser *Freund?«*

Sie schluckte unter Schwierigkeiten. »Garth Lieber.«

»Du machst wohl Witze.« Seine Hand schloß sich um ihre Schulter. »Ist aber nicht so, stimmt's?« Er wedelte mit dem Papier. »Das hier *ist* Garth Lieber, ja?«

»Ja, wie ich dir schon sagte.«

»Aber als du ihn bei unserer Besprechung getroffen hast, hast du getan, als würdest du ihn nicht kennen. Und er schien dich auch nicht zu kennen.«

»Und deswegen sehe ich schuldig aus. Aber ich habe keine andere Schuld als die, dich falsch eingeschätzt zu haben. Ich bin hierhergekommen, um einen Weg zu finden, dich als den Schuft bloßzustellen, der du angeblich hättest sein sollen. Ich hatte nicht vor, eine Biographie zu schreiben, ich wollte dein Blut – metaphorisch gesprochen. Ich hatte vor, ein Exposé zu schreiben, das dich garantiert auf die Titelseite jedes Revolverblattes im ganzen Land gebracht hätte – auf der ganzen *Welt.* Ich hatte dich verurteilt, Sinjun, und für schuldig befunden.« Sie rang nach Atem, bevor sie schloß: »Und ich hatte furchtbar unrecht.«

»Ja, das hattest du«, sagte er. »Mehr als du weißt.«

Tja, so würde es also ausgehen. Er wollte damit sagen, daß er ihr nicht würde vergeben können – niemals.

»Kein Wunder, daß Lorraine den Brief wieder zurückgelegt hat«, sagte er mehr zu sich selber.

»Warum hat sie das getan?«

»Wo ist der Rest?«

Sie zögerte nur einen Moment, dann gab sie ihm den Umschlag. »Warum nicht? Du kannst ruhig alles wissen.«

Er zog die letzten zwei Seiten von Mamas Brief heraus, und der Magen krampfte sich ihr zusammen.

Sinjun las, und sie sah zu, wie seine Gesichtszüge härter wurden. Als er fertig war, faltete er den gesamten Brief zusammen und steckte ihn zurück in den Umschlag. Dann gab er ihn ihr zurück.

Angelicas Beine kribbelten. »Mary ist zu meiner Mutter gegangen und hat ihr eröffnet, Garth wolle sie nicht mehr, weil sie schon zu alt für ihn wäre. Mama hatte schon so viel durchgemacht, verstehst du? Mehr konnte sie einfach nicht ertragen.«

»Ich verstehe«, sagte er ruhig. »Und es tut mir so leid, Angel.«

Als er seine Arme um sie schlang, bewegte sie sich nicht.

»Hast du die Sache wirklich so erfahren? Indem du diesen Brief nach dem Tod deiner Mutter gelesen hast?«

Langsam entspannte sich Angelica, und je mehr sie sich entspannte, desto weniger konnte sie noch aufrecht stehen. »Du kannst wohl nachvollziehen, wie das war.« Sie legte die Arme um seine Taille und fing an, lautlos zu weinen. »Ich dachte, ich müßte versuchen, Garth zu helfen – um Mamas willen. Er ist mein *Vater.* Und ich *hasse* ihn. Als Mama ihm sagte, sie wäre schwanger, arrangierte er ihre Ehe mit Larry Golden. Der Mann, von dem ich glaubte, er wäre mein Vater, hat mich nur angenommen, weil er für den Mann arbeitete, der wirklich mein Vater *war.* Garth *kaufte* einen Ersatzvater und -ehemann, um sich vertreten zu lassen.«

»Schht«, machte Sinjun und wiegte sie sanft hin und her. »Brich nicht zusammen, Liebes. Ich brauche dich noch, und zwar an einem Stück, bis wir aus der Sache hier heraus sind.«

»Aus *welcher* Sache?« fragte sie und fühlte, wie Hysterie in ihr hochstieg.

»Wie kamst du auf den Gedanken, Mary könnte etwas mit Garth zu tun gehabt haben?«

»Sie ... wegen der Dinge, die sie sagte. Und die Garth zu ihr sagte, an jenem Tag vor der Tür deines Büros. Die Art und Weise, wie sie sich ihm gegenüber benahm. Und der Brief.«

»Deine Mutter hat nicht Mary gemeint«, erklärte er ihr. »Lorraine war es, die eine Affäre mit Garth hatte. Lorraine muß es gewesen sein, die deiner Mutter die ganzen Lügen aufgetischt hat – und das würde passen. Sie hat deiner Mutter erzählt, was sie selbst gern glauben wollte.«

Das war alles zu kraß, um es zu kapieren. »Lorraine hat behauptet, du wärst neben Chuck auch ihr Liebhaber.«

»Weil sie sich das wünscht. Lorraine hat Schwierigkeiten,

die Wirklichkeit zu akzeptieren. Aber dadurch verstehen wir besser, warum sie es nötig fand, sich eine veränderte Version der Geschichte deiner Mutter auszudenken und den Brief dann zurückzulegen. Sie durfte nicht riskieren, daß Chuck oder ich ihn sahen.«

Sie wollte ihn küssen, wollte, daß er sie küßte, aber die Angst hielt sie davon ab. »Warum hat mich Mary angerufen und mir gesagt, ich sollte zum Boot gehen?«

»Aus demselben Grund, aus dem sie Chuck überredet hat, *mir* zu sagen, ich sollte dort hingehen.«

Angelica runzelte die Stirn. »Es tut mir leid, aber irgendwie begreife ich gerade nicht sehr viel, oder?«

»Wie solltest du auch? Mary ist es, die mit Garth zusammenarbeitet. Jetzt paßt alles zusammen. Sie hat Daten gefälscht, damit ich Dokumente unterschreibe, die ich nie hätte unterschreiben sollen... Später, Angel. Ich erkläre dir alles später. Aber jetzt müssen wir erst einmal dafür sorgen, daß wir alle am Leben bleiben. Komm.«

Angelica ließ ihn nicht weitergehen. »Was sollen wir tun? Mary ist in Seattle. Sie kann uns hier nichts tun.«

»Sie nicht. Aber jemand anders. Da bin ich ganz sicher. Genauso wie ich sicher bin, daß wir auf dem Boot umgekommen wären. Irgend jemand wartet darauf, daß wir durch das Riff fahren. Weiter wären wir nicht gekommen, Liebes.«

Sie fror entsetzlich. »Meinst du, sie hätten einen Weg gefunden, uns dort umzubringen?«

»Darauf kannst du Gift nehmen. Und wenn wir uns nicht beeilen, werden sie bemerken, daß wir nicht mitspielen, und uns einkreisen. Komm schon. Zurück zum Haus. Ich will alle zusammentrommeln, damit ich sehen kann, daß jeder in Sicherheit ist.«

Angelica legte ihre Hand in die von Sinjun, und gemeinsam traten sie hinaus in die tobende Nacht.

»Wir wollen hoffen, daß wir Brenda und Willis unterwegs

treffen«, sagte Sinjun. »Der arme Chuck. Wenn er herausfindet, daß Lorraine ihm übel mitgespielt hat – und Mary ebenso –, wird *er* in der Stimmung sein, jemanden umzubringen.«

25

Das Haus lag im Dunkeln.

Der Wind war nicht mehr ganz so heftig, aber es regnete nach wie vor.

Chuck hatte Sinjun beim Fortgehen geraten, lieber keine Taschenlampe mitzunehmen. In jenem Augenblick hatte er es als gute Idee gefunden, möglichst keine falsche Aufmerksamkeit auf sich zu ziehen. Jetzt wünschte sich Sinjun, ein Licht dabei zu haben.

Ohne recht zu verstehen, warum, zog er Angelica an sich und flüsterte: »Laß uns leise hingehen, für alle Fälle.«

»Für alle Fälle?« Sie flüsterte auch. »Was meinst du damit?«

»Ich weiß nicht recht. Aber wir können nicht sicher sein, ob uns jemand auflauert. Ich wünschte, ich wüßte, wo alle sind.«

»Ich hätte nicht gedacht, ich könnte noch mehr Angst kriegen, aber das stimmt nicht.« Angelica ballte eine Hand zur Faust und drückte sie an die Brust. »Ich hätte meine Pistole mitnehmen sollen.«

Er griente. »Ist schon gut. Ich habe sie, und meine eigene habe ich auch. Übrigens, erinnere mich daran, dir zu zeigen, wie man sie entsichert.«

Nach einer kurzen Pause kicherte sie.

Sinjun nahm ihre Hand und schlich mit ihr ums Haus herum.

Angelica zupfte an ihm und flüsterte an seinem Ohr: »Es ist absolut nichts und von niemandem etwas zu hören. Ich mache mir Sorgen, Sinjun.«

Er machte sich ebenfalls Sorgen, auch um Angelica und sich selbst, aber das würde er ihr nicht auf die Nase binden. »Der Generator ist in der Nähe der Entsalzungsanlage untergebracht. Dort wird auch das Öl gelagert. Ich nehme an, Willis wird direkt hinuntergehen, um den Generator in Ordnung zu bringen. Deswegen sind wir ihm wahrscheinlich nicht begegnet. Brenda und die anderen sind vielleicht mit ihm gegangen.«

Angelica sagte: »Warum sollten sie das tun?« und sprach damit seinen eigenen Gedanken laut aus.

»Wäre aber möglich«, wiederholte er. »Halt den Gedanken fest und mach kein weiteres Geräusch, bis wir sicher sind, daß uns im Haus keine unliebsamen Überraschungen erwarten.«

Sie betraten es durch eine Tür zum Wintergarten. Hängende Blätter streiften sein Gesicht, und er tastete sich vor bis zu den Stufen in die Küche.

Angelicas kurze Nägel gruben sich tief in seine Handfläche, als sie seine Hand drückte. Die Macht seines Dranges, sie zu beschützen, schockierte ihn. In den vergangenen Wochen seit ihrer ersten Begegnung war so viel geschehen. Er war sich nicht klar, auf was er hoffte. Doch er konnte sich keine Zukunft vorstellen, in der sie nicht auftauchte.

Sie berührte seinen Arm, und er legte seine Hand über die ihre.

Die Küchengeräte schimmerten.

Ein Gefühl von Unwirklichkeit erfaßte sie. Plötzlich war die Küche eine unheimliche Gegend, die ohne ersichtlichen Grund von ihren Bewohnern verlassen worden war.

»Oh, Sin –« Angelica stolperte, riß an seinem Arm, und er hörte, wie sie ihren Ausruf unterdrückte.

Er fing sie auf, bevor sie fallen konnte, und bemerkte, was sie zum Stolpern gebracht hatte.

»Swifty«, murmelte er und ließ sich neben dem leblosen Hund auf die Knie sinken.

Voller Furcht, was er entdecken könnte, begann er das Tier abzutasten, in der Erwartung, irgendwo in Blut zu fassen. Angelica kniete neben ihn, und er hörte, wie sie leise und ohne nachzudenken mit dem Hund redete.

Mit einem Mal packte sie Sin und flüsterte: »Er atmet. Er *lebt.* Fühl doch.«

»Er müßte wachwerden.«

»Nicht, wenn ihn jemand betäubt hat.«

»Du denkst auch an alles. Hast du je daran gedacht, Krimis zu schreiben?«

Sie zog an ihm, drängte ihn zum Aufstehen. »Ich habe schon angefangen.«

Sie brauchte ihm nicht zu erklären, daß sie seine Lebensgeschichte meinte. Zur Zeit konnten sie für Swifty nichts tun.

Sie schlichen weiter durch die Küche und dann die Schwingtür hinaus in den Flur auf der Rückseite des Hauses.

Völlige Stille umgab sie von allen Seiten, und Sinjun begann, mit den Zehen den Boden abzutasten, bevor er einen Schritt weiterging. Swifty dürfte vermutlich nur einer von mehreren sein. Der nächste bewußtlose Körper, über den sie stolperten, würde nicht einem Hund gehören.

Er erreichte den Flur, der zu seinen Zimmern abzweigte.

Angelica stand dicht neben ihm. Jetzt zupfte sie ihn noch einmal am Arm.

Er senkte sein Ohr zu ihrem Mund, und sie flüsterte: »Ist das nicht Licht unter der Tür zu deinem Arbeitszimmer?«

Sinjun wollte schon *»Mond«* sagen, doch dann fiel ihm ein, daß kein Mond am Himmel stand. »Bleib hier«, raunte er, aber sie klammerte sich mit beiden Händen an seiner einen Hand fest, und so schlichen sie zusammen zur Tür.

Dort war ein Licht, und offensichtlich wurde es sorgfältig abgedunkelt. Wenn die Jalousien heruntergelassen und die Vorhänge zu waren, würde das Arbeitszimmer von außen her dunkel wirken.

Sinjun schloß die Augen und horchte – und spürte, wie Angelica dasselbe tat. Gedämpftes Rascheln war zu hören.

Irgendjemand durchsuchte dort Papiere.

Er schob Angelica hinter sich an die Wand. Er streichelte ihr Gesicht, drückte seine Lippen auf ihre Stirn und wußte, daß sie verstand, daß er allein weitermachen mußte.

Wenn sie jetzt nicht vorsichtig waren, konnte sie das beide das Leben kosten.

Er entsicherte seine Waffe, trat die Tür auf und rief: »Keine Bewegung!«

Die Beretta war auf den Schreibtisch gerichtete – an dem niemand saß.

Mit ausgestreckten Armen wirbelte Sinjun herum.

Eine Batterielampe mit einem Tuch darauf stand auf dem Boden neben den Füßen eines Mannes. Sinjuns Blick flog von den Füßen zu seinem Gesicht und zu dem offenen Safe in der Wand.

»Um Himmels willen«, röchelte Chuck und entspannte sich wieder. »Du hast mir wirklich einen Heidenschrecken eingejagt. Tu die Waffe weg.«

Sinjun senkte die Waffe und trat näher. »Was machst du denn da?«

Chuck schüttelte langsam den Kopf. »Himmel, ganz cool, ja? Deine Tage als Bodyguard sind vorbei, Sin. Erschreck mich nicht noch mal so.«

»Ich habe dich gefragt, was du da am Safe machst.«

»Was zum Teufel glaubst du denn?« fuhr ihn Chuck an. »Dich ausrauben? Brunos verdammtes As im Ärmel klauen?«

»Beantworte nur meine Frage«, befahl Sinjun knapp.

»Du hast mir die Kombination selbst *gegeben.* Hast du das vergessen?«

Sinjuns Eingeweide zogen sich zusammen. »Habe ich nicht vergessen. Aber du antwortest mir nicht.« Jetzt fiel ihm auf, daß Chuck die Idee gehabt haben könnte, Mary anzurufen, bevor er ihm Lorraines Geschichte über Angelica erzählte...

Und Chuck es gewesen war, der ihm empfohlen hatte, zum Boot zu gehen, ohne jemanden auf sich aufmerksam zu machen…

»Das ist wirklich unglaublich«, beschwerte sich Chuck. »Wir kennen uns schon unser ganzes Leben lang, und du vertraust mir nicht.«

Die einzige Person, die immer dort gewesen war, wo auch Sinjun gewesen war, seit der ganze Horror angefangen hatte, war Chuck gewesen. Chuck war auch nach Kauai geflogen und hatte den Testflug in dem gecharterten Hubschrauber organisiert. Chuck hatte angeregt, daß Sinjun den Testflug machen sollte, weil er *gewußt* hatte, daß er eine solche Chance mit beiden Händen ergreifen würde.

Chuck wollte den Safe zumachen.

»Nicht«, sagte Sinjun.

Am Tag der Explosion war ihr Zeitplan durcheinandergeraten, und je später es geworden war, desto unruhiger wurde Chuck.

»Also gut!« Chuck öffnete die Safetür wieder weit. »Ich hoffe, daß ich dir irgendwann glauben kann, daß dies nur eine Überreaktion von zu viel Streß bei dir ist. Ansonsten hast du gerade einen alten Freund verloren, Kumpel. Ich habe das Fax verstaut, das Mary geschickt hat. Ich hatte das Gefühl, es wäre vielleicht eine gute Idee, alles wegzuräumen, was jemanden auf den Gedanken bringen könnte, daß wir Lieber und seinen Leuten auf der Spur sind. Falls einer von denen zufällig hier auftaucht und sich umsieht.«

Sinjun atmete tief aus. »Herrgott.« Er schüttelte den Kopf. »Ich glaube wirklich, ich drehe durch.« Er sicherte die Beretta wieder und schob sie in die Tasche. »Ich bin so verdammt nervös. Du mußt doch wissen, wie du ausgesehen hast, Chuck. Hör zu, wir müssen die ganze Sache neu durchdenken. Lorraine hat gelogen, was den Brief betrifft. Angelica hat mit der ganzen Sache nichts zu tun, aber Mary ganz sicher.«

Bei diesen Worten kam Angelica ins Zimmer.

Chuck starrte sie an und fing an, den Safe wieder zuzumachen. »Mary?« sagte er langsam. »Ich habe mit Mary gesprochen, die weiß von nichts.«

Der Beutel mit Brunos Juwelen-Päonie fiel aus dem Safe – in den Sinjun ihn erst vor wenigen Stunden gelegt hatte –, und die glitzernde Rubinblume mit ihren phantastisch geflochtenen, diamentenbesetzten Staubblättern aus Gold rutschte heraus. Ein großer Umschlag rutschte hinter dem Beutel her und auf den Boden.

Chuck kümmerte sich nicht um die Edelsteine, sondern bückte sich nach dem Umschlag, aber Sinjun war schneller. Er drehte das schmale Päckchen um, das er noch nie zuvor gesehen hatte. In der Ecke oben links standen unterstrichen die Worte: *Sinjun Breaker, letzter Wille und Testament.*

»Du darfst ihr nicht glauben, Sin«, sagte Chuck, aber seine Stimme klang unsicher. »Lorraine hatte recht. Diese Frau ist gefährlich.«

Sinjun fielen die achtzig Pfund betäubter Hund wieder ein, die auf dem Küchenboden lagen. »Was ist mit Swifty passiert?«

Chucks Blick verlor die Richtung. »Laß es nicht zu, daß sie das mit uns macht«, sagte er. »Sie lügt, wie sich das für einen Profie wie sie gehört. Sie hat dich reingelegt, Kumpel.«

Sinjun kümmerte sich nicht weiter um ihn, öffnete den Umschlag und zog einen Stapel Papiere heraus.

»Bleiben Sie dort, wo wir Sie sehen können«, blaffte Chuck zu Angelica gewandt. »Setzen Sie sich da drüben in den Sessel.«

Sinjun begann, die Seiten zu überfliegen.

»Du kannst immer noch verschwinden«, sagte Chuck. »Ich behalte sie solange hier. Geh du.«

Sinjun sah auf. Das Schimmern des größten Rubins in der Päonie zog seine Aufmerksamkeit auf sich, und er schaute den leeren Beutel an. Jemand hatte wohl die Schnur gelöst, sonst hätte sich der Beutel nie so schnell öffnen können.

Er blätterte weiter durch die Papiere, die kalt die Summe der finanziellen Erfolge seines Lebens aufzählten. »Interessant«, murmelte er und schlug die letzte Seite auf. »Ich muß wirklich mehr an meiner Unterschrift arbeiten.«

»Sin –«

»Seltsam, ich vergesse immer wieder, daß Mary Rechtsanwältin ist. Sie weiß natürlich genau, wie man Testamente aufsetzt.«

»Was meinst du damit?« fragte Chuck.

»Ich meine: Es ist alles vorbei, *Kumpel.* Hast du wirklich geglaubt, mit dem Ding hier durchzukommen?«

Chucks Hände bewegten sich, ballten sich zu Fäusten. »Du bist mir einiges schuldig.«

»Ach wirklich?« Sinjun fühlte sich bis ins Herz hinein elend. »Warum? Weil ich dich bei mir aufgenommen habe, als du alles verschleudert hattest, was Len dir hinterlassen hat? Weil ich ›ja‹ sagte, als der Rest der Welt sich von dir abwandte? Bin ich dir alles schuldig, wofür ich gearbeitet habe, weil du es in deinem Leben nicht so weit gebracht hast wie ich?«

»Du bist es mir schuldig, weil du mich *ausgenutzt* hast.« Chuck fuhr sich mit einer zitternden Faust über den Mund. »Du hast deine Freundschaft mit mir benutzt, um dich in meines Vaters Tasche zu mogeln. Er hat dich behandelt wie einen Sohn. Er dachte, du wärest mehr wert als ich. Er hat dir das Fliegen beigebracht. Wenn er das nicht getan hätte, wärest du Bruno Kertz nie begegnet, und du *wärest* nicht da, wo du heute bist.«

»Stimmt«, sagte Sinjun ruhig. »Bis auf eines. Len hat mich nie für besser gehalten als dich.«

»Hah. Wegen dem, was du von *meinem* Vater bekommen hast, bist du der große, reiche Mann geworden, dem es jeder recht machen will. Sobald du jemanden kennengelernt hattest, der lukrativer aussah als wir, warst du weg. Wenn du geblieben wärest, hätten wir alles hinbekommen. Du und ich zusammen. Du hattest das Know-how, und das *warst du mir schuldig.*

Sinjun hielt das Testament hoch. »Weil ich mich nicht entschieden habe, auf der Ranch zu bleiben, hast du dich mit meiner Hauptgeschäftsführerin zusammengesetzt und ein Testament *gefälscht?* Das Testament und meine Unterschrift!«

»Habe ich nicht.«

»Oh.« Sinjun trat einen Schritt vor. »Oh, ich verstehe. Natürlich. Nicht *du* hast die Unterschrift gefälscht, sondern Mary.«

»Das habe ich nicht gesagt.«

»Du hast es gemacht, stimmt's? Und ich nehme an, das augenblicklich bestehende Testament wird spurlos verschwinden.«

»Mary hat …« Chuck sah sich wild um und deutete auf Angelica. »Diese verdammte Ziege ist schuld, die sich überall eingemischt hat.«

»Ach ja? Willst du damit sagen, Angel hat arrangiert, daß du und Mary Barrett das gültige Testament vernichten und ein neues fälschen – ein neues, in dem alles *dir* hinterlassen wird?«

»Es gehört mir!« rief Chuck, und seine Stimme überschlug sich. »Du hast mich behandelt wie einen Lakai. Du hast alles bekommen, das mir gehört hat. Immer. Alles was mir je etwas bedeutet hat, hast du mir gestohlen.«

»Also hast du beschlossen, mich umzubringen und es dir zurückzuholen.«

»Ja«, kreischte Chuck. »Ja, ja, *ja.*«

»Wo sind die anderen?« fragte Sinjun, und neue Angst stieg in ihm auf. »Enders und Mrs. M.? Wo sind sie? Und die übrigen?«

»An einer Stelle, wo sie dir nicht helfen können.«

»Paß auf!« rief Angelica. »Auf dem Schreibtisch!«

Zu spät. Bis Sinjun seine Beretta wieder herausgezogen hatte, hatte Chuck eine ähnliche Waffe vom Schreibtisch gerissen. Er zielte damit nicht auf Sinjun, sondern auf Angelica. »Elendes Weib!« zischte er und verzog die Lippen zu einem diabolischen Grinsen. »Verdammtes Miststück! Wenn du nicht aufgetaucht wärst, wäre jetzt alles vorbei.«

Sinjun machte einen Schritt in Richtung Angelica.

»Noch eine Bewegung, und ich erschieße sie«, drohte Chuck. »Wahrscheinlich bringe ich sie sowieso um. Aber du kannst dir nicht leisten, nicht zu hoffen, daß ich's mir vielleicht anders überlege.«

»Verschwinde von hier, Sinjun«, flehte Angel.

Chuck lachte. »Sieh an, eine echte Heldin. Wie machst du das nur, Sin? Alle wollen für dich sterben, oder?«

»Chuck«, sagte Sinjun ruhig. »Hör auf damit, bevor es zu spät ist. Laß es bleiben, solange niemand tot ist und eine gewisse Hoffnung besteht, alles irgendwie in Ordnung zu bringen.«

»Dazu ist es zu spät«, sagte Chuck. Er blinzelte hastig, und Muskeln in seiner Wange zuckten. »Wir hatten alles genau geplant. Mary ist stinksauer auf dich, weil du sie abgelegt hast. Mehr braucht eine Frau gar nicht – nur ein kleiner Hieb gegen ihren verdammten sexuellen Stolz. Mit dir und mir ist das komplizierter.«

»Es ist komplizierter, weil wir eine lange gemeinsame Vergangenheit haben«, erklärte ihm Sinjun. »Wir sind zusammen aufgewachsen. Du hast mich *gerettet.* Du und Len.«

»Und du hast auf uns beide geschissen.«

»Nein.«

»Doch.« Er lehnte sich an den Schreibtisch und zeichnete Angelicas Umrisse mit der Pistole in der Luft nach. »Lorraine hat Garth verlassen, weil sie dich wollte, nicht mich. Sie dachte, sie könnte mich *benutzen,* um an dich heranzukommen. Widersprich mir nicht, denn das wußtest du, und ich wußte, daß du es weißt. Und du mußt dich krankgelacht haben deswegen, weil du glaubst, sie ist nur ein hübsches Stück Müll.«

»Ich habe nie gelacht. Warum hast du mit mir nicht darüber geredet? Wir hätten sie einfach wegschicken können.«

Der Lauf der Pistole zeigte kurz in Sinjuns Richtung, kehrte aber dann zu Angelica zurück. »Das wollte ich nicht. Ich habe mein eigenes Spiel gespielt, und das hätte ich auch gewonnen, wenn diese Nervensäge von Journalistin hier nicht aufgetaucht wäre. Wir hatten alles genau ausgearbeitet. Eine Reihe von sogenannten Mordversuchen inszeniert. Dich dazu gekriegt, dich auf der Insel zu verbarrikadieren, um den angeblichen Attentäter hinter dir herzulocken. Und dann zu arrangieren, daß du und Lorraine tot aufgefunden werdet – in einem netten, sauberen Mord-Selbstmord. Ende.«

Sinjun schluckte schwer und dachte angestrengt nach. »Wenn du Angelica und mich umbringst, kommst du nie ungeschoren davon. Jetzt hast du die Chance ruiniert.«

»Mary wird zufrieden sein mit der Bezahlung, die Garth ihr versprochen hat, weil sie die chemischen Berichte hat durchgehen lassen.« Chucks Stimme war monoton geworden. »Dafür mußt auch du sterben.«

Hoffnung flackerte in Sinjun auf. Chuck blickte nicht mehr richtig durch. »Ich hätte mir etwas derartig Kluges nie ausdenken können«, lobte er und gab sich die größte Mühe, ruhig zu klingen.

»Lorraine hat mich als zweite Wahl genommen – solange sie mich brauchte«, sagte Chuck. »Genau wie Dee-Dee.«

Sinjun hätte sich beinahe verschluckt. Es gelang ihm, tief Atem zu holen – und nicht zu reagieren.

»Das Baby, das sie abgetrieben hat, war meins.« Chuck lächelte Sinjun an.

Man hörte, wie Angelica röchelnd Luft schnappte. In Sinjuns Innerem tat sich Ähnliches.

»Ich habe sie geliebt, aber sie liebte den Goldjungen. Sie kam zu mir, wenn du es nicht bemerkt hast, und dann, als sie schwanger war, hat sie dich dazu gekriegt, mit ihr zu schlafen.«

»Halt den Mund«, knirschte Sinjun. »Sag dazu nichts mehr.«

»Warum nicht? *Ich* mußte ja damit leben. Sie hat dann behauptet, das Baby wäre deines, und brachte dich dazu, sie zu heiraten.«

Sinjun schloß gequält die Augen. »Sie brauchte mich nicht dazu zu bringen, daß ich sie heiratete. Ich wollte es gern. Ich wollte auch das Kind.«

»*Mein* Kind? Das eine Mal hat dich das Leben wirklich voll angeschissen, du Arsch. Dee-Dee hat mein Baby dazu benutzt, daß du sie heiratest. Und dann hat sie das Baby beseitigt, weil sie eigentlich nur *dich* wollte.« Er beschrieb in der Luft einen großen Kreis mit seinem freien Arm. »Und doch hätte ich damals stillschweigend verschwinden sollen. Wenn sie gewußt hätte, daß sie sterben mußte, hätte sie mich wohl verpfiffen, nachdem ich sie verprügelt habe.«

Sinjun konnte kaum weitere Einzelheiten ertragen. Chuck hatte gerade zugegeben, Dee-Dee geschlagen zu haben. Sie hatte eine Abtreibung gemacht, aber sie war zusätzlich geschlagen worden, was vermutlich die tödlichen Blutungen bewirkt hatte.

»Laß die Waffe fallen.« Chuck zielte jetzt genau auf Sinjuns Gesicht. »Laß sie fallen und stell dich neben dein neues Schätzchen.«

Angelica richtete sich auf und sagte: »Tu es nicht, Sinjun.«

»Setz dich und halt's Maul«, befahl Chuck. »Sonst verziere ich sein Gesicht so, daß du ihn nicht mehr erkennst.«

Schwer ließ sie sich wieder in den Sessel sinken.

»Die *Waffe*, Sin«, forderte Chuck und wackelte mit den Fingern seiner ausgestreckten Hand.

Da hechtete Angelica mit einem gewaltigen Satz hoch, und Chucks erster Schuß traf lediglich Sinjuns linke Schulter.

»Bleib unten«, schrie Sinjun Angelica zu.

Überall explodierte der Lärm.

Sinjun entsicherte die Pistole und brachte sie in Anschlag.

Er zögerte, sah, wie Chucks Waffe in seinem erhobenen Arm einen Kreis beschrieb.

Angelica klammerte und schüttelte an ihm.

Chuck trat nach ihr, feuerte, traf ein Gemälde, und Glas splitterte. Eine zweite Kugel landete in dem Rücken des Polstersessels, in dem Angel gesessen hatte.

»Sinjun.« Sie kreischte seinen Namen und riß im Knien mit ihren Armen weiter an Chucks Beinen.

Chuck sah Sinjun mit einem triumphierenden Lächeln an und zielte konzentriert auf Angels Hinterkopf. »Komm und hol mich.« Sein Abzug klickte. »Komm schon, Goldjunge. Du gewinnst doch immer, oder?«

In der folgenden Stille hörte Sinjun seine Uhr ticken. Er hörte sein Herz schlagen... und er roch die Angst.

Von außen war ein leises Wimmern zu hören. Das Wimmern steigerte sich zu einem klagenden Heulen. Es schwoll bis zu einem unmenschlichen Brüllen.

Chuck zerrte an Angelicas Haaren und sah verstört über seine Schultern.

Der Körper, der die Fenster in einen Hagel von Scherben verwandelte, die Jalousien in streichholzgroße Splitter und die Vorhänge aus den Verankerungen riß, flog auf Chuck zu mit der Kraft einer riesigen Abrißbirne.

Chuck konnte noch einen Schuß abfeuern, doch es war sein letzter.

Sinjun gelang es gerade noch, Angelica wegzuziehen, bevor Willis sein Opfer auf den harten Holzboden schmetterte und auf es einprügelte.

Chuck schrie. Er brüllte, als Willis ihm die Beretta entrang und wie eine Plastikpistole zur Seite warf. Er schrie, als Willis sich auf seinen Kopf stürzte, als wäre er ein wegwerfbarer Punchingsack. Und er schrie, als Willis' Blut aus einer Wunde am Hals auf sein Gesicht rann, auf ihn, den Mann, den er töten wollte.

»Er soll aufhören«, flüsterte Angelica.

»Ja«, sagte Sinjun, als er annahm, Willis hätte genug ausgeteilt, um befriedigt zu sein, aber noch nicht genug, um sein Opfer getötet zu haben. »Genug jetzt.« Er rüttelte Willis an der Schulter.

Willis zog sich sofort zurück.

Chuck war bewußtlos.

»Propan«, schnaufte Willis aus seiner Hocke heraus. »Brenda hat mir erzählt, Angelica habe gesagt, sie wolle zum Boot gehen und dort auf Sie warten. Dann fiel der Strom aus, und Enders kam mit Mrs. M. und sagte, Chuck habe sie geschickt. Mrs. M. solle bei Brenda bleiben. Enders und ich sollten zum Generator gehen, um Ihnen zu helfen. Enders und ich dachten gleichzeitig dasselbe: Man hielt uns alle vom Haus fern. Enders ging zum Generator, um nach Ihnen zu sehen. Ich ging zum Boot.« Willis machte eine Pause in der sicher längsten Rede, die Sinjun ihn je hatte halten hören. »Es war Propan im Maschinenraum. Er hatte die Lüftungen blockiert und die Ventile geöffnet. Sie wären an Bord gegangen und hätten die Zündung betätigt.« Er zuckte mit den Schultern und preßte eine Hand auf die Wunde in seinem Hals.

»Und Angelica und ich wären in Einzelteile geborsten. Aus dem Wasser gepustet«, vollendete Sinjun.

Willis nickte und richtete sich behutsam auf. »Gemeinsam mit Campbell und Lorraine. Die waren in der vorderen Kabine gefesselt und geknebelt. Er hat sie ausgezogen, verprügelt und zusammengeschnürt. Zumindest lebten sie noch, als ich sie befreite.«

»Weshalb tat Chuck das?« fragte Angelica.

»Ich glaube nicht, daß du das so genau wissen willst«, sagte Sinjun und spürte deutlich, wie das Blut von seiner Schulter rann – abgesehen vom Schmerz, der nun einsetzte. »Die Polizei kann den Rest der Fragen stellen.«

Es war vorbei.

26

Es war vorbei.

Eine zitronengelbe Sonne stieg aus dem bleigrauen Meer empor. Sie erhob sich hinter Streifen von graublauen Wolken und färbte das Wasser in etwas wärmerem Stahlgrau.

Das Gewitter der Nacht hatte sich verzogen, und das Land wirkte genauso glänzend und sauber, wie Sinjun es angekündigt hatte. Leuchtend und duftend nach feuchter Erde, abgefallenen Früchten und weißem Ingwer.

»Tag, meine Liebe.«

Angelica schaute über die Schulter zu Brenda. »Morgen. Ich habe dich gar nicht kommen hören. Wie geht's Willis?«

Brenda grinste. »Abso–«

»–*lut* voll gut«, fuhr Angelica lächelnd fort. Sie sah wieder hinaus aufs Meer.

Brenda ließ sich neben sie auf den Uferrand der Lagune fallen. Sie legte einen Arm um Angelicas Schultern und sagte: »Mächtig wilde Nacht.«

»Allerdings«, stimmte Angelica zu.

»Dieser Chuck – hätte ich nicht gedacht.«

»Ich auch nicht.« Genausowenig wie der beste Freund seines ganzen Lebens, setzte sie im stillen hinzu.

»Aber die Bullen gewähren ihm jetzt dankenswerterweise Vollpension.«

»Mmm.«

»Ich war froh, daß sie den Arzt mitgebracht haben, um Willis und Sin zu verbinden.«

»Mmm.«

Brenda schaute Angelica von der Seite her an. »Wär's dir vielleicht lieber, ich würde gleich hier von der Klippe springen?«

»Mmm? *Nein!* Entschuldige, mir rast so viel durch den Kopf.«

»Uns doch allen. Chuck hat den Hubschrauber damals in die Luft gejagt.«

Angelica lehnte sich an ihre Freundin. »Unglaublich. Und Campbell hat es zwar geahnt, aber nicht verstanden. Ich frage mich, wie Chuck das alles hingekriegt hat.«

»Willis sagte, es hatte etwas mit dem Transport dieser Aktentasche zu tun. Die brachte den Mechanismus in Gang und rumms-di-bumms. Die Zeitschaltuhr lief ab, und wusch, flog alles in die Luft.«

»Ja. Die arme Fran. Nur weil sie gerade in Kauai war, hatte Chuck ihr aufgetragen, die Aktentasche mitzubringen. Sinjun hätte es natürlich hauptsächlich erwischen sollen.«

»Chuck wird nun endlich kriegen, was er verdient hat, meine Liebe.« Brenda rieb Angelica die Schultern und massierte ihr den Nacken. »Lorraine hat ihr Fett schon weg. Die wird noch eine Weile mit ihren Verletzungen zu tun haben.«

»Campbell auch. Ich wünschte, ich könnte aufhören, darüber nachzudenken.«

Brenda summte nachdenklich.

»Ich bin total durcheinander, Brenda.« Seit wann hatte sie das Untertreiben derart perfektioniert?

»Hast du überhaupt geschlafen?« fragte Brenda.

»Ich erinnere mich nicht.«

»Was wirst du unternehmen wegen deinem – wegen Garth Lieber?«

Als sie zusammen darauf gewartet hatten, von der Polizei befragt zu werden, hatte Angelica Brenda endlich von Garth erzählt. Seitdem hatte sie nicht mehr an ihn gedacht.

»Ist das eine unerlaubte Frage?« meinte Brenda.

»Nein, nur eine Frage, bei der ich leider passen muß. Wahrscheinlich unternehme ich gar nichts. Es ist der Mann, den meine Mutter geliebt hat, allerdings auch der Mann, der sie so unglücklich gemacht hat, daß sie sich umbrachte. Er hat aber während all der Jahre auch viel Freude für sie bedeutet. Ich weiß es, denn ich habe sie zusammen erlebt – ohne so recht zu wissen, was es war, das ich damals sah.«

»Und er ist dein Vater.«

»Nur in biologischem Sinne. Als ich ihm in Seattle begegnete, habe ich auch an die Zeiten gedacht, zu denen er mir Freude machte. Die Zeiten, als ich ein Kind war und er mich mit Geschenken überhäufte. Er war wie ein Lieblingsonkel – oder vielleicht ein großzügiger Großvater. Ich glaube, ich belasse es einfach bei diesen Erinnerungen und versuche, den Rest zu vergessen.«

Brenda schwieg lange und sagte dann: »Du wirst schon den besten Weg für dich herausfinden. Wie geht's Sinjun?«

»Der Arzt hat seine Schulter genäht. Die Kugel hat ihn nur gestreift und ist statt dessen in der Wand gelandet.«

»Ich habe nicht von seiner Schulter gesprochen.«

Angelica sah Brenda an. »Ich weiß. Aber etwas anderes kann ich dir nicht sagen. Nachdem die Leute alle verschwunden sind, war er sehr still. Er wollte allein sein, also bin ich wieder zum Lagunenbungalow gegangen.«

»Woher weißt du, daß er allein sein wollte?«

»Ich dachte –«

»Da dachtest du etwas Falsches.«

Angelica fuhr zusammen und sah auf. Sinjun stand, dank seiner Turnschuhe geräuschlos, hinter ihr.

»Na, prima«, sagte Brenda fröhlich und sprang auf. »Ich denke, ich werde mal aufbrechen. Bis dann.«

»Willis soll darauf achten, daß er die Wunde an seinem Hals schont«, sagte Sinjun. »Es wäre besser gewesen, das zu tun, was man ihm geraten hat, nämlich sich ins Krankhaus nach Kauai bringen zu lassen.«

»Tja, ich habe ebenfalls versucht, ihn zu überreden. Aber Sie wissen ja, wie stur er ist.«

Sinjun feixte. »Ich weiß, daß er darauf wartet, daß Sie ihm die Hand halten – oder was auch immer.«

Brendas Gesichtsausdruck war der Inbegriff reinster Unschuld. »Tja, dann werde ich ihm wohl was halten – was auch immer.« Sie zwinkerte Angelica zu und umrundete Sinjun.

»Ich habe Willis schon gesagt, ich fände seine Idee hervorragend«, sagte er.

»Was für eine Idee?« fragte sie und stoppte.

»Irgendwas mit ›zusammen das Leben organisieren, wenn keiner von beiden was Besseres zu tun hat‹.«

»Ah so«, nickte Brenda. »Darüber werde ich mal nachdenken. Eventuell entschließen wir uns, dann und wann nach dem anderen zu sehen. Man weiß ja nie, nicht wahr?« Sie wandte sich wieder ab und marschierte los, was bei ihren langen Beinen wie eine olympiareife Geschwindigkeitsdisziplin aussah.

»Solltest du nicht den Arm in der Schlinge tragen?« fragte Angelica und sah wieder aufs Meer hinaus.

»Ich brauche keine Schlinge. Es ist nur eine Fleischwunde und tut im Moment überhaupt nicht weh.«

»Das freut mich.« Ihr Puls schlug unregelmäßig, und die Muskeln in ihrem Rücken taten weh. »Das freut mich wirklich.« Sie mußte wohl sehr müde sein, um so doof daherzuplappern.

»Ich habe dich gar nicht weggehen hören«, sagte Sinjun.

»Du warst tief in Gedanken versunken.« Auch im Bauch taten ihr die Muskeln weh, und in Armen und Beinen genauso.

»Bist du das denn nicht?«

»Was?«

»In Gedanken versunken?«

Sie spürte sogar Muskeln, von denen sie gar nicht gewußt hatte, daß sie existierten. »Ja… ich denke nach.« *Über dich.*

»Bedeutet das, daß ich weggehen soll?«

»Wieso? Dir gehört doch die Insel. In dieser Gegend entscheidest du, wer wohin geht.«

»Du klingst nicht, als ob dir das gefallen würde.« Er kniete sich neben sie. »Es war eine teuflisch üble Nacht, Angel.«

»Eine teuflisch üble Nacht direkt in Hell wie Hölle«, murmelte sie. »Du solltest den Namen der Insel ändern.«

»Wie soll ich sie nennen, Heaven wie Himmel?«

»Noch nicht so bald. Nicht, solange nicht die vielen negativen Schwingungen weg sind.«

»Woran denkst du dabei?«

Sie konnte sagen, *Nichts,* aber den Punkt mit den sinnlosen Spielchen hatten sie schon abgehakt. »Es tut mir leid«, seufzte sie. »Du sollst wissen, wie sehr es mir leid tut, daß ich dich bestrafen wollte, ohne dir vorher die geringste Chance zur Verteidigung zu geben.«

»Das sollte dir wirklich leid tun.«

Angelica konnte ihn nicht ansehen. »Ich weiß«, brachte sie mühsam heraus. »Und ich weiß auch, daß ich nichts davon zurücknehmen kann. Ich kann es nicht mehr ändern. Aber ich möchte dir doch sagen, wie schrecklich mir dabei zumute ist. Wenn ich mich nicht so aufgedrängt hätte, wäre Fran jetzt noch am Leben.«

»Möglicherweise«, sagte er. »Das würde ich auch gern ändern. Mir wäre lieber, ich wäre gestorben als sie. Genau das wäre allerdings geschehen, wenn du dich nicht aufgedrängt hättest.«

Das stimmte, und darüber war sie froh, was sie wiederum mit Schuldbewußtsein erfüllte. Je eher alles vorbei war, desto besser. »Tja«, sagte sie leichthin und schlug sich, um Lässigkeit bemüht, auf die Schenkel. »Das wär's wohl. Ich verschwinde dann jetzt auch. Könnten wir mir vielleicht über die Funkanlage einen Hubschrauber rufen?«

Er schwieg so lange, daß Angelica sich umdrehte, um ihn anzusehen. »Könnten wir?« wiederholte sie. Sie hatten das Funkgerät mit der Reservebatterie gestartet, um die Polizei und den Arzt zu rufen.

»Steh auf, Angelica.«

»Ich...« Sie sah blitzendes Licht in seinen Augen und

konnte sich mit einem Mal nicht mehr erinnern, was sie hatte sagen wollen.

»Ich sagte, *aufstehen.*«

Sie rappelte sich hoch. Nachdem er nach wie vor kniete, war sein Gesicht auf der gleichen Höhe mit ihrer Taille, und genau darauf konzentrierte er seine Aufmerksamkeit.

»Ich bin aufgestanden«, erklärte sie ihm überflüssigerweise. »Meine Sachen sind gepackt.« Und sollte sie ihre Situation richtig einschätzen, hatte sie ein schwer angeknackstes Herz – wenn es nicht gar gebrochen war.

»Warum glaubst du, davonlaufen zu können, ohne dich vorher der Wirklichkeit gestellt zu haben?« sagte er und betrachtete immer noch intensiv die Stelle, an der ein schmaler Streifen Haut zwischen ihrem Oberteil und dem Bund ihres weißen Gazerocks zu sehen war.

»Ich friere«, erklärte sie und wich der Frage aus, weil sie keine Antwort fand. »Ich hole mir einen Pulli und –«

»Du bist müde«, unterbrach er sie. »Du brauchst Schlaf.«

»Du auch«, sagte sie, bevor sie sich auf die Zunge beißen konnte. »Du hast Blut verloren. Geh zurück zum Haus. Ich bitte Enders, den Funkspruch für mich zu tätigen.«

Sinjun stand nun auf und ging vor ihr her zum Bungalow. »Das wird nicht möglich sein.«

»Aber natürlich.« Sie holte ihn ein. »Er hat auch die Polizei gerufen. Er weiß, wie die Funkanlage zu bedienen ist.«

»Ich sagte, das wird nicht möglich sein.« Sinjun war eher auf der Terrasse als sie und spazierte unter den Ranken der Petrea-Pflanze ins Schlafzimmer. »Bitte beeile dich.«

Angelica zögerte am Rand der Terrasse. »Ich weiß, daß du sehr verärgert sein mußt.«

»Ich werde mich jetzt hinlegen. Und du wirst dafür sorgen, daß ich es bequem habe.«

»Sinjun.« Sie rannte zu ihm hinüber. »Fühlst du dich nicht gut?«

»Na ja, etwas wirr im Hirn, würde ich sagen.«

Angelica schüttelte den Kopf, nahm ihn am Ellenbogen und leitete ihn ins Haus. »Leg dich hin«, befahl sie und schloß die Tür. »Streck dich aus, und ich mache etwas... Verdammt, ich habe ganz vergessen, daß der Generator noch nicht repariert ist. Ich kann keinen Tee machen. Ich hole etwas Zitronenwasser und tu dir Zucker rein. Zucker soll gut sein gegen Schock.«

»Schock«, grummelte er.

»Bitte, leg dich hin«, sagte sie eindringlich. »Ich bin gleich wieder da.«

Er setzte sich auf den Rand des Bettes und wandte das Gesicht ab. »Warum denkst du, daß ich böse auf dich bin?«

Angelica befeuchtete ihre trockenen Lippen. »Ich habe dich angelogen und ich... ich habe gelogen. Und du glaubst, ich hätte absichtlich... ich hätte bewußt versucht, dich auszunutzen.« Doch das war noch nicht alles. Sie fuhr sich noch einmal mit der Zunge über die Lippen. »Und du denkst, ich hätte versucht, mit Sex an dich heranzukommen.«

Mit diesen Worten flüchtete sie aus dem Zimmer und blieb erst vor der offenen Kühlschranktür wieder stehen. Ihr Atem ging schwer. Seit die Polizei verschwunden und Sinjun verstummt war, hatte sie gewußt, daß er sie wegschicken würde. Es war nur noch eine Frage des Zeitpunktes.

Der Krug mit dem Zitronenwasser im Kühlschrank war lauwarm. Sie nahm eine Dose mit noch teilweise gefrorenem Zitronentee aus dem Tiefkühlfach und ging damit zur Spüle.

»Swifty geht's wieder gut«, verkündete Sinjun. Er war ihr in die Küche gefolgt.

Sie zippte den Deckel auf und schüttete den Inhalt der Dose in den Krug.

»Ich sagte, Swifty geht es wieder gut.«

Sie rieb sich die Schläfen. »Das freut mich wirklich.«

»Chuck hat ihm eine Dosis Chlorhydrat verpaßt, das verwendet man in Schlaftab–«

»Ich kenne das Zeug. Du solltest dich wieder hinlegen. Ich bringe dir gleich das Zitronenwasser.«

»Du hast mir keine Anweisungen zu geben, Angel.« Seine Stimme klang rauh wie Sandpapier.

Sie begann, die Dose mit Wasser zu füllen.

»Ich will, daß du mir sagst, du hättest Sex eingesetzt, um mich zu etwas zu bewegen.«

Das Wasser floß über, als die Dose voll war. Angelica drehte den Hahn zu und hielt sich daran fest. Sie spürte, wie Sinjun sich hinter sie stellte.

»Sag es.«

Sie schüttelte den Kopf.

Als er sie berührte, ließ sie die Dose fallen. Wasser spritzte ihr ins Gesicht.

Er schob seine Hände unter ihr loses weißes Hemd und umfaßte ihre Rippen mit seinen warmen Händen.

Angelica wischte sich Wasser aus den Augen. Ihr Herz raste.

Sinjun drückte einen heißen Kuß seitlich an ihren Hals. Unwillkürlich dehnte sie den Kopf zur anderen Seite und schloß die Augen.

»Sag's mir Angel.«

»Ich kann nicht«, flüsterte sie.

Er strich mit den Händen über den zarten Spitzen-BH, den sie trug, zupfte die Körbchen hinunter und drückte ihre Brüste zusammen. Seine Daumen rieben über ihre Brustwarzen.

»*Sag's*«, forderte er unnachgiebig und preßte seine Hüften von hinten gegen sie. Er war hart.

Ihre Beine drohten nachzugeben, und sie klammerte sich am Rand der Spüle fest.

Seine Daumen verstärkten ihre Tätigkeit.

»Du hast gesagt, ich würde alles tun, um zu bekommen, was ich wollte«, sagte sie atemlos.

»Wirklich?« Er fand den Vorderverschluß des BH's und

hakte ihn auf. »Mag sein. Aber ich warte darauf, daß du es selbst zugibst.«

Angelica beugte sich weiter über die Spüle, so daß sie ihr Gewicht besser verlagern konnte. Die Stellen, an denen er sie berührte, schienen in Flammen zu stehen.

»Du kannst mich jederzeit wegschubsen, wenn du möchtest«, erklärte er rauh.

Er ließ ihre Brüste los und krempelte mit einer einzigen Bewegung ihren Rock hoch.

»Sinjun?« Kühle folgte der Hitze auf ihrer bloßen Haut. »Was tun …«

Sie konnte den Satz nicht beenden, nicht einmal den Gedanken. Er lehnte seine Brust an ihren Rücken, und sie hörte, wie der Reißverschluß seiner Jeans aufratschte.

Verwirrt versuchte sie, sich umzudrehen.

Sinjun hielt sie fest und zog ihr mit einem Ruck den Slip herunter.

Er faßte sie an den Hüften und hob sie hoch.

Er würde von hinten in sie eindringen. Angelica öffnete den Mund … und schloß die Augen.

Sinjun erfüllte sie.

Sie empfing ihn selig schaudernd in sich.

Er begann, sie auf seinem harten Glied zu bewegen.

Angelica war ihm behilflich.

Er machte ein Geräusch tief unten in seiner Kehle und knurrte: »Sag mir, daß ich ein Idiot bin. Sag mir, daß du mir schon alles gesagt hast, was ich zu wissen brauche.«

Sie konnte beim besten Willen nicht sprechen.

»Erinnere mich daran, daß Sex etwas Persönliches ist.«

»Persönlich«, japste sie.

Sie näherte sich dem Höhepunkt.

»Ich habe Angst, Angel.« Er bohrte sich mit aller Macht in sie. »Du warst Jungfrau. Du bist zu mir gekommen, weil du mich begehrt hast. Sag es.«

»Ich bin zu dir gekommen, weil ich dich begehrt habe.«

»Ja.« Er pumpte noch schneller in sie hinein. »Du hast mich begehrt, weil du mich geliebt hast.«

Sie erreichte den Höhepunkt und zog sich eruptiv um ihn zusammen. »Ich liebe dich«, keuchte sie mit letzter Kraft.

»Das gefällt mir«, stieß er heiser hervor, und sie spürte, wie er kam. »Ich wollte, daß du mir das sagst.«

Als sie anfing abzurutschen, hielt Sinjun sie fest. Dann stabilisierte er ihrer beider Position an der Spüle. Er seufzte, lang und tief, und murmelte: »Mein Gott, laß dies keinen Traum sein.«

»Kein Traum«, sagte sie schwer atmend. »Kein Traum.«

Sinjun legte sein Gesicht auf ihren Rücken und sagte: »Mir geht es nicht allzugut. Ich glaube, ich werde ohnmächtig.«

Sie wollte sich aufrichten. »Das kannst du nicht tun.«

»Weshalb nicht?«

»Du bist zu schwer. Ich kann dich nicht tragen.«

Sie halfen einander zurück ins Schlafzimmer. Angelica schlug die Tagesdecke zurück und manövrierte Sinjun aufs Bett. Eine sehr starke Hand schloß sich um ihr rechtes Handgelenk.

»Ich lasse dich nicht gehen«, sagte er.

»Ich könnte im Augenblick sowieso nirgendwo hingehen.«

»Wir haben eine Menge zu besprechen.«

Sie runzelte die Stirn und sah in seine leuchtendgrünen Augen. »Wir haben keinen besonders tollen Anfang gehabt, Sinjun. Du wirst dich ewig daran erinnern, warum ich ursprünglich in dein Leben trat.«

»Wir haben einen ganz hervorragenden Anfang gehabt, nur etwas zu hastig.« Er zog sie herab, so daß sie neben ihm saß, und streifte ihr das Oberteil über den Kopf. Der BH fiel ohne weiteres Zutun. »Darf ich einfach hier liegen und dich anstarren?«

Sie spürte das vertraute Aufsteigen der Röte in ihren Wangen. »Kann ich dich daran hindern?«

»Nein. Willst du es denn?«

»Will ich was?«

»Was auch immer. Wann auch immer. Alles? Für immer? Und der ganze Kram.«

»Klingt anstrengend.«

Er plazierte sie auf seine Brust und küßte sie. Er küßte sie genüßlich und heiß und leidenschaftlich – es war so einfach, ihn dort hinzukriegen, wo sie ihn am liebsten hatte.

Sinjuns Hüften hoben sich ihr entgegen, und sie nahm ihn tief in sich auf.

»Können wir nicht einen Augenblick genau so verharren«, stöhnte er. »Nur bis ich eine Antwort bekommen habe... Nein! Nein, verdammt. Wirst du jetzt wohl zuhören, bevor ich wieder schneller bin, als ich will?«

Er tastete mit der einen Hand nach unten, verzog das Gesicht, weil wohl seine Schulter weh tat, und schaffte es, an die Tasche seiner Jeans zu kommen, ohne aus Angelica herauszurutschen.

»Das hier ist... o Gott.« Er stieß in sie hinein und biß die Zähne zusammen. Dann lächelte er angespannt. »Ich muß mich wirklich besser in den Griff kriegen. Ich muß lernen, nein zu dir zu sagen, wenn ich nein meine.«

Angelica bewegte sich verführerisch auf ihm, ohne es ändern zu wollen. »Aber du meinst doch gar nicht ›nein‹.«

Er fand ihre linke Hand, öffnete sie und legte die phantastische Rubinpäonie hinein. »Das ist für dich.«

»Sei nicht lächerlich.«

»Nenne mich niemals lächerlich. Unausgeglichen vielleicht, aber nie lächerlich. Ich brauche sie nicht mehr.«

»Also... du kannst doch nicht einfach etwas so Wertvolles verschenken.«

»Und ob ich das kann, Lady. Und du wirst sie ohne Widerspruch nehmen.«

Als sie versuchte, ihm die Rubinblume wieder zurückzugeben, schloß er ihre Finger darum, was ziemlich weh tat.

»Ich habe dir erzählt, daß sie Bruno beim Kauf in Singapur jeden Pfennig gekostet hat, den er damals besaß. Sie war seine Sicherheit, sein As im Ärmel.«

»Und er hat dir dieses Kleinod gegeben, weil er wollte, daß alles, was ihm gehörte, deines werden sollte.«

»Falsch. Es war eine symbolische Handlung. Er überreichte mir die Päonie, als er mich zu seinem Partner machte. Er sagte, ich sei jetzt das As in seinem Ärmel und ich möge die Päonie aus demselben Grund behalten, aus dem er sie erstanden hatte. Als eine Art Glücksbringer.«

»Genau.«

»Genau«, stimmte er grinsend zu. »Und jetzt gebe ich den Glücksbringer an dich weiter, Partnerin.«